容尚谦◎著

恰同学少年

QIA TONGXUE SHAONIAN

时代出版传媒股份有限公司

安徽文艺出版社

图书在版编目（ＣＩＰ）数据

恰同学少年/容尚谦著. —合肥：安徽文艺出版社,2016.1(2024.7 重印)
ISBN 978-7-5396-5456-0

Ⅰ．①恰⋯ Ⅱ．①容⋯ Ⅲ．①散文集－中国－当代
Ⅳ．①I267

中国版本图书馆 CIP 数据核字(2015)第 147050 号

出 版 人：姚 巍　　　　　策　划：刘姗姗
责任编辑：周 丽　　　　　装帧设计：徐 睿
....
出版发行：安徽文艺出版社　www.awpub.com
地　　址：合肥市翡翠路 1118 号　邮政编码：230071
营 销 部：(0551)63533889
印　　制：安徽芜湖新华印务有限责任公司　(0553)3916126
....
开本：880×1230　1/32　印张：12　字数：300 千字
版次：2016 年 1 月第 1 版
印次：2024 年 7 月第 3 次印刷
定价：69.80 元
....

自　序

　　2008 年,南林农场的知青在下放 40 周年之际,集体回到农场,尘封多年的记忆被唤醒,我们仿佛又回到了那个激情燃烧的岁月。广州六中老三届网、南林农场知青网一时十分活跃,许多知青战友将自己的所思所忆登上网站,与同学和朋友共同分享,重温旧时的友情亲情,追忆曾经的青春年华。受到同学们的感染,也是再回农场后思绪难平,我从农场生活的记忆里爬梳剔抉,边想边写,写一篇向网站发一篇,不觉间竟写了十多篇,总有 30 多万字,于是有了结集的念头。

　　之所以想结集出书,原因是:一、文章写的全是我们年轻时候的事情,掀开了我们最美好的青春一页,展现了我们最靓丽的人生风采,虽然时间很长了,但青春留给我们的记忆总也忘不了,依然那么鲜活,有必要将我们的人生美好时光、我们的青春年华定格下来;二、说到底,南林农场、青年队是我和同学们心中的圣地,是我们的精神家园,是我们的第二故乡,我想借此表达我们的情思,完成我们想为南林农场、为青年队做点什么的心愿;三、文章写的是那个时代的小小缩影,是知青历史的一个片段,信手写来,虽然杂芜,我却始终坚持一个"信"字,所有的事情都是真实的,没有虚构,没有杜撰,如能给后来的研究者提供一些资料,也算是尽了自己的一份责任、一份义务。

　　然而,写这本书,我心底深处更想为知青这个群体鼓与呼,为知青精神鼓与呼。知青是一个特殊的群体，他们有理想、有担当，他们最执着、最坚忍，他们格外吃苦、格外勤劳，他们在祖国最困难的时候，做出了奉献、做出了牺牲，他们与共和国一起走过了一段艰难的岁月。今天，"知青"已成为历史名词，在一般人的认识里，知青是被耽误的一代，由此造成的知识断层，影响了祖国的四化进程，却少有主流意识去公正地评价他们的理想与信仰、奉献与牺牲、艰辛与付出。知青精神是广大知青在上山下乡过程中形成的，那就是："听党的话、报效祖国，忠诚信仰、追求理想，勇于牺牲、甘于奉献，吃苦耐劳、艰苦奋斗，脚踏实地、执着进取"，核心是报效祖国，精髓是艰苦奋斗。知青精神是党培养教育的成果，是中华民族优良传统道德的延续，是红色革命传统的传承，是雷锋精神的光大。知青精神应该是社会主义主流价值体系的组成部分，是中华民族精神文明的组成部分。可惜的是，在知青大回城的浪潮冲击下，在争取自己权益的过程中，这种精神渐渐淡出。今天的人们没有意识到这种激情燃烧、积极进取、艰苦奋斗、忧国忧民、奉献牺牲的精神的可贵，这种精神对锻造民族之魂、国家正气的必要性和重要性。

改革开放30多年，中国经济持续高速增长，综合国力日益强大，社会财富急剧膨胀，令世人瞩目。然而，令人痛心的是，富足的今天，却没能出现"仓廪实则知礼节，衣食足则知荣辱"的景象，相反的是社会矛盾加剧，社会共识破裂，社会道德溃败，社会精神涣散，物欲迷失了人的本性，金钱腐蚀了人的灵魂，国人信仰缺失，底线沉沦，担当精神、奉献精神消亡，家国意识淡薄。信仰缺失的雾霾、精神迷茫的尘埃、向心力溃散的阴影正笼罩着中国，笼罩着中华民族。我们不能想象，一个没有信仰引领，一个没有精神支撑，一个没有向心力凝聚的国家和民族，会是一个强大的国家和民族，会是一个充满希望、富有生机的国家和民族，会是一个傲立于世界的国家和民族，会是一个不可能被战胜的国家和民族。信仰缺失的雾霾必须驱散，精神迷茫的尘埃必须抖落，向心力溃散的阴影必须扫除。共和国的强大、中华民族的崛起不仅仅是经济的腾飞和物质的丰足，更是信仰的坚定，精神的升华，向心力的凝聚，更是国家正气和民族之魂的高扬。在改革前行的道路上，我们的国家、我们的社会、我们的民族必须大力加强精神文明建设，弘扬中华民族优秀道德传统，继承光大红色革命传统，确立社会主义核心价值体系，树立共同理想，铸牢精神支柱。重建中华国魂和重塑民族精神的过程是艰难的，而且是一个较长的历史过程，需要千百万人的共同努力，需要继承、发扬一切优秀的道德传统和精神文明成果，在这一过程中，必然伴随着对知青群体的重新认识和评价，对知青精神的肯定与弘扬。知青精神也必然会对重建国魂和重塑精神产生重大影响。

个人的力量是渺小的，我的鼓与呼也是微弱的。然而，为了中华民族的明天，为了中华民族的尊严和骄傲，为了我们的理想和信仰，再小的力量也要奉献，再小的声音也要呐喊，如果此书能为重塑中国精神有一点点作用，我也满足了。

为了给这本书起个书名，想了很久，最后在《磨砺青春》和《恰同学少年》中取舍。自我感觉《磨砺青春》稍嫌直白，《恰同学少年》则较为真实地反映了我们那时"风华正茂""书生意气"的景况，也有"忆往昔峥嵘岁月稠"的意境，更能反映出我们追求理想、报效祖国的满腔热血，表现出我们"少年心事当拿云"的一种豪气，也就有了书中的诸多故事。

（注：文中提到万宁县、文昌县为当时的提法，为保留原作的时代背景故不予更改。）

目 录

也谈"悔"与"不悔"（代前言）

在知青网站上看到朋友们就知青生涯"悔"与"不悔"的讨论，也想谈谈我的看法。由于对上山下乡运动和知青问题没有系统的研究，只是根据本人7年多的知青生活谈谈感受，只是一种感性认识，自然是一孔之见，难免错误，难免偏颇。我还是把这种感受写出来，挂上网，是想就教于智者、贤者、长者、尊者，期盼得到指教，也想与知青朋友交换意见，共同探讨这个问题。

既然是试图就知青生涯的"悔"或"不悔"谈谈自己的看法，就离不开对上山下乡运动、知青群体和知青个人在运动中或在知青生涯中的作为进行反思，在这种反思中做出"悔"或"不悔"的判断。

一、上山下乡运动

知识青年到农村去，初始，当然是希望通过一代有知识、有文化的青年，到农村去改造农村贫穷落后的面貌，改变农民文化知识水平低的状况，促进农业发展，也是国家解决青年就业问题的一种途径。在20世纪50年代，党发出了号召，就会得到积极响应，就有了新一代农民，其典型人物就是邢燕子、董加耕、侯隽等。当然，为了屯垦戍边，国家也组织了一批青年到边疆，如50年代的湖南、山东青年，尤其是女青年到新疆。小说《军队的女儿》就讲述了这段历史。60年代初，团中央也动员组织了一批青年到江西垦荒，于是有了今天的江西共青城。从1964年到1966年,陆续有广州知青到英德、湛江、海南去参加农业生产。我记得上初一时,班里有个女同学,记忆中她叫郭艳玲,突然就不上学了,说是到农场去了。也还记得在广州六中时,团委书记王老师(不知道老师名字,但老师的形象却记得很清楚,是一位清瘦的女老师,戴着眼镜)曾经给我们做过报告,说的就是她们到英德某农场慰问、看望六中校友的事,至今仍记得王老师说在农场和校友包饺子、吃饺子的趣事。上海知青集体到新疆兵团落户工作,周总理到新疆时,还在石河子和上海知青交谈,鼓励他们建设新疆,当时报纸上有过报道,照片还登在画报上。我个人以为,那时,到农村去是一种自愿的行为,不是非去不可的,没有强迫。这些知青,对自己当时选择到农村去、到边疆去,这种选择是否合适,走这条路是对是错,有自己的评判,可以说我很后悔到农村去,或者说我对选择到农村去不后悔。

1968年的上山下乡,已成为运动。这种上山下乡运动,把数以千万计的知识青年送到农村去,送到农场去,完全是共和国的一种无奈的抉择。从1966年到1968年,从初中到高中,整整6届的中学毕业生,数千万的青年,升学问题怎么解决,就业问题怎么解决,还有一些大学生呢?毛主席和党中央非常清楚,任由这数千万青年在社会上游荡,绝不可能安定,绝不可能实现由大乱到大治的目标。然而,当时的现实情况是"文革"造成了经济发展停滞,怎么安置这些年轻人呢?总得要解决这个问题,所以,把这些人送到农村去,送到边疆去,就是唯一的办法了。于是,就有了1968年的上山下乡大潮,以及以后延续10年之久的上山下乡运动。身处其中的我们,怎能摆脱历史大潮的裹挟,怎能躲开时代激流的冲击?哪有我们选择的权利?我们能选择的,只能是到农村去,或是到农场去。既然无法选择,我们又怎么谈得上"悔"或"不悔"?

1968年开始的上山下乡运动,至70年代末正式结束,前后延续约12年。从最初雄壮激昂的高潮,至雪崩式的回城潮,真是其兴也勃,其衰也忽。至于这个运动产生和终结的条件、原因,运动的成败与得失,它对整整一代人的影响以及与之有关的家庭、亲友的影响,对共和国"四化"进程的延缓,这些,不是我这支拙笔所能表达透彻的,当由政治学家、经济学家、历史学家、党史专家们去做深入研究,详述因果,给出结论。身陷这场运动中的我们,能在多大程度上理性地认识这场运动的真面目?怎能用"悔"与"不悔"来简单评述?

二、知青群体

上山下乡运动的主体当然是知青群体。老三届知青群体,是沐浴着新中国的阳光成长的一代,是在崇尚革命英雄主义和追求革命理想的年代里成长的一代,是在"学习雷锋好榜样"的歌声中成长的一代,是立志成为共产主义接班人的一代。可以说,听从党的召唤,一心报效祖国,实现革命理想已经深深地浸入我们骨子里。我们是充满激情,怀着理想,带着憧憬来到农村、来到农场的,我们期盼在农村建功立业。农村虽然艰苦,但我们期盼着能通过我们的双手改变农村面貌,建设富强的祖国,为此,我们努力,我们艰苦奋斗。

在上山下乡的过程中,在艰苦的劳动中,数以千万计的知识青年形成了一种精神——知青精神。我以为,知青精神的内涵主要是:"听党的话、报效祖国,忠诚信仰、追求理想,勇于牺牲、甘于奉献,吃苦耐劳、艰苦奋斗,脚踏实地、执着进取。"知青精神是在特定的年代、在特定的历史背景下形成的,是时代精神的产物,是党培养培育的成果,是优良革命传统教育的成果,是学习雷锋的成果。知青精神的核心就是报效祖国,精髓就是艰苦奋斗,这是全体知青拥有的一份宝贵的精神财富,充分体现了社会主义核心价值观。在知青精神的引领下,我们走过了知青岁月,我们可以无愧地说,我们把青春献给了祖国。

客观地说,大量知青到了农村,一时间,确实提升了农村的文化层次,对加速农村发展变化、促进农村变迁改革,产生了一定的作用。记得我在1997年和2008年回到南林农场时,农场老职工还充满感情地对我说:"知青来南林农场后的一段时间,是南林最充满朝气、最有活力的年代,宣传队、医院、学校、武装连是知青作为主力,连队的各个岗位,你们都挑起了大梁,成了生力军。你们走了,是农场的损失。你们牵挂农场、想念农场,其实,农场也记着你们,我们也想着你们啊!"

随着时间的推移,我们的激情开始消退,我们的疑虑开始增长,中国的农村太落后了,中国的农业生产力发展太缓慢了,知青只是日复一日地从事着简单的生产劳动,我们知道了单凭我们的努力是无法改变农村面貌的。我们以实现共产主义为理想,以解放全人类为己任,这时,我们才意识到,我们连三餐温饱都成问题,赶的牛车还是木头轮子的,这样的现实状况,这样的生产力水平,我们连自己都不能解放,空说什么解放全人类,空谈什么实现共产主义。上山下乡使我们对祖国的现实有了真切的感受,有了清醒的认识,与社会的广泛接触,目睹了农村的现状,体验着农民的生活,使我们从狂热到清醒,从幼稚到成熟。我们一方面从事着艰苦的劳动,一方面苦苦思索着祖国的前途命运,也为自己的出路忧虑。上山下乡促使了一代青年的觉醒,促进了一代青年去认真地思索着中国究竟应该怎么办,中国究竟要走什么样的发展道路。我们始终"位卑未敢忘忧国",我们深深地感受到自己的前途和命运与祖国的前途和命运是紧紧相连的。正因为我们有着清醒的认识,我们要求改变祖国现状的意识特别强烈,一代知青,有着强烈的变革需求,有着强烈的改革愿望,使我们成为拥护改革开放、积极投身改革开放的骨干力量。中国的改革开放从农村起步,改革的最初形成和要求是包产到户,这绝不是偶然的。

上山下乡运动对知青的伤害非常大,知青付出的代价也非常大,称他们为被耽误了的一代人,并没有错。还有与之相关联的家庭,也付出了许多,也为之受到影响。这一代知青,生活条件非常艰苦,生产劳动非常繁重,从城市来到农村,这种巨大的变化,使知青承受了巨大的考验。生活在农场的知青还好,他们的生活尚能自保;生活在农村,尤其是生产生活条件较差的生产队的,在以后插队的日子里,是需要家庭接济的,以致弄得家庭也困苦不堪。李庆霖向毛主席写信反映了这种情况,毛主席为此回复了李庆霖,这段话,我至今还记得非常清楚:"寄上300元,聊补无米之炊,此类事全国甚多,容当统筹解决。"李庆霖的这封信,对促使国家注意知青的现状,着手逐步解决问题,还是产生了很大作用的。

经过几年的艰苦劳作,广大知青回头审视自己的成绩,他们终于发现,"改天换地"只是一种口号,农村一穷二白的状况根本没有改变,继续留在这个"广阔天地"里,其实难以"大有作为"。为了自己,也为了家人,回城就成了知青们的共同愿望,而随着形势改变,国家也在调整知青政策。两者结合,知青终于回到了他们出发的地点,回到了亲人的身边,只是曾经稚气的脸上,留下了岁月的痕迹,鬓边闪现了白发。

过去了,一切都过去了,只是留下历史的一个名词——知识青年,留下了知青的一段人生历程。广大的知识青年,在特定的历史环境下,用自己的肩膀,承担了一段历史的责任,以自己的艰辛和付出,帮助共和国度过了一段艰难的岁月。虽然这种承担是被动的,但谁能说知青群体不值得共和国尊重?回城以后,在国企改革中,又有一部分知青下岗待业,他们再次承受了国家改革的阵痛,再次承担了改革前进的成本。这些知青朋友,尤其值得我们尊敬,值得共和国尊重。美国总统肯尼迪曾说过:"评判一个国家的品格,不仅要看它培养了什么样的人民,还要看它的人民选择对什么样的人致敬,对什么样的人追怀。"知青的事业虽然不显赫,但值得高尚的人们,值得后来人为之一掬热泪。

面对这样一个知青群体,分析产生这个群体的历史背景,看看他们的艰辛历程,我们怎能用"悔"或"不悔"、"值得"或"不值得"去做一个简单的评判呢?

三、知青个人

知青虽然是一个群体,但他们每一个人都是鲜活的,在知青生活中,每个人弹奏着不同的音符,书写着自己的历史,走过自己的路程。欲探知他们的"悔"与"不悔",有必要对知青个人做一简单分析。

知青的学历不同,学识也大不相同。我是 1966 届初三学生,但我就深深地感觉到我们与高中生,尤其是高三学生在知识和阅历上的差距非常大。高三的学长们已经结束了毕业考试,他们离大学只有一步之遥,而初中,尤其是初一的同学,他们离开小学才一年,其中的差距就更大了。我们初中生自嘲地称自己是"初中鸡",而初一的同学更是"初一鸡"了。这种学识上的差距,直接影响着他们的分析判断能力和对事物认知的程度。

知青的年龄不同,一起到南林农场的 400 多广州六中同学中最小的不满 15 周岁,年长的已经跨过 22 周岁的门槛。这种年龄段的差距,不能同 35 岁到 42 岁的差距类比,这是少年与青年的差别,这种差别使他们心智成熟的程度有很大不同。记得刚到青年队,初一的男同学放下行李,欢呼着往海边跑,就如同下乡农忙劳动一样,而一些年龄稍大的同学,则心事重重,个别女生还潸然泪下。年龄的差距,使我们对知青生活的体验有很大的不同。年龄的差距还表现在对待爱情和处理男女同学的关系上,低年龄的同学总是有男女授受不亲的做法,因为他们情窦未开;而高年级的同学则不一样,他们在处理男女同学关系上比较正常,相互结对、相互照顾的情况也较好。想当年,我所在的青年队以初中生为主,只有一个高中生,舆论导向是男女授受不亲,尽管一些同学情窦已开,但在舆论高压下,加上脸皮薄,始终未敢向女同学吐露心声。青年队的女知青人人容貌俊俏,但事实上,青年队 27 个知青中只有一个大学生(农垦机械专业学校毕业)和初三班老大姐最终结成眷属,其他男知青只能留下懊恼和遗憾。封建思想真是害死人！须知，处在青春萌动期的知青，有爱情的生活经历和没有爱情的生活经历是大不一样的。

还有知青家庭状况不同，接触社会面不同，个人的志向、爱好不同，以及每人的性格不同，也形成了个人的差异。知青对这段生涯的感受，也随着他们在农村或农场的时间长短不等而有变化。其中最短的可能只有几个月，最长的有十多年，也有个别的真就扎根了。当然，在知青生涯中的工作生活态度，也使他们对这段生活的感受不同。大多数知青还是有理想、有抱负，希望能干出一番业绩。他们艰苦努力，认真锤炼自己，在那种艰苦的环境下，仍能保持一种斗志，仍能严格要求自己，仍能坚持自己的原则，这是不容易的，是令人尊敬的。记得康德说过一段话，大意是世界上只有两种东西能够深深地震撼人们的心灵，一是灿烂的星空，一是我们心中的崇高的道德准则。我想，在那段生活中，严肃认真的知青和少数随遇而安、个别自暴自弃的人对这段生活的评判是不一样的。

在这里，我以为有必要把到农场和到农村的知青做一个区分。农场的知青，因为有健全的组织，特别是改军垦以后，现役军人运用解放军的政治工作制度，用军管的办法来管理农场，使农场的知青受到了强力约束，同时，政治工作的激励作用，使农场知青有一种集体的昂扬向上的精神面貌。总体上说，这批知青除了生活艰苦、劳动繁重外，思想政治工作、教育工作仍在继续。还有一点非常重要，那就是生活能基本自保，如我们在南林农场，每月有40斤大米、20多元钱工资，农场知青的状况是比较好的，也比较稳定。到农村的知青就不一样了，一是生产队不像农场那样有健全的政治工作制度，能严格地约束、管理知青；二是知青除了第一年有基本生活口粮保障外，以后要自食其力都困难。他们不像农民，有宅基地和自留地，也不会养猪种菜，时间长了，偷鸡摸菜的行为少不了。最重要的是，知青到农村去，在土地资源有限、人口较多的农村地区，占有了本来就不多的生产、生活资源，从农民口中分出一份口粮,使农民的生活更加困苦。因此,双方矛盾就逐渐产生,有些地方、有的农民是不大欢迎知青的。不知我的这个认识是否正确,到农村去的知青战友会不会骂我乱弹。

正因为每一个知青都是鲜活的个体,每个人都有差异,对这段生活,大家也有自己的看法,我们不能强求一致。我们不能用对这段生活说"不悔"或"悔"作为界限来划分知青群体,更不能以此为标准来评判知青,借用老人家的一句话就是:作为"革命的或不革命的或反革命的"分界线。我们不能认为对这段生活说"不悔"的知青就是高尚的,就是有坚定的革命性的,也不能认为说"悔"的知青就是错误的,应该允许大家做出自己的判断。我想,即使是说出"不悔"的知青,恐怕他们对"不悔"的理解也千差万别,也各有不同。说"悔"的同学也会对这段知青生活有着难忘的记忆,并且随着年龄的增长,会越来越忆起尘封的往事。不管怎样,我想说的是,我们都是知青,我们都在农场、农村,在艰苦的劳动中度过了自己的青春岁月。

四、我不悔

我对知青生涯,我对自己以这样的方式度过青春岁月不悔,尽管有遗憾。如果不是"文革",如果能继续读书深造,我的人生轨迹会有很大的不同,可能会获得更大的成就。当然,这仅仅是一种可能,我们不能将可能看成一定会如此,这是需要付出更大的努力的。

我不悔,因为艰难困苦,玉汝以成。我以为艰苦的磨炼,对年轻人是有益的,经历那段生活,我觉得对我的人生有很大作用,它磨炼了我的意志品格,使我在今后的人生道路上能承受各种困难和艰苦的挑战,坚定地走好人生的每一步。尽管我今天只是一个普通的公务员,这样的状况,也许有人根本不屑。不过我对"成"的理解是,只要恪守自己的道德准则,认真做人做事,在自己的岗位上为社会做出了自己的贡献,在社会上是一个好公民,在单位里是一个好职工,在家中是一个好丈夫、好父亲,当回首往事时,可以问心无愧,这就是"成"。我觉得,在农场7年多,艰苦的生活,艰辛的劳动,确实使我受益匪浅。

我不悔,是因为上山下乡使我对祖国的现状有了清醒的认识,促使我认真地去思考一些问题,从"文革"的噩梦中醒来。如果说,在学校我们接受的是革命传统教育,那么,在农场,我们学会了分析判断,对形势、对事物有了自己的认识,这对广大知青来说,应该是一种进步,一种收获。

我不悔,是因为南林有我浓得化不开的情感。那里有我们青年队知青的战斗集体,有我们相互帮助、相互关心的深情厚谊。曾记得,我们一起在宣传队演出;曾记得,我们一起伐木垦荒挖胶洞,一起搞芽接。记得我患病时,在我床头嘘寒问暖的同学;记得在我情绪低落时给我鼓励的领导和朋友。我们为女同学捞起掉落井里的水桶,也在哄笑中接过女同学送来的食物。我更加难忘的是:何建华飞身上前,死死攥住了吊绳,生生把下坠的泥筐拉住,使在井底挖土的我捡回了一条命,他手掌的皮却被扯开,鲜血淋淋。那时候真的是"吃的是一锅饭,点的是一灯油"。尽管我现在远处安徽,但我最好的朋友仍是知青战友,距离和时间,都不能使这种友情淡去,只会越来越浓。昨天看了杨梅队知青制作的录像,听着"高高的杨梅山,遍地开红花,滔滔的南海滨,革命战士来安家"的旋律,看着熟悉的面孔,我的眼眶湿润了。这一切的一切,我怎么能忘记。我不悔!

我不悔,海南、南林、青年队,是我挥洒过青春、挥洒过汗水的地方,有我可敬的领导、可亲的老工人。没有什么地方能让我如此梦牵魂绕,南林始终是我心底最柔软的部分。记得40周年回农场时,我和杜广生执意要去青年队看一看,车过前线队,向青年队驰去的路上,景色大多依旧,我和杜广生只喃喃说着两个字:"没变,没变。"却难有更多的言语。青年队撤销之后,原址已湮没在灌木丛中,只留下旧时的一幢国家粮库,附近又成了新的铁路施工点。我和杜广生,以及陪同我们一起去的青年队旧时伙伴、现任农场教育科长的叶光华,在那里拍下了很多照片,算是一种留念吧。

我不悔,因为我们有那么多知青在那儿生活过、劳动过。那儿有我们熟悉的地方,有我们的朋友和亲人,尽管在农场时和一些人的关系一般,甚至有过不快,但时间淡去了不愉快,却将友谊提炼得更为浓烈,这番相见,只有执手泪眼相对了。看到我参加建设的牛寮电站碧波荡漾、马达轰鸣,我欣喜;看到南林场部的新气象,我感慨;看到农场上下热烈欢迎我们回归的场面,我感动;看到回场的知青战友溢于言表的兴奋,仿佛又回到年轻时的雀跃,我激动。我看过六中高三学长、东岭农场知青卢克写的《六连岭下的藤竹》,既感慨,又感动,文章真实地反映了我们的知青生活,那时,我们很艰苦,但我们的知青生活又是绚烂多彩的。我曾将这篇文章打印出来,给我的同事看,他们都赞叹我们的知青生活是那样的鲜活生动(当然,没有亲身体会,是不知道这里面的艰难和苦涩的)。面对我们用青春和汗水描绘出来的多彩的知青生活,我不悔!我记得长眠在新风工厂旁的小路(广州五中知青路润维),我想起东岭农场知青三烈士(广州六中初中女生),想起他们,我们就心里难过,我有什么理由后悔呢?

我不悔,我从一个肩不能挑、手不能提的学生成长为具有一定农业生产知识的青年,身体健壮如牛。我抡斧伐木,挥锄开荒,砌墙架梁,插秧割稻;修过水利,挖过水井;我也曾执过教鞭,也曾扛枪保卫海防;做过文书,也当过火头军。我在农场入团入党,当了队长。7年多的农场生活,我过得充实、踏实,我不悔。

每个人都应该对自己的历史负责。在我们的人生道路上,总有一些我们不可抗拒的力量左右着我们的命运,身处逆境时,是自强不息,还是怨天尤人,充分体现了一个人的生活态度。让我们认真地审视自己走过的路,青春无悔,人生无悔。

"可以教育好的子女"

"可以教育好的子女"一语,尘封已久,别说90后、80后不知道,70后恐怕也是知者甚少,就是我们这一代人,有许多人可能也已经淡忘了。但是,作为曾经的"可以教育好的子女",我却难以忘记。

一、写在前面的话

"可以教育好的子女"是指父母辈历史有问题,或是犯罪犯错,属于阶级敌人,但其子女还是可以在党的政策感召下、在党的教育下与其父母划清界限,改变立场,成为革命队伍中的一员。从新中国成立到20世纪80年代初,非常强调家庭出身,时常以家庭出身给一个人定性,以至影响他(她)的学习、事业和生活,甚至影响到他(她)的婚嫁。这是当时的政治生态,是一种普遍现象,为人们所默默地接受。还记得王杰吗?当年他的名声仅次于雷锋,是一个家喻户晓的英雄,60年代《王杰日记》在全国普遍发行,供人们学习。尽管在同时入伍的士兵中,他表现十分出色,但因为他的中农出身,入党经受了多次考验,和他同年入伍的战友,不少人早已入党,有人已经当上副连长了,而他牺牲时却只是班长,被追认为共产党员。政审是当年每个人必须过的关口,那时报考大学保密专业、重要专业的,分配在涉密岗位、重要岗位工作的,政审不过关是不行的。要当飞行员,更要上查三代,旁查三族,非要彻彻底底的根正苗红才行。当年的政策是:"有成分论,不唯成分论,重在政治表现。"其实,这仅仅是一种说法而已,只要成分不好,政治表现再好也不行。

随着运动的深入,我父亲从"革命干部"沦为"走资本主义道路的当权派",简称"走资派"。于是,我立刻从神气活现的"红五类",变成了垂头丧气的"黑七类"。党的政策是不要将这些"黑七类"的子女推向敌对阵营,而是要将他们拉入人民的队伍。于是,"黑七类"子女就被冠以"可以教育好的子女"的名号。我在南林农场7年多,这顶"可以教育好的子女"帽子我戴了6年多,尽管这顶帽子时重时轻,时紧时松,但它始终压在我的头上。

二、奔赴南林农场

1968年,随着"斗批改"胜利结束,如何解决大批学生的问题是一个摆在领导人面前的大难题。从初一到大学,数以千万计的学生,成为社会上亟待就业的人群。然而,国民经济停滞,百业萧条,哪有那么多的工作岗位啊。于是"知识青年到农村去,接受贫下中农的再教育",就成为解决问题的唯一办法。当然,那时我们有热血,有革命的激情,尽管我们也想留在广州,但上山下乡还是让我们兴奋。当年,广州的中学生有三条道路:一是留城进工厂、学校;二是到农场;三是到农村插队。留城当然是我所愿,但却不是我这样的"可以教育好的子女"可以奢望的。到农场,仍然可以过集体生活,可以按月拿工资,基本生活有保障,更何况还在传言很快就会改军垦。受《军队的女儿》这本书的影响,我十分向往军垦战士的生活,于是毫不犹豫地报名到农场去。那一年,我弟弟尚坚在广州一中读初二,算是67届初中毕业生,他们也要去农场,但一中要去的农场在海南中线屯昌县的深山里,条件比东线的南林农场还要艰苦。为了兄弟俩在一起有个照顾,在母亲的苦劝下,尚坚终于不情愿地同意和我一起到南林农场。班主任黄卓萍老师帮助我们办好了一切手续。

"革命的青年有远大的理想,革命的青年志在四方,到农村去,到边疆去,到革命最需要的地方去。"于是,在党和各级组织的教育帮助下,在革命形势的引领下,在革命歌曲的感召下,我们广州六中的400多名学生,这些革命的青年,到革命最需要的地方去了,到南林农场去了。出发前,父亲已被隔离审查,不知所在。母亲又要送别两个孩子去远方,身边还有4个年幼的弟妹,她心里一定很苦。临走前一天,我们极想到学校集合,但母亲坚决不同意,她坚持让我和弟弟在家里过夜,第二天一早赶到码头集合。那晚,母亲跟我和弟弟反复交代,话语我是记不清了,但母亲的神态却让我永远难忘。由于父亲被隔离,工资停发,存款冻结,每月只从父亲工资中给四个孩子(另两个孩子由母亲工资负担)拨出48元生活费。为了给我们置办行装,这些钱已所剩无几,母亲从仅有的钱中拿出20元,给我和尚坚每人10元,让我们留以备急。尽管当年的10元不是今天10元钱的概念,但如果不是万般无奈,母亲是不会对即将走向远方的孩子这么悭吝的。我们毕竟年轻,"少年不知愁滋味",那一夜,我们安然入睡。母亲是如何度过那一夜的,我不得而知。天蒙蒙亮,母亲叫醒了我和弟弟,看着我们吃完早饭,让老三和老四送我们去码头。她看着我们走出门口,就关上了门……

三、基干民兵

南林农场在海南东线,杨梅、前线、青年三个连队,靠山临海,是所谓的一线连队,担负着保卫海防的重任。改兵团建制后,南林农场编为二师九团,前线队编为三营十五连,杨梅队编为十六连,青年队编为十七连,营部驻十五连。那时,为保卫海防,十七连有武器库,配备有机枪、冲锋枪、步枪,一号通令下达后,还给我们连配备了一门无后坐力炮、一门小山炮。尽管武器装备陈旧,但毕竟

13

是真枪实弹,显示了十七连作为海防一线连队戍边的重要性。

武器是靠人掌握的,有了武器还不行,还要有军事建制,有连、排、班的组织和指挥系统,有人去扛枪操炮。为此,连里将所有人员编成三种军事组织,最核心的是武装民兵,编成一个大排,每人配发枪支;然后是基干民兵,也是组织起来,配发的武器就是自己的劳动工具——砍刀、锄头、扁担,也编成了一个大排;其余的人则作为普通民兵,没有组织建制,在一线连队全民皆兵的形势下,普通民兵将所有的老弱妇孺病残全部编入。

到连队不久,民兵组建方案议定,连队召开了会议,各班列队站立,听连长、指导员宣读名单。看着锃亮的枪支武器,听着连长抑扬顿挫地宣读名单,我满心盼望着能成为武装民兵,拿起枪来,最好是冲锋枪。随着武装民兵命令宣读完毕,我都没有听到我的名字,当然,尚坚也是"孙山之外"。失望、懊恼涌上心头,我骤然明白了,作为"可以教育好的子女",怎么可以奢望成为武装民兵呢?能成为基干民兵,就是组织的信任了。扛着大砍刀,我们照样保卫祖国,照样可以成为人民战争汪洋大海中的一滴水,敌人敢侵犯,照样淹死他!

当然,成为基干民兵,只是知青生活中暂时的不快。随着形势的发展,我也很快扛上了枪,冲锋枪也时常背在肩上,长途训练时,机枪也时常在我肩上,过足了扛枪瘾。一号通令下发后,武装民兵夜夜到海边站岗放哨,白天还要"促生产",日子一长,所有人都疲惫不堪。这时,我已成为事实上的武装民兵了,而且还是骨干力量,虽然不是夜夜出海站岗,但三天到海边去站两天岗,则是寻常事。我终于成为保卫海防的坚强战士了。

四、积代会代表

青年队的知青是一个积极向上的群体,充满昂扬正气,积极鼓励进步,形成了推崇奉献、激励先进的良好氛围。在这个集体中,谁吃苦耐劳，谁积极奉献，就会被大家推崇、被大家敬重。因此，尽管有命运不公的抱怨和失落，也有天生惰性作祟，但青年队的知青中流大汗、出大力、忘我劳动的人很多。我至今还记得，连队文艺宣传队还将一些好知青的事迹搬上了舞台，如"何建华，好思想，战天斗地斗志昂，轻伤不把火线下，一心革命拼命向前闯"等等。在党的积极教育下，在这么一个集体的带动下，我自然不甘落后，努力工作学习生活。

1970年，二师九团召开第一届学习毛主席著作积极分子代表大会，这是兵团成立后九团的首届积代会，团里上上下下十分重视。团里分配给十七连8个代表名额，连队领导认真组织了代表推选工作，发动各班开会，推荐投票，几上几下，选出了8个代表，我也位列其中，陈瑞芳也是代表。连队整理了材料，报到团政治处审批。

一天中午，连队在午休，四周静悄悄的，忽然，从连部传来指导员大声争辩的声音。我们一间屋里的知青全醒了，我仔细一听，原来是指导员在电话中和团政治处的同志争吵，他大声责问："为什么不行？为什么不行？他是全连队唯一全票通过的，你们凭什么拿掉？家庭出身不好，他隐瞒了吗？他欺骗组织了吗？不是还有'可以教育好的子女'的政策吗？"这时我完全明白了，我想，同宿舍的同学，听到指导员争辩的同志也都明白了是怎么回事。起床后，大家照样出工干活，什么也没说，好像什么也没发生。是的，大家能说什么呢？我尽管心里翻腾，但也像什么都没发生，什么也没说。

后来，不知道指导员是怎样和团政治处交涉的，总之，我还是作为代表参加了那一届积代会。不知道在代表成分统计中，我是作为知青，还是作为"可以教育好的子女"列入的。我很淡然地出席了那一届积代会，因为我不想辜负指导员。不久，我又被推选为列席代表，参加了二师的积代会。至今，我还深深地记得指导员和政治处争辩的声音，记得他那一张娃娃脸上时常露出的灿烂笑容。

这位可敬的指导员叫曾庆柳,湖南人,是一个退伍军人,至今我还时时记起他。

五、入团

1970 年,全国范围内开始了整党建党运动,组成领导核心,恢复党的领导。二师九团也在各连队开始了整党建党工作。到十七连指导这项工作的工作组长叫刘春芳,是团政治处的一位干事,现役军人。那时,现役军人的地位远远胜过农场的"土八路"干部,很有权威。这位刘组长为人倒是很谦和,经常给我们讲课,做形势报告。部队的政工干部,搞宣传是真有一套,这位刘组长时常舌灿莲花、口若悬河,那时我心里是很佩服他的。这位刘组长也不是光会说,其实他干起农活来还是一把好手。一次连队插秧,他和我们连队插秧最快的一位号称"插秧机"的女同志比赛,结果,刘组长把"插秧机"甩开一大截,率先到了田埂边,观看比赛的人一片掌声。至今我还记得刘组长当时开怀大笑的样子。

运动在工作组的指导下顺利进行,知青也被分派了许多任务,诸如出墙报,搞宣传,每天在广播台上读文件,读社论,等等。运动进入"吐故纳新"阶段,要发展新党员,即"吸收新鲜血液"。那时,有许多人,尤其是一些老党员、老工人,都劝我积极向组织靠拢,争取入党。我对头上的帽子是有感觉的,对同志们的好意,我很感动,却不敢动心,笑笑就过去了。通过整党建党运动,十七连发展了两名新党员,建立了连队党支部,工作组的任务基本完成,最后的扫尾工作就是整团建团。工作组把年轻人召集起来,进行动员,要求每个人都要写入团申请书,刘组长还找我谈话,鼓励我写入团申请书。这时,我的心也活动起来了,虽然帽子还带着,但以刘组长的身份地位,他的鼓励应该是有把握的。于是,我和一些同志很快递上了入团申请书。当天,志愿书就发了下来,陈瑞芳、叶光荣(当地青年,现在五指山市公安局工作)和我拿到了志愿书,要求当天填写完毕。同学们、朋友们都向我表示了衷心的祝贺。志愿书交上去的第二天,工作组和连队党支部便呈文送政治处审批。晚上,刘组长找我谈话,告诉我,我是新成立的团支部的委员,同时要求我写一份发言稿,第二天在团支部成立大会上代表新团员发言。那天晚上,我在油灯下认真写发言稿,改了一次又一次。

第二天中午,政治处的批复拿回来了。下午开会,地点在连队粮食仓库隔出来的小库房内。我把发言稿折好,装进口袋,走进会场。因会场很小,所有人都列队站着,我站在队列前面。简短的开场白后,宣读团政治处批复,新团员是陈瑞芳、叶光荣,没有我的名字。顿时,我呆若木鸡,头脑中一片空白,这是怎么回事,我口袋中还装着发言稿呢。突然的变化,使我的心直往下沉,沉入冰谷。团支部委员会由谁组成,谁代表新团员发言,我全然不知,只努力保持着镇定。会议很快就结束了,走出会场,我木然走着,同学们、老工人们都和我保持着距离,是呀,和你走在一起,该说些什么,能说些什么呢?

尽管我知道这件事不怪刘组长,不怪连队党支部,但我还是对他们有意见,为什么不能事前找我把话讲开呢?为什么不能在下午安排我去干一些别的事,别让我去开会,让我多少避免一些难堪呢?过后不久,连队调整了我的工作,我代理文书已经一年多了,被安排到伙房去当炊事员。工作组撤离时,刘组长找我谈话,鼓励我继续努力,那时,我已经很坦然了,我告诉他我会继续好好工作的。同时,我向连队提出,我到海南已经两年多了,连队的知青只有我没有探过家了,希望批准我探亲。这样,从1968年11月离开家,我于1971年2月(春节过后)踏上了返家的路程。

探亲回来不久,三营组织在哑巴田开荒会战,连队又把我调出来参加开荒,并让我担任班长。1971年5月,在开荒会战期间,一天,曾庆柳指导员郑重其事地告诉我,我的入团志愿被批准了。于是,在哑巴田会战工地,面对团旗,我举起了右手。

入团是我一生中永远不会忘记的事情,是对我的心智、性情和生活态度的一次考验,我很高兴我还是走出来了。以后,我在生活中、工作中也多有不如意的事情发生,也有十分失意的时候,然而,有这杯酒垫底,我都能坦然面对,心中释然。谁说挫折不是人生的一种历练,不是一种财富呢?

六、为了那些爱我的人

一桩桩、一件件,这些今天看来可能是不值一提的事情,在那个年代,对一个追求理想、渴求进步的青年人,还是有打击的。除了上面说的事以外,我这顶帽子还使我失去了很多机遇:推荐上学,总在最后被刷下;参军、提干,我没有资格;农场知青向往的工作,诸如教师、卫生员、驾驶员等,我也无缘。人是有思想、有情感的,每逢这时,心中难免苦涩、难免酸楚。

在南林期间,虽然我遭遇过不愉快、遭遇过不公正,但是我还是深深地感觉到,在南林7年多时间里,我得到的很多很多,远远大于我失去的。我在南林努力地工作,努力地拼搏,在这块土地上,我抛洒过汗水,流淌过泪水,也流淌过鲜血。我的付出、我的努力得到了大家的肯定,得到了农场职工和知青的公正评价,这让我欣慰、让我感动。我的同学给了我很多的安慰和鼓励,他们的友情,使我终生难忘。我常常想,人生中有了知青的经历,就一定有知青的感情,有知青情结。如果没有知青情结,没有见了知青同伴如亲人、兄弟、姐妹的那种情感,是不是太冷血呢?

我可敬可爱的老工人和同志们,给了我极大的关怀,还有一直培养我、关心我的连队领导和同志们,如我前面说过的为我仗义执言的曾指导员。南林知青几乎都知道余世和,那是农场的一个土专家,一个百科全书型的人物。有一段时间,他在青年队,可能感觉我是个可造之才吧,曾向我传授过很多农场的生产知识,带着我跑了许多山头,教给我规划林段的知识。刚到青年队,我所在的四班班长郑凤荣,可能觉得喊我名字不礼貌,喊"小容"不尊重,很早就尊称我"老容"了。他们没有对我另眼相看,正是他们的教育与关爱,正是他们的肯定和赞扬,正是他们的期许和祝福,使我走过了人生中艰难的一段路途,使我从失落和苦痛中走了出来,我衷心地感谢他们。

经历了种种磨难,我之所以没有放弃,之所以没有沉沦,我想除了理想信念,还有我坚信父亲绝不会反党反社会主义,相信他最终会得到解放。然而,支持我、帮助我走过这段历程的,更多的是同志们的热情关爱,同志们的公正评价。正是他们一句暖心的话语,正是他们一个鼓励的眼神,正是他们一次紧紧地握手,正是他们坚持不懈地对我寄予厚望的真情,使我不能放弃,我不能辜负他们。

离开城市,走进农场农村,不能继续读书学习,拿起了扁担锄头,这不是人生幸事。1968年的上山下乡运动,是共和国的无奈,是共和国的伤痛,当然,更是身历其中的数千万知识青年的悲哀。我们满怀豪情,却无法实现人生理想,我们期盼报国,却无学识本领。我们这一代人经过了艰苦的磨砺,付出了很多很多,但对祖国实现现代化的贡献却远远难和我们的付出相等,这是我们的哀痛。尽管这样,我对自己的知青生涯还是很怀念。因为这段人生,对我的一生影响很大,努力工作、敬业奉献是我一生不变的信念。

我庆幸,我来到了南林;我感动,有这么多南林人关爱着我;我骄傲,我是这个集体中的一员,我是南林人。我要对所有爱我的人、对所有帮助过我的人、对所有鼓励过我的人真诚地说:我爱你们。

七、摘帽

时间到了1974年,那年有两件事使我难忘。一是家里来信告诉我,父亲已经被"解放"了,正在等待分配工作。这使我兴奋异常,感到天更蓝了,树更绿了,我知道,我的知青生涯就要结束了。

另一件事就是撤销了兵团建制,又恢复了农场,三营改为第三作业区,十七连又改为青年队,但那时,青年队已近撤销,队里的人员大多调入了其他连队。1968 年 11 月一起进队的 27 个广州知青,这时上学读书的走了,回城的走了,一部分调入了场部直属单位,当然也还有调入其他连队的,如深兰队、红桥队等,青年队只剩下我和江不平两个知青了。一天,我俩划船出海,到对面的分界洲岛上去买鱼,在岛上过了一夜。那晚,月明星稀,我俩爬到岛上最高处,放眼向远方眺望,耳中是海浪拍岸的涛声,真是"登高临远,归思难平",两人相对默然。不久,我又被借调到前线学校做代课教师,队里只剩下江不平了。

在前线学校代课有 1 个多月,我是真的喜欢上了这个职业,喜欢上了那些纯朴的孩子。代课结束回到青年队不久,第三作业区又将我调去做书记(这是沿袭军垦农场时的叫法,以现在的说法,应该是文秘一类的岗位)。

不久,全国上下开展了党的基本路线教育运动。10 月份,海南农垦局从各农场抽调人员,组成社教工作团,派赴各农场指导开展运动。南林农场选调了 5 个人,我也是其中之一。工作队在南林集训期间,适逢又一批知青回广州读书,尚坚要去省政法学校学习,江不平要去铁道学校学习,刘宝琦要去轻工学校学习。一大批知青在场部相聚,凡是要走的,都兴高采烈,留下的一面为战友送别,一面心里默默地考虑下一步该怎么办。

1975 年 5 月,父亲终于恢复了工作,走上了工作岗位。7 月,驻红光农场工作团党委批准了我的入党志愿。入团以后,经过 4 年多的不懈追求,我终于加入了党组织,实现了做一个共产党员的理想。在工作团总结大会上,我又被授予"海南农垦系统优秀工作队员"称号。我的"可以教育好的子女"的帽子至此是完全被甩掉了。

从工作团回到南林农场后,我被任命为武装连长。那时武装连已经完全转为生产连队了,当时只有 50 多人,管理着连队周边的橡胶林段,还有两个班驻场部执行基建任务。到任后不久,武装连更名青年突击队。农场中学毕业的100多名学生加入到队里来,这样,青年队就有140多人了。既然是青年突击队,当然要以完成场部突击性工作任务为主。我和林树明指导员带着他们,按照场部指令,上新风队伐木、上牛寮修水库、建发电站。在青年突击队,我只待了短短的5个多月,我是队长,更是这些学生的兄长,和他们建立了深厚的感情。

10月,农场组建新的党委,组建新的领导班子。据悉,我也被内定为领导班子成员,上报审批。其间,我和各农场领导班子成员和候选人被集中到海口市,参加了农垦局组织的半个月的学习培训。那时,正是邓小平同志抓整顿的时候,干部必须走台阶,严禁火箭式突击提拔干部。为此,农垦局做出规定,场领导必须有两年以上基层连队任职的经历。我不具备这个资格条件,不能作为这一届场领导人选。于是,我被列为党委委员候选人,在党代会上,被选为南林农场党委委员。

12月底的最后几天,农垦局同意我调离南林农场到安徽合肥工作的调令来了。我迅速办好了手续,1976年元月5日,我带着不舍,带着思念,离开了南林农场。

八、不是结束语

昨天的一页已经掀过去了,我今天之所以写下这些,是因为那是我在南林的一段往事,是我知青生活的一段真实感受,也是一段历史。这么些年过去了,今天看来,是我当时太年轻,年轻人有时是敏感的,特别是涉及面子、涉及尊严时,年轻人也多少是虚荣的,这些,都放大了我当时的感觉。

写下这段经历,是因为我知道,在那个年代,有这样遭遇的不是我一个人。即使是根正苗红的"红五类"子女,他们没有家庭出身的歧视,但是,如果他们只是普通的工农家庭的子女,也会有另外一种不幸。因为,没有社会能量的家庭不能对他们力图改变命运的努力给予任何帮助。我离开农场时，已经在南林待了7年多。然而，还有许多知青还在农场等待，当知青越走越多，继续留在农场的越来越少的知青，就会有一种凄惶、一种焦躁，更有一种无法言说的悲凉萦绕在心头，我是品尝过其中滋味的。每走一个知青朋友，都会使留在农场的知青感到一种煎熬。一些知青在农场待了十多年，最后是在知青大回城的政策下才最后离开农场的。这些战友有一些回城就业不顺利，有一些已经提前在国企改革改制中早早下岗回家了。这使我反复想到"穷人恒穷"的规律，因为它在各种社会都普遍存在。相比较他们，我真的不应该抱怨。

写下这段经历，是因为作为曾经遭遇过不公正待遇者，我更加关注社会的公平公正，关注人与人之间的平等，关注社会的和谐，我也期望大家共同关注。曾几何时，我们有城乡差别，有工农差别，在以身份管理为主要内容的人事管理制度中，人为地造成干部和工人的差别，正式职工和聘用职工、临时工的差别。我更想到农民工兄弟，想到农民工子女受教育的问题。我记起了马丁·路德·金的著名演讲——《我有一个梦》，"我们认为所有人生来平等是不言自明的真理"。我们是否可以不以人的身份，而是以他们的品格和贡献来评判他们的价值呢？我们是否可以更好地尊重人的尊严呢？所幸，时代的进步已经使我们认识到以人为本的重要性，我们已经在推进社会全面进步和人的全面发展，已经在建设和谐社会了。

吃

　　俗话说,"民以食为天"。吃,是人类生存的最基本的要求,必须有保证。作为知青,我们上山下乡后遇到的首要问题当然也是"吃"。作为农场职工,我们的基本生活有保障,不会饿着,但也仅仅如此。在农场期间,体力劳动重,又缺少油水和蛋白质,整日里嘴淡胃空肠枯,格外馋。因此,农场知青,特别是男生一直在为吃饱想办法,同时也努力寻找机会小小地改善改善,追求吃得好点。为此,我们广辟食物来源,不管甜酸苦辣、腥膻臊腻,举凡天上飞的、地下跑的、水里游的,能吃的都拿来满足口腹之欲。广东人向来以敢吃、能吃、会吃闻名,我们更是将这一美名发扬光大,能吃别人不能吃的、敢吃别人不敢吃的。在我7年多的知青生活中,关于吃,留下了很多记忆,有些终生难忘,总体上是没饿着,却也从无餍足过。

一、基本生活有保障

　　作为农工,基本生活是有保障的。在南林农场,职工每月粮食定量是40斤,以大米为主,从未改变;食油定量是半斤,以后逐年减少,为每月3两。工资第一年为22元,一年多后定级为农工一级,工资为26元,加上海南岛有5%的地区补差,每月就有27.30元。到了1972年补差增为10%,每月有28.60元。5年多以后,根据工作年限、个人表现,有少数知青调为农工二级,基本工资为32元,加上补差为35.20元。我离开农场时,每月工资就是35.20元。有了这些,应该说,在农场的基本生活保障是有的。

农场是一个封闭的小社会,既是生产单位、农工企业,也是一级政权组织。农场对职工的吃喝拉撒、住房医疗、生老病死,几乎全部负责。为保障职工的基本生活,每个连队,都按一定的职工人数比例,设有后勤班,有炊事员、饲养员、种菜工、保育员等。后勤班实在是连队最重要的工作岗位,他们的工作成绩,关系着全队职工的生活水平。记得南林农场到六中接人的何干事在动员会上介绍,农场各连队生活有区别:好的,每月只需八九元伙食费;不好的,要十二三元钱。我当时就奇怪,怎么吃得好还少花钱,差的还要多花钱呢?到农场后才知道,连队副业生产搞得好,菜种得好,猪养得好,产品都按农场价格很便宜地卖给食堂,让职工食用,还有多余的,也可以卖给各家各户。副业生产越好,产品越多,自然就吃得好、花钱少;副业生产搞得不好,或条件很差难以搞好的,食堂就难为无"米"之炊,吃得就差,需要外出买菜买肉,自然花钱就多了。

每月40斤大米,这个定量在今天看起来是非常高的,城里的三口之家,捎带着吃些点心,早餐又在外面吃,每月可能20斤大米就足够了。但这个定量对那时的我们是远远不够的,如果任由我们敞开肚皮吃,每月还要增加二三十斤才好。女生好像是够了,吃不完,有时还会支援男生一些。40斤定量怎么安排?怎么吃才能物超所值呢?经过多次试验,青年队男知青的主流吃法是:早餐1两稀饭,中午、晚上各6两饭,每天1斤3两定量,严格控制,不敢多吃。有时连里在开荒或抢收时,早晨会蒸一些番薯或木薯,不收粮票,让大家吃饱,有力气干活,那我们就不吃稀饭,省下1两饭票,补充到中餐或晚餐中去。为能吃多点,我们又在打饭上动点子。炊事员打饭时,用的是一个小碗,一碗2两,打3两时,第二次就盛半碗,看起来比一碗只少一点。于是,我们就分两次打饭,每次打3

24

两,只为能多一口。今天想想,也很可笑,可见当年我们是多么困窘。当然,这样打饭,只是感觉会多一点,其实差别不大,一两个月之后,就不再玩这种把戏了。再后来,有一阵子又自己做饭,只为点滴不漏都吃到肚子里。那时,各人都买了锅,有一个人自己做的,也有两三个人一起做的,我和杜广生合作过一段时间。1969 年初,陈敏如调去做炊事员,于是他就多了一项任务,男生将小锅交给他,里面米、水都放好。他在烧大灶撤火时,将这些小锅放在炭火上煮饭,一时间八九个小锅在灶后同时排开,蔚为壮观。自己做饭毕竟麻烦,这样的情形大约持续了一两个月,大家也没了当初的劲头去折腾了,于是到食堂打饭就成为知青生活中的基本方式了。

队里种番薯、木薯,收获季节也会让我们调剂,一斤饭票可以买 7 斤,我们会买一些番薯、木薯,总觉得吃到肚子里更占空间,更加有饱腹感。有时连长发慈悲,将一些挖坏的番薯、木薯按 2 分钱一斤卖给知青 ,不收粮票,那我们就更高兴了,可以有几天饱饭吃了。

那时的我们有多能吃呢? 有几个小故事。一次,几个男生在一起说起吃饭,结果打起赌来,有人当场称了 2 斤米来,煮成饭,尚坚 10 多分钟将饭全部吃完,输家只好自认倒霉。1969 年我们第一次在农场过春节,除夕那天某同学和陈列一起在食堂各打了 6 两饭,陈列只吃了两口,不吃了,他将两份饭菜全吃完。然后 7 个同学在一块做菜包饺子,准备除夕年夜饭,他又吃了一盆番薯糖水,等饺子熟了,他又吃了许多饺子,因为饺子咸,又喝了饺子汤。两个小时吃了这么多东西,这下不是饱了,而是撑了。那年月哪里去找玛丁林和干酵母,结果,他坐卧不宁,怎么也不舒服,最后蹲在门前的一堆桁条上,才感觉稍好一些。20 多分钟之后,还是将食物吐了出来。现在想想真有些后怕,万一将胃撑破了,那会出人命的呀! 这是青年队男知青的一个经典故事,从那以后我们就将吃撑了叫作“猫桁条”。我也有过放开的时候,一天,我到团部办事,中午在招待所吃饭,一份饭是半斤米饭加一份菜,吃完后没有感觉,又吃了一份。吃完后，到卫生队看看同学，王番一见到我，立刻问我吃饭没有，我说吃了，在招待所吃了两份饭。他仍然很热情，说今天卫生队食堂吃肉，再吃一点，说完就跑去食堂给我打饭。饭端来后，我一看，这哪是一点，小半盆米饭，足有六七两，肉盖在饭上，汤汁淋漓，令我食指大动，只用了十分钟，连饭带肉，全部扫光。那个中午，真是过瘾啊。1975年下半年，我在青年突击队当队长，炊事班长林冠英知道我食肠宽大，打饭时总是予以关照，我很领情，但这样总不好，于是，我就趁着人多时去排队打饭。9月，青年突击队奉场部指令，在新风队附近伐木，住在新风队仓库里。伐木是重体力活，自然吃得多。9月24日，我早上吃了半斤饭，中午吃了1斤饭，晚饭又吃了8两，应该打住了。可那天我坐在地上就是不想动，理智上知道不应该再吃了，但心里却总想找个什么理由说服自己再吃一点儿。猛然，我想起来了，那天是我25周岁生日，为什么不能给自己过一个生日呢！再吃2两，吃到2斤半，1岁1两，25岁吃25两。嘿嘿，应该，太应该了！于是，在25周岁生日那天，我吃了2斤半米饭，过了一个值得今后回想的生日。

那时场部靠公路边有一个茅草搭建的小吃部，卖咖啡、牛奶和馒头之类的食品，供过路客人食用。馒头在北方是平常的主食，但在以米为主的海南，可以换换口味，对我们来说就是美食，不亚于今日的小笼汤包、虾饺。因此，偶尔去场部，我们就会去小吃部，要上一杯咖啡或一杯牛奶，再要10个馒头。那个杯子是真正的咖啡杯，很小，大约可以装100毫升咖啡，牛奶则是用炼乳冲水调的，每杯大概是8分钱吧，馒头是一两一个。《基督山伯爵》里邓格拉司用5000金路易得到一只鸡后，他感觉那只鸡瘦得可怜。相比较我们的食欲，那种馒头也非常袖珍，非常小巧，所以，一买就是10个8个的。开始服务员不肯卖，强调只准在店里吃，不准带走，后来看我们吃馒头的狠劲，终于闭嘴不说了。我们两口一个，五六分钟，装馒头的盘子就空了。我最多一次在里面吃过18个馒头，之所以买一杯咖啡或牛奶，是因为要买馒头必须要买咖啡或牛奶，否则我们是不会花那个钱的。尽管兴隆与南林相邻,兴隆咖啡名气非常大,但在海南,我是没有正儿八经地品尝过兴隆咖啡的。

在农场期间,我有两段时间是敞开了肚皮吃饭,非常过瘾的。第一次是我们刚到青年队半个来月,全县组织劳力在牛漏修水利。青年队要抽调十多人上工地,知青也踊跃报名参加,连队考虑让知青去锻炼锻炼,从初三知青中抽选了我和陈敏如、潘国良。水利工地上,劳动强度很大,我们又是第一次干这么累的活,收工后,连话也懒得说,但水利工地也有好处,就是饭敞开来吃。我们那时用的饭盆很大,能装1斤多米饭。开始,我们装满了一盆饭,等吃完想再添时,饭箩经常是空了。总结经验,我们开始只装半盆,快速扒进嘴里,也不吃菜,等吃完半盆,再狠狠地装满一盆,坐下来慢慢享用。水利工地半个月,我们足足吃了半个月饱饭。另外一次是1975年10月间,为各农场组建新的领导班子,海南农垦局将各农场领导班子成员及候选人集中到海口市学习培训,时间半个月。学习期间,伙食安排很好,8人一桌,6菜1汤,饭敞开来吃。刚从一线下来的我,将特别能吃的作风发扬到极致,只见我不停地起身添饭,恨只恨碗太小,每次都是我最后一个撤离饭桌。半个月的时间,我的体重从128斤增加到141.5斤,平均每天增加9两。回到队里,学生们都惊奇,队长肥了这么多啊。罗南英直接对我说:"队长,你肥了,肥了好多啊!"回想当年,我们是真年轻啊,年轻人的食欲真让现在的我们羡慕啊!

油脂是人每天必需的食物,也是营养的基本构成。我曾看过、听过一些营养学家、养生专家讲课,每天油脂摄入量不宜超过25克,于康教授更是告诫体重超标者要严格控制油脂,在饭店吃饭要将菜肴在水里涮涮再吃,减少油脂和盐的摄入。有时看到这些我颇有些不以为然,现在生活好了,减少油脂是应该的,但在饭店里吃饭,还是要有起码的礼仪,一是对主人的尊重,二是对厨师厨艺的尊重。可怜在海南时,我们有时一个月的油脂摄入量大概也没有25克吧。刚到农场,每人每月有半斤的定量,连队一年还要杀上几头猪,猪油一般由食堂熬出来,所以吃油问题不大。因为老工人家庭一般单独开伙,只在食堂打一份菜,连里还经常将油(一般为花生油)分给职工,虽然不多,每人二三两,但也很好。我们同宿舍的6个人(兰铁尔、刘宝琦、潘国良、陈敏如、尚坚和我)会分到一斤多油,用个大瓶子装起来,为食用方便,还将油炼熟了。陈敏如喜欢用油拌饭,说加一点盐吃起来特别香,结果不到一周,一瓶油就没有了。过了两个月,又分油了,潘国良说,这次我们不炼了,看生油他如何吃,谁知陈敏如根本不在乎,生油他也照样拌饭。这让我们有点生气,总要留点油备急才好,于是将油瓶藏了起来。陈敏如吃饭时找油瓶,怎么也找不着,问我们,我们说叫老鼠吃了。

这样的好日子没过多久,随着"文革"的深入发展,革命形势说是越来越好,但油的定量却越来越少,最后只有3两了,油也只分了两次,再也没有了。就这3两油,真正吃到我们嘴里的还要大打折扣,接待上级领导和司机炒菜要多放油,炊事员再多吃一点,到职工嘴里的油就不多了。没油怎么做菜呢?我做过一段时间炊事员,知道是怎么回事。由于油少,炊事班一般将油炼熟,装好。炼油的锅炒一次菜,以后,菜基本上是水煮或放盐干炒,装盆后在上面滴几滴油,勺子一搅,只要菜汤上面飘着油花就行了。这样的菜,哪怕蘸着油吃,菜里也不会有油味的。我做炊事员时,为改善单一的早餐,利用午休时间,磨米浆做米粉,用小青菜和酱油味精一炒,就是广州名吃炒河粉,大受广州知青欢迎。做了几次后,被上士坚决制止了。原因很简单,炒粉要用油,几次河粉一炒,一个月的油给用了一大半,这日子还过不过了!于是一切恢复平静,日子也一天一天平淡地过下去。这件事让我有点感慨,你想改变平淡的现状,使生活变化一点,那也不是有想法、有意愿,愿付出、愿努力就行的,有时,真的是条件有限,使这一切美好的愿望变成了可笑的梦想。

糖,专家又称碳水化合物,是一种很好的调味品,更是一种重要的能量来源,也是重要的营养构成。两广地区是我国重要的蔗糖生产基地,广东人爱吃糖水,煲凉茶、煲糖水、煲靓汤是广东人重要的饮食特点。按一般人的想法,生活在糖乡的人应该是不缺糖的吧。其实在计划经济时代,一切都是要凭票的。刚到海南,我们发现农场的食糖供应不受限制,在青年队的小卖部里,就能买到白糖、红糖,煲糖水便成了知青日常生活的一项内容。那时煮糖水一般以番薯为主料,有时也煮木薯,间或是稀粥,如果有糯米,再放上一把花生米,那晚就如同过节一般欢喜。我们煮糖水一般用的是红糖,一是价钱便宜,二是风味更好,三是营养成分更丰富。那时一斤白糖大约是7角钱,红糖约5角钱。但好景不长,不到一年,糖的供应也紧张了起来,渐渐地,成了紧俏商品。以后,连队小卖部就断货了,最后只能偶尔在农村供销社买到一点。于是,我们生活中没有了糖水,也少了甜蜜的味道。

二、无肉难欢

到农场的第一年,生活虽苦,但还说得过去,基本有菜吃,隔2到3个月连队还会杀一头猪,还能吃上肉。改建设兵团后,要求大干快上,改变面貌,各方面都要上指标,违背客观规律的事也出现了。生产上,大抓橡胶增产,大抓开荒,扩大橡胶种植面积;生活上,大抓养猪事业,要求各个连队要做到一人一头猪。青年队(兵团后改为十七连)是新建连队,只有100多职工,而一些老连队如红桥队等,有200多职工,要做到每人一头猪,是非常不容易的。原来一个连队大约养10—20头猪,一两个月可以宰杀一两头猪,虽然隔的时间长,分量也不多,但大家还能吃到肉。提出每人一头猪的指标后,猪的头数增加了,吃到嘴的肉却反而少了。原因很简单,连队的饲养员是按职工人数的比例配置的,不可能增加人手。猪饲料没有保证,靠饲养员打猪草解决,尽管连队要求大家收工时捎带一些猪草,特别是收番薯时的番薯藤、收花生时的花生秧,但仍解决不了饲料缺乏的问题。食堂没有泔水,因为有家庭的老职工和本地青年职工基本上是自己做饭,在食堂吃饭的青年也是打了饭即走(因没有餐厅,不可能在食堂就餐),食堂的剩饭要留待下一餐再回锅。因此,养猪实在是一项繁重的工作。连队有时也会将一些番薯、木薯的边角料送到养猪场,但不可能多,因为这是农产品,要上账的。这样一来,猪栏里的猪就很可怜了,头头瘦骨嶙峋,运动能力极强,一米多高的围墙,一蹿即过,我们都笑称是"跳高冠军""运动健将"。这样养猪,数量再多,也只是统计数字好看,我们反而难以吃到肉了。养的猪瘦弱不堪,抵御病灾的能力也大大减弱。大约是1971年9月间吧,一场台风过后,一次死了10多头猪,送到伙房,我们两个炊事员忙活了一阵。最后,煮了一锅猪肉,总共只有20多斤,还费了一点油,这样的肉吃到嘴里,根本没有猪肉的肥腴鲜香,反而有一股膻气。

连队养猪不能满足职工吃肉的需求,还有一种办法就是到附近农村去买。在我的印象里,青年队外出买猪大约只有两三次,而且是要跑80来里远到陵水县去买,并就地宰杀,将猪肉挑回来,因此每次都要去三四个人。这是一桩苦差事,但去的人可以在杀猪的时候饱餐一顿。肉买回来后,全部放在食堂煮熟,然后按人头数,平均盛在胶杯中,每杯约有4两肉,再按总价除以杯数,最后得出每杯价格,大约在8角钱左右,这可是高价猪肉。老职工一般一家只买一份,虽然知青没有家累,但这样的肉一般也只买一份。

连队在过年或五一节、国庆节的时候会杀猪。刚到农场时,连队杀猪除了食堂加餐,还会给职工分一点鲜肉,改兵团后,只有过年才能分到一斤多肉。每逢连队杀猪,总会有人要求将猪身上的一些特殊部位卖给自己,以便治病。这些要求,要经过连队医务室的同意,如一位经常流鼻血的职工,要求买猪拱嘴;一位坐骨神经疼的,要买猪尾巴;小孩遗尿的,要买猪尿泡等,千奇百怪,十分有趣。

总之,下放7年多,吃肉是很困难的,而能吃上肉,对改善我们的营养是非常重要的。为了吃肉,我甚至还改变了自己的饮食习惯。我从小对肥肉就十分排斥，一吃就恶心，要吐。小时候在家时，哪怕是吃饺子，只要馅料里有丁点儿肥肉，我都十分敏感，恶心呕吐，家里会为我另外准备别的饭菜，但我对猪油却又不排斥。到农场后，我也依然如故，开始是将肥肉拨给其他人吃，后来肉食越来越少，油水渐渐枯竭，饭量越来越大，在那种亟须补充油水的时候，再把肥肉拨给别人，就有点舍不得。自己不能吃，又不愿舍弃，怎么办，我就尝试着往下咽，吞一块肥肉，赶紧吃一大口饭，将恶心压住，开始只能咽一两片。一年多之后，吞肥肉已不再难了，就开始嚼，从嚼一两口到最后甩开腮帮子大嚼特嚼，其间，大约用了两三年的功夫，我终于改变了从小不吃肥肉的痼癖。回家探亲，母亲看到我大口地吃肥肉，既惊诧，也心酸，从小不吃肥肉的孩子到农场后终于吃肥肉了，她可以想象到农村生活的艰苦。而我也很自豪，谁说本性难移，我这不也移了吗？"莫道肥肉难下咽，只缘未到艰苦日。"常说到农村去，来一番脱胎换骨的改造，如果以此衡量，我以为脱胎难、换骨难，但改变饮食习惯还是可以的，好像也不是太难。

说了猪肉，还应该再说说牛肉。海南农场不像黑龙江农场，一望无际的大平原，农业机械化程度高。海南多山，南林农场各连队，多半在山里面，农业生产主要还是靠畜力，耕田耙地、拉车运货，都要用牛，上山砍木料，更要靠牛拉下山。牛是生产上的好伙伴，同时，它也是解决动物性蛋白质的好来源。牛老了，或伤残了，或意外死亡，就成了饭碗里的肉食。我是很喜欢吃牛肉的，因为牛肉全是瘦肉。牛全身是宝，牛皮剥下另有用途，其余几乎全部可以食用，牛血虽不如猪血细嫩爽滑，吃起来有些粗拉拉的，但是蛋白质含量高，铁含量高，我们是不问口味好不好的，牛骨可以熬牛骨粥，那是鲜美异常的。在农场几年吃牛肉极少，主要是生产需要，正常情况下是不会杀牛的。记得有一次队里一头牛被蛇咬死，是埋掉还是吃掉，争论不休，最后还是食欲战胜理智，吃掉！当然，在处理时还是加了十分小心，咬伤部位切除，牛肉反复漂洗，牛血是放不出来了，肉也多煮了一些时间，吃的时候也不敢狼吞虎咽，而是小心地先吃一点，没反应了，下餐再全部吃掉。现在想想，也颇有点好笑。

农场为了解决职工吃肉问题，在全场分点养殖一部分黄牛专供食用，逢年过节，后勤处会分配给各连一两头牛，由各连宰杀。大约1971年国庆节，团部电话通知分给十七连一头牛，连队派我去赶回来。于是我一大早从连队跑到团部，到后勤处开了条子，再赶到八一队牵牛。八一队早接到通知，下午牛没有放出栏。看我去牵牛，放牛的大叔说，就你一个人？我说是，心想，牵头牛这么简单，一个人就够了。大叔笑笑，说散养的牛，刚拴上绳子，赶不走，我并不相信。大叔让我进牛栏抓牛，并嘱咐我千万小心，不要给牛角戳伤。当时牛栏里挤挤挨挨的有几十头牛，我从未这样抓过牛，只能硬着头皮跳进牛栏，牛群立即骚动起来，低下头和我转圈。我在栏中迅速搜索，相中了一头又肥又大的牛（后勤处单上只注明一头牛，并无大小、重量之别），下决心要抓住它。我在牛群中不断躲闪，不断靠近目标，几番周旋之后，终于靠近了目标。我用左手轻轻抚摸牛背，在它放松警惕之时，出手如电，右手拇指食指中指紧紧掐住牛鼻子，大叔大声欢呼，好、好、好！把它拉到栏边。按大叔指令，我将牛拉到栏边，大叔扣住牛鼻子，将牛拽到围栏的空隙处，吩咐我跳出牛栏。这时大叔将早已准备好的铁丝拿出来，让我帮他一起硬是将牛鼻子穿透，为保险又回头再穿一次，然后将接头处拧好，用藤条将铁丝环拴牢。大叔将牛群放出栏，对我说，送你一程，我辞谢，大叔说刚拴上的牛一个人牵不走，还是送你一段路吧。这样，我在前面牵牛，大叔在后面跟着。牛也很听话，乖乖地走着。大约走了一里多路，我实在不好意思，坚持让大叔回去，看大叔的意思，并不放心，但我一再坚持，大叔只好离去。这边大叔一走，牛就立即发威，四蹄立定，我拼命拉住藤条，牛则屁股后坐，与我玩起了拔河游戏。双方僵持了20多分钟，实在拔不过倔牛，不但不能前进，反而向后退了20多米，陷入牛退我进的局面，累得我满头大汗,口喘粗气,双腿都有点发抖了。我很奇怪,不是牵牛牵牛鼻子吗,为什么我牵了牛鼻子却无奈这头倔牛呢? 正在我一筹莫展,无可奈何之时,救星到了。青年队的知青,和我同在四班,现在团部警通排工作的何建华趁假日回来玩耍,骑着一辆自行车正好路遇,不由心头大喜。何建华老远就奇怪,这老大在干什么呢? 我把情由一说,他也笑了。于是,他也不骑车了,仍然是我牵绳前行,他在后边推着车子,赶着牛,好友重逢,一路兴高采烈,说着笑着,轻松愉快。走了有4里多路,在一段下坡路上,突然牛发疯一样向前狂奔,我猝不及防,瞬间被牛拉倒在地,扯着向前翻滚。山路崎岖,虽然能通汽车,却也高低不平,石块很多。尽管知道这头牛是职工国庆节餐桌上的主菜,但性命交关之时,还是不自主地松手放开牛绳。只见此牛脱缰之后更是得意,何需扬鞭,只见四蹄翻飞,很快在山路转角处不见了影踪。我从地上爬起来,仍惊魂未定,也顾不得身上擦伤划破之处正在流血,满脑子都是怎么办? 如何向连队交代? 如何面对期盼着的职工们? 牛拖着我狂奔之时,惊悚之下,我的大脑是一片空白,这时惊魂稍定,深恨自己为什么撒手。平日总是期盼着能有机会做一回英雄,谁知真到了考验关头却做不了英雄。何建华也赶了上来,两人面面相觑,分析原因,是建华推车跟得太近,车轮不注意碰到了牛腿上,造成牛受惊狂奔。回到连队,将前因后果向叶镜连长一一汇报,连长倒是未多加责怪,反而笑起来,说只要没伤着人就好,过两天把牛抓回来就是,全连职工也未多说什么。我只是奇怪,那样一片莽莽丛林,何处觅牛呢? 直到10月7日,连长通知我和4个同志一起去抓牛,同行的人还扛了一杆猎枪。结果,只找了两个小时,就发现了那头该死的牛。原来,牛跑掉后,连里一直派人在牛丢失的农村附近打听,有没有看到牛的踪迹,直到基本锁定牛的活动区域,才派我们去抓牛。当时,那畜生正在休息,同行的同志吩咐我悄悄地接近,把牛绳拉起来。戴罪之人,自然想立功,大着胆子潜行过去,抓住牛绳,另一人也准备了一个藤圈,见我得手,牛昂头之时,用藤圈套住牛头,两边用力,牛狂躁不已,我们只能利用树木掩护,与牛周旋。这时,扛枪之人按捺不住,对准牛头就是一枪。于是,在牛走失8天后,全连终于吃到了国庆节的牛肉。

海南有名馔东山羊,南林农场的橡胶连队也在林段里养了许多羊,可以说海南的羊肉也是美食,有些知青应该吃过羊肉。不过青年队一带没有养羊,我们在海南期间就没有吃过羊肉,有点遗憾。虽没吃过羊肉,我们却吃过山猪肉,感觉是肉质粗糙,有一点儿臊味,只是对我们这些缺少油水的馋虫来说,也还是很难得的。

说起知青肉食,不能不说罐头,那是我们肉食的一个重要来源。当时肉罐头大概有两种规格:一种是广口玻璃瓶子装的,上面有铁皮盖子,一般是猪肉的,内容物大约为500克,价钱为1元4角左右,像这样的玻璃瓶罐头,有一种里面全是猪油,那是最受欢迎的一种罐头,但数量少,只偶尔看见过。还有一种是圆柱体的铁皮罐头,内容物为1000克左右,多为牛、羊肉罐头,价钱在3元钱左右。罐头肉我吃过多回,感觉还是牛羊肉罐头好吃,大块大块的牛羊肉,尤其是出厂日期不长的罐头,肉还是有一定嚼头的;猪肉罐头也好吃,瘦猪肉和牛羊肉一样,但肥肉则烂糊糊的,全无肉香。罐头虽好,但我们也不常吃。因为我们收入虽稳定,但并不高,除了吃饭,还要穿衣,买些日常用品、书籍和学习用具,电池、灯油等,有些男知青还要抽烟,更重要的是,每月还要省下一部分钱积攒起来,留作探家之用,所以,日子过得很紧,并不敢随意花钱。吃罐头,多数是好友相聚,战友从别的连队过来,总不能用酱油汤或"冇骨烧鹅"接待吧,这时就要破费一点。再一种情况是开荒大会战,经月累日,体力劳动强度大,但伙食差,就需要补充,需要肉食,而唯一能买到的肉食,就只有罐头了。会战工地并不是想吃罐头就能买到的,一两百人到几百人的会战工地,团部组织货源,来了一批罐头,按连排分配,少的时候一个班还分不到一个罐头。当然,分配的罐头最后大多数是被知青特别是广州知青买走,因为毕竟单身生活,牵挂少,再者,先顾眼前再说。尚坚和杜广生有次在牛

34

寮开荒大会战,70 多天,竟然吃了 180 多元钱的罐头。一次我去看他们,忍不住说了他们几句,他们倒是振振有词,劳动太累,体力透支,天天冬瓜盐水或南瓜盐水,嘴里太淡了,不吃怎么办。我不好再说什么,找找身上还有几块钱,掏出来给了他们,还叮嘱要节省一点。总之,只要到会战工地,宿营地周边随便走几步,都能踢到罐头瓶子或盒子,成为一种风景。初到农场,罐头还是好买的,连队小卖部都能买到,后来,就买不到了,团部供销社里也要有熟人,才能给面子买到一两个。

三、有菜吃就是好生活

每个连队都会有种菜工,种出的蔬菜直接挑到食堂,过称记账,按农场规定,每月从伙食费中付账。既然每个连队都有菜地,有专人种菜,职工吃菜应该没问题,其实不然。各个连队情况不一样,种菜的结果就不一样。老连队,尤其是在国防公路边的连队,吃菜问题解决较好;新连队,尤其是开荒后设在深山区的新建连队,种菜是很困难的,吃菜也就成了问题。菜地要靠近水源,这在山里不成问题,水沟很多,再就是地块要稍为平坦,腐殖土层较厚,这就难了。离连队远,有野物祸害,在近旁新开出的菜地,土层薄、土质差,所以种菜收成一般较差。从老连队调去组建新连队是较艰苦的,不过那个时候提倡"越是困难的地方越是要去,这才是好同志",一般被抽调的人都会服从,打起背包就出发。当然,老职工一般是单身前去,留下家人,等新连队有了一点基础,生活略为稳定,才举家搬迁。

青年队在海边,背山临海,以种植水稻农作物为主,有两块菜地,一块在连队近旁,约有一亩来地,还有一块在河边,离连队有 10 来分钟路程,面积有三四亩。种菜班班长是个 40 来岁的汉子,十分忠厚,又很勤快负责。蔬菜地里品种很多,我没种过菜,但看林班长他们每天浇水施肥、除草捉虫的,很是辛苦。所以,一般情况下，食堂还是有菜吃的。海南季节性不是很分明，但蔬菜还是有一定的季节性的。因此，有时一种菜要吃好几天也难换口味。记得刚到青年队吃的第一餐饭是萝卜丝，还有肉，以后一连好几天，都是萝卜，只是不再有肉。爱吃不爱吃，可口不可口，都是它，你必须适应。

有菜吃是幸福的。但海南多台风，且台风季节长，大约从4月份到10月份，都会打台风。台风一来，风大雨急，破坏力极强，菜地就此遭殃。连队旁边的小菜地，地势平坦，周边空旷，台风一来，基本剃光头。小河边的菜地，较为低洼，稍稍可以避风，但台风一来，河水暴涨，菜地则如被水洗，也是荡然无存。记得1972年6月间，一场台风来袭，曾指导员眼见暴雨如注，心急如焚，顾不得危险，招呼我们几个人和他一起冲向河边菜地抢收蔬菜。初到菜地，水至脚踝，我们是见菜就抓，很快水就涨了上来，地面的叶菜抓不着了，就抢茄子、豆角，不及细分，甚至连枝蔓一起揪下来，不到20分钟，河水暴涨至胸口，再将浮在水面的冬瓜、南瓜扭下来，此时，必须撤退了，否则，被水卷去可不是闹着玩的。指导员一声令下，我们扛着几麻袋的菜回到食堂，总算有了几天的菜。台风过后，重新收拾菜地，播撒种子，如此，最快的叶菜，也要20来天。这段时间，只好艰苦一点，忍耐一点，或酱油拌饭，或盐水拌饭，或者去连队小卖部买一种红腐乳，广东俗称"南乳"，好像是5分钱一块，用来送饭，还是很美味的，知青赠其美名"冇骨烧鹅"，这种"烧鹅"我们在海南期间可是吃了不少。当然，探亲时带回的鱼露，这时也发挥作用，从调味品变成主菜了。海南台风期较长，在农场期间，一年有4个月时间吃不上菜，那是很平常的事。

连队也会在冬季，蔬菜丰收时储备一点腌菜，如咸萝卜等，印象中这种咸菜不多，只记得曾吃过咸萝卜。说来也可悲，这几缸萝卜腌的时间有点长了，连里已不准备做菜肴了，连长决定拿来喂猪，谁知道做成猪食后，猪不吃，饲养员也就舍弃了。一次台风过后，有10多天无菜可吃，连长不知怎么又想起这些腌萝卜，叫炊事班做给大家当菜。炊事员反复清洗后，放在锅里加盐反复干炒，每人去打饭时盛上一小勺。那个萝卜干真难吃，干炒后表皮有些糊，里面就像棉絮一样，特别是听炊事员说了猪都不吃后，人人心中有些悲苦无奈，却又开玩笑说，猪不懂事，人懂事，它们不吃我们吃。

　　长期吃不到菜，人就会不适应，身体就会出现问题。1971年，我们在哑巴田开荒，几百人的会战工地，吃菜自然成问题，团部派车去陵水县城，买回了一批南瓜，各连伙房都用南瓜做菜，上顿南瓜盐水，下顿盐水南瓜，南瓜本身煮了后有点甜，弄得这道菜咸咸甜甜，但好歹也算有菜。吃了半个多月，发现口腔经常无故出血，刷牙时尤甚，找卫生所医生看看，他拍拍我的肩膀，说不是病，主要是缺少维生素，给我包了几粒维C，说吃吃就好了。下放期间，我们是想方设法解决吃菜问题。最容易找的，并且能当作蔬菜吃的，当然首选为番薯藤叶。讲究一点儿的，将叶子下面一段嫩茎揪下来，再细细地撕去表皮，用盐油一炒，就是佳肴。现在，这道菜已走入餐馆，甚至在五星级宾馆，也是非常时髦的绿色健康食品，即使在农家乐，一盘也要二三十元。当然，多数时候我们不会这么讲究，只管掐取番薯嫩叶和茎，洗净下锅，无油时水一烫，捞起来拌点酱油，无酱油就洒点盐，也能救一时之急。南瓜蔓子南瓜花，也可以吃，如果有功夫慢慢撕去外皮，精工细作，味道还是很好的。一段时间，我们还非常喜欢吃辣椒叶子，据说辣椒是热性的，其叶子是凉性的，不知是否正确，辣椒叶子做汤，有点淡淡的清香，如能再打一个鸭蛋花，那味道真是不错。

　　有段时间，连队养了一批鸭子，每天嘎嘎嘎的，也成了知青单调生活中的一种乐趣。当然，我们更看好的是它们的食用价值。这些鸭子也很争气，每天都会产下一批蛋，连队将鸭蛋出售给职工，一块钱8枚。鸭蛋吃法多样，煎、炒、蒸、煮，还可以做汤，由于缺油，一般是蒸、煮和做汤。我做炊事员期间，额外多了一项任务，每天早晨煮稀饭时，将同学们头天晚上交给我的鸭蛋打在各自的饭盆里，撒上盐，点一点味精，有条件再放上点葱花，然后，每个饭盆打上 2 两稀饭(少了不行,鸭蛋烫不熟会有腥味),浓稠滚烫的稀饭,很快将鸭蛋烫熟,于是早晨同学们就有香喷喷的鸭蛋粥了。

1974 年,我在澄迈县红光农场东海队做工作队员时,连队菜地大量种植苦瓜,吃饭时的菜就是一勺炒苦瓜,缺油的苦瓜可是不好吃。我那时还不适应那种苦味,但只有这个菜,每顿饭都吃得皱眉咧嘴,硬着头皮往下吞,那段时间,真是"苦"到家了。不过,渐渐地也就适应了。现在,苦瓜已成餐桌佳肴,并逐渐由两广湖南向北方推广,烹调方法也日益讲究,其药用价值也受到重视。不过,那时的苦瓜真苦哇,让我难以忘记。

花生芽也曾是我们饭盆里的菜肴。花生收迟了,就有少量会发芽,有时碰上台风,连日阴雨,地里积水,花生受潮,更容易发芽,但发芽的花生毕竟少,一般只有 1% 左右。收花生时,将好花生归拢,芽花生则另放一边,收工时,用几片树叶或斗笠将芽花生捧着带回去。芽花生芽体粗壮,比黄豆芽粗,根须也不像黄豆芽只有一根,而是有几根,短而粗,发芽时间长了,芽体也会呈淡绿色,花生豆当然连着芽。我们收花生时,间或也会扩大芽花生的范围,将一些好花生作为疑似芽花生混入,增加数量。芽花生剥壳洗净后,如有油,炒着吃最好。我们一般只能水煮,放点盐或酱油,就是佐餐的佳肴了。花生芽略有土腥气,爽脆,还是很好吃的,可惜这样的机会不多,只吃过为数不多的几次。说起花生芽,联想到吃花生,也很有趣,在地里收花生休息时,就能大快朵颐。青年队地处海边,有相当多的地是沙壤土,适宜种花生。花生壳上泥沙少,休息时,男男女女皆吃花生,不同的是或斯文或狼状,吃得多与少而已。我们将饱满粗壮的花生抓几棵过来,也不顾手中泥沙尘土,剥开花生壳,将鲜花生丢入口中大嚼,一时间满嘴白沫,男知青吃得快,有时难免有泥沙入口,只听吱吱啦啦,女同学自然优雅许多,讲究许多,却没有人会不吃。鲜花生入口微甜,有青气,充饥压饿,是我们知青补充营养的好东西。连里种花生前,要先将花生种子剥出来,这也是我们吃花生的好时候,边剥边吃。虽然生花生没有炒花生的香脆,但多嚼嚼,自有一种甜香味。眼见大家边剥边吃,将种子当美食,连长指导员既生气又好笑。后来,想出了一个办法,让文书将每人当天要剥的花生过称,再将上交的花生仁过称。吃得过多,自然花生仁上交数量就不够了,就要点名批评。这样,才稍稍减少了花生种子的损失。今天想想,也颇有趣。

四、腥膻臊腻

广东人会吃、敢吃,这在全国都有名气,其食材更是广泛,五花八门,传说广东人是"天上飞的除了飞机,水里游的除了轮船,地上跑得除了坦克,其余的都可以拿来吃"。我们更将广东人这一特点发挥得淋漓尽致。

两广人将蛇鼠作为佳肴,南宋人周去非在《岭外代答》中说,两广人"遇蛇必捕,不问短长;遇鼠必执,不别大小"。海南地处南国,境内多山峦森林溪涧,自然多蛇,于是用蛇来补充蛋白质就很自然了。记忆中凡是体型稍粗一点儿的蛇,只要到手,它的命运只有一个,进入我们的饥肠内。剥蛇其实很简单,将蛇头固定,用刀在其头下划开一个环状口子,将皮剥开,用力向下一扯,一个完整的筒子皮就被剥离,蛇腹部并无肌肉相连,内脏也随之被扯脱,露出雪白的肉身,将其头尾斩去,剁成一寸来长的蛇段,下锅炖煮就是。一个多小时后,蛇汤浓白,蛇段酥烂,用碗盛起,吃肉喝汤,其味鲜美,大补。稍大的蛇,有蛇油,熬制之后,据说对治烫伤极有疗效。若放入汤中同煲,则喝后第二天出汗都黏糊糊的,透着油气,流在白衣物上,有黄色印迹,是要用肥皂好好洗涤才行的。虽然蛇是好东西,但也不是经常吃,每年大约只能吃上三两回。因为虽然蛇多,但也不是满地乱爬、伸手可捉的,同时也不是什么蛇都可以作盘中餐的,总要稍大些才行。再者,虽说见蛇不打三分罪,对大蛇不打更是对不起自己,但对性情凶猛的剧毒蛇,有时还是心存忌惮的,特别在环境不利的情况下,并不敢以命相搏,有时也只能各自退让。我记忆中就有好几回是避开了的。

我们吃过的最大的蛇，重 27 斤半 。说起来有个故事，当时我在食堂做伙夫，打蛇的经过是听打蛇人和别人叙述的。故事的主人公是二班长蒋南群，江苏人，1961 年退伍后分配到海南的，个头很高，有 175 厘米以上，干瘦，估计超不过 110 斤，其貌不扬。那天连队上山砍芭挖环山行，蒋班长在树丛中挥刀砍芭，突见树丛中盘着一条大蛇，可能吃饱了正在睡觉。蒋班长立即来了精神，上去就是一刀，蛇负痛向前直窜，蒋班长再次挥刀，可能没砍着要害，蛇还是迅速逃窜。说时迟那时快，蒋班长一看蛇要溜走，手中的刀、锄因树丛遮挡，不能发挥作用，急得将刀一丢，扑上去用双手紧紧攥住蛇尾，拼命向后拉，同时大声呼喝。蛇是不能直接回头攻击人的，它要扭身才行，多亏了树枝叶繁茂，蛇无法扭身，在旁边劳动的同志听到二班长凄厉的呼叫，立即赶过来，见此情景，刀砍锄劈，此蛇立即了帐。带队领导一看，吩咐送到食堂，晚上加餐。蛇送到食堂后，我想看看到底有多重，上秤一称，足足 27 斤半，可惜的是蛇皮破损严重，无法整张剥离，废掉了。一番收拾剁成蛇段后，放入大锅架火猛烧，一个多小时后，将蛇段捞出，剔骨拆肉，此蛇虽大，但拆出的肉实在没有多少。征得上士林潮付同意，我又从仓库里领了几斤黄豆，放在蛇汤里一块煮。晚上打饭时，每人一大勺，可惜蛇肉太少，有的勺内只有几根肉丝，有人抱怨说那么大的蛇，怎么只分到这么几根肉丝。我十分委屈，虽然忙到开饭，我只在放盐后尝了尝汤的咸淡，根本没有先吃。于是愤愤地说，蛇头、蛇皮、内脏、骨头都在那里，你们看看，能有多少肉。虽然这样，那顿蛇肉还是鲜美异常。杨梅队曾用山姜叶活捉了一条 90 多斤重（一说 40 多斤）的蟒蛇，4 个男知青还抱着那条蛇照了一张相，另有一张则是 7 个人抱着蛇照的。据他们说，蛇肉给全连美美地吃了一顿，蛇皮拿到陵水县卖了 90 元钱，当时真是一笔巨款。此类事若发生在今天，恐怕林业部门会上门行政执法，甚至追究刑责了。但那时，只恨这样的好事太少，不说天天有，哪怕一个月一次也好啊。

老鼠肉也是佳肴,鼠肉细嫩,非常好吃。不过老鼠狡猾,行动敏捷,一般是很难抓住的。偶尔打死一两只,个头太小,也没有吃头,一般说,总要有半斤来重,才能做菜。记得我只吃过一次鼠肉,也只不过夹了一小块肉,就再也没有了。我在红光农场做工作队时,听东海队的广州知青周继红说过,一次连队除鼠害,遍撒老鼠药,她们发现一只大老鼠行动不便,像喝醉了酒一样摇摇摆摆,估计是吃了耗子药的原因。她们上前打死一称,有7两多重,三个女知青也不管是否有鼠药残留,只管烫毛开膛,做成菜肴,小小地满足了一下口腹之欲。至于外地人传说的广东名吃"三叫菜",说是将未睁眼的小老鼠消毒后放在盘中,旁边放一料碟,食客用筷子一夹,小老鼠"吱"一声,在料碟中一蘸又"吱"一声,放入口中一嚼再"吱"一声,谓之"三叫菜"。我在广州下餐馆时,从未在菜单中见过这个菜(也许是我没有进过特别高档的饭店)。不过,下放7年多,我还是吃过好几次这样的小老鼠,只不过,我们吃小老鼠不是作为名菜来吃,而是作为中药来吃的。在农场,繁重的体力劳动,尤其是挑重担、扛大木料时,常常压得气息不畅,时间久了,就会气阻血淤。据说小老鼠是行气破淤的,于是,我们就这样吃起了小老鼠,当然,也不是每个知青都吃,有些人还是厌恶的。鼠窝不是经常能够发现的,只有在搬家整理内务或发现鼠迹跟踪时才能发现。大老鼠逃走后,留下一窝小老鼠,一般有6—8只不等。也有老职工将一窝小老鼠送到知青面前的。小老鼠其实不脏,一只只呈粉红色,毛未长出,眼不睁,有时稍大一两天的会吱吱叫,刚出生的则只会蠕动。吃这种小老鼠很简单,用两个指头捏住尾巴,如有白酒最好,在酒里涮涮,消消毒,没有酒用清水也一样,然后直接送入嘴里。别人怎么吃我不知道,不过我是不敢嚼的,进入口中,直接就咽下去了,滋味如何从来不知。这样的小老鼠每次只能吃两三只,据说吃多了就会破气,反而不好,因此我们每次都以3只为限。下放7年,我吃了有四五次,记忆中最后一次是1975年在东海队,那天刨地,挖出一个田鼠洞,里面有小老鼠。从那以后,再也没有吃过这种"名菜"了。这种小老鼠还有一种很重要的药用价值，将它用食用油浸泡，一两个月后，老鼠渐渐消融，这种油用来治疗跌打损伤、痈肿疮疖、火伤烫伤，据说疗效很好。

猫也是一种很好的肉食。青年队周围有好几只野猫，体型肥硕。下放第二年，一次我随统计员开仓库取种子。谁知仓库里有一窝猫，母猫可能为护猫崽，十分凶悍，向我猛扑过来，我伸手一挡，猫的一只爪子紧紧抓住我左手，又抓又咬，我痛得大叫一声，将猫狠狠向地上掼下去。虽然挣脱了猫的抓咬，但左手鲜血淋漓，至今仍有疤痕。要在今日，是要打狂犬疫苗的，所幸该猫不是狂犬病毒携带者，我就安然活到现在。1973年，队里的知青只剩下不到一半了，那段时日已经很久不见荤腥了，个个馋得眼睛都发出绿光来。几个人一合计，决定抓一只肥猫来解馋。用的什么妙招，怎么擒获，我不清楚，因我不是主谋，也非主凶。但一只十几斤重的老猫变成了足足一大脸盆的红烧猫肉，我们五六个知青美美地吃了一顿大餐，只可惜没有打到一条大蛇，否则，做成"龙虎斗"一定更有味道。可怜野猫何辜，只为我们口腹之欲，竟惨遭鼎镬之灾。罪过，罪过！善哉，善哉！

在海南，我们还吃过黄猄（当地人这么叫，是一种小型鹿科动物）、穿山甲、果子狸，还吃过狐狸。说起吃狐狸，也有个小故事。大约1971年10月，奉团部指令，叶镜连长带领十几个人到十五连附近种油茶。因为离连队有10多里路，大家打了背包，借住在十五连海边的一幢房子里，我作为炊事员去做饭。一天午后，大家出工了，连长有事走得稍晚一点。我打扫完驻地卫生，正准备休息一会，只见连长手里提着一只小动物，光着两只脚，兴冲冲地跑回来，大声说晚上吃肉。我连忙接过，问连长是什么，连长说是狐狸。我奇怪怎么赤手空拳能抓回一只狐狸。连长说，我走出防风林，沿海滩去工地，就看见它在沙堆里爬，我追过去，它又掉头向海滩跑，我猛追，它跑不过我，向海里跑，被浪头打回来，再向沙滩跑，陷入沙堆里跑不动，被我打死了。为了抓它，我的一只解放鞋被海水卷走了,干脆另一只也扔掉了。走过海边的人都知道,海滩边上,靠近海水的地方,沙质细密、平整,较为板实,光着脚在上面走,那叫一个舒服,再往上沙就较为粗粝、松软,走在上面一步一个坑,很费劲。狐狸正是在这一段被连长撵上,如果让它钻入防风林,那就不可能抓住它了。虽有狐狸,可我从未做过,无奈之下,问连长这个东西怎么做才好吃。连长也不知道,让我把它煮熟就行了。可怜我们那时吃的菜就是冬瓜、茄子,调料就是蒜头和盐,还有一点点油,连姜都没有。我向附近的人打听,有人建议剥皮,有人说剥了皮就没有多少了,建议烫毛,再用稻草烧烤,将皮烧到微微泛黄,最好有细小裂纹,还有人说千万要将狐狸臊筋去掉,最好用甘蔗劈成段,与狐狸同烧,吸附臊味,等等。我看这么下去也不是办法,于是跑了两里路到十五连小卖部买回一斤酱油。回来后将狐狸烫毛焙皮,开膛剖肚,留下肝、心、肾,然后,大致将臊腺一带割去,剁成小块,放在锅中干煸。随着水汽蒸腾,臊味也在厨房里弥漫,熏得我直作呕。直到水汽收干,肉块在锅中噼啪作响,把肉盛出,重新涮锅,大火烧热,油、盐、蒜头放入爆香,倒进肉块爆炒,搁酱油,放适量的水,大火烧开后,改小火焖烧,一个多小时后,汤汁渐渐浓稠,起锅。收工回来大家都很兴奋,大概是听连长说了晚上有肉吃。打饭时,我给每人盛上一勺,特别给连长多盛一点,弥补他丢了鞋子的损失。那晚,大家吃得兴高采烈,都夸我的厨艺好,都说狐狸肉好吃。不过说实话,我是一块没吃,根本没有食欲,被那股子臊气彻底熏倒了。

五、鱼龟虾蟹

青年队在海边,其他队的知青虽不屑我们是副业队,但对我们在海边能经常吃到鱼还是羡慕的。一般人也认为住在海边,肯定是吃腻了海鲜的。其实不然,渔民和渔船都是有组织的,产品并不能随意出售,私自出售分钱是算贪污犯罪的,渔民很少出售鲜鱼。

因此虽在海边,但我们也很少吃到鱼,不过比深山区的连队还是多吃了几顿海鲜的。

我们吃的当然都是海鱼,品种不同,口味差别还是很大的。我们吃的最好吃的当数马鲛鱼(学名是什么不知道,只是随当地人这么叫,下同),个头达10多斤至30—50斤,越大越好吃,价格大约在每斤1元钱左右。马鲛鱼自身含油,最好是切片,放在锅内煎烤,熟了以后蘸酱油吃,或干脆加盐一块煎也行。也可以切块加水煮,水刚没过鱼,加盐、两片姜即可,鱼肉鲜美,鱼汤奶白,味道极好。这是我们最常用的做鱼方法,新鲜的鱼这种做法最能体现出鱼的本味,那种鲜美非亲身体验才知道。还有一种炮弹鱼,味道就差了一些,肉质也较粗,不过价格便宜,每斤只要5角钱左右,捕捞量也多些,不像马鲛鱼,非常难得。

除了买鱼,连队老职工也会自己抓鱼,当然不是像渔民那样撒网捕鱼,而是用一种危险的方法炸。炸鱼需渔船,几个大筐,绑上漂浮物,最重要的是准备炸药,通常用玻璃瓶子填满炸药,放置雷管、导火索,导火索长度一定要记住,以计算燃爆时间。一切准备完毕后,选择一个晴天,驾船出海,如有鱼群经过,海水颜色会有变化,如乌云遮住太阳一样,在海面上有阴影。这时,就驾船迎上去,点燃炸药瓶,这个人要胆大心细,因为投掷时间很重要,投早了,炸药会穿过鱼群,效果不好,甚至会被海水浸灭导火索,成为"哑弹",投迟了,会有危险。只有恰好在鱼群中间爆炸,才会发挥炸药威力,只听一声闷响,海水顿时翻花,鱼群会大量涌上来,漂浮在海面上。这时,要迅速跳下海去,推着大筐,赶紧捞鱼,在船上的,也要用抄网赶紧捞鱼。因为这时浮上来的鱼,多数只是被炸药冲击波震昏过去,如果不赶紧捞,很快鱼醒过来,就会游走了。炸鱼这个活,我最佩服的就是叶亚和,他确实是高手。但炸鱼这活不常常能干,一是用船不易,虽然队里有条船,但那是生产工具,不能随便动用;二是炸药是管制的,不易弄到,只能在开荒炸石时偷偷带一些回来;三是不是每次出海都能碰到鱼群的。记忆中炸过三四次鱼，只有一次大丰收，捞了几百斤鱼，其余的只有寥寥十几条鱼，鱼到手后是先解馋，大多数是腌后晒干。那次我得了20条鱼，全部晒成鱼干。别看知青生活十分艰苦，但更加恋家，好不容易买到一两条鱼，还舍不得吃，要晒成鱼干，探亲时带回家，一是尽孝道，表亲情；二是向家里表示日子尚好，免得家里牵挂。

记得1969年春天，海边有渔民在卖海龟肉，依稀记得价钱是2角多钱一斤，我们买了几斤，回来后又炒又炖。龟肉与小牛肉相似，口感尚好，但腥味极重，趁热还好吃，凉了以后就很难下咽了。这是我第一次，也是唯一一次吃海龟肉。也是1969年，渔民捕了一条鲨鱼在海边卖，那时这条"海中杀手"全然没有了在海里的威风，我上去摸了摸，鲨鱼皮粗拉拉的，与细沙纸有些相仿。我们买了几斤鱼肉，每斤只要几分钱，看到鲨鱼肝，想起炒猪肝的味道，顺手买了3斤多。鲨鱼肉不好吃，有一股氨水的味道（也许是烹调不得法），但也能吃得下去，第二顿就无人愿意再吃了。至于鲨鱼肝，我们是闹了笑话，以为像猪肝那样，爆炒一下就成了美味的爆炒鱼肝了，谁知越炒越稀，我们都很诧异，最后干脆就是一锅油了。这时，我们才知道，鲨鱼肝就像猪油一样，含油量极高，放在锅里就会熬出油来，这就是鱼肝油。这个意外的收获使我们喜出望外，赶紧找了瓶子装起来，以后慢慢吃。这种鱼肝油没有经过工业加工，纯属天然食品，缺点就是实在太腥了。虽然不好吃，但作为一种营养品，还是倍受青睐的，几个人不到一个星期，就将这些鱼肝油吃得净光。

在青年队期间，还吃过两次龙虾。一次是1969年初，有人拿了一只龙虾来兜售，那只龙虾大约有10多斤重，好像只要四五元钱。我们将虾买下，细心地将其分拆，煮了一大锅龙虾粥，龙虾滋味极鲜美，虾肉板实有嚼劲，男知青美美地吃了一顿。第二次大约是在1973年，那天，营部卫生所林树雄医生从前线队（营部所在的十五连）沿海边来青年队医务室。台风刚过，天气阴沉，海风习习，他走着走着，突然发现前面海滩上有东西跳动，立刻大步流星地赶上去一看,原来是一只大龙虾蹦上了岸。他三脚两脚将龙虾踢离海水,待它蹦得没劲了,才将它拾起来。这只龙虾有七八斤重,带到青年队,和我们几个知青又做了一锅龙虾粥。这样的好事当然不常有,但还是比守株待兔发生几率高多了,运气好也能碰上。有时兴致高,台风过后,我们也会到沙滩上游荡,期冀能捡到什么宝贝,如稀奇的贝壳之类,或拾到鱼虾,当然,几乎次次落空,权当到海边吹吹海风,嗅嗅大海的气息。1971年林彪一号通令下发后,海南作为海边前沿自然紧张起来,民兵每天晚上到海边站岗放哨,清晨再回来参加劳动。早晨海边空气极好,我们经常沿着海边返回。有一次我们沿海边正走着,前面的海水突然变了颜色,原来有鱼群经过,很快有鱼儿跃出水面,落在沙滩上,有些蹦跳几下又回到海里。我们立刻冲上去,只要有鱼跃上沙滩,上去就是一脚,将它踢向沙滩深处。那次每人都捡了一两条鱼,鱼只有巴掌大小。很快,鱼群游向深海,好运也就此终止。

青年队面临的海滩上有许多小海蟹,当地人称为"沙蟹",沙滩上因此有许多小洞。沙蟹在沙滩上爬来爬去,行动极其敏捷,一有危险,立即钻入洞里,一般很难抓住。1969年5月9日,正是我们离开广州下放半周年纪念日。那天晚上男知青集体来了一次纪念活动,当然是以吃一顿为主要内容。其实那时也没什么吃的,无肉、无鱼,连蛋也没有,手头有的,只有番薯。于是,决定煮番薯糖水,再爬到队里的椰树上,摘几个椰子,刨点椰丝放在糖水中,那也是美味。有几个同学自告奋勇到海滩上趁着月色抓沙蟹,估计晚上用灯一照,可能好抓一些。那时,我们已经很少用电筒了,一是电池不好买,二是费钱。因此,除了带了两只电筒还提了两盏马灯。我没去海边,负责在厨房煮糖水。那天,潘国良爬上椰树,摘下椰子向下扔,其中一个落在厨房顶上,穿透茅顶,正砸在弯腰烧火的何建华腰上,让何建华腰疼了很长时间,幸亏有茅顶挡了一下,不然后果就严重了。那晚,几个抓蟹的同学十分卖力,先后送回来三四水桶的沙蟹,可惜个头不大,最大的可能只有三指大小,其他的就更不值一提了。我们这边早就烧好了开水,将蟹倒入,三五分钟后,蟹壳转红,用爪篱捞起,大功告成。这种小沙蟹,根本无肉,只能连壳大嚼,吮吸鲜味,再就是补充钙质。我们几个做火头军的,自然逮住大个头的先尝为快,在捉蟹一线奋战的兄弟凯旋之后,见到一堆小蟹,难免抱怨。不过,这种小沙蟹实在没有嚼头,我们只吃了1/3左右,其余的全部倒入猪食槽里,便宜了二师兄的子孙们。倒是番薯糖水,吃了个锅空盆尽。这就是青年队史志上值得大书一笔的知青半周年事件。连里将我们几个担任副班长职务的知青找去训诫了一番,告诉我们有活动可以报告连里,要摘椰子也要连里同意,不能随意。考虑到这帮知青仍是孩子心性,又远离父母亲人,发泄一下心情也不为过,这件事就这样过去了。

海参是好东西,对人很有补益。据说现在东北地区相当推崇此物,一级海参可以卖到好几千元一斤。听说海参又分辽参、南参,我对此不是太清楚,但在海南我捞过海参、吃过海参、晒过海参,当时,谁也没将此物当成稀罕东西。大概是1974年吧,那时青年队没有几个知青了,我和江不平随连队的船到对面的分界洲岛上去买鱼。岛上有县水产公司的收购加工点,还有淡水,经常有渔船停靠。这个岛在稍为详尽一点的海南地图上会有一个小黑点标注。到小岛时,我和江不平在海滩上转悠,沿岛的西南角有一片珊瑚礁,那片珊瑚礁面积很大,近海处海水浅的到膝盖,再深些到大腿,清澈的海水里时见小鱼游过。忽然,我们看见礁上有许多海参,深褐色,约30来厘米长,身上满是肉疙瘩。这么多海参,不知为何无人问津,也许是品种不好,据说有一种海参称作"海茄子",是低档货。那是我们第一次在海中看见活体海参,我和江不平很兴奋,从水产点借了两只大箩筐,跑回去捡拾海参。我平时是最怕蠕虫动物和软体动物的,那边江不平已经是一条条地往筐里装海参了,我还迟迟不敢下手。终于我一咬牙,将手伸向海参,碰到又缩回,如是者三,还是大胆地抄起一条,迅速捞出海水,丢进筐内,捞了几条过后,惧怕心理消失,可以很自然地捡拾海参,甚至将海参盘于手中仔细观察。海参刚捡到筐内，就将内脏吐出，顿时五颜六色黏黏腻腻。我俩没用多少时间，很快捡满两箩筐，费劲地将两筐海参抬到船上，离岛回到青年队。怎么处理这些海参呢？恰好团部有车到队里，于是装了一桶，请司机捎给卫生队的王番等人。我和江不平也煮了两条尝尝，有一股海腥味，口感像肉皮，没有糯软香滑的味道，反正是不好吃，煮海参的水略有点涩，只抿了一口，就全部倒掉了。剩下一两百斤海参没功夫仔细清洗，找了点石灰水，浸泡进去，第二天一早，在晒谷场找了个角落，全部倒在那里，平摊开来，就不再过问。过了五六天，去晒谷场一看，嘿，全部晒成了干，缩得只有大拇指那么大小。看来这东西真是不招人待见，不但无人捡拾，连野猫等也不上前。既然已经晒成了干，我和江不平就找了几张报纸，包了四五包，放在宿舍，记得好像是带了一点回广州，其余的就不记得是怎么处理的了。

抓海参，开始虽然有些腻歪，真正抓起来并不危险，但海中各种生物，并非都像海参这么温和的，除了会吐出内脏迷惑敌人，别无其他的防卫手段。海洋动物有一些防卫手段是会让人吃苦头的，甚至会送命的。据说海蛇有毒，有的毒性还很大，人被咬后，致死率很高。下放期间，我没有遇见过海蛇，倒是1997年底回海南时，青年队的好朋友叶光荣在五指山市请我吃过一次海蛇，那是后话。不过，我有过被章鱼蜇伤的经历，使我从此对海洋生物有了畏惧之心，对一些生物也有了警惕。那是1974年，我在前线队学校代课，一天晚上，几个朋友相约到海边捉鱼虾。前线队的海边，靠北边与杨梅队海边接壤处，有一片岩石，其下有礁石滩，退潮之后，有些鱼虾来不及随海水退回，就落在礁石浅处的小水坑里，我们去捉鱼虾，就是在礁上寻找这些倒霉蛋。那晚，我们提着水桶、小抄网，或带电筒或拿马灯，来到礁石上。这里的鱼虾，个头都不大，数量也不多，说是捉鱼虾，实际也就是到海边游玩而已。吹吹海风，听听海浪，举头望望星空，低头想想故乡，没有思古的幽情，却有身世的叹息。那晚也小有收获，连鱼带虾捡了有2斤多。在那片礁滩上,海蟹个头稍大,不像小沙蟹,抓海蟹我还是很注意的,不能让它的两只钳子夹住,那晚吃亏就吃亏在第一次捉小章鱼,没有经验,不知道它的厉害。那条章鱼不大,大概有 3 两多重,虽然不知道它的厉害,但其鲜美的味道却尝过,一见之下,心中窃喜,急忙伸手去捉,此鱼虽无处可遁,却也不甘束手就擒,在我抓住它的同时,猛地咬住我右手无名指根部,顿时痛得我叫起来,猛甩右手,章鱼却紧紧吸住我的手毫不放松。我急忙用左手抓住它猛扯,扯脱后尽力向礁石掼下去,生怕左手再次遭殃。可怜右手无名指鲜血流出,我拼命去挤毒液,又请同去的林树雄医生帮助挤。这次遭遇,虽无大险,但手指被蜇处却整整疼痒麻了一个来月,让我充分领教了这些动物的厉害。虽然当晚小小地吃了一顿,但这个经历却使我难忘。

六、水果

海南堪称宝岛,水果种类繁多,可以不夸张地说,现在的海南,你每天吃一种水果,可以一个月不重样。爱美的女士大可以上岛饱啖佳果,既能大饱口福,又不愁增加体重,还能美容养颜。我们在海南时,吃过很多水果,不可能一一道来,只简单说几样。

菠萝蜜

菠萝蜜是我们根据海南人的称呼叫的,其学名是什么,不是太清楚,是否就是榴梿,不得而知,但肯定是榴梿的近亲,因为它也有一股浓烈的味道,不习惯的人还真是受不了。菠萝蜜是一种树生水果,果实呈圆形或者说是椭圆形更准确,表皮有密密麻麻的疙瘩刺,但并不扎手,果实直接挂在树干上,一般有篮球大小,重达三四十斤的也不稀奇。菠萝蜜成熟后果肉呈深黄色,果肉爽滑,口感极甜,未成熟的果肉呈浅黄色,甚至为偏白色,口感就差了。可能是建队时间较晚,连队里没有这种果树,我们吃的菠萝蜜一般是到附近的农村去买,现在已记不得价钱了,但肯定不贵,因为我们都是选大的买。成熟的果实用手在果蒂处按压有弹性,如果实体很坚硬,那一般不会太熟,再一个成熟的果实异香味较大。果实买回来,一般会放置几天,如果不太熟,我们会按当地人教的方法将一根木棍削尖,在火中烧着后,将其钉进果实,待到异香味很大时,那就熟了。食用时,最好打一盆清水在旁边,因为菠萝蜜的内瓤中有一种胶体,很黏手,很难洗,沾沾水再取果肉,可以稍稍好些。果实切开后,瓤内排列着一颗颗果肉,瓤是不能吃的,好吃的是那一颗颗的果肉。每个果肉有小鸡蛋(每斤十三四个的小鸡蛋)大小,果肉内有种子,每个菠萝蜜中有几十个,甚至一两百个果肉。菠萝蜜很好吃,不过因为极甜,每次吃上七八个就腻了。对菠萝蜜的异香不习惯的人可能会掩鼻,但吃惯了后非常喜欢那种香味。我一直认为这是海南最好吃的水果,甚至想着怎么将它带回到广州让家人尝尝。菠萝蜜的种子也是很好吃的东西,种子呈卵形,大约有鸽子蛋大小,我们男知青形象地直呼它叫"春子"(很粗俗的广州俗语,意为卵子)。将这些种子收集起来,放进锅里煮10分钟左右,凉了以后,剥开外皮,里面是一种淀粉状的东西,很粉,有粉状菱角的口感,也有木薯的感觉。我们每次都会一粒不落地将这些种子煮熟吃掉。

椰子

椰子是最具海南特色的水果,也成为海南的标志性植物。椰风海韵,是海南风光最具代表性的特色。有一部老电影,反映的是海南岛琼崖纵队革命斗争的故事,片名就叫《椰岛风云》。椰子全身都有用,椰汁是很好的清凉饮料,生津解渴、祛暑消烦。椰肉可食,椰油可食用,也可做工业原料,美容护肤品原料。椰壳可做器具,做成工艺品更是身价倍增,还有一个妙处可能岛外人士不知道的,就是做成椰胡,是一种乐器。椰衣可做填充料,可做救生工具,椰树干可做建筑材料,椰树叶也可作为茅屋顶,椰子的好处很难尽数,我的了解也十分有限。

　　第一次吃椰子应该是 1968 年 11 月 15 日,我们是 12 日傍晚到达青年队,13 日休整,处理内务,14 日学习教育,15 日正式出工。那天的活不重,是整修青年队通往前线队也是通往场部的道路,目的是让我们适应一下,毕竟是从学生转为农场工人,从依靠父母到靠双手挣钱养活自己。那天的情形我记得很清楚,从队里出发,大约走了六七里路,在一个斜坡处,开始修路。带刀的将两旁的树枝砍掉,带锄头的将路两旁挖出排水沟,将路中间不平的地方用土垫平、夯实,路面基本成龟背状。大约 10 点钟,队部的一个青年(虽然他的形象还很鲜明,但实在记不起他的姓名了)从农村买来了几个椰子,那时老椰子只卖 5 分钱 1 个。队长一见宣布休息,于是,看着老工人用短钩刀很轻松地几下就剥去椰衣,将椰子取出。轻敲椰壳,待椰壳出现裂缝后,就着缝喝椰汁,然后敲破椰壳,露出里面雪白的椰肉,撬离椰壳,将椰肉分给我们。这是我第一次吃椰子,手拿着一块椰肉,看了看,肉雪白,背面与椰壳剥离处则呈褐色。轻咬一块入口,一嚼初始汁水流出,微甜,再嚼,甘香满口,老椰子肉嚼起来有些费劲,吃多了连太阳穴附近都会有酸胀的感觉,嚼到最后,满口都是粗拉拉的渣子,就可以咽下去了。有个别的人不吃最后的渣子,将其吐掉,我一直不明白为什么要这样做,这样富有营养又能充饥的好东西,吐掉真是太可惜了。椰子递到我手中是不大的一块,那时我正好感到饿了,心嫌少了,谁知吃了几口,感觉有点腻,原来,椰肉含油量大,饱腹感强,我是第一次吃,感觉更加强烈。

　　椰子可以专门用来做饮料,做成椰汁那样的椰子要嫩,外壳为浅绿色。从树上摘下来,三两刀将顶部砍平,露出一个小洞,可以抱着椰子用嘴对准小洞仰头痛饮,咕嘟咕嘟颇为豪气。特别是夏日正午,骄阳当头,如焚似烤,满身大汗,饥渴难耐之时,在椰林中砍开一个椰子,仰头痛饮,舌头上有一种酥麻的感觉,像饮汽水带碳酸气一样,非常爽快。饮至半酣,放下椰子换气,口中呼出一口长气,有时还会痛痛快快地打一个嗝。这时,你会感到椰林深处,微风习习,暑热立减,烦躁顿消,惬意无比。至此,你可以消消停停地靠着椰树坐下来,继续喝完椰汁,那真有如神似仙的快乐。喝完椰汁,用刀砍开椰子,在椰壳上,还附有一层薄薄的、半透明的椰肉,如身边有勺子,一勺一勺刮下来送入口中,有凉粉的感觉,却又比凉粉软嫩,满带奶香,顺着喉咙直滑下去,非常过瘾。进入21世纪,我也回过几次海南,也看见卖嫩椰汁的,砍开一个小洞,插入吸管,旅游者就着吸管吸吮,虽然方便,也文雅许多,但总感觉没有那种爽快,那种酣畅淋漓的乐趣,也很为他们没有吃到那软嫩的椰肉而感到可惜。

大多数的椰子还是成熟后采摘下来,一是耐存放,二是可以多方利用,不过我们那时多数是买回来晒成椰片或椰丝干,有时也会生嚼一小块。椰肉含油量很高,晒椰丝干时,报纸全被浸透,变成油纸。海南太阳大,只要3天,椰丝就会被晒干,不过在晒的过程中要特别小心,要放在高处,避免鸡刨,又要防止风大刮跑了。晒干后,保管好,探亲时带回广州,做点心、炸油角都是好东西。我们有时也会做糯米粑,撒在上面,是很好吃的。当然,我们还有更简便的吃法,有时实在馋了,肚里缺油了,也会从准备带回家的椰丝中取出一点,用白糖一拌,放入口中细嚼,椰丝香浓油腻,白糖鲜甜,两者在嘴里混合,产生出一种令人愉快的口感,不过平时我们是舍不得这样吃的。

椰子中,我不喜欢那种不老不嫩的。因为喝椰汁没有嫩椰子汁那种甘甜略带杀口的感觉,吃肉没有嚼劲,连椰壳都是一种浅黄色,不注意会沾在椰肉上,咬一口苦涩难耐,晒椰干则水分大,晒出的干品少,所以我在海南从来不买这样的椰子。

木瓜

木瓜作为岭南佳果,当然不是海南独有,我之所以写上一笔,是因为我们青年队有几棵木瓜树,为吃木瓜,我们有过一些有趣的事。刚到青年队时,我们住的茅屋到晒场的路上就有两棵木瓜,上面结着不少木瓜,称得上是果实累累。过了几天,几个熟的不见了,去哪儿了呢?经过观察,知青发现熟木瓜让老工人摘走了。呵,原来这个木瓜是可以随意摘来吃的呀!于是,胆大的知青也去摘。后来,我们才知道,队里的木瓜只要熟了,谁都可以摘,但要到文书那里过秤登记,每斤 0.02 元,发工资时扣除。知道这一规定后,我们采摘木瓜就理直气壮,热情空前高涨。从此,队里的木瓜树上再无熟木瓜,只要木瓜皮色有一处泛黄,就被采摘下来,带回宿舍,用麻袋捂住,直至木瓜软了,就能吃了。可惜这样捂软的木瓜不好吃。成熟的木瓜,用刀切开后,果肉是深橙红色,瓜子黝黑,除去种子后,我们用钢勺挖着果肉吃,绵软甜香,口感极好,吃后满口余香。捂熟的木瓜,果肉能是微红的还好,有些就是黄色的,甚至淡黄色,种子很多发白,当然不好吃。这样的情况不长,可能是老职工对知青这种做法不满,连里规定各类果实采摘由连队统一管理。于是,以后我们再也没有在无事时到处转悠找木瓜的情形了。吃木瓜还是到附近农村买的好,一是个大,二是成熟度高、口感好。可惜离开海南后再也没有吃过那么好的木瓜了,虽然多次在饭店里吃过木瓜炖盅,但根本不能和原汁原味的木瓜相比。

海南瓜果极多,我们也吃过很多,以上只拣最有海南特色的详细述说。1969 年初,尚坚和王番去了一趟万宁县城,在那儿,他们吃了一个西瓜,两人回到队里说,那个西瓜啃到白皮都啃完了,只差没把皮啃通,自觉不好意思,趁没人时悄悄地扔了瓜皮。甘蔗也是一种水果,广东专门种有果蔗,节长,汁多,果肉纤维松软,甜度比糖蔗低,专门给人们当水果吃的,不过我们在海南吃的都是糖蔗。青年队没有种植,但八一队有,据说吴宏法曾一夜间啃吃了 60 斤甘蔗,令人惊诧。吴宏法,江苏籍,1961 年退伍兵,性格爽直,好放炮,爱表扬,特受捧,调来青年队后,还当过我的班长。我曾问他这是不是真的,他只嘿嘿嘿地笑。甘蔗还有一妙处,男知青那时外出,有时懒得带洗漱用具,早上起来,如有甘蔗,随手折下一段,咔嚓咔嚓一嚼,口腔清洁完毕,省了刷牙。甘蔗好吃,但种甘蔗很辛苦。我在东海队做工作组时,去打过甘蔗叶,那真叫人难忘。甘蔗长到一定时候,要打去叶子,一是通风透光,利于甘蔗生长,二是有利养分集中,增加糖度。甘蔗丛中密不透风,温度很高,甘蔗叶边缘尖利,稍不留意,就会在皮肤上留下划痕,打蔗叶,要穿长袖衣裤,戴上手套,还要注意面部。工作一天下来,衣裤全湿透,划伤的地方被汗水渍得又疼又痒,甘蔗的毛毛也使你浑身不自在。吃蔗吃糖人是很难体会到种蔗人的辛苦的。菠萝是我最钟爱的水果之一,平时我吃菠萝是很讲究的,要削皮,挖去钉眼,切片、浸入盐水略泡片刻,慢慢品尝。在东海队做工作组时,我们吃菠萝完全不是这种吃法。东海队种菠萝,收获时,给每个人分了不少。我们工作组四个人,分了满满两箩筐,总有100多斤,每斤只要2分钱。吃菠萝时,用刀将皮和钉眼一起削去,只剩下中间的纯果肉。这种吃法爽快利落,那次,我是过足了菠萝瘾。但那样吃法也很可惜,因为我始终感觉菠萝是靠近表皮的那些果肉最软嫩多汁,口感最好。香蕉是我们吃得比较多的水果,既解馋又充饥,现在才知道,香蕉富含钾,对安定情绪大大有益处,真可以多吃一点。除了水果,我们还吃野生果实,一种叫山稔的灌木,果实不大,成熟时有一种甜甜的感觉,上山砍木料时会在向阳的山坡上找到。还有一种蔓生的植物,果实如桑葚那样,由细小的颗粒组成一个小团,也如桑葚大小,朝上生长,果实成熟时,是一种鲜红的颜色。山里还有野荔枝、野橄榄等。记忆中我吃过一次野荔枝,并不好吃,野橄榄倒是吃了几次。

上山开荒或伐木,时常会碰到橄榄树,不知是否橄榄树易生长,每次碰到的橄榄树都很高大。橄榄成熟后,会自然落下,因此只要遇到橄榄树,周边一定能捡到橄榄,收获还不少。“橄榄好吃回味甜”,歌声唱得不假,橄榄入口有青涩味,轻咬两口慢慢含咽,涩味渐消,慢慢地有甘味渗出,齿颊生津。吃橄榄要有心有闲,含在口中,轻咬慢咽,细细品味,自有妙处;若情绪急躁,或心情不定,才入口中,便咀嚼起来,顿觉生涩满口,自然不喜。每次捡拾橄榄,我只要20余枚足矣,也有老工人将橄榄腌渍,可以作为佐粥小菜,不过知青好像没有人做过。老工人告诉我们,如要大量捡拾橄榄,可以在橄榄树上用斧头砍一缺口,放入一把盐,第二天,你只管拿上麻袋上山捡,多时可以拾上一两百斤。1969年,连队开荒,就在连队旁边的一个山坡上,我们干了一整天,将20多亩山林砍光,独独留下一棵橄榄树,原因是它太大了,有三四个人合抱那么粗,山坡地有落差,砍倒这棵树不容易,就放了它一马。老工人说,这棵树这么高大,不会影响植物生长的,由它好了。那时,我们很有激情,自愿多做贡献,收工后,我们几个知青觉得一个完整的林段里突兀着一棵大树,不像样子,一合计,决定放倒它。于是我们在树的下面用树干搭起架子,两个人一左一右站在架上,同时挥斧砍伐,两个人在上方,也是一左一右同时砍伐。我们8个人(记得有何建华、容尚坚、徐嗣达等人)分两班,轮流上阵,《说岳传》里有"八锤大闹朱仙镇"的精彩故事,那天我们是"八斧逞凶参天树",橄榄树木质不很坚硬,砍伐很顺利,一个多钟头以后,在我们"顺山倒"的呼喝声中,那棵大树轰然倒下。暮色中,我们站在山林中,一派意满志得的样子,豪情万丈,自觉很有成就感,"世上无难事,只要肯登攀",这么大的树,说干,不也砍倒了吗!时间流转,40多年过去了,当年的豪情化成了今天深深的自责,我们干了一件多么愚蠢的事情啊!那么大的树,今天应该成为东线一景的(东线高速就从青年队旧址中穿过,2008年回去时,东线铁路又在建,离树更近),可惜被我们葬送了,无知加激情,多么令人痛心!

七、知青美食

海南美食极多,什么东山羊、嘉积鸭、文昌鸡,尤以海鲜为最。国人游海南,几乎都要在三亚吃海鲜,给人的印象仿佛只剩海鲜美味了。其实不然,沉下来,深度游,你可能会有许多惊喜的发现,我只把我在海南期间吃到的美味略作介绍，当然这些美食极土，难登大雅之堂，故冠名"知青美食"。

木薯

知青美食我首推木薯，木薯在岭南地区多有种植，然木薯有毒，是氰化毒，早年多有人食木薯中毒的事发生。加工木薯是一件很费劲的事，木薯粉多做工业用途。但很奇特，我们在海南食用的木薯都无毒，是不是全海南的木薯都无毒，我不敢说，但至少在万宁、在南林，我吃的木薯都无毒，是否因为淮南、淮北而有橘枳之分的缘故，隔了一条海峡，也将毒物挡在岛外了呢？

木薯好吃，是因为它含淀粉极高，入口耐嚼，粉状物充满口腔，久嚼有甜味，口感似嚼熟板栗、粉菱角，却又不能简单类比，具有自己独特的味道。木薯吃法有很多种，可以干蒸、水煮、也可以切块煮糖水，可以将鲜薯磨成浆，做成饼或粑粑吃。如果加工成淀粉，那吃法就更多了。但我以为最好吃最简便的就是干蒸了。将木薯洗净，可以连皮蒸，也可剥去皮。木薯皮很好剥，用刀顺着薯体划下去，将皮掀开一角，手指伸进去一转，整块薯皮就脱去，露出雪白的木薯。带皮的木薯蒸熟后，木薯皮会裂开，剥皮蒸的，薯体也会有细小的裂纹。蒸木薯我喜欢放凉了吃，比较板实、耐嚼，如果有时间可以慢慢吃，多嚼几口，更有风味。木薯是不老不嫩才好吃，嫩了，淀粉少，吃到嘴里不过瘾；老了，薯中心有硬心，木质粗糙，吃不动，越老则木心越粗越硬。虽然此时淀粉含量很高，但却少了咀嚼时的那种板实的感觉。木薯最好现蒸现吃，口感好，吃不完剩下的下顿再回锅蒸，颜色就变了，发黄，薯体也较碎裂，很难有完整的一条木薯了，口感也稍差。离开海南后，我一直没有吃到木薯，2008年知青集体回农场时，农场请知青吃饭，摆了20多桌，最后主食上了木薯，正合我意，一连吃了好几块。主办接待的同志真是费心了，也真是理解知青的人，谢谢他们。

木薯好吃，也好种。不管平地坡地山地，只要土质松软就行。

用锄头刨个浅坑,将木薯杆切成 20 厘米左右的段,丢在坑里,用土盖上,踩实即可。木薯从种下到收获一般要 9 个来月,管理很粗放,基本不用除草浇水、松土施肥,只在成熟时派人防止山猪野物去祸害就行了。

我将木薯推为第一美食,实在因为它就是一种平民食物,滋味平常,却越嚼越香甜,余味悠长。而且除了在海南,其他地方基本吃不到,到海南没吃过木薯,实在是一种遗憾。

糯米粑

糯米粑就是将糯米煮成饭,再舂烂成团块,撒上糖、椰丝等的一种美食。其实在苏浙沪一带也有这种食品,就是糯米糕团。在上海的各种小吃店或食品店都有售卖,且种类多、制作精细,但吃起来总觉得不如在海南吃的糯米粑有味道,带有一种自然的、粗犷的风情。

在牛漏水利工地上,我们与老职工同吃同住同劳动,渐渐熟了,感情深了,老黄(实在记不清姓名了,是个老工人,有点口吃,30多岁了,是个老单身汉)对我们说,回去后做粑给你们吃,说时连声啧啧,这使我很期待。回队后,老黄没有食言,煮了糯米饭,将石臼洗净,倒入糯米饭,两人合作,一人手握舂棍,一下一下舂捣,另一人在旁边放置一盆清水,将手在盆中浸一下,在舂手提出舂棍时快速翻拌,如此一捣一翻,很快糯米饭变成了糯米团。老黄给知青送来一盆,上面撒了椰丝、红糖,那真令人馋涎欲滴。你看男知青那种馋相,各举餐具,大举进攻,糯米粑黏性极强,轻易不能分离,勺柄长,使不上劲,于是用手紧握勺底,用力挖出一块,等不及地送入口中。最可笑兰铁尔的勺子是生铝的,稍一用力,竟从中折断了。那是我们到海南后第一次吃糯米粑,虽然每人只吃了一两口,但那种软糯香甜,却彻底征服了我们的味蕾。

做粑,糯米饭要煮得稍硬一些,饭烂了,舂捣时难成团,弄不好,就成了浓浆状的糊了。椰丝和糖可以舂好了放,也可以舂的时候放,那饭更要硬一点了。在海南,糯米粑真是一种美食,我吃过好几次,都是老职工送来的,平常日子也不做,都是过年过节时才做一点。印象中男知青就只会吃,从未动手自己做过,反倒是女同学做过,记得下放一周年时,庄东红代表女同学给男同学送来了一盆糯米粑,可恨当年不懂事,连"谢"字也未说。惭愧!

番薯粥

番薯各地叫法不同,红薯、白薯、地瓜、山芋,等等,广东叫作番薯。鲜薯不易保存,最简便的保存办法就是切片或切丝晒干。青年队有手摇切片机,也可换刀片切丝,队里将番薯切片在晒场晾晒,各家也会将番薯切片或切丝晒干,当然比队里讲究,要先将番薯洗干净。

现在番薯粥的做法是将鲜薯切块或片或丁,与大米一起熬煮,我们当年吃的番薯粥是用番薯干和米一起煮的。将番薯片捶成丁,番薯丝就不需要这道工序,淘洗和米一起煮,这种粥的关键之处是水要放足。煮出的粥要稀,煮好后,粥的颜色不是白亮亮的,而是一种暗灰色,盛在大瓦盆中,放凉。我喝番薯粥最过瘾的一次是在一个农村的老乡家里。那天,我和江不平同叶亚和一起上山砍木料,直到快一点钟才下山,又饥又渴又热,走到山脚,离连队还有五六里路,叶亚和忽然说,我们去×老乡那里,看看有什么吃的。我和不平都很高兴,立即来了精神,脚步也快了。两分钟后,我们进入一个孤零零的简易茅棚,叶亚和和老乡认识,两人交谈起来,老乡让我们自己拿碗,自己盛稀饭,那是一种大粗碗,能装一斤多水,我们毫不客气,一人拿个大碗,从瓦盆中盛起番薯粥,站在那里,稀里呼噜,不消一分钟,一大碗粥就下了肚,第二碗才找个地方坐下来。我海南话说得不好,无法和老乡交谈,只管喝粥,一连喝了四大碗,实在喝不下去了才住手,真是大大地过了瘾。以后,我又在队里老职工如叶亚和、郑凤荣等人的小厨房里喝过番薯粥。这种粥的特点:一是稀,不用筷子不用勺子,只管端着碗喝就行了,喝完粥,碗还干干净净的,像洗过一样;二是甘甜,有一股番薯干自然的甜味;三是凉,煮好后的番薯粥要放凉,可以当凉茶喝,尤其是炎夏酷暑天,喝上一大碗,清热解暑,透体畅快。很难想象番薯粥趁热喝是什么感觉,那一定没有滋味。喝番薯粥,无须佐餐菜肴,如果说有菜,我觉得最好、最相宜的就是家里腌的咸菜了,不用洗不用炒,直接用手捏着吃就好。如果用红烧肉、清蒸鱼一类的大荤菜,那就破坏了番薯粥的风味了,也煞风景。法国人在饮食上很有讲究,吃肉类喝干红,吃鱼类喝干白,那是很得其中三昧的。喝番薯粥就要一手端着粗碗,一手捏着咸菜,或站或坐,呼啦啦地喝粥,小口小口地咬咸菜,那才随性,才写意。

八、聚餐

广州六中下放南林的知青有 400 多人,五中也有 100 多人,还有海口知青、潮汕知青等,每个生产队都有二三十个知青。青年队有 27 个广州知青,其中 8 个女知青,以后又来了两批潮汕青年,有 20 多人,杨梅队也有 20 多个广州知青,前线队是海口知青。年轻人在一块,自然爱凑热闹,平时两三个要好的同学会一块儿吃喝,不分彼此,如若是恋人,更是如此。逢年过节,或者有朋友来访,知青会在一起小小地聚会一下,费用平摊就是。有时也由个人掏腰包,如访友是某人的好朋友,聚会人不多,就由一人负责。后来,不断有人离开农场返城,或者上学,请留在农场的朋友吃饭,自然就由幸运者掏腰包了。

到青年队是 1968 年 11 月 12 日,过了 3 个来月就是春节了。那是我们离开家过的第一个春节。每逢佳节倍思亲,虽然有些感伤,但很快被热热闹闹地准备除夕晚餐的气氛冲淡了。那个春节,兰铁尔的哥哥兰保尔和 1 个同学从海南中线的农场来到青年队看望弟弟。我们一间宿舍的同学有 6 个人,大家一起忙起来,初一的同学也以王番为首,另外组织了一摊子。那年队里杀了猪,农场还给各队分发了面粉,两边都决定除夕要包饺子。当然,还要做几个其他的菜。我负责做红烧肉,不幸的是水放多了,等把水蒸发完,肉早烂乎了,不成型。包饺子的也分工,剁肉的、拌馅的、揉面的、擀皮的。可怜广东人不善于做面食,一群年轻人更不会擀皮,就将面团擀成大块面皮,用小碗扣在上面一旋,就出来一个饺皮。破碎的面皮再揉成团,再擀。拌馅之前,我想起一个问题,菜要挤水,与此同时,也想到初一的那摊,应该去提醒一下。我拔腿过去一瞧,已经迟了,他们的动作快,早就在包了,只见水桶里的馅料已成汤料。他们正用勺子在里面捞馅。那天,我们将床板搬了出来,在月光下吃除夕饭。一切准备停当,天色已很晚了,我们点亮了油灯。要开饭了,我们请出毛主席像,手捧红宝书,向老人家致敬,然后边唱边舞了一套"忠字舞"。今天回想起来,也颇觉有趣,颇感滑稽,但当年我们都是十分认真,万分虔诚的。由于有朋友在场,那晚大家吃得很文雅,品评菜肴时,还不忘回想在家里过年的情形。

最热闹的一次聚餐,是在杨梅队。1974年初,刘宝琦、陈列他们调到三营工厂,八一队的廖新生、李福润,五一队的冯建源等人也在工厂,我在前线队代课,黄国铭在前线当老师,从林段抄小路走到工厂,只需要10来分钟,工厂距杨梅队大约有4里多路。那天应该是星期天,我们约好了一块去杨梅队。可能杨梅队的同学知道我们要去,早有准备,鸡鱼肉蛋,做了七八个菜,还有一桶冬瓜鸡蛋汤。菜用各式各样的盆装着,放在一张白茬的大桌子上,汤桶则放在一角落,防止混乱中一脚踢翻。那天聚餐的全是男生,有20多个,餐具不够,饭盆要轮着用,也有撅了两根树枝当筷子的。开饭了,那一通好抢,真个是筷伸如闪电,勺去似雨点。一时间,只闻咀嚼声、吸溜声,绝无言语,人人埋头苦干,很快,一盆一盆菜肴只剩下了汤汁。这时,二轮用饭盆的兄弟,用汤汁拌饭,吃得不亦乐乎,黄福宝蹲在汤桶边,耐心地打捞干货。知青聚餐,面对一盆盆佳肴,先吃哪个菜后吃哪个菜是有讲究的,并不是今天人们所理解的,我喜欢吃哪个就吃哪个呗。错,那真是大错特错! 我可以肯定地说满桌菜肴中最先吃完的是鸡蛋。因为鸡蛋入口，只要略嚼几下就可以下肚了，然后是肉、鸡、鱼等。因为鸡有骨头鱼有刺，吃起来麻烦一点，不过，鸡大腿是刹那间就消失了的。根据单位时间里能吃到最多食物的法则，以上排序是再自然不过的了。捞汤也有讲究，操作要轻缓柔，勺子要溜边、轻下、转舀、慢提，动作一大，本就不多又轻又漂的干货，就会重新漂浮在汤里了。吃完，陈国亮开玩笑说，中国人打乒乓球厉害，我们吃饭也如打乒乓球一样，先是"近台快攻"，最后"海底捞月"，众人大笑。

这样的聚餐，应该各队都举行过，每人都经历过。不过，二三十人的聚会毕竟不多，一般为三五个人或七八个人的小聚会较多，买到鸡鸭最好，有时朋友来得突然，那就要多方设法了，实在窘困，开一两个罐头，加上从食堂打来的菜，也能表示个意思。1973年的一天，尚坚和几个已调离青年队的知青一齐回来，那真是什么吃的东西都没有，实在没办法。我忽然想起二班长蒋南群上一天受陈敏如（调至团部宣传队工作）之托，帮他买到一条12斤重的马鲛鱼，正晒着，我找到蒋班长和他商量，是否可以让给我救救急，蒋班长有些为难，但看到我也一脸的焦急，只好答应了。我将12元钱交给蒋班长，同时应允如碰到机会，一定再买一条马鲛鱼补上。这样，总算让大家痛痛快快吃了一顿马鲛鱼。但后来这笔欠债一直未还上，因为马鲛鱼实在不好买。这件事始终记在我心里，想起来就觉得对不起陈敏如，尚坚为此事也埋怨了我好多次。在南林，知青聚会最多的是卫生队，各连队知青到团部办事，那里就是一个最好的落脚点，因为卫生队里知青多，各个年级的、各个连队的、男男女女的都有。再说卫生队在团部，地理位置好，买食物也有很好的便利条件。知青离开南林的告别宴，在卫生队举办得最为频繁。我离开海南时，也在卫生队请大家聚餐。因为忙于办调动手续，是请王番操劳的，那晚我记得有27人参加，围在一张乒乓球桌边。那天，我心情很复杂，7年多了，总盼望回城，心中应该高兴才是，但在牛寮和突击队的同志们洒泪相别的场面让我很难受。真要离开奋斗了 7 年多的南林,我又很留恋;尽管是回城,但不是回广州,我又很遗憾;只身一人北上合肥,心中也有些忐忑。同学们的真诚祝福使我努力鼓起兴致,和大家话别,同学之间的真情和友谊,在那一刻展露无遗。知青聚会,难得的是见面时的兴奋,忙乱中的欢乐,抢吃时的性情,难过的是分手时的不舍。俱往矣,斯乐难再。这些年,我每次回广州,和大家聚会,早茶、晚茶、夜茶、午饭、晚饭也吃过喝过,但除了见面时的兴奋外,知青聚会时的那种年轻人的心性却再也没有了,这多少让我有些遗憾。倒是 2011 年我回广州,几个老知青去杜广生承包的鱼塘玩耍,看到杜广生穿着汗衫短裤,赤脚在河涌里放水,满脚淤泥在塘边空地上挥锄点种瓜菜,那架势、那做派,使我又依稀看到知青时的影子。

九、烟、酒、茶

作为学生,我们下放初期,是不会抽烟的。随着时间流逝,劳动日渐繁重,生活单调枯燥,于是一些知青逐渐地抽起烟来,男生有 40% 左右的人抽烟,女生也有人抽过烟。青年队里,我、兰铁尔、刘宝琦、陈敏如、徐嗣达、何建华、陈列等人直到今天,也没有抽过烟,尚坚、王番、邹建平、杜广生、江不平等,则很早就抽起了烟,尚坚开始抽烟时还躲着我,1970 年他调去深兰队,抽烟就成了正常生活的一部分了。

据抽烟的同学说,抽烟有几大好处:劳动吃力时,可以借抽烟躲一会懒,也可以消除疲劳;朋友相聚时,烟卷一散,话语自然稠密;孤独烦闷时,一烟在手,可以解忧。尽管抽烟的人将烟的妙处说得天花乱坠,但我们不抽烟的人自有底线在心,不为所动。虽然如此,我还是观察过抽烟同学的神态。山林开荒时,体力极度透支,抽烟人扔下锄头,往地上一坐,掏出香烟,点燃后,猛吸一口,一支烟几乎短了四分之一,片刻,一口长气,徐徐喷出,烟雾缭绕,神情松弛缓和下来。三五分钟,一支烟差不多吸完了,无法再用手指夹着了,只见他用拇指和食指尖捏住烟屁股,赶忙再吸最后一口,直至火头快到嘴唇,才不舍地扔下。此时,元神归位,缓过劲来,好再去拼命了。这时,抽烟不仅是一种生理需要,更是一种精神放松、体力恢复的需要。平日里一般的劳动工作,休息时抽烟,三五人一伙,烟卷一递,相互间吞云吐雾,话头也云山雾罩、海阔天空,那是一种休憩、一种享受。孤独烦闷的人抽烟,只为排遣。这时,烟就像是一位朋友,陪伴着你,烟头明明灭灭,烟雾轻轻缭绕,与你的思绪一齐盘旋,抚慰着你;偶尔你陷入沉思,进入物我两忘的境界,直到烟头烧到手指方才惊醒,它告诫你,要振作起来;更多时候,你盯着烟头,呢喃细语,或眼中流泪,烟用它微弱的光亮,轻柔的香气,化解你的哀愁,让你渐渐解脱,渐渐轻松。"何以解忧,唯有杜康",其实,烟又何尝不能解忧呢?

我不抽烟,对林林总总的香烟了解不多,当时买烟也不方便,特别是好烟更难买。有一次我发疟疾,恰好卫生队宋医生到青年队驻点,帮我精心地治疗。病愈后,我很感激她,知道她爱人老李嗜烟,1972年探亲时,我千方百计买了一条大前门,送给宋医生。卫生队的兄弟们有很多人抽烟,我经常去叨扰他们,心中过意不去,一次,在团部供销社碰到有烟,是银行牌,每包3角1分,我买了一条带给王番他们,略表心意。江不平抽烟,他抽的应该是丰收烟,是广州卷烟厂的产品。队里只剩我俩时,一次和他路过田心大队供销社,他进去买烟,2角7分钱一包。售货员递给他后,他要求换一包。我很奇怪,他解释说,丰收烟是广州卷烟一、二厂共用的牌子,但在封口的小烟标上有区别,他认其中一个厂的产品,所以要换。嘀嘀,这真让我长见识了。

青年队的知青不喝酒,其他队的知青是否饮酒,不甚了解,但我在和知青聚会时,没有察觉有人喝酒,更无觥筹交错的场景,我也没有见过以酒解忧的知青。当然,知青的烦忧并不少,常常是"才下眉头,却上心头",那时我们常常念叨着两句诗:"抽刀断水水更流,举杯消愁愁更愁",但少有人买醉消愁的。偶尔,我们还喝过香槟酒,但此香槟非彼香槟,只是一种廉价的稍有气体的配制甜味酒而已,酒精度可能还低于啤酒,每瓶大约是 7 角钱。有一次刘宝琦探亲回来,挑了一担子东西,在八一队打电话让我去接他,我走到田心大队供销社等他,正是热天,他累得满头大汗,口渴难耐,在那里买了一瓶香槟酒,咕咚咕咚喝了下去。虽然不买酒,也不喝酒,但我还记得那时的几种酒,什么五加皮、双蒸酒。1974 年,我去深兰队,路过新风队小卖部,看到汾酒,那是一种白料的酒瓶,高铁皮盖封口,商标以白底为基调,周边好像是红边,汾酒两字烫金,在简陋的小卖部里显得十分华美。我突然有了冲动,买了一瓶,3 元3 角钱。汾酒是老牌名酒,奇怪的是,这样的酒竟然没有盒子包装,我只能用手提着,上了深兰。后来,这瓶酒下落如何,不得而知。

烟民酒鬼茶客,按说烟酒茶不分家,但知青中抽烟人多,喝酒人少,饮茶之人可能很罕见。那时,我们只是喝白开水,体力劳动流汗多了,有时会喝一些淡盐水。海南的夏天,酷热难当,开荒伐木,汗水浸透衣衫,甚至流到脚底的解放鞋中。口渴、喝水,喝水多,汗流得更凶,更渴,再喝水。1975 年 9 月间的一天,我带一个班在山上伐木、运木,10 个人一下午竟喝了两大桶水,有 80 来斤。喝水多了毕竟不好,第二天早上起来,眼睛都有些肿,有老同志告诉我们不能这样喝水,只能小口小口地抿。今天,我才知道这样喝水会加重肾脏负担,也会造成体液电解质失衡。那时如果知道,煮些茶水,或放些中草药就好了。

虽然我们不喝茶,但海南气候炎热,知青又饮食不周,难免心火大、热气盛,于是有时也找些中草药如金银花之类的煲些凉茶代茶饮,也就是这样吧。

1971 年,南林兴起"冷水疗法",所谓冷水疗法就是每天早上一睁眼,就喝下 1000 毫升凉水,可以清肠洗胃、治疗老胃病等。据说团后勤处霍处长胃不好,从日本传来冷水疗法后,他坚持每天早上喝凉水,效果极好。我从 1971 年开始喝凉水,第一次喝下 1000 毫升凉水,只觉得胃里倒海翻江,喉咙管里都是水在涌动,难受至极,根本无法吃早饭,倒是省下了一两饭票。一个多星期后,渐渐适应,翻腾得不那么厉害了,但还是吃不下饭。直至一个多月后,才能在喝下水一个多小时后,恢复正常。从1971年到现在,我一直将"冷水疗法"坚持下来,不过离开农场后,逐渐减少了凉水量。直至今天,我仍然每天一睁眼,就将头天晚上预备好的600毫升凉水喝下,已成生活习惯。今年,我已经六十有二,但肠胃从未出过毛病,不知是否得益于此疗法。

　　知青数年,相信每个人都会对吃喝问题有体会,有自己的记忆。那段日子,有苦、有乐,也许还会有一两件糗事。当年的知青朋友,今天最小的也已年近花甲了,高三学长都在65岁左右了。我们已经不是能不能吃饱的问题了,吃好也不在话下,现在愁的是能不能吃得下,怎么吃得更健康的问题了。近两年,对养生栏目、健康保健栏目渐感兴趣,于康教授、范志红老师的教诲也时常聆听,并努力实践,因为他们讲的是科学。但对他们的一些观点,我认为还是可以商榷的,因为有时少了"具体问题具体分析"的精髓。每个人的具体情况不一样,就不能用一个标准去要求;再者,我个人认为人有很强的补偿代谢能力,其中一些机理可能还需要我们去研究、探索。否则,我们就很难解释当年我们在那样的生活条件下,从事着繁重的体力劳动,却仍然正常生长发育,身体健康。直至今日,大家聚会时,大腹便便的几乎没有,人人精神抖擞、步履矫健,写这篇文章时,我甚至想,是不是与那段知青生活有关系呢?

　　吃得饱、吃得好、吃得健康,是吃的三个层次。知青年代,正是中国的特殊时期,生产力水平也很低下,我们只能以吃饱为追求目标,偶尔能改善一下,吃得好一点,至于吃的健康,那时根本没有那个意识。今天,社会已经大大向前发展了,大多数人已经讲究吃得健康了,但以吃饱为追求的贫困地区、贫困人群仍然存在,仍需要我们努力。我经历过1960年大饥荒的岁月,知青生活也使我知道了一饭一粟来之不易。因此,敬惜食物、勤俭过日子已成了我的习惯。虽然今天生活很好了,但吃饭时只要饭粒或菜叶掉在桌子上,我总会捡起吃下去,尽管有时在高级餐馆用餐,这样做好像有失身份,但我总是不自觉地会这样做。家里的剩菜剩饭,绝不允许倒掉,下顿再吃,有时老伴也会埋怨我,会给我上课,蔬菜隔夜有亚硝酸盐,蛋白质放久了会变质,吃了有害健康,等等,但我还是不愿意倒掉。

　　吃是衡量一个国家、一个社会的发展程度、人民生活水平的重要指标,国际社会也有恩格尔系数作为评价体系。我衷心祝愿我们的国家发展得更快更好,人民生活越来越好,吃得更好、更健康。让我们的人民更幸福,让我们的明天更美好。

穿

衣帽,遮体御寒的必需物品。穿衣戴帽,各有所好,各有不同,特别是今天,更是彰显个性的一种形式。但衣饰毕竟有民族特性、时代特征,也能体现一个社会的经济发展水平、社会阶层之间的差别与价值取向。20世纪六七十年代,中国人的服装颜色单调、样式单一,本无什么可以多说的,但穿戴是知青生活的一个方面,还是说说吧。

衣服

下放时,家里经济十分紧张,那年月,布票也很紧张。我们兄弟姊妹6人,一个挨一个,虽然那个年代流行"新老大、旧老二、缝缝补补到老三",但6个孩子每年都向上蹿个子,如何用好有限的布票,使一家人都能穿着得体,实在是很令母亲头疼的事情。要出发了,家里实在无力为我和尚坚置办衣物,只好将旧衣服找出来,缝补浆洗一番,好在海南气候炎热,也无须太多的御寒衣服。记得我只带了两套换洗衣服,其中有一套旧军装,是我最珍爱的,平时也舍不得穿。海南虽然炎热,但个别年份寒流特别强劲,也会受到影响,气温会降到5℃左右。为了能使我们在海南过冬,母亲将父亲的一件旧棉衣拿出来让我带上,那是一件蓝色的中山装式样的棉衣,可以直接穿在外面,无须罩衣,是父亲50年代穿的。另外,我还带了一条上学时穿的秋裤,是当年学生中很流行的运动式的。这样看来,下身是单薄了一些,不过广东人冬天穿衣,尤其是年轻人,有"上面蒸松糕,下面卖凉粉"的说法,只要上身穿暖,下身冷些就不管了,好在寒流也就几天时间,扛扛也就过去了。

我和尚坚的行装有6件,每人3件。大的是被套,深绿色,里面装着棉被、棉毯、蚊帐、草席,一个手提袋,里面有几件衣物、书籍等,还有一个用网兜兜着的水桶,里面是洗漱用具和一些零星杂物。同去的同学,行李都不是很多,或者说都很简单。去青年队的是广州六中初三丁班和初一丁班的同学,还有几个同学的兄弟姐妹从外校过来的,共有27人,只用了一部2.5吨的卡车,就连人带行李一起,把我们从海口卫校直接送到青年队了。可想而知,每人的行李不会很多。

在青年队头两年里,男生穿得最多的就是一件背心、一条长裤,女生好像是短袖衫或将袖子卷起来的长袖衫。那时很奇怪,青年队的男知青中有一种无形的约束,可以光着膀子,但不能穿短裤露出大腿。我和陈敏如有一张合影,两人扛着斧头,并肩走来,裤脚卷到膝盖,我穿着背心,他光着膀子,但其他队的知青,穿短裤是很常见的,不知道为什么青年队会这样。

初到农场,知青和老职工在劳动时穿着的衣服有一个最大的不同,那就是我们在穿着上是少而且薄,男生基本上就是背心,汗透了就干脆光着膀子,老职工则穿着较厚的长袖衣服,这种不同延续了有两年多。我们认为,海南天气热,劳动中身体发热流汗,穿得少,能让热量充分发散出去,降低体温。老职工则在常年的劳动实践中体会到,天气越热,太阳越晒,越要穿厚一点,这样身体出汗之后,在衣服和体表间能形成一种隔热的效果,体表皮肤比裸露的皮肤要凉;在山林中劳动,也可以防止蚊虫的叮咬,保护皮肤免受枝条棘刺划伤。实践出真知,可惜这种道理我们过了很长时间才明白过来,才体会到,于是,我们也和老职工一样,穿着厚衣服出工了。据说,撒哈拉大沙漠一带的居民,总是穿着厚重的长袍,也是因为在体表可以形成一个小环境,阻绝外部热浪。"卑贱者最聪明",在一定的时候是很有道理的。

因为带的衣物不足,劳动中又很费衣服,一旦破了,连替换都成问题。到农场不久,我最喜欢的军裤裤腿前面就破了。开始,我用知青的办法对付,用胶布贴一下,但问题是那条裤子穿了很长时间,已经朽了,用胶布贴只能让情况变得更糟。于是,我找来两块颜色相近的布,每块有40多厘米长、20多厘米宽,几乎是沿着裤缝,在两条裤腿上各打了一个长长的补丁。那是我第一次进行这么大的补衣工程,几乎是一针一比画,既要平整,又要针脚细小,为了那条我喜爱的军裤,我是耐心加细致,一丝不苟。那个工程足足费了我5个多小时,终于大功告成,效果我还是很满意的,这条军裤,我又多穿了3个多月。

队里对知青很关心,陈珍云队长看到知青,尤其是男生有不少衣服需要缝补,而我们又大多不擅长针线活,于是物色了一个女同志为我们缝补衣物。这个大姐大概是军属,要不就是丈夫在外地工作,她一个人独自在队里生活,平时穿着打扮比较新潮,还能说普通话。初一的同学送她外号"土洋人",可能觉得她在队里还比较洋气,但与广州的时髦标准又显土,故名"土洋人",可惜我现在想不起她的姓名了。当时知青调皮,现在想想,真是大不敬。大姐有一部缝纫机,这在当时可是贵重物品,队长安排她每天用半天时间为队里职工缝补衣物,每次象征性地收几分钱或是一角钱。当然也可以请她做衣服。有了这个补衣摊子,知青的补衣服问题顺利得到解决,我更是常客。因为裤子常破,而且只有两条裤子,所以送去就恨不能立刻补好,但大姐处的业务总是很繁忙,有时要3—5天才能取回,这就使我非常着急了。记得有一次刚把一条裤子送去补,出工遇上大雨,身上淋湿了,收工后我立即去大姐处问,得知还未补好,那时我很爱面子,不好直说没有裤子穿了,只好快快地回来。没有衣服换,我只好穿着湿裤子蹲在宿舍门口磨斧子。天黑人静后,我才去冲凉洗衣,将裤子拧了又拧,挂在通风处,第二天一早,不管干不干,穿起来就出工。

1969年,农场发劳保用品,每人一套劳动布工作服。这种劳保衣服不知几年发一次,在农场7年,只发过这一次。这套工作服布料很好,是细帆布的,非常细密,颜色也好,我们都很喜欢,只可惜裤子是工装裤。我立即将裤子送到大姐处,请她给我改成军裤式样,而且裤脚要有8寸,那是当时的一种时尚。红卫兵穿军装,裤脚以7寸左右为美,据说《红卫兵万岁》的演员裤脚有近9寸的(但绝不是喇叭裤,类似于后来的撒裤)。我们到农场时,红卫兵遗风尤在,所以我要求裤脚要有8寸。大姐的手艺是真好,改好后的裤子我十分满意,第一次回广州探家,我就是穿着那条裤子。当时男生几乎都将工装裤改了,女生则多数没有改。要说女生穿着工装裤还真是好看,那时,她们正当妙龄,身形好,工装裤腰身一收,尽显婀娜、尽显曼妙,顾盼神飞间,透着明艳、透着妩媚。青春真好!

那个年月,实行计划经济,每人每年布票是1丈3尺6寸。不过,我的一件长袖衬衫,就要6尺5寸布票,一条长裤,没有七八尺布票也是不行的,买一条短裤头,也要2尺5寸布票。要布票的地方多得很,床单、被套、枕套,就连用纱布做的蚊帐(那时还没有尼龙蚊帐),样样都要布票。我们从事的是体力劳动,日晒雨淋汗渍,山林里枝挂棘勾,衣服磨损快,每年都需要添置衣物,不求鲜亮,不追时尚,但总得整洁,至少不能露肉吧。每年的那点布票,哪经得起如此折腾,弄得我们是左支右绌,很伤脑筋。天无绝人之路,我们也有了解决的门路。那时,"文革"进入中期,经济发展停滞,各地各方人民生活都很贫苦,尤以贫困地区、山区人民为苦。我们以为海南农场很苦,但对一些更贫困的地区的人来说,这儿却是天堂。据说那时50斤粮票可以从四川带回一个姑娘,一餐饱饭可以娶回一个老婆,《牧马人》里秀芝一角,想来大家都会有印象。我们那儿没有四川妹娃,但湖南、广西的女人却不鲜见。青年队就有这样投亲靠友,嫁给农场职工,再转为农场工人的。湖南、广西这些地方虽穷,但作为公民,每年每人的布票却是不少的,不过情况不同的是,他们无钱购买衣物布料,布票用不完,而我们是不够用。于是,一方富余、一方紧缺,市场就形成了,交易就产生了。那时,各种票证都可以交易(虽然不合法),紧俏的自行车票、缝纫机票更可以卖出高价。我们那时通过湖南媳妇,买湖南省布票,每尺是 1角钱还是 2 角钱记不清了,反正我们是 1 丈 2 丈的买。各省布票是不能出省使用的,但那时只要在团部盖个什么章子,湖南布票就可以在广东范围内使用了。有了这些布票,我们穿衣的问题就不再是难事了。1972 年回广州,我就买了一件当时很流行的湖蓝色衬衫,还买布做了两条裤子。1974 年探家,又买了一件当年十分时髦的的确良衬衫,买了一套玫瑰红的长袖运动衫裤。曾令我很头疼、很窘迫的穿衣问题算是基本解决了。

知青在农场的衣着打扮是很平常的,然而在农场,你只要稍稍留意看,就能认出谁是知青,也不知道是举止行为所致,还是第几感觉起了作用。农场的职工穿着更简朴,虽然干部大多和知青一样,穿中山装、军干装,但知青中还有一种学生装,下面是两个无盖明袋,左上方胸口处有一无盖暗袋,除此之外,还有一种立领唐装也有知青穿着。海南的一些姑娘或年轻媳妇、跟随退伍军人丈夫来到农场的客家妹子,她们都很喜欢一种孔雀蓝的布料,做成长裤,上身穿粉色上衣,是她们之间最为时髦的衣着。那种孔雀蓝,她们称为"海水绿",广州知青讥为"好婆蓝"(好婆是广州话,不好解释,有点傻大姐的意思),我们探亲时也受托为她们买过这类布料。

自从农场改制为兵团之后,我们一直期盼着能发下军装,帽徽、领章则想都没敢想,这个梦想很快就破灭了。1973 年,忽然从团部来了消息,有一批为越南人民军制作的军服转给兵团。团部通知如职工需要,可以登记造表,上报团后勤处。这批军装为越军制式,有正装、便装和工装(类似机场机务人员那类服装)。每套 15元左右,不需要布票。由于没有样装,一些人很有些犹豫,知青倒是都登记了,我一下子每个样式各订了 1 套。不久,这批军服运到,颜色为草绿色,布的料质很好,式样也能为大家接受。这时,登记了的人都很高兴,而当初没有登记的人也懊悔了,他们向连长、指导员提出种种理由,要求重新分配这些军服。几番争辩之后,连里还是决定将这批衣服重新按人分配,但允许原来登记的同志可以先选一套,于是,我选了一套工装样式的。那套衣服是真好,穿上既宽松舒适,又不显臃肿肥大,人显得特别精神。那套衣服,我一直穿到了合肥,穿到了80年代。

"文革"时期,中国人的服装式样简单,颜色多为蓝、灰、黑,即使是女装,也鲜有亮色。记得叶建敏刚到农场时穿了一件肥大的男式军装,后来穿着蓝色女上装,是当时女干部、女学生的标准样式,杜林林有一件黑色军干装,其他的同学衣着也大多如此。但在这千篇一律,少有变化的穿着中,也有"小荷才露尖尖角"的改变。1971年左右,青年队里来了一批潮汕青年,1972年,他们穿起了牛仔装,大概是他们海外或港澳的亲友们寄回国内的,他们穿在身上,自我感觉很好。这些服装颠覆了我们当时对服装美丑的评判标准。那时,我们讲究上衣合体、简洁,裤子要宽松,像军裤那样,直裆长、开裆肥,说句玩笑话,里面能装下一只老母鸡。可潮汕青年穿的这些牛仔服讲究紧身,特别是牛仔裤,不但紧包屁股、大腿,而且直裆短得要命,就像今天所谓的热裤。我当时就怀疑,这样的裤子穿着能舒服吗,往下蹲裤子会不会掉下来?尽管这样,广州知青只是觉得这种服装很可笑,而潮汕青年则炫耀其服装之美、之特别。到了1974年,情况悄悄地有了变化,人们追求服装美的意识渐渐觉醒了,衣着上有了变化。首先,女性,尤其是姑娘们,梦寐以求有一件的确良上衣,粉红的、浅绿的,或者鹅黄的也好。男人则讲究有一件或白色或湖蓝色的的确良衬衫。知青回去探家,也开始穿起了毛料裤子,因为它的悬垂性更好,更挺括。男知青中也开始有凡立丁、毛涤、灯芯绒的服装了。记得1974年探亲在广州与杜广生见面,他就穿了一条浅灰色的凡立丁裤子。爱美之心,人皆有之,向往更美好的生活,更是人类亘古不变的追求。事情在悄悄地发生着变化,也许当时没有太多的感觉,但今天回想起来,其意义是深远的,表现出了人们追求美好生活的强烈愿望,对喋喋不休的政治口号的厌倦。这种转变,虽是"起于青萍之末",却是要求变革的肇始。"文革"至此已经8年多,其政治路线、思想路线、组织路线,已经无法再继续下去了,中国人民的心底对现实状况的不满日益显露,要求变革的意识正悄悄地萌发。

洗衣

穿衣之后总要洗,不管你是否喜欢,是否愿意,这件事是躲不过去的。有姐姐、妹妹一起下放的男生可能会好一些,被单也许不用自己去洗,但平日的洗换衣服,还是要自己洗的。好在广州六中是一所寄宿学校,那时的孩子也少有独生子女,生活自理能力很强,洗衣服、刷鞋不成问题。

去农场之前,我最大的心愿就是连队旁边能有一条小河,清澈的河水在鹅卵石上流淌,洗衣服方便,"清凌凌的水来蓝格莹莹的天",一派山村田园风光,如在小河边能遇上小芹姑娘就更美了。可惜,青年队附近虽有一条河,走七八分钟就到了,却是泥底,水质也不十分好,刚去的一个月,我们男生还很有兴致地去冲凉洗衣,后来渐渐地不再去了。我最羡慕八一队的知青了,他们真是好福气,连队旁边就有一条山溪,流水淙淙,清澈见底,在公路上面形成了一个水潭,仅够男生们游泳玩耍嬉戏,虽近公路,却有巨石屏障,真是得天独厚的好去处。刘显伦曾告诉我,他们根本不需要洗衣服,来到潭边,将换下的衣服用石头压住,自管去游泳戏耍。山水略呈碱性,流水自然涤荡衣服,10多分钟后,洗完澡,将衣服捞起拧干,带回来晾晒就行了。有时衣服较脏,也只要将污渍重的地方用肥皂揉搓干净,放入水中自然漂洗,无须费力。这真是老天爷送给八一队知青最好的礼物。

我们在青年队洗衣是在井边。刚去青年队,只在食堂边有一口水井,井的东边七八米处有一间冲凉房。食堂是茅草棚,冲凉房却是砖瓦的。这口井很大,直径有两米多,可容四五个人同时打水,井边用水泥铺成平台,可容七八个人洗衣。井边有一打水工具,它不同于北方用辘轳打水,而是利用杠杆原理,将一根长木杆用螺杆固定在井边的两个木桩做成的支架上,前长后短,后面短杆上有配重物,前面长杆的顶端有一根长长的钢条,最下端做成弯钩,可以挂水桶,钢条长短以能到水面打水为准。打水时,将桶挂在钩上,用手握住钢条向下按动,水桶打满水后,再往上提钢条,由于利用了杠杆原理,向上提水时,不怎么费力。这是否就是古时的提水工具桔槔呢?在海南,这种提水工具很常见,只要在水井边,几乎都能看见,平时不用时,木杆斜斜地以160°向上竖着,像极了一门门高射炮或导弹发射架。传说有美国侦察卫星将此传回,认为海南各地遍布导弹,当然这只是博人一笑的笑谈而已。这口井的水面距井口有2米多深,遇台风暴雨期间,水面距井口有时只有40厘米左右,几乎用手提着桶就可以舀到水,但这时的水就略显浑浊,平时水是非常清的。我们到井边冲凉洗衣服,都是自己带水桶绳索,自己打水的,基本上不用提水工具。因为这个提水工具主要是方便食堂打水,食堂用的是大铝桶,一桶能装40多斤水,打水时挂上铝桶,用后收回保管。我们的水桶,只能装20来斤水,虽然用井架提水省力,但按下去费劲的很。后来,队里又新建了一座砖瓦结构的食堂,在食堂边又打了一口井,那口井的地势稍高,周边没有水沟洼地,水质更加清冽。虽然有新井,我们冲凉洗衣还是在老井那里,因为新井井口小,只有1.5米左右,水面距井口有4米左右,没有老井取水方便,也没有老井周边面积大。

洗衣服没啥可多说的,无非就是换洗得是否勤快,揉搓得是否干净,漂洗得是否彻底。海南炎热,劳动回来后,衣服基本汗透了。因此,不管多累,衣服都是要洗的,而且还要尽快清洗,不能过夜,否则,第二天衣服就发臭了,几次下来,衣服也会很快沤烂了。我们那时洗衣服,基本上用的是肥皂,肥皂供应还可以,只是有一段时间的肥皂特别软、不经用。印象中,那时肥皂是2角4分钱一条,一条可切成两块,每月用两条左右。青年队男生基本上冲凉洗衣服都用的是肥皂,女生也许讲究一些,会用香皂。可能还有百雀羚之类的香脂,但绝不会有什么洗发香波、护发素以及化妆品之类的。尽管如此,我们皮肤也很好,头发依然浓密黑亮,不足之处是男知青脸上青春痘会多些。

在井边洗澡、洗衣服,有时难免会拥挤,青年队男女同学来往很少,晚上在井边一起冲凉洗衣也不方便。时间一长,男女同学之间有了某种默契,相互打时间差,男生都是天黑了一段时间才去井边。只是有一次我要洗的衣服多,先去井边洗衣服夹在众多女生之中,心里有些慌乱。洗完后拎着水桶就走,慌乱中一脚踩到一个肥皂盒上,只听"咔"的皂盒破裂之声,我立刻傻了,愣了一会,皂盒主人不吱声,我也不知说啥好。狼狈至极,快步逃离。现在想想,真是荒唐,怎么也应该应对得体一些,问问是谁的皂盒,道歉并表示赔偿的意思,但年轻人还是经事少,顿时张皇失措,直至今日,我仍然不知皂盒的主人是谁,但可以肯定的是,这是一位女同学的。

男人天生就讨厌洗衣,我们男知青也将这件事作为烦心事,特别是每年洗被套、床单尤其如此。只要有机会、有可能,我们总会想方设法减轻这种负担。后来,我离开了青年队,在前线队做代课教师,在三营当书记员,在东海队当工作队员,在青年突击队到新风伐木,到牛寮修水电站,只要附近有小河或水沟,我就如同八一男知青那样,将衣服压在水中,任由水流冲刷,懒得动手。劳动时穿的厚衣服,经常会沾上树汁、草汁,有时还会沾上树胶,很难洗,也没法洗干净,干脆揉揉汗味就算了,反正第二天又是如此。在海南各农场的橡胶连队,我们经常看到割胶工,对他们割胶时穿的衣服见惯不怪了。如果外人刚到,看到那套衣服,一定会奇怪,怎么这么邋遢,怎么不洗洗呢?其实不是割胶工不讲究、不勤快,实在是没办法,割胶、收胶时,稍不留意,胶水就会沾到衣服上,根本没法洗干净。所有的割胶工都不会穿新衣服去割胶的，都是穿的旧衣服，只要割一个月的胶，那身衣服就没法看了，重量也会增加一倍以上。我们在纪录片上，在画报或图片上看到的胶工形象，或迎着晨曦排着队挑着胶水走来，或闪着胶灯聚精会神地割胶，那多多少少都有艺术加工的成分在内，最起码这些胶工也会换上一套整洁的工装的。劳动者最讲究实际，在洗衣服的处理上也是如此，该认真搓洗的衣服自然会用心，劳动时穿的衣服也会以适当的方式去洗涤的，能省事的为什么不省省事呢？

帽子

海南气候炎热，几乎无秋冬季。地处琼北的海口一带，也只有一个多月的秋凉季节，让人感受到一种金风送爽的舒适。夏季时间长、日照猛是海南气候的一大特色，因此，预防日晒，是生活在海南的人必须注意的问题。防晒，今天有各种各样的防晒护肤用的霜、膏，就是抹了防晒霜，也还是要撑开遮阳伞，或戴着遮阳帽。20世纪六七十年代，人们只能戴上各式各样的帽子，遮挡骄阳。最常见的当然是草帽，但在海南并不多，并且也只适合城镇人群。作为劳动保护用品的用以防晒的帽子则有职业的不同，如渔民戴的是一种竹笠，就是电影《南海潮》中那样的；山民则戴头顶尖状的斗笠，等等。

一到农场，就给我们发了帽子，就是一顶斗笠，是一种劳动保护用品。看过现代芭蕾舞剧《红色娘子军》的人应该有印象："万泉河水清又清，我编斗笠送红军"，我们发的斗笠与剧中的斗笠相似，只是帽圈稍大一些，帽顶与帽圈用细篾编为一个整体，而剧中的斗笠根据演出需要，它的顶是用布做成的。这种斗笠用细篾编成，上下两层，向外一层紧密，内层则很稀疏，中间实以箬叶，帽顶和帽圈的上面刷上桐油，可遮阳、可挡雨，轻巧方便，很实用。《红色娘子军》中编导用"编斗笠，送红军"来表达军民鱼水情，实在是了解斗笠的实用、海南的气候特点和变化,实在极具海南特色,可以说是妙手拈来,也可以说是匠心巧用。

虽然农场对知青十分关心,给我们发了斗笠,但初期男知青并不领情,认为我们是来锻炼的,要晒黑皮肤炼红心,而且戴惯军帽的红卫兵猛然改为戴着斗笠,也颇有些滑稽可笑,同时也嫌带个帽子太麻烦,因此将它挂在墙上,没有理会。女同学倒是充分利用了斗笠,不但出工戴,就连平时出门,只要太阳大,也是要戴的。要说男女有别,那是不错的,女同学戴上斗笠,并不难看,虽然帽子偏大了一些,颜色偏暗了些。晚上收工回来,太阳已经落山,用不着戴帽子了,但她们也不像《红色娘子军》中女战士那样,将头笠背在身后,而是用手拿着一边,将另一边置于腋下,袅袅娜娜地走着,映着落日余晖,嗬! 也是一景。

过了一段时间,男知青也知道了戴帽子的重要性,太阳猛烈时,可以保护头脑不受紫外线照射,而且斗笠通风透气好,并不闷头;下雨时,可以遮挡大半个身子,可以将身上一些怕湿的东西如手表之类的放在斗笠下;还可以将斗笠作为工具,如在山上采到药材之类,收花生时捡到芽花生等,放在里面带回来,等等。于是,斗笠就成了生活的必需品,成了知青生活的好伙伴,帮助我们遮挡烈日,遮蔽风雨,伴随着我们渡过了知青岁月。

斗笠,是海南人民最常见的物品,海南各农场也将斗笠作为必备的劳保用品发给每个职工,相信每个海南知青都会对斗笠有印象。斗笠作为具有海南特色、海岛特色的物品,又有《红色娘子军》的革命故事和优美旋律作推介,应该是既有海南特色又有革命传统,更兼实用性强的旅游产品。不过,2000 年之后,我去过海南数次,只见遮阳伞,不见斗笠,很为此感到惋惜。

鞋袜

鞋子最主要的功能就是保护脚的,使脚免受外界伤害,鞋子的另一种作用则是装饰,体现人的品位和风度。今天,各种各样的鞋琳琅满目,功能细分得更加清楚,让人难以细数。我们当知青时,鞋子不可能那么多,细想起来,知青所穿的鞋子可以分为四大类:解放鞋、布鞋、塑料凉鞋、拖鞋。另有两种:一为高帮白色回力鞋,广州人称大白鞋,当时曾风靡广州红卫兵,以八一中学的军干子弟为代表,一身军装,脚穿大白鞋,成为血统最纯正的红卫兵经典装扮,知青中有人将它穿到了农场;另一种为三接头皮鞋,是当年解放军校尉级军官的配装皮鞋,是当年年轻人追求时髦的装扮中不可或缺的,但在知青中很少见,后两种就不提了,只说说在知青中比较普遍的四类鞋。

解放鞋,是一种胶底帆布的系带鞋,以当年解放军军鞋为样,民用的称解放鞋。区别在于军鞋为草绿色,解放鞋稍黄一些;军鞋前脸最前端有一块半圆形胶皮,是平面的,解放鞋的胶皮则有细小压纹;军鞋板型更正,有厚重感,解放鞋则制作工艺稍差,缺少厚重感。年轻人还是讲究正宗,追求军鞋,但军鞋不可多得,解放鞋也可乱真,成为知青中最为普遍、最为实用的鞋子。解放鞋不管是走路、劳动,尤其是在山林中行走、干活是很需要的,几乎每个知青都有一两双解放鞋。知青劳动时可以不戴帽子,但不能不穿鞋,尤其是开荒、砍芭,在山林中劳动,更是不能没有鞋。海南籍的个别老职工,他们不能不戴帽子,却经常赤脚上山,这让知青们对“赤脚大仙”颇有敬意。我们就是穿着鞋上山也会十分注意,特别是没有路的情况下,如果冒冒失失地走动,偶尔也会被树桩、尖刺刺穿鞋底,对脚造成伤害。解放鞋穿着方便,平时也不用多洗,反正干活时经常有沙土进入鞋内,尤其是挖胶洞,挖环山行时,那是要手脚并用的。虽然不常清洗解放鞋,但奇怪的是,并不臭脚,可能是沙土吸附了脚汗,倒沙土时就将汗臭脚气带走了。懒人洗鞋的办法有时会让人匪夷所思,那就是穿着鞋在水中走,一起一落,自然将鞋中的污秽挤压出去。海南山地多山溪水沟,走路时踏水而行,顺便洗洗鞋,也是一举两得,这样的洗鞋,大约十天半个月来一回,并不是天天都这么洗一下的,因为一是劳动时穿,不用太干净;二是这样洗虽然方便,但鞋干之前脚泡在湿鞋里毕竟不舒服。

布鞋,当年在知青中流行的布鞋是黑灯芯绒面料,白色塑料底的一种松紧口布鞋,沿鞋底一周还要滚上一道皮边(实际上就是黑色人造革),有时没有白塑料底,咖啡色底也可以。布鞋可以说是知青的礼服鞋,在农场时穿着的机会不多,在团部机关、卫生队、宣传队的同学穿的可能会多一些,在生产连队的同学只在休息日偶尔穿穿。但这双鞋还是应该配备一双的,在休闲或正规场合还是需要的,探家路上、居留广州期间,都是要穿上的。布鞋,是当时流行的时尚装扮,也是从学生、从红卫兵的着装中延续下来的。知青,虽说要接受再教育,磨一手老茧,练一颗红心,成为真正的农民(农场工人),然而,现在回过头来看,这个群体,从骨子里就排斥这种转变,他们顽强地抵制被改造不愿意像农民那样生活,这从他们的言行举止,从他们的细小生活习惯方面,都会表现出来。穿上布鞋,使知青感觉很美,自觉腰也直了,步履也轻捷了,也使大家知道自己是谁,相互之间有了认同感。用今天的养生保健知识来看,这种鞋并不好,一是底太平,没有坡度;二是硬塑料底没有弹性,减震效果差;三是摩擦力不够,走路易打滑。当年,虽然不完全知道这些知识,但穿布鞋容易打滑是体会到了。

塑料鞋,也是知青中比较普遍比较实用的鞋子。我在海南穿过两种塑料鞋,一种好像是天津产的,红叶牌?大约是 4.1 元一双。前面全包,不露趾,上面有空洞,周边有孔,后面有跟,只中间是全空的,可能是仿当时流行的皮凉鞋的式样做的,很好看,也很实用,走路也很舒适,颜色有黑色和咖啡色的。大约是 1974 年,出现了一种软塑料凉鞋,前后都空,脚趾露出来。这种塑料鞋很软,穿着舒服,很快就在知青中流行起来,不仅因为它时尚,也是因为它确实穿着更为舒服。顺带说说,1974 年左右还有一种轮胎底的凉鞋,鞋底用废旧轮胎制成,面上是斜十字襻的胶皮,无后跟,也是一条胶皮绕过。这种鞋的底非常厚实,较重,相比之下,脚面上的胶皮带有些单薄。这种鞋我没有穿过，好像青年队知青也没有穿过。

拖鞋，这是冲凉必备的鞋子，也是晚上休闲时穿的。广东很流行夹指的人字拖，当然也有十字带的拖鞋，没什么多说的。不过那时我们还自己制作木屐，俗称趿拉板。在山区，木料不成问题，制作也很简单，锯成板，砍成鞋形，或者干脆就是长方木板，表面刨平，钉上胶皮带，就是一双不错的木屐，走时趿拉趿拉响，也怪有意思。制作虽然简单，里面也有门道。如木板较薄，木头纹理又直，走路时不注意，硌了石头，屐很容易从中间裂开，一双屐就报废了；板厚，则鞋子重。一次，我将厚板的前头斜锯去一部分，中间也削空一些，因为没经验，将前面锯得太多，支点偏后，结果走路时要格外注意，稍不留意，人就向前倒，这双木屐最终被我再次加工锯平，才能穿着。从做木屐、穿木屐中，我能体会到生活中处处有学问，非经实践，非经留心，是不能领悟的。

袜子，知青每人都会有两双或更多一些的袜子，基本上是尼龙袜。男知青很少穿袜子，穿解放鞋出工，都是光脚直接穿鞋，免得糟蹋了袜子，收工还要多洗一双袜子，穿凉鞋就更不用袜子了，我们只有穿布鞋时才会穿袜子。不过，回广州探亲期间，还是会斯文一些，穿上袜子。

今天，社会大大地向前发展了，不但物质极大丰富，思想观念的解放，更使人感觉到世界变化快。衣服虽然仍是遮体御寒的物品，但其更重要的作用却是张扬了个性，彰显了时代多角度、多层次的变化，表现了社会的发展进步，也显示了社会财富急剧的增加。西装、休闲装、运动装、旅游装、领带、领结、丝巾、方巾，衬衫、T恤、露脐衫、蝙蝠衫，棉、毛、麻、涤，皮鞋、布鞋、运动鞋、休闲鞋。女性服装更是令人眼花缭乱，仅裙子就有长裙、短裙，裤子有4分裤、7分裤、热裤、踩蹬裤，等等。走在大街上，各种各样的穿着让你目不暇接。个别年轻人的穿着让老年人多少有些别扭，但谁会去批评他们呢，即使是对自己的子女、孙儿，最多也只是暗地里摇摇头；

各种选美大赛上的泳装环节,车展上的车模暴露衣着,虽然令我们瞠目,但谁会去多说什么呢。我之所以将40多年前我们的衣着写上一段文字,除了这是一段历史,这是我们曾经的生活外,更希望在华服之下,人们还是一颗中国心,为中国的未来忧心,为中国的崛起继续奋进。

住

　　家是人们温暖的港湾,而家的概念,除了亲情,就是一间住所,不管你是临时安身,还是长久居住,住房都是人类生活的基本需求。安居乐业,再形象不过地说明了住的重要性。住房也最能反映社会经济发展的水平。20 世纪六七十年代,我们在海南农场是怎么居住的呢? 总的印象是,条件艰苦,但可以安身,且在不断改善中。

一、茅屋

　　20 世纪六七十年代,南林农场各连队都有茅屋,住茅屋是十分普遍的。沿国防公路边的老连队砖瓦房较多,山区连队,尤其是新建连队则以茅屋为主。即使是住在砖瓦房中的老职工,因为一间房子只有 10 平方米左右,不但仄逼,而且做饭、洗浴也多有不便,一般会在近旁搭盖茅屋,称之为小厨房,可以做饭、吃饭、冲凉,家中孩子多的,还可以在里面搭铺睡觉。

　　茅屋建造较为简便,在平坦处,栽下树干做柱子,离地面 5 米来高,顶端砍成 V 形,木柱之间距离是 4 米左右。至于栽多少根柱子,就看需要建几间房子了。在一排高柱子两侧,对应栽上矮柱子,高约 1.6—1.8 米,矮柱与高柱之间的距离约为 2.5—3 米。柱子竖好后,依次架梁、檩、椽,用马钉或藤条、篾条固定,再覆盖茅草片或山葵叶片。茅屋的墙则很简单，在柱子之间用枝条绑成方格状的网，每个方格大约 10 厘米×10 厘米，用泥巴拌上草，糊在上面就成了墙，朝外的墙留下一个三四十厘米的洞不糊泥巴，就是窗户了。有时候更简单，直接将竹子捶成竹片，编成席片，用篾条将席片绑在枝条上，也算是墙了。好在海南气候炎热，这样四处透风的茅屋，一年倒有 11 个月是十分相宜的。建茅屋需要注意的有几点：一是柱子要埋得够深，柱、梁、檩、椽之间要绑扎牢固，否则台风一来，易倾斜或散架；二是屋顶夹角要小于 90°，在 75°左右最好，因为台风来时暴雨如注，水要快速流走才行；三是茅草片的铺设要均匀密实，层与层之间搭接距离不大于 15 厘米，片与片之间要覆盖，距离不小于 10 厘米，并在每层间错开；四是若长期使用，木材选取要注意，少用青皮或其他易生虫的树木。我在青年队住的茅屋，常在夜深人静之时听到蛀虫咬噬木头的声音，头顶也时常有木渣虫屎之类的"雪花"飘落。

初到青年队，知青都住在茅屋，那时，队里只有 2 栋砖瓦房，分为 32 间，每间约 10 平米。老职工以户为单位，每家住一小间，队里的武器库和小卖部也各占一间。另有 4 栋茅屋，其中一栋是大开间，做了托儿所，三栋为职工宿舍和办公场所，队部和卫生所在其中占了两间，还有一个大通间是会议室。

车到青年队，停在队部前的空地上，我们爬下汽车，环顾四周，哪有我们想象里的粉墙黛瓦的房舍，期盼中的绿水绕村的田园风光，触目所见的几幢茅屋那么残破简陋，脚下的沙土地坑坑洼洼，这就是我们要一辈子生活的地方？大家的心情立即暗淡下来，脸色也迅速转阴。这时，连队的领导和老职工十分热情地迎上来，让我们自由组合，领我们进房间。我和尚坚、刘宝琦、兰铁尔、陈敏如、潘国良 6 人，被安排在南北向的茅屋中，8 个女生被安排在队部和医务所所在的东西向的茅屋中，其他的同学则被安排在距队部茅屋约 30 米远的茅屋中。

进入茅屋，先要低头弯腰。伸手推门时，发觉所谓的门就是用两长三短的木棍夹着的竹片,一边用铁丝绑在木柱上,另一边中间的夹棍上,用铁丝扭成门鼻子,与对应的柱子上的铁丝环相碰,可以用来上锁。推门时要轻提轻扶,慢慢向里搬,用劲大了,门就散架。进去后,十分昏暗,过一会才看清里面的情况。这是一大间,约20平方米,两边都有门,与隔壁用泥墙隔开,墙高约2米,再其上则完全是通畅的。这样的房间没有任何私密,说话、打呼噜都听得清清楚楚。房里有4张床,床腿是4根木桩,打入泥地中,在前后的两根木桩之间钉上木棍,铺上床板,就是一张床了。床板是用原木锯开的,厚约4厘米,板面没有刨光,床宽有1米。靠近门边的隔墙边,等距离栽了两根木桩,高约1.4米,其上各钉了一块约40厘米×30厘米的木板,就是两个独腿的台子了,上面放了一盏小油灯,细心的队领导还在灯旁放了一盒火柴。稍微仔细观察,发现了床不平,因为床板是用原木锯开的,时间长了略有变形,架床的木棍表面是用斧头砍削的,也不甚平整,所以床板就难免有起伏。再一个,地面是沙土的,也不平,一般茅屋建在什么地面上,建成后地面是不会修整的,基本保留原始地坪。除这一大间外,紧挨着还有一个小间,就是将大间中间隔断,里面安两张床,一个台子。看到这些,我们都不说话了,一路上的兴奋,一路上的叽叽喳喳,此刻都化为了一片静默。

走出茅屋,同学们都看了房间,聚拢在汽车边,每个人心中都很难受,神情呆滞,沉默中,有人冒出一句:"去场部。"刹那间,大家仿佛警醒,去场部! 去场部! 在场的队领导看形势不对,急忙招呼:"下行李,下行李。"老职工爬上车往下卸行李,兰铁尔也主动上车往下搬行李。大家也知道回场部是不可能的,只不过是发泄一下心情而已。大家归拢了行李,司机立即一溜烟地跑了。

提着行李,我们再次走进房间,简单商量了一下,我、兰铁尔、刘宝琦、陈敏如4人住一大间,尚坚和潘国良住隔壁小间。虽然房间陈设简陋,但那时广州的中学很多是寄宿制的,我们都是住校生,初中三年每年又有两次下乡农忙劳动锻炼,所以安排住宿不成问题。很快，草席铺上了，蚊帐也挂好了，毯子也安置好了。说快，是因为队里已经派人事先打扫过了，床、台都无须掸灰、洗擦，地也不用扫，只管把东西从被套中取出，一一放好就是，挂蚊帐虽然麻烦些，但茅屋隔断是用树枝编的，只要将绳子接长，挂上也不很费事。挂蚊帐时还出了一点小情况，原来安放床铺时，虽然床板够厚，但队里还是怕中间弯曲变形，将支床板的木桩架子向中间靠了靠，床板的两头各悬空 20 多厘米，不知是谁，挂蚊帐时一脚踩在床头，床板往下一塌，差点栽个跟头。这不算什么，最成问题的是其他东西无处安放，我们在房里转来转去，无奈之下，将被套用绳子拴住吊在房梁上，手提袋放在床头做枕头，水桶直接放在地上就行了。新家就这么安置妥了，然后，找厕所、冲凉房、察看水源，到了一个新地方，我们努力做到"每事问"，弄清了基本情况。吃完晚饭，天渐渐黑了，房间里虽然点亮了两盏油灯，但如豆的灯火，只发出暗红的光，房里昏暗一片，只能勉强视物，对于习惯了荧光灯和白炽灯的我们，真的需要一个适应过程，在此期间，手电筒就成了我们必不可少的最重要的生活用品了。

过了两天，我们对住房进行了改造，将大房间的门封掉一个，小房间与大房间中间的隔断破拆了一个口子，将小房间对外的门封掉。这样，我们 6 人成了一个集体，可以说是同居一室了。为方便进出，将门前的茅草顶垂下的部分剪去一些，这样，我们进出只要低头，不用弯腰了。在破拆隔断时，我们还发现了一枚被损坏的毛主席像章，这是当年一个带有喜剧色彩的故事。故事的主人翁是本队青年工人叶××，而像章则属于队里一个女青年黄××的。叶××为当地人，当年是 19 岁。他身世甚为可怜，自幼失怙，由一个孤老头抚养长大，养父当年已有 70 来岁了，破损的毛主席像章就是他用刀砍的。黄××是黎族姑娘，共产党员，先进人物。当年那样的像章很少，是黄××出席表彰大会时奖给她的，能佩戴那样的像章是一种极高的荣誉。叶××作案动机很简单，他向黄××求爱遭拒，由爱生恼，气怒交加之下，失去理智，用刀将像章砍坏，让她戴不成。可能事后有些害怕，他将此像章藏在他居住的茅屋隔墙缝隙中。谁知调整宿舍给知青时，他忘了此事，我们住进不久又进行改造，将此事揭破。那个年代，人们对毛主席崇拜到狂热的程度，有人因为写大字报时不留意，墨迹渗到背面的主席像或语录上，立刻就成了反革命分子，更何况叶××竟敢用刀砍毛主席像章，无论是从当时人们认识问题的本能，还是根据《公安六条》，这都是一起严重的反革命事件。实事求是地讲，队里并没有将此事上升到阶级斗争的高度，队领导只是想就事论事，对此事冷处理，予以批评教育了事。但知青刚到农场，红卫兵勇斗牛鬼蛇神的雄风犹存，坚决要求将此"现行反革命分子"打倒在地，再踏上一只脚，叫他永世不得翻身。迫于知青压力，队里组织了对叶××的批判，同时将情况上报场部。此事后来结果较为圆满，场部批复不戴帽子，监督劳动。在那个特别年代，"罪行"如此严重，处理结果却格外宽大，实属难得，大概队里上报材料里颇作了一些"罪无可逭，情有可原"的文字处理吧。叶××实在是个趣人，他并未从这次失败的单相思中接受教训，过了两三年，他又上演了一出令人啼笑皆非的闹剧。正值青春期的叶××，竟然看中了队里一位漂亮的女知青，给她写了求爱信。当事女生当然很恼怒，其好友也忿忿然，嚷嚷着这是破坏知识青年上山下乡运动，此公险些又遭批斗，不过其他人则作为笑话来看。今天的我倒是有几分佩服叶××，他挑选对象确实颇有眼力，表白方式也直截了当，可谓有识有胆，只可惜缺少点自知，于是，"多情总被无情恼"，在那个特殊年代，不仅对象没处成，还险些成了革命的对象。

住的条件差，我们可以慢慢习惯，但入住茅棚后的一周内，接连发生的两件事使我们大为惊恐，神经高度绷紧了。一天晚上开完班会，我们刚刚回到房间，忽然听到住在我们隔壁的吕先海尖叫一声，冲入我们房间，抓起一个手电筒又跑了出去，对着他的房门哇哇直叫。我们跟出去一看，只见电筒光柱里，他的房门中间横档上，一条蛇正趴在上面，蛇头晃动，夜色中，分外狰狞。闻声赶来的人们抄起家伙,一顿狠打。死蛇被拨拉到空地上,有1米多长,花色斑驳,吕先海激动地说着什么,我们根本听不懂他的海南话,倒是旁边的人说这是一条毒蛇的话,让我听得分外清楚,顿时,一股寒意从脚底向上蔓延,尽管在暗夜里,眼睛却不由得向脚下望去。谁知第二天傍晚,这栋茅屋尽头的一间房间门口,一位阿婆高声大叫,又把我们吸引过去,虽然我们听不懂她的话,但旁边的几个壮汉已拿起了锄头、砍刀,3个人钻进房间。只听一阵乱响,很快,他们用锄头勾出一条大蛇,有2米多长,小孩胳膊粗细,已被砍成了三截。从围观人的七嘴八舌里,我们渐渐了解了事情经过。原来,阿婆一人住着一小间房子,在床底堆放了一堆木柴,她弯腰拿木柴时,隐约看见一根木柴自己动了起来,老眼昏花中,她也没太在意,直至触手冰凉,她才仓皇跑了出来,高声叫唤,喊来大家。这条蛇据说无毒,被打蛇英雄拿去了,不知是否成了蛇羹。住茅屋,我们知道只有这个条件,可以接受,但不速之客频频造访,则令我们胆战心惊。那时,每到晚上,我们都小心翼翼,用电筒将房间仔细搜索一遍,上床后,将蚊帐仔细压在草席底下,小心躺下,半夜起来小便,先用电筒看好周围情况,特别是鞋子上面,确认安全后,才伸脚穿鞋,推门时,先看看门上和旁边。想想我们当时的情景,大概可以和《地雷战》中鬼子兵惧怕地雷的样子相比。后来有一段时间,我们晚上甚至控制饮水,不再起夜了。

　　茅草房四处通透,有蛇爬进去很难免,特别是冬天。何建华就看到过藤蛇在房顶上追逐老鼠,还在老伙房里和藤蛇短兵相接。那是1968年冬天的晚上,他去伙房打热水洗澡,水不够热,他转身到灶后加柴,正当他弯腰撅腚的时候,忽然脖子被一个冰凉的东西蹭了几下,漫不经心地回头一看,在灶膛柴火的光亮里,只见一条藤蛇从草棚顶上垂了下来,蛇头就在他眼前一掌之处,蛇信吞吐,令他似乎闻到了腥臭味。何建华顿时吓得魂飞天外,浑身颤抖,慌乱中本能地舞动手中的柴棍,将蛇打落地上,几棍下去,那蛇如一团烂草绳一样再也不动了。此时,何建华才魂魄归位,却是越想越怕、越想越气,虽然此蛇已伏尸眼前,还是不解恨,干脆柴棍一挑,将它送入灶膛,火葬超度了它。

随着时间的推移,我们渐渐地适应了农场的生活,也适应了住茅屋。其实,茅屋隔热比砖瓦房要好,通风透气,自有其优点。我们也对住房不断改造。首先是自力更生,寻找材料,在各人床头,安置了床头台,可以放置书本、油灯。1969年初,连队给每个职工制作了宝书台,我们把宝书台放在床头台上,也很美观整齐。接着,将床铺边上的泥墙用旧报纸钉上,看起来洁净了许多。每人都找到了小凳子,有的是一个木墩子,有的是两块木头钉上一块板,尽管五花八门,但我们可以坐在小凳子上,趴在床板上看书学习、写写信了。我们每人又添置了一盏大油灯,大油灯比小油灯亮多了,看书学习都方便了。夜晚,每人点亮油灯,茅屋里顿时亮堂起来,充满了光明与温馨。

海南农场知青应该都住过茅草房,不同的只是时间长短而已。青年队的知青在一年以后全部住上了砖瓦房,杨梅队知青好像也很快住进了砖瓦房,八一队的知青则长期住茅屋,我经常路过八一队,有时进去找知青说话,都是在茅屋里。尚坚他们到深兰队后,一直都住的是茅屋。从开始时的不习惯,到后来习惯了,再到我们学会了搭建茅屋。我们上山砍木料,做柱、梁、檩、椽,砍竹子、拔茅草、编茅草片,亲手盖起了茅草房。八一队男女知青合力盖起了一间小厨房,面积还是很大的,我路过八一队时经常进去坐坐,喝点水。知青建小厨房,八一队在二师九团还是第一个,团政治处陈主任很高兴,专门视察了八一队,亲临小厨房指导工作,表扬他们说:"这是百年大计,你们把根扎下来了。"高二学长卢世光"谦虚"了一句:"首长,两三年后茅草顶就要换了。"

1971年,团里组织大开荒,三营组织全营劳力在哑巴田开垦林段建新的连队,命名为十八连。我们十七连也上了70多人,会战的最后一项任务,就是为十八连建设驻地。十八连驻地紧挨着海军的一个观通站,只有两三分钟路程,五一队(十三连)通向观通站的公路从驻地旁边通过,当时一共建了4栋茅草房,因十八连周围山林里没有茅草,所有的屋顶都是葵叶,墙是用竹芭围成的。为组建十八连,从三营各连队抽调了一些人上去,我的同班同学黄小虹也从青年队调去了。一次我去十八连,到黄小虹的房里去坐了一会儿,那也是我第一次去女同学屋里。毕竟是闺房,虽然简陋,却十分明净,泥土地扫得纤尘不染,物品摆放井然有序,床铺上蒙了一张花色素净的塑料布。正是上午10点多钟,阳光从外面照进来,屋里显得亮堂、清爽。我坐在门口的小凳上,黄小虹坐在床上,我们对面说话,说的什么已经记不得了,但我却十分清楚地记得,由于床铺较高,黄小虹坐在上面,两条腿悬离地面的样子。

我最后一次建茅屋、住茅屋,是1975年10月底。那时,农场决定建设牛寮水电站,抽调青年突击队上工地。上山后第一项任务就是建茅屋,解决我们队100多人的住宿问题。这次建屋由我指挥,虽然经验不足,但队里的司务长黄孙财和几个老班长,都是武装连留下的骨干,十分内行,有他们在现场,我省心多了。很快我们就搭建了两幢宿舍,还有厨房、厕所,等等。因为时间紧,附近山里也没有竹子,墙是直接在矮柱上钉上几行树棍,间距二三十厘米,再用细树枝编成篱笆墙。每栋茅屋约10间房,每间房约20平方米,住五六个人,连队干部分散住在各班。床是用树桩做成床架,将连队的铺板运来铺上,很快就解决了住的问题。1975年11、12两个月,我就住在牛寮的茅屋里。海南的冬天不冷,气温一般不会低于10℃,但那一年的12月,有几天夜里气温很低,到了5℃左右,估计是寒流来了。牛寮在深山里,我们建房时选的地势高,更加招风,树枝编的篱笆墙,四处透风,夜里更冷。老战士黄家从和三班长梁荣华等人想了个法子,砍来了一些树枝和大芒草,连叶子一起,堆在篱笆墙周围,挡挡风,我立即要求各班也这样做。1975年最后一天,我接到调令离开了牛寮,不知那个冬天,这些刚参加工作的学生是怎么在四处漏风的茅屋里度过的,也不知道那些女孩子在劳动一天之后,能不能有桶热水擦洗一下身子。

二、砖瓦房

1969年，青年队报请场部批准立项，建两幢砖瓦房。建房用的木料，队里早已派人上山砍树，运到队里，砍锯削刨，做成了柱、梁、檩、椽，准备妥当。砖瓦是队里从外面请了包工来烧制的。这些人在驻地附近的水田里，挖了很深的泥土，牵了三四头水牛，在泥坑里转圈踩踏，将生土块踩踏成浓稠的泥浆，这是头道工序，谓之炼泥。这是极累的活，牵牛的人在齐大腿深的泥浆里挣扎，一刻不停；另有一人不停地赶牛，只见泥浆塘里人喘粗气，牛吐白沫，看得我是目瞪口呆。这样的炼泥要进行两三天，直到泥巴成了浆状，再无一点生土疙瘩为止。制坯、晾坯、入窑、烧制、出窑，道道工序，哪道不是累得人半死，烧窑的体力活要轻一些，但这是技术活，又是责任心很强的工作，关键时候，你就得日日夜夜地守着。我没有干过这等苦活，但我却从中看到了中国人，看到了中国农民吃苦耐劳、坚韧不拔的意志品格，正是他们的奉献，才成就了我们今天的辉煌。他们吃的是草，挤出来的又何止是奶，可尊敬的中国农民、可尊敬的中国民工。

既然是场部同意立项的工程，基建科也列入了计划，基建队派来了两个技术骨干做技术指导。两个师傅都姓张，为首的是张三才老师傅，50来岁，沉稳干练；另一个张师傅是老张师傅的儿子，叫张天颂，一个非常帅气的小伙子，很快就和知青熟悉了，和女同学更是熟络。

建房是队里的一项大工程，队里抽出了近40人来建房。这么多人必须有分工，首先分成两个大组，一组是大工，就是拿起砖刀灰铲，在张师傅指导下砌墙架梁；一组是小工，就是挑水和浆拌灰，运送砖石，给大工打下手。每个大组再分成若干小组，各自负责。刚开始，我在小工组运砖递浆，任务很重。基础砌筑完工后，开始砌墙了，我被调整到大工组，拿起了砖刀灰铲，开始学习砌墙了。

老张师傅是个非常认真的人,对工程质量把得极为严格,真正是一丝不苟。按说他年龄大了,在一旁稍作指点即可,但他却不停地巡视整个工地,手把手地教我们怎么做,凡是操作不规范、质量达不到要求的,一律要返工。老张师傅的认真和严格要求,给我的印象很深,也使我终身受益,做事必须认真,必须按规矩、按规则去做,不能有丝毫马虎。挖基础时,他皮尺不离身,不够深度的一律要再挖。做基础时,老余主张做清水砂基础,所谓清水砂,就是将石块扔进基础坑里,再填入沙子,用清水冲砂,使砂子填满石块之间的缝隙,这样施工进度快,缺点是砂子不一定能全部填满石块之间的空洞,基础牢固度差;老张师傅坚持用灰浆砌,并且每块石头都要找好位置,用小石块垫平,再将石块搬出,倒上灰浆,放上石块,挤压稳固,这样的基础当然牢固,但费工费时,人也很累。在老张师傅的坚持下,基础按预定方案砌成。

　　出地面后,要砌墙了,老张师傅要求外山墙三匹砖实心到顶,内山墙和走廊一面的墙为两匹砖,部分空心,朝外面的墙三匹砖实心砌至窗台处,往上是二匹砖,部分为空心。老张师傅定的标准很严,砌砖必须错开砖缝,相互咬住拉紧,砖缝之间要隔层对齐、错落有致、整齐美观。空心墙是底下铺砌一层横砖,其上为两块砖对面侧砌,中间留一匹砖的空隙,两块侧砖的两头,用一块横侧砖拉住,成了一个个长方的口字形,一排空心砖上面,再砌一排卧砖拉住,这样的墙耗用材料较多,但牢固结实。砌墙时,要求灰缝饱满,挤压出浆,所有灰缝用灰铲刮净,微显凹沟。砌墙用的砖必须淋水,以增强与灰浆的粘合力。六七月份的海南,骄阳似火,一担水淋到砖堆上,只见腾起一阵白烟,很快就干了。张师傅严令必须淋透才准上墙,后来干脆在瓦工身旁放一水桶,每块砖都要在水桶里浸一下。但砖也不能过于潮湿,否则也影响质量。有一次刮台风,连下了几天雨,现场的砖被雨淋得透湿,老张师傅又要求从各处寻找一批干砖,一层干砖夹一层湿砖。有一次,我的同学徐××砌墙时不注意,有道砖缝一连7层对齐,老张师傅检查发现,立即监督着拆了重砌。砌走廊立柱时,开始是每层用3块砖,柱体为长方形,砌了几十厘米后,老张师傅左察看,右端详,总觉得不美观、不大气,下令拆了重新砌成方形的,每层用4块半砖,房屋建成后,远观近瞧,11根柱子美观大气,与整栋房屋浑然一体。墙面的处理,可以直接用石灰浆勾缝,外观整体是红色的,青年队前面两栋砖瓦房就是这样的颜色,老张师傅要求是外山墙和窗台以下的墙全都抹上灰浆,用磨板磨平,再刷上石灰水,其余内外墙则用石灰浆勾缝后,再用清水刷白。这样做出的效果,房屋从外面看是白色的,配以红瓦顶,非常美观。刷白后砖墙外面也有了一层保护,可以减缓日晒雨打、风化剥落的过程,延长房屋的使用年限。房屋内刷白的效果更好,整间房子都显得明亮轩畅。

屋顶是老张师傅严把质量的重点,梁、檩、椽的选用,他更是严格把关,梁、檩的直径是否达到要求,椽的厚度、宽度是否合乎标准,梁、檩、椽之间的距离更是量了又量,力求准确。铺瓦要求是出1/3,盖2/3,铺得很密实,瓦脊做工细致,不仅要求直,而且不允许露出瓦筒。眼看着工程即将完成,却出了一点小小的波折,让老张师傅心里有些不痛快。大概是9月间,老张师傅有事离开工地回基建队,恰在此时,天气预报有台风来袭,可屋顶只做了一半,不完工,台风一来可能会造成损失。经队领导研究,余世和立即组织会战,并请杨梅队派人支援,100多人奋战一天,整个工地人声鼎沸,热闹非凡,挑水拌浆的、运瓦抛瓦的、屋顶上铺瓦磨脊的,上下齐心,终于将屋顶做完。等老张师傅两天后回来,看见这一切,我不知道他是否和队领导争吵过,但我能感觉到他明显的不高兴。余下的工作只剩下粉刷了,张师傅仍然尽心尽力,督促我们做好最后的收尾工作。抹灰时,张师傅要求用粗砂,并且要过筛,灰浆要严格按比例搅拌均匀,抹灰前先给砖墙喷水。我不懂基建,因为粗砂不容易找,对用粗砂很不理解,老张师傅告诉我们,用粗砂可以使灰浆上墙后不致开裂,用细砂则会出现细小的裂纹;至于过筛,是因为灰浆中有沙砾或小石子,就无法磨浆。

在老张师傅的严格要求和精心指导下，第一幢瓦房历经半年多时间，终于落成了。这幢砖瓦房，应该是青年队当时最漂亮的建筑，既美观，更结实，让我们看着心里很高兴，这也是老张师傅在青年队矗立的一座丰碑。

让我深有感触的是，老张师傅不仅在青年队盖起了一幢漂亮的砖瓦房，更为青年队培训了一支基建队伍。老张师傅深知青年队抽调出来盖房子的人，毫无建筑施工和操作的经验，对砌墙抹灰、架梁盖瓦，都不在行，更别说吊垂线、测水平、看图纸、运用建筑力学了，完全是门外汉。对此，老张师傅只能边建房，边培训队伍，正是他的严格训练以及严格要求，使一些人渐渐入门，他又从中选用一些接受能力较好、领悟能力较强的人员，让他们在关键部位施工，如砌山墙，粉外墙，做屋顶，铺瓦磨脊，等等，并手把手地教会他们吊垂线、测水平、看图纸。在张师傅的倾心教育下，我们很快掌握了建筑的基本知识，并能熟练运用手中的砖刀、灰铲，成为一名合格的建筑工人。我和何建华在建第二幢砖瓦房时，已经承担起砌外山墙的重任了。

第一幢砖瓦房建成后，第二幢砖瓦房随即就动工了，地点就在我们住的茅屋所在的地方。我们几个人搬进了新房子，那时，陈敏如已调往团部宣传队，潘国良调往基建队工作。于是，我、尚坚、兰铁尔、刘宝琦就住进了一大间房子。这时，离我们到青年队还不到一年时间。我们那幢茅屋随即被拆除，第二幢砖瓦房动工兴建了。由于第一幢房子收尾阶段的不快，老张师傅返回了基建队。第二幢房子的建设，就由余世和指挥兴建了。老余在南林农场颇有名声，是个能人，各方面知识都知晓，指挥建一幢房屋，应是游刃有余。但老余和老张师傅在建房的风格上区别很大，老张师傅认真，严谨细致，讲究慢工出细活；老余则是大刀阔斧，主张大干快上，组织尽可能多的人员上工地，争取早日竣工。

由于第二幢砖瓦房地基不平整，西面比东面高约 1 米，北面比南面高约 0.4 米，平整地面时，将西面挖了下去，这样一来，西边的

3 间房低于地面,尤其是西边第一间,低了 1 米左右。这也使第一幢瓦房比第二幢高了 1 米多。地基由各班划块包干,只一天就挖成。这次的基础是清水砂,各班将石块填入基础,倒上砂,然后挑水向里猛灌。这次从开挖地基,到基础出地面,总共只用了 3 天时间,而第一幢房子的基础砌了 20 多天,这样一比较,确实快多了。砌墙时,东西外山墙改为两匹砖实心墙到顶,省了 1/3 的砖,内山墙和外墙则从地面至窗台为两匹实心砖,再往上是空心砖,由一层空心砖一层卧砖改为 5 层空心砖一层卧砖,也省了不少砖。由于全员上阵,技术骨干不足,山墙垂直度微有偏差,砖缝未错开的情况并不鲜见,而且灰缝不饱满,残灰未刮平的情况更是普遍存在。走廊的立柱也改成长方柱,自然就少了方形柱那种大气稳重的模样,屋顶的铺瓦也变成出 1/2,盖 1/2,省了约 1/6 的瓦。收尾阶段,除了两个外山墙外墙面铺磨砂浆,刷上石灰水外,其余的墙全部为石灰水刷白。由于省了灰浆勾缝的工序,墙面不平整,刷白时又图快,难免就出现了凹凸不平处不能刷白的情况,整体观感大打折扣。第二幢砖瓦房建设的最大特色就是快,只用了 2 个多月就建成了,相比较第一幢砖瓦房用时 7 个月,那真是大跃进的速度了。至此,青年队所有的职工,几乎都告别了茅草房,住进了砖瓦房。

青年队的这两幢砖瓦房,我是始终参加建设的,作为亲历者,我十分清楚这两幢房子建设的指导思想的不同与其实际成果的不同。虽然第二幢房子用时少,也节省了材料和成本,但两者的区别不仅在外观的差别上,其内在质量更是差了许多。大约是 1972 年吧,海南经过了一场台风,暴雨足足下了两天多。台风来的那天夜里,空中倒海翻江般地下着雨,奇怪的是风似乎不是很大。半夜,我被噙噙的水声惊醒,起身推门一看,外面的雨如瀑布般直往下倒,耳中不是往常下雨的那种哗哗声,而是一种轰轰的声音,飞溅的水沫将走廊和廊里的墙都浸湿了。放眼望去,除去我们这座房子,其余什么也看不见,只见一道水墙遮蔽着,仿佛置身水底。更令人奇特的是,那晚并不像一般人想的那样,如此暴雨,又是半夜,应该是伸手不见五指吧,不,完全不是这样,在倾缸倒盆的暴雨下,反倒发出一种明晃晃、白亮亮的光来,但这不是闪电的光亮,完全是水的亮光。可以不夸张地说,那晚,在走廊上,完全可以就着这种亮光看书。大自然的神奇,让我惊叹不已,不是亲身经历,我怎么也不会相信,夜里的暴雨竟能映出如此的光亮。早晨,雨仍未减弱,我们从房中拿出水桶,放在檐下,只1分多钟,就接了满满一桶水,直接用来洗漱了。台风过后,风止雨停,我觉得地面也低了几分,各处一片狼藉。尽管这次台风异常猛烈,我们住的这幢瓦房还是经受住了考验,但下面的第二幢瓦房就有多处漏雨了。我敢说,第一幢房子能够使用50年不倒,第二幢房子可能过不了30年,只是因为青年队撤销了,所有房屋都被拆了,无法在实际生活中验证,只能是一种猜测了。第一幢房子建设过程中带出了一支队伍,培养出了严谨细致的作风,能严格按规范和规程施工。而第二幢房子的建设则号召大家都能干,人人都是土专家,使队伍轻视和不按规范规程办事。幸而青年队的职工不是专业建筑队伍,否则,这支队伍今后的作风和职业素质都是致命的。前几天看到一个报道,茅以升主持建造的钱塘江大桥,设计寿命50年,目前已安全使用75年,大桥仍然屹立江中,毫无病害,还能继续使用多年。我十分感慨,现在的中国建筑行业,弊端丛生,积重难返,各种明规则、潜规则数不胜数,管理水平低下,一线施工队伍缺少基本的职业素质。今天,即使茅以升再世,只怕他再也造不出钱塘江大桥那样的精品工程了。

20世纪90年代中期,尚坚、邹建平、杜广生等几位昔日青年队知青相约,回到青年队。据说青年队撤销后不久,四幢砖瓦房屋就被附近茄新大队的农民破拆成木料与砖瓦,很快就没有了踪迹。2008年,我和杜广生回青年队时,更是只见一派茂密的灌木丛了。我们在此站立许久,睹物生情,脑海中不断出现当年我们建房时的情景,为瓦房的湮灭,为我们的青春岁月殇别。由于决策的失误(虽然有时是难免的),国家投入大量资金,100多个职工,其中还有我们知青多年的辛勤劳作，都成了过眼云烟。我们的豪情，我们的青春，我们曾经的奋斗，我们的追求与梦想，都化为眼前的一片荒芜，怎不叫人怆然泪下。

虽然青年队消失了，但我于1997年、2008年曾两次回去前线队（十五连）。虽然已过30多年，但建成约半个世纪的屋舍仍在，只是被流逝的岁月浸染得有几分苍凉，又因长久无人居住而变得破败。当时前线队是三营营部所在地，我在此住过近半年时间。前1个多月是在前线小学做代课老师，与黄国铭同居一室。黄国铭，高一学长，那时是前线小学老师，回广州后在二中任教，是全国优秀教师，堪称师表人物，后来去了美国。那是一间近10平米的小屋，屋内墙面因时间长了，难免斑驳，两张床和一张书桌一摆，顿时就显得拥挤。小屋虽小，却是快乐小屋，那段时间，也是我的快乐日子。黄国铭喜爱孩子，我也喜欢孩子，俩人同居一室，有说不完的话，我向他学习了很多教学经验，也请教过许多教学上的问题。每晚，我们或是去各家走访、指导孩子们做作业，或是孩子们来小屋问问题，小屋里有了孩子们的笑声，就有了更多的生气。十五连是老连队，又是营部所在地，每晚会由柴油机发电，送2小时电，虽然灯光昏黄，但毕竟是电灯，这是我7年多知青生活中第一次住进有电灯的宿舍，尽管大多数时间我们还是要靠油灯。代课工作结束后，我回到青年队，不久又被借到营部做书记员，其间有3个多月。那次我住在营部，是一间大房子，有20平米，摆了4张床和一张桌子，住着营长、教导员和我。作为营部，还有一间会议室，约20平米，营长、教导员另有一间办公室，我的办公室也就在宿舍里了。营部只有营长、教导员和我，打扫卫生和打开水的任务就归我了，但简陋的办公室和宿舍实在没有什么好打扫的，每天只是扫扫地、擦擦桌子，用不了十分钟时间。两位营首长和我相处很融洽，我那时爱看书，晚上时常点着油灯看书到12点多钟，两位领导从未说过什么，当然我也十分注意，尽量将灯光挡在我床头，减少对他们的影响。

1974年10月,我被抽调到海南农垦局社教工作团,派赴红光农场搞社会主义教育运动。南林农场共抽调了5个同志,副书记周福民带队。10月5日下午3点多钟,我们到达红光农场。工作团全体人员在场部集中学习培训3天。由于这次社教活动规模大,集中在红光农场的人也较多,红光农场一时也无法安排这么多人住下,大部分人就在礼堂打地铺。培训结束后,各场抽调的人员,分到各生产队,原则上是一个农场负责一个生产队。南林来的5人中,老钟被留在红光农场分团部,其余4人由周福民带队,被分到东海队做工作组。我们到了东海队后,3个男同志被安排在队部住下,黄英华则被安排与女青年住在一起。队部位于一幢带有走廊的砖瓦房的第一间,约有16平方米,放下3张床和2张办公桌后,空间就很小了。在东海队,我们没有任何特殊待遇,和所有人一样,在食堂排队打饭,自己整理内务,平时也和大家一样,参加生产劳动,稍有不同的是,每周有一两天要参加会议和学习,撰写材料。尽管周福民是场领导,但我们3人同处一室,共同生活了9个月。虽然年龄和生活习惯不一样,但都能互相体谅、关照,没有发生过争执和不愉快,如同一家人一样,我也无拘无束。东海队的领导对带队的老周,也没有予以特别照顾,诸如安排个单间让他能更好地学习、工作和生活,伙食上另作安排,等等。老周也从未提出过任何要求,和一般同志没有任何不同。那时,虽然大的政治气候不对,但一般的领导干部自律还是很严的,干群关系、上下关系还是很正常的。

　　离开南林农场前的最后一站是在武装连,武装连驻地离场部约有4千米,沿国防公路到六甲工厂,从旁边的一条路进去,约走10分钟就到了。武装连最兴盛时,满编有140多人,但因长年在外执行任务,营房建设较为简单,有两幢瓦房,还有一个大会堂,能住几十个人。1975年7月,我从红光工作团返回南林,场部让我到武装连当连长。那时武装连只有40多人了,有两个班在外执行任务,驻地只有后勤班等不多的十几个人,显得冷冷清清的。连队当时还管理着 10 多个树位的橡胶林段,每天有人早起割胶,将胶水送到六甲工厂。我一个人住在连部的一间大屋子里,空空荡荡的,一如我当时的心情。1968 年到南林的六中学生中,近 7 成的人已返城了,而我却来到一个陌生的连队,面对陌生的环境,和陌生的同志相处。那段时间,事情不多,只是了解连队情况,找人谈话,因闲生闷、因闷生烦、因烦而致心情格外压抑。特别是到了晚上,屋内昏暗,屋外黑洞洞的,沉沉夜色,压得我有点透不过气来。幸而不久,武装连改为青年突击队,场中毕业的百来个学生,来到队里,带来了生气和活力。有了人,场部的任务也下来了,工作立刻紧张繁忙起来,这真是一剂良药,我的心情渐渐平静下来。然而,刚到武装连的那段时间,还是让我难忘,原来,人的生活除了要有吃喝、要有住房,更需要亲人、朋友,更需要关爱和友情,离群索居,尽管房舍再好,再豪华,那也不是一个家。

三、床与铺盖

日食三餐,夜眠一榻,可见床与人的生活的关系。人的一生有 1/3 的时间是在床上度过的,有一张合适的床,是十分重要的。对于知青来说,床的作用更加重要,它不仅可以睡觉,还可兼作书桌,有时也会作为餐台。

我在农场时睡过各种各样的床,那时的床很简单,最主要的部分就是几块床板,床板用原木锯开,厚约 4 厘米,长约 2 米,宽度则看原木直径大小,一般在二三十厘米,有三四块床板,就可以架成一张床了。支床板的架子则各式各样,在茅屋泥地中,直接将木桩栽入地里;在砖瓦房里,地面是铺上砖头的,就将架子打成马架,只要将床板架起来,就成了一张床。我在农场的各基层连队,看到的床基本是这种形式,只在卫生队看到的床是符合一般标准的床,有床架,虽然也很简陋。在农场期间,我也只在三营营部和武装连睡过简易的床,其他时候睡的床,只能说是铺。不过,那时我们年轻,那个年代也强调艰苦朴素,物质上的东西看得很淡,能在铺有床板的床上睡觉,我们是很满足的。记得 1970 年底,青年队迎进了一批新同志,从梅县地区来了一批客家籍的退伍兵及家属,从潮汕地区来了一批青年,一时间,住的地方和床都紧张了起来。作为连队的老同志,我们应该热情欢迎,我将床板搬了出去,另找了一块废弃不用的黑板临时架起来,黑板虽然平整,但因为薄,人睡上去中间向下陷,我只得将床架子向中间移,几个同学也减少了床的宽度,各撤下一块床板,让新同志能有床安身。陈瑞芳则更彻底,她将床整个让给了新同志,自己在地上铺些草,就在上面睡觉。今天的年轻人,可能很难理解我们当年的做法,但那时,我们质朴,我们真诚,在长期的毛泽东思想的教育下,我们是真的"关心他人比关心自己为重",认真做到"每一个革命队伍的人,都要互相关心,互相爱护,互相帮助",认真去做"一个高尚的人,一个纯粹的人,一个有道德的人,一个脱离了低级趣味的人,一个有益于人民的人"。

除了在床上睡觉外,我们也睡过地铺。刚到海南不久,我们去牛漏修水利,就在一片荒地上扎营,只用少许稻草垫一下,铺上草席,就是铺了。在新风队伐木,住在仓库里,仓库是水泥地面,直接铺上草席就可以睡觉了。打地铺,通常席子是展不开的,都是一床压一床,每人大约只有五六十厘米宽的铺位,但我们却睡得十分香甜,并没有因此而失眠。因为凡是打地铺睡觉的时候,就是劳动会战的时候,体力劳动使我们异常劳累,只要躺下,立刻就能睡着。我时时会乱想,对失眠的人,加大活动强度,辅以药物治疗,是否更为有效呢?我们也睡过树枝床,那是在开荒工地上临时架起的床,用木桩打入地下,横里架上 4 根长树干,再砍些细小的直树棍,用藤或树皮绑在横木上,就成了床,木棍很难根根笔直,床就凹凸不平,再砍些树叶之类的东西铺上,就成了土席梦思。总之,那时我们解决"床"的问题办法很多,"床"的形式也很多样,到什么山唱什么歌,蹚什么河喝什么水,随遇而安,虽然苦在其中,却也乐在其中。

在海南，我们铺盖有几个要件：棉毯、草席、蚊帐、被子。这其中，棉毯、草席、蚊帐是必备的，一年四季都要用上。棉被只在冬季最冷的时候盖上一段时间，每年会用上两个月，但在山区，如八一队、深兰队，则几乎一年四季都离不开棉被。这可能很让岛外的人士难以想象，在海南这个地方，居然四季都要盖棉被，但这是确实的。青年队在海边，终年少不了毯子，尽管在最热的时候，只盖膝盖和胸腹部，手脚全露在外面。这里，就可以体验到海南作为海岛的好处了。草席，是广东地区的特产，用蔺草编织而成，柔韧性极好，我们那时经常要打背包，草席可以任由你折叠弯曲，虽然这种草席没有篾席凉爽，但它的适用性很强，在各处都可使用，最适合经常流动的人员使用。青年队男知青几乎一年四季都铺席子，女生可能会铺床单。蚊帐的重要性不用多说，海南天气热，山林茂密，杂草丛生，水源丰富，自然蚊虫多，南林农场所在的南桥地区，历史上就是疟疾高发地区，挂蚊帐就更加必要了。挂蚊帐的另一个作用是遮挡异物，特别是住茅草房里，草顶时常会掉下草屑、虫屎，甚至壁虎、蜈蚣，有了蚊帐就好多了。我们那时用的蚊帐是棉纱的，透气性比尼龙的差，但也好用，蚊帐是长方形顶的，一边开有出入帐口，四角有可供悬挂的布环，如没有，我们就自己缝上，或将四角用绳子扎紧，在绳上留出一个环。我们每天晚上挂上蚊帐，早晨起床后收起折叠好，对过惯集体生活的我们，是很简单的事，挂蚊帐只需要十几秒的时间，收叠蚊帐也不过二三十秒钟就够了。当然也有些同学是将蚊帐固定挂起的，每天早晨将蚊帐撩起，整齐地叠放在帐顶。蚊帐出入口在晚上入睡时要仔细压好，免得蚊子钻进来。蚊子实在是很讨厌的东西，蚊帐里只要有一两只蚊子，你就别想安稳睡觉，它老是在你耳边嗡嗡嗡地叫，实在令人生厌，有时，你可以明显感觉到它从远处向你袭来，声音渐渐增大，你厌烦地挥手去赶，它又迅速撤离，几次三番，闹得你不能安稳。你不动，蚊子就悄然降落，停在你身上某个部位，找准位置下嘴，让你的鲜血去滋养它的生命，你挥手去打，却常常十有九空，如此小虫，让你万分无奈。后来,我用针线将蚊帐出入口全部缝死,既省事,也防备蚊子半夜钻进来。

棉被在海南用的时间较短,但还是必须有。广东的被子一般是装在被套里的,被套通常用彩条粗布制成,被絮往里一装,口子用按扣一封,被子就可以用了。这样的被子好处是拆洗方便,被套抽去被絮后还可以做被单盖,缺点是被套和被絮之间结合不好,有时被絮在被套里滚成团,叠被子时要稍加整理。我和尚坚下乡时带的被子是按北方的方法缝的,被里为彩条布,被面为花布。女作家茹志鹃的短篇小说《百合花》里,写了一位小媳妇的结婚嫁妆就是百合花被面的被子(这篇小说还被拍成了电影)。我那床被子的被里和被面是班主任黄卓萍老师帮我解决的。那时什么都要布票,我和尚坚都去海南,行装都要准备布票实在不够用,我只好去求助于黄老师,能不能帮我争取政策,让我能买一套免票的被里被面。两天后,黄老师找到我,交给我一张票,到了商店我才知道这张票的含金量,不但不收布票,连钱也不用交,完全是补助的。那一刻,我真正感动了,可敬可爱的黄老师!作为老师,你不能如愿送你的学生跨入更高一级的校门,却用你真诚的母爱,为你即将走向农村的学生送上了温暖,给他暗淡的心境里添上了一抹亮色。有了被里被面,母亲为我们缝被子。那段时间,父亲不知所在,家里6个孩子,母亲白天上班,回来洗衣做饭,收拾家务,一般要在晚上才能为我们准备行装。"临行密密缝,意恐迟迟归",被子不但整齐平顺,还在中间纫上一道线,让被里被面与棉絮更加服帖。这床被子,我从广州带到海南,伴着我度过八个冬天,又随着我来到合肥;这床被子,承载了太多的师恩母爱,我难以忘怀。当然,这床被子盖起来很舒服,但每年的拆洗是很麻烦的,特别是缝被子,更是折磨人。我先后试过各种针,也曾专门买过顶针,最无奈的时候甚至动用过老虎钳。不过,几年下来,缝被子的活我是掌握了,虽然不如北方大娘那么技艺精纯,但对付自己的日常生活是没有问题的。现在,这门手艺是彻底用不上了,各种各样的被套,各种各样

101

的被絮,什么羊毛被、鸭(鹅)绒被、丝棉被、多孔被,只要将被子往被套里一装就行了,简单快捷,根本不需要缝了。不过,近来棉絮又开始回归,又开始追求自然生态了。

按说枕头对人的睡眠是十分重要的,还有专家专门论证过。但我那时没有专门的枕头,能垫高就行,基本是以衣物将就的,有很长一段时间,我还用成捆的报纸充作枕头。知青中有多少人有像样的枕头,我不是太清楚,有人用木头做了一个枕头,原也有心做一个,但一试,硬邦邦的实在不舒服,也就打消了这个念头。

关于铺盖,有两件事必须如实记下:其一是1974年,我的床上忽然有了臭虫,这个小生物不知何时从何地入侵的,来源可疑。那时我们宿舍里只有我和江不平两人住。这些小家伙开始时数量不多,只在我入睡时骚扰一下,忍个5分钟就过去了,可以一夜相安无事。但臭虫的生命力太强,繁殖太快,不久,就让我无法忍受了,每晚从我上床开始,臭虫就大胆地开始聚餐,折腾我半个多小时,喝饱了我的血后才能安稳。忍无可忍之下,一个休息日,我和江不平将床板搬到太阳下暴晒,我也将充作枕头的报纸搬出来,不看不知道,一看吓一跳,这个"枕头"中密密麻麻的都是臭虫,让人起鸡皮疙瘩。我立即划燃火柴,送它们上西天去了。接着,我俩从食堂用大桶提来开水,将草席、棉毯分别浸入烫泡,再用开水对准床板缝隙浇灌,家里也同样在清扫后浇上开水。那天我俩忙了一上午。晚上,睡在洗烫过的床上,再无吸血鬼的烦扰,那种惬意,是没有遭受此虫之苦的人难以体会的。这件事也使我有了一个教训,什么事该干就要早干,拖到不堪时再去做,多吃了多少苦头啊,也损失了自己多少鲜血啊,可叹的是这种牺牲还无法对人言说。

第二件事是在前线工厂,那时,刘宝琦、陈列等被调去筹建,我是抽去参加打井的。一开始,我们住在尚未完工的烘胶房里,每人单独有床,后来,又转住在制胶车间里,床板架在水池上,像一个大通铺,每个人占有六七十厘米的宽度。男知青住在一起,当然很不讲究,每天起床后,将棉毯一推就了事,只有冯建源例外,他每天都将毯子折叠整齐,隔段时间还会拿出去晒一晒。冯建源,六中初一级同学,原五一队知青,我们都叫他阿冯。一天,阿冯对我们说,被褥每天都要抖开透透气、折叠起来,隔段时间晒晒,不仅透气干燥,还能除螨灭菌,好处很多,有益身体健康。他告诉我们,原来他也是很随意的,是五一队工作组的胡参谋给五一队男知青说的。胡参谋,团司令部的参谋,现役军人,部队的内务条令他是十分熟悉的,看到知青散漫的生活,他看不下去,像兄长给小弟弟讲道理那样,教给了他们生活常识。阿冯说,从那以后,开始改变自己,每天做好内务,也成习惯了。阿冯学着胡参谋的四川话,绘声绘色地说着,我们都笑了。从那以后,我们逐渐地改变生活习惯,每天起床后抖开毯子透气,过一会儿再折叠摆好。事实上,叠毯子时间很短,但再次拉开盖在身上,比乱堆作一团的毯子,确实好多了。谁说知识青年天然就讲文明,就有良好的卫生习惯,就一定能用自己的文明生活习惯冲击农村的脏乱差和不文明的习俗。其实在厌恶、嘲笑别人不文明的行为举止时,知青本身也有许多不讲卫生、不讲文明的坏习惯,他们其实也是一群大孩子,时常会放纵自己,只有在生活的磨砺中,才会真正成长起来,理顺自己的生活,养成文明生活的习惯。既然我从兄长般的胡参谋那儿传承了文明的薪火,也就应该继续传播。在青年突击队,我要求连队的每个同志,特别是青年学生要铺床叠被、讲究卫生。到合肥后我又做了4年技校老师,同样也要求学生起床后开窗透气,即使三九寒天也不例外,定期还组织检查内务,进行评比。生活就是一本书,只要我们留意,总可以从中学到知识。

四、临时住处

7年多的知青生活,兴修水利、开荒会战,我们听从领导安排,打起背包就出发,只要有能放平身体躺下的地方就行;探亲访友、公务差旅,我们住过各种地方。有无奈的将就,有意外的惊喜,有挤睡一床的凑合,有会战工地的彻夜难眠,更有蛇虫惊梦的遭遇;最后,在海南农垦局的学习培训班上,几十个农场现任或候任领导挤住一室的情景,又让我至今难忘。

第一次在外过夜

到青年队没几天,就在一天夜里送病人到场医院抢救,在医院过了一夜。该病人即为叶××,前面说到,叶××求爱不成,刀砍毛主席像章,遭到批斗,竟于某天晚上吃安眠药自尽,幸亏发现得早,队里立即救治,可是队医务室解决不了问题。于是队里一面打电话请场医院派车派医生过来,一面组织人用担架往场部送,我、陈敏如、潘国良3人也成了担架队队员。救命急于救火,我们抬着叶××一路小跑,夜里12时多,我们抬了有十四五里路,爬过了山路最高的山口,与医院的汽车迎头碰上,将叶××交给医生后,抬担架的人都往回走了,我们3个爬上卡车,护送叶××去医院。到了医院后,叶××被送去救治,医院的人将我们带到一间房子里,让我们休息。时已半夜,黑灯瞎火的,什么也看不清,过了一会,我们才看清楚,那是一间空房子,地下有几个竹箥子,每个长约2米,宽约1.5米,除此再无他物。我们3个实在又累又困,就在竹箥子上睡着了。毕竟是11月的天气,海南虽热,夜里也很凉,不一会儿,3个人冻醒了。看看天色,离天亮还早,刚到农场,举目无亲,无奈之下,我们3个人挤在一起,将两块竹箥子作为被子压在身上。虽然事出无奈,然而有效,尽管还是冷,但明显好多了。渐渐地,我们睡着了,等我们再次醒来,天早已大亮,太阳都出来了。我们3个爬起来,用手抄把水洗洗脸,立刻精神起来。到医院一打听,叶××已无大碍,我们任务完成了。离开医院,绕着场部走了一圈,3人在茅棚小吃部吃了早餐,踏上了返回的路。这是我们到农场后第一次在外面住宿,虽然床不是床,被不是被,但仍很香甜地一觉到天亮。

牛漏水利工地

到青年队约有半个来月,我、陈敏如、潘国良和连队 10 多人参加万宁县组织的牛漏水利会战。当天早晨 5 点来钟出发,走了 90 多里路,终于在下午 4 点多钟走到了工地,整个人都软了,平摊在一片草地上,再也不想动了。这时,带队的领导招呼大家赶快动手,搭建草棚,晚上好住下。我坐起身一望,只见一片平坦的岗地,稀疏长着小草,远处有村庄,周边是稻田,已是 11 月底了,水稻全部收割完毕,稻茬地里散落着乱蓬蓬的稻草。盖房子,盖什么房子,怎样搭建,我们十分茫然。很快,砍树的、砍竹子树条的、找藤条剥树皮的,所有的人都紧张地行动起来。分给我们 3 个知青的任务最简单,把稻田里的稻草归拢抱回来。看着一片空地,想着晚上如何有地方睡下,我们强打起精神,跑向稻田,去收集稻草。在南林农场带队领导的现场指挥下,很快,草棚的架子搭起来了。十分简单,就是中间竖一排木柱子,大约 3 米高,柱子之间架上脊檩,两边架上木杆,一头架在柱子上,一头直接搭在地上,角度很大,约有 120°,再稀疏地架上檩绑上椽。这时,捡稻草的、编草帘的,将编好的草帘递给房架上的人们。很快,一个六七十米长的大通铺式的草棚搭建完,里面可以安排 200 多人睡觉。本来,为男女大防,应该搭建两个草棚,分别安置男同志和女同志,究竟是条件限制,是领导思虑不周,还是工地本就是临时住处,无须太多讲究,总之,就是一个大棚子,里面住了 200 多个男男女女。为做到男女有别,在草棚中间也用草帘子象征性的隔了一下,说是象征性的,是因为隔断高不足 1.5 米,且草帘子十分稀疏。6 点多钟,草棚子搭好了,望着平地而起的棚子,我十分感慨,真是人多力量大,这么多建筑材料是从哪儿冒出来的呀,真不可思议。我也十分佩服这位指挥者,在这么短的时间里,调动 200 多人,完成了这一杰作,真了不起。棚子搭好后,安排入住,中间是过道,两边睡人,每人约有五六十厘米宽的铺位。青年队的铺位离男出入口约 10 米,我们三个知青自然紧紧相依,草席子铺在草地上,倒是让我们着实接着了地气。当夜人疲惫已极,酣然入梦。第二天,我们有了精神,倒也留意起这座棚子来。棚顶的草帘疏密不一,透光通风,只能稍稍遮挡露水而已,睡在铺上,我和潘国良透过棚顶,数着星星穷开心。好在老天垂怜,那半个月,竟无一点雨水,也就没有出现过雨脚乱如麻的窘状,让我们安居如磐。棚子的好处是通风好,前后左右上,处处通透,空气极其流通,200多人同居一棚,竟无一点异味,实在令人叹服,从心里感谢起这个构造来。棚子的缺点是怕火,而且极其怕火。11月底12月初,正是海南的好季节,不冷不热,风干物燥,200多人同居一棚,点灯抽烟,稍有不慎,被祝融老爷光顾,顷刻间就会灰飞烟灭。领导颁下严令,隔10米点盏马灯,专人负责,一律不准在棚内吸烟,幸而纪律严明,无人敢犯,也就平安无事。还有一事也要写上一笔,就是200多人住在一起,又是体力劳动,那如厕冲凉也是大事,处理不好,不仅会发生疫病,也会气味熏人。对此,领导也有安排,派人在下风处挖了一个2米×2米的大方坑,土就堆在坑边,成了一个松软的土坡,这就是厕所,周边无遮无挡。女厕如何,不得而知。这个厕所,让我们很是为难,但水火之事,是不能与你通融的,只好如此方便。潘国良逗乐说,要在坑前钉上木桩,让人有个把手,免得不小心翻下坑去,恐怕要臭几天了。冲凉是在附近的小河沟里,小河弯弯,河沟边灌木丛生,天然屏障好,只要划分好地段,各自下河洗浴就是,只是难为了一些女同志,毕竟12月的河水还是颇有凉意的。

哑巴田会战工地

农场改制为兵团后,为落实林彪指示,大力发展橡胶,上上下下都掀起开荒种胶的高潮。三营除给各连队下达了开荒任务外,还组织全营劳力在哑巴田开荒会战,并经团部批准,组建十八连。哑巴田会战分为两期,第一次是在1970年底,大约在元旦前,前后共5天。第一次会战,我们十七连去了几十人,知青也去了十几个人,我印象中,唐国雄、陈列、何斐、庄东红、叶建敏、杜林林、黄小虹、徐嗣达、徐锡勋等都去了。因为时近元旦,大家预计会战期不会很长,都只带了最简单的行装。为省事,我和杜广生决定孖铺(广州话,意思是伙睡),我俩共带了一床草席、一床毯子、一顶蚊帐。工地住所十分简单,就在原始的树林中,照例是砍树为桩,架上树干,树干间再绑上小树枝,铺上树叶,就成了铺,顶是胡乱遮盖了一些枝条树叶,权且挡挡露水,前后都是敞开的。毕竟是12月的天气,虽然我们白天干活时穿着背心,但太阳落山后,大山里的温度很低。晚饭后,在山溪里冲凉,身上早已冻透了。那晚,山林里邪乎得很,风很大,我们带去的蚊帐根本没办法悬挂,也没有蚊子,干脆盖在身上。我和杜广生和衣而卧,身下是一床草席,身上盖着蚊帐,蚊帐上再压上毯子,很快我们睡着了。入夜,温度越来越低,我们都冻醒了。这时,我们才发现了一个问题,简易的铺因为是树枝临时垫起来的,高低不平,在我俩的这个铺位中间,隆起了一个鼓包,两个人无法靠拢相互温暖对方,而且有了距离之后,蚊帐和毯子显得不够大,无法掖紧。这一夜我们冻得时睡时醒,还不敢翻身乱动,一动,热气散得更快。长夜难眠盼天明,谁知,越冷越盼夜越长,那一夜,我们不像是生活在海南,倒似去了北极圈。天色终于亮了,我们钻出"被窝",连颠带跑,盼着早点开饭出工,早点发热流汗,缓过劲来。第一夜如此难熬,后面的夜晚怎么过呢?当天收工回来,我们发现有人在宿营地平整土地、挖出浅槽,好奇之下,随口问了一句,对方回答说昨夜太冷,铺底下直钻冷风,今天改睡地铺了。看来昨夜难眠的不只我二人呀。我和杜广生立即和几个知青照此办理,挖出了能睡几个人的地槽,还加上创造,找了一些枯枝败叶,点火烧了一下,就如北方烧炕一样,指望夜里有余热散出来。火灭后,又在坑里垫了一些枝叶,铺上草席。这个地铺可比"床"强多了,首先是平整,舒服多了;二是睡地上风也减弱了,美中不足的是,烧过之后,虽有余温,但也有湿气蒸腾上来。尽管如此,这一夜比前一夜好多了,沉沉一梦,直到天亮。以后两天,我们都在这个地槽中睡觉,只是不再烧火了。

许是山林严酷的气温变化,会战没两天,病号就出现了,营领导审时度势,做出了英明决定,提前结束会战,等春天再战。于是,在会战工地折腾了5天的我们连夜撤离,走了3个来小时,回到了十七连。冲凉之后,换上干净的衣服,还是躺在光床板的草席上,还是枕着报纸,但拥抱着暄软的棉被,一种舒适惬意,真真让人陶醉。睡了几天山林,夜夜瑟缩一团,再次住进熟悉的房子,躺在平坦的床上,盖上了棉被,那真是幸福。那一刻,我真真切切地感受到了什么是家,我真的知足了。

来年5月,哑巴田二次会战打响了。这一次,营领导汲取了上次会战的教训,先期组织人员在海军观通站旁边搭建了茅棚,各连会战人员到工地后,按指定位置入住,条件比第一次会战大有改进,天气也日渐炎热。这次会战延续了50来天,直到将十八连的驻地茅屋建好,才收兵回家。这次会战,杨梅队的知青和我们一起过了50来天,倒也十分难得。八一队离工地只要走四五十分钟,五一队更近一点,就没有在工地住宿了。

牛寮会战工地

牛寮会战是团里组织的几个开荒大战役之一,集中了600多劳力进驻深山老林,十七连也抽了许多人上去,刘宝琦、徐嗣达、何斐、陈列等知青也上了一线。尚坚和杜广生所在的深兰队与牛寮同属5营建制,当然也上牛寮参加会战了。我没有参加牛寮会战,但我去过那里看望十七连参战人员,也听何斐、陈列他们说起牛寮会战的情形。

牛寮会战工地宿营地是在深山老林中开出来的一块较为宽阔平整的地面,地势略为低洼,是一个锅形。从团部通往牛寮的汽车路,爬上新风队后,一路蜿蜒向上,经过深兰队,前行约4千米,从宿营地的东边偏北方向,进入牛寮,全程约有18千米。我去时搭的顺路的汽车,下车后,首先看到的是宿营地中间的一个大茅草棚,当时感觉这个棚子十分高大宽畅,里面住了不少人。只见人进进出出,里面各种嘈杂的声音传出,不知为什么,我立即联想到蜂巢,感觉这就是一个大的蜂巢,里面一如蜂巢一样挤挤挨挨地住满了人。十七连的同志并不住在大草棚里,他们在棚子的东边稍高处搭建了一排更为简易的棚子。直接将木桩打入地下,架上木棍,绑上树枝,铺上树叶,顶是斜斜的一个坡顶,离床脚约40厘米,床头这边稍高些,也不过1米多一点,人坐在铺上仅能直起腰。看到我,十七连的知青都很高兴,七嘴八舌地说起话来。会战期间,正是5—7月份的多雨季节,我很担心这样的棚子怎么遮风挡雨呢,说到这些,大家都不说话了。后来,我才知道,那时,每人都有一块塑料布,出工时,将床铺盖上,下雨时可以保证铺盖不湿,夜里铺在身下挡潮气。若夜里下雨,大家只好坐在铺上,顶着塑料布,静听雨打山林,流水哗哗;若风大雨急,天地茫茫,一片混沌之时,则更要抱紧铺盖,蜷作一团。听尚坚和杜广生说,还有更难堪的事,上山会战,自然不能像搬家一样,将所有衣物带上,每人只带了两套洗换衣服,碰上连日阴雨,这套未干,那套又湿,那就十分尴尬痛苦了,只好穿着这套湿的,到伙房灶头边去烤那套潮的。一时间,灶台边人来人往,炊事员只好烧大火,同时将红炭多扒一些出来,让大家烤衣服。虽然吃不好,睡不好,但开荒任务是必须完成的。每天早晨5点起床,“天天读”半小时,5点半吃早饭,6点准时出工,中午饭在工地吃,直到晚上。遇到会战紧张时,晚饭也在工地吃,干到八九点钟也不是一天两天的事。那时,我们提倡“一不怕苦,二不怕死”,提倡艰苦奋斗。尽管这样,这么多年以后,回想起开荒会战的日子,仍让人欷歔不已,感慨万分。那是对人的意志的磨炼,也是对人的身体的考验。身板稍差一些,是很难熬过去的。

新风仓库

　　武装连改建为青年突击队,农场中学毕业的100来个学生分配到队里,我们接受的第一项任务,就是上山伐木。那时,场部要盖房子,急需木料。领受了任务后,我和指导员林树明带队上山,住在新风队仓库里,每天进山砍伐木料。

新风队仓库离新风队约 5 分钟路程,修建时,将山坡挖去一个角,平整出一块地,所以,仓库有一段是靠山的。既然是仓库,当然是砖瓦结构,高大结实,有两个大门,面积有 200 多平方米,住 100 来人是足够的。缺点是作为仓库,没有窗户,但下有通风孔,上有排气窗,虽然小而且高,但开启很灵活,住在里面,并不觉得闷。我和指导员商量后,利用仓库里现有的芦席围子,将仓库分为两部分,靠山体的那半个仓库,安排女生住下,靠路的这半个仓库,安排男同志住下。所有人一律打地铺,仓库里是水泥地坪,省去很多事,只要扫净,铺上席子就行。地铺为三排,每排之间有约 60 厘米的通道。每个铺宽 60 厘米左右。八九月间的海南,正是蚊虫肆虐的时候,我们又在里面拉了几排绳子,方便晚上挂蚊帐。仓库里洒扫除尘、安排铺位的时间,几位老班长已领人分别搭好了男女厕所、冲凉房、伙房。队部的人员分散住在各班,我与五班住在一起,位于中间那排,从大门进来往右的第四还是第五个铺位吧。

住下没几天,一天晚上,快 10 点钟了,劳累了一天的同志们都已熟睡,我和四班长伍一节(广州六中初一乙班同学,原八一队知青)还借着一盏灯在看书。伍一节当时睡在最里面一排,我睡在中间一排,他的铺位和我斜了一个铺,当时,他盘坐在草席上,我躺在草席上,马灯就放在过道上。夜深人静,忽听伍一节低声说"有蛇",他是用白话说的,因发音与"休息"相近,我又沉迷书中,随口回了一句:"看完这段就睡,你先睡吧。"伍一节再次说"有蛇",语音凝重,略有一丝紧张。这次,与其说是我听清了他的话,不如说是他低沉凝重的语音告诉我,有不好的事情发生了。我正要爬起来,伍一节又说话了:"别动。"我躺着不动,斜眼一看,一条蛇,一条小蛇,约 40 厘米长,正缓缓在我头顶前的过道上爬行。我顿时紧张起来,一动也不敢动,头脑却飞快地转动,怎么办?睡在铺上,周边没有任何应手的打蛇工具,要命!真要命!眼见蛇爬过我头顶,我与伍一节不约而同，一跃而起，各自抓了一只解放鞋，拼命向蛇砸去。情急之下，两人不知用了多大的牛劲，反正是一击得中，蛇蜷作一团，在地上翻滚，我俩捡起鞋子，再次进击，此蛇终于一命呜呼。惊魂稍定，我却更加紧张起来，这条蛇怎么会进入库房，而且它不是从门口方向进来，而是从中间隔断处向门口方向爬去，它还有同伙吗？这么多人同居一室，万一有人被蛇咬伤，可不是闹着玩的。我立即吹响了哨子，把熟睡的同志们叫醒，要求各人立即仔细检查。顿时，油灯点了起来，手电光也晃动起来。借此时间，我们将蛇挑出屋外，检视之下，竟是一条金环蛇，这是剧毒蛇，被其咬伤，亡者十之七八。那晚幸亏我们睡得晚，发现了这条蛇，实在万幸，阿弥陀佛！不一会儿，各班长向我报告，情况正常。于是，各人又睡下了，我却睡意全无，思虑着该怎么办。第二天，我们在仓库周边铺上山姜叶子，洒上硫黄，做了防范，我心里稍稍安定一些。这时，有人很神秘地告诉我，我们这些人里面，一定有人带了蛇药上山，才招来了蛇。对此，我感到莫名其妙，蛇药是治蛇伤的，怎么会引来蛇呢？这个同志很肯定地说，道理说不清楚，但一定有人带了蛇药，并且这人很可能是五班副，因为五班副的父亲会医治蛇伤。五班副刘明珍，是这批场中的学生，瘦瘦小小的。我们将信将疑，于是我问了五班副，他坦率地告诉我，他是带了蛇伤药上山。五班副的铺和我只隔了两个，蛇爬行的方向正是向他那儿去的。为什么会这样，那位同志说得真有道理吗？我至今仍不是十分清楚。

一波涟漪尚在，一波又起。隔天，女生那边一阵骚动，很快，有人过来报告，吴杏球被蜈蚣咬伤。我让来人回去告诉女生赶紧穿好衣服，随即和指导员赶过去。吴杏球，场中学生，白白净净的小姑娘。她在睡梦中被蜈蚣咬伤肩膀（记不清是哪边肩膀了），正疼得嘤嘤哭泣。我追问蜈蚣打死没有，有人回答说已打死了，我一看，还好，蜈蚣约 10 厘米，不算大，毒性应该不算太凶猛。蜈蚣咬伤毕竟很疼，一般要挤出或吸出毒液，用过锰酸钾清洗、打封闭等。

随队卫生员根本没有处理蜈蚣咬伤的药,也没有办法处理,只好让女生帮助挤出毒液,但无济于事。这时,各种建议、各种验方都有人提了出来:用锅脐灰拌油涂抹,用公鸡涎水搽,用空心菜根和红糖捣烂敷,等等。公鸡和空心菜到何处去找,只有锅脐灰现成,炊事班林冠英赶紧铲了灰加上食油拌匀,涂抹上去,但似乎效果不佳。正在大家束手无策之时,有人说,蜈蚣咬伤,只等到天明公鸡啼叫时,就会好的,无奈之下,恐怕也唯此有效了。虽然很疼,但不至于危及生命,即使送去场部医院,也过了时辰,清洗、打封闭也不起作用了,我和指导员好言安慰了几句,吩咐女生多观察、照顾好,就退出了。

新风宿营,两次惊魂,所幸并无大不幸,有惊无险,其后,再无事故发生。我想,此仓库孤悬新风队外,长久不用,人气全无,自然有野物出没。我们来到此处,多数为年轻人,我和指导员虽年长,也在 30 岁以下,场中学生都不满 20 岁,正是血气方刚、活力绽放的时候,虽然劳动很辛苦,但收工回来,他们还是要拍拍篮球、唱唱歌,时间一长,人气旺盛,虫豸自然要躲避一些。

场部招待所

在南林期间,临时住处一般条件都较为简陋、艰苦,但也有例外,那就是场部招待所。对我们来说,场部招待所就是我们的家,到场部办事,或探家归来,时间就是晚了,心中也不着急,因为只要到了招待所,就有吃饭和睡觉的地方。

招待所位于场部的东北角,有两幢砖瓦房和一座食堂和饭厅,还有一排很简陋的冲凉房。高处的房子是坐北朝南的,稍低处的房子是坐西朝东的,这幢房子东面是食堂和饭厅,饭厅是敞开式的,只有柱子和屋顶,柱子中间砌有约 50 厘米高的矮墙,平时也可以坐坐。东向的房子和食堂之间有一块长方形的平地,约有一亩地大小,食堂再东边,是一条水沟,长年流水哗哗。在水沟边,建有一排冲凉房。招待所的南、西边就是橡胶林段,其中夹杂着场部和公田队(四连)职工的小厨房。东边和北边,靠近山岭,一片苍莽。

招待所的两排房子,都是带有走廊的建筑,每排有十几间房间。上面那排房子,一般都是长期住户,团部宣传队曾在那里住过一段时间,武装连也有一两个班在场部执行任务时住过一段时间。下面的那排房子,一般接待过往住宿人员。这排房子,每间大约有20平米,摆了五六张双层架子床,铺着草席,挂着蚊帐,还有被单和枕头,冬天则是棉被。因为招待所人员有限,所有铺的盖的,只能轮流清洗。尽管这样,也还算干净,我们只是临时歇歇脚,晚上睡一觉,第二天抬腿就走,也就没有多少穷讲究。记忆中住得最长的时间是3天,那年准备参加考试,还在食堂餐厅的矮墙上坐着复习看书。在前线小学代课时,和黄国铭一起,带着孩子们参加过农场小学篮球赛,也在这里住过。

招待所食堂供应三餐。早餐是稀饭、干饭,午餐和晚餐都是份饭,一份半斤米饭、一份菜,大约是1角多钱吧,有肉的时候会贵一点,但我很少在食堂吃到过肉。

农垦局培训班

1975年10月,海南农垦局为组建各农场领导班子,将各农场领导班子成员及候选人分期分批集中到海口市学习培训,时间半个月左右,我们这批有近200人参加学习。农垦局在远离市区的地方找了一处空闲的房舍作为培训地点,离海边不远。我每天早晨起来跑步锻炼,周边几乎不见什么人,别说商场,连小卖部也没有。培训班纪律很严,抓得也很紧,所有参加培训的同志都同吃同住同学习,无一例外。虽然农垦局非常重视这次学习培训,也千方百计改善学员的生活,但当时就是那么个条件,还是比较简陋的。我们住的那间房子很大,住了几十个人,全是上下铺的双人床。按说当时的农场领导,应该是处级干部或同等待遇,但没有人认为这样的安排不妥当,没有人发牢骚。大家同居一室,互相关心、互相爱护、礼让三分,倒也其乐融融。吃饭也在一个大食堂里,摆开20

多张四方桌,每桌 4 张条凳。开饭时,6 盘菜放在桌上,相隔几张桌子,放置一木桶饭,各人从箩里自取碗筷,在饭桶里盛饭,围坐在各自的饭桌边吃饭,是否会有人在餐间喝上一杯,我不是很清楚,但我近旁的桌子上,未见有人饮酒。我那时年轻,吃得多,等我离开饭桌时,饭厅里的人也不多了,也未见有人在桌边浅斟慢酌。学习时,有大会报告,有小组讨论,有分散读书,形式虽多样,但纪律严、抓得紧,可以说是"团结、紧张、严肃、活泼",很少见人请假溜号。分组讨论基本以各农场为单位,书记、场长和大家一样,围坐在床铺上,各人畅所欲言,气氛很是民主。

相信每个知青对自己在农村的住宿都有不同的感受和记忆。今天,我们的生活条件大大改善了,我们再也不用住茅草屋,打地铺了。但我仍然会在宽敞的房子里想起那时的茅草房,想起睡在山林里的情形,我忘不了。我怀念那段时光,那些曾经的艰苦生活,那种艰苦奋斗的作风,对我们保持共产党人的本色非常重要,对我们党继续保持与群众的联系,改进我们的工作作风非常重要。这种精神、这种作风,对我们保持做人的本真、本色,对我们保持平静、平淡的心境也同样重要。我们不能停留在过去,但我们在前行的过程中,还是应该保持和发扬那样一种可贵的精神,那样一种可贵的品格。

行

    20 世纪六七十年代,交通不便,农村地区尤其困难,若在偏远地区或山区,那更是难上加难。作为知青,交通工具基本靠腿,出行基本靠走,这是很自然的事情。海南除沿海地区和琼北一带稍为平缓,其余多为山区,中部的五指山脉,更是山势起伏,层峦叠嶂。海南知青,尤其是中线农场或山区农场的知青,更要迈步走路。南林农场地处海南东部中间偏南的位置,方圆数百里,多为山地,西边为五指山余脉,东边有铜铁岭、牛岭等峰峦,70% 的生产连队都在山区。青年队靠山临海,离场部有 41 里多路,其中 25 里多路为山路,曾是南林农场最偏远的连队。作为南林人,作为青年队人,出门走路是最平常不过的事了。知青大多数人能走路,青年队知青尤其能走路,跋山涉水,如履平地,其中有不少铁脚板、飞毛腿。

前面的话

    能走路、擅走路,并不是到了海南、到了南林之后才开始的,而是早有锻炼、早有基础。我就读的广州六中,是一所有体育传统的学校,我们的课余生活丰富多彩,各类体育活动很多。六中的体育以游泳为强项,每年的广州市中学生运动会,游泳冠军都是六中的,从未旁落。我所在的初三丁班,就有十几名同学是校游泳队的,虽然是学生,也都是国家二级或三级运动员,高中的学长有的还是国家一级运动员。除游泳外,校园里的球类、田径、器械运动,也都各呈异彩。每天早锻炼时间,跑步的、打球的、做杠上运动的学生,到处都有,校园内、操场上,人声鼎沸,充满了青春活力。我喜欢运动,却没有运动天分,每样运动都不出彩,没法成为运动员。但在校期间,我也参加过万米长跑、万米长游、珠江冬泳等活动。那时候,中国人民支援世界革命的声势浩大,学校里经常有各种支援世界革命的活动,如支援古巴人民革命斗争、支援刚果(布)人民反美斗争等,具体方法是以哈瓦那或布拉柴维尔为目的地,以广州到这两个地方的距离为目标,班里有一张表,标明广州到两地的距离,体育委员每天将同学们跑步的里程记下,累积起来,在表上标出,计算到哈瓦那或布拉柴维尔还有多远,早一天到达,就早一天支援世界革命了。为了支援世界革命,我每天早锻炼都会跑上两三千米,最多时能跑上 5000 米。在这样的校园氛围下,学生中很少有虚胖的或体质很差的,我虽自幼体质不好,也参加过万米长跑、万米长游、珠江冬泳等活动,经过锻炼,明显强健了许多。

六中是寄宿学校,大多数同学住在校内,星期六下午上完课后回家,星期天晚上必须返校参加晚自习。初一刚入学,我是坐公共汽车到学校的,不久,就改为走路回家、返校了,从家走到六中大概有 10 里路。初一下学期,我家搬到白鹤洞,离六中更远了,走一趟有 15 里路左右。那时,六中学生回家、返校走路的人很多,我还看到过四五个人跑步回家的,当然是慢跑,几个人成纵列,跑在最后的人加速跑到第一,后面的人再接着超越,如此循环,使单调的跑步有所变化,也增加了趣味。"文革"时期,各地红卫兵还组织过徒步串联,重走长征路,背上背包,每天走上几十里路,那种经历,使这些同学更加能走路、会走路,也更加能吃苦、有毅力。我们班上的武献忠就组织了 15 个初中同学徒步串联,从广州走到了井冈山。

之所以记下这些,是因为那时学校确实是强调德智体全面发

116

展的,广州的中学每年还有两次下乡农忙劳动,春季是插秧时节,秋季是割稻的时候,每次大约是 10 天。这些,都使我们的身心素质大为增强,强健了体魄,也锻炼了独立生活的能力。尽管上山下乡,来到南林,从学生转变为农场工人,条件艰苦,但我们很快就能适应,这与在六中的学习生活有很大关系。我感谢广州六中,感谢六中的师长,至今,我仍很怀念在六中的那些日子。

一、从青年队到场部

从青年队到南林农场场部,按农场的地图和测量,是 41 里多路,其中有 25 里多路更是山路。这是大路,可以通汽车,尽管有些路段很狭窄,连错车也困难。抄小路走近道,可以少走 2 里多路,不过,25 里多的山路是没有近道的,还是要实实在在地走的。

第一次走这段路,是 1968 年 11 月 12 日。那天,一辆卡车载着我们 27 个知青,从海口市出发,直接送到青年队。下午 3 点多钟,过兴隆约 8 公里后,汽车离开东线国防公路,向左一拐,进入了农场的大路。这段路还算平坦,路两边是橡胶林段。前行 1000 多米,就是新兴队,从新兴队开始,前面就是山路了。只见汽车从新兴队驻地一个涵洞式的小石桥上驶过,立刻往左一拐,开始爬坡,紧接着又向右一拐。随后,山路缓缓左转,汽车轰轰有声,一路爬行,右边是山峰,左边是山谷,这段路并无多少宛转盘旋,只是沿着山势一路向上。路右边修路时削开的山壁上,早已长满了树丛藤蔓,不时掠过车顶,坐在车上,我们不断地闪避。这段路到底有多长,我说不清楚,车子走了总有 10 来分钟,来到山口。这里分开两条路,往前是通往五一队的路,过五一队再前行,就是以后的十八连,十八连往前 200 米就是海军观通站了。我们的汽车往右拐,开始缓缓下坡了,往前行,一路沟沟坎坎,时起时伏,是在山间行走,地势较为平缓,总的趋势是一路向下,路的两边是橡胶林段。再往前,车左边出现了八一小学,是山洼里的两幢茅屋,离八一队有 3

里多路,我很奇怪为什么小学建在离队那么远的地方。后来才知道八一小学要接收八一队和五一队的孩子上学,只能建在离两队驻地距离差不多的地方。五一队的孩子穿林段、走小路到这所学校上学,他们走的路比八一队的孩子们更远一点。八一队基本上处于从青年队到场部的中点,也是位于路的左边,按方向,大致为路的北面,建在一条山溪的西边,依山势渐次向下,周边山势起伏绵延。路边有一块地稍为平坦,建有一座砖瓦的大礼堂,里面空荡荡的,我一直很纳闷,八一队为什么不多建砖瓦宿舍,反而在此建了这么一座礼堂呢?过了八一队的山溪,山路开始向上,两边都是八一队的橡胶林段,过了橡胶林段,又是沿着山的一边,往上爬坡。不久,来到山口,群山环绕中突然钻出来,眼前猛地一亮,向前的视野顿时开阔,向下一览无余。远处,大海在阳光下一片蔚蓝,闪着粼粼波光,满车的人顿时无比激动兴奋,"海"的呼喊同时迸出,长途颠簸跋涉的疲劳一扫而去,多数人顾不得危险,情不自禁地在车上站起来,向着大海欢呼,迎着海风大口大口地呼吸着新鲜空气。这兴奋的一刻,这忘情的呼喊,那蔚蓝的大海,永远定格在了我的心中,定格在了青年队知青的心中。刚过山口,山路就掉头向下,之后的 2 公里多路,坡度大,弯道多,最大的坡度超过 30°,最大的急弯超过 150°。车身明显前低后高,车两边的同学,紧紧地抓住车帮,坐在中间的同学也抓紧了身边可以抓住的东西。汽车缓缓下行,左盘右旋,不时听到刹车的唦唦声、车轮与山路摩擦的沙沙声,好在这段路不长,约 10 分钟后,终于下到山底。全车人都松了口气,司机也松开了刹车,轻踩油门,汽车立即轻快地向前奔跑。尽管路上坑坑洼洼的,但感觉平稳多了,一车人又叽叽喳喳地活跃起来。车子经过一条山溪,宽 4 米多,沙石底,水流平缓,清澈明净,浅处只有 20 厘米多,当然下雨时情况又不同了。路两边出现了橡胶林段,这已经进入了前线队的地面。再前行,来到了一个十字路口,往左走,通往杨梅队;往前行,去往前线队;往右,则是去青年队的路。我们的车子拐上了去青年队的路,从这里到青年队,有 10

来里路。过路口没多远，又是一条河沟。这条河沟较深，两岸也稍显陡峭，岸边长满了野菠萝等树棵植物，郁郁葱葱，夹着河沟从山里来，向大海去，河底布满了大大小小的石头，水流稍急，也很清澈。我一直认为，八一队的小溪在山里百转千回，流淌冲泻，与刚刚经过的山溪是同一条溪流，汇入了这条河沟，最后从前线队旁边流入了大海。过河沟时，司机明显加了小心，慢慢下坡。到河里时，又加了油门，虽然河底石头颠得汽车铿铿直颤，抖动不已，却也不敢慢，怕水淹了排气管熄火，一旦停在河中，那全车人都要下来推车了。车子轰轰地冲过河沟，爬上河岸，前面的路就较为平坦了。没多久，就到了田心大队，田心大队应该是南桥公社的一个大队。路在此处稍稍向右偏转，车子的右边，可以看到田心大队供销社，那是一座三开间的砖瓦房，砖瓦房的旁边是一所小学，有一个很简易的土坪篮球场。过了田心大队，一路缓坡向上，车子很轻快地向前跑着。这一带有大片的灌木丛，车的右边不远处，是起伏的山峰；左边，有大片的防风林，防风林外，就是大海。到了坡顶，路又缓缓向下，再跑一程，又是一个小村庄，大概是田心大队的一个生产队吧。这个小村庄，位于前线队到青年队中间略靠青年队一点的地方，离青年队大约 4 里路。过小村庄，前面是一片水田，总有四五十亩吧，从西南向东北方向，依地势渐次错落。2008 年，我和杜广生回青年队时，这片水田还是那样，没有什么变化，远处水田边的椰子树，近旁的香蕉棵，也恍如 1968 年的情景。再前行，山峰与路的距离越来越近，有一种挤压过来的感觉。路的两边，有成片的灌木丛，长满了树棵和茂盛的飞机草，路面也越来越沙化。前方出现了房舍，汽车冲上一个缓坡，向左一拐，驶过一个木牌楼，青年队到了。

这是我第一次从外面进入青年队，汽车开了将近一个小时，虽然只有不到 40 里的路，但路不好走，汽车只好慢慢爬行，费时就多了。以后，再走这段路，基本上就是靠双腿了，虽然也坐过车，但实在是稀少，屈指可数。按说，这条路也可以说是从场部到青年队的路,但我还是将这条路看作是从青年队通往场部的路。因为,在南林农场期间,在整个知青时期,青年队是我待得最长久的地方,足足有 5 年半的时间,青年队就是我的家。离开青年队外出,是从家里走出去,最后,还是要回到青年队、回到家里。所以,我就将这条路看作是从青年队到场部的路了。

第一次从青年队到场部,是当月的一个晚上。叶××吃药自杀,队里用担架送他去场医院救治,我和陈敏如、潘国良参加了抬担架。那是我们第一次走这条路,又是晚上,因为送人急救,急如星火,人人脚底生风,连走带跑,我们三个不辨东西,只能跌跌撞撞跟着走,换到自己抬担架时,还要注意不要绊倒摔了担架上的叶××。紧张加劳累,一行人全都气喘吁吁,汗如浆出。本来,同去的老职工知道从田心大队可以抄一条近道,从村庄里插过去,可以少走 1 里多路的,但那晚是这边派人送,那边医院派车来接,为了不至于在这段路上相互错过,所以还是沿着大路走。这一路,走得十分辛苦,急切地盼着车子快些来,但只听见我们一路急行的脚步声和喘息声,却没有汽车的喇叭声。来到山脚下,开始上山了,山路陡,爬坡更加费劲,这时,已经走了 10 多里路了,大家都有些疲乏,换人的频次快了,尽管这样,却没有人说要歇一下。大家鼓足余勇,奋力赶路,也急切地盼着汽车快来。这段山路在大家的相互鼓励下终于走完,来到山口,每个人都长长地出了一口气,夜风吹来,感觉爽快极了。过了山口,就是一段下坡路,大家的脚步轻快了许多。前行约 200 米,终于听到了汽车的轰鸣声,没一会儿,车灯的光柱也从山路拐角处闪了出来,汽车司机也看到了我们,找了一个能倒车的地方,几经周折,调转了头。我们赶紧将担架抬过去,送上了车,我们 3 个也爬上了车,到场部去。车子爬完了山路,来到国防公路上,立即风驰电掣,迅猛前行,只跑了 2 分多钟就进入场部。第二天上午,我们 3 个人沿着原路返回,于中午时分回到了青年队。

当年 11 月底,我和陈敏如、潘国良第二次走了这条路,那是和队里十几位同志一起去牛漏水利工地。那天,听从队里老同志安排,早晨5点钟左右就从队里出发,毕竟是11月底的时候,天还没有亮,星星缀在深蓝色的天幕上,一片静寂。我们一行十几个人不紧不慢地走着,听老同志说,从青年队到牛漏有90多里路,中午在兴隆休息、吃饭,走长路,开始不能赶,要悠着点,留点后劲。可能看出我们对走这么远有些紧张,老同志宽慰我们说,到了国防公路,可以拦车,弄好了,就可以坐车到牛漏。这让我们很高兴,步履也轻松了许多。我天真地认为,既然是全县组织的水利大会战,大概和打仗支前一样,在兴隆有集中的供应饭菜、饮水的地方。对在公路边招手拦车,也想得比较简单,甚至想,上车后是直接到牛漏工地还是在兴隆吃饭再走呢。这次,我们跟着老同志,到田心大队后就抄小路,从村庄里走,可以少走1里多路,尽管犬吠惊心,但十几个人一起走,也就胆壮许多。以后,我们到场部,基本上都是抄小路从村庄里走的。跟着老职工的步伐,我们亦步亦趋,9点来钟,到了国防公路边。从这里到牛漏工地的事,后面再谈。

青年队知青集体走这条路去场部,是1969年元旦前,青年队毛泽东思想文艺宣传队去场部参加文艺会演。那天出发到场部,20多人的队伍热热闹闹,喜气洋洋,舞着红旗彩绸,背着乐器、锣鼓、道具,有节目的人还背着台词,哼着唱段,连脚步都似乎踏着旋律在走。只可惜那时我们还没有整体观念,男女同学之间也没有很好的沟通融合,走着走着,队伍的距离就拉长了,走出不到三四里路,还没到第一个小村庄,前面的就跑得没影了,几个体弱的女生,自然落在后面了。男生虽然没有等着女生相伴而行,但宣传队演出的东西还是背上了,在山路陡峭处,还一路用粉笔写下了标语,如"红军不怕远征难,万水千山只等闲",还有演出节目的词句,给后面的同志加油打气。那一天,几个女生究竟是怎么走过这一路的,我不清楚,但我知道,体力最弱的杨紫那天足足走了7个多小时,才在表姐黄小虹等几个女生陪伴下走到场部,而男生则大多不到4个小时就到了。不知道杨紫是怎么在一夜间恢复了体力,第二天还有精力上台演出的。

这条路上,还有几次是集体走的,其中最壮观的有两次。一次是1971年冬天,"一打三反"期间,师部为了造势,召开了全师的大会,各团都要组织人参加会议。当时师部在兴隆,南林是九团,与兴隆毗邻,所以要求九团组织大批人员去开会。那次青年队去了50多人,我们早早就出发,走上国防公路后,我就不记得是怎么走的了,最后是坐在一个橡胶林段里,周围都坐满了人,我印象最深的是坐在环山行边上,地上满是枯黄的橡胶树叶。据说那天全师有一万多人参加会议,还宣判了几个罪犯,枪决了两个。但那天我们什么也没看到,除了周边插了几面彩旗,连主席台在哪儿也不知道。走了一上午,总有50来里路,都累了,开完会还要走回去,大多数人都在闭目养神,有过分的还在枯叶上躺了下来,事关对运动的态度问题,带队领导立即呵责,只好又坐了起来。开完会,已经是下午3点多钟了,各团各营各自带队散开,回去就各显其能,各逞威风了,我们几个一直跑到7点多钟才回到队里,走得慢的人到9点钟才到家。

另一次是1972年夏季的一天。在"农业学大寨"的热潮中,师部组织各团领导赴大寨学习,严团长和团里几位委员返回后,根据师部统一安排,召开全团农业学大寨大会,将全团职工集中到团部开会,会议规模要4000人以上,那时全团有军垦战士7000多人,可以想见这次会议的重要。那天,全连能走动的人员都要出发去团部。毕竟一来一回要走80来里路,再开半天会,一定是场疲劳战,所以有人就以各种理由推托,不想去开这个会。因为上面对人数抓得很紧,连长指导员严令能去的都去,一个都不能逃避,那天连队去了70来人。队伍出发的场面我没有看到,因为我承担了一项任务,打前站去五一队为开会的同志准备干粮。原来,团部为开好这次会议做了精心安排,这么多人到团里,吃喝是个大问题。喝,那时都有水壶,平时劳动也带着,各人背上就行,团部再烧几大桶水放在会场周边,需要时可以去添加。吃,团后勤处调拨了一批面粉,按每人一斤的标准,让就近的连队蒸成馒头,边远连队路过时领取馒头,再分给每个人。根据安排,十三连(五一队)负责为十七连蒸馒头,我的任务,就是将馒头挑至路口。我一路连走带跑,到了十三连食堂,馒头还在锅上蒸着,他们很热情地招呼我坐下休息。10分钟后,馒头出笼了,在案板上堆成了小山,白花花、暄腾腾,雾气弥漫在伙房内。70多斤面蒸成的馒头,究竟有多重,我不太清楚,总会有150多斤吧。十三连伙房找不到合适的箩来装,最后找来了一大一小两只筐,大筐装了有2/3多的馒头,小筐只装了不足1/3的馒头。这可怎么挑呢? 十三连上士给了我一根扁担,我试了试,根本没有办法挑,前面的大筐直打腿,我只好在柴堆里找了一根长木棍。虽然硬硬的,但是很管用,可以勉强挑起来。十三连上士让我在单子上签收,伙房里的几个炊事员不放心地送我上路。这一轻一重的担子实在不好挑,离大筐近了打腿,大筐距离合适了,小筐又离得远,容易拖地。走了百十米,实在不行,回头看看,十三连的同志已看不到了,干脆歇下来,将绳子再系短些,尽量使担子离地高些。整理好担子,我伏下身子钻在担子下,谁知却起不来,因为身体展不开,用不上劲。我在近旁找了一棵小树,将担子放在树边,上肩后,用手搂着小树,这才直起腰来。调整后的担子不再拖地,走起来利索多了,我也不敢再歇下来。4里多路,一路快走,最后的三四百米,是走上几十米,就要站着喘喘气、换换肩,累得一身大汗。快到路口了,连队的同志正坐在路上休息,看到我挑着担子过来,几个同志急忙跑过来接过担子,我这才长长舒一口气,两条腿都有些发软了。趁着分馒头的空当,我坐在路边喘气,一会儿,五个大馒头递到我面前,我拿出早已准备好的芭蕉叶包好,塞进挎包里。馒头分完,连队继续向团部进发。我赶紧将小筐装进大筐里,系好绳子,扔掉大木棍,将筐斜挎在身上,一路小跑,去十三连伙房还筐。

那天的会议是在团部大操场开的,虽然操场不算小,但要容纳4000多人还是不够,路上、林段里,到处是人。那天天气很热,特别是下午3点钟，更是热得厉害，但那天会议的气氛更热，台上报告人的声音，通过扩音器在会场上空激荡。会上说的什么，我已经没有印象了，但严团长在报告到大寨实地参观学习，听老英雄与铁姑娘队事迹时异常动情地说，对比大寨人，对比大寨的苦干实干精神，他觉得自己都不配做一名共产党员，这使我非常震撼，大寨的苦干，不是浪得虚名的。

　　会议结束时，已经快晚上7点钟了，但时值夏日，天还没有黑，领导高声宣布，师部为激励全团干部战士进一步学习大寨，勉励九团全体参加会议的职工，晚上给大家放映一场电影。此话顿时引起会场骚动，轰轰议论之声不绝，其间也夹杂着掌声。当晚放映的是《英雄儿女》，尽管是老片子，不少人已经看过不止一遍，但那时很少有机会看电影，大家仍然决定留下来看电影。谁知天黑了许久，电影也没开场，直到10点来钟，幕布上一直时亮时灭的灯光，才出现画面，响起声音，大家立即来了精神，聚精会神地看起电影。谁知只放了20分钟，电影就中断了。原来，这部电影先在师部放映，再走片过来，师部到九团有11公里远，不知是怎么走的片子。这场电影，断断续续地放了近3个小时，结束时，已经是凌晨1点钟了。到这时，意犹未尽的数千兵团战士才回过神来，要回家了。全场人员立即分成三股洪流，沿着国防公路向北、南两边，一路从中间大道向西，火把手电，亮光闪闪，耳中还不时听到对电影的议论，有人还哼唱着插曲，一时间，颇为壮观。我、陈列、何斐、江不平、刘宝琦等，紧随着向北的队伍，快步疾走。队伍过新兴队后，只有三营的同志在同路上奋力前行了，上坡道上，前呼后应，时间虽晚，但人的精神却十分旺盛，并不困倦。来到山口，我们驻足回望，只见来路上星星点点的亮光，一路延续不绝，多么富有诗意的夜晚，多么难得一见的夜景啊！明明灭灭的灯火和匆匆的脚步声，打破了深夜大山里的沉静，连天上困倦的星星也好奇地睁大了眼睛，向下张望着。我心中感慨，是什么魔力使得全团4000多人齐聚团部开会，又是什么力量让大家深夜赶路，这种组织动员的能力真的要让

124

人好好琢磨才是。人流一路分散,奔向自己的家,过了八一队,我们周围已经没有多少人了,曾指导员倒是跟着我们一路走着,其余的人都落在后面了。曾指导员家就在团部,按说他可以回家休息一夜,第二天再回连队,但在学大寨的形势下,谁也不敢懈怠,他也连夜赶回,还有许多工作要布置,要落实呢。我们一行七八个人回到青年队,已经是早晨4点钟左右,新的一天就要来了。指导员宣布,第二天上午休息半天,下午出工,晚上开会再动员。冲凉过后,东方曙色已现,我们倒床就睡了。不久,从团里的学大寨简报中得知,有连队看完电影回去后立即组织人员上林段,除草施肥,还有上山修环山行的,以实际行动学大寨,表示学大寨的信心和决心。看来,我们十七连还是没有跟上形势,还是落后了,决心还是不够大。那个年代呀!

这条路上,我们虽然在多数情况下都是徒手走路的,但也有挑着担子走路的经历。作为知青,多数人都有探亲回来挑着行李归队的经历。回一趟广州,总要受同学委托,去各家走走,捎带一些东西,一家两三斤东西不算多,七八家一走,分量就不轻了,所以每次回来,总有几十斤行李。随身带着几十斤东西,怎么回连队?汽车、拖拉机指望不上,最可靠的办法就是挑回连队,有时行李实在太多,也会将一些暂时用不上的东西存放在场部附近单位的同学或熟人处,大多数东西还是要挑回连队的。个别时候,也会在场部打电话,约定好时间、地点,请某个同学来迎一下,我就曾经到田心大队接过刘宝琦。有一次,我在队里劳动时,看到何斐探亲回来,戴着黑框眼镜,穿着背心,弓着腰,挑着行李一步步地走着,给我留下了极深的印象。

我记忆中印象较深的挑东西从场部回来有两次。一次是1972年,队里要种麦子,这让我非常奇怪,麦子不是生长在北方的吗,海南难道也能种麦子?麦地在离连队约1公里远的地方,离海边不远,地很平、很大,总有20多亩地吧。土地平整完了,要下种了,按计算,这块地大约要400斤麦种,连里决定由我带领10个人去挑回来,同去的有刘宝琦、陈列等人。一行10人早上出发,中午前赶到团部,办完手续,从仓库里领取麦种,分装到麻袋里。按说400斤,10个人每人40斤,平均分担,也不算重。但有人好捉弄人,看到同去的有吕先海,欺负他傻,给他多装了不少。别看队里人人都看吕先海是傻佬,但在这些事上,他并不傻,感觉到他的担子比别人重,立刻叫唤起来,怎么也不肯挑。大家都在笑,捉弄他的人吓唬他,你不挑我们都走了。看着吕先海一个人站在那里嚷嚷,我虽然好笑,但也不忍心欺负他,于是和他换了担子,吕先海这才满意,还对我竖起拇指。挑起这担麦种,我感觉是重了不少,有70来斤,难怪吕先海不肯挑。刘宝琦、陈列过来要匀一些分量,我只说不要紧,走吧。就这样,我们10个人,一天奔波,将麦种挑了回来,个中辛苦不用言说。只可惜,汗水并没有丰厚的回报,种了20多亩小麦,第二年收获时,只有区区800来斤,可能品质比麦种还差了许多。这以后,队里再也没有种过麦子了。可见客观规律不可违,今后不要再有安排海南种麦的事了。

还有一次,则是我自讨苦吃,时间应该在1970年下半年。那时我在连队文书岗位上,一天去团部办事,下午4点多钟,到团部生产资料仓库领东西,看到有连队在领一种大砍刀。这种砍刀,长约40厘米,宽约10厘米,背厚刃薄,安上木把后,用来砍碗口粗的小树非常合适。听着他们的介绍,看着演示,我心动了,这领回去开荒能用上。于是,我也现场填单子领了10把。这种砍刀,每把重四五斤,加上其他东西,有60来斤重。仓库保管员看我一个人准备挑回去,而且是回青年队,劝我说以后再领吧。我怕以后仓库里没有这种砍刀了,还是坚持要领回去。保管员一看这种情况,非常热心地找了一些铁丝和绳索,帮我将东西捆好,又给我一根合适的木棍,我挑起东西就走。那时已近5点钟了,保管员还向周围的人说,看,那是青年队的人,要连晚回去,不知这位热心肠的大姐是否还记得这个青年队的人了。眼看天色已晚,我不敢耽误,脚底生风,拼命赶路,如此,倒也不觉得肩上担子沉重,虽然满头满身是汗,身上衣服已经脱完,赤膊上阵,但也没感到累。走了一个多小时,正是晚风送爽,天色尚未黑尽之时,脚步轻捷,猛往前赶。快到八一小学的地方,故事发生了,只听哗啦一声,一头担子散开坠地,另一头也应声落地。事发突然,我一个踉跄,停了下来,仔细一看,是捆扎的铁丝断了。原来,尽管保管员大姐帮我绑得很结实,但大砍刀和铁丝硬碰硬,这一个多小时碰擦较劲,铁丝终于受不了,于是,砍刀就散了下来。还好,砍刀没有砸到我脚上,我正好歇歇脚,散开铁丝,重新接上,两头的担子再整理一下,确认没有大问题,又重新赶路。路过八一队时,我犹豫了一下,要不要进去,脑子虽然在想,脚却带着我很快走了过去,这时已无退路,就不再有想法了,只能一直走到家了。过了山口不远,担子再次散开。这时,天已全黑了,再接,铁丝和绳索不够长了,好在山里藤条枝蔓多,手头现成有砍刀,我就地取材,再次将东西捆好,匆匆再走。藤条枝蔓不比铁丝,未下到山底,担子又散了。再捆,再行,如是反复,只是频次越来越快,路程也越来越短。来到田心大队时,我已筋疲力尽,非常烦恼了,后悔没有听保管员大姐的话,逞能要自找苦吃。休息了一会,再前行,最后几里路,我都恨不得用手抱着这些东西走,那晚回到青年队,已是9点钟了。这次依然是汗水流了不少,却还是无效功。这种砍刀,装上木柄,有5斤多重,一天抡上几千上万次,是很费体力的,一般女同志根本没这个体力;男同志也不愿意用,砍大树,它不如斧头,砍小树和灌木,它不如钩刀,而且开刃、磨刀很麻烦,带着上山也不方便,所以,只试用了一下,无人愿意用,就一直放在仓库里了。

这条路上,除了去团部,我们还多次去前线队,八一队,有时也会去五一队。去前线队少,多数是路过,转而去前线工厂、杨梅队,因为前线队知青是海口市的中学生,很少打交道。后来,在前线队也认识了不少人,如卫生所的夏医生、林树雄等,有一阵子,阮中斐也在三营卫生所。时间长了,和海口知青也渐渐地认识了,最先认识的是钟衍富,大家都喊他小钟,当时是营卫生所的卫生员,一个非常帅气的小伙子,白白净净的,按现在的说法,应该很有女孩缘的,与人交往非常客气;王华雄,高高大大的小伙子,篮球打得非常好;还有才子姚青松,等等。

　　这条路,我平时都是白天走的,有时也带晚一点走,但都很坦然,只有一次有点紧张,也可以说是害怕。那是 1970 年 12 月初的一天,那时我在连里代理文书,连里发工资的事是我经办的。现在发工资很简单,往卡里一打钱就行,我们那时发工资,核算要准确到分厘,并要抢在第一时间发放,迟半天都会怨声四起,所以每到月底,算考勤、算工资、造表、到团部领钱,那是一刻也不敢耽误的,可以说是"悠悠万事,唯此为大"。那天,我上午出发,下午到后勤处领钱,数了又数,记得有 3000 多元。那时不像现在,有百元大钞,3000 多元十多秒即可数完,当年最大面额的为 10 元。工资发放有整有零,要有 1 元 2 元、角币分币,各种面额的钱要合理,不然,发工资时就啰唆了,因此,数钱是很麻烦的。钱领到手后,我用报纸裹了好几层,再用细绳子捆扎好,小心翼翼地放到挎包里,再仔细地将挎包扣带系牢,背在身上。3000 多元钱,今天可能算不了什么,工地上的一个稍有技能的农民工一个月挣的也比这些钱多。那时 3000 多元钱是我们连 100 多人一个月的工资,真正是一笔巨款,我是万万不敢马虎的。取完款,已是 3 点多钟了,我正准备回去,听后勤处同志闲谈中说起基建队新造了一台淘米机,效果不错。基建队位于团部北边,紧靠国防公路,正好顺路,我就去看了一下,学习学习。淘米机制造虽不复杂,但费时费工,使用效果也一般,我因此有些失望(这种淘米机以后也没在全团推广开来,说明作用确是有限)。这时已经 4 点多钟了,我再也不敢耽搁,赶紧往回走。冬季天黑得早,在山里黑得更早,我一路紧行快赶,过了八一队,天色已经暗了下来。平日里,天黑赶路,我并不胆怯,但今天不同,身上带着巨款,"怀璧其罪",万一被人盯上了,那也是有危险的。我从路边弄了一根粗木棍,提在手中,一如武松上景阳冈上拿着的哨棒一样,做好了打"虎"准备。虽然这样,心中还是紧张,早前听老职工讲的一个早年的惨案,此时蓦然涌上心头。说的是50年代,农场草创之初,那时山路更加荒僻,人烟更加稀少,某队统计员也是去领工资,却没有回到队里,找了许久,遍寻无着,最后的结论是携款潜逃,此事弄得其家人备受屈辱,看了多少白眼冷脸。10多年后,该队开山种胶的范围不断扩大,终于在开进更深的山里时,发现了已朽烂的一具枯骨,枯骨上的一枚铜印章,正是失踪多年的统计员用的私章,可怜深山老林中的枯骨,正是其家人梦里人,虽然沉冤昭雪,但人是再也不能回来了。这个故事在我脑海中是越来越清晰,心中更加忐忑。我眼观四路,耳听八方,脚下速度越来越快,手中木棒越握越紧,恨不能一步跨出深山,早上平路,同时,心里也在不断责怪自己,为什么好奇心那么重,去看什么鬼淘米机,不是耽误这半个多小时,我早已到了平路上了。过了山口,下行没多远,正是坡陡弯急最荒僻之处,前方有了一闪一闪的亮光,却不像是野兽的眼光,而是红红的火头,我心头一紧,脚步缓了下来,双手紧握木棍,做好战斗准备。前面那人却不紧不慢,缓缓而行,我既不敢快,也不敢慢。快了,很快接"敌";慢了,又怕有人从后面跟近,前后夹击。两人距离越来越近,那人开口说话了,声音很大"diang 该"(这是海南话,哪个或谁的意思),乍听此声,如闻惊雷,我全身毛发直立,满身热汗顷刻惊为冷汗,却无半点迟疑,本能地更大声吼出:"努地 diang 该(你是谁)?"那人站下了,等我,这时我看清了一闪一闪的亮光是那人抽烟时的烟火。我走上去,他站在路的右边,我站在左边稍后两步的地方,成一个斜斜的夹角。相互打了个招呼,交谈下来,他自我介绍说是下边田心大队的书记,晚上出来打野物,我看到他扛了一杆猎枪。此时,我松了一口气,可遇上相伴走山路的人了,是党员,还是书记。我也介绍自己是青年队的工人,要回连队。他相邀同行,我答应了,虽然如此,革命警惕性还是不敢放松,我始终和他保持一定的距离,始终走在路的另一边,高度戒备,但心情却平静了许多。一路相伴,我们走出了大山,来到山脚下,他说还要去其他地方转转,该告别了,本应握手的,但我还是保持距离,挥手作别,不敢有丝毫大意。因为我始终跟在他身后,没有看到他的模样,于是人生中,我就有了这样一位相交却未谋面的朋友。到了平路上,我心情松快多了,余路无多话,一路紧赶,回到队里。这次走夜路,无险却有惊,是自己太紧张了,搞得很累。

这条路,是我在南林走得最多的路,也是我最熟悉的路。可以不夸张地说,前前后后走了就算没有 100 趟,那也不会少于 80 趟,如果算上到前线、八一、五一等地方去的短途和半途的趟数,那绝对超过 100 趟。这段路上,我不敢说闭上眼睛都能走,但确实是非常熟悉的,一石一木,一溪一沟,峰回路转,景色变幻,全都了然于胸。这段路的故事也很多,几乎每一趟、每一段,都有难忘的记忆。陈敏如调出青年队后,偶尔回队里看看,我曾陪他走过两趟这段路,我那时话很多,一路上不断地给他说这段路上的故事,他听得饶有兴致,鼓动我把这些都记下来。

这条路,我走的最多的时候是在青年队代理文书的期间,经常去场部送报表、取材料、领工资、开会,等等。我曾经有过连续三天走了三趟的经历。因为那时通讯不方便,我这边办完事回连队,人还未到家,团部电话已通知第二天去团部有事,到队里后才知道第二天又要跑一趟了,好在已经走习惯了,也不觉得累觉得烦。这段路虽然有 40 里,但后来走惯了,一般 3 个小时就走完了,最快的一次,只用了 2 小时 15 分钟。那次也是刚到家,团里通知第二天上午 8 点钟开会,我起了个大早,5 点钟出发,连奔带跑,7 点多钟就到了。不过我的这个速度在青年队只能说比较快的,上不得纪录,最快的纪录创造者和保持者是江不平,他用时只有 1 小时 50 分钟。那是 1971 年的一天晚上,林彪一号通令下达后,我们海防连队都被动员起来,十七连武装民兵每天晚上都到海边站岗。这天晚上,江不平他们站岗时观察到海面上有船,灯光闪烁不定,异于往常,于是派江不平回连报告,不巧的是,连队通往团部的电话打不通,情况无法上报。连长当机立断,派人赶往团部报告情况,江不平是直接目击者，为避免再传者报告情况有误，决定还是江不平前往团部报告。我不清楚为什么这么重要的情况，又是夜间，连队只派江不平一人前往团部。那晚，江不平将青年队知青擅走的特点发挥到极致，及时赶到团部，走出了这一惊人的速度，创造了纪录。

这段路上，留给我的最温馨的记忆，要算是八一小学的孩子们集体呼喊"青年队的人"的时候了。由于在这条路上走得次数多，还时常到八一队知青那儿玩耍，渐渐地，八一队的孩子们也就认识了我，虽然不知道我的名字，但都知道我是青年队的人。有时，我在路上走着的时候，会遇上正去上学或放学回家的八一队的孩子们，以我喜爱孩子的天性，我常常会驻足观望，还和孩子们招手。不知道是哪一天，也不知道是哪个孩子领的头，忽然，一群小学生整齐地对我喊着："青年队的人——，青年队的人——"声音整齐划一，"人"字还拖着长音。初次听到这样的呼喊，我如被电击，浑身一颤，看着孩子们拍着手，跳着脚，一脸烂漫，如同唱歌谣一般地喊着，我心中感动极了。孩子是最纯真的，他们熟悉你、喜欢你，就会以朴实的方式表达他们的情感。从那以后，每逢遇上，我都会受到这样的礼遇，每每看到他们纯真的笑脸，听到他们清脆的童声，我都会无比地感动，每当这个时刻，我都会驻足，会开心地笑，会向他们招手。其实，我更想蹲下来，将他们揽入怀中，握住他们的小手，亲亲他们的脸颊。不过，山里的孩子又是羞怯的，他们会笑着躲开。我真想向他们深深地鞠躬表示我的感动！孩子们天真的举动，使我感到无比的温暖，感受到人间的真情，有一种被他们接受，与他们融为一体的感动。作为知青，我受到了深深的鼓舞；作为青年队人，我有一种满足和骄傲，这是我最值得自豪的一种褒奖。今天，我写到这里，眼前仿佛又出现了当年的情景，耳中仿佛还有声音在回荡，当年的这些小学生们，今天也该在50岁上下了，你们还记得当年的"青年队的人"吗？

二、山路

世上本没有路,走的人多了,就成了一条路,山路就是人们在深山密林中踏出的小道。山路或是连接两地的捷径,或是在山林里劳动要走的路。青年队的人和茄新大队的人最常走的就是从茄新大队到南桥镇的山路。茄新大队是南桥公社下属的一个大队,从茄新到南桥,走大道有 50 多里路,走山路只有 20 多里路,走的是弓弦。因此,茄新人到南桥,一般都走这条小道,青年队的人去南桥,也会走这条路。夏日炎炎之时,入此路中,但见浓荫蔽日,满眼绿意,山溪潺潺,苔藓显幽,置身其中,遍体生凉,比走大路惬意多了。不过,一般情况下我们不走这条路,特别是单身一人走路,阴雨天走路,更不会从这条路走。这条路从入山开始到出山,近 20 里路都在深山老林中起伏延伸,不见人烟,如三二人同行还好,若是一人行走在这条路上,会感觉阴森孤单。令人头疼的是这条路上有山蚂蟥,从南桥入山那段路上,有许多茅草大芒,是山蚂蟥肆虐的地方,逢到阴雨天,更是令人防不胜防。

第一次走这条路,是 1969 年 3 月初的一天。前一天,我和同学打篮球,争抢中不慎摔倒,中指末节骨折,卫生室许医生无法医治,要我第二天到场部医院治疗。第二天一早,我向队里请了假,到场医院治疗。那天,杜广生要去场部取包裹,刘宝琦也有事去场部,3人一道走。那时,家里寄来包裹或书报,小件的轻的,邮递员顺手带来,稍大的,只能将包裹单投到连队,自己去场部,有时还要到南桥去取。毕竟一个邮递员负责的投递范围很大,不可能将包裹直接送到你手里,所以,有时为了一个一两斤的小包裹,也要跑一趟场部或南桥镇。刚到农场时,知青取包裹是很急迫的,总想从包裹里得到家里的音信,哪怕只是一两句问候的话语。那天天气阴沉,空中飘着细雨,我们披了一件简易的塑料雨披,匆匆赶路。前晚手疼得一夜未睡好,肿胀的中指已经发亮、发烫,我一边昏头昏脑地走路,一边想着到医院会怎么给我治疗呢? 到了场部,已经是中午了,医院下班了。下午,再去医院,治疗结束,已经 3 点多钟了。刘宝琦因事未办完,晚上不回去了,杜广生已在医院等了我很久,两人决定回队里去。眼看时间不早了,杜广生建议从南桥小路回去,说他走过一回,能近不少,只要两个半小时就可以走到家,我一听非常高兴,立即赞同。于是,两人上路了,走到南桥,已经 4 点钟了。

天阴云暗,细雨蒙蒙,暮色降临,要摸黑走山路了,这可怎么办? 我心中十分着急,随着杜广生一起,急匆匆离开南桥,寻找进山的路口。越急越出岔子,杜广生找不着路口了,带着我一会儿走村路,一会儿翻田埂,就是找不着路。我手疼心急,怒火万丈,时而连声怨怼,时而破口大骂,吓得杜广生不敢吭气。现在想想真不应该。杜广生,初一丁班学生,是青年队知青中年龄最小的一个,到青年队时尚不满 15 周岁,完全是个孩子,本该读书学习的年龄,却来到农场,品尝着生活的艰辛了。在村里村外无头苍蝇一样转了 20 来分钟后,杜广生再次要领着我跳下一段田埂时,我心焦气急,怒声呵斥,领着他到村里问路。60 年代的海南农村,多数人不会说普通话,我们刚到海南不久,海南话也说不了,两人连比画带说着生硬的海南话,终于有人明白了我们的意思,指了个方向,结果,只走了不到 100 米,就找到了入山小路,全被大芒树棵遮挡住了,难怪杜广生找不到。看到入山的路口,我松了一口气,又追问杜广生一句,前面的山路是否认识,杜广生说前面只有一条路,不会错。于是,放心踏上山道。

谁知道这边焦虑未下眉头,那边烦恼又上心头。原来,此段路山蚂蟥极多,阴雨天气,这些小虫更加活跃,早已齐聚路边草棵上,单等猎物自投罗网。2 月间正值插秧季节,我已锻炼得可以了,虽然仍旧厌恶,但不再惧怕此物了。山蚂蟥,以吸食人类和动物血液为生,生长在林边和树棵草丛中,真正的深山老林中反而没有,山蚂蟥分布似乎有地域性,青年队、杨梅队等沿海边一带没有遇上过,是否有海风的原因？但在八一队、五一队的林段里我就遇上过。山蚂蟥反应极快,行动极其迅速,稍有风吹草动,嗅到血的味道,它就会发动,不知是弹射出来,还是顺势沾上,反正只要上身,就会牢牢地黏住你。山蚂蟥有头发丝那么细小的,可能夸张了些,但如绣花针一般大,还是很贴切的,特别小的可能还没有绣花针粗,体型稍大的,大约如火柴棒那么粗吧。山蚂蟥吸血量惊人,可以吸食相当自己身体几十倍甚至上百倍的血,那绝不是夸大,而且它吸饱脱落之后,分泌的抗凝血因子还在起作用,让你血流不止。未到海南,已听闻山蚂蟥的传说;到了海南,老职工也说起过山蚂蟥,甚至有说山蚂蟥细小如针,会钻透皮肤或身上孔缝,进入体内寄生,等等,这使我对此虫唯恐避之不及。早知此路藏伏此虫,路人要留下"买路血",我是万万不会同意走这条路的,但事已至此,已无退路,只能硬着头皮,明知山有"虫",偏向"虫"山行了。我和杜广生把衣服结束利索,把裤腿高高卷起,雨披裹紧,毅然迈步进山了。一进山,我们就是一路小跑,在山蚂蟥肆虐的路上行动,要诀就是要快,尽量在山蚂蟥反应过来之前通过,若慢条斯理,很快就会山蚂蟥缠身的。另外,若有多人经过,第一人最幸运,最后一人则是最倒霉的,多数逃不脱山蚂蟥的侵袭。这次,杜广生一定让我先行,因为我是伤员,这里,就可以看出人的品性了,这绝不是小品《超生游击队》里那句"你先撤,我断后"的玩笑戏谑,而是实实在在的"一事当前,先替别人打算"的境界了。尽管一路小跑,但没几步,山蚂蟥就上身了,雨披上也沾了好几条山蚂蟥,我们依然脚步不停,向前猛冲。虽然我是第一次遭遇山蚂蟥,但早从别人的经验中知道这时若停下来清除山蚂蟥,只会遭到更多山蚂蟥的围攻,只有冲过去,找一块大石头处才能停下来,因为山蚂蟥只在树棵草丛中生长,不会在石块、水流中停留的。一口气跑了三四分钟,终于遇到一块平坦的大石块,两人赶快跳上去,一边大口大口地喘气,一边将身上的山蚂蟥清除掉。这时,手疼早已顾不上了,好像也没那么痛了。头顶,阴云密布;四周,小雨淅沥,看看天色向晚,我心中越发着急。在这样晦气的天气里，带着晦气的伤痛，走上了这条晦气的小路，我心中的怒火难以抑制，不停地向杜广生发泄。发火解决不了问题，路还得走。喘息稍定，我们再次行动，如是者凡几，我已记不清了，总有四五次吧，我们终于来到深山密林中，摆脱了山蚂蟥。此刻，我们停留在一条山溪旁，彻底检查了一下周身，清除了山蚂蟥，让它们随水漂流而去。虽然一路上不断有山蚂蟥袭扰，但损失不大，只让三两个山蚂蟥吸了一点我们的鲜血，并没有让它们饕餮过瘾。

　　身处深山老林里，你才能真正体会到什么是幽深、什么是静寂，耳中隐约能听到远处的流水声，真到了近旁，到了你的脚下，平坦的溪流，却是那么的宁静；茂密的树林中，几乎感觉不到雨水，偶尔，会有大滴水珠落下，其余的雨水，似乎都沿着树干润物细无声地流走了。放眼望去，全是树木，一齐昂首向上，高耸挺拔，深山老林中，每棵树都努力向上生长，可能是争夺阳光雨露吧，很难得见歪歪扭扭的树木。参天的大树粗壮劲直，有些要几个人才能合抱过来，斑驳的树干上爬满苔藓，尽显沧桑古老。各种藤蔓植物在林中肆意扭曲盘旋，欺压着矮小的树棵，充塞着林间空隙，一旦攀上树木，就紧紧缠住，呈几何曲线般地向上攀爬，再也不会分开，"藤死树生缠到死，树死藤生死也缠"真是好句子，既是真实写照，更有情意绵绵，那么真切、那么生动。喜阴的植物不与树木争夺阳光的宠爱，在林中安安静静地生长着，虽然低矮，却也尽情地舒展着枝条叶片，寻找空间腾挪着身躯，使密林更显幽深奇妙。林间溪边大大小小的石块，有些长了青苔，有些光滑异常，但少有异形怪状的，大多或扁或圆。阴雨天的傍晚，密林里格外昏暗，一路着急上火，一路奔跑赶路，早已是满身热汗，此时，却渐渐平静下来，在山溪里洗了洗脸，周身已渐有凉意，赶紧走路吧。杜广生看我脸色稍霁，也渐渐松了口气，和我一路走一路说。身处幽林中，周围越来越暗，将我俩围裹起来，在广袤神秘的原始森林中，两个人是那样的渺小，让人不由得从心底生出忧惧。我无心说话，一路只是问一句话:"还有多远?"杜广生也总是回答:"快了,快了。"现在想想,杜广生也仅仅跟随别人走过一回,幽深的树林中,并无多少标记,他如何记得这段路的详细情况,也只能这样回答了。不知上上下下走了多少次,跨溪蹚水也有七八回吧,山道渐渐向下,眼前树木逐渐稀疏,出现了树棵草丛,不用杜广生再说,我知道,这回是确实快了!在山里行走了一个多小时,估计走了十五六里路吧,我们终于走出了大山,来到了山边小路上,那种轻松、那种愉悦,使我俩都长长地出了一口气。杜广生这时略有得色:"看,这条路近不少吧。"我略略一算,从场部到南桥 7 里路,穿过村庄到入山口约一二里路,山路约十五六里路,总计为二十四五里路,是近了一点,但从这里到青年队还有多远呢? 杜广生说只要再走 20 来分钟就行了。

阴天黑得早,这时,早已夜色苍茫,雨后的山林边,弥散着淡淡的岚烟。我催促杜广生快走,一边抽空照看了一下我那捆得像熊掌一样的伤手,还好,因为我采取了特殊的保护措施,将它放在挎包里,吊在胸前,尽量用雨披挡着,没有太多受潮,这时,疼痛似乎又回来了。杜广生这个忽悠,20 来分钟的路,足足走了 40 多分钟,好在是在平路上,走的是田间小路和村庄,过了茄新大队队部,剩下的路又是大道了,我不再担忧,反正就是早一点或晚一点回到队里吧。心情一轻松,心态也好了许多。那晚,7 点多钟,我俩终于回到队里。这一天,我折腾得够呛,伤手虽经治疗,自觉效果不佳,还不如在家躺着静养呢,当晚酣睡不醒。

这条路,后来还走过几次,只有一次印象深刻,那是 1973 年春节,大年初一。可能有人会认为那是我们在假日里的远足旅游,或是入深山探幽访胜,总之,优哉游哉,惬意得很。那次确实是远足,在全团范围走了一大圈,一、二、四、五营的地界都到了,顺访团部,拜访了卫生队的诸位老友,最后,又回到三营,回到青年队。不过,那次出游,更多的意思是出去过年,走一路吃一路的。那年春节,连队照例杀猪,每人分了 1 斤多肉,年廿九肉到手,久未闻腥的我们,立即饱餐一顿,提前过年,年三十,就只有肉汤了。难不成大年初一,就要清汤寡水地过吗?我们几个男知青一商量,决定外出访友兼揾食,记忆中有陈列、刘宝琦等人,何斐是否也在其中,实在记不清了。第一站,南桥。之所以去南桥,是因为何建华当时在团部警通排工作,派驻二营总机,当时二营就驻在南桥队。既然直接到南桥,我们当然选择走弓弦。那天艳阳高照,天朗气清,惠风和畅,我们几个穿戴整齐,在茄新大队疏疏落落的鞭炮声中,开步走了。新春佳节,中国人最看重的节日,虽在远乡,但经过了几年,已经少有伤感思亲的念头了,难得有几天休息,心情自然很好,透过鞭炮的淡淡硝烟,似乎空气中也弥漫着年味。明媚的阳光,和煦的春风,宜人的天气,更增添了我们的兴致。一行几人,穿过茄新大队的几个小村庄(当时叫生产队),踏上了山间小道,走进大山。艳阳高照下的原始森林,与雨中又不相同,尽管密不透风的枝叶遮天蔽日,但透过缝隙,还是洒下了一道道金色的阳光,充满了温馨和暖意,远处则更显幽深。鸟儿也知春天来了,在林中亮开嗓门歌唱,和着溪水淙淙,林涛阵阵,构成了奇妙的大自然交响乐。山道旁没有野兽,偶尔能看到松鼠在树上跳跃爬动,带给我们一阵惊喜。心情好了,同样的景致,看出了别样的风情,正是山深处处听泉响,林幽时时闻鸟鸣,我们时急时徐,边走边谈,十几里山路不知不觉就走完了。下山时,我们加快了步伐,向下急冲,尽量避免山蚂蟥上身。在何建华处吃了午饭后,略略看了看南桥小店铺,我们沿着国防公路,来到南林场部,去卫生队与王番等人共度大年初一。

像这样的山间小道,完全是人用脚走出来的,连自行车也无法骑行,却是生活在山区的人们常走的路,成了生活中不可缺少的道路。除了茄新大队到南桥的这条山道,我还多次走过八一队通往五一队的山道,八一队通往十八连的山道。相信海南山区农场的职工们,都非常熟悉这些道路,有些也就是他们自己走出来的路。

上山开荒、耕作、种植橡胶树,或进山砍伐木料、拖运木料,我们走过、爬过各种山路。这些山道,依山势不同,或陡峭或平缓,或直或曲,或沙土或石块,从山脚的草丛灌木开始,到山里的林木密布,浓阴蔽日,每条山道都有变化。在这些山道上,我很少看见过花草,就是在山脚的树木草丛中,也没有花,多的是遍地的飞机草和大芒,所谓的"山阴道上,乱花迷眼"的景致,好像不属于海南的山道。

青年队是副业队,种植了100多亩水田,还有大小不等的几十亩地,种植花生、番薯等农作物。因为南边和北边都是农村,前面是大海,背后是山岭,拓荒开疆很受限制,要发展,只好打山林的主意。开垦林地也是有学问的,不是什么林地都能开垦的,要先勘察,就山势、地形、土质、水流等等情况综合考虑,定好位置,留出防风林带,再进行垦荒种植。青年队开荒的山林,就在身后的山岭,开垦出的坡地,我们统称为林段。林段面积大小不等,大的有五六十亩地,小的只有十几亩地,为易于管理,连队将这些林段编号,称为×号林段。往后山林段去的路有两条:一条是沿着去往前线队的大路走上10来分钟,往左拐(朝西),就是一条上山的小路,这条路比较陡,坡度基本都在30°—40°,最陡处达到60°,走这条路很费劲,有时要用手拉着路边的小树借力,爬150多米后,上到山头,路就比较平缓了,这是上山的必经之路,经常爬的;另一条,则沿着山边向南走五六分钟后,向右拐,这是一条呈喇叭口的山沟,一条细细的溪水从中流过(当初,曾计划在此沟口筑一条坝,拦截山水,建一座水库,甚至还用来发电),一条山道沿溪水边通向山里,这条山道较为平缓,坡度不大,渐渐向上爬行。这两条道虽然出青年队一向南,一向北,其实,都在后山上,各林段之间的小道,最终将两条路联通在一起,成了一个环状。走哪条道上山,要看去哪个林段,走哪条道近便了。

上山下山,山道常走,也习以为常了。其实,走山道还是有一点技巧,有一些需要注意的地方的。山道陡,有些路段还夹杂着碎石沙土,我们上山不是游玩,而是去耕作劳动的。锄头、斧头、砍刀,都要随身带着,走陡峭的山路时,我们会将砍刀、斧头提在手上,刃口向外侧,避免行走时滑倒或绊倒,刀、斧伤到自己,锄头也会提在手上,尽量握住靠锄头的地方,一是方便爬山时保持身体平衡,也防止锄口误伤到身后的同志。脚下要看准、踩稳,尽量利用石头、树枝,或者一些利于站稳的凹坑,有时,还用手攀扯着路边的小树借力。下山时有冲力,而且多半是收工时候,年轻人此时比较兴奋,有时连走带跑,从后面看,人就像在山道上跳跃,下山的关键,仍然是利用能走稳踏实的树根、石块、凹坑,千万不能踩空。当然,说起来好像有不少门道,其实山道只要走上几趟,自然就知道该怎么走了,时间长了,也就如履平地。离开海南后,我曾多次爬山或行走山路,名山大川也游历了不少,我总是应对自如,步履轻松。59 岁那年,我上华山,虽然是坐缆车上到北高峰,没有爬千尺幢,但一天之内,华山五峰全部走到,十分尽兴,同行的人坚持下来的只有 4 人,其中两人还是当地的陪同人员。他们都夸我精神好,体力好,也佩服我会走山路。只有我自己知道,因为我在山区生活了 77 年多,走山道是最平常不过的事了。

在农场 7 年多,当然不会只是这么轻松地上山下山,负重上山下山也是常事,如挑担子或扛木料,等等,那是很吃力的,尤其是陡坡。在山间小道上扛木头,怎么扛,怎么走,要十分注意。在牛寮修电站时,我们将蓄水库里的树木全部砍光,其中的一些木料要扛出来,即使是不成材的杂木弯木,也要扛一些到伙房做柴火。砍伐完了的山坡上,原就没有路,坡也比较陡,扛木料时一定要有一根木棍,这根木棍有两个作用:走路时,可以支撑身体,保持平衡,遇坎时,可以借力;另一个作用就是分担肩头的重量,扛的木料大,有时会很吃力,可以将木棍架在另一边肩头,用木棍架住大木头,将负重肩头的重量分散一些到另一边肩上。在山坡上扛木头,要将木头扛在向着坡下的肩头,这样万一有个紧急情况,能将木头顺势向下一推,确保木头砸下时不伤到自己。刚开始,突击队的小伙和姑娘们还不理解,特别是一些人习惯用右肩或左肩,别不过来,但在严格要求下,逐渐地还是按要求做了。在突击队期间,我特别强调安全,毕竟孩子是父母的心头肉,中学毕业,来到突击队,交给连队领导,我们就要负起责任,不能辜负了他们。离开南林农场后,听说电站建成送电时,有一个女孩子不慎触电身亡,我难过了好久。

　　山间小路,负重上山难,离不开木棍助力。那么负重下山,是不是会轻松一些呢?其实不然,下山负重时,更要注意脚下,千万不能打滑,多人走时,要拉开一定距离。在新风队伐木时,有一天下午,我跟着一个班的同志一起将木料运下山去,那段路大约有100多米长,很陡,约有50°—60°。那批木料,是用来支模板用的木桩,要求尾径在6厘米左右,大约4米长,这样的木料,一次扛一根,安全保险,但效率低,上下一次要10来分钟,一下午扛不了几根。有人提议可以向下溜,但一实践,也不成功。一个班十一二个人,一人在山上将木头扛到路口,另一人在山下接应,将运下山的木头码放整齐,其余的人站在路边,一人要管十几米的距离,此段路并不很直,且有石头、树根之类的挡路,溜不多远,就卡住了,有时还窜入树棵中,路边的人跑上跑下,不停地搬动木头。我们试着溜了几根,效率太低,还不如人扛的快,只好放弃。为了提高效率,武装连的老战士(可恨现在怎么也想不起他的名字了)提议,干脆将几根木头绑在一起,一根木头突出一米左右,将这根木头扛在肩上,这捆木头的另一头拖在地上,直接往下拖,一次可以拖四五根,多的可以拖五六根。一试,果然有效,快了,只是很需要体力,也有点危险,很有点挑战性,因为这样一捆木头有两三百斤重。班长做了简单分工,女孩子在山上负责找藤蔓,捆绑木头,在山下将运下山的木头码好,男同志则视体力决定扛多大捆的木头。班里大多是刚毕业的高中学生,热情很高,这要激励,更要保护,不能伤着他们,我和武装连的老战士自然就是中坚力量了。这样拖木头下山,力量、速度是一定要掌握好的,慢了,拖在地上的那一头没有惯性,会很吃力;快了,冲劲大,有一定的危险。特别要注意脚下,千万不能绊住什么,下行过程中还要注意合理利用路边的树木做掩护,万一有什么问题,可以将木料丢掉躲在树后,总之,一定要确保安全。那个下午,我们七八个男同志上上下下,不知跑了多少趟,几百根木头终于全部拖下了山,整整齐齐地码在路边。当然,这里面也有女孩子的努力,她们最后下山时,每人也拖了一两根木头。这样的劳动强度很大,本来,爬山,尤其是爬十五多度的坡,又是小路,是很费力的,但那天,空手上山对我们反而是休息和调匀气息的时候了。那天下午,我们10多人竟然喝掉了两大桶水。

在青年队时,我们也会上山砍木料,这主要是为队里盖房子、打家具、造木船等备料。砍木料我们一般不去后山,而是去牛岭。牛岭在青年队的南面,面临海边的峰顶上,有一所解放军的哨所,就叫牛岭哨所。刚去青年队那两年,春节期间,连队组织我们去哨所慰问,表演文艺节目,与战士们打一场篮球,最后是哨所招待我们饱餐一顿。现在,海南东线高速公路就从哨所脚下经过,不知哨所是不是还在了。上牛岭,要蹚过一条小河,走上40来分钟,这条山道,坡度较为平缓,方便将砍伐的木料运出来。但这条从山上踩踏出的小路,崎岖不平,有很多石块、树根之类的障碍。进入小路后走多远,就看需要了。因为进山是为了砍木料,要以选择能找到需要的树木为目标。入山近的地方,好树木一般都被前面的人搜索、扫荡过多次了,因此,要往里面多走一程,多找寻。通常情况下,我们进山走20分钟或半个小时,就会离开小路,钻入树林,一边走、一边寻找,藤刺枝蔓多的地方,就用钩刀砍开一条路。找到需要的木料之后,砍伐下来,修理枝丫,再根据用途和拖运方便,截成段,有些树木过大的还要在林中搭起架子,将其锯成厚木板。砍伐好的木料,锯成的木板,就放在原地,以后再拖运,木板未锯完,把工具带走,第二天再来锯。我开始很担心,万一木料被别人拖走了呢。这种担心以后就没有了,原来,山里人有不成文的规矩,砍伐下来的木料是有主的,别人不会去动。拖运木料,我们会三两个人,牵着牛,拉着木架上山。找到木料所在的地方,也是一门本领,实话说,进了山,钻进树林,我经常会转向。这方面,叶亚和、董大春等人是行家,上山砍伐木料,拖木料,我们基本上是跟着他们,知青中徐嗣达、江不平走得多,也比较有经验,我跟着去,也就是打打下手,出一把力气而已,尽管这样,去了几次,也逐渐摸出了一点门道。

运送木料下山,是个技术活,你要测算好从木料所在地到小路上的这段路怎么走,坡度不能太大,也不能有急弯,路上有障碍的,要事先处理掉,将木料架在拖架上,用码钉固定好,木料不大时,一个人可以处理好;木料大的,则要两三个人配合,使用撬棍,才能将木料架上拖架。将牛牵赶到拖架上,将牛轭挂好,这样,拖运就开始了。运木料,可以独自一人,有时要多人进行,主要是看木料多少、大小,拖运难度。独自一人拖木料的,多是经验丰富的老职工,连队不会安排知青单人进山拖运木料的。拖运木料,牛拖着木料行走,赶牛的人也不能闲着,要准备好一根撬棍。这根撬棍,要有胳膊粗细,近3米长,跟在牛的前后左右,时常观察情况,及时处理。牛不走了,一看,原来是一块石头卡住了,或是树根挂住了,你就要用撬棍撬动拖架,离开卡住或挂住的地方;木料有时较长,拐不过弯来,你要及时在后面用撬棍将木料尾部撬动,纠正方向;路面有突出的石块,会卡住拖架,你要事先用撬棍插在石头前面,一头扛在肩头,搭好过渡的支架,帮助牛通过这一关卡;最难办的是有时卡得实在太死,只好将牛轭卸下,让牛休息一会,三两人用撬棍将木料撬出,再重新架上,几个人可能都会被折腾得够呛。这样在山林小路上折腾的时间一般是一两个小时,只要下到山脚,那就轻松了。路平,不再有障碍了,牛也会顺着熟悉的路自己前行,我们只管跟着走就行,撬棍也不知扔到什么地方去了。山间小道赶牛拖木料,实在是有点挑战性、有点刺激性的活,我只干过十来次,但走在这条路上的经历却让我难以忘掉。

三、国防公路

20世纪90年代之前到过海南的人,对当时海南岛的环岛公路应该都有印象。那是一种沙石路面的公路,宽约15米,路面呈龟背状,路两边的排水沟深有 20 多厘米,宽有 30 多厘米。那时,海南有三条主要公路,从海口市通往崖县(三亚市前身),分别为东、中、西三条线,东西两线,形成了环岛公路。路以海口市为起点,每隔一公里有一块约有 8 开报纸大小的路牌,标明公里数,两个公里牌之间,隔 100 米有一块小石桩,标有"1—9"的数字,表明百米数。虽是沙石公路,但维护保养极好,汽车在上面可以跑到 60 多公里。海南的这三条公路,对当时海南的交通运输、经济建设、国防战备的作用非常大,称为国防公路。东线我走得最多,西线走过从海口到澄迈的路线,中线没有走过。我们偶尔会坐上汽车从青年队到场部,当汽车从山路上摇摆不定地以 10—20 公里的速度转到国防公路上后,司机会立刻加大油门,转瞬间就跑到 60 多公里,那真是风驰电掣,站在车厢上,风迎面扑来,衣服立刻鼓胀起来,特别是两条裤腿,像充气一样鼓起来,并不时发出啪啪的声响,那一刻的感觉,只有一个"爽"字。

东线国防公路在南林农场境内大约有 20 公里长,北端大约从兴隆向南两三公里,过一座大桥,桥这边就是南林的地界了,南端大概是到红岭队过去两公里,南林场部位于中间偏北的位置。这段路我都走过,走得多的是六甲工厂到南桥之间的 5 公里多路。在东线国防公路上走得最远的,是 1968 年 11 月底到牛漏修水利那次。

那天,队里十几个去修水利的同志一早就动身了,快到 9 点钟的时候,我们走上了国防公路,已经走了三十五六里路了,人有些疲劳,话也不愿意说了,甚至想站在路边,专门等汽车了。那时我并不知道,我们才走了 1/3 多一点的路,后面还有近 60 里路要走呢。同行的老职工看我们一心要等汽车,于是实话实说,汽车能不能等到,是不保险的,还是边走边拦吧。我们只好跟着大家继续向前走,边走边回头,看有没有汽车,渐渐地,我们知道汽车是没有指望的事情了。沿国防公路两边,一拨一拨的人,都是向着牛漏方向去的民工,偶尔有汽车驰过,车上也是满满的装满了货物或各种工具、背包,客车则更是呼啸而过,只给你留下一大团灰尘。上国防公路走了不到 1 里路,我就明白了,今天是只能靠两条腿了,想想前面还有那么长的路要走,心情不由得沮丧了。奇怪的是,心情虽然晴转阴,但脚下却来了劲,可能是因为情况十分清楚了,今天只能靠我们这"11 号"了,断了念想,反而有了新的力量了呢,大家这时步伐也快了许多。一路上只见不少队伍还打着旗帜,叽叽嘎嘎地说着笑着,想想,又觉得有些兴奋了。走着走着,肚子有些咕咕叫了,早晨吃的一点东西,早已荡然无存了,于是我们不断地打听到兴隆还有多远。10 点多钟,我们走到了兴隆。兴隆是较大的市镇,在东线名气很大,兵团时期是二师师部所在地。今天的兴隆名气更大了,到过海南的人,想必都去过兴隆,泡过温泉。连队老职工之所以安排在兴隆吃饭,一是镇子大,饭店多,方便;二是时间适宜。那天在兴隆吃饭的人很多,大多数是参加会战的人。吃的什么已经记不得了,只记得坐在条凳上,连喝了两大杯水,又将水壶灌满。吃完饭,不敢长久休息,一是怕歇过了气更不想走;二是还有 40 多里路要走,赶时间。就这样,匆忙上路之前,我们还将自己和同学交代的信件投入邮筒里。在一间小店里,我和潘国良各买了两角钱的白糖,装在随身带着的一个有盖的小塑料杯中,要带到工地上准备补充能量。

下午的太阳晒着,温度也逐渐升高。公路两边无遮无挡,不时经过的汽车,将滚滚灰尘罩着我们,身上的汗水不断蒸发,盐霜和着尘土,在身上、衣服上蒙上了一层薄薄的霜尘,头发上更是一层尘土,变成了灰黑色,只有两只眼睛,虽然满透着疲惫与无奈,却还是亮晶晶的。路上的人群早已没有了早上的神采,也没了早上的喧闹和话语,连扛着的旗帜也软软地耷拉着,不再招展,有的旗帜还被人卷了起来,扛在肩头,大家都在默默地赶路。实话说,走路最怕走公路,无遮无挡,景色非常单调,前面是向远处无限延伸的浑黄的路面,后面是不断拉长的浑黄的路面,让人越走越烦。不像走在山道上,虽然上上下下,盘旋宛转,但山景变幻无穷,满眼浓绿,让人心旷神怡;走谷中,但闻流水潺潺,虫鸣鸟叫,幽中生静;走山峰,过山口,则林涛满耳,爽风绕身,令人顿生登临的豪情快感;过溪可以洗手净面、濯足戏水,让劳烦随水漂去,过峰顶则见巨石,可躺可坐,由山风抚平思绪,快哉!那天,越走越累,越走越烦,我们终于不再打听还有多远,眼睛只盯着路边的里程碑,100米、100米、1公里、1公里地走着、数着。终于,3点多钟快4点钟时,我们来到了牛漏,没有进镇,远远地看到路边的彩旗,走近一看,路边有两根临时树起的木杆,上面挂着一条红色的条幅,什么内容已无印象。我们直接向左拐了进去。终于到了,终于到了!向里走了几百米,就到了指定给我们的宿营地,我们立即平摊在地上,尽情地享受着那一刻的痛快和放松,真恨不得就这么躺着,闭上眼睛睡觉。然而,这种幸福时刻并不长,我们爬了起来,为晚上的住宿投入了紧张的劳动中。

在牛漏会战期间,我们还利用休息时间到万宁县城去转了转。记得那天去的人很多,路上一群一群的人往城里去,我们跟着大队,自然而然地就走到了,根本不用问路。从工地到万宁很近,好像走了不到一个小时。那天究竟逛了什么地方,买了什么东西,一点也记不得了,但我想去新华书店看看,却未能如愿,打听不到在什么地方,倒是去汽车站看了看,以备以后要在这儿乘车。

1976年元月3日,我第二次走这条路,不过这次不是走去的,而是骑自行车去的。1975年底,我接到调令,12月30日晚上我离开青年突击队,离开牛寮,乘坐一辆卡车,下山到了场部。场党委已经研究过了,同意我调离。办手续比较顺利,只有党组织关系,因为要出省,按当时的规定,必须由县委组织部办理转移手续。这事,只有我自己跑了。那时,去万宁县可以找场里的顺路车,也可以在路边等长途客车,但都不靠谱、不保险。即使有了去的车,回来也很麻烦。为抓紧时间,为了稳妥,王番十分热心地帮我借了一辆自行车,虽然老旧,但毕竟是交通工具,也符合我当时的急迫心情。南林到万宁县大约是36公里多路,一来一回,要走70多公里。

虽有自行车,也是长路,何况那时路面不像现在的高速公路,上下坡还是比较多的,有一部分上坡路要推着走。那天我不到6点钟就出发了,车子老旧,飞轮的齿都秃了,不敢蹬得太快,怕掉链子,只能匀速骑行。去时十分顺利,路上只有两三次车链子掉了下来,别无多话。大约10点钟,到了万宁县。我先去县委组织部,将组织关系转移介绍信开好,一切都非常顺利。看看时间,还不到11点钟,我决定先吃饭。找了一家不知是大众饭店还是人民餐馆,条凳、白茬桌子,可能时间还早,没几个人吃饭,我决定犒劳一下自己,点了一份红烧排骨、8两米饭,交完钱和粮票,端来了饭菜,看着盘子里黑乎乎的骨头,一点儿热气也没有,而且怎么啃也啃不到肉,我就非常奇怪,这怎么能叫排骨,这些骨头怎么会一点肉也没有呢?没有办法,只好又加了一碗青菜汤,汤里除了青菜还有几根榨菜,也还不错。稀里呼噜,连汤带饭倒进肚子里。那盘骨头虽然啃了几口,却几乎没有变化,仍然放在那里,说心里话,我真担心这些骨头会不会又变为下一位食客的盘中肴馔。这是我在万宁吃的最后一顿饭,令我十分失望。饱餐后,我踏上返回的路,心中盘算了一下,大约3点多钟就可以回到南林了。心中十分感谢王番,也感谢胯下的这辆自行车,虽然骑行累点,但一切都能在自己的计划之中,非常好。一路骑行,我也很感慨,这自行车比人的两条腿强多了,至少可以节省一半时间,还省了不少力气,如果是汽车呢?7年多了,我们早已习惯了走路,走山路、走长路对我们已经很平常了,但我们就真的要这么走下去吗?我们就不能骑上自行车前进?就不能坐上汽车向前飞奔吗?我们为了理想,为了心中的神圣的革命事业,甘愿苦心志、劳筋骨、饿体肤,但我们不能在这个过程中愚了心智、迷失心智、乱了心智。我们不怕吃苦,我们以苦为荣,但我们吃苦受累是为了革命事业,是为了能更快地前进,更快地发展,而不是以吃苦为目的的。社会要向前进步,生产力要不断发展,"中国应当对于人类有较大的贡献"。但只凭着我们的双腿能有进步,能有发展,能有较大的贡献,能前进到共产主义吗?那天,我想了很多,但这些认识是以后逐渐明白的。改革开放,确实解放了我们的思想,使我们的认识贴近了事物的本质,符合发展的规律。

下午回来,不像上午那么顺利了,有了一些小麻烦。虽然是一月初,但那天阳光很好,下午温度较高。长途骑行流了不少汗,加上中午吃得咸了,离开万宁一个小时后,我口渴难耐,那天偏又没有带水壶,只能忍着。这时,路边出现了一个茶水摊子。那个年代,在海南当过知青的人,只要在国防公路上走过长路的,可能会对这种茶水摊子有印象。摊子非常简单,一张简易的小木桌摇摇摆摆地放在路边,约四五十厘米高,桌面也就40厘米见方。桌旁有一个矮凳,有的干脆就是一块砖头或石头,那是给喝水人坐的。桌面上摆着四五个玻璃杯,杯里盛放着彩色的水,有橙色的、绿色的、黄色的,杯子上盖着一小块方形的玻璃片,权当盖子。杯子里盛的水内容十分可疑,大概是色素加糖精兑成的水。杯子你也别指望会消毒,看这种简陋的摊子,连洗杯子的清水都没有,估计是前人喝完了后人再接着用吧。每杯水约200毫升,售价3分钱。虽然对摊子的卫生不满意,对这种彩色水也很厌恶,在询问摊主不卖清水后,口渴难耐的我也只好硬着头皮买了一杯水,一仰脖子,就全倒进嘴里了,虽然不过瘾、不解渴,却也不敢再喝了。上路不久,那点刚补充的水,又转为汗水流了出去,口又渴了,实在没有办法,这种茶水摊子并不固定多远就有一个,我也很奇怪,这种摊子怎么出现在公路边的,前不着村后不着店的,它是怎么冒出来的呢?口渴难耐的我,忽然想起了望梅止渴的故事。于是极尽想象力,从梅子想到柠檬,从柠檬想到未熟的橘子,想到生橄榄,最后直接想到醋了,可惜,故事就是故事,对极度干渴的我,这些东西根本解不了渴,不能使我口齿生津,最后,连舌头也像胶在了口内,难以转动。这天,我第一次对望梅止渴的故事产生了怀疑,是忽悠人的吧。一路坚持一路忍,到兴隆后,我决心大喝一次,可惜那时没有矿泉水,我转了几圈,也没有卖茶水的地方,还是这种色水,渴得难受的我,再也不忌惮什么了，哪怕是毒药也要喝，我一连喝了三杯，虽然还是不过瘾，还是打住吧。经过这般极度干渴之后，我忽然明白了为什么会有饮鸩止渴的说法，也明白了为什么身陷荒岛的人明知海水不能喝还是会在无奈之下喝海水了。

车子老旧，一路上让我吃了苦头，不敢骑快，上坡也不敢猛蹬，因为一不小心，就掉链子。这一路上，链子掉了少说也有十来次。开始，我还十分小心地用树叶枝条挡着，将链子复位。下午，事已办完，不需要考虑形象了，再说实在烦了，我直接用两个手指捏着链条往上挂，再摇动踏板使其复位。虽然麻烦，但都是自己能处理好的，也没放在心上。不好解决的问题还是来了，骑出万宁有20来公里后，只觉越骑越费劲，以为是累了，后来才发觉，前轮瘪了，这下糟了，赶紧跳下车，仔细一检查，坏了，前轮没气了。这可怎么办，公路上空荡荡的，去哪儿补胎打气呢？看里程碑，离兴隆还有五六公里，心里有底了，到兴隆，肯定能找到修车的地方。因为车子是借的，要对车主负责，不能再骑了，只能推着车子。虽然如此，但推着推着，还是有些不耐烦，于是找了个变通的办法，平路和上坡推着走，下坡时，我骑在后面的车架子上，尽量将重量放在后轮上，一路溜下去，自己还很为这个办法得意。紧推快溜，到了兴隆，找到修车铺，补胎打气，我又去找水喝，休息了有20来分钟。离开兴隆，一路无话，5点多钟，我回到了南林，回到了卫生队。

西线国防公路我没有走过，但我参加农垦局社教工作团派驻的红光农场，场部就在西线重镇福山镇上。从海口到福山镇有60多公里，我坐车在这段路上走了几趟。福山镇比南桥镇规模大，街上有很像样的饭店和商店。有时到红光场部公干，或学习培训，也会在镇上逛逛。在这儿，我还巧遇到了张宝群。张宝群，我的小学校友，比我低一届，与尚坚同班，中学在华师附中就读，和妹妹张宝珍一起到了海南西线农场。他父亲与我父亲同在广州造船厂工作，两家住得很近，楼挨楼，经常在一起玩，相互比较熟悉，但自从到海南后，就再也没见过面。不过，我知道他在兵团四师篮球队打球,平时在运输连当搬运工,从他们师部到海口,福山是必经之地。我想,他们说不定会在福山停车吃饭的,万一碰上了,就可以见面了。我很为我的想法兴奋,而且越想越有可能,于是,只要到红光场部,中午或晚上,我都会到福山镇那家规模较大的饭店去转转、找找。天遂人愿,1975年三四月间的一天,我又到饭店转悠,眼光一扫,立刻定在一个人身上,虽然他背对着我,又有几年不见,但我一眼就认出,他就是张宝群。惊喜来得如此突然,我心中狂喜,脸上欢笑,直接走上前去,在他肩头一拍,张宝群扭过头来,顿时一脸惊讶,满眼疑惑,连说几遍怎么是你,你怎么在这里,看着他惊诧不已的神情,我心中更加得意,脸上笑得更欢。两人站在那里,拉着手,我把到红光农场搞社教队员的事简单地说了说,这时,同行的运输连的同志招呼我们坐下,我们才醒过神来,坐下聊了起来。分别数年,同在天涯,话头绵绵不断,只可惜,他们很快吃完饭要走了,我们仍有许多话未说完。最后,宝群说他去海口,问我有没有什么事要办,我托他在海口帮我买几斤饼干,因为我在队里吃份饭老是觉得很快就饿了。我一直把宝群送到车边,目送着他们渐渐远去。相见难,相见欢,分手更多惆怅。当天夜里1点多钟,我正躺在红光农场招待所的一张上铺上睡得正香,忽然被人推醒,一看正是张宝群,他匆匆塞给我一大包饼干,说他们返程时车子抛锚了,修了很长时间,半夜才到福山,说完,不等我从铺上下来,就急忙走了。君子一诺,我不知道宝群在海口如何买的饼干,更不知道他半夜三更怎么找到招待所,又怎么找到我的铺位的。宝群走后,我长久没有睡着,一股饼干的甜香在我枕边弥漫,更有多少朋友的情意浸润着我的心田。

国防公路对海南是十分重要的,切实养护好国防公路并确保畅通,一直是当时公路部门的头等大事。为养护国防公路,沿路道班付出了辛勤劳动。海南多雨,尤其是台风来时,暴雨下个不停,狂风拔树摧屋,威力无比,这对沙石路面的国防公路和桥涵管洞,都会造成破坏,风停雨止之后,是养护工人抢修公路最忙的时候。

一般情况下的养护方式倒是见得多了,那时,国防公路上常见一位养护工人,赶着一头牛,牛拖着刮沙板,不紧不慢地在路上走着。所谓刮沙板,是两张弓形的木板,张开来,可能各有1.5米长,上面钉着铁皮,平放在路面上,牛拖着走时,将车辆行驶时碾压而喷散开的沙石,刮到路面中间去。刮沙板还是"半自动化"的,遇上有汽车经过时,如路幅不够,工人师傅会让牛停下,让靠近路中的半边刮板通过一个简单装置,用绳子一拉,向中间并拢,等汽车过后,再放下来继续前行。这种作业,通常是沿着公路一边走,到一定里程后,再沿着公路的另一边返回养护班驻地。赶牛的人会带着一把铁锹,看到排水沟周边长草了,会铲去乱草;沟被泥沙壅平了,会修整修整;涵口被堵了,会掏一掏;路面偶尔有一小坑洼,会铲些土垫平,喷水压实。这样的工作,单调乏味,工人师傅们天天浴日沐风,时时餐尘饮露,工作辛劳而又枯燥。然而,正是他们的坚守,才使宝岛有了畅通的血管,使全岛充满着活力和生气。可尊敬的工人师傅,可尊重的劳动,当我们在路上遇见他们,我们应该向他们行注目礼,向他们表示感谢,向他们表达敬意!

四、农场大路

如果说国防公路是大动脉,那么农场内通往各连队的大路就是一条条血管,将各连队与场部连通在一起。南林农场在海南农垦系统应该是一个规模较大的农场,有7000多职工,算上家属小孩,总有2万来人。农场有50多个连队(单位),除场部直属单位外,下面有6个营(改为农场建制后为作业区),每个营(作业区)有几个连队。我所在的青年队属于三营,下辖五一队(十三连)、八一队(十四连)、前线队(十五连)、杨梅队(十六连)、青年队(十七连)、十八连、三营工厂共7个连队(单位)。一营在场部附近,有红旗队(一连)、公田队(四连)、六甲队(五连)、新兴队(六连)等;二营位于场部南面,沿国防公路散开,有南桥队(七连)、红岭队(十一连)等;四营在场部西面稍偏北的方向,有常青队(二十一连)、红桥队(二十二连)、大瓮队(二十四连)等,电影《红色娘子军》中洪常青就义的那棵大树就在常青队,我们2008年回场时又看到了那棵树;五营位于场部西部偏南方向,有新风队(三十连)、深兰队(三十二连)、牛寮队(三十三连)等;六营位于场部西南部,有渔湾队(三十七连)、新一连、新二连、新三连等。生产连队除四连和场部在一起外,其他的距场部少则3公里,多则20多公里。南林境内多山地,五营、六营各连队都在山区,四营的一些连队也在山区,属五指山余脉,三营的五一、八一、十八连都在山区,前线、杨梅、青年队则靠山临海。为了生产、生活的需要,场部和各连队,各连队之间必须有通畅的道路和通讯。为了打通道路,农场投入了大量的机械和人力,硬是在山区开出了通道,尽管有些路相当简陋,但在通常的情况下,都能通行汽车,而农场的汽车司机和拖拉机驾驶员,都有一身过硬的本领,能在这样的路上安全跑车。海南各农场的知青对这种道路是十分了解的。

农场大路路况有好有差,不尽相同。老连队之间的路,修建的时间较长,基本上有了规模,路基也较硬实,通行比较顺畅,新建连队打通的道路,路况相对要差一些。修建这些道路时,通常由勘测人员在山里测出路径,连队的职工挥动刀斧,将路上的树木砍倒清理,大马力的推土机轰鸣着,将树桩石头土块推开、推平,大树的树桩则要用炸药炸开。路的轮廓出来之后,再由连队职工挖出排水沟,垫平路基,推土机反复碾压几次,一条路就出来了,以后车行人走,就逐渐成形了。为保证道路畅通,山区连队会有专人负责维护道路,我时常会在路上遇到维护的工人,经常情况下是一把砍刀、一把锄头、一担畚箕,将伸向路面的树枝砍去,疏通排水沟、垫平路上的坑洼。青年队没有安排专门的人修路,因为我们的那一段路多为平路,只有一处不长的路在岗地上,受雨水、山水冲刷影响较少,但队里有时也会集中力量整修一下,我们到青年队第一次出工就是去修路。

在农场大路上行走,我走得最多、最为熟悉的就是青年队到场部的这一段路。其次走得比较多的是场部通往牛寮的路,这是一营和五营的范围。从场部到牛寮有38多里路,分为两段,先经过红旗队、红明队到新风队,有20来里,地势平坦,沿路都是橡胶林段,胶树横成行、竖成列、斜成排,整齐美观,一派海南胶园的特有风光;从新风队到牛寮队,要经过深兰队,有10来里路,往上再到牛寮队,还要走8里多路,这段路全是新开的山路,路旁开路时削开的崖壁上,有大片大片的黄土,树丛还未长成,一切都透着新鲜,完全是新垦区的模样,让人感觉有一种勃勃生机,可以看到农场日渐发展的力量。从场部到牛寮的路走得多,原先是因为尚坚和广生在深兰队,后来是因为青年突击队在新风队伐木,在牛寮修水电站。深兰队建队时,青年队调了一批人过去,尚坚也在其中,杜广生从卫生队培训后也去了深兰队,我去了几次。1972年,我和尚坚与南林的一些同志,其中有高一学长崔伦和六中同学,集中在师部学习。培训班结束后,各回连队,我随尚坚到深兰队看看,恰逢叶光荣孩子出生,也去贺喜。几个人从兴隆先走国防公路,到六甲队后走小路到红旗队,走上场内大路,一直走到深兰队。1973年春节,我们几个知青从青年队外出,访友兼揾吃。初二那天,我们从卫生队出发,一路谈笑风生,趁着春光,直奔深兰,看望了尚坚、广生,还有青年队旧时朋友,还在深兰打了一场球。还有一次是1974年五一节前,我和刘宝琦、陈列等人在前线工厂打井,4月30日,领导下午4点多钟宣布收工,冲凉时,我发现尿液混浊,还奇怪怎么有泥水进去了。迎着晚风,顶着月色,我们几个人兴冲冲直奔深兰,晚上9点多钟,与尚坚、杜广生会面了。60多里路,不知不觉就在我们脚下溜了过去。那时,尚坚正好当伙夫,和杜广生住在食堂边的一间茅屋里。尚坚将封上的灶火烧旺,热了热剩饭剩菜,好像还有罐头吧,五个人兴高采烈地围坐床上,就着小油灯,开饭了。那晚闹腾到11点多钟,5个人挤睡在两张床上。1975年9月到年底,我在这条路上走得比较多,但深兰队反不再进去了,因为尚坚、广生都已回了广州，我也不愿意再去，以免勾起离情别绪。在这段路上行走，我的心情是矛盾的，一方面，和突击队的年轻人在一起，受到感染，有一种朝气，有一种期盼，连脚步也带着弹性；另一方面，那时候知青回城多了，这段路上，我没有了可以歇歇脚的地方，没有了可以交谈的朋友，这又使我怅惘。在这段路上行走，我基本上是埋头一直走到卫生队，才有了精神，有了笑颜。

　　南林农场的各营（作业区），我基本上都去过，或走或坐车，情况不一样，但去的次数都少。只有一营，虽未特意去走，但因为一营在场部附近，路过的次数多了。新兴队（六连）是青年队到场部的必经之路，来来回回，路过最多，但新兴队没有广州知青，也没有熟人，只是路过而已。红旗队（一连）虽然在场部通五营的路边，但驻地并不紧靠路边，所以，尽管来来往往，路过不少次，但一次也没有进去过。

　　二营我们去得最多的是南桥队，最初是要在镇上取邮件，后来是探家去那儿乘车，再后来因为何建华在那儿，对南桥，大家还是比较有感情的。2008年知青大返场，我们从南桥路过，尽管秋雨淅沥，我们仍然坚持在那儿停车，冒雨走了几步，可惜破败不堪，大大出乎我们的意料。也许兴衰也是一种历史。经济发展和交通变化，对一个城镇、地区的影响之大，可以从南桥看到缩影。二营我们还去过红岭队（十一连），那是二营最偏远的连队，离场部有8公里。红岭的学兄学姐在校时就有许多活跃人物，颇有文艺天分，因而红岭队宣传队在南林农场也是声名远播，我们因此专程登门学习。那次去红岭队是1969年春节过后不久，路途也不远，一个多小时就走到了。在红岭，我印象比较深的有两件事：一是红岭队是国防公路边的老连队，交通便利，连队建设规模比青年队好多了。记忆中食堂是砖瓦的，饭厅（如果能算是饭厅）不大，但还是放着一张乒乓球桌子，门和窗框油漆成了天蓝色，这让我很惊奇，因为农场一般的连队门窗基本是白茬的，很少有油漆的门窗，而且是如此鲜亮的颜色。二是听红岭的学长们介绍，红岭队有几块水田，是沼泽型的,人一下去就会陷到大腿根,慢慢地会陷到腰部,一般人无法在里面插秧,但这几块田里有木桩,熟悉的人可以在田里踩着木桩插秧,队里能在这几块田里插秧的老职工只有几个人。这件事让我非常惊奇,也很佩服这些能踩着木桩插秧的高人,我一时感受很多,环境再艰苦,人类总能适应;条件再恶劣,人们也总有解决的办法,在改造自然的同时改变自己,适者生存是不变的真理。我们该如何熟悉农场的生活,适应农场的生活呢?

四营原来应该与我们有缘,初三丁班原来在海口分配时,就是到四营的勇敢队(大瓮队,二十四连),初三戌班的校友不知怎样知道了青年队是副业队,而农场的主业是橡胶,所以找农场带队干部与我班调换了。懵懂的我们初三丁班人,就这样来到了青年队。我十分庆幸有了这次调换,使我来到了青年队,并与之有了深厚的感情,有割不断的情思;有了初一丁班的好战友、好朋友,有了可以托付生死的一班兄弟。尽管如此,我们到南林后,一直未去过四营。直到1973年春节,我们才去红桥队(二十二连)看望兰铁尔、徐嗣达、徐锡勋等青年队旧时战友。那是1973年大年初三,我们访友揾食之行要结束了,从深兰队回青年队,走场道要走70多里路,但大家兴犹未尽,有人提议绕道红桥队,去看看兰铁尔、徐嗣达、徐锡勋。大家一致同意,虽然绕点路,但老同学很久未见,也有些想念,于是,决定走红桥队。离开深兰队,一路下行,来到新风队十字路口,向东去场部,向南去新风工厂、猛进队,我们折向北,这条路,应该是通向勇敢队的路。走了四五里,我们向右转,走上了去大坡队(二十五连)的路,过了大坡队,有一条通往红桥队的小道。这段路,我只走过这一次,已经没有任何印象了。中午时分,我们到了红桥队,见到了徐嗣达、徐锡勋,却记不得兰铁尔是否也在了。二徐见了我们十分意外,却也十分高兴,只是已经到了初三,实在没有什么剩余吃食了,徐嗣达很热情地为我们煮了一锅番薯糖水,几个人饱餐一顿。这三天,一路走一路吃,一路惊喜一路聊,友情弥补了食物的简单和不足,精神满足超越了物欲,我实在

154

记不清都吃了什么东西,但徐嗣达的这锅番薯糖水,我却记得真真切切,连他蹲在宿舍门口洗番薯、削番薯的动作都像昨天才发生的一样。红桥队位于南林农场西北面,是一个规模较大的生产队,有200多职工,我只去过这唯一的一次,也没仔细看,只在徐嗣达住的茅屋里逗留了一会儿,这座茅屋位于连队边缘,门前几步远处,就是橡胶林段。告别二徐,我们离开红桥队,踏上归途,先走了一段林段内的小路,就踏上了一座大桥。记忆中,这座桥规模较大,总有30多米长吧,桥的两边有护栏,桥上能跑汽车,红桥队的队名与这座桥是否有一定的关系?过桥后,走了一段路,就上了国防公路,沿公路向南走了两公里多,向左一拐,就踏上了回青年队的路了。这年春节三天假期,我们几个人大约走了160多里路,最后一天走了有80多里路,却是兴致勃勃,有一种精神上的满足。

算起来,南林农场各营的道路,只有六营没有走过。虽然没有走过六营的道路,却坐汽车去过。1974年,新三连的知青充分发挥才智,自力更生建成了水电站,团部组织全团知青代表去观摩学习,还捎带着开了一个批判会,因为有一个1966年到农场的广州青年偷渡香港,被抓了回来。1966年的广州青年,因为是街道组织动员走的,我们1968年去的称他们为"街道青年",以和我们"知青"区别。去新三连要经过猛进队,猛进队是六营营部,建在深山里,以茅屋为多。新三连建在一个高坡上,也是茅草房为主。我们参观了水电站,听了经验介绍,当晚在新三连住了一晚。批判会完后,我和几个广州知青和那位"督卒者"坐在一起聊天。已经是1974年了,在广州知青中,逃港已不再是忌惮的话题,也不是尴尬事了,那时我们称偷渡香港为"督卒"(这是广州话,是中国象棋的一句术语,就是进兵或拱卒,意为有进无退)。我很好奇地向"督卒"者询问经过,被问者含糊地应付了几句,今天想来,我当年是多么不谙世事。这是我第一次、也是唯一一次走进六营地界。

除了南林农场的大路外,我在红光农场期间,也走过红光的大路。红光农场位于海南西部偏北的位置,场部位于福山镇。红光农场地势较为平坦，境内无大的山脉，道路较平顺。但红光境内多为红壤土，场部周边，更是如此。这种红壤土可能酸性较大，较为板结，平时还好，一遇雨天，道路十分黏滑，很容易摔跟头；另一个缺点是雨天或路面潮湿的情况下，车子经过时碾压出的沟槽，在天晴后会变得很干硬，汽车在这样的路面上行走，颠簸得很厉害。这种红壤土道路，我们初到之时没有在意，吃了苦头之后，才知道入境问俗、适应环境的重要。下到东海队一个多月后，雨后初晴，队里休假一天，工作组4人在组长老周提议下到福山镇去逛逛，大家兴冲冲地出发了。从东海队到红光场部应该有30来里路，因为以我走路的速度，也要走两个多小时。那天因为是雨后，路面湿滑，我们穿的是塑料凉鞋，开始还好，走了半个多小时后，就是典型的红壤土路面了，鞋子很快沾满泥土，成了一个大泥坨子，并且一步一滑，我很担心会把鞋襻子挣断。干脆，我把鞋子脱下来，提在手上，赤脚走路，效果不错，大家也都脱下鞋子，走了一小段路，感觉还是不行，路边找不到水，无法洗鞋，满是泥巴的鞋子提在手里，胳膊要向外伸，泥巴才不会蹭到裤子上，吃力得很。老周说，我们干脆将鞋子藏在路边草丛里，回来再拿，不怕有人拿走。这个主意妙，4人藏好鞋子，轻身上路。到了福山镇，只见"赤脚大仙"来来往往，想必是天雨路滑，当地群众早已习惯于此。在镇上逛了一会儿，买了一点儿日用品，吃了午饭，4人原路返回，从草丛中找回鞋子，路边撅了一根树枝，把鞋子串在树枝上，我和老陈一前一后用手抬着树枝，走回了东海队。

红光农场和南林农场有一些不同，经常组织会战，如到橡胶连队集中施肥，集中开荒会战，有一次还集中到一个连队去挖茅草，等等。会战基本上都是从东海队出发，走一个来小时，只有1975年1月份的一次会战，因为路途较远，几十人打着背包，住在离东海队10多里远的一个连队的小学里，就这样，每天也还要走一个多小时才能到工地。经过几次会战，东海队所在的作业区的路，我基本上都走熟了。走红壤土路，尤其是雨后或路面湿滑的地方，最好光脚走,可以省却许多麻烦,光脚走的另一个好处是大脚趾可以在行走时向脚心内抠,避免滑倒。这样的路面,走多了,每个人都会有不同的防止滑倒的方法,能巧于应对。尽管这样,会战路上,几十上百个人走路,难免有人会不慎摔倒,都能引起一阵戏谑的哄笑,平添了几分乐趣。

农场大路作为连接场部和各营、各连队之间的通道,一般情况下是比较顺畅的,但也有路断隔绝的时候。海南多雨,且多台风,若遇上台风,或连日暴雨,就会冲毁道路;平日里清浅的溪流、水沟,也会暴涨,成为天堑,阻绝交通。从前线队到青年队的路上,有一条河沟,是从山里下来的溪水入海的通道,河沟较深,晴天汽车可以通过,但一遇下雨,沟水涨了起来,司机是不敢轻易过沟的。我的记忆中,有过两次汽车在沟中熄火,动弹不得的情景。其中一次是队里职工董大春被蛇咬伤,请卫生队派车来救护,我连夜赶到前线队岔路口去接车。卫生队派来的是一辆卡车,司机姓姜,是个很和善的人,不像有的司机有一种特殊的优越感。接到车后,赶紧向青年队开,救命要紧,不料车到沟前,水深流急,司机犹豫了,不愿再前行,我的任务是快点带车到队里救人,不管不顾,请司机一定要赶紧走。司机被我再三央求,只好下沟,结果,刚下沟就熄火停在沟中。司机无奈,我也十分着急。司机对我说,他回十五连去找拖拉机来拖车,让我回连队请队里组织人抬伤员到路口,他在那里等。遇到这样的好司机,我再也无话可说,一溜烟跑回队里报告情况去了。

晴天汽车因熄火困在沟里,虽然无奈,也很麻烦,但不会出大事故。一般来说,水流变化不大,司机还可能冒险一试,若天下大雨,水情不定,司机是万万不会下水的。因为山水来势猛,暴涨起来,是十分危险的,以身涉险,后果难料,甚至会付出惨痛的代价。我知道的有两个故事,一个是悲喜剧,一个是惨剧。悲喜剧发生在红明桥边。红明队的西边有一条河,紧挨着红明队,这条河经过红明队时,有一片河洲,河的西岸,是一片岗地,因此,河谷较深,河面较宽。红明队通向新风队的道路经过此处时,必须架桥,两桥距红

157

明队不远,大约 100 多米。第一座桥一头连接红明队,一头连接河洲;第二座桥则连接河洲和西岸。两桥各长 20 米,中间隔着 30 多米。平日里正常情况下,河水离桥面约 5 米,平缓地流淌着,山水来时,水将没过桥面。这第一个故事,是何斐、陈列告诉我的。他们在牛寮开荒,一去 70 余天,几度推迟会战结束的日期,人人疲惫不堪,思归心切,最后一次通知一下,会战营地的人员全都整装出发,立即下山,生怕再有变化。牛寮到青年队,有近 80 里路,当时天正下雨,他们也全然不顾,随同下山的人群一路下行。到红明桥边时,天色已晚,因天下雨,河水上涨了许多,过第一座桥时,水已没过桥面,蹚水过桥后,到第二座桥时,水已至膝盖,还在上涨,看着上游咆哮的山水,见势头不对,他们立即后撤,困在了河洲上,进退无路。天渐渐黑了,他们全都退缩在河洲上的一个窝棚里,虽然正值夏天,不至于冻着,但到了夜里,全都饿得受不了,几个人摸黑在地里寻寻觅觅,找到了一片番薯地,挖出了番薯,就着雨水简单搓洗几下,放入嘴里咔嚓咔嚓嚼了起来。何斐后来说,那一晚,又冷又饿,苦捱长夜,真正知道了什么是夜半三更盼天明的滋味。第二天天亮后,水势渐渐退去,他们赶紧过桥,一路紧赶,回到连队。我之所以将此事作为悲喜剧,是因为何斐他们虽然水困河洲,又冷又饥又困,但毕竟熬了过来,悲则悲已,但判断准确,应对得当,结果尚好,有了日后的谈资,留下了人生的一段故事,也是喜剧。

惨剧发生在立新桥上。1971 年 9 月 29 日,台风肆虐,三十五连通往团部的电话线中断了,为加强战备,保持线路畅通,三十五连副连长谭习元带领 6 个同志抢修线路。一行人冒着瓢泼大雨,扶起了倒下的电线杆,接通了电话线。返回途中,他们与营部执行通信任务的两名战士会合,其中一人是五中知青路润维。到立新桥时,已经是晚上快 8 点了,天已黑透。立新桥是返队必经之路,据说刚下桥,水至脚踝,刚到桥中间,一股山水冲下来,一行 9 人全都被水冲入河里,除两个男青年幸运地抱住了河边的树枝,侥幸脱险外,谭副连长、路润维等 7 人全部遇难。此事震动全团,惊动师部、兵团部,团里积极为他们申报烈士,但后来民政部门没有批,原因是抢修线路并非必须,不必以身涉险。但在南林人的心中,他们就是烈士。7位遇难者遗体打捞上来后,因天气太热,等不及亲人赶到,赶紧下葬了。墓地就在新风工厂旁,相信南林知青都去过那儿。开追悼会的时候,全团各营、连都派出代表参加,我也去了。看着鲜活的生命离我们远去,墓土尚新,听着亲人的痛哭,每个在场的人都唏嘘不已,多少知青为之怆然泪下。这一幕,我永远难以忘记。2008年知青回农场时,大家集体祭奠了7位烈士墓,寄托了我们深深的哀思。在以人为本的今天,想起这出惨剧,更感到痛心不已,以"革命"的名义,我们做了多少蠢事啊。

在农场公路上走夜路,我也有过多次。一般来说,晚上走路,没有太阳,气温也会低一些,比较舒服,特别是月光皎洁的夜晚,更加惬意。走夜路,手里最好有一根大拇指粗细的木棍,不为借力,也不为防身,只为了万一需要时可以打蛇。夏夜走路,在路上会遇到纳凉的蛇虫,所以,要看清路面,尽量走在路中间,好奇心不要太重,路面上的牛粪,路边的树棍或树枝都有可能是蛇,在未辨认清楚的情况下,最好不要去触碰,否则可能遭遇不测。我在海南7年多,从未被蛇和蜈蚣咬过,也许是我福大命大造化大,更重要的原因是我惧怕此等虫豸,尽量躲避,小心防范。走夜路多次,我的体会是千万注意,避免可能的危险。

五、探家路上

知青在农场,没有一天不想家,没有一天不想见到日思夜梦的亲人,但农场对职工探家有严格的规定,而且不可能一次放人太多,以免影响生产。特别是橡胶连队,对熟练胶工休假更是控制得紧,要有计划分期分批安排。这样,知青探亲就不是如国家规定的每年一次,间隔时间比较长,我在农场7年多时间,总共只探家三次。当年海南作为战备前沿,外出一律要有通行证,才能购车船票,住旅店,没有通行证,不说寸步难行,也是极不方便,想跨出海岛那是绝不可能的。这种通行证,在农场,要场部(兵团是团部)盖章,农村的可能要公社一级的证明。因此,等待探亲是十分煎熬人的,一旦得到批准,会让人喜上眉梢。

1968年11月到农场,直到1971年2月,我才第一次探家。原因很多,一是队里知青多,要排队;二是当时生产忙,运动多;三是队里对我比较信任,让我代理文书,许多工作领导也放手让我去做,我很感激,也更加积极地表现。当然,我心底还有一个愿望,就是想在探家时见到父亲。"文革"中,父亲被批斗,从1967年以后,被造反派不知揪到什么地方去了,之后一直没有见到他,我盼望他能早日回家,也想在家里看到父亲。1971年1月,整党建党工作已经结束,因家庭原因,我入团遇阻。工作组撤离前,又调整了我代理文书的工作。那几天,我心情很压抑,却也无处诉说,队里的知青都回过广州了,尚坚等不及我,也于春节前探家回到了广州,我更加想家了,也想趁探家这段时间调整一下心情,于是向连队提出,要求探家。连长指导员很理解,立即批准,并与司令部沟通,让我带上行李,拿上连队批准的条子,直接去办理手续。这是连长、指导员对我的关照,因为按一般的程序,是连队报告到团部,团部研究批准,发还连队,当事人再从连队出发。当然,工作组长刘干事在团部也帮忙说了话。

根据同学的建议,我到南桥镇等长途客车。那时,南桥镇有长途客车停靠点,配有专用售票房,虽然只有四五个平方,但却是正式的停靠点,候车则在票房边的廊檐下。南林场部也可以乘长途客车,但无固定地点,不确定性大。2月8日,我在南桥等车,那时何建华在团部警通排工作,派驻在南桥队的二营总机班,我从他那儿借了一个小凳子,坐在票房边,捧着一本书,耐心地等车。从早上到中午,过往的客车或停或不停,偶尔有车停靠,只有一两个空位子,那时没有超载一说,客运公司都是国营的,不允许长途客车卖站票,全都按规定来。虽然我一直坐在那儿没动,但每次车一到,不知从哪儿就冒出了一堆人,而且排序总在我前面,我与售票员没有交情,只能看着别人上车,站在那儿干瞪眼。看来,走后门的行为那时非常普遍,人情关系网的编织历史颇为悠久,即使在那样革命的年代,也还是难免的呀。何建华给我送来午饭,吃完后继续等,目送百车过,都与我无缘。眼看金乌西坠,天色渐暗,已经5点多了,这一天很快要泡汤了,我懊丧地盘算明天怎么办,行路难,行路难,眼见车过上不得。何建华下午来了好几次,不断宽慰我,这时,他又来招呼我回去吃晚饭,我仍不死心,还在坚持。皇天不负苦心人,远远的一辆客车过来,车里只坐了寥寥几人,此车直回海口,这时,等车的只有我一个人了。司机知道我到海口,同意我上车,我喜出望外,赶忙买票,这段路大约有260多公里,票价是5元6角多。票到手,心里格外轻松,一天的辛苦、焦躁一扫而空,我急忙跑回何建华处送还小板凳,拿上行李,蹿上汽车,高兴得不知所以。虽然没吃晚饭,却毫无饥饿的感觉。

车过万宁县,天已黑透,只剩下我一个乘客了,一正一备两个司机为我服务,这简直就是我的专车了。2月初的夜晚,坐在四处透风的车厢里,兴奋劲过去,我渐渐地觉得冷了,从手提袋里找出棉衣,穿在身上,默默地倚靠在座椅上,耳边只有车子急速行驶时发出的摇晃震颤的声音,眼前是车灯照亮的公路,两边黑漆漆的,只有汽车在弯道行驶时,被车灯晃过的物体才闪现出来。晚上9点多钟,车子在一家饭店前停下,大概是在黄竹吧,两个司机招呼我下车吃饭。望着黑乎乎的饭店,我奇怪还会营业吗?两个司机上前敲门,也是一种默契吧,门很快开了,一个服务员迎了出来,将我们招呼进去。穿过店堂,直达后面的灶间,摆上一张小桌子,三张矮凳,坐下没多久,服务员就炒好了两个菜端上来,在桌边摆上一个煤炉,上面架着一只铁锅,里面翻滚着鸡块,一口热汤下去,浑身毛孔渐渐散开,舒服极了。借着别人的光进来吃饭,尽管两个司机不断劝菜,我不好意思多撵菜,但饭一点没少吃,估计一斤饭是咽到肚子里了。对这顿丰盛的夜餐,我做了交两元钱的准备,谁知

161

一结账,只收了我2角5分钱,3两粮票,大大出乎我的意料。晚上11点钟左右,车到了海口,两个司机问我到哪下车,我老老实实地告诉司机,我回广州探家,对海口不熟,请他们在哪家旅店门口把我放下来就行了。司机说那就到建国饭店,车到建国饭店,我下了车,下车前,我真诚地向司机表示感谢,多亏了他们,我从一筹莫展,到实实在在地站在海口的街道边,还能吃了一顿丰盛的晚餐。

建国饭店高6层,当年也是海口市较为像样的建筑,位于长途汽车站对面,对我们探家的知青非常方便,我探家三次,每次都住在建国饭店。毕竟是晚上11点多钟了,饭店早已关门落锁,我敲了很长时间的门,才有一个服务员隔着门问话,说了很多好话,她才开门让我进去,但声明没有床位了,要住只有加地铺。此刻,只要不让我流浪街头,哪怕在这里蹲上一夜都行,现在有地方让我能躺下睡觉,真是天大的造化了。服务员开始办理入住手续,查验证件,一丝不苟,但收费却很便宜,一晚地铺,只收了我3角钱。办完手续,服务员递给我一床被子和一领草席,将我带到二楼一个走道角落,我一看,嗬,享受地铺待遇的不只我一个,地上已经躺着3个人了。我放下铺盖,脱下棉袄,塞进手提袋,权作枕头,和衣而卧,脱下的解放鞋,也放在"枕头"下,因为听别人说起过,一觉醒来,鞋子被别人拿跑了。第二天,我早早就去排队买船票,这时从广州返回海南的人多,去广州的人较少,很顺利地买到了10日的船票,是五等舱的票。红卫轮的三等舱,票价是17元,五等舱是12元。按规定,可以报三等舱的票,但船票不容易买,只要买到,就谢天谢地了,哪敢有过高的要求呀。回到建国饭店,我再次登记住宿,这回可是有床铺了,我上床补了一觉,下午,在海口市转了转,买了两斤椰子糖。

上了红卫轮,五等船票在下面的统舱,上下两排大通铺,每个铺位约70厘米宽,用高10厘米的木板隔开,找到铺位,是上铺,放好手提袋,在舱里走了两圈,爬上床铺,拿出一本书,打发时间,等着开船。隔壁铺位上的也是一个知青,很健谈,攀谈起来,他说今天风浪可能较大,我有点担心,他安慰我说不要紧,他不晕船,会照顾我。开船了,我走到甲板上,看看海港景色,只见码头不断拉大距离,离我们越来越远。回头看看大海,云低风紧,海浪起伏,船头犁开波浪,分出两条白色的波痕,不时有浪头击打船舷,轰然作响,绽放出洁白的浪花,落下后,留下一堆泡沫。船很快驶入大海,海南只是远处的一道黑线,与天际渐渐融合起来,周边海天一色,全然没有了阳光明媚时的水蓝浪白的灿烂,只是一片阴沉沉的起伏不定的黑色波涛。船渐渐地摇晃摆动起来,我赶紧下到舱里,躺在铺上,同伴早已躺下。随着船的上上下下,我有了眩晕的感觉,心也随着忽上忽下,我闭上眼睛,放松身体,随着船的摇晃与船融为一体,不再努力抗拒。躺了一会儿,眩晕的感觉慢慢地消失了,我从铺上跳下来,在舱里走动,并且跟着船的晃动调整身体。这时,船舱里有一些人已经吐开了,一种酸腐的气味充斥在舱内,我默默地走到甲板上,大口大口地呼吸着潮湿咸腥的空气,把浊气一吐而尽。站了一会,寒气将我逼回船舱,我翻出棉袄穿上,倚靠在舱壁上看书。同伴已脸色苍白,躺在铺上不敢动弹,我心中暗自好笑,看来我要照顾他了。正想着,同伴爬起身来,我一看情况不对,立即下床去端水桶,迟了,这位老兄没等我反应过来,张口就喷,我闪躲不及,半边棉袄被喷得淋淋淌淌,我急忙将水桶放在他头下,他大口大口地吐,直到最后只在干呕了。我打来温水,让他漱口,重新扶他躺下。将他安顿好,我脱下棉袄,擦了半天,又找出毛巾,到洗漱间蘸着水擦拭了很久。那天风浪确实很大,我在的那个大统舱,有一多半的人都吐了,剩下的人也都静静地躺着不敢乱动。中饭和晚饭,只有两三个人吃饭,餐厅冷冷清清的。第二天一早,船驶进珠江口内,风浪已平息,虽然天气阴沉,很多人已经起来,走上甲板,迎接新的一天了。

  第二次探家是1972年7月间,那时父亲刚被放了回来,在家赋闲治病,我和尚坚商量好了,一起回家。我们还是从南桥出发,那次很顺利,虽然没有等到班车,但有一辆运化肥的卡车在南桥停了下来,不记得是哪位朋友帮忙,司机同意带我俩到万宁,从万宁县坐车总比南桥保险,我俩立即爬了上去。汽车风驰电掣,40多公里路,很快就到了。我俩在车站买好了第二天到海口的车票,一切顺利,这让我俩很高兴,情绪平缓了许多。为了找一个住的地方,我俩在县城转了一个多小时,竟没有一个地方能容留我俩住宿。天色已晚,我俩在县城举目无亲无故,实在没有办法,又回到车站。车站早已空无一人,空荡荡的候车棚里,摆放着几张长椅,我俩无奈之下,决定万一不行,就在长椅子上将就一夜,反正天气暖和。天无绝人之路,就在我俩在车站内踟蹰徘徊之时,突然看见卫生队的龙医生,他走上来和我俩打招呼。原来他在县医院进修学习,问明我俩情况后,他热情地请我们去他那儿过夜。到了龙医生那儿,是一间大房子,里面摆了十来张架子床,那天正好有两人回家了,空了两张床。有了龙医生的援手,我兄弟不致在车站流浪了,还痛痛快快地洗了澡。第二天一早,龙医生买来早饭,让我俩吃完,才放我俩离去。我俩和龙医生虽然认识,却无深交,旅途偶遇,难得他真情相助,使我们倍感温暖,正是在农场期间得到过许多人的真情关爱和热心帮助,使我坚信人间有爱心、有真情,并且也愿意努力去帮助别人、关爱别人。临别,我问龙医生有没有需要在广州办的事情,他犹豫了一下,说如有可能,帮他买两瓶国公酒,这是一种药酒,专治风湿痹痛的,我应承了下来。到湛江后,我在一家中药店里看到了国公酒,虽然在旅途中,我还是立即买了两瓶。回到广州后,我和尚坚去望张妈妈,她患风湿病多年,手脚关节都变形了,苦于没有礼物,我顺手拿上了国公酒,尚坚不同意我这么做,我说反正在广州还有很长时间,可以再买。可是整个假期在广州的中医药店,竟遍寻不着,令我懊恼不已,这一错误决定,使我失信于龙医生,也令我耿耿难忘,终生抱愧。国公酒,成为我这辈子永远的遗憾。

这次探家,一路不顺利,故事颇多。到海口后,买不到红卫轮的票,好在那时听多位知青说过回广州并非只能坐海轮,还可以走水陆联运的路回广州。所谓水陆联运,是在海口买票,先从海口过海峡到海安,从海安乘汽车到湛江,住一宿,第二天乘车至江门,换乘内河小客轮,第三天天亮到广州。水陆联运的票,大约18元多,比海轮三等舱贵一点,但兵团也实事求是,允许报销。走水陆联运当然没有坐海轮省事,上船一觉,第二天上午即到广州,但红卫轮票不好买,只好走水陆联运了。我们买不到第二天的票,只好买第三天的票,在海口多待了一天。等到该上船的那天,又因风大,海峡停运,这可把我们急坏了,在海口百无聊赖地又等了一天。第四天一早又去打探消息,得知下午2时多开船,心里也算安稳下来。那天下午,风浪仍然较大,船拖拖拉拉地到了3点多才开,这是渡轮,只能坐在座位上,船顶着风浪开行,不断有人呕吐。到了海安上岸,天已擦黑。

码头边乱哄哄地挤满了人,扛包提袋的,携妻将子的,人人都像没头苍蝇一样,急于找到自己要乘坐的汽车,那情形,真像是一锄头挖开了蚁穴,蚂蚁乱纷纷涌动一样。大喇叭里,工作人员指挥调度着,某班次车票上某号车,我俩好不容易找到车,那是一辆卡车,上面蒙了车篷,这就是我俩要乘坐去湛江的车。原来,因为风大停运,一下子人都集中到海安这边,运输部门无法调整这么多客车,只能调用卡车代替,那晚,码头边停了许多这样的卡车。一辆卡车顶一辆客车,这样算来,一卡车要装40张票的乘客。之所以说是40张票,是因为这里面还有免票的孩童,所有行李也不能架在车顶,都要放在车厢里,可以想象车子的拥挤程度。我俩找到车辆时,车上已挤满了人,早到的已安放好行李,在车帮边上为自己临时搞了个安乐窝,稳稳坐下了。都像这样坐法,一辆车别说上40张票的人和行李,只怕20张票也安排不下。车下的人上不去车,也只能干着急,带着孩子的女同志见此乱象,有的直接抹起了眼泪。好在工作人员见惯不怪,富有经验,千难万难,难不倒工作人员,他们上车搬动行李,尽管主人一再护着,强调不能挤,不能碰,他们照样将行李堆放起来,清理出一些空隙。接着展开宣传攻势,动员年轻力壮的让出"安乐窝",让年老体弱的、带孩子的妇女靠边坐下,在有针对性的毛主席语录教育下,在一众乘客的眼光扫射下,占有地利之先的人,在失去人和的不利态势下,只好起身站起来。眼见时间滴答,天色早已黑透,不断有车开出,我们这辆车的人也自觉配合工作人员指挥。经过一番折腾,40多人将车厢塞得满满当当的,实话说,能享受"坐"席待遇的,也只不过六七个人而已,这几人也不是坐,只能说是蜷在一个角落而已。工作人员推上后车板,吹动口哨,车子启动了,这时,估计快8点钟了。

车子开动后,站着的人赶紧找抓手;个高的伸手抓着支撑车篷的铁杆;个矮手短的,也有创造,找了带子,系在铁杆上,紧抓带子,在车里摇晃,保持平衡;还有无倚无靠的,只能在车子摇晃颠簸时暂借旁边乘客的身体用一下,好在多数是女同志扶着、拉着男同志,倒也少了许多纠纷。男同志则很大度,虽然男女授受不亲,但特殊情况下,还可以"嫂溺援之以手"嘛,至于有没有人巴不得此时车子再颠些,摇晃幅度更大些,我就不知道了。因为此时我已经感到很疲惫,有些吃不消了。从海安到湛江,大约有170公里,当时路况也不好,汽车要跑5个多小时。装满人的卡车车厢里,与红卫兵串联的火车车厢相似,脚一提起来就落不下去了。我站在车厢里,两条腿轮换休息,却不敢抬起脚来,就这样笔直地站着,没有办法变换姿势,十分难受,更加累人。随着时间流逝,车厢里闷得要命,空气混浊得令人作呕,有人要求打开车前的篷布,篷布打开,立即一股清凉的风扑进来,在大口呼吸着新鲜空气后,也感觉到了凉意,毕竟是夜间,奔驰的汽车的迎头风是猛烈的,所有的行李都堆放在一起,无法添加衣服,篷布又迅速被拉下来绑扎好,以后再也无人提议打开篷布了。大概是晚上11点钟左右吧,一阵争吵将昏沉的人们惊醒,我一看,是尚坚与两个军人在吵闹,原来,尚坚要呕吐,向车厢后挪动,两个小战士拦住不让动,说包里有椰雕,争着吵着,两个战士竟要动手。我默不作声,打量了一下形势,共有5个小战士,个头大约都在160厘米,小号的海军灰布军装穿在身上都显得肥大,衣袖裤腿还卷了一道,上车之初我就很悲哀,这么小的兵怎么和苏修打仗啊？现在要动手了,我一人就能对付身边的3个,剩下的两个也不会是尚坚的对手,我暗暗地做好了开打的准备。在众人的劝说下,小战士可能意识到自己是全国人民学习的榜样,不再出声了,尚坚趴在后厢板上,吐了一阵,就势待在后边不动了,虽然车后有灰尘卷起来,也顾不得许多了。虽然极度难熬,所幸终有尽头,夜里快两点钟时,汽车到了湛江,停靠在车站外的马路上,对面就有一家旅店,还亮着灯。一群疲惫的人拥向旅店,可能接待能力有限,也可能我们的车到得晚了,旅店不肯开门。最后,只收留了几个带孩子的人,人群渐渐散去,另觅去处。

我俩头回到湛江,人地生疏,根本没有办法,商量后决定就在门口蹲一夜,毕竟旅店亮着灯,马路上也有路灯,比较安全,再说,又能去哪里呢。主意既定,也就不急了,两人在台阶上坐了一会,抬眼看10米远处有一座大型的毛主席语录墙,建得十分讲究,齐腰高的地方有一圈边,宽有40多厘米,站了一夜,正是腰酸背疼腿发软的时候,我俩决定在那上面躺一会。于是,在车上站了5个多小时之后,我俩枕着提袋,伸展开了身体,舒服地躺下了。毕竟不是床铺,可以躺却不敢睡,万一睡着了翻下来可不是小事。两人躺一会,坐一会,在附近溜达一会,打发着难熬的时间。早晨4点30分左右,车站附近的早点店开始营业了,我俩立刻钻进去坐下来,汤粉、包子、松糕、稀饭,混合着各种食物味道的蒸汽在空中飘着,闻着令人立即有了食欲。进来用餐的人越来越多,车站也渐次热闹起来,汽车轰鸣,喇叭滴滴,早行的人已经迫不及待了,城市也慢慢地苏醒过来。那些年,我感觉最早唤醒城市的,就是车站、码头等交通要冲之地。我俩当天走不了,安排的车次是第二天的,要在湛江待上一天。吃完早饭,5点多钟了,我们又回到旅店门口。这时,店门早已大开,不断有旅客匆匆离去,我们办好了入住手续,走上二楼,只见一间大房间里,摆放了40多张床,我俩找到床铺,迅速进入梦乡。

10点多钟,我俩醒来,决定在湛江逛逛,毕竟是第一次到湛江。

当时湛江分为赤坎和霞山两个区,两地距离有 10 多里地吧,汽车站在赤坎,繁华的地方是霞山,我们坐公共汽车过去,有半个多小时才到。在街上转转,买了两瓶国公酒提着,在街边吃了午饭。12点多钟,看到一家影院放映朝鲜电影《劳动家庭》,票价为每张票 3角钱,马上就要开映了,我俩匆忙买了票,钻进影院去看电影。现在想想真傻,千辛万苦来到湛江,不去看看城市风光,了解城市,却钻进黑洞洞的影院,真不值。但当年看电影太难了,在农场 7 年多,看的电影屈指可数。《劳动家庭》分上下集,放映 3 个半小时左右,看完电影,时间已经不早了,俩人又乘车回到赤坎。这样,虽然去过湛江,印象却是一片空白。

第二天早晨 5 点 30 分,我们乘坐客车离开了湛江,前往江门,这段路程有四百七八十公里,是一段很熬人的疲劳之旅,但这次乘坐的是客车,有舒服的座位,而且我俩的座位就在司机后的第一排座位上,这让我俩十分高兴。这段旅程可以记下来的,是在阳江水东镇停车 40 分钟吃饭,我们早从走过这条路的同学那里知道,水东镇的螃蟹很有名,一篓子大约只要 8 角钱,有好几斤。于是顾不上吃饭,急匆匆跑步前进,冲进市场去买螃蟹。这段路一来一回有 20 多分钟,加上交易的时间,回来就吃不上饭了,路边随便买点干粮就要开车了。尽管早晨 5 点 30 分开车,但路程太长,颠簸到晚上6 点多才到江门,在路边匆匆扒了几口,记不得是粉面还是米饭,就上船。内河航船,吨位不大,好像也分上下两层,我们联运票是有正式铺位的,虽然也是上下层的大统铺,也算有了窝。舱内还有临时的加铺,是一种帆布的折叠躺椅,要等人上船安定,舱内有空时,再将躺椅摆上,安排乘客,第二天到港前,又早早收了起来。船开动后,我跑到舱门口向外张望,内河航船没有甲板,只有窄窄的一条船边,无法站在上面观赏沿岸风景。夏夜的河面上,水汽氤氲,升腾着一股暖气,岸边的树木和蕉棵,在夜色中不断向后移动,在星空的映衬下,宛如一幅幅剪影,空气中飘浮着农作物成熟的芬芳和淡淡的果香,忽然想起陈残云先生的《香飘四季》,心中有了几分感动,让人流连起来。望了一会,回铺上躺倒,灯光昏暗,看不成书,只好闭目睡觉,耳中满是柴油机的声响,但几天旅途劳顿,一天长途颠簸,我很快沉入梦中。第二天早晨,船靠港了,广州城在晨曦中向我们敞开了胸怀。算算这一趟回家路,足足走了七天七夜,而平时如果顺利,坐红卫轮只要两天两夜就行了。行路难,行路难啊。

　　第三次探家是1974年3月初,也是我和尚坚一起走的。那次比较顺利,原无什么可说的,但那次是早春季节,南国的气候因地域的不同,竟有让人惊讶的变化,影响着农作物的生长有很大的差异,使我有着深深地感叹,留下了深刻印象。3月8日,我和尚坚先到陵水,下午1点钟左右,我俩从陵水乘坐直发海口的长途客车出发了。3月,在祖国的北疆,可能还是千里冰封吧,但在海南,在陵水,早已是炎炎夏日了。车驶出县城不远,路边的稻田里,早稻正在收割,这让我非常吃惊,因为这天是"妇女节",就牢牢记住了这一天。我虽知南国春来早,但如此之早,还是超出了我的认知范围。我在青年队也有几年了,与刚才经过的农田,直线距离不足百里,中间只隔着一座牛岭,但农时差了竟有40多天,让我既惊讶,又感慨。汽车一路向北,我不断地看着窗外的农田,车过牛岭后,这边的稻子尚青;过万宁,稻田里水光盈盈,稻子正在灌浆;过琼海,秧苗正返青、分蘖,一片绿色;到了海口近郊,看到农民正在田里插秧。海南真是一座神奇的宝岛,从海口到崖县,公路里程300多公里,直线距离不会超过250公里吧,我生活了几年,一直以为南北气温差异不大,气候条件相似。这次旅程,使我对海南的气候和农时变化,有了新的认识。人们现在只知海南是开放特区,旅游宝岛,热衷于到海角天涯留影,泡兴隆温泉,游博鳌国际会所,领略万泉河畔红色风光,却不知在3月初从南到北,或从北向南,作一次别致的深度游,一探海岛之奇妙变化。当然,我在海南7年多,只在少数地方呆过,了解海南风情、人文风俗、神奇奥秘不足万一,这也是我始终怀念海南的一个原因。从海口到广州,依然是走水陆联运,日程正常,上午渡过海峡,来到海安,中午发车,坐着客车,奔向湛江。从海安发车后，这边正在收割麦子，一路向北，麦田里景象变化不同，到湛江附近，麦子虽黄，尚未到收割时节；从湛江到新会、江门，麦子尚显青绿色，离收割还有一段时间。我原以为麦子只生长在北方，不知道湛江地区、雷州半岛也可以种麦子，而且看正在收割的麦田，收成应该还不错。人生学也无涯，许多事情还真是要多看多问多学，千万不要囿于已见，以致一叶障目。

相对从海南回广州，从广州回海南则比较顺利。知青返回农场，基本上是乘坐红卫轮到海口的，那时广州跑海口、湛江、汕头的客轮大约有8艘，分别是红卫1—8。红卫8最大最新，条件最好，但我一次也没坐过，红卫8开航后，红卫1因船龄太老，停运了。我探家三次，每次回海口，都是坐的红卫轮。坐船比较舒服，也快捷。船到海口后，抢买回农场的汽车票，也是一场战斗，因为返程时间卡得紧，海口只是中转站，谁也不愿意多待。从码头坐汽车到长途汽车站是抢占先机的第一仗，早上车，早到汽车站，就能排在前面，早点买到车票。一时间，你争我抢，那个拥挤，那个抢着排队，让我们这些经过劳动锻炼的年轻人也觉着吃力。第二次探家(1972年七八月间)，海口有了小变化，从秀英码头到市区，开通了小火车。下了船，先坐一段小火车，尽量往车头方向的车厢挤，如果有几个人，一齐回农场，先推举一个身体健壮，擅长跑步的健儿，将买票的重任交给他，其余的人照管行李。从火车站到长途汽车站这段路有多远，我已经记不清了，大概要跑上七八分钟吧，因为有一次我也被委以重任，负责买票。买好车票后，我们一般会就近住在建国饭店，第二天上车方便。如果有伙伴，晚上也会去海口市内溜达溜达，在冷饮店坐坐。记得海口市那时有一家冷饮店规模还可以，除了冷饮还有咖啡和小点心供应，部分座位在室外，桌椅摆放在椰子树下，夏夜在那儿坐坐，喝喝饮料、聊聊天，不时还有样板戏的背景音乐。在这儿，还能找到一些学生哥、广州仔的感觉，两天后回到连队，就变身为"苦力"了。

从海口上长途汽车，也是一场战斗，倒不是抢座位，座位都是

170

对号入座的,主要是交运行李。从广州回农场,除了自己带的东西,也要为同学捎些东西,捆扎牢实,上车前要托运,填写托运单,交费,等等。时间很紧张,一切办完,才能松口气,上车后自然就安稳了。每天由海口发往陵水或崖县的班车有多少趟我不清楚,我们乘坐的班车一般7点多钟,迟不过8点,就会开出。旅途没有什么多说的,只是到黄竹吃饭还要记上一笔。黄竹镇,属文昌县管辖,离海口约有80多公里,车行两个来小时就到了。时间大约是9点到10点之间,早饭吃过不久,午饭太早,是不是所有班车都在黄竹停车吃饭,我不清楚,但我乘坐的班车每次都停在那儿吃饭。黄竹有海南名吃文昌鸡,白斩鸡黄灿灿、油光光的,鸡皮向上,码放整齐,一小碟一小碟的,淋上生抽,爽滑鲜嫩,每份1角5分钱。每次在黄竹吃饭,都是一碟白斩鸡,一碗米饭,这顿美食,为整个探家行程画上了句号,以后要过清苦的日子了。

关于知青时期的行,拉拉杂杂地写了很多,这不但是知青生活的一部分,有必要记下来,也可以对比现时的交通状况。1997年、2008年我回南林,场部已是热闹的集镇,成为交通集散中心,停放着十几辆中巴、小巴,随时可发兴隆、万宁,相比较,南桥已经衰败了,只是一个历史的地名了。从南林到广州,一天即可抵达。海南铁路正从青年队附近经过,2008年回青年队旧址时,施工队伍正在开凿隧道,以后恐怕更便利了吧。如能在青年队那儿设一站,会令我更加高兴。改革开放以来,人民较以前有了更多的钱,家庭拥有轿车,已是普遍现象,就连我这个老头,也随潮流学了驾驶,考了驾照,只等攒钱买车了。只是我又害怕,等我买了车,只怕城市就变成了巨大的停车场,反不如走路方便、快捷了。

说到底,南林、青年队,是我难以忘怀的地方。斗转星移,时光流逝,南林变了,青年队没了,我也老了,但一种思念却始终萦绕在心头,且越来越浓烈,越来越醇厚。我时常会在梦中回到南林,在梦中又踏上回青年队的路,只是非常奇怪,曾经那么熟悉的路,却没有一次在梦中走完。我离开南林时,听说场部准备从前线到八一另修一条道路,改变坡陡弯急的情况。于是,在梦中,多次有一条新路出现,却又缥缈得很、高耸得很,几回回梦里回南林,峰回路转觅旧踪。今天,我虽然老迈,却雄心犹在,我最大的愿望,就是能和旧日伙伴,再坐一回红卫轮,再坐车从国防公路上走一回。当然,最最期望的,就是再走一回从青年队到场部的路,也顺道去八一队看看,在八一队溪边再洗洗脸。在那些印满脚步、洒满汗水的路上,重拾往日的记忆,重温那时的情感,只是,还会有天真的孩子向我呼喊"青年队的人"吗,青春能再回来吗?

医

　　人生天地间,吃五谷荤素,承日月雨露,难免脾胃不和,时气不正,生病染疾,自是常事;身为农工,拓荒垦殖,刀斧锄镰,也会磕碰受伤;海南炎燠卑湿,深山老林之中,多瘴疠之气,感染时疫,在所难免;山林潮湿,住所僻陋,易滋生蛇虫蚊蝇,令人防不胜防,不幸受到侵害,救治不及,致死致残也时有所见所闻。离开广州时,母亲最怕我们到农场后有个三灾两病,头疼脑热的,得不到及时有效治疗,因而忧心忡忡。来到南林农场后,情况比我们预想的要好得多,卫生防疫体系健全,生老病死,都由国家和农场负责,使我们少生多少烦忧,少受许多病痛,至今回想起来,还是深感庆幸。

健全的农垦卫生医疗体系

　　海南农垦系统十分重视职工的医疗防疫问题,建立了庞大的卫生医疗体系,农垦局在海口市有自己的农垦医院,各农场设有医院,各生产队建有医务室,切实保障了职工的伤病治疗,免除了职工的后顾之忧。改制为兵团后,根据部队的建制,增设了师一级医院,团一级将原农场医院改称为卫生队,营一级建有卫生所(基本依托营部驻在连队的医务室),有医生和卫生员;连队医务室依然保留,医护人员改称卫生员。

　　南林农场是个大场,有7000多职工,场医院因此也颇有规模,在农垦系统有一定的名声。医院科室齐全,拥有一批出色的医生,其中有几个正牌医科大学毕业的老大学生,医术过硬,各有所长,很有声望。青年队医务室初始在队部旁的一间茅屋内,有两名医护人员,医生是当地人,叫许仁修;一个胖胖的女护士,是个军属,我们那时戏称她为"邋遢护士",反而记不得她的本名了。医务室虽然简陋,但摆放药品器械的橱柜却很正规,油漆成白色的,里面药品码放整齐,装在白色搪瓷缸内的药膏和深棕色药瓶内的红汞、碘酒、龙胆紫药水散发出淡淡的药香,各号注射器和手术用的刀、剪、镊、钳,平时码放井然有序,有人进去拿药或换药时,医生护士一操作,盆罐器械叮当作响,颇像回事。

在农场,一般的小伤小病,在队里医务室就能解决,队里的医生能诊治一般的常见病、多发病,能打针、能吊水,能做一些简单的伤口处理,包扎、缝合、消炎止痛等等;医务室还有一套蒸煮消毒的简易设备。刚到青年队时,我第一次进医务室,看到泥墙上还挂着镜框镶嵌的工作职责、消毒流程等。医务室是没有上下班时间的,白天,大家出工后,医生或卫生员对在家休息的伤病员巡视一遍,然后对器械消毒。晚饭后到每天班会前,后来是"天天听"等活动前,医务室是最热闹的场所,看病的、换药的,络绎不绝,也是大家交流闲谈的一个场所。遇上队医务室处理不了的伤病,那就要到场医院(兵团后叫卫生队)去医治了。一般情况下,伤病员能自己走动的,就自己去医院,或是连队派人陪同去医院;病情伤情危重、伤病员不能走动,或是情况危重急需抢救的,连队会打电话给医院,请他们派医生派车来接伤病员。医院有一部救护车,相当于一辆大型面包车,顶棚较高,车里可以放下担架,但没有救护设备,由医生背着急救箱、氧气袋等。通常情况下救护车很快就会赶到,有时救护车外出执行任务,或赶巧有两个以上连队有人需要接送,卫生队会请机运大队支援,那就是卡车了。由此可以看出医院对连队危重病人的救治非常重视,力争抢在第一时间救治。碰上特殊情况,救护车到不了连队,或情况特别紧急,连队会组织人员用担

174

架送伤病员去医院。

正因为有了这一整套的医疗体系，极大地保障了农场职工的医疗保健，免除了职工的后顾之忧。不管是正式职工，还是职工家属，都能得到及时、妥善的治疗，当时可以说是小病小伤不出队，大病大伤不出场。我们知青在农场期间，从未将看病疗伤作为一个问题，也没有花过一分钱，普遍沐浴了党的阳光雨露，享受着社会主义制度的优越性。至于职工家属治病是如何算账的，我不是很清楚，但可以肯定的是，在队里治疗是不用花钱的，到卫生队治疗大约可以享受 50% 的报销吧。

农场不仅在医疗体系建设、药品供应配备方面下了真功夫，花了大本钱，对医务人员队伍建设也十分重视。知青进农场后，在医务人员选拔培训上，对知青有所倾斜，从知青中选拔培养了很多医务工作者。南林农场究竟有多少知青成了医务人员，具体数字我不是很清楚，但在青年队的 27 个知青中，就先后有邹建平、王番、庄东红、杜广生等人经过培训，3 人进入卫生队工作，杜广生则在连队任卫生员。当时团卫生队可以说是知青的大本营，各地青年都有，六中知青各个年级都有人在卫生队。据我观察，知青在卫生队的比例可能达到了 50% 左右，其中一些人已经成为骨干。如高一学长司徒辉，从南林农场卫生队选送上了医科大学，毕业后又回到卫生队当医生，王番也在五官科挑起了大梁。在连队当卫生员的也逐渐在实践中锻炼成长，很好地履行了职责。杜广生在卫生队集训了 3 个月后，派到深兰队当卫生员，不久他就真正接受了一次考验，也是一个有趣的小故事。连里一个客家退伍军人的妻子临产，杜广生眼看麻烦来了，反复劝说孕妇到卫生队生产，并报告连队领导，说初产妇在生产过程中会出现很多问题，一定要送团卫生队。谁知前脚刚将人送走，后脚产妇又随丈夫回到了连队。原来客家人习俗，女人生产一定要在家里，该孕妇声称，队里有卫生员，我就在队里生，就要杜广生接生。可怜杜广生当年尚未满 18 周岁，医学知识、工作经验只限于集训的三个月，骤然面临这样的考验,为难、尴尬、紧张,只是事到临头是躲不过去的,只得硬着头皮上。一个毛头小伙子,一个初产妇;一个第一次接生,一个第一次生产。当年听闻此事,初始为杜广生捏了一把汗,继而莞尔,今日写到此处,仍然忍俊不禁。所幸该产妇是顺产,两人都顺利地通过了人生"第一次"。

改制为兵团后,青年队医务室原来的医生和护士调走了,卫生员由营卫生所派人轮流驻守。林树雄(本场青年)、阮中斐(六中同学)、钟衍富(海口知青)等常在队里驻点,和知青就是一家人,医务室几乎成了知青之家,有时他们回营卫生所了,就将医务室的钥匙交给我们,简单的小伤小病,涂涂碘酒、抹抹红汞的,我们也能干。

当时在农村,也有"赤脚医生"为农民服务,实行"合作医疗",每人每月交5分钱或1角钱,可以治病吃药。这种做法,在物资匮乏、条件不具备的情况下,多少解决了一点农村地区缺医少药的问题。应该说,当年国家关注到了农村地区的医疗现状,积极为此而努力,多少解决了一点农民求医难、看病难的问题。相比较起来,我们来到农场,在医疗保健方面,是很幸运的。

在农场时间长了,我们也逐渐地适应了当地的生活,向卫生员学习了一些基本的救护常识,从老职工那儿学到了一些小伤小病的治疗土方;而且广东人擅长煲凉茶,会饮食调理,我们虽然年纪不大,也略知一二。各种医疗、保健、养生知识所知不多,杂芜零乱,但在那个时候,还是多少有一点用的。如劳动中有小伤,诸如被镰刀割破手,被尖刺扎伤脚,被藤刺、竹片拉了口子,摔跤擦破皮,等等,一般情况下,我们会就近摘下几片飞机草叶子,揉搓几下,按压在伤口上,血就止住了,只要伤口不深,一般不用再进行治疗。海南的飞机草真是好东西,止血效果很好,在海南的知青,应该都有过用飞机草止血的经历。飞机草还是一种很好的绿肥,在青年队时,多次割下飞机草沤在水田里做基肥。金银花也是很好的草药,能清热消炎,炎夏酷暑,我们也会煮水或泡水喝,能败火除燥。上山开荒时,我们对巴戟(也称巴戟天)、杜仲藤等药材很感兴趣,也采挖了不少,但我不是有心人,后来都不知去了哪里。有心的,并且真正懂医的同学,可能会收集一些。

几次伤病

在农场7年,虽有伤病,所幸均无大碍,一些疗伤治病的经历,可谓悲喜交集,大多以喜剧收场。只有腰伤,是个悲剧,伴随我终身,至今仍要时常注意。

甲沟炎

初到青年队,最令我苦恼的小毛病是两个脚拇指的甲沟炎,既疼又痒,脱下鞋子,一股臭气就飘了出来。那段时间,我每天晚上都要在油灯下细心清洗,油灯光亮不够,就用手电照着,仔细挑出沙子,涂上药膏。白天要干活,无法包扎,因为用纱布一裹,就穿不上鞋了。这样持续了一段时间,我请许医生帮我想想办法,谁知许医生只看了一眼,给我的治疗方案是:光脚。这让我非常恼火,因为我始终认为,是沙子进入脚趾缝中才引起的炎症,光脚,沙子岂不是更多,情况岂不是更糟糕? 我不理会许医生的建议,继续每天清洗上药,天天穿着鞋袜,严加保护,同时在心中给许医生下了个"庸医"的定论。然而青年队在海边,沙土很多,鞋袜再严实,也挡不住沙子进入。就这样,一连10多天,甲沟炎总也不好,直到队里插秧了,总不能穿着鞋子下水田吧,我只有脱下鞋子,光脚下田了。说也奇怪,在水田里浸泡,每晚洗脚时趾缝处都泡得发白起皮,但却没了臭味,过了几天,趾缝处脱了一层皮,甲沟炎居然好了。这让我非常奇怪,怎么就好了呢? 而且从那以后,我的脚趾再也没有得过甲沟炎。这件事给我的印象很深,"卑贱者最聪明"? 想想也不是,许医生虽然是最基层的医生,也应该算是个知识分子,似乎不应算在"卑贱者"之列的。他们长期在当地生活,对环境的适应能力比我们强,对一些小毛病有他们自己的解决办法,对学生娃的一些小题大做，一些娇气行为，可能也看不惯。

手指骨折

1969年3月上旬，一天傍晚，几个同学在球场上玩篮球。我在跳起和别人争球时，不慎摔倒在地，右手被压在身下，爬起来后，初始也无异常，不疼不痒。甩甩手掌，右手中指晃晃悠悠的，左手一摸，感觉好像是断了，用手提着指尖，竟可将中指随意转动，甚至可以将手指向手背翻去。这时，大家一致断定，手指骨折了，让我赶紧去医务室。许医生看了，也认为是骨折了，只是医务室处理不了，让我第二天去场医院，并给了我一些松节油，让我先搽搽。遵医嘱，我用松节油在伤上来回抹擦，没过多久，伤指大痛，并迅速肿胀起来，我再也不敢去碰。夜里痛得我无法入睡，时睡时醒，手已肿得发亮，中指将食指和无名指挤向两边，手指间已无任何缝隙。以后，我才知道，许医生医治的方法有误，当时不应该揉搽伤指，正确的做法是立即正骨、固定，敷以药料，或是冷浸或冷敷。可怜当时缺少基本的医疗卫生常识，使自己吃了一个不大不小的苦头。

第二天一早，向连队请假，去场医院治疗。天气阴沉，飘着细雨，我披了一件简易的塑料雨披，匆匆赶路。伤指疼痛难忍，我只好将挎包的背带缩短，斜背在胸前，暂时做成一个背带，套住伤手，一边昏头昏脑地走路，一边想着到了医院会怎么给我治疗。赶到医院已是中午，医生都下班了，那时医院没有知青，也没有熟人，只能等到下午了。为我诊疗的是黄医生，当年40来岁，好像还是副院长。他看了看我的手，摸了摸，断定是中指近掌端指节骨折。那时提倡中西医结合，用中草药治病疗伤，于是，黄医生找来一些草药，让助手舂捣成糊。敷药时，因中指肿胀，他勉强分开我的指缝，抹了一些药糊，其余的药糊，全都堆放在我的手指两边。待要包扎时，找不到合适的夹板，于是，黄医生在采来的草药里找了一段树枝，截取一段，一剖为二，再削削刮刮，放在我中指上比画了几下，满意地点点头,就给我捆上了,因为肿胀,连食指和无名指一起包起来。这一切做完,又给我包了一包草药,让我回队后过两天同样捣烂敷上。我当时提出是否要住院治疗,黄医生说不需要,回连队休息几天,换换药就行了,在我的坚持下,黄医生又剪了一段绷带,把我的伤手吊在胸前。于是,我和杜广生又顶着淅淅沥沥的小雨,从南桥小路走回了连队。

过了一个星期,肿胀虽有减轻,却仍然不能完全地消退,手指僵屈,轻轻揉捏,感觉骨头没有接正。于是,我再次向连队请假,决心要去医院住院治疗,以求彻底,不要留下后遗症。到了医院,仍是黄医生接诊,为我上药包扎,这次可以单独将中指包裹起来了。在我的一再要求下,黄医生同意收留我住院治疗。办完手续,我住进了病房,一间病房摆了6张床。3月份的天气,海南已进入初夏,每张床是一张草席、一床被套、一个枕头、一顶蚊帐,非常简单。我是小伤,不用打针吃药,也不用换药,吃饱了后就到处溜达,东瞧西看。当年场部分为几大块,场部大门在东线国防公路边,是一座气派的砖混牌坊,正上方是"国营南林农场"6个大字,两边有语录墙,当时是毛主席语录还是林彪视察海南时的题词,已经记不清了。场部机关位于大门后边,有机关办公室和宿舍,办公区域北边是招待所和供销社,东边是食堂、大礼堂兼饭厅,南边是4连驻地、大操场、邮局等。出大门沿国防公路向北走200多米,是基建队;跨过国防公路,路西是机运队;过机运队前行100米,过一座水泥桥,向南走200米,是畜牧队;向北就是农场中学;中学向北100米是医院。

医院的主体建筑是一U形砖瓦建筑,平房,按南林农场当时的建筑风格,砖瓦房都带走廊,里面总共有30多间房间。医院的东边,是一条小河,河不宽,水也不深,由于两岸和河底都是泥土,水质并不清澈。医院西边偏南的地方,则是茅草屋,大概是职工宿舍,医院有自来水,是用水泵将井水抽到水塔里,再经过管路流到各处的。医院的东、北、西面都是橡胶林段。

179

在医院住了几天,每天到点吃饭、睡觉,平时四处溜达,基本无人过问,好像被人遗忘了。入院第三天夜里,一觉醒来,感觉伤指很轻松,没有平时的束缚和温热的感觉,我一摸手指,发现包扎的东西掉了,赶快在床上找。原来,包扎的纱布和绷带里面的草药经过几天使用,已干燥了,自然脱落下来,成了一个圆筒形的指套,我将指套又套了回去,心里非常生气。住院3天,无人过问,骨头是否接正,是否愈合,既无X光检查,也不能很好诊治,而且,这样住下去,也不能对治疗有什么帮助了。上班后,我找到黄医生,把"指套"给他看,诉说了无人过问的情况,要求出院回连队。奇怪的是,当初要求住院不容易,现在要出院也不容易,黄医生要我再住上一段时间,继续治疗,是不是毛主席关于"知识青年到农村去"的指示发出后,知青工作受到重视了呢? 当然我是拒绝了,要求回去。黄医生看我态度坚决,只好同意,又为我再次捣药敷上,并给我包了一大包草药,说是宽筋藤,让我回去和猪手同炖,不要放盐,吃了以后会使伤指筋络复原。于是,我在住院4天后,返回了连队。伤指慢慢地好了。等到五一节,连队杀猪,凭着医务室的条子,我买到了一只猪手,和宽筋藤同炖,虽然很难吃,我还是勉强吃下,只是并不灵验(或许是吃少了,也许是吃迟了),伤指的功能还是难以全部恢复。而且因为断骨接续不准,致使骨节比别的手指都大,手指也向小指处偏斜。好在伤的是中指,好了以后虽外形略微难看,但整只手的功能并未因此受到影响。

当年,为了手指受伤诊疗一事,我对黄医生颇多怨言,认为他不负责,没有做到"两个极端",且医术平平。后来,我慢慢地理解了,在当时的条件下,场医院没有X光机,接骨全凭医生的经验和感觉,接骨时手指肿胀得厉害,很难接得精准。我的手指是闭合性骨折,也只能接上,敷药,让它慢慢恢复。再说,作为患者,我自然对伤指十分重视,医生按常规治疗,也无过错,而且,两次都给我带药回连队,也是十分尽责的。想想当时年轻气盛,背后说了一些不该说的话,也有一些愧疚。

疟疾

　　南林农场所在的南桥地区,是疟疾高发地区,染上此病,不足为怪。知青到农场后,对预防疟疾,还是比较注意的,然而时间一长,精神难免懈怠,防范措施也马虎了。于是,疟蚊就盯上了我,疟原虫在我的体内就有了发威的机会。那是 1970 年 6 月,一天下午,毫无症状地突然浑身发冷,战栗不止,抬头看,艳阳高照,四面瞧,所有在地里干活的人都汗流浃背,怎么我就冷得不行呢?我更加拼命地挥动锄头,但不行,那种冷,不是风吹雨打从皮肤向里传递的寒意,而是从身体里面,从骨头缝里向外透出的冰冷,我清楚地意识到,我可能得了疟疾了。于是,我赶紧向旁边的人打了招呼,拖着锄头就往宿舍跑,到了宿舍,赶紧盖上毯子,仍然冷得要命,身子抖个不停,却也没有力气再爬起来到房梁上拿被子了。一个多小时后,寒气消退,发烧了,浑身燥热蒸腾,躺在床上就像在火炉里一样,却没有汗,只是烧得难受,头疼欲裂,双眼迷离,看东西都迷迷糊糊的,烧了两个多小时后,遍身上下出了透汗,像被水洗了一样。汗一出完,我就什么症状也没有了,真是"涊然汗出,霍然病已"。除了感到极度疲乏,再也没有生病的样子。这天,连队卫生员不在,也没办法吃药。收工后,同学们回来,刘宝琦问我怎么了,我说是打摆子了,他们也为我担心。疟疾,一般人叫作打摆子,据说可以分为间日疟、二日疟,最长的可以是三日疟,周期性发作,先发冷,再发热,发作一次,大约四五个小时,发作完了,就好了,与正常人一样,只是长期延续下去,对身体伤害很大,尤其是对肝脾损伤大,得不到有效救治,会慢慢使人致死。据说恶性疟疾,可在一周内死亡。好在对付疟疾有特效药,就是奎宁,吃了非常有效。

　　第二天下午,疟疾又发作了。冷,透骨的冷,只是这次有了准备,棉被已经堆在床上。那天,陈敏如从宣传队回到青年队,他负起了看护我的责任,为我盖被子、送热水、请医生。卫生队的宋医生(南林医院妇产科大夫,老大学生,当年已有 40 来岁)和卫生员赵春港（湛江知青，一个漂亮、精干的小姑娘）到队里巡诊并暂时代理卫生员的工作，立即为我治疗。因为症状十分明显，她们迅速喂我吃了奎宁，又为我挂吊水，尽管冷得要命，但心里还是很感动。病中，尤其是在异乡生病，有人在旁照顾，陪你说话，为你送水，感觉真是好。一种亲情，一种温暖，一种被关怀的感觉，使人仿佛又回到童年，有一种被妈妈呵护、怜爱的感动。那天，陈敏如在我床边不断地和我说话，安慰我。暖暖的话语，让我十分动情，我也开玩笑地说，不要紧，死不了，我还一次都没探家呢。说着话，我看到陈敏如却抹起了眼泪，我不知所措，为什么流泪了，我的情况很糟糕吗？但很快，我掀开了被子，发烧了，我开始迷糊了，却仍然感觉陈敏如用冷毛巾为我擦拭头、脸和身体。烧退了，我又恢复了正常，我问陈敏如，为什么流泪，他说听我说话非常悲凉，带着哭腔，透着一种渴盼亲人不得的失望，连一起到南林的弟弟也在70多里之外的另一个连队，不由悲从心来。原来如此，可是我的本意是这点小病算不了什么，要不了我的命，不知病中冷得厉害的我，说话的语气会变得那么多。这次得了疟疾，多亏了宋医生精心诊治，只发作了两次就痊愈了，并且，终身没有再反复。我听说过，有时疟疾虽然治愈，但疟原虫会在体内潜伏，过一段时间还会有反复，但我却没有，也算是幸事。

牙疼

1973年，我忽然牙疼，是右下边的臼齿，一般人习惯的叫作板牙。初始，只是在冷热刺激时有酸疼的感觉，但并不严重，那时，没有什么抗过敏的牙膏，就这样，挨了一段时间。渐渐地，情况严重了，水温稍有不对，牙就疼，而且，牙齿上有了孔洞，吃饭时要十分注意，稍不留意，有饭粒菜屑落入洞中，能疼得你坐立不安，需要立即处理，当然最简便的方法就是赶紧将饭菜囫囵咽下，再努力嗝气，将饭粒嗝出来；还不行，就用温水漱口，总之，要尽快将牙洞里的东西弄出来。平时牙是不疼的，也没有影响我的正常生活，忍忍也就过去了。然而自从患牙出现孔洞后，我吃饭就很受罪了，再也不敢大口大口进食，每次只能用勺子一点一点地将饭菜小心地送进嘴巴的左边，用左边的牙齿咀嚼，原来一顿饭只需要几分钟就能吃完，逐渐延长到一个小时，别人以为我是细嚼慢咽，享受进食的乐趣呢。只有我自己知道，吃饭对我已经是一种痛苦了，每次吃饭，总要疼上几次。直到后来，我吃饭时都偏着头，向左歪着，就怕饭粒落入牙洞中，随着牙洞的增大增深，连大口喘气也不行了，一旦冷风灌进口腔，牙齿也会疼痛起来。忍着，挨着，过了一个多月。

这天，我到团部办事，在招待所吃午饭，不留神，一颗饭粒落入牙洞，立即大痛起来，依前法嗝饭粒，饭粒虽然出来了，但嗝气时的冷风又刺激得牙齿剧痛，连半边头和脸也疼痛不已，恨不能以头撞墙，我再也没办法吃饭了，只好找了一些温水，满含口中，疼痛减退后，再轻轻漱口。不能再这么忍受下去了，一定要解决问题，彻底解决问题。丢下饭碗，我去卫生队找王番，那时，他已经是卫生队五官科的当家医生了。王番给我做了仔细检查，告诉我这颗牙齿可以保留，但卫生队做不了这个手术，要去万宁县医院。我再询问，原来，这个手术不是一次可以完成，要先消炎，再用药封闭，使牙神经坏死，再清洗消毒，用填充剂封死。这样算来，至少要去万宁县3次，前后要一个多星期，这对身在青年队的我来说，实在是很困难的。再说，县医院一个熟悉的人也没有，全靠硬碰硬，后果如何，很难预料。而这一边，牙疼已使我无法忍受，还是在这儿速战速决的好。王番见我主意已定，不再劝说，但还是告诉我，探亲时要补牙，以免两边牙齿向空处挤压，破坏了牙齿排列。于是，王番亲自为我拔牙，先打麻药，再用钳镊，一阵忙乱，患牙被拔除，只听当啷一声，扔在搪瓷盆中。王番又塞入一大团止血棉球，嘱我咬紧，两小时后才可吐出，我一一应承。王番又夹起患牙给我看，我十分清楚地看到牙齿正中的空洞，王番可能怕我难受，对我说，牙烂得太厉害了，也没办法再补了，还是拔掉好。就这样，折磨了我一个多月的牙疼，终于在王番的妙手下，彻底解决了。只是王番让我以后将牙镶上的嘱咐我一直没有去做。一是因为不觉得不方便,二是因为这个过程太麻烦。

进入中年以后,牙齿多次出现问题,有一次还摔跤磕断了三颗门牙。这些年,经常和牙医打交道,只要钻牙磨牙的器械响起来,那吱吱声都令我头疼。每当这个时候我都会想起王番,想起第一次拔牙的情况。王番如果还在从医,还是一名牙医,那该多好啊!

今天,我生活在省城,每当去省立医院、安医附院这些大医院,总能看到许多农村患者,打着地铺,睡着走廊,艰难求医。我不由得想起当年,如果方便,我是不是会保留这颗牙齿呢?如果我当年去万宁县医院求医,会不会也是如此艰难呢?看病难,就医难,我们何时才能解决呢,何时才能让偏远农村的患者不致小病拖成大病才被迫上省城大医院就诊呢?医者仁术,我愿天下所有的白衣天使,都有一颗悬壶济世的仁者之心,都能有一颗仁爱之心,都能像王番那样,将每一个患者都当成同学、朋友、亲人,认真地为他们治病,像家人般和他们讲述病情,使患者到了医院,如到家里,见了医生,如见亲人。

腰疼

1972 年,我的腰疼起来,不能负重,干活使不上力气,稍稍用力,腰就疼了起来。以前我一直以为一个人孔武有力,必须有强健的手臂和腿脚,李元霸力能举鼎,书上说是臂力超人,或曰膂力过人,我一直深信不疑。为增强臂力,我练举重、练俯卧撑、练单杠,猛练肱二头肌,直到腰疼了,我才彻底明白什么叫强壮有力。一个人,腰腹无力,哪怕臂力再强,一身的力气也发不出来,一动腰疼得钻心,气就泄了,提不起气又怎么能发力呢。至此,我才知道腰腹在人的身体中的特殊重要性,一个腰腹无力的人,是不可能强壮有力的。

好好的,我的腰为什么出问题了呢?苦苦回想中,猛然想起,也许是那次在海边扛木头所致。那是一次在海边防风林边的林段里劳动,休息时在防风林中发现了一棵歪脖树,有30厘米粗细,弯弯的,很适合作木船龙骨,那时,连队正好要造一条木船,于是,有人动议,将它砍下来。下午,几个人带着斧头,将树砍倒、截好。但怎么运出去,几个人犯难了。树丛中,沙土地,弯木头,没法用牛拖出去,只能先抬到路边,再用牛车来运。为把木头运到路边,几个人费了很大的劲,吴宏法扛起了一头,我不甘示弱,蹲下去扛起了另一头,这段木头死沉,估计有500来斤,虽然有几个人一起抬,但林中没有太多空间,主要还是两个人用劲。弯弯的木头,更加难抬,我在前头,木头直往后坠,我用手抱紧木头,腰却向后仰着,咬牙硬撑着,走了100多米远,将木头扛到路边。扛完木头,我就感到腰十分不舒服,但也没有太在意,谁知过了一段时间,竟然出了问题。

躺了两天,腰疼不能缓解,连队卫生员对此也没有办法,让我到团卫生队检查治疗。卫生队的同学告诉我,卫生队没有X光机,无法确定是腰肌劳损引起的疼痛,还是腰椎出了问题,建议我到师部医院检查。于是,我就去了兴隆,到师部医院作进一步检查,这是我第一次、也是唯一的一次到师部医院看病。到了师部医院,我找到主管科室,接待我的却是六中校友、老朋友武桂明,这让我十分高兴,也对这次检查治病完全放下心来。武桂明,初二甲班同学,在学校时我们就很熟悉,到海南后,他分在东岭农场(二师四团)。1969年初,他和一个同学到海边来,在青年队住了一天,是我接待的。当时青年队宣传队的《送红书》《学习金训华》两个节目红极一时,武桂明看了很感兴趣,我又将剧本和曲谱抄寄给他。随后几年没有联系,谁知这次会在师部医院相遇,真让我大喜过望。武桂明很热心地安排我住下,为我做了X光检查,拍了片子。说话时,我说起有时会头晕目眩,不能直立,有虚脱的感觉,要立即躺下来,浑身冒冷汗,尤其是在饥饿时或生病后更是如此。武桂明怀疑我有低血糖,又为我安排做血糖检查,第二天一早空腹抽血检查。第二天上午,检查结束,武桂明将结果告诉我,腰部疼痛是腰椎第五椎椎裂,有增生,压迫神经引起腰痛;血糖偏低,按当时的数值,正常值是50—80(记不清是什么单位了,现在的数值与以前不同),我只有40多。武桂明要我多注意腰部保护,暂时不要干重活,尤其是挑担子、扛重物,适当多补充一些糖,不要饿着。看着他认真地拿着片子向我指点第五腰椎的位置和裂纹处,听着他像关心哥哥似的给我详细解说和交代,我心里感动极了。到医院后,住是他给我安排,吃是他送到我的面前,早晨喊我起床,领我去抽血化验,同学情谊,在这儿显得多么可贵,多么让人感动。在异地他乡,在多年不见的老同学面前,在他真诚的关爱下,我明白了为什么古人将"他乡遇故人"与"金榜题名时""洞房花烛夜"列为人生三大喜事了。下放7年多,我一直感受到同学之间相互关心、相互爱护的情义,总是有一种暖暖的情怀感动着我,当然,更有许多真心关爱我们的农场职工和领导,这些,总让我感觉到温暖,支持着我在艰苦的岁月里挺起胸膛,笑迎生活的每一天。

从师部医院返回后,我向连里报告了情况,连队很体恤我,安排我干些轻活,半休半养一样。上午牛犁田,下午我就放牛;收花生、番薯后,我在地里看守;和老大妈一块,剥剥花生种子,看看晒场,前后总有3个来月,我的腰也慢慢恢复了,又生龙活虎一般。当然,我对腰部也多加了防护,一段时间,扎上了宽宽的牛皮腰带。不过海南天热,扎上的腰带经常被汗水浸透,晾晒很麻烦,终于在一次劳动中用力过猛,将腰带崩断了,以后也就不用了。腰疼、腰腿病,从那以后,始终伴随着我,稍不注意,就会让我很痛苦,特别是阴雨天气,或天气骤凉的时候,腰就酸胀得厉害。大约是1974年,南林医院有了理疗设备,我还在那儿理疗过,是红外线还是电烤,我记不清了,但为我治疗的大夫是庄东红,我记得非常清楚。

1976年,我到合肥后,冬季很冷,我的腰又直不起来了,连袜子也穿不上。于是,到97医院去治疗,一个医生看了片子后说,你的腰伤很严重,腰椎已经开始退变,按这种情况发展下去,40岁左右你就要坐轮椅。我那年才26岁,医生就给我判了终身残疾,我不甘心，按自己的办法坚持锻炼保护。后来，一个高人传授了我一个简单的腰部锻炼和拉伸的动作，名为"大鹏展翅"，非常简单，他要我坚持做这个动作，能使我的腰腿病缓解。我这个人没有别的长处，就是毅力好。从1978年到现在，35年过去了，我坚持每天做一套"大鹏展翅"，腰部受寒或负重后直不起来的时候，一天能做上好几遍。现在，腰伤仍时常困扰我，但我安然过了40岁，过了50岁，连60岁也过去好几年了，我不但没坐轮椅，每天还能跑上4000米。可见，医生的话不能不信，也不能尽信，保健养生，具体情况具体分析，适合自己的就是好的，就是对的。

知青生活7年多，小伤小病多次，一一写出来，篇幅太长，但还有几桩，要记在这里。

一次是在三营工厂，莫名其妙的，我突然拉肚子了。虽说那时年轻体壮，生冷不忌、饮食不洁的情况时有发生，多数情况下都不会发生问题，偶尔闹闹肚子，吃两粒黄连素也就好了。但那次拉得厉害，不到一个小时就要跑一趟厕所，一连拉了十几次，人都虚脱了，走起路来都摇摇晃晃的，多亏了刘宝琦、陈列、阿冯等几个同学，架着我上厕所，跑三营卫生所为我延医请药，整整闹腾了一天。正如腹泻突然来一样，突然也就止住了，只是人虚弱得一点力气都没有，整整躺了两天。病愈后，我揽镜自照，人瘦了一圈，脸色灰白，最可气的是两个眼眶深深地陷了下去。上工厂磅秤一称，体重轻了7斤多。那次拉肚子真把我害惨了，我也真正明白了为什么说"好汉架不住三泡稀"。那次腹泻造成的最明显的后果就是我的眼眶从那以后就没有恢复过来，一直凹陷，所谓深目隆鼻。多年之后，在北京的一次餐桌上，一位北京的朋友朝我看了又看，说我有鲜卑族血统，我的姓也与鲜卑族的姓氏慕容有关系，颇为有趣。后来，我看书才知道，连续腹泻，会使人大量失水，体液电解质紊乱，造成脱水性中毒。那次给我印象最深的，就是病中的无力、无助，人在病中，最易想家，幸好有一帮同学，不然，我可就惨到家了。

一次是低血糖发作。一生中低血糖多次发病，但有印象的只不过两三次,这次我记得非常清楚。因为感冒头昏,我到卫生队拿药,王番让我睡在他的床上休息。这么多年了,我对自己的低血糖有认识,病中最易发作,尤其是重感冒时。吃了药,睡了一夜,我感觉好了许多。第二天大约 8 点多钟,我起来上厕所。那时卫生队的集体宿舍是相对的两排瓦房,中间是花圃,王番的宿舍在第二排靠中间的位置,大概是第五间,厕所在北边的橡胶林边,离王番宿舍大约有 20 多米。我起来走到厕所,已经站不住了,手扶着墙,身体斜靠在墙上,勉强支撑着尿完,赶紧往回走。脚下已经发飘,跟跟跄跄的,感觉非常难受,就想赶紧躺下来。那排房子第一间是女生宿舍,是张式昭她们住的。走过那间房往前,腾云驾雾一般,脚下已无根基,隐隐听到有人喊"老大",无心、也无力应答,脚下开始打绊了,只听咣当一声,踢翻了放在走廊下的一只空水桶,眼前一黑,直直地往前摔了下去。这一下,动静很大,有人从宿舍跑出来,把我连拖带抱地放在床上,少顷,我醒了过来,只要躺下,我很快就恢复了神志。一看,是"山猪佬",他正一脸焦急地下手掐我的人中,我知道是低血糖犯了,并无大碍,于是,伸出左手,握住了他的手,不让他掐人中。"山猪佬"是花名,其名刘裕民,六中初一己班学弟,原杨梅队知青,调在卫生队工作。很快,床头围满了同学,纷纷询问,我连说不要紧,只是低血糖犯了,于是,立即有人去拿葡萄糖注射液和针筒,40 毫升高渗葡萄糖注射液推进去,我很快就还原过来,谢过各位同学的关心,我又走回王番的宿舍。让我遗憾的是,究竟是谁去为我拿药,是谁为我推注葡萄糖的,我今天一点印象也没有了,因为当时同学太多,我也很难一一记住了,但我真诚的感谢始终记在心头。

还有一次突然尿血。那是 1974 年五一节前夕,在工厂时就发现尿液混浊,没当回事。连夜走到深兰队后,尿液已呈红葡萄酒颜色了。第二天从深兰下山到卫生队,尿液已经清亮透明,和平常一样了,但朋友们都劝我验尿检查,一查,尿里血红细胞为 4 +。以当时卫生队的条件,没有办法进一步检查是什么原因引起的,而我又没有什么不适,谢绝了朋友们建议我在卫生队休息一段时间,再观察观察的好意,我和刘宝琦、陈列又回到三营工厂,继续打井。

人在病中,特别无助、无力,有时连下床的力气都没有。我曾听杨梅队苏熙泽给我说过,一次上山开荒,住在临时工棚里,他病了,不思吃喝,浑身乏力,大家在时还好,一旦出工走了,偌大的工棚里只有他一个人时,一种空虚静寂就包围了他,觉得空间无限的大,时间无限的长,连喝口热水都是一种奢望。想解小便了,却起不了床,无法走到工棚外面,急了,他只好跪在铺上,扶着围墙,透过通风的小窗洞向外撒尿,谁知全身连撒尿的力气也没有,无法尿出去,顺着竹笆墙向下淋淌,那一刻,他的泪水也止不住地往下滴。

工伤

伐木开荒,耕种犁耙,磕碰受伤时常发生,我在农场期间,虽有小伤,并无大碍,没有动过手术,也没有缝合过伤口,这里面有幸运的成分,但更多的是我倍加小心,注意自我保护的结果。不过我在劳动中见过几次工伤,也知道几起工伤,大多数人经过治疗都痊愈了,只有个别人留下了严重后果。

劳动中受伤,是很平常的事。一般的小伤,我们就用飞机草简单止血,稍微大一点的伤口,在连队医务室涂涂药水,抹抹药膏,棉垫包几天,也就好了。如果发生了较为严重的工伤,就要送医院治疗了。

开荒伐木,挥锄抢斧,千万要把周边的树棵,尤其是藤蔓清理干净,因为一不小心,锄头或斧头被树枝藤蔓扯住或阻挡一下,就会改变方向,极易伤到自己。我有一次在连队旁挖一个树桩时,锄头就被草蔓扯了一下,结果一锄头锄到左脚背,立即鲜血流淌,好在用力不大,情况不严重,赶紧到医务室包扎。在青年队时,老工人(一班副班长)叶名水,一次在后山上整理林段时,不慎被斧头砍到,可能砍得较深,我不清楚具体情况,只听他反复地喊着:"骨、

189

骨、骨……",我知道这一斧头砍得看到骨头了,几个人急忙将他抬下山去。我亲眼看见斧头砍伤露出骨头的,那是1975年11月,当时我们在牛寮修建水库。一天收工,一班长黄关森想砍一段木头扛到伙房做柴火,可能已经收工了,而且是砍柴火,精神上有点松懈,斧头落下时被藤条挡了一下,落到脚上。我当时正在他身边,只听他哎哟一声,我扭头一看,他的右脚第二趾鲜血涌流,砍得很深。我怕黄班长看到伤情,也怕他晕血,一步跨过去,用身体挡住他的眼睛,右手立即捂住他的伤脚。这时一个女学生赶忙递过来一条手帕,我不敢乱用草药,怕卫生员清创时麻烦,用手帕将他的伤趾扎紧,那哪是手帕能止住的,血不断流出。黄关森要走回去,我坚决不同意,怕他看见血,坚持要背他。黄关森,原武装连留下的骨干,一米八几的个头,体重应该不少于180斤,他受伤的地方在刚刚砍伐完的一片洼地里,回连队驻地是一段长长的上坡路,虽然我那时年轻力壮,但背着他在布满乱木和石块的林中小路上走,还是十分吃力,爬了5分多钟,回到连队,立即请卫生员治疗。卫生员治疗后告诉我,砍得较深,伤到骨头,要立即送医院治疗。于是,打电话请医院派车来接下山去。黄关森在医院住了一个多星期,还截去了一小节趾骨。

开荒砍树,清理树棵灌木,要特别注意藤条和竹丛,砍藤竹时更要看清周边情况,不能大意,对纠缠在一起的树木、藤竹尤其要注意,准确判断其倒向,可能弹起的位置,稍不留意,就会受到伤害,有些还很严重。哑巴田开荒时,叶光荣就因此吃了亏。他是怎么受伤的,我不是很清楚,但我知道他被竹子扎了左胳膊内侧,从肘弯到腋窝处,有10多厘米长的伤口,当时送到团卫生队治疗,缝合了伤口。我看过那处伤口,缝了有10多针,缝合处如一条暗红的蜈蚣一般。在卫生队治疗了几天,因为开荒任务重,他又回到哑巴田继续开荒。奇怪的是,他的伤口一直不收口,还时常疼痛。我以为是缝合后挣的疼,开荒时汗多,腋下更多汗,所以伤口不收口。谁知从医院回来20多天后,一天,随着脓血,竟露出了一小截竹丝，卫生员用镊子夹住，向外一拉，竟是一截七八厘米长的竹篾，这才让谜底揭开。不知卫生队哪位粗心的医生，未认真检查，彻底清创，留下了这条细小的竹篾，害得叶光荣多吃了 20 多天的苦头。这是我知道的真实版的医生粗心大意的故事。

被竹子弄伤给我印象最深的是张德淦那次受伤。张德淦，客家人，退伍兵，一个黑瘦精干的小伙子，1970 年和一批退伍兵从梅县地区来到南林农场。当时分到青年队的客家退伍兵有 4 个，另外 3 个都已成家，带着爱人一起来农场，唯有他是单身。几个退伍兵来到队里，初始很受重视，那时，"天天读"已经渐渐流于形式，几个退伍兵的到来，给各自的班里"天天读"注入了活力，那真是说得头头是道，在连里大批判会上发言，不只是引用毛主席语录，马克思语录、列宁语录也如数家珍地引用，让连里所有的人都刮目相看。过了一阵子，连里领导和班长都渐渐感到头疼了，这几位是嘴把式，光说不干，经常借故不出工，出工也不出力，平日牢骚满腹，怨声载道，直说上了当，被骗到农场来的。按说客家习俗，男的会享清福，女的很能干，但他们的老婆也都细皮嫩肉的，更不愿出工。连领导和班长要和他们谈谈心，帮助教育他们，还没说两句，就被堵了回来，根本说不过他们。时间久了，大家也就随他们去了。我很奇怪，那时号召"三学"："工业学大庆、农业学大寨、全国学习解放军"，而且"解放军是个大学校"，怎么"大学校"里出来的人竟是这般情形？话说远了，还是说说张德淦受伤的事。张德淦来了一段时间后，有所转变，表现积极，主动要求到哑巴田开荒，连长很高兴，将他分到我的班里，嘱咐我要多关心、多帮助他。

出事那天，我们的任务是将树林里的树棵藤蔓全部砍掉，留下大树等挖洞后再砍。那片树林中生长着许多大蓬大蓬的竹子，还有许多藤蔓，见此情景，我多加了小心，并告诉张德淦多加留意，千万千万注意安全。砍竹子，要十分小心，如是大蓬的竹子，旁边无遮无挡，竹子从根部向四周蓬开生长，那不会有危险，用刀向竹根砍去，竹子会一根根倒下；但树林中生长的竹子，往往会被树木压住,或被藤蔓牵扯住,成弯曲的状态,那就要小心了,尤其是有时竹枝绷成弓形,那就更要十分小心了,这样的竹子被砍断后,会立即弹射开来,极易伤人。张德淦参加此类劳动少,没有经验,不知其中厉害,不以为意的样子。那天要砍的树林中竹子一蓬蓬的,各种情况都有,我十分担心。全班在林中散开,成散线一样,每人相隔五六米,向前推进,我就在张德淦旁边砍竹子。真是怕什么来什么,大约9点多钟,正在砍一蓬竹子,只听张德淦"啊"的一声,手中的刀扔在一边,用手捂住了脖子。我走上前一看,从他的指缝间涌出了鲜血,我一看情况不好,立即刀劈脚踢,清理出一块空地,扶着他躺下,将他的头部垫高。周边的人都围了过来,有人高叫"卫生员、卫生员",身背药箱的卫生员赶了过来,分开张德淦的手一看,所有人都倒吸一口冷气,惊呆了。只见张德淦的脖子中间,开了一个如中指第一节指头大小的洞,鲜血不断地从里面涌出。原来人脖子处的皮很薄,没有肌肉,割破之后,上下一牵拉,就出现一个孔洞,透过这个洞,可以清楚地看到里面的气管、喉管与肌体组织。卫生员药箱里只有简单的急救药,面对如此伤情,顿时束手无策,赶紧镊出一大块棉垫,罩在伤口上,和我一商量,赶紧向海军观通站求助,同时通知卫生队派车来接人。

我立即飞奔下山,一时间顾不得山路崎岖,树棵绊腿,连蹦带跳,20多分钟的路程,我七八分钟就跑到了。观通站卫生所的军医看我气喘吁吁,满头大汗地冲进去,知道一定有情况发生,听我上气不接下气地简单说明了情况,他立即准备了器械,背上急救箱,吩咐我把担架扛上,两人匆匆向山上跑,就这样,我还让炊事员抓紧时间给卫生队打电话,马上派车接人。10多分钟后,我们跑到了出事地点,军医立即单膝跪下,察看伤情。军医毕竟是军医,许是流血场面见得多,还是军医培训对创伤处理作为重点内容,实习实践得好,总之,军医比卫生员要镇定得多,处理伤口也果断得多。他从急救箱里拿起镊子,掀开棉垫,我再次看见裸露的伤口。军医迅速用止血钳夹住了受伤的血管,固定,用一大块棉垫盖上伤口,嘱咐立即抬上担架,抬下山去,并再三要求,担架前后要保持一定的倾斜度,头部要高一点。几个人迅速抬起张德淦往山下走,军医背起急救包,和我们一路下山,边走边给我们解释,幸好只伤到了静脉血管,如果是动脉血管,此刻人就十分危险了,而且没有伤到气管、食管和神经,到医院后手术难度不大。听他这么一讲,我悬着的心略微安定下来。抬下山不久,卫生队的车也到了,车子载着张德淦迅速向卫生队驶去。一切如军医所说,在卫生队手术后住了一个多星期,张德淦回来了,虽然脖子仍然裹着厚厚的绷带,但已经基本痊愈了。这次事故,实在是不幸中的万幸,我事后想想都十分害怕,万一割伤了动脉血管,那可能就无法挽回了,再万一扎伤眼睛,或是扎到面部,那就要留下终身遗憾了。

　　劳动中被蛇虫咬伤蜇伤,也曾经历过。刚到青年队不久,邹建平就被一条小青蛇咬到脚,那条蛇究竟是青竹蛇还是竹叶青蛇,总也没弄清,如果是竹叶青蛇,那是有毒的,尽管毒性很低,救治不及时,死亡率在1%—2%左右。那次咬伤不严重,邹建平休息了两天后,就继续出工了。我则被地排蜂(学名叫什么不清楚)蜇过,非常痛。那是在五一队会战,青年队去了几十人,帮助五一队整修林段,将定植平台修成贯通的环山行。那天九点多钟,我挖完了一段环山行,带着锄头、砍刀,另找一个环山行,向下走了没几步,忽然发现了有一段环山平台,地势较平,全是土质,几乎没有石块,树棵也不密,我心中窃喜,这么好的地方怎么没有被人发现啊,今天捡着便宜了。放下锄头水壶,我挥刀砍开树棵,刚砍两刀,右手无名指突然疼痛,我正想怎么不小心,被树茬戳到了,还没有来得及看,就听嗡嗡声大作,一群地排蜂从地底钻出,像一阵黑烟向我袭来。早就听讲过地排蜂和别的蜂不一样,它们的巢是建在地下的,在学校时也看过南越游击队用地排蜂攻击美军的故事,深知此物厉害。见势不妙,我丢下手中砍刀,立即抱头逃窜,足足跑了100多米,才逃离蜂群。此时手指大痛,仔细一看,是右手无名指末端被蜂蜇了,虽然不是很肿,但被蜇伤的地方竟有一点血迹,尽管只有绿豆大小,这让我非常奇怪,蜂虫叮了也会流血吗？这是我第一次,也是唯一的一次被地排蜂蜇到。听说五一队有人被地排蜂蜇伤10多处,当场昏了过去,送卫生队救治后才脱险,还听说有人被地排蜂蜇死的事情发生过。手指被蜇后,虽然痛,只能忍着。过了一会,慢慢地肿了起来,却无大碍,到了晚上,不再疼痛了。过了几天,被蜇伤的手指还脱皮了。后来有人告诉我,被蜂蜇了,最好的办法是用氨水涂搽,可以止痛,只是当时不知道,就是知道了又向何处去寻找氨水。反正不要命,忍忍也就过去了。

在新风队伐木期间,我亲眼看见二班长蔡梓雄在我身边被蜈蚣蜇伤。那天下午,我随二班一起劳动,5点钟左右,要向山下运送木料了,有一段木料既圆又直,被截成了4米左右一段,尾径大约有60厘米,这么大的木料,没有办法抬,只能用木棍向下撬。那段木料下面没有缝隙,木棍插不进去,我招呼了几个男生,准备将一头抬起,让女生将木棍插进去。我刚在树头站好,被二班长一把拉了下来,说我来,你们几个在两边搭把手就行了。二班长蔡梓雄,潮汕青年,武装连留下的骨干,身高180厘米,虎背熊腰,比一班长黄关森还要壮实。几个人蹲下步子,各人伸手抱紧木料,我紧靠着蔡梓雄,准备"一、二、三"一齐用力,正在此时,蔡梓雄突然大叫一声,向后便倒,同时左手紧紧捏住了右手。见此情景,我心中一凛:被蛇咬了？惊慌之下,我指挥大家一齐用力,迅速将木料撬开,只见一条蜈蚣,一条足有20多厘米长的黑色蜈蚣,闪着金属光泽,眼见隐身之处洞开,正急速游走,几个人七手八脚,立即将此害捣成烂泥。回头再看二班长,非常痛苦,被蜇伤处迅速红肿,伤口处不断渗出鲜血,是被攥紧后挤出的血,还是蜇伤后渗出的血？这也是我第一次见到蜈蚣咬伤后伤口处出血。尽管我知道蔡梓雄此时很痛,但我庆幸不是被毒蛇咬伤,心中安定了许多,急忙嘱咐一个男学生送二班长回驻地,领着其他人继续干活。回到驻地,吃完晚饭,看到蔡梓雄痛得满头大汗,坐立不安,蜈蚣咬伤虽然痛,却不致命,卫生队断不会派车来接的。眼看各种土方都用过了,只有蕹菜根未试过,看到蔡梓雄痛苦不堪的样子,想想他是为了我才被蜇伤的,我再也坐不住了,趁着月色,走了20多分钟路,跑到新风队菜地里,挖了几兜蕹菜,回来后捣烂敷上,仍然没有效果。这条蜈蚣体形硕大,蛰居深山老林多时,一旦受到惊扰,蜇人时放出的毒液想来是十分厉害的。蔡梓雄可能一夜无眠,第二天天亮,鸡叫过多时了,情况仍不见好转,连胳膊也有些肿了,我连忙安排人护送蔡梓雄到卫生队去治疗。

在农场时,还有一种看似十分轻快,但却非常危险的工作,一旦有闪失,后果十分严重,那就是将电雷管改火雷管的工作。农场大开荒的时候,炸石炸树炸胶洞,很多地方、很多时候都要爆破。有一段时间,领来的雷管全是电起爆的电雷管,开荒点没有电,要改成火雷管才能用。我没有做过这项工作,但我知道这是很危险的工作,让人的神经始终都紧绷着。也有年轻人不在乎,为图省事,手中同时握着几个雷管,挨个改装,稍有不慎,就会酿成惨剧。据我所知,高二学姐、原杨梅队知青、后调在卫生队工作的张式昭,就因此而受过伤,她是比较谨慎细心的,每次只拿一个,改装完了再拿一个,后果不是十分严重,但听说她也失去一小截手指。青年队的青年工人黄玉忠,就没有这么幸运了,一次事故造成了他终身残疾。黄玉忠,海南人,一个非常阳刚帅气的小伙子,性情开朗,说话总带着笑,有一个漂亮的妻子和一个虎头虎脑的儿子,幸福的一家子。1970年的一次事故,手掌中握着的雷管爆炸,炸飞了他的整个右手手掌,炸碎的骨茬又击伤了他的面部和胸部,一只眼睛也因此瞎了。事故发生在牛寮开荒会战工地上,我不在场,如何救治的我不清楚,但他的妻子为此哭得死去活来,我是亲眼所见,令人为之戚然。一个多月后,黄玉忠伤愈回队,看着他那光秃秃的残臂,看着他那失去亮晶晶神采的一只盲眼,我心里非常难过。那个年月擅长将坏事变好事,擅长将悲剧改编为喜剧,黄玉忠的事故被宣传成了英雄事迹,为他写了讲用材料,送他参加了学习毛主席著作积极分子表彰会,整党时发展他入了党,一时间,占尽春光,出尽风头,俨然新时代青年楷模。只是,冷暖自知,艰辛心明,光环的背后,残疾造成的心理伤害,带来的种种不便,只有他和妻子能有刻骨铭心的感受。荣耀过去,他回归为一个普通的残疾青年工人,看着他年轻力壮,却无法再干自己喜爱的工作,只能在连队的照顾安排下,与老弱妇孺一起从事辅助劳动,从此不能扛着斧头,呼啸山林,不能驾着渔船,追波逐浪,那种心底的落寞,如何向人言说,又能向谁言说。有时我在队里看到他寂然寡欢、沉默不语的样子,心中就会为他涌起一种悲哀。后来他们一家好像调到红桥队去了,以后一直没有再见到过他们。

最为令人感慨的,还是在开荒中生病亡故的同志。牛寮开荒会战中,日复一日的重体力劳动,艰苦的生活环境,严重营养搭配不均衡的伙食,使参加会战的军垦战士们疲惫不堪,身体抵抗力大为下降,疫病开始流行。生病不可怕,医治就是了。为了保证会战顺利进行,卫生队在工地派驻有前线卫生所,有医生、护士、卫生员,药品也很充足,虽然如此,也还是出了问题。会战工地有人得了一种怪病,畏寒高烧,医生全力救治,却怎么也不退烧,不见好转。卫生所医生会诊,有说是重感冒,有说是打摆子,眼看病情危重,赶紧送卫生队紧急救治,虽然用尽了一切办法,病人还是不幸亡故。紧跟着,又有1人因为同样的症状死去。这一下,会战工地人人自危,人心浮动。为尽快查明病因,稳定人心,卫生队紧急向兵团卫生部报告。经兵团医院检验,两人均为感染了恙虫,得了恙虫病死亡的。两个工人死得很冤,但想想也不能全怪罪医生和卫生队,毕竟以前南林农场没有这样的病例,医生不了解,不掌握这个病的情况,一时误诊也是难免的,而且此病发病快,两三天内就能死亡。弄清了病因,就能有针对性地进行治疗和防疫,会战工地人心稳定下来了。只是,病亡的工人是再也无法复生了,其家人的哀痛又岂是他人能感受的。因此,我深深地认识到对症治疗的极端重要性,一个高明的医生,就在于他能准确诊断病情,找准病因,对症施药,从而妙手回春。"一将功成万骨枯",同样的,名医的成长,不也需要千万次的医疗实践,不也需要千万个病人的痛苦甚至生命才能成就吗？名医丰富的医疗经验和精湛的医术,难道不应该更好地服务群众、回馈病人吗？一些名医功成名就之后,躲在象牙塔中,只为高级领导和高级成功人士服务,令人心寒齿冷。我们的社会太需要李素芝和庄仕华这样全心全意为基层、为群众服务的好医生了。

抬担架

南林的医疗体系是比较健全的,一般的危重病人都能得到及时救治,但特殊情况下,偏远连队也会组织人用担架抬送伤病员。在青年队期间,我一共抬过三次担架,最远的一次抬到八一队。

第一次是刚到青年队不久,叶××服药自杀,队里组织人将他送去场医院。这段经历在《行》里说过,不再赘述。

第二次是1971年6月间,那时全连青壮劳力都在哑巴田开荒会战,那天我有事回连队,中午时分,我正在宿舍休息,忽听外面曾庆柳指导员大声地说着什么。指导员是个温和的人,平时很少高声大气地说话,这么大声训斥人,是很少有的。我走出去一看,是客家退伍兵老陈(记不得姓名了,虽然被称为老陈,当年大概也就二十四五岁吧),跟在指导员身边,不住地诉说着,央求着,我很快明白了是怎么回事。原来,老陈的妻子临盆了,却不顺利,生不下来,要急送卫生队。4个客家退伍兵到连队时,老陈的妻子已经怀孕了,她年龄不大,那时还不满18岁。老陈特别疼惜他妻子,平日里百般呵护,也不让她参加劳动,虽是客家女,却没有那股豪爽泼辣的劲头,反而有一种娇弱的模样。随着日子一天天过去,她的身形渐渐显露,不足160厘米的个头,显得格外膨胀、格外吃力。眼看预产期要到了,考虑到她是初产妇,从身形看胎儿不小,指导员怕出意外,前几天千方百计找了一辆车,把老陈和他妻子送到团卫生队,总算了了一桩心事,松了一口气。谁知第二天,老陈竟领着妻子又回来了。原来，老陈很固执，恪守着客家人的习俗，女人生孩子一定要在家里，不知他俩是怎么回到连队的，毕竟有40多里路，而老陈又非常疼爱老婆，这次竟如此不顾一切。曾指导员看到他俩又回到连队，非常生气，批评老陈不明事理，拿大人小孩的性命开玩笑。虽然如此，指导员还是将此事挂在心上。

回到连队第三天，老陈妻子临盆了，连队卫生员已跟着大部队上了哑巴田工地，指导员赶紧打电话请营卫生所派医生过来。龙医生很快赶到连队，但从早上到中午，孩子就是生不下来。龙医生告诉指导员，胎儿体形大，产妇平时娇生惯养，不参加劳动，没有体力，连队没有条件助产，必须立即送卫生队，否则后果难料。打电话到卫生队，回答车子到其他连队接病人去了，一时找不到其他的汽车，如情况危急，先用担架送，车子回来后再迎头接。眼见情况危急，老陈彻底崩溃，跟在指导员身后不断哀求，指导员自然心急如焚，一边大声呵责老陈，一边到处找人。不怪指导员气愤，确实是老陈太过固执，做事欠考虑，当时连队留在家里的人员多为老弱病残，几乎没有青壮劳力，让指导员到哪里找人。老陈实在急了，向指导员跪下哀求。指导员一眼看见我，喜出望外，立即给我分派任务，四处找人，大中午的，我和指导员找了一圈，只找到了3个男人，加上指导员和我，一共5人，虽然不足，也能抬起担架了，立即出发。种菜的林班长那天也被找来抬担架了，林班长那年有40多岁，瘦瘦高高的身材，平时工作很努力，在连队默默地劳动，但他身体不算强健，有气喘病，那天实在找不到人，只好请他出马。龙医生背着急救箱，老陈将产妇生产的一应物品和孩子的小衣服、尿片等等，装了满满一大包，背在身上，手里还提着一个包，一行人匆匆上路了。

6月的海南，天气已经相当炎热了，正中午的太阳晒得地面发烫，出青年队不远，就是一段沙土路，发烫的沙子灌进凉鞋里，烫得你受不了。平日里，我们都是走在伏地生长的草棵上，或是躲在树荫里行走。那天不行，抬着担架，不容你选择，只能跟着一齐跑，烫得嘴里嘶嘶啦啦的,一边急匆匆赶路,一边还在迈脚时甩甩鞋里烫人的沙子。实在受不了了,我喊前面的人尽量走在草棵上或硬实的路面上。好在这段路不长,10分钟以后,路面就硬实了,虽然地面仍然发烫,但毕竟隔着鞋底,情况好多了。这边脚下才不感觉烫,那边真正感觉天气太热了。6月正午,海南的太阳真正就是一个大火球,炙烤得你浑身冒汗,肩上,抬着160多斤的孕妇,快速赶路之下,人人气喘吁吁。我们那时抬担架,不像电影里那样,两个人一前一后,用绳带系着担架两边,再将绳带大背在肩上,而是4个人各握着担架一头,同时上肩,前面的两人还好,能看清楚道路,后面的两人,只能跟着感觉走,难免就跟跟跄跄,脚步不能一致,走起来格外吃力,还要照顾担架上的人,不要因为摆动过大将人从上面颠下来。天热,情急,责任重,大家不敢有丝毫懈怠,拼命赶路,身上的汗不停地流,衣衫全都汗湿了,找不到一丝干处,人人脑袋上都蒸腾着热气,最讨厌的是头上的汗水,顺着发根向下流,汗水流进眼睛,渍得生疼,只得不停地撩起衣襟抹擦。到田心大队供销社时,我们将担架停放在树荫里,龙医生为产妇检查,听听胎心音。借此机会,我干脆将上衣脱下,光着膀子,将衣服拿在手里,当作汗巾使用。停留不到两分钟,气尚未喘匀,产妇痛苦的叫唤声,催着我们赶紧上路。虽有7个人,但真正抬担架的只有5个人,老陈大包小包地背着,换他抬担架,大包小包地压在换下来的人身上,等于没换;龙医生虽然多次要求搭把手,临时换换肩,但我们谁也不同意。虽说是批判"臭老九"的年代,但对真正有知识,并一心为群众服务的知识分子,尤其是医生,地处偏远的人们还是十分尊敬的。转上山路后,林班长气喘得不行,看着他勉强支撑着,我都替他难过。曾指导员倒是劲头十足,紧紧抓着担架,再也不放,这段路上,实际上就是4个人在全力拼搏了。汗越流越多,却因走得匆忙,没有一个人带了水,炎热、干渴、疲劳,使得每个人都沉默了,只有沉重的喘息声,脚下的嚓嚓声,伴随着产妇的呻吟声,偶尔的叫喊声,映衬着山间路上的静寂与沉闷。老陈原来还一边走一边宽慰妻子,不停地给她打气,一边还不断地向指导员检讨,不断地向大家表示感谢,疲累的我听着老陈的絮叨,心中又好笑又可气,早知如此,何必当初。只是老陈现在也没有声音了,只是不时用毛巾为妻子擦擦头上的汗。龙医生看情形不对,担心有人脱水中暑,从急救箱里拿出了一瓶葡萄糖盐水,拔开塞子,让每人喝一点润润嗓子,这只是救急的无奈之举,每人喝了一口,转了一圈后,还剩下不少,让老陈喂妻子喝了一些。上到山顶,情况好多了,一是两旁的橡胶林有了树荫,二是忽有忽无地感到了一丝丝风,路也好走多了,一路缓坡向下,人就不像爬山时那么吃力。一行人鼓起余勇,一路小跑,来到了八一队。看看时间,这段20来里的路,我们只用了不到一个半小时就赶到了。此时,产妇又大声喊叫起来,曾指导员决定在八一队休息一下,一是请龙医生再次为产妇检查;二是在八一队打电话联系,车子什么时候到;三是让大家休息一下,找水喝。

我们将担架抬到路边的八一队大礼堂中间的一张大桌子上,几个人分头找老乡朋友要水喝,很快又回到礼堂外的树荫里,靠在墙上休息。指导员已经打过电话,说汽车马上就到了,只一会儿,就听到汽车马达声,卫生队的救护车赶到了,医生护士跳下车,赶紧走进了礼堂。到此,我知道今天的任务完成了,下面就没有我们什么事了,精神一松懈,困劲来了,正在迷糊中,只听里面传出来产妇的尖叫声,医生大声喊叫"用力、用力"声,突然有一声"出来了,出来了",我们一激灵,都坐直了腰身。不知为什么,很快,几个医护人员抬着盖得严严实实的担架,飞快地抬上汽车,汽车立即向团部开走了。究竟怎么了,我们不知道。过了几天,会战工地上传来消息,老陈妻子生了个8斤多重的胖小子,母子平安。乖乖,8斤多,难怪生不下来,难怪这么折腾人。会战结束回到连队,只见老陈满脸笑容,还给我送来了一包糖块,表示感谢。我在恭喜的同时也没忘了调侃老陈两句,在卫生队生不是挺好吗,非要回家生,结果从家里一直生到卫生队,何苦! 万一出了事,你怎么交代。老陈也不搭腔,只是咧着嘴乐。我觉得非常难以理解,为什么习俗的力量这么巨大,竟能使那么疼惜妻子的老陈在临产前两天将她带回青年队,如果没有健全的医疗体系,如果应对失误,这次的喜剧也许会成悲剧。

第三次抬担架则是1973年以后的事了。一天夜里,我们宿舍门突然被擂响,开门一看,是叶亚和背着董大春,叶亚和着急地说,老董被蛇咬了,快看看。那晚,连队没有卫生员,营卫生所派来值班的卫生员回去有事,卫生室钥匙交给了我们,叶亚和知道这个情况,就直接找我们来了,情况紧急,将我们的门擂得山响。治蛇咬伤,我们哪儿会呀!看看董大春,呼吸急促,牙关咬紧,再看咬伤处的齿痕,可以肯定是被毒蛇咬伤了。虽然不知是什么蛇,我们还是赶紧拿出季德胜蛇药,按照重症加倍的服法,一次给董大春喂了40粒药。被毒蛇咬伤,后果难以预料,不是我们这些人凭着一瓶季德胜蛇药就能对付得了的,要赶紧请卫生队派车派医生来。不料,那晚电话出了故障,无法打通,连队领导立即派我去前线队打电话。董大春,当地人,当年约有二十八九岁,老婆是田心大队的,结婚后转到南林农场,因为电影和芭蕾舞剧《白毛女》男女主角是大春哥和喜儿,所以我们平时私下里就叫董大春为"大春哥",称他老婆为"喜儿"。从叶亚和的叙说中知道,那晚两人相伴去打野物,夜晚在树林草棵里行走,容易遇上蛇虫,所以大多数情况下会穿长筒胶鞋,或穿解放鞋,将腿部和鞋绑扎牢固。有时打不到野物,偶尔也会打回来一条蛇。记得刚到青年队没几天,队里一个老工人(一直对他的名字很模糊,倒是他的绰号"大金牙"记忆犹新)打猎时就打了一条金环蛇,有2米多长,很粗壮,可能有六七斤重,我当时很吃惊,也暗暗惊讶他们的大胆,被这种蛇咬到的人死亡率在80%左右,他们竟然说说笑笑,等闲视之。那晚董大春不知为什么只穿了一双拖鞋,又不幸踩到了一条毒蛇,不幸这条毒蛇又狠狠地咬了他两口,悲剧就此发生了。叶亚和在前面听到董大春一声惨叫,急忙回头,董大春跌倒在地,捧着伤脚,叶亚和初始以为是脚被荆棘扎

201

了，灯光一照，伤脚上两个毒牙印里正向外流着黑血，情知不妙，肯定是被毒蛇咬了。黑暗里急忙搜寻毒蛇，那蛇早已乘暗夜不知溜到哪儿去了。叶亚和知道情况不好，扔下所有东西，背起董大春就跑，回到连队，就有了上述一幕。

那晚情况不顺，虽然等来了卫生队的汽车，却在河沟里熄了火，我急急忙忙又往青年队跑，这么来回一折腾，时间已到5点来钟，天已经蒙蒙亮了，队里立即组织人用担架抬董大春去医院。这时，董大春的情况更加危重，脸色灰暗、气若游丝，被咬伤的右腿肿胀异常，并且出现了一些黄豆大小的紫色血泡，一直蔓延到大腿。眼看情况危重，一行人小跑着赶路，除了喘气的声音，没有一个人说话。只用了半个多小时，我们就赶到了田心大队供销社，天已大亮。这时董大春已经昏迷，只有牙关咬得咯咯作响，一行人在田心大队供销社门口停了下来，再次检查董大春的情况，血泡已经伸展到上身和右胳膊。我一直感到奇怪的是，只在右半边身有，不知道这是为什么。大家七嘴八舌，议论纷纷，乱作一团。正在此时，一名老人走了过来，俯下身子看了看董大春，问我们要去哪里，我们回答要送去卫生队，老人平静而又带着几分自负地说，来不及了，就是来得及，他们医院也没有办法，相信我，就送到我那儿治。大家面面相觑，谁能做主，谁敢做主？这时"喜儿"倒站了出来，一脸果断，不由分说，让我们将董大春抬到老人家里去。跟着老人穿小路，走田埂，约有四五分钟，就来到他家里，记忆中是一间一明两暗的三厢瓦房，没有刷白，略显昏暗。老人走进里间，拿出一个直径有10多厘米的大竹筒，竹筒有些年月了，被摩挲得油光滑溜，略显铜色。老人拔出一头的木塞子，向一个大碗内倒出一些土黄色的药粉，用水调开，吩咐我们撬开董大春的嘴巴，给他灌下去。老人又调了一些药糊，涂在伤口周围。要说神奇，那真是神奇，大约过了5分多钟，董大春竟然"唉"了一声，醒了过来，大家听到声音，一阵惊喜，全都围了上去，只见董大春睁开眼睛，说了一句话："我心里凉凉的，好舒服。"老人见此情景，告诉大家，你们回去吧，他至少

202

要在我家住上 10 天。"喜儿"立即做主将董大春留下,见董大春老婆做主,大家也放下心来,千恩万谢之后,和老人告别,回青年队了。

董大春这次被毒蛇咬伤,情形万分凶险,亏了他福大命大造化大,逢凶化吉,遇难成祥,得遇老人相救,捡回了一条命。半个月后,董大春回来了,真正是死里逃生,有点难为情地笑着和大家打招呼。只是被咬伤的右腿,仍然肿得如象腿一般,伤口溃烂,久不收口,只能拄杖而行,直到半年后,他走路仍不利索,右脚的伤口仍未收口,依然肿胀,不能穿鞋。说起老人救他一事,他感到真是万分幸运,那天他周身火烧一般,如置身炭炉之中,一剂药灌下去,感到就像一碗凉水,顺着喉咙直凉到心里,舒服极了,炙热的感觉也渐渐消退,他清楚地知道,有救了。庆幸的同时,他也有些后怕,万一那天一切顺利,将他直送卫生队,也许就完了。

董大春那天究竟是被什么蛇咬了,一直没有搞明白,我们反复查找了医治蛇伤的书籍,根据他的症状,怀疑他是被烙铁头咬了。烙铁头应是蝮蛇一类,这种蛇的毒液是溶血性的毒,最后会造成人体多脏器衰竭致死,但究竟是不是,还是存疑。对那位老人我是佩服到心底里,我那时知道,医院救治蛇伤的办法,最有效的是注射抗蛇毒血清,但这种血清并不是广谱的、万能的,要针对某种蛇制出,如抗眼镜蛇血清、抗银环蛇血清等。蛇毒可分为神经性毒素、溶血性毒素,最可怕的是混合性毒素。因此,被蛇咬伤后,首先要弄清楚是被什么蛇咬伤,紧急处理后,送医院注射对症的抗蛇毒血清。但血清生物活性保存期短,保存不易,那时也没有冰箱,更加不易。所以,董大春那次能在半途中遇到老人,实在是幸运的。他们在长期的山林生活中,与蛇虫打交道的经历中,积累了丰富的经验,更从惨痛的血的教训中得出治疗方法,正是因为如此,他们的治疗手段,也许很土,但却有效、可靠。

几个故事

下面讲的几个故事,不是我亲身经历,但都是我的同学所讲,可以帮助我们更好地了解当年农场的医疗情况。

下放医生

陈大维曾讲过一个广州省级大医院下放医生的故事。陈大维,高一学长,原红岭队知青,后调到卫生队工作。陈大维阳刚英俊,身材高大,擅长各项运动,尤其喜欢打篮球,在南林农场知名度很高,是个响当当的人物。在卫生队期间,一次从山上(好像是六营的一个连队)送下来一个急腹症伤员,他在用电锯锯木时,被木料反弹回来击打在腹部,造成内出血,当场就起不来了。伤员被紧急送到卫生队后,伤情危急,无法再向更好的医院转送了,卫生队决定立即手术。为应对各种情况,卫生队集中了当时几个最好的手术医生(包括妇产科的)同时进行这台手术,陈大维得以进手术室学习并做一些辅助工作。这是一台大手术,相对于南林医院当时的条件和医疗水平,手术难度很高,最麻烦的是伤情不明,难以判断。手术室内准备工作紧张有序地进行,几个医生表情严肃,手术室内空气异常紧张。就在这时,有人说话了:"不要怕,有我在,你们放手去做好了。"陈大维这才注意到手术室内有一个陌生人,40上下年纪,此乃何方人物,竟能在众位医生面前口出大言,陈大维心中暗自揣度。手术开始了,腹腔一打开,积存在腹内的血液哗的涌流出来,几位医生见不断涌流的鲜血,顿时手足无措,乱了阵脚,只有谢医生(名字记不得了,是一个娇小俏丽的女医生,当时30多岁)眼疾手快,挟起大团药棉,按向腹腔。眼见情形危急,陌生人站了出来,他来不及消毒,赶紧套上医用胶皮手套,分开众人,伸出一指,紧紧按压住伤员腹腔一处,鲜血不再涌流,手术室内不再忙乱,安静下来。众人的目光一齐投向陌生人,陌生人开口说话了:

"大家不要慌,现在我们研究一下手术下一步该怎样进行。"了不起,真了不起! 陌生人究竟是谁,他按压住的是什么地方? 陌生人的形象在陈大维的眼里顿时高大起来。在陌生人的指导和参与下,手术顺利完成。这可是南林医院第一次急腹症大手术。摘下口罩,在场的医生长长地松了一口气。陈大维回到宿舍,顾不上吃饭,捧着医学书籍,急速翻查,终于弄明白了陌生人按压的地方是腹部大动脉的关节点。陈大维说,虽然培训时也学习过人体解剖,血管、神经什么的也知道,但经过这次手术,腹部大动脉的这个点,一辈子也忘不了。陈大维对这位名医的崇敬之情油然而生,也暗下决心以他为榜样,努力成为像他一样的医生。"不想当将军的士兵不是好兵"。同样的,不想当名医的医务工作者也不是好的医务工作者,成名成家并不错,关键时刻,没有真功夫,没有真本领,那还真不成。一时间,卫生队上上下下暗暗地形成了一种学习氛围,掀起了钻研业务的高潮。手术顺利结束了,但故事并没有结束。手术后,卫生队请那位医生吃饭,以陈大维当时在卫生队的地位,是不可能去作陪的,可是那位医生坐下后,发现陈大维不在,很关心地询问有位年轻人为什么不在,卫生队的领导赶紧解释了两句。此事后来传到陈大维耳中,令大维非常感动。名医不但医术一流,为人也是一流,谦虚谨慎,目中有人,不因年轻人地位低下而忽视他,这让陈大维心里温暖了很多天。后来,陈大维终于知道了这名医生是广州某大医院下放到万宁县的医生,姓陈,因为与陈大维同姓,所以记得清楚,名字好像是陈运南。

另一名下放医生的故事是王番说给我听的,也是一个外科手术的故事。一个酷热的下午,一名车祸伤员被紧急送到卫生队。该伤员小脚肚肌肉被撕裂开来,伤口严重污染,鲜血混合着泥沙布满创面,一些沙石紧紧嵌入了肌肉。卫生队的外科医生从未见过污染如此严重的创伤,他们立即给伤员麻醉,用镊子夹着棉球一点一点地清理伤口,面对如此大的创面,这样清理的速度显然太慢了,但不这样,又能怎么办呢? 这时,一名陌生的医生站了出来,他是从广州某大医院下放到万宁县的一名外科医生,他请人端来一盆清水,手持软毛刷,蘸着清水,对着创面就刷。这样的清创手法,见所未见,闻所未闻,卫生队的医生看傻了。只见下放医生快速地刷净了创面的泥沙,细心地镊出了深陷在肌肉里的砂粒,用过氧化氢反复冲洗,前后不到10分钟,创面已清理完毕。看来十分难办的清创,被他十分利落地做完了。下面的手术过程,不是我一个门外汉能仔细述说的,总之,在这名医生的指导下,手术顺利完成了。这名医生后来给大家讲解,如此炎热的天气,不快速处理创面、完成手术,则污染的伤口,会随着时间的延长,造成伤口感染发炎的可能性会增大,而且,时间过长,引起组织坏死,就更没有办法了,所以,必须快速清创,施行手术,才能保证手术成功。这一手术,不但使王番大开眼界,也使南林医生受益良多,不仅掌握了一种快速清创的手术方法,而且明白了必须因势变化,抓住关键,灵活创新,不能拘泥于成法,以确保手术成功。

"文革"期间,70年代初在全国范围内大批地下放省市大医院的医务工作者到农村边远地区工作,对此我无法评说,相对曾经下放的医务人员,我更没有资格议论。但从上述两起手术来看,两名患者是万分幸运的,他们碰巧遇到了名医,手术成功了,我不敢想象,如果当时两个医生不在场,情况又将如何。农村和山区的群众最迫切需要的是基本的医疗保障,但他们也需要技术高超、医术精湛的名医为他们解除病痛,如果能在基层为他们及时治疗,他们是不会小病拖成大病,再辗转到大城市大医院去求医的,这不但加重了他们的负担,也使大医院不堪重负。我非常赞同一些发达国家的做法:医学院毕业生必须在大医院工作5年后,才能到社区医院工作,每5年再到大医院工作半年,而专家、教授也要在5年内到社区医院工作半年。这样,社区医院的医生也有较高的医疗水平,群众愿意就近治疗,方便快捷。我们能不能也参照实行,让现在相对固化的医务人员队伍流动起来。

梁滇钰医治眼伤

梁滇钰医治伤眼的故事,也是幸运,不过是另一种情况的幸运。梁滇钰,初一乙班同学,原八一队知青,后来调到新三连。梁滇钰是个很精神的小伙子,个头虽然不高,却长得眉清目秀,五官端正。他在劳动中眼睛受伤,被紧急送往卫生队治疗。卫生队几位医生一会诊,认为情况十分严重,要实施眼球摘除手术,否则可能引起交叉感染,危及另一只眼睛。医生将会诊意见告诉了梁滇钰,手术前要病人签字。梁滇钰十分纠结,心情悲凉又无奈,签字同意,自此之后就要永远失去一只眼睛,余世和的榜样就在面前,让人如何能愿意;不同意,万一如医生所言,引起交叉感染,双目失明的后果更加严重。身为患者,在医生和医院的压力下,其实是没有多少选择余地的。正在梁滇钰痛苦不堪的时候,事情有了转机。这件事被团党委知道了,那时正好是李庆霖上书毛主席,毛主席给李庆霖回信并寄上 300 元的时候,各地都在学习毛主席指示,全面检查知青工作,力争做好知青工作。团党委要求卫生队一定要千方百计治好梁滇钰的眼睛,不得有任何失误。卫生队在团党委压力下,重新制定了救治方案,外请了专家,梁滇钰的眼睛终于保住了,虽然视力受到影响,但毕竟是完好的、自己的眼睛。救治梁滇钰的事情,后来作为卫生队先进事迹材料的一部分,上报到了兵团。逃过一难的梁滇钰对此颇不以为然,他说只感谢团党委。随着年岁渐长,他也渐渐理解了医生的想法,多年后,终于释怀了。

苏熙泽看病

苏熙泽,初一己班学弟,杨梅队知青,身体状况一般,有高血压,好像耳朵和腿脚关节也有点毛病,善侃能说,对时局常有惊人之语,时不时地发发小牢骚。其实,他是个很有意思的人,颇看了一些杂书和文史资料,我喜欢听他谈天说地,臧否人物。他讲过在广州看病的经历,给我留下了极为深刻的印象,也使我想了很多。

因身体有病,他回广州探亲时去治病。苏家在广州市还算是有办法的,那天,他的舅公——一家大医院退休的老院长领着他去那家医院看病。挂号时,苏熙泽一看,有两种号牌,一种是红色的,标明是"工农兵革命群众";一种是蓝色的,标明是"一般群众"。当时蓝牌已挂出不少号,红牌只挂了两个号。苏熙泽心中一喜,哈哈,红牌号挂得不多,走上去就拿了一个红牌挂号,谁知负责挂号的护士并不给他挂号,而是十分怀疑地看着他,问他是干什么的,苏熙泽豪气十足地说:"海南知青。"谁知护士听了之后懒懒地坐下,指指蓝色牌子,说你只能挂蓝牌号。苏熙泽一听顿时愣住了,老舅公这时走上前去,用老年人的真诚和耐心说道:"他都下放 3 年多了,是兵团战士啦。"护士带搭不理地不予理睬。苏熙泽这时醒过神来,气得血压升高,脸涨得通红,粗声大气地喊了起来:"我挂什么蓝牌,你们黑牌子呢,我挂黑牌好了。"护士一看这架势,两眼一翻说没有黑牌子。苏熙泽更大声地说:"为什么没有黑牌子,地富反坏右看病怎么办,他们来看病不挂黑牌子挂什么?我今天就挂黑牌子!"一时间鸡同鸭讲,唇枪舌剑,吵得不可开交。正在此时,一名老医生走过来准备上班,一眼看到老院长,连忙走上前来打招呼,问是怎么回事。老舅公把情况一说,老医生连忙拉着两人进了诊室,原来,当天他们要找的医生就是这名老医生,事情的结局很完满。

听完这个故事,初始和大家一起哄笑,为苏熙泽冷冷的幽默和机智喝彩。只是笑过之后,再仔细回味,又感到不是滋味。知青,这个在特殊年代形成的特殊群体,究竟是哪类人群,属于什么阶层,至今仍无定论。毛主席说:"知识青年到农村去,接受贫下中农的再教育,很有必要。"老人家把我们定义为"再教育的对象",给我们这些曾经的造反先锋、革命小将戴上了金箍,将紧箍咒交给了贫下中农,让他们管束住知青,从此收敛野性,老老实实地在农村好好劳动。"五七一工程纪要"说我们是"变相失业""变相劳改",无情地揭示了知青的真实境遇,直戳我们敏感的神经。实际上,知青只不过是"文革圣坛"上的牺牲品,是在形势逼迫下被发配到农村去的,除了知青和他们的家长,社会上多数人是将知青和社会闲散人员与农民同等看待的。护士的认识,只是反映了这种看法。这与我们自诩为无产阶级革命事业接班人的理想距离何其大也,使我们这些思想单纯激进、胸怀革命抱负的知青心痛、心碎。

20世纪六七十年代,我们作为国有农场的农工,也算是国营体制内的人员,享受着国家全包的医疗,虽然是简单的、初级的,但毕竟不用自己操心,小病吃药打针,大病住院治疗,不用自己掏一分钱。现在,我从公务员岗位上退休了,也还是体制内的人,还是享受着公费医疗,虽然自己也要掏一些钱了,但只是小头。国家改革发展到今天,已经实行全民医疗保险,涵盖了全中国最广大人民群众,让过去看不起病的群众,都能看病吃药。改革开放,社会发展的成果,惠及所有人民,这是一个巨大进步。只是国家的医疗改革方案并不尽如人意,还要继续向前推进。个人认为小修小补解决不了问题,唯有制度设计合理,综合配套改革,具有前瞻性、操作性才行。我以为,医疗改革不能仅限于医疗系统,要医、药一起改,从药品的生产、流通就要抓,药厂必须生产群众需要的普通药、廉价药,要在产值中占有一定比例,严禁药品过度包装,严禁药品不断更换商品名称从而不断提价;医疗改革试行收支分离、医药分离,国家向医院派驻结算中心,统一收取各项费用,由拨付中心向医院拨付运营费用,药房从医院管理体系独立出来,彻底分家;医院实行"首诊负责制"等。打破目前相对固化的医务人员队伍,让他们流动起来;提高医务人员待遇,拉大医务人员与医院一般工作人员的收入差距。我真诚地希望中国的医疗改革能顺利推进,使群众能看病方便,能看得起病,让党的阳光、社会主义的阳光、改革开放的阳光真正照亮每个人,大庇天下病患者尽开颜。

劳　动

　　劳动是人类生存发展的第一需要,只有劳动能为我们创造出物质的、精神的无尽财富,使我们得以繁衍生息,进化发展;劳动也使我们强健、聪明、灵巧,富有生命的活力。一个热爱劳动的人是可尊敬的人;一个热爱劳动的民族,是有希望的民族;一个尊重劳动、尊重劳动者的国家,是一个可以让人民信赖的国家,能够让人民富足,国家富强。劳动在现阶段,还不是每个人的自觉行为,不是生活的第一需要,现阶段的劳动只是谋生的手段,依然是劳累的、艰苦的。但艰苦的劳动、汗水的流淌,却往往使劳动者有一种满足、一种自豪,对劳动过的地方产生感情,一些建设者甚至在迟暮之年,仍然忘不了他们建设过的地方,执拗地要重新回到劳动过的地方去看一看,去走一走。与这种情感类似的,还有那些建立了不世之功的开国将帅,他们甚至死后也要将骨灰抛撒在他们曾经战斗过的地方。这种强烈的感情,这种浓浓的情怀,怎能不让人感动。可以说,没有任何一个地方,能比洒下自己辛勤汗水的地方更让人留恋,更让人难忘了。想想我们在农场时的劳动,不仅是艰苦的,有时更是痛苦的,是一种超出了人的体能和精神极限的煎熬,然而今天回想起来,却让我们有一种自豪、一种留恋。通过在南林农场的艰苦劳动,我们对南林产生了深厚的感情,浓浓的乡恋。我在南林农场生活了 7 年多,劳动了 7 年多,在这方土地上流淌过汗水,挥洒过青春,南林的山山水水、一草一木,都让我无比眷恋,让我魂牵梦绕,南林始终是我心底最柔软的部分,南林情结将伴我终生。

我在南林从事过多项工作,从农工做起,当过副班长、班长、连长、队长,代理过连队文书、营部书记员,做过炊事员、代课教师,客串过卫生员、电话总机值机员;干过很多活,垦殖种胶,插秧割稻,基建盖房,伐木开荒,兴修水利,挖井炸炮,所有这一切,桩桩件件、点点滴滴,都让我难忘。

一、割胶林管

南林农场是主产橡胶的国营大农场,我们在农场时,每年可以生产出2000多吨干胶。据说20世纪六七十年代,南林农场生产的干胶产量,在海南农垦系统100多个农场里,排名高居第二,这让刚到南林农场的我们十分自豪。橡胶是经济建设和国防工业的重要物资,是重要的战略资源。新中国成立初期,帝国主义封锁新中国,橡胶就是严格封锁的禁运物资,连橡胶树苗、橡胶籽也严格封锁。为打破封锁,自力更生,我国在海南、云南和广东、广西等宜植地区,进行垦殖,种上橡胶,当时有一颗橡胶籽价值一两黄金之说。我们到农场时,海南的橡胶生产已有基础,成片的橡胶园,遍布海南各地,一车一车的干胶,运往全国各地,成为经济建设的重要物资。这些成就,完全是在"一穷二白"的基础上取得的,靠的是老一辈垦殖农工们胼手胝足,在深山老林中一刀一斧,一锄一镐,将荒山野岭,化作了奇瑰的橡胶园;是胶工们每天披星戴月,一刀一刀地割胶,一杯一杯地收胶,一桶一桶地送到收胶站,再送到制胶厂,将胶水制成干胶。正是有了南林农场第一代橡胶工人的辛勤劳作,默默奉献,才有了南林的辉煌。直到今天,我闭上眼睛,都能想起当年国防公路两边横成行、竖成列、斜成排的整齐的胶园;想起五一队、八一队那些垦殖在山间的橡胶林段,那一层层环绕山坡、蜿蜒伸展的环山行;想起林段间闪烁的胶灯,挑着满桶胶水的胶工。

作为刚参加工作的青年工人,每个人都梦想能够掌握一门技术。来到南林农场的知青们,最盼望的岗位是什么呢? 南林农场的第一技术工种是什么呢? 当然是割胶工。作为知青,来到农场,能成为一名割胶工,是很值得期盼、很值得骄傲的事情。青年队是副业队,当年全队没有一株橡胶树,当然不可能有割胶工,我在农场从事过多项劳动,但从未拿过胶刀,挑过胶桶,这很令我遗憾。没有亲身经历过劳动,我为什么要写呢? 是因为割胶不仅是在南林农场,而且是整个海南农垦系统最辛苦、最劳累、最有技术含量,也是对海南农垦,甚至国民经济体系最有贡献的劳动,是最值得尊重、最值得赞叹的劳动。由于没有真实体验,只能写下我平日里看的一些场面,感知的一些印象,自然很肤浅。

割胶工的技术,以我旁观者的眼光看,首先是行刀,要求行刀快、割皮薄、割面到位。行刀慢了,割面受到摩擦,排胶管会毛,影响产量;割皮薄,同样的割面会延长胶树的割胶时间,反之则会缩短割胶时间;割面就更重要了,过了,会伤到木质层,谓之割伤,伤了的地方,会长出树瘤,影响以后割胶,不到,则排胶管不能全部切断,影响产量。不同的割胶工,因不同的手法、刀法,技术高低不同,在同一个树位,产量也会相差很多。在割胶的连队,我们经常会看到胶工利用淘汰的橡胶树或被台风刮倒的橡胶树桩,绑在屋前的树上或木桩上,围绕着树桩练习刀法。每个胶工都要经过这个阶段,有些对技术精益求精的割胶工,即使已经能熟练割胶,也仍然会勤学苦练,不断提高技艺。割胶工技术的第二点是磨刀,这是割胶工必须掌握的技能。我曾在《兵团战士报》上看过报道,同样的割胶工,用技术能手磨的刀去割胶,产量竟能提高20%。磨刀是割胶工每天必做的功课,他们时常交流经验,不断琢磨,努力改进磨刀技艺,使胶刀更加锋利,适应割胶要求。割刀分推刀和拉刀两种,手法也不相同,胶工应该能够熟练地使用这两种刀,后来割刀有改进,同一把刀有两个刀面,可以推,也可以拉,这主要是适应割线的高低不同、割面左右不同有所变化。锋利的割刀,是胶工提高产量的关键,责任心强的胶工,上岗时会携带两把甚至更多的胶刀。树位割完等待收胶的时间,有1个多小时,这就是胶工磨刀的时间。晨曦里,割胶工坐在林段的一块石头上,或是干脆坐在环山行边,一手拿着油石,一手拿着胶刀,专注地磨刀。我多次路过八一队和新兴队的胶园,看到早晨柔和的阳光洒落在胶工身上,给他们镀上了一层金光。阳光透过胶树的枝叶,将胶园照射得明暗不同、斑驳多彩,显现出油画般的景象,让我不由得想起当年在校园里常见的用功的学子手捧书本晨读的情形。割胶工技术的第三点,是要熟悉橡胶树,熟悉林段,掌握橡胶生长的特性。新胶工培训的第一课,就是讲解橡胶树,了解橡胶树皮的构造和生长特性。可以说,好的胶工,对林段里的每一棵树都有所了解,对每一棵树的割法都有讲究,对日出时间、阴晴变化、温度高低、湿度大小,都要全面掌握,随时调整割胶时间、收胶时间,等等。

割胶工是非常辛苦、非常劳累的。割胶要早起,每天早晨4点来钟,割胶工就要出工了,夏季气温高时,3点钟就要到林段去了,披星戴月,割胶工早已习惯了。起得早,胶工基本上是饿着肚子出工的,这一饿,就要到9点以后。胶工黑夜出工,用的是电石灯,每个胶工都有一个头箍,戴在头上,乙炔气导气管从腰间电石罐里连到头箍上,在脑门前有一比电筒反射碗略大的反射碗,正中为点火处。火焰大小、照明强度,靠控制电石罐的滴水快慢来控制。电石灯虽然比油灯明亮,但在浓浓的暗夜里,也只能勉强划开一片光亮,照见人周边1米多的范围。我初到武装连当连长时,连里有10多个林段,每天有六七个同志要早起割胶,尽管炊事班林冠英可以去叫醒胶工,但我觉得既然当了连长,就要有责任心。每天我都早起,连部没有闹钟,为了不误点,我就用了笨办法,每晚临睡前多喝水,到了3点来钟,尿憋醒了,我就再也不睡了,等到3点半,站在空地上,目送他们走入林段。初时,可以看到点点灯火,渐渐地,灯光融入暗夜里,隐在林段中,只有天上的星星,在深蓝色的天幕上眨眼。胶工的劳累,在于他们的工作量很大,农场时期,基本上一个胶工管两个树位,每天割一个树位,一个树位300多株树,行刀割胶、擦胶杯、放正,回头再收胶、端胶杯、倒胶水,再用一个专用小刮子将胶杯刮干净,放回杯架,用胶工的话说,每天磕六七百个头。这是非常劳累的,日复一日,年复一年,天天如此,在胶林里单独劳动5个多小时,对人的意志品格和耐力都有着很高的考验。兵团时期,为提高产量,违反橡胶生产特性,将隔天一割改为每天一割,一些胶工每天要割两个树位,那就要起得更早,劳动时间更长。我曾经听一个同学讲过,他最多的时候一天割过三个树位,一千来株树,到最后,头都晕眩了,腿也软了,浑身直冒虚汗。胶工的艰辛,还在于劳动环境。胶林幽暗潮湿,这利于产胶,但胶工长期在这种环境中工作,会影响身体健康,早起的露水和雾气,身上流淌的汗水,使衣服干了湿,湿了干,不少胶工都有不同程度的关节酸痛、腰椎劳损等毛病。割胶工的另一个考验就是要习惯暗夜里一个人在幽暗的林段里孤身工作。深山里的林段,有些离连队有半个多小时路程,海南的山里,有黄猄、坡鹿、山猪、刺猬等动物,林段里阴暗潮湿,杂草满地,蛇、蜈蚣、蝎子更是经常遇见,一年中在林段里遇上两三回蛇是少不了的,真会惊出一身冷汗。女工,尤其是女孩子半夜上山割胶,实在是一种意志的磨炼,需要一定的胆量。胶工都是足蹬长筒水靴,一是早上林间草棵里露水大,二是可以防止被蛇虫咬伤。初次单身割胶的女知青,对云遮星月,暗影忽然袭来,会有头皮发麻、毛发竖起的感觉;对风吹树摇的哗哗声,野兽跑过的簌簌声,蛇虫爬过的沙沙声,会有心跳加快的紧张,这种刺激,恐怕是难忘的。

　　为了提高胶水产量,增强胶工的责任心,兵团时期针对胶工的工作总结了一些经验,提出了一些要求,要求每个胶工认真做到。为使大家牢牢记住,还编了顺口溜,如“宁愿多流千滴汗,不要浪费一滴胶;宁愿多跑千步路,不要漏割一株胶;精心割好每一刀,确保全线都排胶;用心磨好三把刀,不让树位少产半两胶”。“三做到”:

"做到株株割上，做到全线排胶，做到点滴回收。"还有"四无"："无漏割，无漏收，无外流，无早收"；"四心"："精心割，耐心等，细心收，小心挑"，等等。想想那时胶工是多么不容易，他们的担子有多重，他们的责任有多大，他们真的是农垦人里默默奉献的老黄牛，真的是农垦人里最应该赞颂的群体。

为了增加干胶的产量，兵团搞了增产节约运动，每个胶工要回收胶线，就是将割线上凝固的胶水回收。其实，每个胶工上岗前，都会在腰间系一个直径10厘米左右、长约30厘米的小竹篓，将胶线回收，也有一些胶工图省事，赶时间，不收胶线。那段时间，回收胶线作为任务，每天要称重，每个胶工必须将这项工作作为任务完成。再后来，为了上交更多的干胶，还号召全团割胶连队挖胶泥，就是将胶树周边的泥土挖出来，打碎，将渗入其中的曾经滴落或溅出的胶水回收起来。胶线和胶泥里的胶，自然不能制成上等干胶，但回收利用后，也可以制成质量稍差的橡胶，派上用场。

要增加橡胶产量，林段的管养非常重要，这是保证橡胶高产稳产的基础。胶工早上割胶，下午要负责林段管理，除草施肥，日复一日，总也歇不下来。兵团时期，胶工也要参加开荒、会战，更加辛苦。每年冬季停割期间，要给胶树施肥，以促进橡胶生长，来年才能多产胶。在南林农场，我没有参加过给胶树施肥的劳动，但在红光农场做工作组时，我参加过这项劳动。那是1974年12月，地处琼西北的红光农场，虽然并不冷，但橡胶已停割，农场统一部署，给胶树施肥，我所在的东海队没有橡胶，是参加会战到另一个生产队去给橡胶林段施肥。从东海队到这个生产队要走一个多小时，到了胶园，肥料已堆放在每棵树边。给橡胶树施用的肥料很杂，有土杂肥、鱼肥（不能食用的海鱼小虾晒成的肥），好像属于磷钾肥之类，氮肥类的没有见过。施肥是在离胶树1.5—2米处挖施肥坑，每个坑长1.2米，宽、深均为0.4米。原则上每年换一个方位，在树的四周挖坑，将肥料洒入坑中，覆土盖好。事实上，挖坑施肥的人都是在堆肥的地方就近挖坑，方便将肥料埋下去，不管是不是原来老坑的位置,而送肥料的人总是在离树差不多的位置放上一堆肥就完成了任务。东海队派去参加施肥会战的多为年轻人,姑娘小伙劲头很足,任务是两人一组,每天给 10 棵树施肥。红光农场是红壤土,因地制宜,当地挖坑挖洞用四齿钉耙,不会沾土,用得很顺手。我和一个女青年一组,我挖坑,她填肥埋土,由于一些肥料就堆在旧坑边,挖起来不怎么费劲,带队领导要求肥料不要分散平铺,坑的两头要多一些,于是坑就挖成了弓形,两头深、中间浅。干了一天,一统计,我们这一组给 44 棵树施了肥,这里面,旧坑倒有一半左右。其余的小组,最少的也给 20 棵树施了肥。连干了 3 天,我们就完成了原定 7 天的任务,受到了作业区的表扬。这是我唯一的一次参加给胶树施肥的劳动。

虽然是南林人,但我实在对橡胶生产和管理接触不多,知之甚少。我之所以写下这段,是想说明橡胶生产是南林的最主要的工作,是南林的辉煌和骄傲,是想写出南林橡胶工人的光荣和艰辛,更愿意借此表达对老一辈农垦工人的敬意,向知青割胶工表达一个无缘割胶的知青的敬意。

二、兴修水利

兴修水利,在我的知青生涯中所占时间不长,分量也不是很重,但我参加工作后的第一次重体力劳动,第一次真正的锻炼,就是到牛漏工地修水利。我离开南林农场,是从牛寮水库工地上离开的,知青生涯的开始和结束都与修水利有关。修水利,是一项多种劳动综合在一起的工程,清理库区,要砍伐树木,清除树桩杂物;修建堤坝,要夯实基础,浇筑混凝土;开挖河道,要挖土挑泥,遇上绕不过去的石头地,要打眼放炮,等等。各项劳动在组织者的指挥下,有条不紊地进行着,从一团混沌,到渐显雏形,直到完工后,一个壮观的工程在你面前展露雄姿,作为建设者,你会为此欣喜而骄傲。

1968年11月下旬，我们刚到农场不久，队里接到场部通知，派出10多人到牛漏水利工地，参加万宁县组织的水利工程会战。为了让知青到一线工地体验锻炼，队里选派了陈敏如、潘国良和我3个初三的学生。到了牛漏工地一看，六中的知青上工地的真不少，其中还有一些女同学，真不知道她们是怎么争取到上水利工地的机会的。青年队比较之下显得保守，派出人员一律是男劳力，知青也是选十八九岁的初三男知青，初一的知青和女知青一律不派，尽管许多同学也积极要求上工地。

　　我们在工地上的主要任务是开挖河道。河道规模有多大，记忆模糊了，好像是底宽5米，上宽10米，高3米多。各队分段包干，分配给青年队的任务是30米长还是40米长，也记不清了。各队干完包干任务，就可以撤走。任务明确了，各队都不敢懈怠，立即紧张工作起来。为了抢时间，各队争分夺秒地干活，暗中形成了竞赛，都不愿意落后，这样一来，劳动效率大大提高，劳动强度也大了。同去的老工人对我们学生很照顾，但任务是按人头分配的，你少干了，别人就要多干，所以我们也都咬牙坚持。刚开始两天，工作很顺利，因为表层的土比较松软，地也平，挑的挖的，都劲头十足。工地上沿河道两边插着彩旗，高音喇叭播放着雄壮的歌曲，宣传报道员也时常播报着劳动者的先进事迹，某人一天挑了多少土方，挑断了扁担，用木杠代替；某人带病坚持工作，轻伤不下火线，等等。傍晚收工后，各队将当天的任务完成情况汇总上报，第二天早晨工地上就能听到各民工团完成任务的情况，谁快谁慢，谁先进谁落后，高音喇叭整天轰轰响着、宣传着、报道着。宣传报道真的很重要，真是很管用，那种氛围，自然地对人的精神是个鼓舞，对人的斗志是种激励。工地上，有人发起了挑战，将挑土的畚箕换成了柳条大筐，扁担换成了木棍，看谁挑得多、跑得快，另一个队的人也不甘示弱，自有劳动英雄应战。一时间，工地上人声鼎沸，呐喊助威声响成一片，上土的也加快了节奏，只要挑土的一到，立即有好几把锄头铁锹同时上土。这样的好戏，往往能上演10多分钟，每人各跑 10 趟左右,其他人一边呐喊,一边抓紧时间小憩一会。擂台赛结束,两个好汉撂下挑子,平摊开躺在地上休息,其他人精神上有了满足,在哄笑中散开继续干活。

干了两三天后,人有些疲劳了,工地上的情况也有了一些变化,河道挖下去 1 米多以后,土质比较硬实,而且夹杂着碎小的石子,不好挖了,土也潮湿起来,挑在肩上的担子重了许多。我们 3个知青,初临战阵,就遇上了水利会战这种重活,尽管大家很照顾,让我们从挖土换到铲土,再从铲土换到挑土,但几天下来,手上已经起泡,肩头也已经红肿,再换任何工作,都很痛苦。手上起泡,缠上手巾再干,手掌不敢用劲,就用腿、用肚皮顶着铁锹铲土。实践出真知,我才知道电影上的劳动模范在抡镢头、挥大锤时,先向手心啐一口唾沫,再紧紧握住镢把或锤把的形象,其实只是艺术家的加工,现实劳动中,其实是没有人会这么做的,尤其是对我们这些学生。工具是新的,锄把、锹把并不顺滑,手也是细皮嫩肉的,两者较劲摩擦,吃亏的是手掌,自然会起泡,你再啐上口水,增加摩擦,就更易起泡了。起泡后摩擦大了,泡就会扯破,手会更痛,你就没法再坚持了。以后,我劳动惯了,手上有了茧子,锄把、斧把也用得溜光水滑,但我一次也没向上啐过口水,有时汗水顺着手掌流到锄把上,我都要用手摩挲几下,不使锄把因为有了汗水而加大摩擦,怕扯脱手皮。话说远了,在工地上,手疼不敢再用锄头铁锹,那就再换挑土吧,其实,对我们来说,哪样活也不好干。咬牙挑了一上午的土,肩膀已经很疼了,下午是顾手还是顾肩膀,想来想去,还是要保全手,因为前两天挖土铲土,手已经有些发软,吃饭时捧不住饭盆,捏着匙子的手也有些抖,让肩膀再磨炼磨炼吧。下午再挑土,姿势就很难看了,别人挑土是两手扶着担子的绳索,像燕子似的穿行在来来往往的队伍里,我是龇牙咧嘴地用双手托着担子中间靠近肩膀的地方,总想减轻一点担子的重量,手顶着扁担,自然就走得趔趄。装土的老工人格外照顾我,少装了不少,但我那时连空筐回来都嫌重了。时间好像凝固了,我不断地抬头看太阳,只盼

218

着日头它落西山头,让我躺个够。收工了,吃完饭,我们3个到河沟里去洗澡,脱汗衫时,却没能脱下来,陈敏如一看,说肩膀破了,血把衣服黏在肩膀上了,我不敢硬扯,将整个身子泡在水里。11月底的海南,天气虽然不冷,但水已经有些凉了,可是不泡一泡,让水浸泡透了,怎么脱下衣服呢。洗完澡仔细看了看,只是左肩上破了点皮,流了一点血,右肩膀虽然红肿,还没有破。

　　一个多星期后,已经挖下去两米深了,底层隐隐地渗出水来,大家都脱掉鞋子,光脚在工地上干。虽然不习惯光脚,但不光脚实在不行,鞋子被泥浆吸住,经常是脚迈上去了,鞋子却还吸在泥里,而且鞋里进了泥,滑溜溜的,没办法穿。光脚之后,土里的碎石头,和在稀泥里一搅和,硌得脚底生疼,简直不敢落脚。我真的很狼狈了,不敢再挑担子,那一步一跐脚的滋味实在不好受,样子实在也很难看,我又改为挖土了。这时,挑土要爬一个坡了,好在老工人有经验,事先留了台阶,再往下挖,他们又不走直道,在坡道上走了一条大斜线,虽然要多走路,但坡度小了,也好走了一些。再挖下去,河道里有了积水,老工人经验多,先在河道里挖出一个大坑,让水流到坑里,其他作业面就不会积水了,各队之间也留了一堵土墙挡水,不致有的队以邻为壑。渐渐地,我们也习惯了,能够赤脚大胆地走路了,虽然有时大的石子还是硌得慌,但不像开始走路时那样跐着脚,奇怪的是,你真放开了去走,不再去想硌脚的问题,脚下也仿佛不再有那么多碎石子,不再那么迈不开步子了。大家齐心努力,半个月后,任务完成了,一条笔直的河道,在我们眼前展开,让我们惊奇、兴奋。可惜那时没有照相机,否则,以河道为背景照张相该多好,标题就叫"我们挖出的运河"。

　　紧张的劳动中,我们感受到老职工的关怀,虽然他们不多说话,但一言一行里,都体现了对知青的关心。我们最劳累的时候,他们会给我们少添些土,会让我们勤换工种,恢复过来;工间休息时,他们会鼓励我们说,这次上水利工地,走这么长的路,干这么累的活,你们只要咬牙挺过来,有了这个基础,回到队里,再有什么样的活也难不住你们。看着他们虽然也很劳累，但仍然情绪高涨，忘不了时时打闹嬉戏，我们也鼓起勇气，直面艰苦的劳动，并从中寻找快乐。手起泡了，有人告诉我们，锄把、锹把不要攥得太紧，不要生拉硬扯，挥动锄头时，后手握紧，前面的手在锄把上移动；肩膀红肿了，有人告诉我们，挑担子开头不要太猛，要慢慢适应。平日里，他们和我们聊天，教我们说海南话，老黄说高兴了，说回队后要请我们尝尝海南美食糯米粑。劳动虽然艰苦，但劳动者的心情和态度不同，感受也就不同，你愁苦、抱怨，劳动就会越来越成重负，让你越来越痛苦；你心态平和，充满激情和欢乐，劳动也就不再是一种负担，成为每天生活的一部分，看着工地上每天不断发生的变化，你会感受到劳动的魅力。劳动也会促进人的交流和融合，一项工程，需要所有劳动者的参与和合作，只有协调一致，才能使工程顺利进行，才能提高效率。在我的知青生涯中，我很怀念这第一次修水利的劳动，虽然初次上阵，非常吃力，但正是这第一次，使我经受了锻炼，也正是这第一次，使我清醒地认识到，学生时代结束了，农工生活开始了，而且是一个漫长的过程，劳动将是我未来生活的主要内容。

第二次修水利是 1975 年 8 月初，地点在场部西北方向，离场招待所约 5 里路，在一条河道里修筑一道拦水闸。这项工程是卢副场长亲自指挥修建的。卢副场长大名卢廷信，"文革"前就是场领导，兵团期间任副团长，但也和我们一样穿着便装，改为农场后再任副场长，当年可能有 50 来岁了，是一个经验丰富的农场通，为人很和蔼，笑起来满脸的皱纹如同菊花绽放，十分可敬可爱。这个水闸工程量不大，大概也就 10 米宽吧，只是时间紧，要求在 10 天内完工。我刚到武装连不久，奉命带两个班同志参加工程建设，住在招待所。因为工程紧，参建人员是两班四运转，两班人马轮换上阵。第一班上两个 6 点—12 点的班，第二班上两个 12 点—6 点的班。为什么这么分班运转而不是每班干 12 小时休 12 小时，只是因为工地上的活很重，一个班干 12 个小时，到后来人非常疲劳，效率低。

虽然每天有12个小时休息，但在路上走4趟，要一个半小时，再除去吃饭、冲凉、洗衣服时间，实际休息不足8小时，吃饭也改为四餐，6小时吃一顿。工地上始终不停工，一台柴油发电机一到晚上便轰轰地发动起来，拉上电灯夜战。

这次修水闸的主要工程是：在河道中间建起钢筋混凝土的闸口，在闸口上下砌筑石头护坡，尤其是在下游泄水口，护坡建得较长，要求也严。整个工程由指挥部组织，我对建设工序不懂，只管领着人按工程技术人员要求去做。在闸口两边打围堰，抽干水，挖基础，绑扎钢筋，支模板，浇混凝土，这些活由基建队的技术人员负责。我们则在技术人员指导下砌护坡，就是用石块砌成略带倾角的石墙。石块大小不等，每块重100多斤到200来斤，砌墙时，要考虑石块砌得稳，还要选择对外的一面平顺，与周边石块要合缝。因此，砌筑时要将石块翻来覆去地盘弄，寻找最佳的砌筑方位，还要用小石片将石块垫平垫稳，直到合适了，再将石块挪开，倒上水泥砂浆，将石块放上，双手用力将石块挤压按实在墙上，将挤出的砂浆抹在缝隙处。再次检查砌上的石块与周边有无缝隙、孔洞，如有一定要用砂浆填满。100多斤的石块，凭着两只手搬来挪去，非常吃力，遇上更大的石块，有时要两个人配合，反复找寻最佳的砌筑位置。渐渐地，石墙越砌越高，超出了人的胸部，脚底下就要垫着木头架子，站在木架上，既要小心脚下，也要注意手下，千万不能让石块滚落下来，不为别的，砸着人麻烦就大了。这时，人几乎是紧趴在墙上搬动石块，砌一块石头，就要出一身汗。那几天，只要在工地上，全身没有一处是干的。脚下一双解放鞋已经是水鞋了，整天在泥里水里泡着，可是谁也不敢赤脚。垫石块的小石片，石块碰撞时迸出的碎石，落满石墙底下，那是非常锋利的，没有人敢用肉脚下去碰。6个小时干下来，手也抖、腿也抖，累得不愿说话。接班的人来了，我们在河水里简单地洗洗，立即平摊在河边的草地上，真想立即睡去，不再挪动。

这样干了好几天，人是非常劳累了，有时干着活就想睡觉。卢副场长倒是常到工地,特别是晚上,时常看到他满头的花白头发,在灯光下闪烁,令人感动。卢副场长到工地,总要和大家聊聊天、鼓鼓劲,也缓和了大家的劳累。本来工程可以这样安安稳稳地干完了,谁知第八天忽然预报有台风要来,这下工程指挥紧张了,要求在当天将剩余工程全部完工。于是,简短动员了一下,大家鼓足余勇,拼命和老天爷抢工期。当天,我们都干了3个班,足足18个小时,到凌晨4点多钟,工程基本完工了,此时天际已经微微发白了。

工程指挥检验完后,大声宣布顺利竣工。所有在工地上的人都长出了一口气,但并没有欢呼雀跃,庆祝胜利,大家都睡在地上,享受着这安宁舒畅的一刻。这8天多的劳累,这最后一天18个小时的咬牙坚持,让我难以忘却。那天我也惊奇,人的潜能到底有多大呀!干满一班6个小时,人都几乎瘫软了,但命令一来,领导到工地鼓劲督战,特别是几碗饭吃到肚里,精气神一下子又来了,斗志又有了,不是坚持再干一班,而是又拼了整整12个小时。当年红军战士飞夺泸定桥,一天一夜疾行240里路,到了桥边立即投入战斗,那是什么样的精神,什么样的毅力,是什么信念在支撑着他们呀!今天的人们是无论如何也做不到的了。今天,我也难以想象会有我们当年那样的拼搏了,时代进步了,也许不再要求我们那么苦拼了,但那种精神、那种斗志也不需要了吗?今天的中国,实在是需要一种顽强的精神,一种拼搏的精神,一种硬骨头精神了,实在是需要血性了!

在南林农场的最后一站是在牛寮水库工地,这是南林的一项大工程,建成后能蓄水、能发电,对南林的建设有重要作用。牛寮水库建成后规模有多大,年发电量有多少千瓦时,我离开时,尚未建成,手头也没有具体数据。2008年知青集体返场时,我们到水库边去看了看,深山老林里,丽日蓝天下,一泓碧波,在微风下泛着涟漪,库边的苍山绿树,映衬得湖水分外柔和、深广、静谧,好一幅深山平湖的景色。为建好水库,造福南林,场部抽调青年突击队上山,第五作业区也从各队抽调了100多人组建了突击队,加上基建队和工程指挥部人员,将近300人的队伍,将牛寮的深山老林搅得热闹起来,这支队伍以年轻人为主,年轻人爱闹爱吵爱唱,山中有了欢笑和歌声。

前期工程是清理库区,修建导流渠,开挖基础。青年突击队的主要任务是清理库区,修建导流渠。清理库区和大开荒差不多,将库区内的树木全部砍伐,将有用的木料运出来,其余的一把火烧光,再清理现场留存的焦木树根等。修建导流渠,是在溪流的正常水道边挖出一条渠道,连通水库大坝基础的上游和下游,然后截断河道,让水从渠道流走,在断流的河道上开挖基础,浇筑大坝。看过长江三峡工程纪录片,参观过三峡大坝工程的朋友可能会对这些有所了解,当然和三峡大坝宏伟工程、宏阔壮观的景色比较,我们的牛寮水库就很微型了,但这是我们的工程,是我们南林的工程。开挖导流渠,测量路线、计算水流量很重要,路线考虑的要素是长度和地质条件,计算水流量要考虑雨季,尤其是台风季节山水猛涨的因素,保证水流通过,但过分保险,又会使开挖的渠道过大,增加工程量。按算出的路线和渠道规模,青年突击队按班分开地段,各自开挖挑土。只是中间有一段是硬骨头,那是渠道避不开的一段石头地,需要打眼放炮,炸开一条通道。

打眼放炮对青年突击队的学生们来说是个新的工作,以前我炸过胶洞和大树根,打井时也炸过石头,但这和深层炸石是不同的。炸石要在石头上先打炮眼,与我先前想象的不一样,打炮眼的钢钎头部不是尖的,而是扁的。钢钎是六角形的,直径大约有3厘米,头部在打铁炉中烧红,锻打成扁铲型,铲口比钢钎略宽一点,淬火后就可以用来打眼了。打炮眼,抡锤是个技术活,稍不注意,生手很容易砸到扶钎人的手。锤把是软的,有一定的弹性,这样,锤头砸向钢钎时有一定的反弹力,借势可以省力。我选了几组人,按技术人员划出的炮眼位置,开始打眼。刚开始,都没有经验,扶钎就是一个危险活,武装连老战士小陈主动扶起钢钎。小陈名字叫陈镇华,潮汕青年,个头不高,平日话语不多,干活十分拼命,对连队的事情很关心,常常提出合理化建议。抢锤扶钎,两人一组,总要轮换,几组人很快搭配起来,锤声叮当,干了起来。开始大家并不是抢锤,而是双手紧握锤把,瞄准钎头一下一下地敲击,这样比较安全,但力道不大,打钎进度非常慢。渐渐地,打锤的人耐不住,双手握把的位置离锤头越来越远,小幅度地甩起来。第二天,随着抢锤技术的提高,终于可以甩开膀子大干了,锤头一下一下地砸在钢钎上,发出沉闷的锤击声,不复是那种叮叮当当的悦耳声响。一般地,10磅的锤头,抢上百十下,打锤和扶钎的就要互换一下。经过扶钎,我才明白为什么钎头要打成铲型,并比钢钎要宽一点,每锤击一下,扶钎的要把钎头稍稍扭动一下,钎头在打击炮眼时,孔径会比钢钎要大一些,这样,钢钎才不会卡在石孔里。扶钎的还要负责向孔内灌水,一是给钢钎降温,二是使石粉石渣随水流淌出来。钎头钝了,打孔的速度也会慢下来,就要将钢钎送去重新过火锻打。炮眼打到50厘米深,就可以装药了。装药前,先将炮眼里的水弄干,用油纸将炸药、雷管和连接的导火索捆扎成比炮眼略细的柱状。这项工作是有经验的同志做好后送来的,需要多深的炮眼,怎么计算用药量,我不清楚。装药也是他们做的,将炸药捆小心地送入炮眼,再用半湿的泥巴封住,填泥时用小木棒轻轻捣实,炸药捆大约长20厘米,封泥大约30厘米,这些都要小心操作,捣击力度大了,会因为撞击引起爆炸,捣不实,又会影响爆破威力。那次大概装了20多个炮眼,点火前,卢副场长亲临现场指挥,严令所有人撤至安全区域。我立即带领全队向对面的山坡上撤去,山谷大约有七八十米宽,我带着大家爬到半坡,就驻足停了下来,想看看爆破的情景,卢副场长隔着河谷一边挥手一边大声喊叫:"退到山顶,进入树林。"听到卢副场长的口气十分严厉,我立刻带领大家爬到山顶,但大多数人还是站在林边,向对面望去。这时我们站立的地方离爆点的直线距离应该在100米开外。一切就绪,警戒区内再无闲人,只有4名点炮手手持火煤,站在各自位置。指挥员吹响哨子,挥动小红旗,4名点炮手立即俯身点炮,随即轻捷地蹿向另一个炮眼,每人负责五六个炮眼。只见导火索处初始如礼花绽放,爆出点点星火,继而则是一缕轻烟,现场鸦雀无声,很快,点炮结束。4名点炮手快步向隐蔽点跑去,没了踪影,爆破点上只见缕缕轻烟。静默只保持了30多秒,只见爆破地点蓬起一团烟雾,碎石泥沙如碗状向上冲起,爆破声随之传来。只是我这时再也没有闲情逸致看热闹了,随着一个个炮眼接连炸响,碎石腾空而起,不断有碎石飞向我们所在的地方。我真急了,任何一个蚕豆大小的碎石,只要打中脑袋,都会头破血流,何况这时空中还有拳头大小的石块呢,我大吼着要大家避入树林。其实不用我喊叫,随着碎石纷飞,女学生早尖叫着跑入林中深处,男同学也纷纷靠在大树边躲避。很快,爆破结束了,只是警戒尚未消除,大约过了五六分钟,指挥人员核实爆响声和点炮数一致,这才吹响哨子,宣布解除警报。大家纷纷走出来,一边向工地走去,一边议论纷纷,只有我惊魂未定,暗自庆幸,多亏卢副场长经验丰富,要求严格,让我们退至山顶树林中,若是我在现场指挥,可能就会有许多同志挂彩了。卢副场长这一课,使我受益终身,只要是集体行动,总要细致严谨,缜密周到,尤以安全为要,绝不能马虎大意,切不可抱侥幸心理。

在牛寮工地,我们还暗暗和五区突击队较劲比赛。砌坝修渠要用石块,当时石料场和工地有一段距离,汽车来回一趟要八九分钟,石块重100多斤到200斤左右,指挥部下达的任务是每天运16车。当时两辆车运石,青年突击队包一辆车,五区突击队包一辆车,我选中二班来担此重任。二班长蔡梓雄是一员虎将,身体魁伟,他带领的二班男生劲头十足,就如嗷嗷叫的一群小老虎,我也跟着他们一起干。一车约装五六十块石块,100多斤的石块基本是双手一端,举起来就扔上车,再大的石块,就比较吃力了,要分两步:第一步双手抱起来走到车边,抬升至腹部;第二步腹部一挺,与车帮一起挤住石块,手和腹部一齐用力,将石块顶至车厢板边,用力推进车厢。我们这一车大约六七个人,每车每人装10来块石头。后来,司务长黄孙财也跑来和我们一齐干,黄孙财也是武装连留下的骨干,真正的一条好汉。他的加盟,使气氛更加热烈,连司机也被我们感染,不但主动加速快跑,还注意选位,装石块时将车尽量停在坡下,降低车厢高度,方便装车;卸车时将车头停在高处,我们手搬脚蹬,很快就可以下完一车。运了几车后,我们总结出经验,将人分成两拨,一拨随车去卸车,一拨留在石场,将石块搬运至装车处,车一到就能上车,缩短了距离。第一天,我们总共运了25车,大大超额完成任务,也比五区突击队多运了8车。这样高强度的劳动,一天下来,手和腿都不由自主地抖动,晚上洗澡时,发现肚皮上全是一条条、一片片的血痕,或深或浅,成了花肚皮。第二天,我们憋足了劲,要再创新纪录,不料,下午3点多钟,指挥部通知说石料准备得差不多了,不要再运了。大家意犹未尽,也只好收手。突击队的小伙子们虽然刚跨出校门,但他们勇挑重担、不畏艰苦的劲头,受到了指挥部的赞扬,二班也因此一战成名。

　　农场期间,施工条件简陋,与现在的施工相比,缺少机械,全靠人力完成。牛寮工地上,连最起码的混凝土搅拌机也没有,我们只能靠合理安排,精心组织,用人力搅拌,保质保量地完成了混凝土浇筑任务。我们按工序分为三个班,一是原料供应组,二是搅拌组,三是挑运组。原料供应组最繁杂,石子、黄沙、水泥、水,石子要过筛冲洗,黄沙要过筛,水要保证供应。搅拌组最辛苦,纯体力搅拌,挑运组则将搅拌好的混凝土挑到指定位置。为适应工作,我们打散了原来的班组建制,临时组成了3个大班,指定了负责人。原料供应组再细分,各把一关。筛石子、黄沙的架起了木架子,将筛子一头固定,一头人力摆动;挑水的找了几个大油桶,保证里面的水满满的,满足使用。搅拌组则选择了一个缓坡,从高到低,摆放了6级平台,上一级平台边缘搭在下一级平台上,每个平台约为2米见方。按说,这个平台用钢板做最好,可是我们没有钢板,就用原木板代替。搅拌开始,原料组按配比将石子、黄沙在磅上过秤,倒入第一级平台,只有水,虽有比例,却没有办法一次加到位,只能凭经验,边搅边加。搅拌器就是铁锹,锹柄略微加长,连锹头近2米长。第一组最辛苦,先将干料拌匀,再加水搅拌,向下边一块平台翻去,每块平台两边各站一两个人,接力一样,用铁锹将混凝土边搅边翻,向下边的平台传送,经过6块平台和10多米的接力传送,翻搅拌和,到最后一块平台时,混凝土已经十分均匀,可以装桶运走了。搅拌是很累的活,每天大量的混凝土全凭人力不停翻搅,锹柄长,根据力学原理,要将锹翻转过来,要比短柄的费力的多。搅拌平台也有讲究,用钢板或在木板上蒙上铁皮,锹在搅拌过程中阻力小,要少用一些力气,厚木板做的平台摩擦大,要多用一些力气。初始我们不知道,平台的木板拼接是按从上一级平台到下一级平台竖着拼接的,就如滑滑梯的滑道一样,可以顺畅地向下溜动。但在实践中才知道这样拼接不行,因为木板拼接有缝隙,而且在使用过程中,木板涨缩也会形成接缝处高低不平,这样一来,铁锹翻搅向前推锹时,经常会碰到板缝,遇到阻碍。总结经验后我们将平台转了90°,将两边挡埂重新钉一下,再使用就顺当多了,这真是实践出真知。每天收工后,用水冲洗干净平台的残留水泥,免得第二天凝结了平台不好用。搅拌组的同志,一天下来,全都腰酸背疼。挑运组则一色女学生,看着她们如燕子穿梭一般在工地上来回挑运,身姿婀娜,真是工地上一道靓丽的风景。看着这些刚刚从学校毕业的学生,这么快就转变成劳动者,使人颇多感慨。劳动使人自信,劳动使人美丽,劳动也使人生更美好。

上牛寮工地两个多月,我就离开了农场,离开了朝夕相处的青年突击队的同志们,可是,我永远也忘不了工地上那热火朝天的劳动场景,忘不了那一群风华正茂、意气风发的突击队员们。

三、插秧割稻

青年队是副业队,种着100多亩水田,虽然海南的气候条件可以种三季,但我们只种两季稻。吃米人可能有许多人不知道种稻的辛苦繁难,从浸种育秧到插秧田管,从割稻扬晒到入仓,犁耙耕种,除草施肥,放水排水,有几多辛苦。

1969年1月份,队里要育秧了。之前,队里已派人将秧田犁耙妥当,我们下水田整出秧床,也就是像种菜一样,整出田畦,挖出排水沟。海南的1月天气并不冷,但水田还是有些凉的,我们挽起裤腿,赤脚下到田里,平整出一畦畦秧床。那些秧床是真平整啊,平整得可以和水面媲美,泥浆融融的,真像极了一张张平铺开来的棉被,让人感叹莳弄田亩也可以精致到如艺术品一般。这边准备秧田,那边队长早已派人在选种浸种了。选种浸种是个技术活,要求责任心强,一般是有经验的中老年女职工来做。准备好几口大缸,将选好的稻种倒进缸中,放入清水,用木棒轻轻搅拌,将浮在水面上的稻谷撇去,然后浸泡。浸泡时要加入一点生石灰,再根据水质换水,浸种时间和水温我不清楚,等到稻种微微裂开时,就可以播撒在秧田里了。播撒也是个技术活,要求密度合适、均匀,青年队通常是由从潮汕地区聘来的农业顾问老蔡来干。以后的放水、排水,也都是老蔡负责。

秧苗长到20厘米左右时,就可以往大田里插秧了。将秧苗从秧田里拔下来,捆成一小捆一小捆的,挑到大田,撒开来。拔秧苗一般是女同志的事,她们手脚利落,但男同志有时也会参加。拔秧苗也分两种,一般早稻的秧苗是干拔,将秧田里的水排干后再拔,这样比较方便,有时个别女同志甚至会带一个小板凳坐着拔,栽插晚稻时拔秧苗则是在水里进行的。撒秧捆要凭经验,不能过密,也不能过疏。过密则插秧人用不完,要将多余的秧把向后不断扔去;疏了插秧人又不够用,需要挪步从身后或其他地方找秧捆,这都会耽误插秧进度。

"农业八字宪法"里有一个"密"字,说的是合理密植,就是要保证植株有一个合理的距离,有一定的密度。单位面积的土地上,植株密度大,自然收获多,可是过密了,又会影响植物的通风采光,如果肥料和管理再跟不上,那就会减产。为保证插秧的合理密度,也为了整齐美观,我们在水田里拉线插秧,就是用绳子或藤条,从田埂边开始一米一米地拉线,在线上插上一行秧苗,水田里划出一条条等距离的绿色秧苗的行间线,插秧人在这一行行的距离内插秧,基本上可以保证插秧的密度。当时我和何建华经常干这件事,因为拉线来回走动有直腰的时间,不像一直弯腰插秧,腰实在受不了那种酸疼。不同的水田插秧的感觉是不一样的:如犁耙得好,三犁三耙或两犁三耙,水田的泥融融的,非常软和,脚踩进去,泥浆轻柔地包裹着肌肤,让人产生一种愉悦的感觉,这样的水田,秧苗只要轻轻一点,就能立住,插秧速度自然快;遇上水田土质差,或是翻晒得不好,又或赶农时,犁耙不讲究,里面的土疙瘩就多,脚下时不时会踩到硬土块,甚至两脚刚下到田里,脚底就是硬硬的土层,在这样的水田里插秧就很费力了,有时要反复两三次,才能让秧苗立住,插上一天秧,手指头都疼。插秧不是什么重体力活,只是那种腰背酸疼让我们受不了,有时插着插着,会不由自主地直起腰来,用双手向腰部猛捶两下,休息时,根本顾不得田埂水湿,一屁股坐下来,双脚插在田里,双手扶腰,努力后仰,舒缓一下,那种轻松、那种享受,外人是很难体会的。舞台表演,有手眼身步的讲究,其实,插秧也是如此。高手插秧,双手随着眼睛,眼到手到,轻轻一挑、一点、一挥,一行秧苗就挺立在水中,身形随着双手轻轻摆动,脚下舒缓地向后移动,水波不惊,秧捆用完,身子向后一扭,早已抄起一把秧捆,随着双手上下左右摆动,一簇簇秧苗在不觉间就绿了水田,让人有目不暇接的感觉。高手插秧,可以从右到左,也能从左到右,自如得很。我也学过、做过,但总不如从左到右来的顺手。插秧有时会延续一个星期或十来天,虽然耗费体力不多,但整天弯腰低头,腰酸得要命,实在受不了,我们就在劳动中悄悄地偷懒。本来,插秧是两只手一齐动,左手持秧把,右手插秧,眼到手到,左手紧挨着右手,拇指一挑,秧簇分离出来,右手一接,插进田里,动作紧紧衔接。累狠了,我们的左手不再紧跟右手的动作,而是将手肘靠在左大腿上,支撑着腰部,忙里偷闲,悄悄地让腰部松缓一会儿。

水田里有蚂蟥，那是很平常的事，我一开始最害怕这种小东西，软软的，浑身滑不溜湫的，土绿色中带有棕色线条，一沾上身，就紧紧吸住。我平生最怕软体动物，连蚯蚓也不愿意触碰，更别说蚂蟥了，手只要一碰到蚂蟥，就会不由自主地起鸡皮疙瘩，一旦被蚂蟥叮上，我就会全身发紧，根本不敢用手去抓、去扯。长年在水田里劳动，只能硬着头皮适应。渐渐地，我也不再害怕了，被蚂蟥叮上，就像被蚊子叮了一样，伸手一拍，再一扯，远远地扔开就是了。虽然不再惧怕，却深深地憎恶此虫。插秧休息时，抓到蚂蟥，会找一个草棍，将蚂蟥翻转过来，据说蚂蟥生命力极强，但只要这样翻转，它就再也无法活下去，这种手段虽然狠毒，但也实在是对蚂蟥厌恶到了极点。蚂蟥在每块水田里的分布也不一样，有些田块里特别多，有些田块则寥寥，田里撒了化肥、农药，蚂蟥也渐渐地少了。

插秧对我们来说，不算累活，却是苦活，主要是腰受不了，再有就是插早稻秧时，水温较凉，上身要多穿一些，泥里水里的，弄得很脏，只要还能坚持着穿，我们都是插完秧一起处理。插晚稻秧时，天气很热了，天上太阳晒着，水面热气蒸着，日晒脊背烫，水蒸胸前热，特别是正午时分，堪比蒸桑拿，一身上下，难寻干布丝。少数女同志虽然也戴着草帽，却作用不大，只要直起腰抬起头来，就会露出可与关公媲美的红脸，满脸汗水，头发棵里都向下滴水，那全是水蒸日晒的结果。

劳动虽然艰苦，人们的劳动热情却很高涨，各班之间常常会暗自较劲，展开比赛。为了占得先机，安排好工序之间的衔接，我和何建华等四班的同志，常常会在出工前就跑到秧田，准备秧捆，赶在大家出工前，撒好秧捆，将大田里的秧行插好，让大家一到就能干活，不必再等拔秧的同志送来秧捆。这些工作，有时也会在晚上收工时做好。紧张的劳动之余，大家也有愉快热闹的情绪，休息时，相邻的班常会有小型比赛，看谁是插秧高手，最后，知青根据多次角逐的结果，将"插秧机"的美称授予了三班的一位40来岁的女同志。

　　插秧时,每蔸秧苗的棵数是有要求的,一般每蔸为 8—10 棵秧,少了多了都不好,而且根据早稻晚稻分蘖不同,要有变动,一般地说,早稻每蔸秧苗要在 8—10 棵左右,晚稻则在 6—8 棵左右。在插秧过程中,每个人会根据具体情况掌握,一般是不会有太多出入的。插秧的深浅也是有要求的,讲究适中,不能太浅或太深。浅了秧苗站不住,会浮起来,漂在水面上;过深,则秧苗返青慢,影响生长,至于怎么为适中,就全凭个人在插秧过程中不断实践,不断总结,所谓"运用之妙,存乎一心"。我今天之所以记下这些,是想说明,农业生产有学问,不是简单的劳动,虽然一些农工说不出所以然,但他们心中有数,并在劳动中认真去做。

　　看着一块块水田在我们的辛勤劳作下,不断插上秧苗,变成绿色,心中是充满喜悦的。我代理文书时,曾经做过统计,连队插秧,大约是一亩田用 4 个工多一点,最快的一个班,曾经在一天里创造过 3.7 个工插一亩秧的成绩,我为此自豪过,这是我们加班加点干出来的成绩呀!想想在正午的大太阳下战高温插秧的情景,我觉得值了,也是为革命做了贡献。"文革"期间,造反派砸掉了农场的一套管理规章制度,我无从知道里面的劳动定额是多少,但我听说过,插秧是 6 个工一亩地,如此说来,我们的工作效率还是很高的,我们只用了 4 个多工(包含了拔秧、插秧)。只是我后来想想,混合了我们 20 多个刚刚到农场的学生在内,怎么就有这么高的劳动效率呢,农场的劳动定额那么容易完成吗?是不是连犁田耙田,浸种育秧的工序都包含在内呢?这样算来,每亩田又何止 6 个工呢?

　　秧苗插下一个来月的时间,已经长得很苗壮了,这时,一些杂草也冒了出来,要除草施肥。除草,我们是一线排开,用手在田里,特别是在秧棵附近抓挠,将杂草拔掉,最恼人的是稗草,杂在稻棵里,要眼明手快,尽量拔除。拔出的杂草,我们一般会用双脚将其踏入田里,沤烂了权当给稻子做肥料了。田埂边的杂草较多,我们会用锹铲去,或用镰刀割掉,堆放在田埂上。水田除草和插秧一样,都是弯着腰,也同样的热。曾看到过一个简单的水田除草工具,在一块 8 厘米宽、20 厘米长,头部稍尖的木板上,钉上钉子,留出三四厘米长的钉头,再安上一个长柄,用这样的工具在稻棵间推移,除去杂草,就不用弯腰了。后来才知道,这种工具,就是农书上所说的"耥"。但在实际中一用,效率还是不如手抓挠来得快,也不如用手除的干净,也就没有再去理会了。在田里施肥,主要是撒化肥,是老蔡领着几个女同志干的。这是一个细活,要求撒得匀,化肥虽然能使水稻增产,但撒不匀,过多了也会烧死水稻。为此,有时还会在化肥中掺拌一些泥沙后再撒,水田管理也基本上是老蔡负责,放水排水。因此,虽然在农场待了几年,插秧割稻也有八九季,但我始终没有掌握这方面的农技知识,只是看别人做,知道一些皮毛。

稻子熟了,就要收割,那是青年队的一项大事,要提前准备仓库,清老鼠、堵鼠洞,水泥晒场也要清扫,将破裂处修补好。那时,青年队驻地东南角有一幢砖瓦仓库,建筑面积大约有 300 平米,仓库前面就是一个水泥晒场,足有 1000 平米,上面有两个篮球架,平日里,就是我们的篮球场。

开镰了,收割稻谷是一件喜事,将自己的劳动成果收回来,最是令人高兴。割稻能遇上好天气,提前将水排干,晒上两三天,稻田干了,甚至可以穿鞋下地,那是最爽快的。一班人齐齐排开,只听嚓嚓刀响,一排排稻谷应声而倒,变成一束束的稻谷,在每人身后排成整齐的队伍,偶尔回首,也为这样的一幅图画欣喜。割稻子也要讲究手法,一般人以为弯腰割稻最方便的是虎口向下抓住稻根,其实这样割稻极易伤到食指,很少会有人这么做,这样割的人也有,老蔡就是这样割稻的。我们多数人是虎口朝上抓稻棵的,右手握镰的镰口也要向下斜着割,不能镰口向上挑着割,那样也容易割伤手。说起来好像很复杂,实际上只要割上半个小时,你就会掌握要领,娴熟运用了。伏身稻丛中,双手有节律地舞动,稻棵随着起伏,一行行地被割倒,你在其中会有些兴奋。刚到队里,我们会被整天弯腰劳作弄得疲惫不堪,一年多以后,我们甚至可以连续割一个小时稻也不会再伸腰歇息的。晴天干田,这样割稻最让人高兴,进度快,回收率也高,不会产生浪费。但收割前遇上下雨,或刮台风,稻子倒伏了,加上水田里的水排不出去,那就要蹚水割稻了,这是最令人沮丧的。伏倒的稻子在水里沤得时间长了,会发出腐臭的味道,这样割稻,进度很慢,有时还要用镰刀勾起稻棵,才能割断,浸在水里的稻谷,脱粒也很麻烦,稻草上会沾上谷粒,如水浸时间长了,谷粒涨了甚至发芽了,那会减产很多。

　　割稻子要有分工,割稻、打稻、挑运稻子到晒场,晒场上也要有人摊开晾晒。晒场上事情队里会安排人负责,作为生产班,一个班只负责地块里的割、打、运。打稻谷,虽然在农场,但用的工具和附近农村无异,都是用掼桶。打稻谷是体力活,一般由男同志干。早晨下地,割一会稻子,等地里有了一些稻把,就要分人来打稻子了。早晨刚割的稻子,要略晒一会,否则稻把上有露水,会有谷粒黏在上面,但也不能晒得太久,稻把蔫了也不好打。打稻时,稻把以左右手两个虎口掐满了比较合适,过多,不易将中间的稻谷打下来;过少,则影响工作效率。掐满稻把,站在掼桶边,第一下不能太用劲,这时穗上的谷粒正多,猛掼下去,谷粒飞溅起来,会从站人的帷幔缺口飞出,掼完还要倒提稻把,向桶内抖一抖,第二下可以加力,第三、四下,要用尽全力。一般五下之后,就可以了,这时再轻轻地将稻把在揲板上拍打两下,将谷粒抖完。遇上在水里收割,或是倒伏的稻谷,就要根据情况多打几下,最后还要将稻把在帷幔上横向扫几下,防止谷粒黏在稻把上。打稻是个比较累的活,但我们男生都愿意,也喜欢干这个活,因为弯腰割稻腰疼,打稻就不用弯腰了,还可以锻炼臂力,练出肌肉群,毕竟,有健美的肌肉是男人可以引以为豪的事。挑运稻谷,也是我们知青干的比较多,一担稻谷,总有90多斤,离晒场近的田块,走上五六分钟就行,远的田块要走上十几分钟。那时各班暗自比赛,我们也争强好胜,为节约人力,有时还在两边各摞上一个稻箩,四个稻箩一起挑,这样就有一百五六十斤。在湿滑的水田和田埂上走,比较吃力,但上了正路,这些重量,对我们已不成问题了。我们也用过脱粒机,是一种双人脚踏滚筒式的脱粒机。脱粒机的优点是脱粒干净,缺点是会有稻草夹杂其中,而且机器太笨重,在水田里移动不方便。用脱粒机,一般要六七个人一起下田,先集中割一片稻子,再开动机器,两个人站筒边踏板打谷,四五个人将稻把抱过来,交给这两个人,再将稻草抱走,因为使用不方便,而且效率也不见得高,在我的印象中只用了几次,就没有再用了。因为用脱粒机,我还受到了夸奖,也有意思。那次,脱粒机滚筒的传动部位卷入了稻草,卡住了,因为是简单机械装置,有几个老工人就拿出扳手,要拆卸下来清除杂物,不知什么原因,扳手是固定的,而且比螺丝大了两号,无法拧动螺丝。听着大家议论纷纷,我走上去看了看,拿过扳手,将镰刀头塞在扳手和螺丝之间,其实也只差这么一点距离,手一用劲,螺丝就拧动了,如法炮制,几个螺丝很快拧了下来。这一下只是小聪明,却解决了问题,几个老工人夸赞我头脑灵活,这也使我非常得意。

青年队的水田只有100多亩,不多,按队里人头算,人均只有1亩多地,除去其他人员的劳动安排,实际参加插秧割稻的,每人只有两亩多地,所以一般一个多星期就会完成水田工作。一年两季水稻,大概需要在水田里干上40来天,只是工作的一小部分。

青年队种水稻其实得不偿失,按成本核算是赔本的,而且是赔了很多的。主要原因当然是体制的原因,作为农场,而且是国有农场,管理成本高,劳力成本高(尽管那时我们工资很低,劳动也很努力,也加班加点),化肥也比农村用得多,但最重要的原因是青年队的水田缺少水源。也许有人不解,海南山地树林里,溪流众多,应该水源充沛,只是青年队虽然背后就是山,却没有小型水库或山塘,水田边就有一条小河,但地势较低,不能自流灌溉。青年队水田用水,依靠上游茄新大队的水塘,在雨量充沛、蓄水多的情况下,两家协商,茄新大队会向青年队放水(是否收费,收费多少我不知道)。我原来不知道这个情况,大概是1970年6月间,晚稻要犁田插秧了,驻队工作组黄组长派我领着几个人去疏通水渠,说是水渠,其实就是沿着田边、山边开出的一条三四十厘米的水沟,深浅不一,深的地方有 100 多厘米,浅的地方只有三四十厘米,我们沿着水沟清淤除草。水沟逶迤,我们沿沟一路向上,大约有 3 千多米,沟口渐阔,水也渐深,向远方伸展。终于到达水源地了,我们很高兴,掉头回队,只是水并不流动,我当时不知道真正的水源在水塘,要上面放水才会有水流到青年队,还以为水沟浅了,但挖水沟是个大工程,不是我们三四个人能在一下午可以完成的。我领着人回到队里,将情况向黄组长报告,黄组长当时很不高兴,阴沉着脸批评我一通。我很惶恐,总以为没有完成任务。后来,有知道情况的人告诉我,我才知道这事不怪我,应该是队领导去和茄新大队领导协商的,源头无活水,哪能渠水清如许呢? 农时不等人,没有水,一季就过去了,团部只好派来了一辆轮式拖拉机,带着抽水机、水管来到队里,在河边安营扎寨,从河里抽水灌田,这样成本自然很高。在河边抽水,也不是一天 24 小时进行的,每天只能趁海水退潮时抽水 10 多个小时,海水涨潮时,会倒灌入河,只能暂停抽水了。水稻灌浆时缺水,也会用拖拉机来抽水,这样成本自然就高了。

除了种水稻,我们还种过旱稻。也许有人会奇怪,海南岛雨量充沛,水源丰足,怎么会种旱稻呢。种旱稻可能是居住在山地的黎族、苗族同胞,在耕作较为原始的生产状态下,因地制宜种植的一种粮食作物。这种旱稻,当地叫"山兰",这是根据读音写出来的,其植物学名不知道。种山兰,方法很简单,找一片土质较好的山林,将树木砍伐掉,然后一把火烧掉,火烧后的土地最适宜山兰生长,灰烬也就作为肥料。青年队那次种植山兰,是在后山的一个坡地上,大约有 10 多亩地,坡地较缓,少部分陡的地方也只有 30°。种山兰稻很简单,上山后砍一根长 150 厘米左右、粗三四厘米的木棍,将一头削尖,男同志手提木棍,按 10 厘米的等距离在地上捣出一个个小洞,女同志将山兰稻种点入洞内,每个洞大约点 8—12 粒种子,用脚一踏,土就盖上压实了。40多人一天将10多亩山坡都点上了稻种,种植就结束了。过了一个多月,队里派人上山除草,我到林段一看,山兰稻已有近50厘米高了。中间夹杂着大量的小树棵子,草却并不多,我们20多人足足干了两天,将树棵杂草打理干净,以后再也没有上山了。山兰稻快成熟时,队里派人上山看护,防止山猪和野兽祸害庄稼,我们称之为看山猪。看了一个多月,山兰稻成熟了,我们上山收割,将稻把子捆起来,在山上砍一根木棍,两头削尖,将稻把子一戳,连稻草一起,挑下山来,在晒场上用脱粒机将稻谷打下来。队里只种过一次山兰稻,面积也不大,我并没有留意,生长周期有多长,收获怎样,完全不记得了。可能每亩地有300多斤产量吧,据说管理得好,每亩地能收上四五百斤。

农事繁杂,作为农工,耕作当然不只是插秧割稻,我们也做过许多农活,种过多种农作物,如花生、番薯、木薯、小麦、油茶、椰子、莳菜点豆,喂猪养牛,等等。虽然每种劳动都有记忆,都有故事,但一一道来,却也琐屑,所以,农事一段,只在插秧割稻上写实一点,其余不多着墨。只要是从农场、从农村出来的朋友,都知道这些。只是,作为以农为主的青年队男知青,我却不会使牛,不会耕田耙地,这实在是一个遗憾。不是我不想学,不是我不去学,实在是我在农事上有些笨,在耕耙上下的功夫不够。我曾尝试着犁过地,却很失败,那是一次种番薯时,看到老职工赶着牛犁地起垄,心里痒痒的,也要犁上一段。一手扶犁,一手牵牛绳执鞭条,我笨拙地赶着牛犁地。犁头忽深忽浅,犁路弯弯曲曲,我弄得浑身冒汗,牛也知道遇上了生手,不听使唤,抗拒着我,走走停停,即使旁边老职工帮着掌牛,也无济于事。终于,在犁头又上浮时,牛猛向前蹿,犁头飘出地面,差点铲到牛腿,连老职工都吓了一跳,不敢让我再试,于是,我知青生涯中唯一的一次犁地,以不到30米的距离宣告结束。作为农民,还是男劳力,不会犁耕,应该是不合格的,可我就是没有学会这门农活。犁耕虽有一定难度,但不是学不会的,之所以没有坚持学会,其实是心里从没有把自己真正看作是农民,也不打算一辈子和泥土打交道,尽管我们那时整天喊扎根,要做一个新型农民。就这一件事,已经压出了我们藏在豪言下的"小"来,透出了我们潜意识里不愿意做一辈子农民的真实想法。惭愧!

四、开荒种胶

我们来到农场时,海南的橡胶生产已初具规模,有了一定的基础,但与国民经济建设的需求、与备战的需求,还有很大距离。那时,正是准备打仗的年代,橡胶作为战略物资,越发凸显出其重要地位。大力发展橡胶,出产更多橡胶,成为当年海南各农场的重要任务,组建广州军区生产建设兵团,改农垦为军垦,是否也与此有关呢?

产出更多的橡胶,主要是从两个方面着手:一是垦殖开荒种植更多的橡胶树,新胶林生长到可以开割的时候,自然就会产出更多的橡胶;二是在现有的胶林内挖潜,加强科学管理,除草施肥,提高胶树的产胶能力。但在兵团时期,挖潜工作被简单化了,那就是向现有开割树不断索取。农场时期,每个胶工包两个树位(大约300余株胶树为一个割胶单位,称为一个树位),每天割一个树位,相互错开,利于胶树休养生息,兵团时期,胶树从两天一割,变成三天两割,到最后为一天一割。这样做,短期内胶水产量上去了,但从长期看,缩短了胶树的产胶年限,而且会造成每割一次的产胶量下降,胶水品质也受影响。不但树受影响,胶工也疲惫不堪,每天割两个树位,人非常辛苦,从三四点钟要到九十点钟,太阳早就升起很高了,太阳升起后,受温度、湿度变化影响,排胶量会少很多。

要增加橡胶产量,还是要开荒垦殖,扩大橡胶种植面积,虽然橡胶园长成有待时日,但这是正道,也是根本的解决办法。因此,农场时期,对开荒种胶就紧抓不放,到了兵团时期,那更是轰轰烈烈,掀起了开荒种胶的高潮。

农场时期,对开荒垦殖、定植种胶、林段管理有十分严格的要求和严密的规章。开荒垦殖,先勘察山林,考察土质、地形、涵养水分、防风乃至今后割胶路线,等等,找准宜植地段,规划好林段,留出防风林,做好前期工作。准备工作结束后,组织人员进山,将所有树木砍倒,清出防火带,一个月后,派人进山将砍倒的树木点火烧掉,一大片焦黑的土地就裸露在蓝天下。土地出来了,定标人员上山,按水平线,每隔 4 米左右插一个木棍,那就是胶洞所在的位置,挖洞的人就在那个位置挖洞,行与行之间的间距约为 5 米(视坡度而定),一般每亩地种 33 株橡胶树。上山挖洞,修环山行,也有严格标准。橡胶洞为上部 80 厘米 × 80 厘米,底部 60 厘米 × 60 厘米,深为 80 厘米,这样算一下,一个橡胶洞开挖的土方量约为 0.4 立方米。挖好后的橡胶洞,要将表层土回填进去,回填土要求是表层腐殖土,将枯枝败叶和树根草根清除干净,环山行要求宽 2 米,反坡度为 15°,山的坡度小,这一工程的土方量尚可,山的坡度达到或超过 30°,修环山行的工程就非常大。挖洞修环山行是一项重体力活,非常累,尤其是在炎天酷暑季节,天上太阳晒着,脚下烧过的如黑炭一样的土地,无遮无挡,上下夹攻,一天的汗水,会让你的衣服干变湿,湿再变干,反复数次,收工时,衣服上会有一层盐渍,脸上、手上都会不可避免地有烧黑的木头留下的炭迹。农场时,据说上山挖洞、修环山行的定额是一个工挖 6 个洞,并将这 6 个洞的环山行挖好修出。按农场时的管理规定,挖好的橡胶洞,要经过检验,合格后才能填土。据老余说,检查的方法很简单,提前做一个尺寸与橡胶洞一样的木框架,将架子向洞里一放,能放进去,就是合格的橡胶洞,否则就要再挖。环山行的开挖、检查,也非常严格,反倾斜的坡度虽然是目测,但与 15°的坡度是差不了多少的,宽度则也是用一根 2 米的木棍丈量。在这样的定额标准和严格的验收下,每天的劳动强度非常大。听一些老同志说过,那时上山开荒,常常会是夫妻组合,妻子在前面清理表层的树根残枝,开挖表层土,丈夫负责挖洞,妻子回填,最后一起修环山行。就这样,中午不敢休息,晚上还要带晚才能完成定额。在严格的规章制度管理下,开垦的新的橡胶园,涵养水源的能力大大提高,定植下去的胶苗,成活率高,不说种一株活一株,但不会低于95%。日后的胶园管理,胶树开割,也比较顺利。

挖胶洞既是个体力活,也是技术活,也许有人不赞同,认为不就是用锄头挖土吗,能有什么技术。我第一次参加开荒挖胶洞,是在青年队仓库后面的山坡上。那其实就是一个小山包,与周围的大山毫无联系,有20多亩地,大概是1969年3月间的一天下午,队里组织人在那座小山上开垦,计划开成橡胶园。事先,余世和已经领着人定标了,我们只管去挖就行了。那座小山包并不是小土丘,土层里夹杂着大大小小的石头。那时我们不知道散开来,还是习惯性地凑在一起,每人各挖一个橡胶洞。我挖的橡胶洞,开始还行,全是土,挖下去20厘米左右,洞里出现了一个石头,占据了洞的一半位置。挖洞时碰到了石头或大树根,可以将洞口的位置向左右偏移1米左右,但不能上下移,那样不在一个水平线上。那天我就左移了一点,结果又遇上了石头,比这边的还大,我只有想办法解决原来的那块石头了。那块石头不小,我挖了半天也挖不动,还差点将锄头撬坏了。情急之下,我找了一根手臂粗的大木棍,想撬动石头,弄了好大一会,除了把自己累得气喘吁吁,根本无奈石头一丝一毫。老余走过来看了看,对我说实在挖不掉也不要紧,周边挖大点,回土后不影响胶树生长。我那是第一次挖洞,非常认真,不想留一块石头在洞中,就这样和这块石头较上了劲。终于在太阳西斜,其他人都收工的时候,将这块石头挖松了,但石头很大,我一人根本无法将石头撬开,招呼了几个同学,用木棒、锄头,一起用劲,才将石头掀下坡去,留下了一个硕大无比的土坑,足有正常标准的胶洞两个大。洞挖好了,我认为工程基本结束了。这时,大多数人已经收工回家了,余世和巡视一圈又来到我这儿,招呼我明天再干,我那时不知道挖好洞只是其中一小部分工程,认为洞挖好就完成了大部分工程了,剩下的没有多少活,抓紧点干完算了。余世和看我很犟,也留了下来,和何建华等三个同学一起,帮助我

239

回填胶洞,挖环山行,5个人足足用了一个多小时,才将剩余工作完成。就这样,我左看右看仍然十分不满意,因为洞口太大,回填用了大量的表土,修环山行到这个洞时,前面取土过多,线条不平顺,而且在此有明显的凹下去的感觉。总算完工了,我们扛着锄头返回时,早已月上东山了。那天下午,全连数十人一起上山,平均下来,每人挖了一个胶洞和环山行,我暗暗吃惊,照我们的进度,一天只能挖两个,只能完成定额的1/3,这个差距有多大呀!我感觉做一个合格的农场工人并非易事。

挖胶洞挖环山行要讲究方法,首先,要根据土质不同,是否有石头夹杂其中,树根是否多、是否粗,坡度有多大,统筹考虑一下。挖洞前,要考虑将表土堆放在什么位置,清除地表的枯枝败叶、树根草头,方便回填。挖环山行,要目测距离,将挖出的土一步放到位,不要反复挖、反复倒腾。坡度大时,要巧妙利用石头、倒下的树干,以免土往坡下滑,等等。我挖环山行不在行,所以挖起来,出的力不小,锄头也紧挖快刨,一刻不停,但进度总不如高手来得快,虽然反复总结经验,成效都不是很大。要完成同样的任务,我往往要比别人付出更多的努力,流更多的汗水。

开荒挖洞修环山行,工作虽然异常劳累,但劳动的场面却很壮观,完工后的山林也十分壮观。几十亩的山坡,被砍伐一空,烧成黑土,其间横七竖八地横陈着未曾燃尽的大树干,在蓝天青山映衬下,尽显着一种惨烈。全连几十号人带着刀斧,扛着锄头,浩浩荡荡地开进山场,很快,队伍分散开来,各自为战,为完成自己的定额任务而努力,其中也有一些人分成夫妻档、朋友党合作。随着锄头上下翻飞,新鲜的黄土一段段挖了出来,空气中弥散着一阵阵的土腥味,混合着原来的焦味,直钻鼻腔。我曾站在高处向整个开荒工地观望,只见几十亩山场上,星星点点散布着挖山不止的人,每个人的身边,都有或长或短,或鲜明、或暗淡的土黄色环山行向左右延伸,偶有阳光照在锄面上,反射出耀眼的光亮。看着看着,就有一种感动升起,劳动者很平凡,可是他们的劳动很伟大,正是有了劳动,才有了人类的辉煌和成就,那一刻,我深深地感觉到,那么美丽的橡胶园,正是诞生于这样壮美的劳动中,诞生在劳动者的汗水和厚厚的手茧中。几天后,整个山场完工了,开垦后的山坡静静地展现在你眼前,焦黑的土地上,一层层环山行绕山逶迤,如同一条条黄色的腰带缠绕着大山。新鲜的土色和焦黑的炭迹,形成了鲜明的色彩反差,与周边苍翠的树林,头顶湛蓝的天空,构成了一幅色彩浓郁的油画,粗犷壮美。我曾看过广西龙脊梯田,人称奇观,现在也是著名的景点,但给我的视觉冲击和心灵震撼,远远不如我在海南开荒后的林段里,那不但是我参与开垦的,更因为我十分清楚开垦前的景象是什么。收工了,夕阳下,人们渐渐离去,山林里静寂无声,我却十分不舍,几步一回头,观望着这片景色。走下山底,站在林段低处,我又回身望去,高处,夕阳为山林镀上了金色,光照不再刺眼,树影却朦胧起来,有着一种阳刚的壮美,透着淋漓的快意;低处已无光照,色彩渐渐暗淡,林木沉默在阴影里,散发出阴柔的气息。岚气渐起,微风拂动,紧张劳动了一天,心灵在此刻却异常空灵,不愿挪步,只静静地享受着,静静地观望着。看着同一林段,竟在阳光的渲染下,同时呈现出阳刚与阴柔的美丽,如火与水的反差,你会生出许多感叹。在这幅画前驻足良久,西坠的太阳加快了步伐,沉了下去,山林统一在暮霭中,晚风轻拂,夜色里,月光下,相信林段又会是另一番景色。在我们亲手开垦的林段里,面对我们自己描绘的图景,我们有理由自豪,劳动者最美,劳动创造美,也只有劳动者,才最懂得欣赏自己创造出来的美景。

改制兵团后,这样按部就班地开垦新胶园,很快就跟不上形势了,那时只讲"多""快",要求大干快上,于是,各种变通的、改良的、创造性的垦殖办法就出现了。青年队开垦后山时,将林段的树木砍伐倒地后,等不及一个月后烧山了,当场就在林段里规划定标,大家就开始挖洞了。那时也不修环山行了,一是时间紧,挖环山行费时费工;二是条件不行,由于没有烧山,倒地后的大树小树,枝丫横陈,相互挤压,层层堆叠,杂乱无章,没有办法开出挖环山行的空间,全改为挖小平台了。所谓小平台,就是在橡胶洞周边,按环山行标准,挖一个两米见方的反倾斜15°的平台,也能含蓄雨水。在这样的林段挖洞,必须先用刀斧开路,清理出场地,这很耗时费力,女同志就更加吃力,遇上树干很粗的大树,或是硬木,也只能任其拦路,暂时不动它。由于清理出的空间有限,挖出的橡胶洞和小平台的标准也大大降低了,橡胶洞挖成了锥形,有60多厘米深就很不错了,小平台普遍不到1.5米见方。因为树木阻隔,定标人员很难准确定位,也很难定水平,这也给日后开挖环山行造成了困难。海南是生机勃发的沃土,没有烧过的林段,很快就会重新长满各种植物,不出一个月,小树棵就会高过人头,与周边融成一体,成为绿海。为了将这样的林段重新开垦出来,将环山行挖出来,我们又要付出许多劳动。

再次上山开垦,我们沿着原来挖的橡胶洞和小平台的痕迹,重新砍芭,清理出一条走廊,挖一条环山行。到了中午,树棵里没有一丝风,虽然太阳不会直接晒着,但这条走廊犹如蒸笼一样,在树棵里劳动的人,浑身上下找不到一丝干布,连脚下的解放鞋里也流进了汗水,咕叽咕叽直响。尽管这样,任务是不能少的,自觉或不自觉地,每个人都在拼命。这种劳动,基本上是各自为战,一个人包一段,临收工时有人来验收丈量。正因为如此,虽然没有人看着管着,却也没人偷懒。只是正午时间,闷热得超出一般人想象,抓起锄头挖十几下,就要停下来喘气,这边水喝进嘴里,那边就从身上各处冒了出来,同学们开玩笑说,热得连舌头都伸出来了(狗身上无汗腺,暑热天只能吐出舌头散热,这话形容人热得像狗一样)。再挖下去,胸闷气喘,嘴巴张得再大,气息也不够,胸口就像被棉花堵着,气就是进不去,头昏昏沉沉的,脚下也发飘。实在坚持不下去了,扔下锄头,挥刀砍下几根树枝树叶,往环山行上一铺,就地躺下,头上蜂蝇嗡嗡,地上虫蚁乱走,只是这一切都顾不上了,将帽子往脸上一盖,只想着能沉入梦中,好好放松放松。那一刻,真享受呀! 脑中空灵静寂,无思无想;身体百骸,松弛无羁;周身的酸麻胀

242

痛，却更衬出这时的闲适、舒服，真想让时空在这一刻凝固，让我们得到暂时的解脱。迷糊10多分钟后，地上蒸腾的潮气和身上流下的汗水使身下湿漉漉的，渐渐生起凉意，有种向骨缝里钻的感觉，只好翻身坐起来，头上的汗水已不再如浆而出，脊背却有了凉飕飕的感觉。懒懒地坐了一会儿，看看尚未挖完的环山行，深吸一口气，起身抓起锄头，继续挖起来。歇过以后，人更疲软，头几锄头也有气无力，但很快人就振作起来，毕竟休息了一阵子，体力有了恢复，比刚才好多了。大开荒的年月里，这种场景实在太多了，每个知青对此都会有很深的体会。

类似这样的开荒，标准已经很低了，但也还靠点谱，勉强可以种上橡胶苗，虽然以后整理橡胶园会很费力气。再后来，连这样的标准也难以做到，更加简化了，先将山林中的小树棵、竹丛、大芒、藤蔓类的植物砍倒，直接定标，挖洞，连小平台的标准也降低到1米多了。等洞挖好，再将大树砍倒，以后再烧山，这样开荒，好处是迅速，队伍召集来以后，可以立即投入开荒，不要一步步分步骤来，而且出成绩快，上报数字好看，反正只要挖出了33个洞，就算开垦了一亩橡胶园；对我们劳动者来说，最大的好处是不用暴晒在太阳下挖洞了。

说起开荒，我想说说我跟着余世和学习规划林段的事。上山开荒，砍伐树木，挖胶洞，修环山行，一身泥一身汗，非常辛苦。看见老余身挂钩刀，手拄木棍（这种木棍类似于拐杖，山林间行走助力而已，当然也有惊赶蛇虫的作用），在山林间走走停停，时而猫腰看看什么，时而挥刀在树上砍个记号，感觉十分惬意，优哉游哉，顿生羡慕之情，心想有哪一天也能如此就好了。老余是个有心人，愿意将平生所学教给我们，对我也十分看好，于是，在他的推荐下，我就有幸跟着他学习勘察地形、规划林段了。梦想成真，我十分兴奋，腰系钩刀，跟着老余跑山林，只是我一开始没有像老余那样挂一根木棍，觉得那是年纪大的人才需要，我用不着。不干不知道，干了才知道这其中的劳累。开始，我跟着老余在山林里奔走，时而山脊、时而水沟，忽上忽下、忽左忽右，跟着他不停地走，山林间本没有路，很多时候，要用刀砍开一条路来。这时我才感觉到我错了：这不是什么轻松的事。而且，在山林里更多的时候不是"走"而是"钻"。一个上午，我汗流浃背，双腿酸软，坐下来就不想动了。其实，这一个上午尽管老余不停地告诉我怎样看地形，怎么定林段，可是我始终没弄明白，一头雾水。下午，我继续跟着老余满山转悠，最后，几乎是拖着两条腿，机械地移动双脚，早上的兴奋劲早已过去了。跟着老余跑了三天，才真实地感受到这份工作的辛劳。因为要全面了解山里的情况，找到最终的宜垦林段，所以在山里跑的范围就很大，有的地方还要反复走、反复测量。虽然我到农场后，走路已是平常事，一天走上百八十里路已经不是问题，但这样钻在山林里，走走停停，上上下下，看起来走的里程不算多，但却是非常累的。有了第一天的辛苦，第二天我也学乖了，手里也拄了一根棍子，不时也撑着喘喘气。林段勘察完毕，老余心中有数了，他带着我给开荒的同志留下标记，先在高大树木上砍出白茬，就像杨子荣在通往威虎山的路上削去树皮留下记号一样，再将树下的小灌木丛砍去一些。就这样，我们将一片山林砍出了一大圈记号，规划出了林段的轮廓，任务基本就完成了。几天的跑山，我才真正体验到做一个山里人是多么不容易，山林里的知识够我们这些学生好好学习的，我只体会到了开荒时伐木砍树、挖洞回土、修环山平台的辛苦，却远远不知前期规划勘察人员的辛勤和劳累，更不知道他们多年来在生产劳动中积累起来的知识的可贵。可以说，下放几年之后，我潜藏在骨子里的一种知青的傲气与偏见，一种自命不凡与清高，在老余、在许多看似平凡的农场职工面前，在他们丰富的实际知识和自然流露的平和本性面前被无情地压榨出来，现出了衣衫下的"小"来。我终于知道了：在农场，甩开膀子大干，出大力、流大汗是应该的，是一种少不了的锻炼，但要真正做一个农场人，更应该虚心学习，要真正像老余那样，做一个农场的"百事通"，精熟各种农场生产知识和实用生活知识，我还真的要沉下心来好好学习才行。

这次我跟着老余在山林里晕头转向地跑了几天,听老余讲了不少知识,土质、坡度、朝向、面积、防风、山脊、水沟、道路,等等,但我还是不明白该怎样勘察和规划林段。哑巴田会战时,我们开垦了一个一百二三十亩的大林段,林段的上端位于五一队通往十八连的大道上,沿大道南边向下伸展开去,只见两边的山脊夹着中间的一片呈弓形展开的山坡,参加会战的近300人星星点点地散落在这一片山坡上。那一刻,我感受到了劳动的壮美,与此同时,我突然脑中灵光一闪,明白了规划林段的奥秘。原来,我没能将从老余那里听到的规划林段的知识进行系统的融会贯通,钻在密林中也缺少全局的视角。站在这个巨大的林段面前,我的思路豁然开朗,所有的规划林段的知识,都生动地展现在眼前,全都串了起来,这些时候的苦思苦想,在这一刻有了结果。是一种顿悟,还是这个大林段给我的启发? 站在这个林段前,我想:我也可以给人讲讲规划林段的知识了。也是在这个林段,靠近路边有一块地,石头很多,一天下午,我和何斐、陈列、刘宝琦几个人砍这片林子。一看石头这么多,我们都不愿意了,石头多,下刀时要十分注意,不小心砍到石头上,刀就废了,而且这是一片石头地,又如何挖洞种胶呢?正巧老余走过,我们就向他讲了我们的疑虑,老余笑了,告诉我们,这是整个林段的一小部分,必须开垦出来,石头多,实在不行就用炸药炸,但整个林段要完整。虽然仍不是十分情愿,但既然老余说了,总有他的道理,我们也在不解中继续干活。等到收工时,站在林段上面一看,才恍然明白,这块地不大,不到2亩,但恰好嵌在林段上部正中的位置,不把这块地开出来,整个林段就如同卡了一块骨头,确实影响林段的完整。这时,我们才彻底解开了心中的疙瘩,从心里佩服起老余来,我也因此对规划林段有了更多的了解。那片山林确实规划得很好,唯一的缺憾可能就是坡度大了一些,大部分山坡的坡度都在30°。不过,在山里开荒,这个林段的坡度就不能算大的了,后来,我们甚至在坡度超过45°的山坡上开荒挖洞。

哑巴田会战时,我平生第一次点燃了炸药。为提高劳动效率,加快开荒进度,遇到大树根、石头地的橡胶洞,就用炸药去炸。在这片林段里,也使用了炸药。但我点火的地方不在石头地里,而是在林段下方的一片地里,那里没有石头,但树根缠绕,十分难挖,所以决定用炸药炸洞。我没有埋放炸药,但在我的极力要求下,连长同意我去点炮。那次一共是30多个炸点,共4个人点炮,每人点八九个炮点。为确保安全和成功,连长又派了一个老同志和我一起行动。第一次点炮,我兴奋、激动,又有着几分紧张,手持火煤,我静静地蹲在那排炮点的第一炮点前。8个炮点早已看准,路线已经走过几次,隐蔽点也很清楚,按说一切都不成问题,但心却跳得厉害,自己都能听到心跳的声音。尖利的哨声响起,指挥人员大声呼喝,让所有无关人员撤至安全地带。不一会儿,哨声再次响起,那是向我们传达信号,准备点火,犹如百米跑听到发令员高喊"各就各位,预备"的口令一样,我的精神一下绷紧,只觉喉头发紧,口唇发干,我弓起身子,右手捏紧火煤,凑近嘴边,吹得火头红红的,左手捉住导火索,竖起耳朵,听着最后的哨声。几秒钟后,第三声哨音响起,未等哨音吹完,我已迅速将火煤凑近导火索,刺的一声,导火索顶端喷射出火星,不等火星散尽,我早已蹿至第二个炮眼处,迅速点燃。虽然此时身后导火索刺刺声响,硝烟在空中弥漫,左右都是点火的声响,几个矫捷的身影在上下跑动,但我却全然没有了初时的惶恐,心情平静多了。哈,点火也不难嘛。心情一定,脚下格外稳当,拿导火索的手也不再抖动,很快,8个炮点点完了,一个也没有假手他人,好像还没有过瘾,向隐蔽点跑吧。这时心里早已没了慌乱,我还回头看了看炸区,只见轻烟飘动,却听不到导火索燃烧的声音了。跑到隐蔽处坐下来,心虽然在狂跳,但却没有了紧张的感觉。过了好一会儿,爆炸声音才传来,因为是炸树,声音不如炸石头那般响亮,只是沉闷的声音,远远望去,并无冲天烟阵,只是不时有树根碎屑和泥土喷出,却并不高,很快,30多个炮响完。哨声再次响起,我走回去一看,炮炸得还可以,一个个深坑,做橡胶洞是没有问题了。

　　兵团时期的大开荒,我们起早贪黑,中午饭也在山上吃,大打人海战,大打疲劳战,营里组织会战,团里组织会战,几百人在远离连队的深山里安营扎寨,一干就是几十天。三营组织的哑巴田开荒会战,离青年队有30里路,会战50多天,团里组织的牛寮会战,离青年队70多里路,会战70多天。参加会战的人们,日晒雨淋,风餐露宿,每天干10多个小时的重体力活,遇上雨天,草寮漏雨,彻夜难眠,连一件干衣服也穿不上。今天的人们很难理解我们当年的艰苦,也许令今天的年轻人更难理解的是我们为什么会那样。这样的大开荒,这样的大会战,毁坏了大片大片的原始森林,除了表面轰轰烈烈,短期内出数据,造声势外,这种违反管理科学、橡胶垦殖要求和生长规律的大开荒,实际效果很差,除非以后再投入大量劳力进行二次开荒外,种下的橡胶很难长成胶园。举两个小例子:第一是青年队不知为何突发奇想,在连队驻地附近挖洞种胶,连队附近全是沙土,几乎不含泥,根本不适宜种橡胶,连长为什么这么决定,是不是叫任务逼的,不得而知。因为沙土松软,地势又平,也没有大的树根,挖起来非常便捷,那天全连每个人都大显神威,成绩骄人,最少的也挖了20多个洞。我则挖了37个洞。可惜,这样的橡胶洞,基本上种不活橡胶树,后来也没有定植,全连人白费了力气。第二是后来宜垦林段不够,就向坡度较大的山地开垦,我曾经在一片坡度超过45°的山坡上挖洞,在这样的山坡上,要站稳都不容易,更何况要挖出合乎标准的橡胶洞和小平台了。要在这样的地形上挖出标准的橡胶洞和平台,那土方量大得不得了,就是将前面挖下去1.5米深,平台也不见得会有2米宽,更何况坡陡,很难存住土,你就是拼命干一天,累个半死,只怕一天也挖不出两个合乎标准的洞和平台。这样的成绩,如何能适应大干的形势,于是,糊弄就成了一种趋势。在这样坡度上挖洞,只要挖到50厘米深,将上面的土回填过来,挖成平台时,洞深加上回填土的高度,洞深远远超过80厘米。只是这样的胶洞,这样的深度,全在平台后部,几场雨一下,经过雨水冲刷,平台后的松土就会被水冲走了,只留下一个浅浅的土坑,怎能算作橡胶洞。二师九团那时大开荒究竟投入了多少人力物力,开垦了多少亩胶园,最后真正成为胶园能割胶的又有多少,我不知道,但我清楚地知道,直到我离开青年队,我们那几年种下的橡胶树,没有一株长大成树。

大开荒,连续疲劳作战,伙食又差,特别是集中会战,只能采买一些耐存放的南瓜、冬瓜作菜肴,几乎是顿顿南瓜盐水,或是盐水冬瓜,以至多年以后,一些同学见了南瓜、冬瓜就反胃。时间长了,军心难免浮动,士气也低落,那时没有物质刺激,怎么调动人的积极性呢?激励士气,也是一门学问。兵团时期,解放军干部深谙此道,政治思想工作抓得很紧,没有放松的时候。基本做法为几种:一是激励,主要是精神鼓励,这是最主要的办法。编写劳动战报、广播宣传鼓动、评选先进典型、每日树标兵、评模范,等等,提倡一不怕苦,二不怕死,让人学有先进,赶有目标。二是斗私批修,狠挖灵魂深处一闪念,批臭怕苦怕累思想,对消极懒散、劳动不力的人予以教育,班组帮带,使你不能松懈。三是狠抓阶级斗争,紧盯阶级斗争新动向,对不利于大开荒的言行,对牢骚怪话、口出怨言的,一律作为阶级斗争新动向,予以穷追猛打,批斗声讨、大会斗争、小会批判、班会训斥,让你的阴影在阶级斗争的阳光下无所遁形,从此噤若寒蝉,唯有紧跟顺从,老老实实认真干活。阶级斗争,一抓就灵,在政治高压态势下,使你不敢有任何不同意见和思想。牛寮大会战,我没有参加,但听青年队参战的同学说了两个小故事。一个故事的主角是青年队的吕先海,吕是海南农村来的一名青年工人,精瘦,一双眼睛因而显得很大、很突出,特别是骨碌碌转动时。吕先海头脑有点问题,平日里傻乎乎的,会发出尖声大笑,广州人谓之"傻佬"。吕先海到牛寮开荒,日复一日,疲惫不堪,傻人也有应付的办法,挖洞时偷工减料,浅浅的,恐怕只能用来埋锅烧饭。一日被检查人员发现,予以批评,被定为破坏生产的罪名,成为"新动向",组织了批斗。吕先海虽傻,在批斗会上嘻嘻笑着,但心内还是有点恼怒。第二天,他用一个上午时间,挖出了一个大大的洞,整个人蹲在里面抽烟,这下够大了吧!谁知又被检举,定为心怀不满、公然对抗的罪名。眼看着"阶级斗争"与一个"傻佬"较上了劲,大家都十分可笑,只是谁也不敢非议,更加小心。第二个故事的主角是六中同学,当年就没有记住姓名,隐约知道是二营的一个男同学,平日里表现很好,已经被定为入党积极分子在培养。牛寮会战两个多月,人人厌倦,个个归心似箭,到了时间,任务也已经完成,大家都打好了背包,准备下山回连队了,只等汽车来运行李和劳动工具。远处汽车喇叭鸣响,来的不是大卡车,却是小吉普,车上走下团长,召集大家再动员:全团任务尚未完成,要求大家再苦战三天,完成任务后再走。大家虽然失望,但毕竟只有三天,归期已有期。大家乱哄哄地散开,解开背包,再次投入开荒。三天后,前一幕再演,现场一片静寂,失望之余,心中更加不愿意,会议主持人急忙宣布散会,喇叭里严令各连立即带开学习讨论。不满归不满,那就再干三天吧,已经一而再了,还能再而三吗?令人想不到的是,三天后,这幕又重演了,人们心里已经愤愤了。散开之后,大家回到窝棚里,不再解开背包,而是仰靠在背包上,表现出一种集体的默默抗争。静默中,忽然传出一曲熟悉的旋律,雄浑、低沉,受感染,周边的人也哼唱起来,很快,雄壮的《国际歌》的旋律在营地上空回旋。带头哼唱《国际歌》旋律的人,正是我们的这位同学,究竟他是为什么哼出了这样的旋律,今天已经无从考证,也许他只是在极度的失望之余,歌以排遣而已,其实并无深意。当营地上空的《国际歌》越唱越响的时候,其实不用上头来抓,大家心中都明白,"阶级斗争新动向"又出现了。批斗的情景不再赘述,因为是知青,又不能因为唱《国际歌》而定罪,虽然在那种场合下不宜,最终并没有予以严厉处分,只是却也从此在兵团时期失去了成为"中国工人阶级的有共产主义觉悟的先锋战士"的资格,并戴上了一顶无形的帽子。第三个三天期满后,营地的人们再也不等汽车到来了,急匆匆各自开路,那种情形,不像是有组织的撤离,倒真是一场无序的大溃散了。

五、育苗定植

开荒垦殖,是为了种上胶树,成为胶林的。胶园开垦后,要在春天种上胶苗,谓之定植。定植用的胶苗,要在苗圃里培育。苗圃的选址,非常重要,要考虑三个因素:一是土质要好,适宜胶苗生长;二是近水源,育苗前期需要大量浇水,但又要防止山水猛涨时淹没苗圃;三是要防风,海南多台风,摧林拔树,威力很强,要做防范。

1970年,青年队准备培育胶苗,苗圃选在靠近小河边的一片稻田里,有5亩多地。深翻、晒土、施基肥,一切在余世和指导下进行。做苗床时,我才知道工作之细、要求之严,所有的土坷垃要打碎,苗床宽约90厘米,床与床之间有20厘米的沟,床高约15厘米,床边要拍打密实,苗床四边,要做成高约2厘米的挡水埂,床面要平整,不说如镜,那标准也相当高的。苗床修好之后,看起来真是赏心悦目,那是一种整齐划一的美,是用线硬拉出来的。

苗床做好后,将选好的橡胶种子种下去,每颗种子的距离是20厘米×20厘米,上面覆上一层草,勤洒水,保持苗床湿润。几天后,小苗钻了出来,这时,就要勤浇水了。苗圃浇水的水桶和平时菜地浇水用的水桶类似,在水桶近底部的地方钻一个洞,斜插入一根中空的竹管子,封死,上部与桶沿齐平,竹管出口处是竹节,在靠近竹节处锯开一个小槽口,这样洒出来的水成扇面喷出,很均匀,在桶的两耳处连接上一根木棍,木棍中间系上绳子,用来挑水,木棍的另一个作用就是可以用手提着浇水。一对桶大约可以装七八十斤水,挑水也不是平常用的扁担,而是80厘米长的一种短扁担,两个木桶紧贴着身体,方便用手提着水桶浇水。育苗前期,要大量浇水,苗圃管理人员非常辛苦,特别是男同志,每天天刚亮,就要下河挑水。那时在苗圃工作的知青有陈列、江不平、杜林林、叶建敏等人,我也时常在苗圃劳动,主要任务就是挑水。清晨,我们就到了苗圃,卷起裤脚,挑起水桶,来到河边,沿着踏步下到河里,一左一右地将两只桶按在水里,桶满后,腰身一挺,一步一步走上来,开始浇水。手提着横梁轻缓地开始洒水,脚下随着水的喷洒向前移动,水桶剩一半水时,双手用力将桶提起,让水喷洒完。5亩多苗圃,每畦苗床都要浇透,浇水的人每天挑100多担水,虽然我们那时已经劳动惯了,还是觉得很累。这样的日子,大约持续半个多月,小苗渐渐长成,就不用每天浇水了。橡胶苗长到手指粗时,就要芽接了。

芽接是橡胶育苗的一个环节,橡胶籽育成苗后,将幼苗根部附近的树皮切开一个口子,剥开树皮,再嵌入已长成开割的橡胶树枝条上的芽点,封闭起来,等芽点成活后,截去上段枝条,待这个芽点长成苗后,再挖出定植。这样长成的胶树,产胶量会高出许多。芽接是个技术活,从事芽接工作的人员要事先培训,陈列、江不平、叶建敏、杜林林都是青年队的芽接好手,芽接的成活率多在95%以上。已经芽接成活的胶苗,将其芽接点上方约两三厘米的树干截断,促进芽点抽苗成长。芽点抽苗后,渐渐发育长大,大约3个来月后,长到2米高,枝干有手指粗细时,就可以移植了。芽接没有成功的胶苗,可以第二次芽接,算起来,从种子下地,到成长为可以移植的胶苗,大约要半年。

青年队没有橡胶林段,要取得芽接枝条,就要到其他连队的林段去砍。正开割的橡胶树砍了枝条后会影响胶水产量,所以一棵树只能砍一枝,一个林段也不能砍太多树。这个活很累,来回要跑20多里路,每次砍上10多枝,要爬10多次树,这些枝条捆成一捆后有五六十斤重,而且支支棱棱的,上肩后硌得慌,一般人不愿去。连长将这个任务交给我,我就带着叶××去砍芽条,实话说,这有点强迫叶××的意思,因为他是在"改造"期间。刚开始,我们是去前线队林段砍芽条,有时一天一趟,有时一天两趟,根据芽接进度和天气情况,平均下来两天三趟。尽管我很注意,多跑几个林段,分散开来砍,但10来天后,可能前线队有意见,连长让我们去八一队的林段砍芽条,最后还去了五一队林段砍芽条。到八一、五一砍芽条,路远了,基本上就是一天一趟,有时芽条供应不上,我说那就隔天多跑一趟吧。叶××虽是"戴罪之身",但他还是不愿意,连长也知道这样人很累,有时就多派一个人。这样,前后有20多天吧,苗圃里的苗芽接完了,砍芽条的任务也结束了。

胶苗长成后,就可以挖出来定植了。为保证定植质量并且提高成活率,同时缩短从定植到成树开割的时间,挖胶苗和定植都有严格的要求。挖胶苗时,要顺着胶苗一边挖出深沟,保证根部长40厘米,侧根保持20厘米,不损伤根皮,树干更要保护好,不能损伤树皮,超过2米高的胶苗可以截去顶端。定植时,先将胶洞土挖出来,胶苗入坑后,分层回土,分层踩实,侧根自然张开。按这些要求定植,有利于胶树生长。在我的印象里,定植的定额是一个工20株,这个定额是否含挖苗和定植,还是单纯上山定植,我一直没有弄清楚。如果20株定额含有挖苗在内,那工作量还是很大的。胶苗在苗圃生长时间有长有短,如果在刚长成时就挖,这时胶苗不大,挖起来比较容易,如果一时不定植,胶苗在苗圃生长一年以上或者两年,那就很粗壮了,有时大拇指和食指都掐不过来,甚至有手腕粗细的,挖苗就十分费力了。

各连队开荒和育苗并不一定平衡,团部就在各连之间调配,有时也会指定条件较好的连队专门育苗。青年队就曾经到八一队苗圃挖树苗回来定植,青年队的树苗也被调出支援兄弟连队。1970年我代理文书时,工作疏忽,不知道苗圃里的胶苗要细分生长时间、规格进行统计,只简单地将胶苗统计上报。团部从报表上知道青年队有胶苗,除了本队定植需要外还有富余,就将这批胶苗调拨给了一个连队(记不清是前线队还是杨梅队)。兄弟连队来了几个人,拿着团部的调拨单要挖胶苗,我这才知道出了问题,让他们挖走胶苗,队里今年的定植就没有成苗了。我赶紧向韩副连长报告情况,并做了检讨。韩副连长听了我的汇报,很果断地对来人说,长成的胶苗我们要上山定植,胶园里芽接过的胶苗有许多,只是尚未拆去绑扎物,如果要你们可以挖走。兄弟连队的同志只好无奈地回去了。

第一次上山定植,是从八一队苗圃里挖的胶苗。定植最好是阴雨天,那天恰好细雨蒙蒙的,我们早早从青年队出发,跑了20多里路,到了八一队苗圃。八一队苗圃在八一小学校旁边,当时,胶苗都已经长大了,有手腕般粗。那是青年队第一次搞定植,大多数人没有挖过胶苗,老队长陈珍云、四班长吴宏法都是从橡胶连队调过来的,他们给大家讲解了要求,作了示范,大家一看就会。很快,大家就分散开,各自干了起来。吴宏法原是八一队职工,江苏籍退伍兵,1961年从南京军区集体复转到农场的。那天他再回到老连队,有点兴奋,一边干活,一边吆喝,指点大家。雨慢慢地下大了,虽然戴着斗笠,披着雨披,浑身上下还是都湿了,也不知是雨还是汗,有人索性脱了斗笠雨披,只穿着背心干活。我们沿成排的胶苗边挖出50厘米深的沟,砍断主根,双手攥住树干,摇晃几下,将树苗向沟里按压,一如鲁智深倒拔垂杨般将树苗拔出。胶苗出土后,用刀修理枝叶和侧根,放到一边。雨天湿滑,苗圃里一片泥泞,大家将裤腿卷到膝盖以上,两脚沾满泥巴,如同两个大泥坨子,不过,大家的干劲倒没受到影响。中午12点多,挖好了500来株胶苗。八一队食堂为我们送来了热腾腾的饭菜,大家就在八一小学的教室里避雨用餐。各人擦干头上的雨水汗水,喘息稍定,忽然有人哇的一声,手指着我的裤子,我低头一看,右裤腿从大腿根部到膝盖,有一大片淡淡的血迹,虽然被雨水汗水淋过了,仍留下了明显的印迹。吴宏法立即大呼小叫,开起了不荤不素的玩笑。我没有理会老吴,赶紧找了个僻静处,检视了一下,身上并无伤痕,一定是干活时没注意,被山蚂蟥偷袭了,让它吸饱了血跑掉了。吃完饭,团部运胶苗的汽车到了,将胶苗装上车。我们一行人又冒雨走回了青年队。这批胶苗,被定植在青年队仓库后面的小山坡上和砖窑边的一片林段里,后来我还给这两个林段的胶苗修整过环山行,施过肥。青年队撤除后，全都荒芜了。2008年我和杜广生再去青年队旧址寻迹时，没有看到一株胶树。

上山定植，我们将20株胶苗分成两捆，挂在锄把上，将锄把当成扁担，挑上山去。定植时，先将胶洞里的土刨出来，深挖到50厘米左右，这活不难，因为回下去的土比较松软，很快就可以挖好，将树苗放在坑里，一手扶直，一手用锄头将土拨进坑里，有时捎带着用脚向坑里拨土，土回了一半时，将胶苗略略向上提一提，便于侧根伸开，下到坑里，双脚用力，将土踩实压紧，直到将土回满，靠树根处留一小洼凼，最后，将环山行修理平整、复原。

胶苗定植，是橡胶生长初期的一项重要工作，按规范操作，才能使胶苗顺利生长。初期，我们非常认真，对胶苗呵护有加，非常爱惜。一枝一叶总关情，认认真真地植树种胶，把自己的理想、自己的抱负、自己对未来的憧憬，都种了下去，满怀着希望，盼着胶树快快长大，盼着青年队也能以橡胶生产为主业，盼着自己的劳动和辛勤付出，能为中国和世界革命事业添砖加瓦。这种认真大约持续了两三年，军垦后实行大开荒，尤其是"9·13"之后，我们的热情消退，繁重的劳动和思想的疑虑使我们有了变化，体现在劳动上就是不再认真按老工人教的那样去做（除了真正的老工人，一些职工也丢掉了规范），而是偷工减料，糊弄应付了。要上山定植了，我们在苗圃里挖胶苗也省去了很多工序，青年队的苗圃里没有生长了一两年的胶苗，就如青年队的名称一样，胶苗也是幼小的、清新的，基本是长成即用，从芽点长出来的新枝，只到我们的胸口那么高。我们不是挖胶苗，而是拔胶苗，因为胶苗小，拔起来不用费很大的劲，速度非常快。为了不把新芽枝拔断，我们基本上是贴着地面，握住芽点以下的树根拔起来。胶苗生长有快有慢，有大有小，有的要费很大的力气，有的则很轻松，如果判断失误，不留神，劲使大了摔了个屁股蹾也常发生。胶苗拔出来后，用刀截头去尾，捆成一小捆，有些一把就掐住了，往锄头上一吊，就晃晃悠悠地上山了。到了山上，大家分散开来，各自定植，我也找好胶洞，开始定植了。然而再快,挖土、种苗、回土、踩实,这些工序还是要完成的,最多我不再分层回土踩实,只是一次踩实或两次踩实而已。很快,我就种下了几棵胶苗,正在我得意工作顺利的时候,有人竟开始下山了,这使我大为惊异,难道他把胶苗扔了? 我抬头喊住他,问他怎么那么快就下山了,种完了吗? 他神秘地笑笑,走过来给我做了示范,介绍他的快速定植法,只见他把锄头掉转过来,将锄把插入胶穴里,用力摇晃转动几下,一个小小的深洞就出现了,把胶苗往里一插,用脚左右踩几下,定植就完成了。这样的创意,也不知他是怎么想出来的。我却心中不忍,想想砍树开荒的辛劳,想想一锄一滴汗地挖洞,想想苗圃育苗一担一担地挑水,想想每天来回几十里路地砍芽条,不都是为了种下胶苗,长成大树吗? 我实在不忍就这么把胶苗种下去,叹口气,还是按常规将树苗种了下去。等我回到队里,早回的人已经冲凉休息了好一阵子了。

六、打井

海南雨水充沛,山林茂密,极能涵养水源,大小河流溪涧,遍布各处,水量丰沛,走遍农村的村村寨寨,农场的生产队,到处都有水井,即使是生活在河溪边,也会打井用水。青年队原来只有一口井,地势低洼,是吃水和洗涮共用一井。后来,在高处新建了砖瓦的食堂,在旁边新打了一口井,新井水质更加清冽甘甜,专作吃水,老井就作为生活用井了。老井地势较低,水面离井口有 2 米来深,台风来临或连天雨水时,有时只有 40 厘米多高,井口也大,取水方便,所以,洗衣服冲凉,我们都去老井。杨梅队有一口生活用井,建在低洼处,水面离井口只有 10 厘米,用水桶直接舀水就行了,洗洗涮涮,极其方便。我在西线红光农场做工作队员时,还看到过一种自流井,看不见井口,只见砖石和水泥砌成的一个圆形井罩,高约80 厘米,沿着井罩,在 20 厘米多高的地方留有几个孔洞,安上长约20 厘米多的水管,水自管口长年流淌,汩汩不息,让我非常惊奇,也很羡慕当地人用水的便利。

青年队打新井大约是在 1969 年底，由陈珍云老队长指挥并带队挖的，知青中何建华、容尚坚、唐国雄、徐嗣达等人都参加了打井。青年队驻地水源丰沛，不需要勘察井址，只是在新食堂旁边适合的位置画了一个圈，就开始挖井了。这口井直径不大，成井后只有 1.5 米左右。开挖时，井口较大，约有 3.5 米，向下渐渐收窄，到井底时，大约为 2 米，井下可以下三个人挖土。这口井的土质较松，表层一两米是沙土，挖起来很快，土直接运出井坑，挖到 1 米多，下面的人用手将土筐举起来，上面的人接住，第一天效率很高，挖了 2 米多深。第二天老队长指挥我们，在井边用 3 根大木柱支起一个三脚架，固定死，在支架上安了一个滑轮，用来吊运挖出的土。挖下去 3 米左右，土层渐渐板实，土里有了水气。往下，水渐渐多了，一边出土，一边渗水，再往下，有了一些小碎石子，但却没有碰上大石块，也没有打到岩层，这口井应该是打到冲积而成的土层上了。随着渗水渐多，拉上去的土筐里，就是土和水的混合物了。土筐向上升，泥水往下漏，井底作业的人，全身上下都淋满了泥汤，成了泥人。好在打井的全是男人，每人就剥得只穿一条短裤，在泥水里搅和了。为和渗水抢时间，我们从第三天起就分成两班，24 小时连续不停向下挖土。一盏汽灯悬在井口，倒也满眼通明，但这只是对井口而言，井底因为有人挖土，3 个人在底下，不断遮挡住光线，显得明明暗暗，不过，也可以看得清楚。到了第四天，团部开来了一台轮式拖拉机，带动一台抽水机抽水，同时发电给井下照明。

这次打井，记忆中印象较深的有三件事：一是我和其他两人在井下作业，上面拉土的同志不知为什么脱了手，土筐直往下坠，下面 3 人懵然不知，眼看土筐就要砸在 3 人头上，在这紧要关头，正在井口接应提筐的何建华眼疾手快，一把死死攥住了绳索，急速下坠的土筐除了自重还有了下坠的冲击力，那哪是一个人用肉手能拉住的。何建华死不松手，下滑的绳索将他的手掌扯得皮开肉绽、鲜血淋淌，也正是他的死不松手，争取了时间，拉绳子的人回过神来，用力拉紧绳索,土筐终于在我们的头顶悬住了。这惊险的一幕,让所有在场的人都倒抽了一口凉气,唯有我们在井下的3人不知道险情发生并已解除。后来,还是唐国雄说起此事,我们才知道。二是井打到六七米深时,我换班下井,那时我们上下井,都是扯着滑轮中的绳子攀缘上下,那次下井我没留意,最后一米多时滑坠而落,结果右手中指与手掌相接处的一块茧皮被扯脱,当时一阵疼痛,我看了看手掌,表皮已扯开,但没有完全掉落,向着中指末节处还连着一点,露出了指甲盖大小的一块鲜红的嫩肉。既然下井了,也不能因为这点小伤痛就撤回井上,我没吭声,拿起了铁铲。开始右手还虚握着,不敢让破皮处直接握着铲柄,不过井下又是泥又是水的,很快就顾不上了,真干起了活,这点小破皮也不算什么,我用牙啃掉了挂着的茧皮,感觉和平时也没有什么两样。换班后冲完凉,再看破皮处,已经发白,抹了点油膏,过两天也就好了。三是井筒里密不通风,三个人挤在里面挖土吊土,也是难得有伸展的地方,一次在井下时,一位老兄没憋住,放了一屁,那时为加班日夜打井,队里准备了一些番薯、木薯给大家充饥,那屁在井下经久不散,老队长当时也在井下,嘟囔了一句:吃番薯屁多,晚上还是换炒饭吃吧,我实在忍不住,偷偷笑了半天。

大约挖了五六天,井大约有10米多深了。这时,涌入井里的水更多了,尽管有抽水机帮助抽水,但吊上去的都是稀泥浆了,按出水量算,这口井应该足够用了。老队长命令停止挖土,开始砌井了。砌井的材料早已备好,堆在旁边,就是红砖、碎石子、木炭、砂子等等。砌井时,先在井底铺上一层生石灰,再垫上一层石子,其上再平铺一层红砖。在这层红砖上,开始用砖头砌井圈,砖是按井圈纵向铺砌的,码放的层次是一层立砖,再一层平砖。在井圈与井壁的空隙处,填上碎石子、木炭、砂子,层层压实。井圈砌筑很快,开始在底下,人直接站在井底,超过人高后,用木板架在井圈上,人蹲在木板上排砖、填石子等,井圈上每隔三四十厘米,会在相距四五十厘米远的距离上,各少排放一块平砖,为日后上下井的人留下踏脚扶手的孔洞。井圈基本是直立的,稍稍有一些外倾。井圈砌至高出地面 30 厘米左右,用水泥批荡,抹平,在地面上以井口为中心,再铺砌一个直径 6 米左右的水泥平台,四周留出排水沟,在井口安装提水吊杆,等等,一个井就打好了。新井满水后,要将井里的水抽排一空,谓之洗井,有时,井要洗 2 遍,甚至 3 遍,直到涌出的水清澈,才可以食用。再过一两天,还要想办法从河沟里捉三两条小鱼放入水井中,以随时监测水的安全。虽然那时山是绿的,水是清的,没有环境污染的危险,但人们阶级斗争的弦绷得很紧,时刻警惕阶级敌人投毒破坏,就用了这个虽然简单,但却管用的办法。

这是我第一次参加打井劳动,前后共有七八天时间,虽然日夜倒班劳动,泥里水里的,但并不觉得很累,还很有一种新鲜感。井打到八九米深时,抬头向上望天,只见圆圆的一块蓝天,显得格外高远,却又很明净、很清朗,只是被井口的三角吊架分隔成了大小不一的块块,看着看着,忽然想起井底之蛙和坐井观天的故事,倒使人有了哲学的拷问,只是短暂的抬望与长久的坐井观天,会有一样的感觉吗? 那时,我们年轻,不知道害怕,也不知道危险,今天我很庆幸,海南的土质还是不错的,否则,一旦塌方,10 米多深,如何能救出深埋其中的人啊! 不过,在海南期间,从未听闻过因打井塌方死人的事。

第二次打井,则是一项较大的工程,不是打吃水井,而是工业水井。1973 年,团部决定在前线队附近建一座橡胶加工厂,我们称这座工厂为前线工厂或三营工厂,前线工厂的主要任务是将三营的几个连队生产的胶水加工制成干胶。当时,工厂已经完成了制胶车间和烘干房的土建任务,尚未安装设备。三营从各连队抽调了一些知青到工厂做骨干,有八一队的廖新生、李福润,五一队的冯建源,青年队的刘宝琦、陈列等。制胶生产过程中需要大量的水,工厂附近并没有可以直接使用的水源,需要打一口井,满足生产用水的需要。当时从青年队抽了 20 多人参加打井,我也在里面。工厂负责人姓赵,当年近 40 岁,身体强健,平时沉默寡言,不苟言笑,总像在思虑着什么似的,不是一个很有亲和力的领导,我们有时喊他老赵,有时喊他赵厂长。但他干事认真、仔细,总要再三考虑,才下决定,没把握的事不做,整个打井过程中,他天天跟班劳动。

由于这口井用于提供制胶用水,每日的用水量很大,所以打得很大,打成井后的井口直径有3米多,深10米多。开始挖井时,井口扩得很大,约有8米的直径。参加挖井的人用锄头、铁锹挖井,用担子和手推车结合运土,由于井圈很大,沿着井圈留下一条窄窄的斜斜的运土通道。挖下去3米多深,井下就有石头出现了,看来我们是打到岩石层上了。这片石头在井下由西向东倾斜,到东边挖到4米多深时,井下就完全是岩石了。井下挖出的土石不能推运了,必须在井边支起吊架,将挖出的土石吊上来。这时,只需要少数人留下来攻坚了,青年队的人大多撤回去了,我被留了下来。

井口太大,用支架的办法做吊架显然不行,老赵早做了安排,从山上砍下大木料,约6米来长,尾径有30厘米多,砍削成了方柱,运到井边。用两根木柱横担在井边,两头各挖了土槽,约1.5米长,将木柱埋进去,中间的3米多架在井上,但看起来,就像紧贴在井边一样,只有朝外的那根木柱,中间部分悬在井上。在这两根横方上面,纵向并排放置两根木方,中间留下约1米宽的距离,纵方的前头越过横方伸向井内约1.5米,后面架在一个土坡里,挖了沟槽埋进去,在纵方尾部,又横压了两棵大木头,所有的木方的头尾,只要与地面连接的,都用钢条打成的深U型钢锁在地上,U型钢两边长1米多,这下应该很牢固了,但老赵并不放心,又叫我们几个搬了几十块大石头压在纵方的尾部,足有几千斤重,老赵这才放心。接着,在纵方上面铺设木板,在伸向井口的纵方前头架设支架,安装滑轮,等等,足足折腾了一天,才将支架安装好。由于老赵的小心谨慎和亲历亲为,这个支架,在打井的全过程中,起了很重要的作用,而且从未出现过任何问题。

打到岩层以后,工作进度慢了下来,我们当时没有大型机械设

259

备,风镐、冲击钻之类的工具也没有,只能用土办法,用炸药炸开岩石,再用撬棍将炸裂的岩石撬下来,装筐运走,由于是井内爆破,每次都只能一点一点地用药,不敢过量,怕将井炸塌。我们在岩缝上掏出一个小洞,包好一小包炸药,埋到洞里去,上面用湿泥封闭,每次放炮,只能崩开一点石块,多数是将石头炸裂,人下到井里,再用钢钎,顺着缝隙,一点点地敲,一块块地撬。这样打井,速度很慢,加上井打得大,所以,每天变化不大。不过每天挖井不止,也会感动上帝的,井是1厘米、1厘米,1米、1米地深了下去,持续了有3个多月,井渐渐地有10来米深了。虽然没有打到泉眼,但周边渗下来的水渐渐大了,每天早晨井里总是积了许多水,团部派来的轮式拖拉机带动抽水泵,总要抽上好一会儿,才能将水抽干,到最后,竟然要抽上两个多小时,才能将井里的水排干,中间也要不断抽水,才能保证作业。根据计算,这口井每天出水量在100吨以上,足够工厂生产生活用的了。老赵停止了继续向下挖井,开始砌井了。这口井较大,井圈不是用砖砌的,而是用石块砌起来的,石块与石块之间,用水泥砂浆黏合,井圈与井壁之间,用了大量碎石、片石填充,中间也夹杂着木炭。这口井砌到有两三米高的时候,我就离开了。

这次打井,有几件事记忆特别深:一是这次打井,运渣石用的是小推车,支架刚架好,我们用的定滑轮,两个人背着绳子倒退着向上拽,年轻人干活,毛毛躁躁,两个人不耐烦倒退着走,把绳子往肩上一背,向后跑着拉绳,有时观察不细,跑过了劲,小车被拉上来后会震动一下,随之晃动,在支架边拉车的人要紧忙稳住。这一情况被老赵发现了,立即大声喝止,不允许我们这样危险作业,要求拉绳的人要听从支架边人员的指挥,切实注意安全,不能蛮干。二是1974年五一放假前,我们有了计划安排,当天想赶到深兰队去,那可是有60多里路的,大家都想能早点收工,好趁着晚霞赶路,但老赵就是不下令收工。过了4点钟以后,我们全都没心思再干活,只在井下磨洋工,不知老赵是否看了出来,有意要憋憋我们,反正我们急他不急，手持一根钢钎，一个人埋头撬石头，我们心里全恨得牙痒痒的，冷眼斜看着老赵，老赵只不作声。也许心里有感觉吧，老赵干活一分神，撬棍没插牢，用力过猛，钢钎滑了一下，钎尾碰到了右颧骨，虽然没有皮破血流，却也青了一块，有黄豆大小的一块破皮，渗出血来。当时我们那个幸灾乐祸呀，几个人背转身偷偷地乐。又挨了一会儿，老赵还是宣布收工了，几个人急急忙忙地冲凉换了衣服，离开工厂时，已经快5点钟了。几个人一路紧赶，廖新生、李福润回八一队，我和陈列、刘宝琦连夜跑到了深兰。三是在砌井圈时，我推了一车片石走到支架边，脚下一滑，小车直往前冲，支架边的人一把没拉住，小车立即翻滚下去，我们急得大喊"快让开""快让开"，我当时就吓傻了，浑身抖个不停，这要砸到下面干活的人，可怎么得了。其实再喊也是枉然，未等下面的人有所反应，车子已轰然落下，蹦跳了几下，歪在井底。幸好当时井下只有3人，站在靠支架这边干活，车子冲下去的方向没有人，也幸好井圈大，又砌上来了，他们正在井圈上干活，躲开了在井底蹦跳的车子，避免了一场可能发生的祸事，这真是万幸。事后老赵狠狠地训斥了我一通，我更是越想越怕，晚上吃饭时还是心神不定，那天万一出了事可怎么得了，这辈子我又怎能心安。

在前线队期间，我也时常到工厂去，建成后的井，与几座厂房和高高矗立的水塔相得益彰，一泓碧水，宛如一块巨大的绿玉，惹人怜爱。走到跟前，明净幽深，若不是亲身参加打井，知道井深10米，站在井边，神思逸想，会以为此井深达南海呢。

七、火头军

知青中做过火头军的人大概不多，青年队的知青中，陈敏如、我和尚坚做过火头军，陈敏如最早，尚坚则是在深兰队当了一段时间火头军。我们到青年队后，一日三餐都在食堂吃饭，当时食堂条件有限，伙食很差，油水少，饭量就大，一些男生时常抱怨炊事员打饭分量不足,渐渐地和炊事员小陈就有小矛盾。也许是为了缓和矛盾,也为了让知青了解情况,于是,在1969年初,就将陈敏如从二班副的岗位上调到伙房做炊事员。陈敏如在炊事员岗位上风风火火地干了几个月,热情为大家服务,赢得了赞扬。队领导的良苦用心也渐为大家理解,我们也了解了食堂的情况,生活仍然清苦,情绪却稳定了。陈敏如这位青年队首任知青伙夫的任务完成得非常出色。

我是青年队知青的第二个伙夫。1971年,青年队整党建党工作结束,我从代理文书岗位上被调整去做炊事员。青年队对知青还是比较重视的,我们刚到队里,在分配到各班后,领导就从初三的同学中任命了几个副班长,我是四班的副班长,陈敏如是二班副班长,韦小美是五班副班长,其他的记不清了。从副班长到代理文书,应该是重用了,我为此也一直很积极努力工作,回报组织的信任。调整岗位,我很明白是因为家庭原因,并没有因此而责怪连队领导。不过,给我安排个什么工作岗位呢,再回去当副班长,也不可能,虽然站队排在最后,但毕竟带个"长"字,直接让我回班里,队里领导也觉得不妥当。左思右想,他们有了主意,让我到伙房工作,这算是特殊岗位,很重要,在阶级斗争观念极强的年代,派你去伙房,就是对你的极大信任。当然,炊事员能吃饱饭,也是对我的关照。领导找我谈话,我二话没说,去了伙房。

兵团按部队编制,连队有司务长,是干部,主管生活,其实也就是与伙食有关的伙房、菜地、猪圈,伙房平时有上士管着;其他的如托儿所、卫生室等,还有一个分管后勤的王副连长管着,因此,司务长平日里比较轻闲。司务长姓李,记不清名字了,当年30来岁,是个白面书生,为人沉静、随和,他给我印象最深的是烟瘾极大,一天可能要抽2包烟。司务长是从外面连队调进来的,老连队条件较好,他不愿搬家,时常回去,看得出来,他并不安心青年队的工作。司务长平时对食堂的事情不大过问,但每月核算抓得很紧,亲自做账,对收支平衡十分在意。伙房有3个人,上士林潮付,潮汕青年,爱笑,一笑脸上有酒窝隐现,当年20来岁。上士一职,也是部队称谓,在伙房管采买等工作,但青年队伙房并无采买任务,所以,他的主要工作就是保管大米、油盐,连队卖番薯、木薯,他过称记账,队里的鸭子下蛋,他保管并按分配计划以1元钱8个对外出售,等等。伙房的具体工作,如淘米煮饭、洗菜炒菜、劈柴烧火的活由我和叶李雄来干。叶李雄,当地青年,个头不高,喜欢说话,比我小两三岁,和我很合得来,干活也勤快。

伙房的活其实不多,连队虽有百多口人,但真正在伙房吃饭的也就是各地知青和一些家不在连队的单身汉,拖家带口的,都自己建有小厨房,自己做饭吃,只是在食堂打一份菜。因此,一般情况下,我们只需要做40多人的饭就行了,连队上山劳动,中午送饭上山时,就要多做一些了。菜则是菜地当天送什么菜就做什么菜,平日里吃得最多的就是萝卜、青菜、空心菜、冬瓜、南瓜、茄子、豆角,偶尔有辣椒、西红柿,菜式简单,萝卜花样最多,无非就是切成块、片、丝;做法简单,绝无煎炒烹炸焖烧炖蒸之烦。因为缺油,基本是水煮,或是干炒,菜熟后,滴上几滴油,搁一点味精,装盆就完事,说不上好吃,只要有菜吃就是幸福生活了。

食堂的主要设备是一个大土灶台,两边各有一口大铁锅,直径在1米左右,这两口锅作用很大,煮饭是它,熬粥也是它,炒菜是它,烧水也是它。灶间和灶膛用一堵墙隔开,旁边留一小门出入。灶膛宽大,是个柴老虎,30厘米粗的树木,也能往里填。砌灶师傅是谁,我不知道,只知道这座食堂是余世和指导建成的,和其他灶膛有炉条隔开,以通风助燃。这座灶是实心灶,灶底没有空隙,但烟囱砌得很科学,拉风排烟效果极好,只要灶上需要,猛往灶膛里加柴,火势就会很大。除了两口大铁锅以外,还有铝锅、小铁锅等,但平时一般用不着,只做盛东西的器皿;打水用的铝桶,装饭用的簸箕,装粥用的木桶,装菜用的铝盆,装水用的大水缸,洗菜淘米用的大木盆,锅铲、铁勺、水舀子,等等;案板、打饭菜时用的大桌子,还有一架石磨。

到了伙房，林潮付、叶李雄都很欢迎我，这使我很开心，从那一天，我开始了伙夫生涯。第一步当然是学习，食堂工作看似简单，其实要学的东西很多，我也是去了以后才知道的。首先是烧火，常听人说"人要虚心，火要实心"，但又有一说"人要实心，火要空心"。到底烧火是要实心还是空心，其实是分别不同炉灶、不同情况而言，不能一概而论。烧火时，我们既往炉灶里塞入大木头，取其耐烧，也有小树枝，取其发火快，灶边还备有细枝叶等，以备不时引火之需。几天之后，烧火的窍门就掌握了。烧火有两点最重要：一是晚上封火，柴灶也能封火吗？当然可以。晚上，我们将一段20厘米以上的粗木头塞入灶膛，用灶灰盖住明火，让木柴阴燃。第二天一早，铲去灶灰，放入细柴，过一会儿，有烟升起，用火筒一吹，火就燃起来了。我封火很少失败，偶尔有一次灭了，那就麻烦了，要重新点火。早上，我第一件事就是拨火，只要在灶边有热气，我就放心，万一哪天到了灶边没有热气，我的心也就凉了，赶紧点火吧，那天早晨时间就紧了，难免手忙脚乱的。二是煮饭撤火，那是对人的一种"烤"验，煮饭要大火，否则易夹生；撤火要快速，否则饭就会焦煳，火候非常重要。从大火到撤火，用余热将饭焖熟，要的就是快，通常是灶上盖上锅盖，就赶紧跑到灶下撤火，先将大木柴拖出来，再将小柴、火炭用铁锹快速铲出，在灶边堆着。每次撤火，都很紧张，脸被烤得涨红，手臂也热辣辣的，全身冒汗，撤完火，我们会在井边打桶水痛痛快快地洗擦一下。

煮饭，也有讲究，首先是淘米。农场的大米都是自己加工的机碾米，米里面有细砂碎石子，淘洗不干净，吃饭时会硌牙。淘米时，我用洗菜的大木盆，放上大半盆水，将米放在菜盆里，沉入水里，不断晃动倾斜，利用砂比米重的原理，逐渐淘洗，使砂粒沉入盆底。一般淘30多斤米，要10多分钟，最后总能淘出一小撮砂子，虽然麻烦，但有效，煮出的饭绝不会有砂子。淘完米，我们又将上顿没有吃完的饭和锅巴，放入米中淘洗混合，虽然这样会影响米饭的口感，但剩饭不能浪费，不这样处理怎么办呢？而且这样做的饭出饭率也会高一些。米淘好后,放入饭箩里控水。煮大锅饭,和家里煮小锅饭不一样,家里煮饭是将米和水放好,点火煮饭,大锅饭这样煮,肯定是底煳、中间夹生、顶上有焦味。大锅饭要先放好水,大火烧开,快速用笆子将米分层均匀洒放,保证水始终翻开,米洒完后,用锅铲推几下,闷上锅盖,用屉布压紧边口,闻着香味了,赶紧到灶下撤火,用灶膛余温将饭焖透。大锅煮粥不掌握技巧,有时也会出差错。我记得高三学长李少彬给我说过他的一桩糗事:他刚到农场,也是当火头军。1969年春节,队里杀牛,牛肉分完后,剩下的牛骨留在食堂,第二天早上煮牛骨粥吃,那也是美味。少彬兄第二天一早起床煮粥,牛骨已在灶上大锅里焖了一夜,少彬兄点火再烧,牛肉香气在食堂弥漫,他满怀欣喜,淘米下锅,熬起了牛骨粥。熬了一会儿,他美滋滋地盛了一碗先尝为快,用他的话说:"真系和味(广州话,真是美味)。"等到大家来食堂吃饭时,坏事了,怎么粥有煳味,老同志赶紧到锅上一看,牛骨头还在锅里架着呢,米沉在锅底翻不上来,锅铲也无法铲动牛骨,结果,美味牛骨粥变成一锅焦米汤。李少彬十分懊恼:我怎么知道要将牛骨头捞起来再煮粥哇。

做菜,在连队伙房谈不上手艺,更没有花样翻新,常常有赞扬食堂花样翻新,菜式多样的说法,是一周不重样,我们则是一周不变样,比如说萝卜种多了,应季了,就顿顿萝卜。有变化的,也只是形状不同,块、片、丝,不变化的是做法。因为缺油,只能先放少许油,拍几头蒜,下锅爆香,倒入萝卜翻炒几下,加盐,加少量水,盖上锅盖,烧一会,软熟了,要起锅了,放一点味精,装盆后,有葱时洒一点葱花,再滴上几滴熟油,菜上有点油花,好看些。萝卜以切丝为主,虽然麻烦点,但好入味,煮得时间也短,比萝卜块好吃一点。其他的菜,主要是清洗干净一点,做法实在没有太多变化。在食堂工作了几个月,煮饭是越做越香,软硬都能随愿,做菜的手艺则没有长进,始终是"一锅熟"的水平。不过,切了许多菜,切块、切片、切丝的刀功倒是练了出来,几十斤的萝卜,半个多小时就能切成丝,刀在手中起起落落,案板上传出嘟嘟嘟的声音,也有一种伙夫的韵味了。在食堂期间,也红烧过猪肉,烹煮过蛇段,等等,但实在是难得的事。

伙房的工作没有时间的限制,起早摸黑是常事,起早做早饭是每天必需的功课,这项工作是我和叶李雄轮流做。做完早饭,可以回去补个觉。叶李雄年轻、贪睡,后来我和他约好,早饭是我承包了。每天早晨4点多钟,闹钟会叫醒我,揉揉惺忪的睡眼,起身下床,拿上手电筒,直奔食堂。海南虽炎热,但青年队前临大海,后靠大山,晚间气候宜人,4点多钟,正是天凉如水的好时候,清凉的空气轻裹着全身,让人忍不住大口大口地呼吸凉爽洁净的空气。月色下,远近的山峦、树林、房舍,全笼罩在银色的光辉中,宁静、神秘、安详,高大的椰树、路边的灌木,不再如白日那样绿意盎然,摇曳多姿,倒有一种别样的情致,宛如剪影一般;抬头仰望星空,深宝石蓝色,纯净、幽深、透明,广袤无边,一颗颗星星,璀璨、晶亮,让人生出许多感慨。踏着月色,来到食堂,第一件事,到井边,照射一遍,确定井台边没有蛇,再到井栏上,向井里照射,直到看到鱼儿在水里游动,可知井水没有被人下毒,可以放心用水。然后转至灶后,照照柴火堆,察看有无蛇虫,拨开封火的柴灰,塞进一把细柴,等灶膛内生烟了,用吹火筒吹燃,再添加大木头,烧起大火,转身摸出钥匙,打开厨房大门,进去后点燃马灯,这一套工作顺序,从未改变。只有一次,我在井边,踟蹰良久,因为有情况。离井栏尚远,在皎洁的月光下,我隐约看见井栏上与平日不一样,好像有东西,近前一看,是一个纸包,莫不是投毒人遗留下来的?我的革命警觉性立即升高,小心靠近,一手护井口,一手轻轻将纸包拿起,离开井圈。打开纸包一看,里面也不是什么粉末状的东西,而是几颗碎石残瓦,混合着一些干燥的泥沙,这倒使我迷惑起来,不知是什么东西,什么人将这包东西放在井口。我重新包好纸包,准备天亮了向连里报告。起床后,忙着打饭分粥,等大家出工了,林潮付来到食堂,我把这件蹊跷事向他说了,林潮付看过纸包,告诉我和叶李雄,这是井里的泥沙,应该是昨天新到队里的一批潮汕青年放在井口

266

的。潮汕地区风俗,亲人远行离别,从家乡的水井里取出一把泥沙,让远行的人带上,到了新的地方,将故乡井里的泥沙放入新地方的水井里,就如同喝到家乡的水,避免水土不服,也可解乡愁。我奇怪既如此,为什么不丢入井中,却放在井圈上呢,林潮付说要当地人丢进井里,听完林潮付的说明,我们不再说话。叶李雄默默地将纸包中的泥沙丢到井里,将这些潮汕青年远在家乡的亲人的牵挂,让这些年轻人的乡思,全都融入这眼水井中,愿这眼水井能抚平这些游子的思绪,让他们能在这儿安下心来,扎下根来。顺便说一下,青年队前后来了两批潮汕青年,头一批来的年龄较大,学历也高,社会阅历也多些,比较成熟,如林潮付、林梓弟等;第二批则年龄稍小,好像读书不多,也很少出远门,显得稚嫩一些。

早上的工作不多,主要是烧水煮粥,大锅里早有一锅热水,是前一天晚上就放好的,封好的火还有余热,一夜下来,水早就热了,只要点上火,很快就开。趁着这个功夫,我把盛热水的大缸里的水倒掉,洗刷干净,这口缸,能装 300 多斤水,口沿较小,直径大约有40 厘米,也可以说是瓮,连队里的开水都放在这里,上面有一木盖,木盖上放着一个白铁皮做的水舀子,舀子一边有一个小小的尖嘴,方便往水瓶里灌水。水缸放在食堂边的走廊下,食堂的布局是:出食堂大门,走两步,正对着水井,往左转,放着水缸,水缸边,就是打饭打菜的窗口。早上,一般要烧 3 锅水,将水缸装满,早上是打开水高峰,暖水瓶要灌满,出工带的水壶要灌满,烧完 3 锅开水,紧接着就要煮粥了。早饭煮的粥并不多,一般只要三五斤米就行了,一是吃饭的人不多,二是吃的人也吃不多。知青一般只打一两粥,糊弄一下自己,表示吃过了。另外,将前一天晚上剩的米饭干炒一下,青年队食堂的早餐基本上就是炒饭、粥两样。早饭是没有菜的,只在粥和饭里放一点盐,有点咸味就行了。在基本无变化中,也有一点点不同。煮粥,广州人一般要熬到米粒烂透,成为黏稠状才叫好,但潮汕青年不喜欢吃这样的粥,他们批评这种粥是"小鬼(小孩子)吃的"。我后来知道,潮汕人吃稀饭,是将米和水烧开以后,略滚几下就可以了。这种稀饭,米是米,水是水,米粒全沉在米汤下面,他们认为这种粥吃起来米才有嚼劲。为照顾潮汕青年的口感,我会在煮粥时提前将部分米水盛出来,放在一个菜盆里,另外打给潮汕青年。

食堂工作的另一项任务是打柴。两个灶膛就是两个吞噬木柴的老虎口,每天都要烧掉大量的木柴。连队有要求,每个人收工时要顺手带一根木柴回来放在食堂,但并不是每个人都会主动扛一根木柴回来的,老职工有小伙房,给自己家找木柴是主要的,不会交给食堂,单身汉则断断续续地扛回来一些木柴。有时,灶间的柴确实不够了,食堂会向连长报告,连长在出工时会强调一下,收工后也会督促大家扛木柴,这样,木柴基本可以保证。我们则利用中午休息时间,出去砍柴,尤其是整棵树的大木柴。在食堂期间,我特别注意哪儿有枯死或倒下的大树,有时也会直接将直径二三十厘米的大树砍下来,砍去枝丫,让它在树林中干燥一段时间后拖回来。连队旁边有大片的防风林,那时我们也没有生态保护意识,进了防风林就如同自己的后园一样,只要合适,挥斧就砍,哪管它长成大树要多少年。每天中午或下午,我或单独或与叶李雄一起,赶着牛去拖大木柴。之所以对大木柴感兴趣,一是它经烧,不用总去灶膛看火;二是晚上封火多用大柴。

食堂平日里并不忙,活也说不上累,只是耗时间,但如果连队大开荒或是上山劳动,要送饭到工地,那就比较辛苦了。一是饭要多做些,二是要掌握好时间,早早将饭准备好,算准时间,在11点半左右将饭送到林段。那段时间,连队经常上山干活,我们也就多次上山送饭。上山劳动的人多,我和叶李雄两个人送饭,一路讲讲说说,相互照应着,虽然辛苦,却也高高兴兴;上山劳动的人少,就是我一个人送饭了,只能闷着头走,时时处处要多加小心。有一次独自送饭上山跑错了林段,更是让我难忘。那天,我照例送饭上山,按交代炊事班送饭的林段,我选择了向北去的路,爬陡坡,路途近。我一头挑着饭箩,里面是饭,饭上面再放一盆菜,盖上笼布,一头挑着一大铝桶汤,汤上漂着一块木板(防止晃荡),也盖上笼布,这一担,总有八九十斤吧。我挑着担,随身带着一把钩刀,走到山脚下,我停下来歇口气,下面的路程就比较辛苦了。我用刀在路边砍了一棵小树,修理一下,做成一根木棍,把担子的绳子系短一些,挑起担子,拄着木棍,上山了。坡很陡,路边根本没有能停下担子喘气的地方,实在累了,我就停下脚步,用木棍支住后面的担子,将前面的担子靠在路上,透口气,挑子却不敢卸下肩,就怕万一翻倒。这样走来,应该是比较顺利的,怕就怕碰到坎,这道坎,也许是一块石头,也许是横在路中间的一段树根,走到这儿,前腿迈上去了,却使不上劲,因为腿弯得大了,而且越是坎高,就越用不上劲。后腿再用劲,哪怕踮起来了,前腿依然抖抖的,就是直不起来。这时,手里的木棍就要发挥作用了,手用力一撑,可以说是三条腿一齐用劲,才能蹬上这道坎。走走喘喘,手中木棍一步一撑,一边照顾担子不要被树枝挂倒了,一边看着脚下不要滑倒了。好不容易爬到山头上,早已大汗淋漓,身上如水洗过一样,双腿颤抖,气喘不定,找准一个平坦的地方,歇下来大喘气。气息稍匀,又赶紧挑着担子赶路,辛苦劳动了一上午的同志们正盼着我早点把饭送到呢。那天,我到了林段,却无往日的喧闹声,周边静悄悄的,这让我很奇怪,莫不成任务完成,都回去了,也该给伙房打个招呼呀。想想不可能,一定是跑错林段了,不过早上通知我们就是这个林段呀。我赶紧找个妥当的地方安放好担子,提着钩刀,向山林大声呼喝,却只听见自己的回声,并无任何响应。这下我真急了,估计是林段号弄错了,略定定神,大致推测了一下连队今天可能去的林段,于是在这个已经长满树棵的林段里,挥刀砍开一条通道,连滚带爬,横穿过这个林段,又在小道上跑了一段,边走边呼喝,十几分钟后,终于有了回应。我跑过去一看,大家都坐在林段小道或防风林边,等着午饭呢。连长一见我,奇怪我怎么空手来了,我大致说了一下原因,连长急忙招呼 3 个人跟我去把饭挑过来。那天,折腾到快 1 点钟才让大家吃上饭。这个教训太深刻,以后,我总要再三弄清楚究竟是去几号林段，免得再次跑冤枉路。

有一段时间，为增添早餐花色品种，我曾尝试着做米粉，为大家换换口味。广州人喜吃米粉，米粉分肠粉和河粉两种，肠粉较为肥厚、嫩滑，可以做斋肠，放在碟中，用铁括子切两下，淋入香油、生抽即成美味；也可以裹肉沫，再如斋肠般淋入香油、生抽，则口感更加爽滑，营养也更丰富。河粉较薄，韧性好、弹性强，可以炒，是为炒河粉。斋河放点青菜心或小菜苔，略放生抽、味精，非常美味，在六中读书时，早餐没少吃过这种美味；当然也可以杂入瘦肉丝，或牛肉丝，味道就更好了。河粉还可以烹以高汤，为汤粉，放入青菜叶、香油等，是素河粉，也可以放入鸡块、鸡丝或其他肉类，口味是极好的。我在学校上学期间，曾经学雷锋到食堂帮厨，看过制作河粉。青年人胆气壮，虽然对制作米粉一知半解，却也无所畏惧，大胆尝试。这时，有人向我推荐了一位老师，是队里一个职工的广西媳妇，擅长做米粉，这真让我喜出望外，心里更加有底了。我们将石磨搬出来，洗刷干净，淘米、浸米，边干边实践。午饭后，我拉着叶李雄和我一起磨米浆，我推磨，他往磨眼里放水和米，一个来小时，米浆就磨好了。一切准备就绪，我请来老师，现场指导。大火烧开水，在锅内放置木格子，将白铁皮的平盘摊上薄薄的一层米浆，放入锅内蒸，大约 1 分钟，粉皮就蒸成，开锅取出，用竹片轻轻在盘边一划，将盘子倒倾下来，一张完整的粉皮就摊放在案板上了。初学乍练，居然成功，欣喜异常。如此一盘盘蒸制，一盘盘刮取，大半桶米浆很快就变成了粉皮，等粉皮摊凉，稍折叠后切成粉条，就可以炒吃、下汤吃，当然，也可以晒干保存。在老师无保留的指导下，经过不断实践、不断总结，我制作粉皮的手艺渐趋熟练，也掌握了技巧。制作粉皮要用籼米，通过浸米时间长短，米浆浓度控制，使米粉更加筋道，口感更好。对食堂早餐的变化，最高兴的莫过于我的同学，在边远农场，能吃上广州风味的炒河粉，口味虽然没有广州的地道，但毕竟比盐稀粥和炒剩饭好多了。可惜，这种变化没能持续多久，因炒粉要用油，实在难以为继，林潮付紧急叫停了。

八、代课教师

大约是1974年春节后，我突然接到通知，让我到前线学校代课，这对我是一项全新的工作。虽然是"知识青年"，但以初中生的资格去教小学课程，自觉还是底气不足，何况也没有经过专门培训。虽然如此，我还是很快就按通知要求去前线学校报到了。当时各学校都由所在连队代管，实际上是连队的一个小单位。我去前线学校时，青年队的人员已经不多了，早已没有了我们刚到连队时那种生气勃勃的情形，房舍也空余了许多，显得空荡。知青只剩下了我和江不平两个人，我这一走，就剩下江不平一人，形单影只，更加孤单了。

前线学校位于前线队西边，在场部到前线队的场道旁，离连队驻地有100多米远，是两幢茅屋，成一横一竖的布局，中间是一块小小的操场，操场靠路边的位置，有一个小小的沙池，供体育课跳高跳远用。学校学生不多，只有50多人，分成5个年级。当时小学学制为5年，每个年级都是一个班，五年级只有6名学生，三年级是12名学生，一、二年级每个年级学生基本上差不多，都只有10多个人。学校有3名教师，其中1人正在休假，我就是顶他的岗位代课的，其他两名教师一个是六中学长，高一级的黄国铭，原是红岭队知青，他已教了几年课，经验丰富，非常喜欢孩子，我到前线后，就和他挤住在半间瓦房内；还有一名女教师，姓戴，可惜已经不记得她的名字了，是农场职工子女，当年大约20岁出头，很精干，有教学经验，是个很好的老师。3个老师教5个年级，课程还不少，语文、数学、自然常识、思想品德、美术、音乐、体育、劳动，怎么教的过来呢？办法是合理安排课程，交叉教课；同时合并一些课程，集中讲课，如美术、音乐、体育等。尽管再怎么安排，老师的工作量还是很大，每天6节课是必须站着讲的，还要兼顾其他年级的情况；备课是不能少的,必须写出教案,对我就更为重要,要边干边学;学生作业要批改,虽然学生人数不多,但批改作业要认真,尤其要从中找出较为集中的问题,予以讲解,同时检讨自己讲课的问题;晚间,要走访学生家长,辅导学生学习,也有学生到住处请教问题。可以说,作为一个农场小学教师,从早上睁眼,到晚上十一二点,难得有闲下来的时候。代课一个多月,我充分理解了农村小学老师的重要性,也体会到了他们的甘苦和辛劳,那确实是奉献了自己,成就了别人。上课第一天,我足足讲了6堂课,一天下来,我的嗓子就哑了,到医务室拿了一点消炎的药,一些含片,自己想想办法,多喝点水,当然,第二天咽喉虽然肿痛,但还是要讲课的。一个多星期后,才逐渐好转,而我也已经掌握了讲话发声的技巧,可以应付过去了。

我代课的课程是五年级的数学、四年级的语文、三年级的语文和数学,还有一、二年级的美术、音乐等。根据课程进度,我一接手就碰到了一块骨头——五年级数学课第一课就是"除数是2位数的珠算除法"。我读书时哪里学过珠算,在青年队代理文书时,因为统计工作需要,拨拉过算盘珠子,那也是半生不熟的加减,连口诀也不全会,这头一课,就要讲珠算除法,还是除数是两位数的珠算除法,这让我非常着急,一时也不知找谁去请教,因为我和前线队的人也不熟悉。好在上课前一天是星期天,我抓紧时间,把五年级算术书带上,临时借了一本珠算书和一架算盘,打算现学现卖。我抱着书跑到前线工厂,趴在刘宝琦床边,足足学了一天,反复琢磨,终于悟出了门道。原来,这珠算乘除法的原理和数学里的竖式乘除法原理相通,不过一是写在纸上,清晰明了,一是在算盘上表示出来,重要的是拨拉算盘时要记住数位不乱,一乱,得数可就大谬了,而且过程中还要捎带着心算。根据课本上的教学内容,珠算的乘除法都是破头运算,简单明了,而且可以保证大数不会出现差错,以后曾遇到过珠算大家,告诉我还可以破尾乘除,他们那一辈都是从破尾学起的。珠算的学习和教学,使我对中国古代的算学有了一定的了解,更加感受到中国文化的博大精深。因为我是从不懂现学的,所以,对除数是2位数的珠算除法的难点和应该如何悟通比较清楚,只是应该怎么教学生,怎么将我悟出的知识讲得清楚,让学生明白,还是要下点功夫的。课下,我将教案写得详详细细,特别是口诀,每一步都写上,不敢有丝毫马虎。课堂上,黑板分作三块,左边挂着教学用的算盘,中间写步骤、口诀,右边对照列出数学除法的竖式运算,就这样一步一步讲,学生们也很快明白了。至于"借位""悬珠"等一些特殊的算盘运算,借助着竖式除法的对照,学生们也慢慢地掌握了。珠算教学的成功,使我非常得意。世上无难事,只要肯学肯钻,一定可以成功。

人不能得意,一得意,就会出问题。教了几天以后,自以为比较熟练了,有时也就不看教案了,只管按步骤演算下去。那天,我正在课堂上拨拉算盘珠子,眼光向学生一扫,发现最机灵的学生董灵不像平日里那么认真地听讲,反倒满脸的疑惑,我再看看教案,坏了,信马由缰地讲,讲错了,而且错了三四步,赶快搭个梯子下来吧。我轻咳一声:"同学们,请大家认真听课,好好想一想,老师刚才讲的运算步骤对不对?"6个同学不吭声,我再问,终于有人说:"对。"抓着这个回答,我赶紧说:"其实,刚才的演算是有问题的,老师故意看看大家是不是在认真听课,看看大家是不是真正听懂了。现在请大家一起来找找,在哪个步骤上出现了问题。"于是,学生说,我也说,师生互动,在黑板上和算盘上改动,把这一错误改了回来。失误虽然掩饰了过去,只是学生真不知道吗?我的后背满是冷汗,太糟糕了,真是误人子弟。以后我教课再也不敢马虎,总是十二分地小心,不敢以己之昏昏,去使人昭昭。

相比较五年级数学课,其他课程,我接过课本一看,还是信心满满的。三、四年级的语文课,无非是教生字、讲拼音,组词、造句、作文,中心思想、段落大意,自认为都很简单。三年级数学,就是乘除和简单的四则运算,文字题也十分容易,自以为教这样的课不在话下,于是信心十足地走上讲台。但现实情况与我想象的不一样:

语文课,我讲得是否生动,是否能让学生理解了,好在书本在那儿,学生还能自己琢磨。数学课就不同了,我一堂课讲了七八道例题,以为讲得很到位,但一问学生是否懂了,竟没有一个人说懂了,望着学生迷茫的眼神,我心里也发虚了,怎么回事呀,题目很简单呀,讲得也很详尽呀,为什么学生就不明白呢?我百思不得其解,这样下去,我还能教书吗?我向黄国铭讨教,向戴老师请教。戴老师很爽直,她告诉我,不要用自己的理解能力当成孩子们的理解能力,要从孩子们的角度去考虑如何讲课,数学文字题对我们是简单的,但对孩子就不一样了,她建议我每堂课不要讲很多例题,只要集中讲一题就好,最多讲两题,要反复从多方面去讲解,形象一点。一堂课只讲一题,怎么能将时间用完呢?我想了很久,决定让课堂活起来,边讲边问,边启发,让学生参与这个过程。第二天,再上数学课,我就用这个办法,同时在黑板上画出图例,引导学生一起做题,那堂课效果出奇地好,下课前我问学生懂了没有,全班十几个学生一齐回答,懂了。看着孩子们亮晶晶的眼睛,看着他们一脸的兴奋,我知道,他们是真懂了。我的努力有了回报,孩子们兴奋的眼神,就是对我最大的褒奖,我高兴极了。教小学,看似简单,其实不简单,以初中的学识,还真是不够的,更何况其中还有许多教学方法、教学规律等等,也不是一时能掌握的,当老师使我真正懂得了,什么是要给学生一碗水,自己必须有一桶水的道理。

因为是3个老师教5个年级,所以,老师也要兼顾其他年级,也因为自己的才艺不够,所以有些课就只能对付了,实在是误人子弟。如一、二年级美术课,是我的课程,同时又要上三年级语文课,我十分直接地拿了一只铝锅,往讲台上一放,简单地在黑板上画了一个大致的图形,让学生对照实物,参考黑板上的图形,画出图画。这样上课,对学生是很不负责任的,色彩、光线、层次、角度,全都没有,只是简单地画一个平面图。音乐课,也是集中两个班一起上,没有音符,没有简谱,再说我也不会,只能带着孩子们唱歌,好在那时对《北京的金山上》等歌曲比较熟悉,教唱难度不大,可以勉强应付。体育课在当时的农村小学几乎无法正常开展,所有的体育器械一样没有,只有一个简陋的沙池,还不像样子,好在农村的孩子不娇惯,跑跳、攀爬能力都很强,有些技能远超过老师,足以令我汗颜。爬竿、跳绳,这些因陋就简开展起来的项目,孩子们都可以玩得津津有味。我印象较深的是跳高和跳远,课前我们会用锄头将沙池翻一翻,让它松软起来,课间也没有什么动作要领,只是让大家比赛,看谁跳得最高,谁跳得更远。我的运动神经不发达,在学校时体育课成绩很一般,黄国铭是个近视眼,于运动方面也是乏善可陈。虽然没有运动天赋,但我们的参与意识强,与孩子们打成一片,活跃气氛的能力好。因此,体育课上,是满场欢笑,人人开心,大家都充分活动了起来。我印象最深刻的是跳高,那时跳高好像还没有背越式,我们一般人用的是跨越式,还有一种剪式过杆动作,在六中时看过运动好手用过翻滚式,不过我不会,也不敢尝试。在前线小学,我用跨越式给学生做过跳高示范,破纪录地跳过 1.2 米,这是我这一生中跳高的最好成绩。印象中,前线小学跳高冠军是董灵,他飞身跃过了 1.3 米,引来了一片掌声。

作为老师,我和黄国铭都很喜欢孩子,尤其是成绩好的、听话又有几分灵气的孩子。我知道黄国铭最喜欢董灵,常和我谈起这个孩子,感叹他的身世,并极力为他的将来发展预作考虑,为此,我们也有过不同的意见。我则很喜欢三年级的一个女孩子,原因是她和我妹妹小时候有几分相似,当年大概有 9 岁吧,印象中姓陈,但她的同学一般称呼她"苗人"(音)。老师喜爱孩子,应该留在心里,不宜表露出来。但感情的事是很难掩盖的了的,孩子的观察也敏锐,不久,学生们就说"容老师喜欢'苗人'"。这个孩子和一般的孩子不一样,老师喜欢你,一般的孩子也就自然和老师亲近。她却很内向、很倔强,有时问她话,也只低着头笑,不说话。也许,她的内心也有小小的自尊,也不愿意因此让小伙伴有了话题,因此和小伙伴有了距离。孩子的内心是纯真的,孩子是很阳光的,但他们的内心也有自己的世界,也有自己的秘密,也许,他们也不愿意让成

275

人去碰触他们的内心世界吧！不过,大多数的孩子还是很愿意亲近老师的,他们小小的头脑里,有着许多的问题需要得到解答,有着许多新鲜的话题需要有人分享,有着许多情感需要和你交流。和孩子们在一起,我感到非常开心,一颗心也因此童真起来。每天上学放学的路上,孩子们围绕着你蹦蹦跳跳、叽叽喳喳,那种幸福、那种满足,让我感叹教师这个职业真是人生最好的职业,能为孩子们奉献一生,那是多么快乐,又是多么崇高啊!

做一名乡村小学教师,让我快乐,和孩子们在一起,让我满足。和孩子们在一起,我的心不会老,和孩子们在一起,我们不会那么世俗,我真的从内心喜欢这个岗位,喜爱教师这个职业。正当我渐渐入门的时候,和孩子们的感情日渐深厚的时候,我的代课生涯却戛然而止了,原因很简单,那位老师回来了。这是我一生中第一次走上讲台,第一次给孩子们上课,我怀念这一个多月快乐的生活。

九、劳动工具

"工欲善其事,必先利其器",劳动工具对劳动者是十分重要的,马克思主义经典作家也将劳动工具列为三大生产要素之一,一定条件下,劳动工具也是一个时代生产力水平高下的衡量标准。20世纪六七十年代,海南的农场里有一些什么样的生产工具呢,作为一线农工,我们使用的劳动工具是什么呢?

南林农场是有相当规模的国营大农场,场里有机运大队,有数辆大卡车,也有十多台拖拉机,有轮式的,也有履带式的,机耕设备如犁、耙也是有的,但用处不多。因为南林境内多山,没有适宜机耕的大面积农田,所以,这些拖拉机多是作为运输工具,或是作为动力设备,带动抽水机、碾米机、发电机用的。履带式拖拉机在开山修路、拔除树桩时的作用也是很大的。相对于农场的规模,这些机械化设备,充其量只是点缀,农场的工人们,主要的劳动工具还是最简单的农具。南林农场以生产橡胶为主,割胶连队的胶工,他们的主要劳动工具是胶刀、磨刀石、电石灯，一担胶水桶。作为在农场干过多种工作的农工，我用过的劳动工具有锄头、铁锹、斧头，钩刀（短柄）、长砍刀、镰刀、扁担、畚箕、箩筐、瓦刀、灰铲、灰桶、铁锤、钢钎、炸药、导火索、大锯、断锯，也赶过牛车，赶牛拉过木料，等等，只是很遗憾没有使用过犁耙等农具。

锄头

在农场期间，我们使用锄头最多，时间也最长。锄头的种类很多，我们在南林用一种板锄。这种锄头，长约 30 厘米、宽约 15 厘米，重约 2 斤多，顶部安锄柄的地方为一半圆弧形，底部为内收的弧形，两边露出尖尖的锄角，新锄头有一种烤蓝一样的保护层。锄柄为硬木，最简单方便的是用青皮树，这种树海边防风林里很多，选取直的砍一根回来，刨削之后就可以用了，青皮木容易生虫，讲究一点的，会选树型粗大一些的，将表层砍去，留取树木中间的硬心，我们叫它青皮甲。楸木也是很好的硬木，红楸、黑楸都是常用的，白楸也行，当然其他硬杂木也可以用。锄柄长短根据使用者身高和习惯，有一些不同，一般情况下为 1.5 米左右。安装锄头，也有一些讲究，锄头顶部安装锄柄的孔，最上面是向里斜着的，就着这样的孔装好的锄头，与锄柄有一个 60° 的夹角，这样的锄头锄锄草还行，挖地，尤其是上山挖胶洞、挖环山行是不行的。因此，必须将锄柄前面削挖成一个斜斜的槽面，根据各人使用习惯，将锄头安装成不小于 80° 的夹角，方便使用。我安装的锄头，几乎为直角，方便挖洞。安装锄头时，对锄柄前面的斜槽挖削要十分用心，挖浅了，锄头角度不对，不好用；挖深了，以后挖洞发力时容易在此处折断。最后，揳入的木楔子也很有一点门道，总之，要安装好一把锄头，是要用一些心思的，毕竟，这是我们最主要的劳动工具。

新锄头装好后，虽然好看，但不好用，最初一两天，锄面不平滑，容易黏着土，用一两天就好了。一把新锄头，一般情况下可以用个一年半载，但如果遇上开荒会战，挖洞挖环山行，就只能用一个来月，一把锄头就磨秃了，底部逐渐变成外突的圆弧形，锄板也只剩下10厘米多，锄面光滑，闪着银光，必须更换了，否则，两锄头下去也没有一锄头的效率。磨秃的锄头，用来锄草，或刨坑点种，倒是十分适合的。在农场期间，究竟磨秃了几把锄头，我还真不记得了。

我最满意的锄头是用红楸木做的锄柄。这根锄柄原是一只渔船上的龙骨，船只朽坏了，但龙骨因长年浸泡在海水中，没有朽烂，木心部分还很好。我将这根龙骨扛回来，用斧头砍去外面的木层，再刨削一番，就成了一根锄柄，长约1.8米。锄柄长了，并不好用，特别是在山林中挖洞，后面有时会碰到树木，但我实在舍不得将其锯短，也担心前面装在锄头上的部分会折断，或以后装新锄头时要将前面截断修理，总之，锄柄会越用越短，暂且就这么用了。这把锄头，连锄头加锄柄，我称了一下，有6斤多重。一般说，老工人不愿意用这么重的锄头，毕竟太耗费体力，我那时年轻好胜，总想练出一身肌肉，并不嫌它重，就这样扛着这把锄头，征战林段，一边干活，一边锻炼。只是现在想想，年轻人就是年轻，想问题也简单，当时那么繁重的体力劳动，那么差的伙食，支出远大于补充，还那么玩命，时间长了会耗损元气的，现在绝不会再这么做了。这柄红楸锄柄，用得时间长了，被我的双掌和汗水磨得锃亮，发出暗红的光泽，溜光水滑，很多人看了都很喜欢。

锄头也有质量问题，遇上钢火不好的锄头，是很伤脑筋的，好不容易安装好的锄头，上山开荒，遇到石块，两个锄尖容易卷起来，这就没法挖土了。我们只好就地取材，找一块石头，将卷起的锄尖砸直，几次下来，实在恼火，干脆将卷起的锄尖直接砸平，任由锄尖和锄板卷合在一起，这种情况一般只在最初的一两天里出现，几天以后，锄尖也就磨平了。只是钢太差的锄头，有时锄口也会卷刃。因此，挑选锄头，也要在行，一是看品牌，正规农机（农具）厂的产品上会有标贴，一般质量较好；二是自己捉摸，将两个锄头拿起来相互撞击听声音。不过，我一直没有掌握这个门道，虽然有时也会这么听响,其实只是装模作样而已,并不真懂行。大多数情况下,连队领回来的锄头,一批里只有一种,根本没有选择,那就只有碰运气,碰到好锄头,就再去要一把来。

用锄头也有讲究,刚干活,我们只管猛打猛冲,并不爱惜锄头,遇上石块、树根,只要别上了劲,就猛撬,不会另想办法解决。有时用力过度,把锄柄撬断了,这会给自己增添了麻烦,毕竟重做一根锄柄,再安装好,对我们知青来说还是很费事的,因为我们没有木工工具。以后,我们再也不蛮干了,碰上石块,先挖松周围的土,找准缝隙再撬,有时还会就地砍下一个树棍,将棍头砍尖,做撬棒用;对树根,看清方向,摸准来路,用锄头将两端砍断,再轻松挖掉。

斧头

开荒砍伐树木,上山砍木料,斧头实在是我们男知青的主要劳动工具。肩扛斧头,腰挂钩刀,在山林里穿行,颇有几分兴奋;若出密林攀上高峰,极目远眺,但见山峦起伏,林海苍莽,更添意兴;长声呼喝,只听漫山回应,余音缭绕,若有几个伙伴一同上山,你呼我应,长啸不止,则更添豪情,那也是我最为兴奋的时候。

我们在农场时使用的斧头,是伐木用的大斧,与木匠用的斧头不同,这种斧头正面呈长梯形,斧刃处略呈弧形,侧面看,则是楔形的等边三角形,背厚刃薄,斧头重约一斤。我在农场时见过几种斧头,一种重约1斤半,厚重宽大,一种重8两多,形制较小。还见过进口斧头,钢火好,表面光滑,颜色也与国产的不一样,不是那种蓝黑色,而是一种铜褐色,闪着金属光泽。斧柄与锄柄材质差不多,有些更讲究,用花梨木制成,更见其主人对斧头的喜爱。斧柄一般长1米左右,与锄柄为圆形不同,斧柄一般为椭圆状,也有人将斧柄做成圆形,粗细则根据各人手型和习惯而不同,只要顺手就好。

我前后用过好几把斧头。第一次选斧头,我没有经验,只顾看斧头形状、轻重,选了一个背阔刃宽的大斧头,有1斤半左右。等我用了一个星期的空闲时间将其磨好,装斧柄时才发现,这把斧头的柄洞有问题,斧柄无法安装进去。装斧柄和装锄柄不一样,要准确测好大小,慢慢地将斧柄蹾进斧头孔里,让其严丝合缝,少数情况下,会在斧柄冒头处搲入一块薄薄的铁楔子,使其更加紧固。这把斧子的柄洞内收,两头小、中间大,斧柄无法装紧,这下功夫全白费了,我憋了一肚子火,却无处去撒。再次选斧头,我很留心柄洞了,回来又费了很大的功夫,将斧头开刃磨好,装上斧柄,有了自己的斧头,可以像男子汉一样,在开荒时去砍树了,这使我很兴奋。谁知好景不长,这把斧头用了不到一天,到了下午,我挥斧砍树,不吃木,我用力,声响很大,还是不吃木,我掉转斧头一看,顿时傻了,斧刃处竟然裂开了,整个报废了。碰上质量这么差的斧头,真叫我无语。第三次选斧头,我听取了老同志的意见,不再选大个的了,请叶亚和帮我选了一把小的斧头,不到 1 斤重。这次选对了,这把斧头再也没出过问题,只是感觉轻了,用起来不称手,但好歹也是斧头,是男子汉应该有的劳动工具。

1971 年,第二次上哑巴田开荒前,吴宏法忽然送给我一把斧头,竟是他用了多年的一把进口斧头。老吴在基建队伐木班工作过,这种斧头就是那时专配给他们用的。他从八一队调来青年队,还当过我的班长。意外得到这么一件宝贝,我欣喜异常,虽然不知道老吴为什么突然大方起来,将此宝馈赠于我,却是十分感激的。我十分用心地将斧头磨得飞快,装上斧柄,扛着这柄大斧,我上了哑巴田工地。只是十分奇怪,这么好的斧头,在老吴手里得心应手,我用起来却不怎么样,根本砍不了硬木,斧头很快就钝了,难道人走背运,连斧头也不好使了吗?后来,我才知道,老吴的大方只是虚情。原来,老吴这把斧头是个好东西,在周边靠伐木为生的钻山佬中颇有名气,茄新大队的一个农民看上了老吴这把斧头,要买这把斧头,老吴应允了。只是老吴又舍不得那柄跟了他多年、十分珍贵的斧柄,因为蹾不下来,老吴将斧柄齐根锯断,只是嵌在斧孔中的那截木头,因木料坚硬,怎么也挖不出来,老吴处理也简单,将斧头放进火里烧,这下,木头弄出来了,斧头的钢火也完了,宝贝变成了废品,那个农民知道后不要了,于是,老吴干脆送给了我。我是始则惊喜,后则恼火,找到老吴,狠狠地说了他一通,老吴也不解释,只是嗨嗨地笑,说不要就算了,只可怜我在这把斧头上花的功夫全付诸东流了。

想着盼着,我终于得到了一把好斧头,那是真正的好斧头。这把斧头是学长吴传嘉送给我的。吴传嘉,广州六中高三丙班学长,原在红峰队,后来抽调到基建队专业伐木,得到了这把进口的好斧头,吴传嘉回广州时,将此斧送给我。在学校他是学长,在南林,相隔较远,和他交往并不多,难得他将此宝赠给我。是不是有不舍之情,要将此斧托付给一个懂它、爱它的人,让此斧仍能在山林间伐木丁丁,继续保持它的灵性呢。此斧连柄有 3 斤多重,柄长一米左右,形状扁平,为黑楸木制成,经吴传嘉经年使用,黝黑发亮,闪着釉光。初用此斧,感觉斧柄不称手,用了两天,才感觉到扁平柄的好处,斧头方向容易控制,不至于偏动,后来,越用越顺手,越发喜欢。带着这把斧头,我上新风伐木,上牛寮修水利,成了我最得心应手的劳动工具。离开海南时,我除了随身行李,什么也没有带,独独将此斧作为我 7 年多海南生活的纪念,带到了安徽。我与吴传嘉并无过多的交往,在学校时,吴传嘉给我的印象,是个勇猛的小伙子,一次在篮球比赛中,他奋勇抢球,不慎摔了出去,撞在篮球架上一颗突出的螺丝上,两眉之间撞出一个血窟窿,鲜血直流,这一幕看得我目瞪口呆,也从此记住了他的容颜。几天后,他的身影又出现在球场上了。因为这把斧头,我与他相知,也因为这把斧头,我始终记挂着吴传嘉,近年来在六中老三届网上搜寻过他的踪迹,略约知道他在重庆工作生活,不料他竟于 2012 年 4 月,罹患恶疾不治身故,让我十分难过。在学校、在农场,年轻的吴传嘉给我的印象依然那么鲜活,却斯人已去,我真后悔,没能在他健在时和他见见面、说说话,讲讲这把斧头的故事,讲讲这些年的不容易。

钩刀

钩刀是我们在农场时使用最多的工具,也是最实用的工具。钩刀一般宽四五厘米,长钩刀长30厘米左右,短钩刀长20多厘米,刀的头部向刀刃处弯转,形成一个约90°—100°的夹角,是不是因为头部这一钩,就称为钩刀呢?长钩刀尾巴打成圆环,用来装刀柄,刀柄一般长130厘米,连刀身总长一百五六十厘米,依各人身高和使用习惯略有不同。短钩刀后面是一段长10多厘米的约拇指宽的铁条,用来装木柄,短钩刀的木柄长20厘米左右,安装稍为复杂一些,要选取一段硬木,先在柄的直径中心钻一孔,这个孔不能过大或过小,过大,刀蹾进去不紧实、易脱落;过小,难以蹾进去,有时还会将木柄蹾裂,柄的前端与刀体连接处还有一铁环,用来坚固手柄,防止开裂的。也有人嫌短钩刀装柄麻烦,直接用长钩刀装上短手柄,也能作短钩刀使用,只是刀体长了,携带起来不甚方便。

长钩刀作用很大,是我们的主要劳动工具,因其柄长,作用范围大,用来砍树棵,大芒、竹丛、藤蔓,还有那大片的飞机草,再合适不过。海南的植物生长很快,小树棵尤其长得快,整理林段时,没有这种长刀真不行,我们出工去林段或上山开荒,都是要带上锄头和刀的,缺了哪一样都不行。

短钩刀一般说不是主要劳动工具,它的作用是配合斧头使用的,还有就是钻山林时用来开路和留下记号的。连队里的山林通,经常钻山的男职工,一般都会有一把短钩刀,男知青多数也备有一把。用短钩刀的人一般会编个篓子,将刀装在篓子里,系在腰间,篓子不大,直径为10厘米左右,长约30厘米,还可以用来装一些杂物。知青不会编篓子,就用木头做一个扁方形的卡套,也能装刀系在腰间,只是刀的两头都露在外面了。

知青安装锄头、斧头、钩刀,并不容易,不是说有多难,主要是缺少一套木工工具,木柄材料易找,只是找回来后要砍、削、刨,都要用到木工工具,就要去求人、找人。所以,一旦有了合适的工具,会非常爱惜,弄坏了、弄丢了都会给自己带来麻烦。

瓦工工具

青年队盖瓦房,连队抽调了很多知青加入基建队伍,因为知青年轻,掌握新本领的能力较强。于是,我们接触了砖刀、灰铲、灰板、磨板、水平尺、吊线锤等等最基本的瓦工工具。瓦工用的工具有砖刀、灰铲、灰板等,这些都是个人保管的。水平尺和吊线锤是基建队的技工张三才老师傅的,我们只是偶尔用它测测墙是否水平、是否垂直,以调整灰浆的厚度,进行修正。砖刀是我们用得最多的砌墙工具,和菜刀形状相似,只是更加厚重,刀体长约 20 厘米,宽约 8 厘米,手柄是直接连在刀体上的一长条扁铁,约有 10 厘米长、3 厘米宽。砖刀能铲灰浆,能将砖砍成需要的形状和长度。所以,我们经常用砖刀砌墙,当然,砌墙体时,很少需要砍砖,这时用灰铲就更加方便。我用的灰铲是一块铁板,较厚,略呈梯形,铲面虽平,但不光滑。新灰铲要自己装木柄,我找了一段直径 3 厘米多的干树枝,截取 10 厘米长的一段,剥去树皮,在树枝中心钻了一个长长的小孔,将灰铲末端的铁条砸进小孔内,一个简易的手柄就安装好了。这柄灰铲,随着我在砌墙、抹灰、批荡中不断使用,铲面变得光亮异常,发出银灰色的光泽,只可惜铸造工艺太差,否则应该能当镜子使用的。磨板是木制的,分为长、短两种,短的如同《红旗》杂志那么大,一面有一个抓手,用来抹墙面,磨平用的长磨板约有 100 厘米长、8 厘米宽,讲究的,在磨板上另钉一根长长的扁木条做抓手,简单地就这么直接用。长磨板的主要作用是在大面积墙面批灰时磨浆找平,还可以在屋顶上瓦垄时磨垄用。海南多雨,瓦房的瓦垄做不好,易渗水漏雨,所以,我们做瓦垄时十分用心,用磨板反复磨,直到磨出浆来才停,一是使灰浆与瓦筒附着更紧;二是磨出浆后用灰铲抹平,使瓦垄灰浆中不留孔隙,避免雨水渗入。

从事基建工作,按说应该有劳动保护用品,起码应该有帆布手套,刷白时应有橡胶手套。我们那时根本没有任何保护用品,全凭一腔热情，赤手空拳地搬砖运石，虽然砖石粗粝，不过我们手上已有茧皮，没有手套也没当回事。只是石灰灰浆对我们的手还是伤害较大的，尤其勾缝刷白时，石灰浆将双手烧出一个个小洞，有时实在疼得受不了，就在清水里浸一会，接着再干。那段时间，双手总是皱巴巴的，老也洗不干净的样子，水一干，手上就满是灰印子。

牛车

牛车在农场是一种常见的运输工具。虽然慢，但能装，千余斤的东西在车上，老牛也能一步一步地慢吞吞地拉到目的地，有个人跟着牛车就行了。

农场的牛车都是用木头制成的，车杆、车厢不用说了，轮子和大轴，也是用木头做的。轴用硬杂木，中间圆，两头方，一般有 10 厘米粗细，车轮用硬木板，板厚六七厘米，一般用三块木板拼嵌而成，板与板之间凿出凹槽，再用砍削成扁平的梯形的木条嵌进去，锯成圆形的车轮，直径约为 80 厘米，中间挖出方孔，与大轴相接，大轴上钻孔，用铁条或木条和车轮固定。讲究一点的，会在车轮周边钉上一圈胶皮，或是一圈木条；不讲究的，车轮也就这么用了。这种牛车，好处是简单，维修方便，只要轮子不散架，可以用很多年；不好的是大轴与木瓦连接处是干磨，一路走一路吱呀声不断，但听习惯也就好了。青年队有三辆牛车，平时拉拉杂物和柴火，运运番薯藤、花生秧，等等，但总的来说用处不多。

对这样的运输工具，队里也不是不想改变的。有一次，工间休息时，大家围在一起闲聊，不知怎么说起香港的汽车很便宜，用 500 斤猪肉就可以换回一台吉普车，我当时的第一感觉就是十分吃惊。那时的市价，500 斤猪肉只合人民币 400 多元，即使是我们到农村去买高价肉，也超不过 500 元，难道一辆吉普车在香港只要这么点钱吗？当然大家也知道这只是传说，用猪肉换汽车是没有可能的，但老队长陈珍云仍然很坚定地说，我们要多养一些猪，要真能换吉普车，我们也可以换。那时全团才一部吉普车，连队有一辆吉普车,这个梦想也是十分遥远的。只是连队有了吉普车又有什么用呢? 谁会开呢? 又从哪儿加油呢? 这个问题难不倒老队长,他十分肯定地说,那有什么,将前后轮子拆下来,做两辆牛车,不比木头轮子的强吗? 老队长这番豪言,成了我们日后茶余饭后的笑谈。

十、劳动管理

劳动管理是个内涵很大,并且内容很丰富的题目。大,可以宏观到生产关系的调整和改变;小,可以具体到每个劳动力当天工作的安排。这里面,还有管理体制的建立,规章制度的制定和执行,合理的劳动报酬,等等;劳动管理的手段也很多,归纳起来,有行政的、经济的,当然还有宣传鼓动、精神激励的方式。以我的理解,劳动管理的最终目的,是充分调动每个劳动者的积极性,让每个人在其最适合的岗位上工作,充分发挥他们的聪明才智和劳动热情。管理者的职责,则是让整个劳动协调运转,有序进行,用最少的付出,得到最大的效益。

初到青年队,直至后来很长一段时间,我们都习惯了每天早上出工钟敲响后,全连各生产班列队站在空地上,听连长指导员安排当天的生产任务,然后散开,去干当天的农活。后来,我在青年突击队当队长时,也习惯了这种派工式的劳动安排,每天早上集合队伍安排工作,大家对此习以为常,谁也不去操心连队的事情,全交给队长指导员去烦心劳神。

因为青年队是副业队,这种劳动安排很自然。有变化的是,插秧割稻等在一段时间内集中完成的农活,季节性又比较强,连长召集班长开个会,集中布置这段时间的工作安排,由各班自行掌握,就不再每天排工了。那时大家的劳动积极性很高,往往不等出工钟敲响,就已经到田间地头去了。各班之间还相互竞赛,余世和也会因势利导,每天将劳动成绩用黑板报的形式公布出来,将这种劳动热情推向高潮。

刚到农场,知青的工资是每月 22 元,而老职工大多定了工资级别:一般为农工一级二级,因为青年队建队时间短、新职工多,在老连队,级别高的农工应该有一定比例。知青和老职工拿工资的不同,除了级别高低、工资额多少不同外,在计算方法上也有区别。知青为每月 22 元钱,这是固定的。请假(不管是病假、事假)是不扣钱的,当然,加班也是不加钱的。老职工的工资是按天计算的,将每月的工资额除以 25 天半,得出每天的工资额,再以每天的工资额乘以当月的出勤天数,算出当月的实际工资额。老职工病假工资为 50%,事假全扣。每到月底,各班副班长就造表计算班里每个人当月的工资额,交到连队,由统计员汇总审核,上报场部审批,领回钱来,再由各班副班长发放。我一到青年队,就当了四班副班长,做过这项工作。当年,余世和为了方便副班长计算工资额,专门制了一张表,将工资级别、出勤天数分别列上,一一对应,油印出来,给每个副班长发了一张,这样每月计算工资额就简单方便多了,再也不用和每个职工争争吵吵了。在我印象中,有个别同志曾为了工资尾数的四舍五入,多了一分钱或少了一分钱,能和我争论一个多小时,有了这张表,拿给他一看,什么都别说了。这种工资计算方法,对老职工来说,多出勤就能多拿钱,每月出勤 30 天,农工一级就不只拿 27.3 元,农工二级拿的就多于 33.60 元,等于是一种多劳多得。问题是那时候在农场,几乎没有休息天,不说从不休息,但月大干 30 天,月小干 29 天是常事,一月只休息一天处理内务,还经常是安排在下雨天。老职工对此没有太多意见,毕竟多干一天就多拿一天钱,可知青呢,干多干少,都是 22 元钱,随着每月劳动天数的增加,我们每天的劳动力价格却在降低。于是,知青和老职工在如何看待不休息的问题上有了不同意见,知青一直抱怨休息太少,直至有一天,有人提出,如果知青也像老职工一样按天计酬,或是以后我们定级了,我们会不会还是要求多休息呢? 虽然多数知青还是坚持要每周休息一天,但有人认为只要能多拿钱,少休息也可以,也有人表示至少体现了公平,不会白干。这件事给我印象很深,以我们当时每月 22 元钱的工资来看,每天的劳动所得不到 9 角钱。然而,就是这不足 9 角钱的日工资,只要简单地改变计酬方式,就会影响到我们对出勤天数和劳动时间的看法,影响到我们的劳动情绪,或者说,可以起到调动积极性,稳定劳动队伍的重要作用。合理计酬真的很重要,或者说,在现阶段,在一定的生产力水平的条件下,运用经济手段去进行劳动管理,会更加有效。

劳动分工也是很重要的管理,不过,在一般情况下,大家似乎有一种约定俗成的习惯,在劳动中自然而然地有了分工。一般地说,青年队的犁地、耙地的活路,都是由当地男劳力去干的,连男知青也没干过;在以班为单位的劳动中,插秧割稻以女同志为主力军,男同志挑秧把、拉秧线、抬掼桶、打稻谷、挑运稻谷,特别是男知青最喜欢干这类活,不需要班长招呼,各人都会找准位置;上山,抢斧砍树是男同志的事,挥刀砍芭、砍草,是女同志的事;点种花生、番薯、木薯,挖坑是男同志的事,点种插苗覆土是女同志的事,互相之间很默契。青年队的男女知青,似乎也暗地里遵循这种安排,但别的连队,可能情况略有不同。颇有一些巾帼不让须眉的女知青,抢斧炸炮,样样争先,豪气干云,一时间,也给农场带来了一种新鲜感觉。

包产到户,责任到人,促进生产发展,以安徽小岗村 18 个鲜红的手印,标志着中国农村改革的发端,变革生产组织形式,解放生产力,成为一种潮流,小岗村也因此彪炳千秋,永载史册。只是以我在农场的经历来看,在生产劳动的管理中,绩效考核,责任到人,这种做法在农场的管理制度中,在干部的管理方法中,是早已形成的。橡胶生产连队,每个割胶工在一般的情况下管理两个树位,割胶和树位管理,都由该胶工负责,考核指标主要为胶水产量,林段管理状况,责任基本到人。听余世和说,"文革"前,农场新开垦橡胶林段,也是责任到人的,主要考核指标是几年可以开割,具体的指标有单株年增粗多少,施肥数量,林段除草管理等各项工作完成情况,等等。这些责任到人的管理方法,不但可以提高劳动者的积极性和责任心，也促使劳动者去学习生产知识和橡胶生长规律，钻研技术。农场老职工对橡胶的生长和管理，割胶技术和磨刀技术，气候变化对胶水产量的影响，等等，大都能讲出些一二三来。我们到农场时，农场的管理制度早已被破坏了，还被扣上"管卡压"的帽子，已经不实行了。知青虽有热情，却很少去钻研生产技术和农作物的生长规律，对此知之甚少。事实上，合理的生产管理形式，有些是很难被破坏的，即使经过"文革"，也仍然保留了一些，比如胶工割胶、管理树位，基本上还是一人割一个树位或两个树位，我从未见到过一个班的胶工排着队在树位里割胶。干部的管理方法上，也还有责任到人的意识，只要时机适合，就会自然而然地运用。

　　"9·13"事件之后，我们不但思想混乱，劳动热情也一落千丈，出工不出力，磨洋工是那段时间的常态，我们经常在田间手拄锄头发呆，谓之"一炷香"，也有将锄柄抵住腰间小憩的，谓之"三条腿"，每天根本干不了多少活。连长指导员看在眼里，急在心里，却对这些工人打不得、骂不得，情急之下，责任到人的办法又作为法宝祭出。那时，青年队正砍芭烧荒了山脚下、场道边的一大片沙土地，要种花生。烧芭之后，地里满是树根和未烧尽的树枝丫叉，下种花生前必须将树根草根挖净，与其他树丫堆在一起烧尽。全连几十号人干一天，也整不出 2 亩地来。为扭转这种局面，也为了抢季节种下花生，连队领导决定搞一次定额包工，提高劳动效率。连长根据这些天的工作效率，让文书加倍，按每人每天 1.5 分地将地块划出来，并在收工前集合队伍，宣布第二天的劳动任务，每人必须完成一块地，责任到人，谁先干完谁先回去，干不完的不计工。第二天，天尚未明，就有人扛着锄头出工了，接着陆续地有人出工，不到 7 点钟，陆续有人回来了。原来，地块虽然都是 1 分半地，但每块地情况不一样，有容易干的，也有难干的。经常干活的人，对此都心知肚明，早已瞄好了地块。天不亮，就有人打着电筒出工了，也就一个多小时，任务就完成了。出工钟响起来时，当天应该去整地的人都回来了，几个同学洗完澡，躺在床上，跷着腿，怡然地听着广播,或看着书。指导员曾庆柳和知青很熟,出工钟敲响后见无人出工,跑到我们宿舍一看,每人都优哉游哉,闲适得很,催促我们赶快出工,我们答曰已经干完活了。指导员吃了一惊,和连长带上文书到地里一看,早已空无一人,但所有的任务都已经完成,质量还很好。眼见这招很灵,连长又加大了任务,每人每天按3分地分派任务。大家虽然气愤连长无端加码,但也能够接受,只是第二天收工时间晚了一些,先占到好地块的人,两个多小时就回来了,晚到的,也就多干了个把小时,也陆续回来了。连长一看,潜力很大,可以再挖,于是每人每天的任务加到半亩地,只是,连长这次的如意算盘落空了。第二天出工钟响,大家又排着队出工了,和前两天的情况一样,干活没精打采,嘻嘻哈哈,一天下来,又是没干多少活。原来,工人也不好糊弄,1分半地,干两个小时左右,3分地要干4个小时,这都是各自为战、紧张忙活的。虽然工作时间不多,但劳动强度大,流汗并不少,半亩地,那要干上六七个小时,出大力、流大汗,说不定连长兴起,还要加码,还不如磨洋工呢。

那段时间,青年队也试行过林段承包责任制,可以自由组合,一般为夫妻档,或朋友搭档的。我当时是和副指导员的爱人搭档的,她名字叫银娇,当年30多岁,脾气和善,爱笑,原在六甲队,副指导员调来工作后,过了一段时间,她跟着来了青年队。我俩搭档很合理,银娇生产经验丰富,我年轻力壮,但林段管理的知识不足。我们承包的林段在连队驻地南边的山脚下,林段边就是水田,水沟从林段边的防风林边流过。这片林段有20多亩地,由山脚向山腰延展。我俩承包后,先砍芭,清理出环山行,寻找胶苗,再一锄一锄地重新挖环山行,胶苗死掉的,重新挖洞,等待雨季定植。虽然实行了承包责任制,但当时的考核指标、奖惩办法等一些细则并没有出台,责任制只是为了进一步调动大家的积极性,增强大家的责任心而已。在当时的条件下,物质奖励是没有的,更多的还是精神鼓励。我们这个互助组觉悟很高,虽然是自由掌握工作时间,但我们每天工作时间都不少于10个小时。我性急,眼看20多亩的林段,杂草树棵丛生，远远高过人头，原来定植的小平台有些连一点痕迹都没有了，心里着急，总想尽早整出个模样，常常大中午的一个人扛着锄头砍刀到林段里干活。只是，这个林段只整出了山脚下的一个角落，我就离开了，以后的情况不得而知。连队的生产责任制后来究竟如何，也没了下文。在当时形势下，在人们思想混乱、迷茫的时候，连队领导用承包责任制的办法来促进生产，想法是大胆的，也是可行的。这是一种变革，在当时大批"唯生产力说""宁要社会主义的草，不要资本主义的苗"的浪头中，如此真抓生产，也是非常可贵的。只是时机不对，奖惩难到位，坚持不下去，有不少困难。

我在南林期间，经历了南林农场，到兵团二师九团，再回到南林农场整个阶段。初到南林农场，被贫穷落后的情况震惊，改兵团初期有兴奋有憧憬，到渐渐平淡，再到改回南林农场后的淡然。兵团，在我们的生活中只留下了一个过程，并没有过多的印迹，我们依然将农场称为南林农场，至多填表时在履历中的南林农场后面加个括号(兵团二师九团)。

农场的管理体制，是场—队两级，队里再分生产班组。改兵团，用部队的序列，农场一级改为团，这个团，大小不一，大的有8000多人(兴隆农场，二师八团)，小的只有1000多人，下设营连两级，连里分班。南林农场建制序列为二师九团，青年队为三营十七连，但十七连下面只有班，不设排，不知道其他大连，如二十二连(红桥队)下面是否设排。营一级是增设的管理层，依我看，只是在团、连之间起个沟通作用，上传下达，没有什么实质性的管理职能，如我所在的三营，只设一个营长、一个教导员、一个书记员，这就是营部的组成人员，所以难有大的作用。

我们到农场时，已经是"文化大革命"的第三个年头了，经过"揭批查""斗批改"，已经将农场原有的管理制度和管理方式破坏得差不多了，所以，我们对此知之不多。但农场的生产管理的基本形式还在，对橡胶生产的基本规律仍是坚持的，整个生产过程和生产管理的运转仍是正常的。通过我在农场时接触和了解的一些情况，特别是跟在余世和身边有一段时间，听他讲了不少农场的生产知识和管理知识，多少知道一些情况。我以为，农场时期的管理，核心是责任制和成本核算，非常注重投入产出，组织生产劳动非常讲求实效，扎扎实实。所以，虽然是国营的农场，但其经济效益还是不错的。

兵团与农场管理上的最大不同，是缺乏精细化，不讲成本核算，不讲科学，做了一些违背生产规律和作物生长规律的事情，本意是要促进生产大发展，却往往走向了反面。在橡胶生产上，追求当年产量，胶树一天一割，没有生息的时间，是一种竭泽而渔的做法；在开荒种胶上，组织了几次轰轰烈烈的大会战，声势很大，但急功近利，大轰大嗡，没有按照开荒生产的步骤一步步扎扎实实去做，实际成效并不好，工人日夜会战，身心俱疲，结果，挖的橡胶洞洞不像洞、坑不像坑，在超过30°的陡坡上开荒，又不修环山行，台风季节雨水一大，将浮土一冲，很难再有适合定植的胶洞了。以后的定植，林段管理都无法正常进行，如果要开垦成橡胶园，还要重头再来一次。我所在的三营，组织开荒后组建了十八连（哑巴田），团里在牛寮开荒会战后，组建了三十三连（牛寮队），但以后这些连队管理的开荒林段，究竟有多少橡胶林段顺利生长开割，我没有数据，但我是很怀疑那些年的开荒成果的，因为我所在的青年队没有长成一株橡胶树。大开荒的另一个恶果是，破坏了海南的原始森林，造成了土壤流失，虽说海南是一块沃土，各种植物生生不息，砍伐完了的山林，即使纵火焚烧，化为灰烬，但只要一场雨，各种植物立即萌发生机，生长的速度快得令人惊异，但毕竟原始的森林被破坏了，巨大的树木被砍伐了，有些珍贵树种是再也难觅踪影了。

兵团时期抓劳动效率，抓组织管理，靠的是宣传鼓动和精神激励，另一手则是狠抓阶级斗争新动向，开展大批判，抓斗私批修。"9·13"前，精神激励还是很有成效的，毕竟是年轻人，要求上进，而且那时也有许多激励的方式和手段，入党入团、参军提干，是每个青年人都十分向往、努力追求的,组织推荐、组织鉴定,事关每一个人的命运和生死,为了给领导留下好印象,为了评语里肯定的语句多一点,谁敢不努力呀! 即使是在农场内部,也有分工不同,卫生队、机运队、警通排、宣传队,或是抽调到团部协助工作或是做老师,等等,这也是知青向往的工作和岗位,也使每个知青充满了积极进步的动力,在一心干革命的情怀里,多多少少也有个人的一些盘算。农场的青年职工和知青的想法也无差异,也有着强烈的上进心。部队的工作方法,"抓两头,带中间",只要把追求进步的一群抓好了,带动绝大多数人前进就有了把握。因此,那时农场上上下下都显得有朝气、有活力。"9·13"后,情况有所改变,热情消退,特别是《571工程纪要》中的"变相劳改""变相失业",深深刺激和触动了我们,我们认清了真实的境遇,虽然也还是想通过积极劳动来改变命运,但道路毕竟狭窄,多数人观望起来。为鼓起大家的干劲,各级领导都抓阶级斗争新动向,抓斗私批修,用政治高压,维持着劳动纪律。那时,随意给人扣上一顶帽子,或是组织批判一种苗头,是经常性的事情。我们青年队里,也曾把一位男知青的一句玩笑话作为"阶级斗争新动向"予以批判,差点造成了同学之间的误会,好在事情很快过去了。在政治高压下,在严酷的斗私批修、狠挖"灵魂一闪念"中,兵团时期的劳动热情尚可维持,只是劳动成效并不好。

劳动是知青生涯的重要内容,也是每个知青的重要历练,拉拉杂杂的,一写就很长,就这样,也很难将我们当时的劳动情景写完。我们当年的劳动很艰辛、很吃力,但我们却没有从生产劳动中学习到更多的生产知识,例如,对季节、对时令、对适时耕作播种,就十分懵懂,对水稻生长期的管理,对农作物生长习性的了解,也是一知半解。就是劳动,我虽然从事过多种劳动,但作为以橡胶生产为主的农场工人,我完全没有接触过割胶;作为以副业为主的青年队的职工,我不会使牛,不会耕地耙田。虽然我们努力劳动,从不吝惜自己的体力,但我深知,就我们所知道的那一点生产知识和农业知识,离一个真正的农民还有很大差距,要想做一个像余世和那样的"农场通",还不知要再尽多大努力。劳动易,做农民难,真的脱胎换骨吗,那就更难了。不过,劳动还是让我们知道了生活的不易,知道了祖国当年生产力的严重低下,劳动也使我们成长起来、强壮起来,让我们挺直了腰杆,品尝了人生第一杯酒,尽管有酸涩、有苦辛,但毕竟浓烈,让我们开始了从书生向农场工人的转变,让我们成长成熟。而且,有这杯酒垫底,以后人生的各种苦辣艰辛,我们都能承受,都能处之泰然。

2008 年知青下放 40 周年集体回农场时,听说了农场的变革,也如农村一样,搞起了家庭小农场,以家以户为单位,实行承包经营了。劳动者和生产资料切实地结合起来了,可以真正做一回主人了。在这个过程中,适应市场大潮,有经营头脑、有生产知识、有劳力的家庭,很快富裕起来了,听说有人一季槟榔即收入几十万元。当然也有不善经营的夫妻,生活困苦,甚至只能给人帮工糊口的。重回农场,令人振奋的事很多,让人高兴,令人唏嘘的事也有耳闻,让人不忍。回农场,旧日情景历历在目,当年意气风发,抢斧挥锄的场景就在眼前,只是猛转头,已经进入了市场经济、知识经济时代,劳动有了新的内容,有了更深的内涵,只有把握市场脉搏,运用科学技术,劳动才有其切实成效,才有收获。今天的农场,仍然令我们倍感亲切,却也有了几分陌生,只因这个世界变化太快,今天的我们如若再回农场,重新创业,只凭苦干,只凭汗水,是否可以立住脚跟呢?

农场干部

干部,尤其是领导干部,是党的路线、方针、政策的执行者,是一个地区、一个部门、一个单位、一个机构、一个团体的决策者和管理者,能不能正确决策,能不能正确领导,能不能有效管理,成为群众拥护和爱戴的领导,在很大程度上取决于其个人的素质和修养,取决于其个人的影响力和人格魅力。职业生涯中,遇上好领导,那无疑是个人的福气,不仅对自己的成长进步大有好处,而且工作顺利,心情舒畅。幸运的是,我在南林农场遇上了几个好领导,我一直难以忘记,一直对他们心存感激。

余世和

余世和是我知青生活中最难忘怀的一个人,也是最令我敬服的农场干部。在南林农场,不知道余世和,不知道"单眼余",不知道老余的人,大概没有几个。初识余世和是在 1969 年,老余从八一队调来青年队工作,从那时起,我就和他有了交往,直到我离开农场。老余身材颀长,近 180 厘米的个头,使他略显单薄,容长脸形,平时表情不多,很沉静,只有笑起来的时候,才显得生动,也显露出一丝狡黠。他的相貌最明显的特征是只有一只右眼,左眼眶是一个凹坑,据说是在一次开荒中被炮崩坏了,因当时条件所限,未能及时安装义眼,时间长了,也就这样了。老余是潮汕地区人,普通话讲得很顺畅,也会讲白话和海南话。老余从八一队来后,爱人和孩子没有跟过来,他就一个人在青年队生活。

老余是个"农场通",对农场生产生活的各个方面,都有一定的知识,规划林段、开荒垦殖,他是行家里手;育苗芽接、定植林管,他经验丰富;兴修水利、建房盖屋,他成竹在胸,能画图,会指挥。在农场,几乎没有什么问题能难住他,这让我很佩服他,跟着他,我学到了不少知识。可惜的是,他在青年队只待了一年多时间,因为实在是人才难得,被团里调到司令部生产股,让他在更大的范围内发挥作用。老余离开之后,尽管以后多次相遇,却再也没有了让我跟随他近距离学习的机会了。

老余在生产知识方面教给我很多,在读书方面也给了我很重要的启示,使我受益良多。老余应该是自学成才的,没听说他读过什么学校,但他爱读书,是个杂家,天文地理、野史传说,他都知道一些。刚到青年队不久,一日,他和我们几个知青聊天,说着说着,讲到了《水浒》,他提出了一个问题,武松是打虎英雄,美名流传至今,可是为什么同样打虎,而且一连打死4只老虎的李逵却寂寂无闻,不是完整看过《水浒》的人根本不知道李逵也是打虎英雄呢?此话一出,几个人顿时安静下来,从脑海里搜寻有关记忆。很快,有人说了,武松是赤手空拳打死老虎的,李逵用了朴刀。老余说,杨子荣打虎上山,还用了枪呢,他不也是打虎英雄吗?有人说,别人三碗不过冈,武松连饮十八碗,在醉酒状态下打虎的,李逵是在有准备的情况下打虎的。老余说,武松不是被猛虎一惊,酒都变成冷汗,已经清醒了吗?又有人说,武松是在毫无防备的情况下与老虎猝然相遇,拼死搏斗的,李逵是先杀死两只小老虎,再偷袭两只大老虎的。老余还是不买账,武松打死一只老虎,已经全身瘫软,李逵打死四只老虎,依然余勇可贾,算起来还是李逵英雄。说来说去,所有的理由都不能说倒老余,大家无奈,要老余说说是因为什么。老余开口说话:"主要是舆论,是宣传的作用。"此语一出,众人皆掩口,这些新名词,用到古人身上,有些好笑。老余继续说:"景阳冈地处交通要道,商旅不断,此虎屡屡伤人,经路人口口相传,早已恶名远播,官府对此虎奈何不得,只得出告示予以警示,更为此虎添威,在虎焰日盛、民众亟盼除害之时,竟然被武松赤手空拳打死,这种轰动效果可以说是爆炸性的吧。更何况阳谷县大肆宣传表彰,披红挂彩,游街夸功,四乡八里,人人赶来一睹打虎英雄风采,事后还加官晋爵,做了县里的都头,何等风光,何等荣耀。武松打虎的英雄事迹还登上邸报,使他的威名在更大范围内传颂,为更多的人知道。世人以此为题材,编成唱词,在艺人说唱过程中,又有了艺术加工,三碗不过冈,痛饮十八碗,趁醉独自一人过冈,赤手空拳打死猛虎,等等,越发使武松的形象高大起来,英名流传了近1000年。再看李逵,以梁山反贼之身,回家接母亲,专拣荒僻小路潜行,打死的4只老虎,虽是猛兽,却是藏在深山人不知,远没有景阳冈的老虎名气大,事后官府知道他的反贼身份,唯恐长了梁山志气,怎能为他评功摆好,更别提上邸报传扬了。所以,武松成名,口口相传的舆论、官府的宣传造势起了很大作用。"老余最后问我们,你们说是不是?听完老余的一席话,我们几个人虽然口中嘟嘟囔囔地不肯服输,但心里都在琢磨着老余的话。不得不承认,老余说得很有道理,而且是我们从未想过的话题,这使我很震撼。之后几天,我一直在想这件事,为什么老余看书会提出这么一个别人根本不会去想的问题,为什么他会有那样的结论?从小学到初中,我看过的书也不算少,可从来也不去认真思考,更不会像老余那样去提出问题,更得不出那样的结论。林彪当时要求学习毛著要带着问题学,活学活用,急用先学,他将毛著当成了万能的钥匙,可以解决所有的问题。老余读书,却是另有所思,自己从书里大跨度地找出同类问题,再深入去寻求答案,得出自己的心得。老余的一席话,对我影响很大,从他那里,我知道了读书要琢磨、要思考、要主动地找问题。他使我从青年学生喜欢看小说,偏重故事情节的读书中跳出来,更大范围地去读书,并且,开始注意读书方法,不再贪多求快,囫囵吞枣,力求读深读透,读出新意,读出隐藏在文字之内的意思,有些书,更要反复读,细心体味。老余是我在农场时最佩服的人,对我影响很大,尤其是这次谈话,给我留下的印象极深,他实在是我一生敬重的师长。

当然,金无足赤,老余也有令我失望和不解的一面。1969年12月的一天晚上,时间已经很晚了,我和老余坐在连队办公室里整理报表。大约10点钟,庄东红很兴奋地冲了进来,满脸喜气,连声嚷着:"生了,生了一个小猪崽。"原来,陈瑞芳那时在养猪场当猪倌,喂着大大小小几十上百头猪。那天,一头母猪要下猪崽了,陈瑞芳责任心很强,天冷,她怕夜里母猪下的猪崽冻死,就守候在母猪旁边,庄东红自告奋勇相伴在旁。果然,母猪在晚上生产了,她俩在猪圈里忙碌着,全然不顾血里水里,腥臭污秽,只有兴奋和期盼,第一只猪崽落地,庄东红忍不住跑过来报告消息。庄东红说完,转身又跑回了养猪场,因为母猪还没有下完猪崽,陈瑞芳实在需要一个帮手。听着庄东红兴奋的声音,看着庄东红兴奋的神情,我的心也欢快起来,这是我们知青猪倌第一次为母猪接生啊!初生的小猪崽会是什么样子呢?我忍不住站了起来,对老余说,我们去看看吧。我的想法很简单,老余是队里领导,是知青信赖和尊重的师长,他能到现场去看看,对两个青年人会是一种激励和鼓舞。谁知老余稳坐不动,不但不走,嘴里还说:"一个姑娘家,没羞没臊的。不去!"我当场愣住了,这话是老余说的吗?是那个可亲可近的老余说的吗?我一身的兴奋劲凝成了寒意,呆呆地坐了回去。陈瑞芳,我的同班同学,在青年队知青中,她年岁稍长,是知青中的大姐,老成持重,言语不多,对同志很关心,对工作很尽心,很能吃苦耐劳。我曾在她探亲时请她带过东西,母亲对她印象极好,直到今天,对青年队知青的名字都记混了,但对青年队的知青大姐,还时时说起。庄东红是女知青中年龄最小的,到青年队时只有15岁,虽然年纪小,却很有主见,敢作敢为,不在乎别人怎么说,表现出一种与年龄不相应的自信和持重。她俩怎么了,夜黑风冷,为连队的工作,不顾劳累,不避腥臊,怎么得到的是这句话啊!如果她俩知道了,会多么难过。老余这是怎么啦,是心里的封建意识,还是潜意识里对知青的……唉,一切都过去了。只是这一幕给我的印象太深了,老余的这句话给我的刺激也太深了。以后,我又悄悄地观察过老余对陈瑞芳和庄东红的态度,却又一切正常,这到底是为什么呢?

老余是我在农场期间对我影响最大、帮助最大的前辈,我一直将他尊为师长,人生道路上有这样的老师领路,真是人生之福、人生之幸,我真心地感谢老余!怀念老余!

连队领导

我的知青生活基本上是在连队劳动,接触的领导也多为连队干部,他们大多为人质朴,劳动生产是好手,有较为丰富的农业生产和橡胶种植的知识和经验。一线生产连队的领导大多文化水平不高,读书不多,说话很直白,有时难免言语失误,令我们这些"知识"青年时有不敬之心,今日回想起来,也有些惭愧。年轻时,心高气傲,目空一切,总有一种"舍我其谁"的狂傲,很难平和地、公允地看待农场的工农干部,只有渐渐老成之后,对此才有体会。

队长

从海口将我们直送青年队的车子刚停稳,队长就领着一班人迎接我们了。刚下车,抬眼一望周边环境,破旧的茅草棚,坑坑洼洼的沙土地,心里一下凉透了,根本没有心情去理会接我们的是谁。直到确定了住处,忙着安顿的时候,队长来到我们房间看望问候,我才认真地打量了队长。队长大名陈珍云,当年30多岁,170厘米左右的个头,理着板寸短发,额头上有两条深深的皱纹,嘴角两边也各有一条纹路,一口湖南腔的普通话,握手时感觉到他双掌粗糙,应该是一个经常劳动的人。队长是湖南人,一名退伍军人,退伍时集体来到农场。队长入伍前是农村的孩子,干惯农活,对农业生产很熟悉,队里的各项农业生产安排得很周到,各种农活拿得起放得下,是当年农场里那种精通农业生产、带头苦干实干、纯朴本分厚道的生产队干部的典型。队长好像没割过胶,从未听他说起过割胶方面的事情。

陈珍云是我们青年队知青到农场后的第一任队长,他为人正直,从不搞小动作,有问题当面就说,虽然不留情面,却不背后乱说,平时不苟言笑,但也有展颜开怀的时候,让你感觉可爱极了。队长面冷心热,对知青很关心,只是平时不表现出来,只有细心体会才能感受到。队长1970年调离了青年队,到新组建的深兰队当队长,又成为尚坚和杜广生的队长。青年队的知青对这位队长很尊重,平时都叫他"队长","队长"也成了他的专属称呼,以至多年后,青年队知青在一起说话,只要说起"队长",大家就知道说的是陈珍云队长。

队长文化水平不高,平日里讲话多是与生产有关的话题,很少讲大道理。农场时期,队领导是支部书记和队长。我们到青年队不久,书记调回家乡公社去了,场里一时没有派下书记来,队长就一肩挑了,只是遇到政治方面的问题,形势方面的话题,他就有些力不从心了。1969年3月,中苏在珍宝岛发生军事冲突,全国上下齐声讨伐苏修社会帝国主义,我们这些热血青年摩拳擦掌要参军上北疆保卫祖国。当时的形势是全国都关注着北疆,关注着珍宝岛,人们的中心话题也是珍宝岛之战,队里大会小会,晚上班会,每天的"天天读",都在谈论珍宝岛。作为双肩挑的队长,陈珍云自然避不开这个话题,他是逢会必讲,说任何工作都会联系到反修防修,联系到珍宝岛。只是以队长的文化水平,"珍宝岛"这个地名对他有些拗口,每次说到珍宝岛,他都很自然地说成了"珍珠宝岛",虽然在那种严肃的氛围里没有人敢于哄笑,但一班知青还是忍俊不禁,低头窃笑。很快,有调皮的初一同学背地里戏谑地在他的名字中也嵌入了一个"珠"字,老队长的名字也就由"陈珍云"变成了"陈珍珠云",以后又简称为"珍珠云"。今日写来,也还是忍不住笑，虽然对老队长多有调侃，但大家平时对他是很尊重的。

队长还有一事也让我们好笑。那是1970年1月的一个晚上，寒流到了海南，北风呼呼地吹着，天气很冷，队长怕冻着大家，晚上"天天听"时，没有在空地上列队，而是挤在队部的屋子里，那间20平米的屋子哪能挤下那么多人呀，挤不进去的人就在走廊里站着。屋子里挤挤挨挨的都是人，空气异常混浊，尽管这样，一些瘾君子照常吞云吐雾，劣质烟草的气味加上各种体味，使得屋子里的气味令人作呕。"天天听"结束后，队长照例讲话，布置明天的工作，忽然，不知是谁放了一个闷屁，恶臭，不亚于在屋子里放了一颗瓦斯弹，令人实在无法忍受，满屋的人有一多半轰的一声挤出屋外，屋里的人也赶忙通风换气，这一闹腾，足有5分钟，几个班长才将人又招呼到屋里。经过一番折腾，屋里的空气倒好了许多，虽然不知是谁作的案，队长还是对此人进行了批评，要求讲文明、讲卫生，实在憋不住可以到屋外方便嘛。几句过门之后，队长继续讲话。那位仁兄那天大概是肠胃不好，不久，更强烈的瓦斯弹再次放出，满屋的人被熏得实在受不了，又散去大半。人员再次聚拢后，队长对自己讲话数次被打断忍无可忍，十分气愤地说："这是阶级斗争新动向。"此语一出，满堂哄笑，队长愤愤地说："几次干扰革命秩序，不是破坏是什么？认真查一查，查到了要狠狠批斗！"听着队长气愤的话语，看着队长涨红的脸庞，大家笑声顿止，满屋鸦雀无声。阶级斗争一抓就灵，当晚直到散会，再无故事发生。这件事，让我们知青乐了好一阵子，一个屁引起的阶级斗争新动向，成了青年队的经典故事。

指导员

组建兵团后不久，团部为十七连派来了指导员，这是青年队首任指导员，也是唯一的指导员，他调离时，十七连人员所剩不多，即将撤销，他走后，再也没有派过指导员，不久以后就撤销了。指导员大名曾庆柳，如同陈珍云被青年队知青称为"队长"一样，大家在一起说起指导员，那一定是说曾庆柳。指导员与队长一样，也是复转军人，也是湖南人，说话也有较为明显的湖南口音，个头不高，感觉也就在165厘米左右。最明显的特点是他有一张娃娃脸，圆圆的，笑起来，两眼就成了月牙，而且，是个乐天派，成天乐呵呵的，让人觉得可亲。有意思的是，指导员包了一颗金牙，笑起来或说话时，金牙就露出来，当年电影里、小说里，只有汉奸特务或地主老财之类的坏人才镶金牙，不知道指导员因为什么原因包了一颗金牙，让我觉得有点滑稽。

指导员原在团部工作，是政治处的干事，任职指导员，应该是升职重用了，但从团部到边远连队任职，又像是发配一样，不过指导员好像不以为意，到职后一直认认真真地开展工作。与队长熟知农事不一样，指导员是个文人，有文化，但在劳动生产方面并不比知青强多少。作为指导员，他的主要职责是抓思想政治工作，抓好"天天读""天天听"，作形势报告，传达会议精神，与同志们交流、沟通思想等等。指导员品行端正，为人善良，虽经历次运动，却从不整人，不以自己的好恶去对待人。曾庆柳指导员是我知青时期接触过的连队干部中文化程度较高，说话做事比较得体，没有什么差错，与群众关系比较融洽，从不与人交恶的好领导、好干部。

指导员人到了青年队，家却仍在团部，他单身住在连队。那时的干群关系，尤其是基层干群关系比较正常，没有文书、通讯员去照顾他的日常生活，他也和我们知青一样，端着饭盆去食堂打饭，拎着水桶去井边冲凉洗衣服。闲下来，喜欢到我们宿舍，聊聊天、下下棋、谈谈逸事。他曾经说起过三年困难时期，他还没有成家，在场部工作，成天饥肠辘辘，每天下班后，吃完晚饭不到两个小时，肚子又空了，只好喝水充饥，躺在床上节省体力。比较起我们抱怨40斤大米吃不饱，他觉得已经很满足了。指导员喜欢打篮球，傍晚时和队里的年轻人一起在晒谷场上打球，虽然个子不高，却喜欢冲锋陷阵，带着篮球满场跑、满场钻，只是多数投篮都被我们盖了下来，打完球，指导员还对每个人的技术特点予以点评。

指导员在青年队没有太多的丰功伟绩，每天早晨列队排工时简短的讲话是必需的，每天晚上"天天听"以后半个小时的讲话也是必需的，我有时也奇怪一个人哪有那么多话要说，老生常谈也能扯得下去。我们知青对晚上的讲话确实厌烦，盼着早点散会，让我们回去看看书。谁知后来我在青年突击队当队长时，尽管同志们每天工作很累，晚上我们还是要集合队伍开会，我也是一讲就扯上一个多小时，真不知哪来的那么多话，完全不能体恤这些学生，让他们早点休息，也不管这些学生会不会心生厌烦。指导员在台风来临之际带着我们在雨中水里从菜地里抢收蔬菜，连里退伍兵老陈妻子难产时带着几个人抬担架送人，也在我因为家庭问题落选学毛著积极分子时与团政治处力争，为批准我入团多次到政治处做工作，是一个尽心尽责的指导员，也是一个和群众打成一片的指导员。1971年国庆节，天安门广场没有举行群众集会，也没有观礼，山区消息闭塞，"9·13"过去了近20天，我们仍蒙在鼓里，全然不知，但那年国庆节的反常情况，还是令我们感到不正常，有些疑惑。国庆节后没几天，指导员、连长集中到团部学习，回来后，连里集合时，照惯例"敬祝毛主席万寿无疆""敬祝林副统帅身体健康"，连长、指导员笑而不和。隔了两天，文件传达了，谜底揭开了，指导员在会上说，前两天开会，同志们还祝这个大叛徒身体健康，我们知道他早已埋骨荒原，遗臭万年，只是根据政治纪律，不敢说，今后，我们要集中精力，揭批林彪的反动罪行。

队长、指导员都是比较典型的农场基层干部，他们视艰苦为平常，甘于默默奉献，将自己的青春献给了农垦事业，献给了橡胶生产。他们朴实无华、真诚善良，经过这么多年的风雨，我才真正地体会到了他们的可贵品格和坚韧不拔的毅力。

副指导员

副指导员姓施，是潮汕地区人，能说潮汕话、广州话、普通话，个头不高，黑黑瘦瘦的，干活是把好手，熟知橡胶生产，不知为什么从橡胶连队调到青年队来当副指导员。以我的感觉,如果派他来当副连长,应该很称职,当副指导员,有点勉为其难。副指导员为人活泼开朗、爱说爱笑,很风趣,和广州知青、潮汕知青都很投缘,只是文化水平偏低,说话做报告,时常露怯,是个典型的工农干部。

只说他一件趣事。那时每天早晨排队出工,连长分派当天的生产任务,指导员作例行简短讲话,连长指导员讲完后,会礼节性地问副连长、副指导员要不要说些什么,两位副职通常会摆摆手或回答没有什么说的。1972年八九月间的一天,这样的程序如常进行,只是这天早晨,副指导员在例行询问时大声说:"埋居(等一下),我有话说。"列队准备出工的人们很少见到副指导员要在队列前讲话,全都集中了精神,副指导员要说什么呢? 副指导员两步跨到队列前,开口说话了,一本正经:"同志们,天气很热,昨天指导员要求大家讲卫生,不要在门口小便。今天一早,我绕着4幢宿舍转了一圈,发现有20多泡尿迹。"此话一出,全场哄然大笑,原以为副指导员有重要事情要说,却是为了小便之事,而且以副指导员之尊,一大早绕着宿舍数尿迹,实在好笑,所以大家忍不住笑了起来。原来,前一天曾指导员在队列前说了,天气酷热,个别同志不讲卫生,晚上开了门就方便,白天太阳一晒,尿臊味难闻,请大家注意卫生,晚上小便时多跑几步,不要随处尿尿。副指导员对指导员的话很重视,要解决这一问题,所以一大早就转着房舍检查了一遍,发现情况依然,所以再次强调,并以第一手资料佐证。话说副指导员看到大家笑成一片,可能感到话语权威不够,于是更加严肃、更加认真了:"不要笑,我讲的是真的,这20多泡尿,不单是男同志尿的,也有女同志尿的,不信大家可以去看。"哎呀呀,真是太有才了。我听过的任何相声、小品,没有哪一个明星有副指导员这般搞笑效果,全场人笑得东倒西歪,有人笑得眼泪都出来了,连长、指导员此时也绷不住了,咧开嘴笑了。副指导员可能没想到会出现这样的喜剧场面,有几分不解,也有几分气愤:"笑什么笑! 是有女人在门口撒尿嘛,我给你们讲,男人的尿迹和女人的尿迹是不一样的,可以看得出来的。"全场爆笑,所有人都捧腹揉肚,有人相互搀扶着笑,有人笑得站不住,蹲在地上,还有人干脆笑得跌坐在地,这场笑,真是经久不息。最后,还是指导员忍住笑,站到队列前说了两句,让各班带开,才结束这场笑剧。事后,我们几个广州知青和副指导员逗乐,问他是怎么分辨男女尿迹的不同,他也笑了,边笑边给我们解释,还带着比画。不写了,我们也只是和副指导员逗趣而已。

副连长

副连长名叫韩寿元,原是前线队的海口知青,大概是高一年级,1970年下半年被提拔到十七连当副连长。韩副连长有近180厘米的身高,精干壮实,富有朝气,是一个很有抱负、想干一番事业的年轻人。副连长爱学习,对自己要求也严,白天参加生产劳动,晚上点灯读书看报,各种报告会、讲用会,只要得到消息,他都积极参加。有一次团部请人做一场形势报告会,他得到消息时已经很晚了,第二天一早不到5点钟他就出发,硬是在8点钟以前赶到团部,听了这场报告会。作为知青干部,他很能紧跟形势,说话做报告,滔滔不绝,满口新词,讲话也极富鼓动性。看得出来,副连长是积极要求上进的年轻人,只是以今天的眼光看来,略有一些偏激。奇怪的是,作为知青,他和我们并不接触,虽然我们是广州知青,他是海口知青,原来不熟,但毕竟是知青嘛,"和尚不亲帽儿亲",不知道这是为什么。同样是海口知青,卫生员钟衍富和我们相处就融洽,大家很谈得来。副连长工作风风火火,敢抓也敢管,勇于任事,敢于承担,批评人时毫不留情面。给我印象较深的是当时每晚都有"天天听"活动,全连集中在两幢瓦房前的空地上按班列队坐好,中央人民广播电台《新闻联播》之后,照例是连长、指导员讲话,对此"老生常谈",大家并不在意,领导队列前大声讲,群众队列里小声说,都是家长里短的扯谈,都习以为常,连长指导员也早已看惯,不以为忤。副连长来了以后,这样的"节目"照常上演,不过,副连长不允许这样的自由散漫,对下面的小声说立即大声予以警告,顿时,台上台下的人都愕然,十分静寂,只有副连长大声呵责小声说话的人,对女知青也毫不客气。几次之后,只要副连长在场,没有任何人敢小声说话,秩序井然。很快,副连长就以他干练的作风、敢抓敢管的魄力、埋头苦干的行动、头头是道的语言,给连队带来了新的生气。由此我也想过,提拔使用系统内部的干部,固然因为熟悉情况,可以很快进入角色,但也因为过于熟悉情况,难以有大的变革,冲劲闯劲也不足,适当使用外来的年轻干部,可能会产生一种新的动力,带来新的生机活力,会产生新的变化。只是两个来月之后,正如韩副连长突然间来连队任职一样,他又忽然从连队消失了。后来,我们才听说,他是因为"隐瞒家庭出身"的问题被撤职调离的,这使我们都很惊讶。作为当时同样受"家庭问题"困扰的我,更是深深地为副连长感到惋惜,也寄予深深的同情。

韩副连长走后,团部又从前线队调来一个王副连长,这是一个30多岁黑黑瘦瘦的女同志,今天,只记得她哇啦哇啦的大嗓门,其他的全无印象。

两位场级领导

我见到的第一个农场领导是唐胜标,他是南林农场场长,是个老革命,听说是东江纵队的,在南林农场颇有威望,不过那时他已经作为走资派被打倒了,被押送着到各生产队批斗。大约是1968年12月的一天,天气有点冷,唐胜标被押送到青年队,我有点好奇,悄悄打量着他。唐胜标大约有170厘米的个头,身材瘦削、面容清癯,穿着洗得发白的灰中山装,惹人注意的是下身穿着肥大的裤子,裤脚很宽,走起路来,颇有点仙风道骨的模样。和一般被批斗对象低眉敛目的样子不同,他脸上挂着笑容,队里有几个老职工认识他或知道他,和他打招呼,他也笑着回应,还主动和我们知青打招呼说话。晚上,批斗会在一间草棚里进行,批斗会开得相当文明，不但没有扭胳膊摁头的举动，还搬了一张凳子让他坐着。安排好了的几个批斗人员，掏出稿子来念，念完后队长又讲了几句话，批斗会就结束了。批斗会后，队长将他送到早已安排好的房间，请他早点休息。我们这些看惯了批斗"走资派"的激烈行为的年轻人，这次看到对一个"走资派"如此彬彬有礼，批斗会如此文明，大出意料。听说在其他生产队，还有老职工在批斗会后请他到自家小厨房吃夜宵的。这一课使我们这些"革命小将"对批斗"走资派"有了新的感受，有了不一样的认识。"百里不同风，十里不同雨"，看来，南林农场的革命形势和斗争方式与广州、与我们"文革"初期在学校的胡闹有着许多不同哩。唐胜标后来调离南林农场，再次见到他，是在红光工作团期间。那时，他已是海南农垦局副局长，到红光农场指导基本路线教育运动，看到他坐在主席台上，会后也有人陪同。老周、老钟和他认识，走上前打招呼，我和他只有批斗会上的一面之缘，他不可能知道我，自然不便上前，但他还是和我们南林工作组的同志一一握手，可见他对老单位的怀念之情。那次见他，他依然待人和善，嗓音仍然有几分沙哑，只是我却觉得少了些初见之时的那种飘然之风，也许，赋闲之时的淡然和负重之时的沉重也会使人有所变化吧。

周福民是我终生难忘的领导，他在政治上对我帮助很大，虽然我的入党介绍人是陈德珍和黄英华，但在我的思想里，一直把老周作为我真正意义上的入党介绍人。和老周认识是在红光农场工作团期间，当时，海南农垦局在全系统开展基本路线教育活动，以红光农场作为试点，派了工作团，工作团由农垦局总抓，人员从各农场抽调，每个农场派出几个人，由场领导带队组成工作组，派驻各生产队。老周是南林农场的带队组长，时任南林农场副场长，我们被派到东海队作工作组。从 1974 年 10 月到 1975 年 7 月，老周和陈德珍、我挤住在一间 16 平方米的房间内，同吃同住同学习同劳动，真正的密切接触了。周福民个头不高，敦实矮胖，开会时喜欢盘坐在床上，笑起来像极了弥勒佛。老周是海南人，好像就是万宁人,当年不到 40 岁,却是有点资历的领导干部了。60 年代初期,他26 岁时就担任了公社副书记,后来场社调整,他到南林农场任政治处主任,"文革"期间被打倒,兵团时期在六甲工厂劳动,担任过副指导员,改回农场后,他重新回到农场领导岗位,是一个有较为丰富的领导经验和较好文字能力的领导。老周为人随和,善于和群众打成一片,和谁都谈得来,在东海队期间,他不让人喊他职务,只让人喊他老周,时间长了,我们都习惯了喊他老周。作为工作组长,他严于律己,在东海队期间,从没有搞过特殊,和普通职工一样劳动生活。记得在出牛栏肥时,他也和大家一样,不避腥臭,卷起裤脚,跳到牛栏里,用四齿耙将浸透牛屎尿的稻草刨开装筐。平时,除了开会学习、研究工作外,他有一多半的时间参加劳动,和大家谈心,掌握了许多一手情况。老周虽然矮胖,却好动且勤快,休息日时常领着我们到附近集镇、村落转悠,兴致勃勃,只要距离在20 里路范围,他都不嫌路远,一天走上 50 多里路,也不觉得累,用他的话说,到了一个地方,总要走走看看,了解一点风俗民情,也能开阔眼界,比窝在家里睡觉强多了。

老周对我很关心,工作上给我压担子,政治上予以引导,让我尽快成长。刚到东海队,正是宣传发动阶段,他让我牵头办几期墙报,宣传路线教育工作的意义、目的、做法,等等。每期的稿件、版式,他都仔细审看。工作组的阶段小结以及最后总结,也让我执笔去写。当时我不解,因为陈德珍学历比我高,在机关工作时间长,有文字功底,为什么不让他去写呢? 当然老周也不是只交代任务,他也认真抓小结、总结,每次他都召开工作组 4 个人开会,让大家畅所欲言,摆成绩、找问题、查不足,每个人都要充分准备,知无不言,言无不尽,由我记录下来,整理成文,最后再由他修改定稿。开始写材料,主线抓不住,思路打不开,谋篇布局更是心中无数,两天时间,只憋出十来页稿纸,非常痛苦,真不愿意受这种罪,不如扛着锄头去地里干活痛快。老周看了我写的材料,给我详细地讲评,哪些重点必须写实,哪些地方可以简略,文字上要少写套话、空话,多讲实例,善于用数字说明问题。我一连写了三稿,老周最后整整用了一天时间修改。因为一连写了三稿,基本情况都比较了解,对照老周修改的稿件,再看看自己写的稿子,不足的地方一下子就明白了。在工作组期间,这样的材料写了 4 次,虽然每次都写得很痛苦,但确实对我在写材料方面的促进作用很大,不但使我提高了文字写作能力,更使我能从领导者的角度看到了路线教育运动开展的全过程,对各个阶段的工作重点以及整体工作思路有了了解,也提高了自己认识问题、分析问题的能力,还有抓住重点问题、解决问题的能力,初步知道了应该如何抓工作。在老周身边的 9 个月,对我一生的帮助真的很大,正是老周一边传帮带,一边加压力,使我在短时间有了很大进步。最后的总结材料,我在两天时间里写了一万多字,老周也仅用了半天时间修改,很快就在工作组讨论通过了,这使我很高兴。老周为我考虑得很周全,为我的成长进步操心,工作团结束前,在老周的努力下,我加入了共产党,被评为海南农垦系统优秀工作队员。回到南林,我直接被任命为武装连长,10月份,又被选为农场党委委员,列为后备干部人选。

老周为人心细,很关心人。在红光农场期间,大约是 1975 年 1 月初,我们这一片的工作队集中学习,那天寒流突然来了,我没有准备,只穿了一件衬衣,如果劳动,那还可以,坐在茅草棚里学习,冷风从泥墙上无遮无挡的窗洞中不断吹进来,我就感到冷了,虽然强撑着,但还是忍不住颤抖。老周很快觉察到了,找来几张报纸,把几个窗洞挡了起来。1975 年 12 月的一天,南林农场召开党委会议,我从牛寮山上赶回场部参加会议。会议开得很晚,10 点钟以后,由于在山上连日疲劳,我困倦起来,几次迷糊过去。参加党委会议,十几个党委委员围坐在一起,我一个年轻人在这样的场合打瞌睡,自觉不像样子,于是我脱下外套,决心让寒意驱赶睡魔。老周发现了,他悄悄走过来,给我端来一杯热茶,为我披上外套,轻声吩咐我喝点茶提神,不要着凉感冒了。

老一辈农场领导中,有唐胜标那样受人尊敬的老革命,有卢廷信副场长那样的实干家,有老周那样善于同群众打成一片的群众工作者,"文革"前海南农垦事业的发展和辉煌,与这些农场领导是分不开的,我至今对他们仍深怀敬意。

以上几位农场领导和连队干部,代表了南林农场干部的大多数,即使我在文中有所调侃的老队长和施副指导员,虽然文化水平不高,但生产经验丰富,为人正派,是典型的工农干部,在基层连队的生产和管理中,是少不了的,也是称职的。当然,不是每个农场干部都这样,其中也有个别干部私心比较重,这最让知青不屑,个别干部只会耍嘴皮功夫,取巧偷懒,也有因为经济问题或男女关系问题犯错误的,更有个别干部作风霸道,并且在那个年代以整人为乐事,甚或有心思龌龊、欺男霸女、一门心思钻营的。五个指头还有长短,何况南林农场几百个干部呢,出现少数问题干部或少数干部不称职,也很正常。我在青年突击队工作期间,场部还将两个有问题的干部交给我们监管,边劳动边改造。我接触过的农场干部中,也有一些人让我有看法,只是不说他们了。

离开农场后,我在工作中相遇相识了许多领导,有些领导令我非常敬重,他们德识、才学都很优秀,具有远见卓识,开拓性强,善于打开工作局面,善于倾听各方面意见,讲民主、顾大局,成就斐然。当然,我也碰上过个别上司,作风霸道,说一不二,根本容不得不同意见,让下属无所适从。在这样的上司手下工作,令人非常无奈,也非常痛苦。我真心希望现在的领导,不要总是高高在上发号施令,要多多联系群众,多多听取意见,特别是不同意见,认真实行民主集中制,开展批评与自我批评,在本地区、本单位形成毛主席倡导的、大家期盼的政治局面。但愿我的这种愿望不是一种空想,不会成为空想。

毛泽东思想宣传队

　　1968 年 12 月,南林农场准备组织元旦、春节文艺会演,大概是为了丰富职工的文化生活,也为了让刚到农场的知识青年有个舞台可以施展才华,同时借以展示农场接收知青后的新气象。如果说还有更深一层的意思,那就是安抚知青。大批知青来到农场,条件艰苦,许多知青从未离开家乡和亲人,在农场的第一个元旦和春节,思乡心切,情绪波动,必须对此进行疏导和转移,让知青在吹拉弹唱、蹦蹦跳跳中获得快乐和满足,度过节日。以这种方式维护稳定,营造一种欢乐祥和的气氛,南林农场时任领导的领导艺术是很高明的。

　　对这次会演,各生产队都很重视,陈珍云队长也在青年队组织了毛泽东思想文艺宣传队。文艺宣传队,当然要选取能歌善舞、会表演的人员,这是演员;还需要会玩乐器、吹拉弹拨、敲锣打鼓的人组成乐队。宣传队以知青为主,从职工中选取人才,着手排练节目。在学校就有表演才能的同学自然备受欢迎,成为宣传队的中坚骨干,也因此而承担了更多的责任。青年队的女知青中,韦小美、韦宝宝、杨紫都是文艺尖子,韦宝宝曾在专业的文艺团体工作过,杨紫是幼师学生,学过舞蹈、音乐和形体,在《红卫兵万岁》中出演过重要角色。三个人身兼编、导、演三任,其中,杨紫沉静少言,静悄悄的;韦宝宝则活泼可爱,像一只小百灵鸟,只是在姐姐韦小美面前,还是稍显稚嫩;这样,身为五班副班长,在学校就喜爱文艺

310

表演,又有组织能力的韦小美就更多地负起了责任,成为事实上的总导演和负责人。男知青中,陈敏如、兰铁尔、王番都有表演天赋;女知青中,黄小虹、庄东红、杜林林、叶建敏也能歌善舞;青年职工中,叶光荣形象端正,孙多美喜欢唱歌跳舞,再选取几个男女知青演演配角、跑跑龙套,演员队伍就有了。青年职工冯北雄会拉二胡,王番会弹吉他,叶建敏则能弹能唱,再找两三个略通乐器的,乐队也有了。队里又添置了一些鼓、锣之类的响器,买了一些彩旗、红绸,青年队毛泽东思想文艺宣传队就正式成立了。队里的晒谷场和尚未启用的仓库,成了宣传队的临时排练场。于是,红绸飘舞,笙歌响亮,锣儿锵锵,鼓儿咚咚,顿时将青年队搅和得热闹起来,欢腾起来。

宣传队成立后,排练什么节目呢?当时最红火也是最成熟最有把握的节目是歌颂伟大领袖毛主席、歌颂战无不胜的毛泽东思想的,最能反映形势的是迎接"九大"的,只要抓住了这两个重点,节目就有了时代特点,就突出了政治,就是好节目。排练的第一个节目是歌舞《敬祝毛主席万寿无疆》。排练那两天天气有点冷,是在仓库里排练的。一群从未接触过舞蹈的人,在三个老师的指导下,开始学习。初学乍练的新演员,手脚僵硬,动作走形,身姿难看,毫无章法,连自己都没有信心,这能练得好吗?三个老师只好将动作分解开来,先教步法,再练手的动作,练好以后,再合成一块练,印象中,仅一个简单地走十字步,就练习了很长时间。再笨也架不住老师手把手地教,而且年轻人本身就爱唱爱闹,随着学习的进程,每个人的兴趣也逐渐增加,有老师没老师,都起劲地蹦着跳着,哼着唱着。晚上去河里洗澡,走在路上我们也边走边扭。第一关突破了,基础的步法、手法、身法有了一点基础,后面的动作学习起来就比较顺利了。大约一个星期后,第一个节目终于排练出来了,跟着音乐的节拍,随着韦小美击掌、顿足、点头的指挥节奏,我们顺利地跳完了第一个舞蹈,每个人都兴奋、欢乐,排练场洋溢着喜悦。

成立宣传队，排练节目虽然是为了去场部参加会演，但作为宣传队，也应该活跃连队文化生活，为队里的职工演出吧。为职工演出，总要有七八个节目，才能凑成一台戏，这个任务也不轻松。三个编导精心编排节目，我们则认真排练，不敢放松，晚上也加班加点。记得那时晚上月色正好，宣传队在仓库后面的一块平地上，就着月光，反复排练，一遍一遍又一遍，常常忘了时间，直到晚上很晚。跳舞唱歌看似蹦蹦跳跳，轻松愉快，实则也很累，跳得时间长了，不但汗流浃背，连晚上睡觉腿也抽筋。队员如此，三个编导就更辛苦了，她们要撰写剧本、歌词，编排动作，还要配上人们喜爱的曲谱唱出来，真难为她们了。我们刚接触舞蹈，刚开始排练，还有点不好意思，别别扭扭地放不开手脚，三个编导一再要求我们跳舞的动作要做到位，要舒展大方，不能缩手缩脚，那样显得小家子气。韦小美在队列前不断重复："动作放开，做到位。"排练了两天，大家终于学会了一组动作，很高兴，于是向编导发问，这个节目怎么样了。韦小美笑笑说，连贯起来，在台上最多演1分多钟，这下，我们很吃惊了，排练了两天时间，居然只能演1分钟，七八个节目，为连队职工演一场，怎么也应该有一个多小时吧，这样排下去，什么时候能练成？韦小美给大家鼓劲，这两天主要学基础动作，舞蹈的基本动作就是那么几个，只要大家熟练掌握了进度就会快了，重要的是动作要做到位，舒展自如，整齐划一，就好看了。

　　排练了半个月，排出了几个节目，歌颂毛主席的有《敬祝毛主席万寿无疆》《太阳最红，毛主席最亲》《大海航行靠舵手》，迎"九大"的是《满怀激情迎"九大"》，也有歌颂社会主义的，歌唱大好形势的，歌唱青年队职工战天斗地的精神风貌。迎"九大"的歌词："满怀激情迎'九大'，迎'九大'，我们放声来歌唱，我们放声来歌唱。"歌唱社会主义的歌词："建设——社会主义国家嗳——走——嗳——社会主义道路嗳——"有一个节目赞扬知青何建华带伤坚持劳动的："何建华，好思想，战天斗地斗志强，轻伤不把火线下，一心革命拼命往前闯。"节目形式以歌舞为主，因为基层群众更喜爱这种形式,欢快、热闹,语言类节目较少。当然,那时"三句半"也有较好的演出效果,但青年队好像没有演出过这种节目。排练期间,大家一直兴奋、愉快,在这种氛围中,乡思渐渐淡了,艰苦的日子也有了异样的情趣。文艺演出真是鼓舞人心的好形式,正当妙龄的男男女女,日夕在一起排演,也会有别样的情思呢。当然,排练中的小插曲、小笑话也很多。记得排练《丰收歌》这个舞蹈时,10个演员,5男5女,除了舞蹈动作,还有队形变化,时而合成一排,时而分为前后两排,乐曲悠扬,动作欢快。其中有一组动作是排成一排,男女互相错开,半蹲着跳,表演割稻的场景,每个演员随着音乐,伴着脚的踏动、手的舞动,头向左右两边摆动,本应该整齐划一、动感十足的舞蹈,却因为演员的节奏不一而出现了问题。摆头时,个别演员弄错了节奏,该向左时偏向右,该向右时却向左,出现了演员面对面的场面。跳错的演员,转过头是一张脸,偏过去又是一张脸,令人忍俊不禁。一次,我在排练中就和黄小虹、庄东红形成了脸对脸。想想那时的情景,实在有意思。

正在我们排出了几个节目时,邻近的茄新大队的毛泽东思想文艺宣传队不知从哪儿知道了我们正在排练节目的消息,主动要来青年队联欢演出。这下把我们宣传队的日程安排打乱了,本该元旦时表演给青年队职工观看的节目,要提前登台亮相了。茄新大队的演出,除去联欢的说法外,应该还有同台比赛的意味,对此,我们倒是很有信心,不信广州知青的表演会输给边远农村大队的姑娘小伙们。一下午,就在紧张、兴奋的排练和忙乱的准备中过去了。三位编导老师选好了节目,再三给大家作了交代,就等开场锣鼓敲响了。当晚,队里的晒谷场成了舞台,仓库作为背景,观众则或坐或站,聚集在划定的舞台前。队里特意点亮了汽灯,高高挂起,照得晒谷场明晃晃的,孩子们在人群中穿梭跑动,嬉笑打闹着,平添了多少热闹喜庆。汽灯是当年不通电的农村在较大型的集会时常用的一种照明灯具,很亮,打满气时亮度可能会超过300瓦。虽然是烧煤油的,却不用灯芯,而是一个如鸭蛋般大小的石棉网,罩在煤油的喷嘴上,充气后煤油成雾状喷到网上燃烧,发出耀眼的光亮。充气后一般可持续一个小时,随着压力降低,亮度会渐渐减弱,这时就要重新打气了。石棉网可以多次使用,只是用过一次后,其质地就酥脆了,轻轻一碰就成了粉末,震动大了,也会破碎,要十分小心,实在不行了,就要换新的石棉网了。

那晚,茄新大队宣传队演出了几个节目,已经记不得了,我们演的什么节目,也早没有了印象,应该都是歌颂毛主席的歌曲和舞蹈。只有一个节目,我的印象很深,那就是《敬祝毛主席万寿无疆》,之所以印象深,是因为当晚两个宣传队都表演了这个舞蹈,只是动作编排得不一样。汽灯照不到的阴影里,就是我们准备的后台,茄新大队演出时,我也隐在那里观看,明白了韦小美她们为什么一直要求我们要放开手脚,动作做到位。以一个简单的动作来说,当时表演节目,演员亮相时大多将《毛主席语录》捧在胸前,茄新大队的演员用拇指和食指捏住《语录》,紧紧贴在胸前,韦小美则要求我们握着《语录》,露出一半,手臂举在胸前军装第二个扣子前方约 20 厘米的地方,昂首挺胸。仅这一个亮相动作,前者扭捏小气,后者昂扬挺拔,内中区别一目了然。舒展大方是舞蹈形式美的自然表现,也是舞蹈创作的内在要求,舞者在舞蹈表演中需要激情,需要一种内在的表演的冲动,如果没有这些,演出时缩手缩脚,必然就缺少大方、自然、动态的美感。第一次演出,虽然节目质量一般,舞台效果一般,但在缺少文化生活的边远的青年队,还是赢得了赞扬。当然,这次演出,我们并没有拿出最好的节目,那是要留着在场部会演中夺奖的。

青年队赖以扬名、最为出彩的节目有两个,首推《送宝书》,表演的是解放军战士去农村送毛主席著作,途中遇上赶马车回家的爷爷和孙女,用马车载上宝书和解放军战士的情景。韦宝宝演孙女,娇俏调皮、活泼灵动,王番演爷爷,沉稳大气、热情风趣,兰铁尔、陈敏如等 3 人演解放军战士。这个节目出彩的关键是孙女一角要演活,要有灵气,这个角色成功了,整个节目就成功了 80%;其次是老大爷要配合到位,一老一少,以老大爷的沉稳大气,衬出小姑娘的灵动俏皮。韦宝宝和王番果然不负众望,将这个节目演得活灵活现,多少人的眼睛随着韦宝宝的舞动而转动。落幕后,掌声经久不息,赢得满堂彩,夺得头奖。这个节目为青年队争得了荣誉,一个寂寂无闻的边远生产队,一夜间为全场所关注,韦宝宝更是誉满全南林,成了南林名人,走到哪儿都受到人们的喜爱,连招待所的服务员、炊事员也对她特别关照。第二个受到好评的节目是《学习金训华》。《送宝书》在元旦会演中一举夺魁后,三个编导立即着手准备春节会演的节目,重点就是《学习金训华》。金训华原为上海市红代会常委,1968 年上山下乡到了黑龙江生产建设兵团,不久,因抢救国家财产而牺牲。正是上山下乡高潮之时,《人民日报》刊登了他的事迹,号召全国青年,尤其是知识青年向他学习,一时间,金训华成了知识青年的榜样。为了编好这个歌舞剧,三个编导下了大功夫,节目由 10 个演员演出,女演员是杨紫、韦小美、杜林林、孙多美等,男演员是兰铁尔、陈敏如、何建华、叶光荣等。歌舞剧表现的主要内容是歌唱金训华、学习金训华,继承烈士遗志,扎根农村干革命。今天我还记得其中的一段歌词:"金训华啊,你再睁开眼睛看一看,看一看祖国的山啊,看一看祖国的水。"《送宝书》和《学习金训华》是两种不同风格的歌舞剧,如果说《送宝书》一剧轻松、活泼、灵动、欢快,那么《学习金训华》就是大气磅礴、庄严沉稳。《送宝书》特别要求演员的个人能力,尤其是小姑娘一角十分关键,演出的成功与演员的表演关系极大,可以说,各个文艺宣传队都能学演《送宝书》,但找不到韦宝宝这样的演员是演不出神韵来的。《学习金训华》要求 10 名演员整体配合、动作整齐划一,特别强调通过整体的动作、雄壮的声音,表达全体知青继承遗志、扎根农村的决心。幕布拉开,10 名演员身着军装,分男女从舞台两边列队相对而出,走到舞台正中,踏步、立定,同时转身,面对观众。仅一个出场亮相,庄严的气势就赢得满场掌声,节目结束,掌声再次爆响。这两个节目的演出效果之好、影响之大,远远超出

315

了我们的想象，不仅场内有宣传队向我们讨要剧本，连远在东岭农场的校友，也来讨要，我就给武桂明寄去过剧本。

文艺宣传队演出的成功，使青年队受到农场上下的关注，陈珍云队长十分高兴，给了我们很多鼓励。当年春节，青年队文艺宣传队还到牛岭哨所、海军观通站去慰问演出，和解放军指战员联欢。到农场后的第一个春节，我们就这样在莺歌燕舞、蹦蹦跳跳中度过了，乡思离愁也在锣鼓声中消散得无影无踪。演出的成功，也使宣传队的几个尖子演员被场部看中，没过多久，韦小美、韦宝宝、陈敏如就被场宣传队调走，杨紫被场政治处调走，韦小美、韦宝宝后来更是进入了兵团宣传队，那已经是级别很高的专业演出团体了，兰铁尔后来也去了团部宣传队。

几个编导和尖子演员调走之后，青年队宣传队伤了元气，虽然没有彻底解散，却风光不再，最后的时刻是在1970年底哑巴田会战时。为了给会战的兵团战士鼓舞士气，为了迎接春节会演，青年队宣传队排了一个舞台剧，大意是一对农村母女，女儿积极上进有闯劲，身为老贫农的母亲心疼女儿，不愿让女儿吃苦受累，由此引发了矛盾，在解决矛盾中批判了因循守旧思想，倡导"一不怕苦，二不怕死"的精神，为中国革命、为世界革命做出更大的贡献。别的情况都记不清了，只记得母亲是由庄东红演的，女儿则是叶建敏演的，台词也只记得女儿批评母亲时说："你落后，你忘本了。"会战工地上，白天开荒挖洞，晚上在山林一角，就着一盏昏暗的马灯，几个年轻人认真排练，一字一句对着台词，那种认真，那种执着，至今仍让我感动。这台剧最终未能上演，因为领导审查时的一句话："丑化了贫下中农的形象。"

说起节目审查，当时非常严格，一切要服从政治需要、形势需要。记得一次在团部开会，晚上团首长审查一台节目，也让我们观看，演出在团部操场的大舞台上进行，内容大多已经没有印象了，只记得两个节目的审查过程。一个节目是歌舞剧，内容是控诉旧社会，忆苦思甜的，类似《白毛女》喜儿被抢的一台戏，还有一个节目是当时很少看到的《洗衣歌》。演出结束后,现场组织讨论,进行审查,我站在舞台的一个角落静静地听着。第一个节目是控诉旧社会,激发阶级感情的,应该没有原则问题,但在场的人还是提出了许多意见,如主要人物没有立在舞台中心,地主老财形象要矮下去,要哈着腰,衣服的颜色也要灰暗一些,等等。按照当时演出节目的标准,要突出主要英雄人物,主要英雄人物要高大全,要占据舞台中心,要面向观众,舞美、灯光、音乐都要突出英雄人物。陈佩斯、朱时茂的小品《主角和配角》就反映了当时的这种标准。最后,团首长发言,否定了这个节目,理由是没有时代感,缺少时代精神,他反问大家:这个节目在土改时演行不行,在解放初期演行不行,如果大家认为可以,那么在70年代还是这么演,意义在哪里,怎么表现时代特色、时代精神。听完这个意见,我顿时对首长肃然起敬,其他人的评论多在皮毛,只有领导的意见真正切中要害,确实站得高、立论高。事后我也瞎琢磨,这场戏要怎么改才能表现时代精神呢,该怎么写词,怎么表演呢?想着想着,我又有点糊涂了。想想电影《白毛女》,杨白劳喝卤水而死,表现了他的悲愤、无望和对旧社会的控诉。芭蕾舞剧《白毛女》中,杨白劳操起扁担反抗,被活活打死,又增加了地下党员赵大叔的指引。芭蕾舞剧的这一改动,是不是就是时代特色和精神的体现呢?可是我却有不同的感受,我更感到被逼死的杨白劳内心的悲凉和愤恨、无奈和绝望,喝卤水以死抗争的杨白劳比被打死的杨白劳更加真实,更让人感叹和同情,艺术感染力更强。对《洗衣歌》,大家倒没提出什么意见,毕竟这是"文革"前的歌舞精品,受到周总理的赞扬,广受群众喜爱,旋律优美、舞姿动人、轻快活泼、满场欢乐,歌颂了西藏人民翻身得解放的喜悦、热爱子弟兵的真情,是一首军民鱼水情的颂歌,而且,"文革"以来很久没见过这么好的节目了,大家都欢迎演出这个节目。又是首长一锤定音,否定了这个节目,理由是:几个藏族姑娘挑逗戏弄解放军战士,很不严肃,损害了解放军的形象。不过这个意见我当时就不赞同,虽然首长比我们理论强、水平高,但我还是认为太过分了，怎么我们都喜爱，从中看到藏族人民对"金珠玛米"的热爱，借以表达感情，在首长的眼中就成了戏弄挑逗了呢。我很怀疑这只是首长的一己私见，但首长的话就是结论，眼看着这个节目因此而被"枪毙"了，我很为此抱不平，很为无缘欣赏到这个好节目的人们遗憾。

农场期间，人们的文化生活极度贫乏，只有 8 个样板戏大行其道。在这个时候，各级毛泽东思想文艺宣传队的成立，为广大人民群众，特别是边远地区的群众送去了他们渴盼的文化生活，给他们送去了欢乐，慰藉了他们的心灵。尽管大多数的基层文艺宣传队演出水平一般，表演形式单一，但毕竟是歌舞表演，而且，舞台上的男女差别明显，男的阳刚，女的娇媚，化装之后的男女演员，更给人们一种不一样的审美愉悦。观看演出的场所，也成为人们交往的场合，特别为男女青年的交往提供了方便，所以，每当文艺宣传队到某地演出，都会成为当地的节日，十里八乡的群众都会赶去观看。文艺宣传队也将下乡演出、服务人民群众作为一项重要任务，青年队文艺宣传队虽然时间很短暂，在我的记忆中，也为前线、八一的职工演出过。当然，上级的文艺宣传队也到基层演出，只是从来没有文艺演出在青年队举行，很遗憾。前线队作为三营营部驻在连队，却接待过兵团宣传队的演出、团部宣传队的演出。团部宣传队的演出，我至今印象深刻的是兰铁尔和一个演员表演的相声《一滴胶水》，听着兰铁尔在台上"一滴胶水""一大滴胶水""一大大滴胶水"的似绕口令的台词，看着兰铁尔为节约、回收每一滴胶水，和捧眼的演员认真辩论，让人莞尔。从没想过，像兰铁尔那样从不高声说话、不愿出头露面的人，怎么会在宣传队挑起大梁，还能表演相声，而且那样绘声绘色。兵宣在前线队的演出，是 1974 年八九月间，那时我在营部工作。兵宣在团部演出时，我已经看过，到三营演出时，大多数是 B 角出演。那时大的演出团体，主要角色分为 A、B 角，少数还有 C 角的。因为交通不便，车辆有限，兵宣的演员不可能都到三营，记忆中，韦小美、韦宝宝都没有到场。

当晚的节目,精简了不少,尽管这样,在这样边远的地方,兵宣这样高规格的文艺团体来演出,还是有史以来第一次,那真是盛况空前。很久没有看过精彩演出的人们,从四面八方赶来,紧邻的十六连的人不用说了,连十三连、十四连的人,也不怕来回二三十里的山路,都赶来看演出,附近田心大队和茄新大队也有很多农民过来,把前线队操场挤得满满登登。演出几天后,大家谈话的中心仍是这次演出。

青年队的毛泽东思想文艺宣传队曾经在南林农场名噪一时,有过辉煌,虽然时间很短,但这是我人生中第一次、也是唯一一次参加了文艺表演。我知道我不是好演员,但笨拙的我也上台演出过,这让我欣喜。男女同学朝夕在一起排练节目,亲密无间,青年时期的情感萌动让我难忘。毛泽东思想文艺宣传队的表演是我们那个时期能看到的仅有的文艺演出,虽然简单,虽然有些程式化,甚至有些粗糙,用现在的语言来说,是"原生态"的,但所有的演出都充满了激情,演员都洋溢着一种真情。我们喜欢这些演出,更喜欢自己参加这些演出,直到今天,我都难以忘怀,这无关我们的艺术欣赏的品位和水平,只是我们青年时期的一种情感寄托、一种情思,一种逝去的年代的回想。今天,我的脑海深处仍然有着走几十里路去看演出的记忆,只是这种兴致、这种冲动再也不会有了,现在,即使演出的门票送到面前,我也会婉拒。我仍然爱看歌舞表演,通过春晚舞台,通过电视荧屏看,只是感觉在宏大的场面、精致的舞美、绚丽的服装中,满台堆砌着奢华,却透着浮躁,缺少了感情,虽然视觉冲击很强烈,却不再会令我感动了,这真是遗憾!

忆 苦 思 甜

忆苦思甜是我党我军在革命战争年代,尤其是解放战争中开展政治思想工作的重要内容,是克敌制胜的法宝。通过诉苦(就是诉说旧社会和反动派所给予劳动人民之苦)和"三查"(就是查阶级、查工作、查斗志)所开展的新式整军运动,大大提高了我军指战员的阶级觉悟,大大加强了全体指战员在共产党领导下的坚强团结,大大提高了军队的战斗力,对壮大解放军力量,产生了巨大作用。忆苦诉苦,成了对战士进行阶级教育,激发战士不怕牺牲、英勇战斗的最好方法,许多"解放战士"看了《白毛女》后,立即掉转枪口,同仇敌忾上战场打蒋匪军,这也是当年的真实情况。

"文革"中,忆苦诉苦仍然被作为提高阶级觉悟,团结全党全军全国各族人民,紧跟毛主席的伟大战略部署,进行无产阶级专政条件下继续革命的重要方法,屡屡运用。不过,解放以来,这项活动又增添了新的内容,就是"思甜",要大讲解放以后,在毛主席的英明领导下,在社会主义优越制度下,贫下中农和劳苦大众过上的幸福生活。通过新旧社会的强烈对比,更加珍惜今天的好日子,更加坚定革命信念,激发革命斗志。记得在六中时,我们在红卫兵内部就进行过忆苦思甜教育。到农场后,连队也开展过忆苦思甜活动,时间大约在 1970 年下半年。

十七连的忆苦思甜活动共有三个内容:一是发动骨干,寻找在旧社会苦大仇深的贫下中农或是贫下中农子弟,让他们在连队现身说法,控诉旧社会的罪恶,诉说自己和家人在旧社会过的非人的悲惨生活,同时,控诉地主老财对穷苦农民进行残酷剥削和压迫的滔天罪行;二是连队组织一个班子,将诉苦人的悲情苦状整理成文,绘成图画,开办阶级教育展览室,给大家生动直观的教育,也留下长久的阶级教育的资料;三是做忆苦饭,让全连每个人,包括家庭成员乃至孩童,每人盛上一大碗,吃忆苦饭,品尝穷苦人民在旧社会遭遇的苦难,通过触动嘴巴和肠胃,达到触动灵魂的目的。

　　连队反复动员之下,却没有人主动站出来诉苦,这未免让工作组和连队领导着急。不过想想也是,那时已经是 70 年代,亲身经历过旧社会,吃过苦、要过饭、逃过荒的人,如果有清楚的记忆,新中国成立时应该不小于 10 岁,算算到当时已经有 30 多岁了。青年队的人以年轻人居多,去掉 30 岁以下的人,连队人员已经去了一多半。剩下的人中,阶级成分又很重要,那时把关很严,阶级成分要纯而又纯,虽说"贫下中农"是基本阶级队伍,但事实上,人们还是认为只有赤贫的贫农或雇农才是真正的自己人,"下中农"与"中农"搭上了关系,已经不是纯正的鲜红色了。按这个标准再筛选,真正够上"忆苦思甜"标准的人就所剩无几了。剩下的人中,有过被逼租逼债、卖儿卖女、逃荒要饭的经历,家人被冻死饿死的具有典型苦难的人和家庭也不好找。因为不是所有的贫下中农在旧社会都会卖儿卖女、逃荒要饭以致家人冻死饿死的,加上有苦难家史的同志文化水平不高,不善言辞,这就难怪没有人挺身而出报名在大会上忆苦思甜了。这样的情况既出乎工作组和连队领导的意料,更使他们犯难。为认真开展整党建党工作,一丝不苟地按阶段、按步骤、按规定内容完成任务,他们改变了策略,不再普遍发动,转而分析情况,盯住目标,重点攻关。终于,精诚所至,有人愿意站出来忆苦思甜了,讲讲亲身经历的苦难,也有人表示愿意将从长辈那儿听到的苦难家史说出来。

　　诉苦对象确定后,工作组和连队领导迅速组织人员,将诉苦人的苦难家史整理成文。这样做,一是为了掌握情况,对诉苦人所说的归纳梳理,突出重点,再辅导诉苦对象反复练习,在大会上说起来更加有条理,苦难色彩更加浓厚,更能打动人心;二是将这些材料交给连队组织的专门班子,编绘连队阶级教育展览。

经过领导的周密安排和组织,十七连的诉苦会顺利召开了。今天,我已经记不得在什么地方召开的,会议议程是什么了,只记得会议开始时,按照当年忆苦会的通常程序,先唱《不忘阶级苦》"天上布满星,月牙儿亮晶晶,生产队里开大会,诉苦把冤伸,万恶的旧社会,穷人的血泪恨,千头万绪,千头万绪涌上了我的心,止不住的辛酸泪挂在胸"。那天,有五六个人在队列前诉苦,只有老彭的诉苦让我印象较深。老彭是个湖南汉子,当年有 35 岁上下,他家在旧社会的遭遇是很悲惨的,逃荒要饭,亲人离散。他在台上边讲边哭,断断续续,哽咽难言,台下听的人也为之动容,一些女同志抹起了眼泪,我也忍不住为之一掬热泪。虽然对老彭的诉苦印象很深,却记不得他的名字了,不过他妻子的名字叫刘同秀,我倒是记得很清楚,也是湖南人,和陈列、叶建敏、杜林林同在二班。

阶级教育展览的工作由工作组亲自抓,从连队抽调了六七人组成了一个专门的班子,江滔涛和我参加了文字编撰工作,兰铁尔、何斐负责绘画,陈列、刘宝琦等都参与了这项工作。为办好这个展览,连队下了本钱,专门派何斐去陵水县城采买画纸和颜料、画笔。那些画纸是真好,非常厚,结实耐用,画得不满意,等颜料干了,可以将表层刮去,修改重画。工作组召集我们动员后,我们根据分工,各自开展工作,我和江滔涛将材料整理分段,兰铁尔、何斐根据文字内容,设计构思图像。为使图画醒目,图纸做得很大,全是 4 开的,基本上是竖着画,下面留一段白纸,写上文字材料。

我们那时年轻,热情很高,领导青眼有加,又是做自己喜欢的工作,所以起早带晚,只用了一个星期左右的时间,就完成了所有的编排、文字稿和图画。总共有 100 多幅图画,排列起来有五六十米长。这些图画,全是兰铁尔和何斐画出来的,我原来真不知道他们有这样的才华,每人每天画七八幅图画,不但要构思、勾勒草图,用颜料上色,更要符合当时的政治标准、艺术标准,贫下中农和地主老财、正面人物和反面人物在画面上的位置、高矮、形象大小、色彩,等等,都有讲究。真难为他们在短时间内有那么高的创作激情,将任务完成得近乎完美。从他们俩身上,我感叹知青中蕴蓄了多少人才啊,有些人适时地展示了才华,更多的人的才华和潜能就随着时间的流淌而消逝了,这真让人觉得可惜。兰铁尔、何斐后来的工作与美术毫无关联,也没有这方面的业余爱好,他们的绘画才华,一生中也许只有这一次的昙花一现,却让我终生难忘。如果不是"文革",不是上山下乡,老三届里,相信会有更多的人才横空出世,会迸发出更大的创造力,这个群体会更有作为,为中华崛起的贡献会更大。

这个展览的《前言》是我执笔的,为写好《前言》,我反复思考、斟酌,绞尽脑汁,现如今,只记得开头的 4 句话:"万恶的旧社会,吃人的剥削制度,残害了我们多少阶级兄弟,榨干了劳苦大众无数的血肉"。之所以记得这 4 句,是因为送工作组审查时,整个《前言》未作改动,只在最前面加了一个"在"字,变成了"在万恶的旧社会,吃人的剥削制度,⋯⋯"领导改稿是很正常的,也是必需的,但这个"在"字加得实在让我不能佩服,本想争辩两句,看看领导脸色,终于咽了下去。不过,这一改,倒使我记住了这个"在"字,记住了这段文字。

工作组和连队领导对我们的工作效率很满意,审看了所有图画和文字材料后也很满意,决定将展览室设在连队仓库的小保管室内。那间小保管室有 80 多平米,因为是在大仓库里隔出的一个小间,所以足有六七米高。我们沿墙拉上绳子,将图画挂起来,因图画较多,又在房间中间拉了一道绳子,这道绳子上的图画是背靠背挂起来的,这样,就形成了一个瘦长的"山"字形的展区,只是中间的一竖短一些。进入展室,先向左边转,然后沿着路线依次走,看完再从门口出去。展览室布置好以后,我们左看右看,对自己的成绩非常满意,领导也很高兴。

既然是"阶级教育展览室",当然需要讲解员,因为图画和文字是死的,要使展览活起来,生动传神,还要靠讲解员的现场发挥。我和叶建敏被领导选中,成为讲解员。接受任务后,我们精心准备并多次到展览室预演,因为图画和文字说明挂在那儿,没有多少材料是需要背的,难在解说要有感情。如何将自己化身为诉苦人,讲出真实感情,或悲凉、或凄惨、或愤恨、或激昂,实在是对我们的考验。连队组织人员进展览室参观那天,我静静地待在展览室里酝酿情绪,队伍进入展室后,我开始讲前半部分。这时我突然找到了感觉,进入了角色,讲到老彭的家史时,我流出了眼泪,哽咽难言,频频用衣袖擦拭泪水。这一场讲解完毕,曾庆柳指导员非常高兴,向我竖起了大拇指,夸我讲得好,我自己也非常奇怪,我怎么就有这么丰富的感情呢?因为展室小,那天连队分两批组织人员进展室参观,第二场我就再也没有了第一场的良好状况,讲得干巴巴的,泪水再也流不出来了,我心里很着急,但越急讲得越干巴。不过,我们那时很本真,想不出用万金油或辣椒刺激一下流泪的办法。第三次讲解是为牛岭哨所的解放军讲的,牛岭哨所知道我们连有"阶级教育展览室",组织了十几个指战员来接受阶级教育,我又拿起了讲解棒,只是感情依然出不来,虽然我努力讲得悲凉凄婉,但我知道,这和第一次讲解完全不是一回事,很失败。

　　整党建党结束后,小保管室要回归原位,"阶级教育展览室"撤销了,那些浓缩了青年队人苦难家史、凝结了我们大量心血、花费了许多工时和费用的图画和文字,被卷了起来,塞入了一个角落,最后不知所终了。

　　"忆苦思甜"在听过忆苦诉苦会以及参观"阶级教育展览室"后,还有一场重头戏,那就是吃忆苦饭。忆苦饭就是根据从旧社会走过来的人说的在旧社会吃过的东西,把它煮出来,让大家吃吃旧社会的"苦饭",知道旧社会贫下中农的痛苦生活,体会今天的幸福生活。忆苦饭,各地做的不一样,即使在南林农场,每个连队的忆苦饭也不一样,有连队煮了一锅连皮的番薯汤,往里面加了一些细糠，并不难吃，有知青吃了不饱，又去要了一大盆。有的连队则革命觉悟较高，煮忆苦饭突出一个"苦"字，体现"难以下咽"，将忆苦饭做得无比难吃，别说是我们这些长在红旗下、在"蜜罐"里泡大的年轻人，就连在旧社会生活了二三十年的人也吃不下去。为此，有的连队规定必须集中在一起吃忆苦饭，吃完才能离开。青年队的忆苦饭，恐怕是其中之最，令人无法下咽。这锅忆苦饭，听取了"最最革命"的同志的各种建议，集中了能找到的难吃的东西的精华，煮成了一锅黄绿色的野菜汤，散发着浓浓的草腥味。主要有以下东西："革命菜"，是海南当地的一种野菜，当年琼崖纵队在五指山坚持斗争时，最困难的时候，就靠这些野菜充饥，是谓"革命菜"，这是有革命传统的，成为首选；番薯藤叶，也是食材之一；有人提出，花生秧也可以吃，于是又加入了花生秧；有人说芭蕉心在荒年也可度日，于是砍取一段蕉干，剥去外衣，切碎放入和汤煮。究竟还放入了什么，我也难以尽数，不过，出锅之前，又有人从养猪场弄了一盆粗糠，倒入锅中，以充分体现"吃糠咽菜"的本色。开"饭"了，大家端碗拿盆，连长指导员督促着，每人都盛了盆满碗高。看着盆中暗绿色的食物，直冲鼻腔的苦涩的草腥味，散发着霉味的粗糠味，我不敢大口进食，先抿了一口汤水，立刻，一种苦、涩、酸、麻的感觉在口腔升腾，真是五味杂陈，比黄连汤还难下咽。乖乖，这样的东西能吃得下去吗？看看左右，有人慢慢地将野菜舀进嘴里，咀嚼着，我也赶紧将野菜塞进口中，不嚼咽不下去，多嚼几下，却有一种反胃的感觉，望着满满一大盆的"饭"，我真是有点不知所措了。勉强咽了几口，胃里开始翻江倒海，这要吐了出来，那还得了，我只好紧闭嘴巴，不敢再向嘴里送入野菜了。十几分钟过去了，每个人碗里的"饭"几乎没动，连工作组和连队领导的碗也是如此。见此情景，要集中把"饭"吃完是不可能的了，指导员和工作组长咬了咬耳朵，宣布各人回去吃"饭"，晚饭是下午4点钟开饭。所有人如遇大赦，霎时走得一个不剩。碗里的忆苦饭，只怕是避开人眼，全部倒入树棵草丛中去了。

吃忆苦饭，我并不反对，也不反感。偶尔吃一顿，体验吃糠咽菜的艰难，也可知道旧社会穷苦人民的生活滋味，更可以知道红军长征时过草地缺衣少食的困苦，知道琼崖纵队坚持红旗不倒的艰辛，知道革命胜利的不容易，从而提高革命觉悟，增强革命斗志，对此，我是赞同的。只是，长年累月地吃糠咽菜，极端困苦地遍寻野菜连根煮，甚至吃皮带，捡拾马粪中的可食之颗粒，这种苦难，这种煎熬，是偶尔吃一次忆苦饭就能深刻领会到的吗？就能真实感觉到的吗？艰难困苦，那是一种长期的煎熬，那是一种时间的考验，只有长期如此，才会有深切的体会。所以，吃忆苦饭，有效果，有作用，却也有限。那种刻意为之的，使之"苦上加苦"的忆苦饭，只怕是会让这种作用和效果走向反面的。因为，偶尔吃一次都让人无法下咽，谁会相信人能长久地靠这些食物度日呢？哪一家的主妇会以这样的饭食让自己的亲人和孩子长期以此果腹充饥呢？

忆苦思甜，今天的年轻人可能很难理解，也很难接受了，一些80后、90后，可能连这个词也不知道了。毕竟，在奔小康、圆中国梦的今天，诉旧社会的苦，已经是很遥远的过去的事了。而且，随着时间的推移，忆苦思甜的作用会递减为零，越来越成为一个历史的名词了。只是，"艰难困苦，玉汝于成""嚼得菜根、百事可为"的古训不可不说，磨砺精神不可不树，年轻人知道一些历史，知道一些苦难，知道中华民族从百年前的积贫积弱受欺侮到今天的强盛，是多么的不容易，知道从吃糠咽菜的旧中国到今天盛世物质丰饶的幸福生活，是多么不容易。没有牺牲，没有奋斗，没有奉献，怎么可能有今天的辉煌，以史为鉴，我们可以明白许多道理。今天，我不能接受的是，一些人不断地翻旧社会的案，翻地主阶级的案，美化剥削，美化旧中国的血腥统治。近年来，刘文彩已经出彩了，冷月英却成了骗子；周扒皮也不扒皮了，而是勤俭致富的样板了；穆仁智成了善人，杨白劳倒成了无赖。个案真相的还原，可以理解，但当一个个剥削压榨的典型被颠覆，一个个历史的认知被否决，我们不应该警觉吗？历史并不是一个任人随意打扮的小女孩，党领导新民主主义革命,推翻封建制度,推翻剥削制度,建立新中国的必要性不容否定,千千万万英烈的流血牺牲不容否定。从这个意义上说,忆苦思甜的"苦"作为历史,我们还是要常说、要牢记的,"甜"作为革命的成果,作为向前看、向前进的表述,我们还是要说、要思索的。

民　　兵

　　民兵是中国共产党领导下的中国人民武装力量的重要组成部分,在中国革命和社会主义建设的各个历史时期都发挥过重要作用。我们在农场的时候,形势十分紧张,北部漫长的中苏边境两边,我国与苏修社会帝国主义陈兵百万,紧张对峙,时有武装冲突;南边抗美援越战争、支持柬埔寨人民反抗美帝国主义及其走狗朗诺的斗争如火如荼;海峡对岸蒋介石匪帮反攻大陆的叫嚣一刻未停,全国上上下下都认真落实毛主席"备战备荒为人民"的最高指示,时刻准备打仗的弦始终紧绷。海南岛作为海防、边防前哨,战略地位重要,加强战备的任务很重,遍布全岛的国营农场(后来改为兵团)更是一手抓生产、一手抓战备,对民兵工作抓得很紧,努力建设遍布基层连队的民兵组织。各连队都配备了武器弹药,力争战时能打赢敌人,连空气中也隐约有着硝烟味。这使我们这些追求新鲜、追求刺激,渴盼打仗、渴盼建功立业的年轻人有着莫名的冲动、兴奋。当不了兵,就当民兵吧;参不了军,就做军垦战士吧,头衔可是"中国人民解放军广州军区生产建设兵团"咧!那么,我们那时民兵生涯究竟怎样,我们又是如何扛枪的呢?

一、建制

　　我们到青年队后不久就知道,队里有民兵组织,有一个枪支弹

328

药室,里面有几十支步枪、冲锋枪,还有轻机枪。大约是 1969 年 1 月,队里整顿了民兵队伍,重新编列,成立了民兵连,队长陈珍云兼任连长。民兵连下辖三个排,分别是武装民兵排、基干民兵排、普通民兵排。在民兵连成立仪式上,连长庄重地在全连队伍前宣读排、班编列和人员名单,任命了排长、班长,随后按宣布的排、班重新列队。连长简短训话后,以排为单位各自活动。实际上,除了武装民兵排分发武器,各人熟悉枪械外,其他两个排都解散了。武装民兵,顾名思义,那是配发枪支,真正武装起来的民兵,是可以拉出去打仗的队伍;基干民兵,名义虽为基干,实则赤手空拳,武器就是自己的劳动工具,如砍刀、锄头、扁担之类,作为武装民兵的后备,真要打仗了,可以运送弹药,抬抬担架;普通民兵,其实只是名义上的民兵,包含了所有的老弱病残妇孺,从未见普通民兵活动过,之所以有普通民兵的编列,我想大概是体现"全民皆兵"的意思吧。

武装民兵排有 30 多人,以退伍老兵和出身好、身体壮实的工人为主,也有知青被选中,我记忆中有潘国良、何建华、王番、唐国雄、邹建华等几个。尽管知青中人人都想成为武装民兵,尤其是男知青,那不但可以摆弄枪支,满足年轻人的好胜心、好奇心,也是组织对你政治上的信任和看好。大多数知青只能作为基干民兵,虽然领导上给我在基干民兵排任命了一个副班长职务,但心理上的落差还是很大的,眼看着武装民兵对号发枪支,摆弄的枪栓哗啦哗啦响,也只有眼馋而已。

兵团建立后,连队人员不断变化,民兵队伍也发生了变化。1970 年,陈珍云队长带了一批人员去了新建的深兰队,接任的叶镜连长自然成了民兵连长。只是民兵连的编列再也没有宣布过,我是怎样扛起了枪成为武装民兵的,还是仍然是基干民兵只是需要我扛枪了,我的排长、班长是谁,全都不知道。后来,连队又来了两批潮汕青年和几个退伍兵,民兵组织又是如何吸收他们入列的,如何编入排班的,始终是一团糊糊。虽然我对青年队比较关心,很注意观察队里的变化,但对此却始终模糊。青年队(十七连)作为南林农场(二师九团)沿海的三个连队之一,民兵组织的情况如此,其余的连队,尤其是设立在深山区的连队,组织的情况会不会更加随意呢?

兵团成立后,10个师有7个分布在海南,其余的师、团在湛江和广西,屯垦戍边的作用更加明显。加强战备、整顿武装力量应该有大的举措,只是我在边远连队,对此一无所知,也没有感到有什么变化。和农场明显不同的是团里组建了武装连,这是真正的准军事作战单位。团里按照当时参军入伍的条件,从各个连队选拔了一百多名出身好、思想红、作风正、身体棒的男青年,组成了一支精干的队伍,配置了较为新式的武器装备,步枪全是半自动步枪。这是一支扛枪能打仗、挥锄能生产的连队,虽然没有领章帽徽,但全副武装列队出来,那威武雄壮的军姿军容,也让人在啧啧称赞的同时心生羡慕。武装连里有很多广州知青,但奇怪的是青年队知青中无一人被选拔到武装连,虽然何建华、江不平、唐国雄先后被选拔到警通排工作,但和武装连并不是一回事。

兵团撤销后,重建农场,武装连的名称保留了一段时间,人员也逐渐分流了。1975年,中苏关系有所缓和,越南人民抗美战争取得了决定性的胜利,蒋介石死后台湾不再发出反攻大陆的呓语,随着形势变化,武装连的历史任务已告结束。7月,我到武装连任职时,连里只有40多人了,两个班长年受场部调派在外执行生产和基建任务,还有20多人在连里留守,负责胶园管理和割胶工作,以及少量后勤人员。我到队里不到1个月,武装连正式改为青年突击队,从农场中学接收了100多名毕业生,完全成了以生产为主的连队了。

二、装备

青年队有一间枪支弹药室,约10平米,是在队里砖瓦宿舍里专门划出的半间房屋。枪支弹药室内有两个大木柜和一排挂钩,保管着20多支步枪,应该是二战期间苏军使用的莫辛纳干步枪,带有三棱尖刺刀,还有10来支五〇冲锋枪,俗称猪笼式冲锋枪,最显眼的是室内还摆放着一挺轻机枪。步枪有子弹袋,冲锋枪有弹匣袋,具体有多少子弹我不清楚,这大概是机密,不过据我观察推断,应该在1000发至2000发,除此之外,还有两箱木柄手榴弹。

枪支弹药保管,应该慎之又慎,特别是在阶级斗争观念强烈、形势紧张的年代,更要小心谨慎。不知是青年队条件有限,还是领导对青年队的安全特别有信心,并没有采取什么特别的防护措施和保密工作,虽然将弹药室放在瓦房里,比茅棚要坚固一些,但门只是普通的木门,锁也只是普通的挂锁,虽然要大一些,坚实一些,与住家不同的是,门鼻子是铁条的,牢固一些。这样的枪支弹药保管,如果放在"文革"期间,早就被抢去"文攻武卫"、捍卫毛主席的革命路线了。青年队许是地处边远,绝无闲杂人等,稍有陌生面孔出现,早就被盯牢了,所以,这些武器始终安全。

1969年林彪一号命令下发以后,战备气氛日紧,要准备打仗。团部给海防前沿的十七连配发了两门火炮,一门是无后坐力的,炮管短粗;一门是小山炮,炮管细长,最前端有护套。两门炮都有轮子,可以拉着走,到了急眼的关头,10来个人拉着或推着也能移动。只是青年队在海边,硬实的路面很少,多数是沙路,一步一个沙窝,真到了火炮要机动转移的时候,用牛拖还是人拽,好像都不现实,真要打仗了,该怎样发挥火炮的威力,只有天知道。

火炮刚运到连里,尽管是旧武器,还是引来了许多观看的人,小孩子更是围着直转圈。有家长为逗孩子开心,将孩子抱到炮管上骑着,不过很快被连长喝止了。有退伍兵给围观的人讲解火炮的使用,怎么瞄准,怎么填弹,怎么击发,要注意什么,等等。一边说,一边动手,摇动操纵柄,将炮管上下左右移动,大家兴趣很浓,兴致也很高,忍不住自己也上手练练。火炮运到连队了,却没有房间存放,好在是大家伙,也不怕人偷了,就直接放在四幢房子交口的空地上,蒙上了炮衣。渐渐地,大家看多了,也不再好奇,两门炮就这么静静地摆放在那儿,几乎让人忘掉了它们是作战的武器。过了一段时间,轮子可能跑慢气,瘪了。看着这种状况,我也有几分不忍,这么好的东西,怎么成了这样了呢?两门炮到连队后,就这样摆着,既没有操练过,也没有擦拭过,就如同展览品一样。几个月后,一天放工回来,突然觉得和平常有点不一样,后来回过劲来,火炮被拉走了。

武装连的武器装备比普通连队要好多了,只是我没有在武装连待过,具体情况不清楚。1975年我到武装连工作时,已经过了武装连的鼎盛时期,面临解散重建新单位的时候了,但还是看到了武器库里的冲锋枪和半自动步枪,装备是很好的。听说武装连组建之初,每个战士配发的武器都是半自动步枪,排长以上的干部都配发铁托冲锋枪,连里有机枪班,配备三挺轻机枪,还有肩扛式火箭筒,子弹配备也很充足。

三、训练

"说打就打,说战就战,练一练手中枪、刺刀、手榴弹,瞄得准,投也投得远,上起了刺刀叫他心胆寒。抓紧时间加油练,练好本领准备战,不打垮反动派不是好汉,打他个样儿叫他看一看。"这是我们那个时代的一首歌,体现了练兵为战的重要性,体现了训练和实战之间的关系。1963年全军大比武,1965年推广"郭兴福教学法",都强调要加强训练,准备打仗,强调"平时多流汗,战时少流血"。民兵作为武装力量,当然也要训练,掌握战斗本领。根据有关规定,民兵每年要有一定的时间进行训练,好像是不少于15天。但我在青年队时,队里基本上没有组织过民兵训练,我也没有参加过训练。退伍兵在部队锻炼过,有军事知识和战斗本领。知青就没有军事基础,更别提战斗本领了,后来的潮汕青年连一点儿军事常识都不知道。

青年队的民兵相当一部分不会使用武器,不会枪支分解、擦拭,个别的甚至连简单地将弹夹里的子弹压进弹仓的操作都不会,更别说那时强调的射击、投弹、刺杀三大动作的本领了。单兵动作都不会,更加谈不上战术配合、协同作战了。简单地说几件小事,就可以知道那时候青年队民兵的基本情况了。一次,连里的轻机枪卡住了,枪栓拉不开,尽管有几个退伍兵,但谁也排除不了故障。四班班长吴宏法是机枪手,他抱着枪翻来覆去地摆弄,就是弄不好,急得他将枪立在地上,用脚去踩枪栓,连踩几下后,用力过猛,脚皮都刮了一块下来,鲜血直流,看得我心惊,不过这一下倒是将枪栓扳动了。还有两次则更加让人心惊,险些酿成了伤亡事故。一天晚上,到海边站岗的人去武器室领枪,其中有一个新来的潮汕青年,他连拉开枪栓检查枪膛里是否有子弹也不知道怎样做,却又爱面子不肯问人,自己瞎摆弄了一会,又扣动扳机试试。也不知他是怎么弄的,竟然将子弹推上了膛,只听"砰"的一响,子弹出膛了。这一枪,让武器室里的人吓了一跳,连里很多人听到枪响,也急忙跑过来看。当时场面十分混乱,连长连连发问是谁开的枪,为什么开枪。好一会,情况才弄清楚,不是故意开枪,是无意中走火了。大家再检查弹孔,子弹射出后,在砖头上打了一个坑,又弹到另一个方向,在墙上又打了一个坑才落下来。幸运的是,虽然当时室内有四五个人,这颗子弹经过这么两下,居然没有伤到一个人,哪怕是擦破一点皮。另一起走火事件也发生在潮汕青年身上。一天晚上,海边站岗放哨的民兵派出了一个游动巡逻小组,共3个人,沿着海边向前线队方向巡逻。月光皎洁,照耀得沙滩分外明亮,200米开外也看得清楚。忽然,前方又出现了一支巡逻队,有人用海南话大声喊叫:"diàng 该(哪一个)?"这边3个人边走边聊,正在高兴时,突然遇到情况,第一反应是赶紧做好战斗准备。潮汕青年陈××(不说他的名字了)身背冲锋枪,立即将枪从背后移向胸前,正在这时,一发子弹"砰"地呼啸出膛。两边巡逻队骤听枪响,急忙卧倒,少顷,没有动静,我们的人掉头向来路狂奔而回。这边哨所的人听到枪声,立即派人察看情况,进行支援,正好接回巡逻组的人。

询问之下,巡逻组也不知对方为什么开枪。巡逻组海边遇袭,情况不明,赶紧报告连里,连里报告团部。正在这时,田心大队却打来电话,质问为什么向他们开枪。连里回答没有开枪。对方肯定地说是我们开了枪,对方是女民兵,吓得趴在地上不敢动,直到我们的人向回跑了才跑回去报告。连长急忙带人赶到哨所,仔细察看各人枪支,最后发现陈××的冲锋枪有射击痕迹,但陈××说自己肯定没有开枪,手指没有扣过扳机。经过分析判断,确认陈××从背后将枪向胸前移动时,动作过大过猛,枪栓挂在了胳膊上卷起的衣袖上,拉动了枪栓,很快又被挣脱开了,枪栓回弹引起击发,射出了子弹。紧张之下,陈××根本没有感觉自己的枪射击了,懵懂不知。事后,田心大队传过话来,那晚陈××他们幸运,碰上了几个女民兵,当时吓坏了,如果是有经验的退伍兵或是猎手,开枪还击,事情可能就麻烦了。这件事想想都会后怕,真要交起火来,后果不知如何。

兵团期间,虽然我没有参加过严格的军事训练,却参加过两次演习。一次是三营组织的各连队武装民兵全副武装向营部紧急集合,十七连接到命令,武装民兵带齐武器装备,40 分钟内到达营部。可能是事先已经知道了消息,那次紧急集合非常顺利,只用了两分多钟,30 多名武装民兵就全副武装列队集合完毕。连长简要说明演习任务,立即命令跑步出发。我扛了一支步枪,身背子弹袋,跟着队伍跑。跑出不到 3 里路,老吴就把机枪交给了我,换了我的步枪。扛机枪是有护肩的,他也来不及脱给我,看着当年快 30 岁的老吴跑得呼哧呼哧的,我什么也没说。跑着跑着,还没到田心大队,步枪也到了我肩上。那次紧急集合,虽然队伍拉得长了一些,但队形还不乱。过前线队旁的小河时,水漫过膝盖以上,队伍没有丝毫犹豫,人人嘁嘁地下河直冲。上了河岸,下半身全都湿了,水顺着裤子往下淌。连长稍稍整理了队伍,我也把机枪交还老吴。在连长"一二一、一二一"的口令下,队伍跑进了十五连篮球场(暂时成了营部操场),立定站稳后,身上的水还在往下滴。很快,我们站立的地方就湿了。这时,其他各连都已经列队在操场上了。当时,十三连离营部最远,走大路有十八九里路,抄林段走小路也有十六七里路吧,不知他们何时接到通知的,这时也整齐地站在队列中。营长教导员讲评什么都不记得了,我只记得十七连武装民兵提前了3分钟到达指定地点集合了。

另一次则是军地联合演习,牛岭哨所、十七连、茄新大队共同演练抓捕漏网的登陆蒋匪特务。那次演习,时间大约是1971年夏季,事前我是一点消息也不知道。正是一号命令下发后的紧急备战时期,每天晚上,青年队都要派10来个民兵到海边站岗放哨。那晚,我正好在海边站岗,天快亮的时候,连里派人把我们10来个人叫醒。来人压低嗓音,十分严肃地传达上级指令,有一股特务在陵水登陆,被包围歼灭,但有几个特务漏网,要求各地严密搜捕,根据情报,特务今早可能沿海边向万宁方向逃窜,上级要求我们在此设伏,进行抓捕。听完命令,我的心怦怦直跳,站了这么长时间岗,终于有了这一天,我赶紧检查枪支、子弹,捆好子弹袋,绑紧鞋带。来人又严肃地说,上级有命令,任何人没有得到命令不得开枪,要抓活的。我们一班人迅速离开哨棚,向海边跑去,这时,我看到身后黑压压一片,叶镜连长、曾庆柳指导员带着连里大队人马来了。这次行动,连里能行动的人都来了,枪支不多,大多数人是手拿砍刀、扁担上阵的。我心里有点得意,幸亏昨晚站岗,手里有杆步枪,否则,我也只能拿砍刀了。这边还没乐出来,那边已经到了防风林边。那时,海边青年队防区的防风林边挖有战壕,平时没注意,那天可见识了,虽然风吹雨打,有些地方又让沙子埋上了,但壕沟的样子还在。连长做了布置,有枪的民兵在战壕里隐蔽,其他同志在防风林中埋伏,听候命令出击。我在一处壕沟里蹲了下去,将枪紧紧地护在怀里,枪口向上,生怕有沙子灌进枪口,同时将枪带紧贴枪身,用手抓紧,随时准备出击。蹲了一会,腿有点麻,我索性背靠壕沟坐了下来。这时,叶镜连长说话了:"同志们,考验我们的时候就在眼前,为了保卫毛主席、保卫党中央……"听着连长的话像是战前动员,我没在意,谁知连长随即发出了"冲啊!"的命令,我一怔之下,急忙探身起来,身边已有一大群人扑向海滩。我纵身跳出战壕,飞奔而出,已经晚了,最前面的人离我已有 50 多米了。只见前方 200 米远的地方,有两个人拼命向牛岭方向逃窜,我们呐喊着向前追击。毕竟是沙滩上追击,跑出 200 多米,我已经气喘吁吁,心狂跳,看着前面两个特务还在拼命逃跑,我气急了,恨不能立即推弹上膛,开枪打他们。想想有命令不准开枪,也怕瞄不准误伤了追在前面的同志,只好把牙咬得紧紧地,拼命追赶,心想追上了非扒了你狗日的皮。这时,前面的吴宏法跑不动了,叫我接过他的机枪,把我的步枪换了过去,让我跟着他。我端着机枪,跟他一起跑。眼看着特务冲过了小河,却奇怪,不向密林中躲藏,只拼命沿着海滩跑,很快拐上了去牛岭哨所的路。我们脚不停步,蹚着河水向对岸冲去,水到大腿处,水花四溅,腰以下全湿。过河百多米,就是上牛岭哨所的路了,我一路追赶,汗湿全身,喘得厉害。这时,我已经有点明白了,这不像是实战,可能是一场演习。上牛岭的路,多是上坡路,知道是演习,我也不犯傻了,不再端着机枪,将枪扛在肩上,跟着吴宏法向牛岭冲击。跑了一百多米,吴宏法忽然下令:"卧倒,架设机枪,掩护队伍前进。"我早已双腿瘫软,气喘不过来,这当然是累的,更是饿的,站了一夜岗,水米未进,端着枪跑了近千米,早就直冒虚汗了。听到命令,我立即趴了下来,全然不顾下半身湿漉漉的,沾上泥土是什么样子。我刚把枪架设好,枪托还没有抵到肩头,吴宏法又下令,"机枪阵地被敌人火力控制,立即转移"。这前后不到 10 秒钟时间,我气还没喘匀,浑身无力,心想,你老吴要我玩,累傻小子呐。我根本不听这个狗屁命令,张嘴顶了回去:"连长还没有下令呢,你瞎指挥什么!"赖在地上就是不动,老吴给我呛得说不出话,只好在我身边坐了下来。歇了几分钟,缓过劲来,我们爬起来,继续向牛岭哨所前进,却再也跑不动了,跟着大队人马,快步走到山顶。到哨所一看,不但是青年队的民兵,茄新大队的民兵也来了,两个"特务"原来是哨所的战士。演习结束,三家队伍整队集合,听取一位军官,好像是人武部的一个参谋讲评,完了以后各自收队回营。

在农场,虽然当了近 7 年的民兵,但真正的实弹射击只打过一次,这唯一的一次,还是将近离开农场时候的事了。1975 年 10 月,青年突击队从新风队伐木回来,在连队驻地休整,借此机会进行了两天军事训练,最后一项是实弹射击。实弹射击的武器是半自动步枪,每人 3 发子弹,地点在连队附近的一口鱼塘边,鱼塘这边为射击台,对岸为靶位,距离大约 50 米。这是我第一次拿起半自动步枪,也是第一次端起铁托冲锋枪。作为队长,我这次搞了一点特殊化,半自动步枪是立、跪、卧姿各打 3 发子弹;冲锋枪卧、跪姿也各打了 3 发。因为是第一次打冲锋枪,完全不知道要领,手指扣到扳机上,哒哒哒,3 发子弹立即呼啸而出,枪身抖动得厉害,不好控制,打完跪姿后,没敢再打立姿。这次射击,共打了 15 发子弹,成绩一般,记不得打了多少环,但步枪没有一枪打在环外,冲锋枪则只有 1 发打在靶上,其余 5 发子弹全打飞了。

四、站岗放哨

青年队在海边,保卫海防是应有之责,沿防风林一线挖了战壕,临海的防风林中建了瞭望哨楼,旁边搭了一个值班人员住宿的茅棚,这些都是在我们到青年队之前就有了,由此可以知道,青年队以前就有站岗放哨的任务,也做了战斗准备。

刚到青年队的一段时间里,队里没有派人到海边站岗放哨,我们也没有想过还要去海边站岗放哨。知道并且参加站岗放哨,是林彪一号命令下达以后的事情,时间大约是 1969 年 10 月到 1970 年底,持续了一年多时间。

去海边站岗放哨,使命神圣、责任重大,对从未参加过站岗放哨的我们,还有几分神秘,让我们知青很期盼,更希望在站岗放哨的时候能发生一些情况,让我们能立功,能向家人传递喜报。命令刚下达，开始站岗放哨时，队里很重视，只有武装民兵才能去海边站岗放哨，很认真地排了班。站岗放哨，一是为及时发现情况，及早报告；二是真有敌特登陆，那就要开火拦截，发生战斗。所以，站岗放哨的人全都配枪，真枪实弹。每晚去海边站岗放哨的是10个人，配备4支冲锋枪，每支枪4个弹匣，6支步枪，每支枪4个弹夹，真有情况，可以抵挡一阵子。站岗放哨的时间从晚10点到第二天天亮，大约七八个小时，10个人分为5班，每班2人，大约一个半小时一轮换。当值的两个人一人在哨楼上瞭望，一人在哨棚警戒，防止敌特偷袭营地。

晚上站岗放哨，第二天上午可以休息两小时，晚点出工。不久，因为生产任务重，特别是开垦胶园的任务很重，站岗的人回到连队，洗漱吃早饭，只比正常出工的人稍晚点出工，不再休息了，夜餐费、加班费在那个革命的年代是不可能有的。白天耕作劳动，晚上站岗放哨，虽然3天一轮，人还是疲累，有人开始找借口不愿去站岗放哨了。值班的人手不够，连里就派基干民兵顶上去，于是，我就有资格扛枪走上了保卫祖国的第一线，肩头有了沉甸甸的责任了。

第一次参加站岗放哨，我心里的兴奋、激动怎么也抑制不住，脸上透着喜悦。在武器库，我伸手就拿了一支冲锋枪，将弹匣袋往身上一穿，披挂整齐，枪带往脖子上一挂，双手紧握冲锋枪，就如雷锋一张照片的那种样子，自觉威武、神气，只恨是晚上，没法炫示一番。列队出发了，才觉得队伍实在说不上威武雄壮，反有一种杂乱的感觉，因为每人除了携带枪支弹药，还要带上铺盖。海南虽热，但在青年队每晚还是要盖毯子的，去海边站岗，更少不了带一床棉毯。这毯子怎么带呢？多数人将毯子卷成长条，两头对折，用一根绳子拴住，再将这毯圈斜背在身上，也有人将铺盖卷成一小卷，用绳子一捆，吊在肩膀上。这样的队伍看着就是"土八路"的样子。沿着沙土路走了一段，拐进防风林中的小径，大约走上十几分钟，就到了哨棚。进去一看，这个棚子盖得很矮，最高的地方也只有3

米多高,四面没有围墙,全靠茂密的林木围挡了,棚子里用木桩打了一排床架,上面覆盖着几片芦席,这就是床铺,占了棚子一多半的地方。用手一摸,铺上还有细细的沙子,有人跑到外面折了一根树枝,将铺简单扫了扫,大家将毯子放在铺上,坐了下来。有人掏出烟来,几个烟鬼开始吞云吐雾。我按捺不住,急不可耐地爬到哨楼上,四处观望。这座哨楼,建在海边的防风林里,用粗大的木料建成,掩蔽在树丛中,从哨楼走 10 多米就到了沙滩上。整座哨楼高约七八米,在 5 米多高的地方有一个瞭望平台,哨兵就站在这里监视海面,平台上有一个茅草顶盖,可以遮雨。站在哨楼上,向海边望去,只见沙白浪平,远处海上黑黝黝的,月光朗照海面,随着细浪涌动,反射出银色的光芒,抬头仰望天空,深蓝色的如同绸缎一般的天幕上,月亮和星星灿灿地放出光芒,天幕尽头,与海融为一处,使人奇怪,这海这天怎么就走到一起、合起来了呢? 难怪古人有乘槎上天的神话。海风轻柔地吹拂着,洗尽了一天的燥热和辛劳,真想就这么待着。有人上来站第一班岗了,我才不舍地下到茅棚,一看,其他人都躺下了,只有值班的人抱着枪坐在铺上。我赶紧和衣躺下,盖上毯子,很快进入了梦乡。夜里,我被人从梦中摇醒,该我们上岗了。我可不愿意在哨棚里窝着,背上冲锋枪,爬上了哨楼。站在岗位上,风从海上吹过来,带着凉气,更带有满满的、新鲜的、浓浓的海味,让人忍不住大口大口吞吐着。睡意瞬间消失,我睁大双眼向海上望去,想透过沉沉夜色,发现什么,只有月明、沙白、海平、浪轻、夜静,看着辽阔的大海,看着高耸的牛岭,想着家人都在甜睡中吧,我在千里之外的海边为祖国站岗,回家之后,我一定要好好向他们说说这个经历。我扛枪为祖国站的第一班岗,放的第一班哨,就这样悄悄地过去了。

　　1969 年过去了,1970 年来了,这时,我参加站岗的次数越来越多,从开始的三五天一次,到后来的两三天一次,再后来甚至三天两次了,只要人手不够,就会来找我。我早已习惯了站岗,新鲜感早已消失,我仍然认真地服从命令去站岗,从未找过借口不去。只是，我站岗时再也不拿冲锋枪了，只背步枪，原因很简单，因为不会有情况发生，不可能有战斗，既然这样，我为什么不背轻一点的步枪呢，而且子弹袋也比弹匣袋轻。随着厌烦情绪增长，加上白天劳动强度大，很多人都躲着不愿站岗了，连里几乎是命令加哄劝，才能派人上岗，人数渐渐地减少为 8 个人了。这时上岗走在路上也很随意了，不再是按要求背着枪，成一路纵队行军，而是一伙人零散地走着，步枪不是背着，也不是扛着，而是将枪带挂在肩上，枪横在腰间，手肘搁在枪上，如电影中国民党散兵游勇背枪的样子。原来看电影我以为这是为了丑化国民党兵而设计出来的动作，到这时，我才明白，这样背枪确实舒服，也随意，电影原来是有生活的。

1970 年四五月间，兵团要求大干快上，开垦胶园的任务很重，白天劳累一天，晚上站岗，时间长了，人非常疲乏。好在天气热了，大家想办法减少上岗轮值的时间，决定不再到哨楼瞭望，直接在海滩上瞭望，大家也睡在沙滩上。这样放哨每班只要一个人值守就行了，既能瞭望，也能负责营地警戒。这样虽然直接，但新的问题也产生了，值班的人常常睡着了，几个人抱着枪在海边一溜排地睡觉，真要有特务上岸，非把这伙人缴枪俘虏了。但人是太累了，让人可笑可气又可怜。这里不说别人的糗事，只说我的。有两次，我在站岗时睡着了，沉沉入梦，忘乎所以，事后懊恼、羞愧，但当时就是控制不住。半夜被人摇醒，睡眼惺忪，昏昏沉沉的，坐在芦席上不愿动弹，好一会，才懒懒地站起来，连枪也懒得拿，打着哈欠向海上张望，海还是那么平静，海水有节律地一波一波地涌上沙滩，发出轻轻的击水声，就如温柔的催眠曲。午夜以后的天空，星星也仿佛困了，不停地一闪一闪地眨眼，回头看看防风林，黑沉沉的一片。看着看着，眼皮沉重，几乎睁不开了。知道自己困得不行了，赶紧四处走动，走着走着，头仍然发昏，脚下也跌跌绊绊的，好像喝醉了酒，一看闹钟，才过了 10 多分钟，还要熬很长时间呢，坐下来歇一会，反正不影响瞭望。坐下不一会儿，腰酸背疼，用双手在腰上轻轻捶击，又双手顶着腰向后仰，腰还酸胀，想想，用枪垫在腰上，躺下来会好点吧。真舒服呀！整个人平摊在芦席上，腰上硌着枪托，这种享受一般人很难体会。就这样，极度困乏的我，头碰到芦席，很快就睡着了，真香甜呀，全然感觉不到身下还压着枪呢。不知过了多久，有人起来小便，奇怪怎么没人站岗呢，一追查，我被揪了出来，埋怨的、批评的，我低着头老老实实地听着。这样的睡觉，后来成为常事，隔三岔五的总有人睡着了。

　　站岗放哨虽累、虽烦，却也让我们饱看了海上日出的美景。青年队在海南岛东边，东方是蔚蓝色的大海，日出东方，只要你有情致，在青年队不愁看不到日出。在海边站岗，早晨撤岗时经常从海边返回，后来睡在沙滩上，就更方便了，不知看了多少回日出。晴天时，海面上风平浪静，大海远处，水天一色，是一种透着深蓝色的黑。黎明时分，东方渐渐地出现了曙光，从柔和的鱼肚白，转成嫩黄，透出橙红，悄悄地明亮起来，中心更加与周边不同，我们知道，那就是太阳将要升起的地方。霞光出现了，越来越红，海面也开始闪光。我们目不转睛地看着，等待太阳出海的时刻。就在我们眨眼的刹那间，太阳轻轻一跃，顶出了二指宽的一道。原来，海上日出，太阳不是一点一点地浮上海面，而是突然间弹跳出来。这时的太阳，发出艳艳的洋红色的光，柔美得很，并不刺眼，大方地让我们尽情地欣赏。出了海的太阳，不像刚露头时那么急急地弹跳出来，而是慢慢地、一点点地向上升起，平稳得很，安静得很。海面上，粼粼波光反射着太阳的光芒，发出火焰般的色彩。那一片海面如同在燃烧，火焰在海面上跳跃闪动。太阳升起一半时，渐渐加快了步伐，向上奋力攀爬，这时的太阳也从初升起时的洋红色渐渐变成橘红色，开始明亮耀眼了，我们眯缝着眼，等着太阳完全升起。快了，快了，太阳就要完全升出海面了。这时的太阳，不再是圆圆的了，与海面相连的地方，渐渐拉长变形，仿佛被海水黏住了，又像被海神用手紧紧拽住了一样，成了卵形，而且越拉越长。海面上波光一闪，太阳又是奋力一跃，挣脱了大海不舍的拉扯，带着胜利的喜悦，跳离了海面，自得地用金色的光芒在波浪上跳舞，却又分明带着几分流连、几分不舍。此刻，天空渐渐醒了，明亮起来，太阳周边红彤彤、金灿灿的，壮丽妖娆，阳光还没有照射到的远方天空，湛蓝湛蓝的，透着纯净。大海浩瀚，无边无涯，又深邃得让人心慌，看着看着，分明感到一种深不可测的威严。此情此景，初次观看日出的人会震撼，会激动，会生出感慨，却又无法用言语表达。忽然，李白的诗句"日出东方隈，似从地底来，历天又入海，六龙所舍安在哉?"涌上心头。让人在激动之余又有几分感伤，海日壮丽，年年相似，人生苦短，少壮不努力，万事成蹉跎。人在太阳面前，在大海面前，是多么不足道啊! 在站岗放哨的每一个清晨，我们都会观看日出，有天空净朗、没有一丝云霓的完美壮丽的日出；也有云彩伴生，太阳才刚露头，又扯过轻纱遮掩，羞羞怯怯、妩媚动人的日出；有时角度正好，还可以透过分界洲岛，看到太阳衔山依海的升起，这是最有艺术魅力的日出，这种美景尤为难得，我们常常驻足观看，有时还左右不停地走动，寻找不同的画面；当然，也有阴云密布，看不到日出的时候。日出看多了，渐渐地也不再稀罕，不再激动，只想早点回去吃早饭。除了日出，那时青年队一带的海边，有许多采钛沙的人，他们也是很早就迎着朝阳干活了，"莫道君行早，更有早行人"，那也是海边一景。钛是银白色的金属，是航天航空不可缺少的材料，也是战略资源。与钛的银白色不同，钛沙却是钢蓝近乎黑色的。海南海边的沙滩上，有大量钛沙，采钛沙的人，在沙滩上挖个深坑，海水就会涌出，架起水车，冲洗沙子，钛沙比重大，会沉淀下来，采钛沙的人将钛沙袋堆放起来，准备运走。青年队驻地的沙土路上，大雨过后，常见有黑沙，后来才知道那就是钛沙了。

新中国成立之后，处于"帝修反"的包围中，保家卫国的任务很重，我们的战略指导思想是打人民战争，让侵略者陷入人民战争的汪洋大海，为此，我们一直强调全民皆兵，重视人民武装的建立，重视民兵队伍建设。不过，依我在农场时期的民兵生活看，民兵建设虽然轰轰烈烈，遍布各单位、各乡村，但实际的组织、训练都存在一些问题，真打起仗来，民兵是难以倚重的，虽然有用，却很有限。现在,时代不同了,现代战争打的是实力,拼的是经济和资源,讲的是核威慑、第二次打击力量,信息战、电子战、立体战争,精确制导、斩首行动,等等,要的是决胜于千里之外。君不见伊拉克战争中,伊方几十万精锐之师连美军的面还未碰上,战争已告结束。在这样的现代战争面前,民兵的作用应该更加有限。我不是说现代战争可以忽略人的因素,只拼高精尖武器,泱泱中华大国,十几亿人口,几千公里纵深,这就是一种实力,必然成为任何一个敌视中国,妄图发动战争的人要认真考虑的因素。当然,要使十几亿人成为战争胜负的因素,除了必要的军事训练,掌握一定的作战本领之外,我以为更重要的是培养爱国之心、民族精神,有凝聚力,真正万众一心,同仇敌忾,为祖国、为民族而战。战争打起来了,敌人入侵了,出现了最坏的情况,那就在战争中学习战争,通过流血牺牲换取作战经验,打击敌人,那就是真正的全民皆兵了。今年是抗日战争胜利70周年,在纪念这个伟大胜利的时候,我们千万不要忘记,在这场战争中有这么一支特别的军队——伪军,身为中国人却为日本人打中国人,而且伪军人数还多于侵华日军人数,还有一批认贼为父的汉奸,这才是中华民族真正的耻辱。今天的中国,国力一天天强盛,人民生活也一天天富足,遗憾的是,人民对祖国的忠诚度却没有提高,这是真正的危险。不加强爱国主义教育,不树立爱我中华的观念,不在人民心里筑起万里长城,在中华民族又到了最危险的时刻,我们又怎么能万众一心,冒着敌人的炮火前进、前进、前进呢?

搏动的青春

在农场时,正是我们风华正茂的花样年华,正是青春火红的美好时光,那时,我们多年轻啊,青春的搏动让我们朝气蓬勃。知青作为一个群体,有着知青的特点,年轻的我们追求自己的精神世界,找寻自己的精神家园,充实自己的精神生活。虽然我们努力使自己成为农场新一代的职工,但年轻的我们却拒绝像老一辈农垦工人那样生活,我们不愿意,也不能够再过着那种延续了几千年的日出而作、日落而息的农耕生活。身在农场,我们还是改变不了学生的心性,改变不了学生的情怀,我们向往更加文明、更加美好的生活,我们期盼更加灿烂的明天。

一、读书看报

爱读书、爱看报,是知青最明显的特色,油灯下,或坐或卧,手捧书报阅读是知青宿舍中最常见的状况。不过那时可以阅读的书籍很少,我们总是想方设法满足自己的阅读渴望,哪怕在路上看到书报残页,也要拾起来看一下。敬惜字纸,渴求知识,是我们当时的真实写照。

毛主席著作是我们读得最多,也是最熟悉的书,由于优秀的文学著作多被当作"封资修"的东西被封杀,在农场时,毛著就成了我们读得最多的书了。毛选四卷,甲乙种本,我读了不下三四遍,除了政治性的学习外，平时无事时，就会手捧雄文，逐篇翻看。我那时最喜欢读毛选里有关战争方面的论著，也喜欢看里面的注释。

后来，对书籍的管控放松了，我们可以读的书也多了一些，同学们探家时也从家中带来一些书，有些家庭背景特别的同学还会带回来一些内部控制的书籍，我们阅读的范围也广泛了。《唐诗宋词》《红楼梦》《中国通史简编》等等，《批林批孔》时有《〈论语〉批注》，我们因此读了《论语》，这类情况我在《读书杂记》中写过，不重复了。1972年，兵团组织写了一批反映兵团劳动生活的短篇小说（我很怀疑是不是专为驳斥"变相失业""变相劳改"而组织撰写的），并结集出书，我在团供销社看到了《胶林儿女》这本书，买了两本，带回青年队，一本和男同学传看，一本给了叶建敏和杜林林。

1972年，大学恢复招生，从工农兵中推荐学员，这给广大知青点燃了希望。恢复招生的第二年，学员要考文化课了，更让高中学长们增强了信心，久已放下的课本又被放在案头，就连我们这些初中生也不甘人后，纷纷将旧课本带到农场，油灯下，有了紧张学习的知青身影，一时间，其他的业余活动都放下了。那时学习条件很艰苦，床头虽有一张小台子，也只有30×40厘米大小，看看书还行，真正学习起来，就不方便了。大多数知青是趴在床上学习的，一张矮凳，坐上几小时，起身时才感觉腰酸背疼的。就在这样的条件下，我全面复习了初中的数理化课本，每道习题都做了一遍，然后，开始啃高中课本，第一本书就是《立体几何》。虽说"学海无涯苦作舟"，但当时我们一点儿也不觉得苦，反而觉得其乐无穷，尤其是做数学习题，一钻进去，就全然物我两忘了，有时一题解完，都到凌晨一两点钟了，虽然吃一惊，但心里满满的都是解出难题的快乐。想着盼着，明知在众多高中学长面前没有任何竞争力，却总抱有一线希望，也就更加努力。1973年，张铁生的"反潮流"，打碎了我们参加高考的梦想，点灯熬油、孜孜不倦地学习了大半年的课本之后，大多数知青学习的劲头渐渐地淡了下来。

在农场，各连队都有报纸，《人民日报》《南方日报》《海南日报》各有一份,改兵团后,又增添了《解放军报》《兵团战士报》,虽然份数少,但看的人并不多,我们去队部看报纸,带回宿舍看都很方便。1970年,我代理连队文书,报纸就由我保管,看报更方便了。那时看报纸,并不是随意浏览一下就完事的。报纸上除了新闻报道,还有许多大批判文章,理论学习文章,为了紧跟形势,也为了找寻最革命化的语句,我读报时经常在文中画杠杠,有些我认为重要的段落、警句还时常抄录下来,以备日后写文章时可以选用。

我们最喜欢看的报纸是《参考消息》。今天的《参考消息》可以随便订阅,人们可以从中看到境外传媒的报道和评论,了解到国内外的一些重大事件,阅读到一些比较新鲜的第一手资料。40多年前,《参考消息》是内部报纸,只供一定级别的干部阅读,一般群众是看不到的。在农场初期,作为知青,我们是无法看到《参考消息》的。虽然我们没有资格看《参考消息》,但一些知青家长是可以订阅《参考消息》的,这就使我们有了看《参考消息》的条件。都说"可怜天下父母心",这句话道出了父母对子女的关爱,为子女有操不完的心,他们不但牵挂着孩子在农场能不能吃饱穿暖,会不会太苦太累,更关心着孩子的进步成长,操心着孩子在"文革"那样的环境里不要犯错误,期盼着他们能有成熟的思想和独立思考的能力。为了使孩子能广泛阅读,开阔视野,敏于思考,兰铁尔的父母从1968年底开始定期给铁尔寄《参考消息》。我在探家时到陈列家,他父亲对我们谆谆引导,教我们读书看报。陈列父亲是老报人,经验丰富,识见广博,积几十年办报的经验,深谙报纸怎样引导舆论,怎样传递信息,读者应该如何敏锐地从字里行间捕捉高层动态,把握未来动向,他特别要求我们很好地阅读《参考消息》。

父执辈的良苦用心让我们感动,我们很注意看报纸,尤其是《参考消息》。每次铁尔收到报纸,我们都会人手一张,一睹为快,看完再互相交换。在边远的生产队,在精神文化生活极度匮乏的时候,能阅读当时连队长也无法看到的《参考消息》,让我们很有几分自得。现在,当时的报纸究竟有些什么内容,我们从中得到了多少收益，都已经记不清了，只有1969年7月底的《参考消息》登载的内容让我们足足议论了好几天，感慨了好长时间。我们从《参考消息》里知道了美国的'阿波罗-11号'将人类送上了月球，人类实现了奔月的梦想。第一个将双脚踏在月球上的阿姆斯特朗激动又感慨地说："对一个人来说这不过是一小步，可是对人类来说这是一个巨大的飞跃。"人类的发展进步竟然到了这一步，美国的科学技术已经能将人类送上月球，这让我们大为惊叹。在这之前，我们只知道第一个飞向太空的苏联英雄加加林，那是1961年的事情。短短8年，美国就将人类送上了月球，这个进步的速度远远超出了我们的想象。"不知有汉，无论魏晋"，我们还在为祖国爆炸了原子弹，为建成了南京长江大桥而骄傲不已的时候，国外的科技发展已将我们远远地甩在了后面，这让我们在吃惊之余，也有几分井蛙之愧。那些天，我们常常不自觉地抬头仰望星空，月色皎洁，月轮澄澈，高悬夜空中的明月，在我们印象中，是圣洁而有几分凄清的。不知人类初登月宫，嫦娥再见地球人，会否泪飞倾盆，抑或是深悔偷灵药，愿意搭乘阿波罗返回故园觅旧踪呢？科学技术的发展和进步是全人类共同的财富，是全人类的灿烂文明，尽管是美帝将人类送上月球，这一壮举还是让我们激动了很多天。

兵团之后，《参考消息》的管制放松了，十七连也有了一份《参考消息》。连长、指导员很开明，并不把《参考消息》作为内部资料，很放心地让知青阅读。1971年，东巴基斯坦闹独立、南亚次大陆烽烟四起，我从《参考消息》上看了很多这方面的外媒报道和评论。一天，从团部回连队，在八一队遇到了杨梅队的黄福保，两人一路走一路聊，中心话题就是东巴独立，两人说得很兴奋。年轻的我们，为有放眼天下的胸怀而自得，也为从报纸上拾人牙慧而形成的幼稚认识而雄辩不已。因为和黄福保有这一段交谈，对这段历史留下了印象。后来东巴还是独立了，建立了孟加拉国。

二、篮球

乒乓球号称中国的国球,但我认为,在中国打篮球的人可能更多,篮球运动在中国有着最广泛的群众基础,尤其在 20 世纪六七十年代。我们在南林农场时,最为普及,也最受职工欢迎的运动项目,就是篮球。我们的知青生活,和篮球结缘很深。南林农场每个连队都有篮球场,老连队基本上建有水泥坪篮球场,新建连队,尽管条件艰苦,一切从简,住茅棚、爬山路,但还是会修一个简易的篮球场,让同志们工余可以打打球,既是娱乐,也是宣泄。1970 年组建深兰队,青年队抽调了一批人去参加开发和建设,尚坚和一批同志第一批就去了。不久后,我去深兰队看望他们。深山里,只有两架茅寮在山风中簌簌作响,水沟边挖了一口浅井,旁边有一个茅棚的伙房,隔着水沟,在下游处搭了一个茅草的简易厕所,四周大芒丛生,树棵杂乱。草创之初的连队,一切显得那么简陋。然而,一个篮球场,一个在山里削高填低造成的篮球场,新鲜的橙黄土色在周围山林的苍翠中显出异样的光彩,低矮的茅棚映衬着球场的宽阔宏大。这个球场让每个初到深兰队的人都眼睛一亮,精神也为之一振。一个崭新的球场成为深兰的亮点,为连队增添了生气和活力,展现了在艰苦环境中劳作的人们的乐观和豁达、顽强和自信,展现了人们对生活的热爱和未来的希望。真的,一个篮球场对士气的鼓舞,对坚定建设新生活的信心,比指导员的 10 场政治报告有效多了。

青年队的篮球场建在晒谷场上。作为副业队,水稻种植是青年队的一项主要生产任务,收了水稻,自然要晾晒,为此,队里修了一个 1000 平米的水泥坪晒谷场。在场上用油漆画线,两端立上篮球架,就是一个漂亮的篮球场。到连队的第二天,我们就发现了这个篮球场,第三天傍晚,球场上就有了同学们的身影,嘭嘭的球声,使我们暂时忘掉了忧愁,流淌的汗水,带走了我们心中的苦涩。从那以后,球场就成了我们欢笑的场所,篮球就是我们的开心果。

青年队的男知青多数喜欢打篮球,但真正会打篮球的人不多。王番应该是打得好的,他身高180厘米左右,臂展长,虽然人很瘦,在对抗中处于劣势,但很灵活,善于卡位,而且对篮球有天赋,越打越好,以后到了卫生队,作为主力球员多次参加了团部组织的篮球比赛。兰铁尔是青年队知青中懂篮球的人,动作规范、标准,175厘米的身高,应该是球场上的佼佼者,只是他人偏胖,懒得跑动,打打组织后卫很称职,要他充任前锋就难为他了,当然,做场外指导,他倒是很称职的。除了他俩之外,其余的人都是半吊子球员,球场上大多勇猛有余,动作和传带配合就差强人意了。青年队职工中篮球打得好的是裴光太,他是公安部队复员老兵,当年40来岁,球风猛、球艺精,是球场上的一员骁将,但他不常打球,比赛时倒是乐意上场。青年职工中,叶光荣喜欢打球,球技一般,只是身强力壮,球风勇猛,而且越打越好,很快成了青年队篮球队的主力。活跃在球场上的,还有设在青年队的国家粮库的保管员老张,他是粮食系统的职工,看管粮库的责任虽重,平时却几乎无事可做,于是就成了球场上的常客。老张个头不高,但极灵活,在球场上像泥鳅一样,而且上篮的脚步堪称"梦幻",让人很难防。打球时只要不在一队,我再怎么贴身防守,也无法看住他。曾庆柳指导员也是球场上的活跃分子,也因此和我们拉近了距离,成了朋友。

青年队篮球队纯属一支野路子的球队,谈不上战术配合和套路,临场全靠队员个人发挥,但队员年轻,拼劲足,打起球来很有一股子不服输的劲头。1969年春节期间,青年队组织慰问解放军,去过牛岭哨所和海军观通站,慰问活动主要是宣传队演出,演出结束后,和部队打一场篮球友谊赛,军民联欢。可笑的是,我们对自己的球队实力过于高估,定下的调子是以慰问为主,不要赢,也不要输太多,一两个球即可。结果上场后才知道,解放军战士战斗力更强,球风更猛,球艺更好,我们不是对手,结果不是不要赢,而是根本赢不了。虽然赢不了解放军,但也有软柿子给我们捏,一次路过田心大队小学,球场上正好有人在打球,看到我们,主动要求和我们打球,我们只有5个人,连平时不打球的邹建平也要披挂上阵,结果赢了个40:0,玩到最后,邹建平笑得都跑不动了。不过,青年队球场的欢腾只有一年多时间,1970年以后,王番、邹建平去了卫生队,潘国良去了基建队,陈敏如去了宣传队,何建华、唐国雄、江不平先后去了警通排,尚坚、广生去了深兰队,那时开荒任务非常重,收工回来天都黑了,晚上还要去海边站岗放哨,球场就渐渐冷清起来,不复往日的欢闹。

青年队的球场冷清下来了,但南林农场的篮球活动却从未停止过,场部(团部)每年都会举办篮球比赛,三营也举办过篮球赛。青年队的篮球队虽然无缘团部举办的大赛,但营里组织的篮球赛,每个连队都要参加,打得好不好,能不能得名次是次要的,重要的是要体现出兵团战士的精神风貌,展现出兵团活跃的文体活动,何况那时强调的是"友谊第一,比赛第二"。正是通过比赛,我们有了和海口知青的接触,见识了杨梅队篮球队的威风。杨梅队的篮球打得好,是因为队里农场中学毕业生球艺精湛,其中有两人身高臂长,滞空能力强,能在上篮时在空中改变动作,这让我很佩服。三营篮球赛当然是杨梅、前线双雄争霸,五一、八一、青年队则互有输赢。激烈的争抢,精彩的上篮,热情鼓掌助威的观众,不但将球场周边搅得一片喧闹,前线队也热闹非凡。借着篮球比赛的机会,各队的同学、亲友也在前线队相会,那一番欣喜、一种亲热,人人脸上都透着喜悦。在红光农场做工作组时,作业区也组织过篮球比赛,我也代表东海队上阵,球场上左冲右突,和大家互相配合,一场球下来,立即拉近了相互之间的距离,成了要好的朋友。

农场时的我们,青春正好,活力四射,精力旺盛,一天劳动再辛苦,也要到球场舒展筋骨,好不容易有一个休息日,也不辞辛苦,跑上二十里路去打一场球。一次我和王番等几个人去深兰队,跑了三十里多路,听到球场上嘭嘭球响,几个人手痒了,现场和深兰队来了一场友谊赛。因为我们这边人手不够,尚坚和广生也加入了我们一边,深兰队则由裴光太领衔,叶光荣等为主力,两边好一番龙争虎斗,场上多次出现王番和裴班长攻防的场面。其实,原来都是青年队的人,现在分散在几处,青年队和深兰队更是相距70多里路,聚少离多,老友相逢,打球只是一番情感的交流,并不是要分出高下。依稀昨日,只是球场从青年队搬到了深兰队,让人颇有几分感慨。

虽然青年队篮球队没有资格到团部参加篮球比赛,我也没有作为球员打过任何团一级的篮球比赛,但我却带队参加了两次团里组织的比赛,很有意思。第一次是在前线小学代课时,团里组织各学校进行篮球比赛,前线小学学生人数少,个头小,平时也没有经常打篮球的人,我和黄国铭商量,男队是组织不起来了,但几个女同学体格还好,从四、五年级的学生中选了几个女生,组成了一支女生篮球队参加比赛。比赛在团部中学篮球场进行,女生队只有3个,我和黄国铭很高兴,只要赢一场,就是第2名。女队比赛,完全没有章法,我和黄国铭告诉女学生,多投篮,大胆投,10次只要投进1次就行。现场哄笑的声音比打球的更热闹,整场比赛,两队只投了四五个球,最有意思的是,我队的队员徐××在场上迷迷糊糊,竟然朝着自家的篮筐里投篮,别看往别人的篮筐里投进不容易,投自己的篮倒是抬手就中,而且距离还相当远。这一下,连黄国铭和我也忍不住笑了起来。打完两场球,我们整队回家,名次当然只能是第3名。不过,女学生很辛苦,两天里走了60来里路,打了两场球,农场的孩子能吃苦,却也让人心疼,毕竟只是小学生啊。第二次是我在青年突击队工作期间,场部组织篮球比赛,武装连能打篮球的老同志留下来的不多,只有司务长黄孙财是员猛将,但农场中学毕业后到青年突击队的学生中,以王建平为代表的学生篮球队的高手,几乎全在青年突击队,这些学生球艺精、信心足、好胜心强,摩拳擦掌,要拿下冠军。队里对这次比赛非常重视,也知道这批学生的实力,决心要赢得冠军,让武装连的辉煌在青年突击队继续。我和林树明指导员将夺冠的任务交给了黄孙财,以他为首成立了篮球队，出于尊重，篮球队将我也列为队员，我自知以我的篮球水平是上不了这种水平的比赛的，决心做个资深板凳队员，到场给这些学生加油助威。比赛场场激烈，但我们实力更高出一筹，没有悬念。和第二作业区的球队比赛时，只打了半场，天下大雨，比赛中断了足足一天，接下来是重赛还是接着打下半场，有了争论，虽然我们领先，但优势不大，第二作业区要求接着比赛，想冲一下，我们要求重赛，把握大，因为我们的队员正是十七八岁年龄，体能好，重赛对我们有利。结果，组委会决定重赛。卫生队本是南林的强队，但那时一些知青回城了，虽有陈大维、王番等名将，但整体实力还是下降了不少。我们顺利地实现了夺冠的目标，全队为此欢呼不已，瞧着队员们神采飞扬的样子，我由衷地感到高兴。

打篮球是知青生活中难忘的记忆，它不仅仅是一项运动，它是我们艰苦生活中的快乐，是我们宣泄情感的方式，是我们热爱生活、充满希望的表现，我相信，只要我们还能在球场上奔跑，我们的生活就不会是灰色的。

三、收音机

20世纪六七十年代的海南农场，很多生产队都在山里，交通不便，消息闭塞，娱乐就更少了。想解决这个问题，最好的办法就是有一台半导体收音机，不但可以听新闻、听故事，还能听音乐、听戏曲文艺节目。不过，在山里要想听好广播，只能接收短波信号，而且收音机的质量还要好，一般的收音机是不行的。那时半导体收音机的价格不菲，一般来说，7管3波段半导体收音机的价格都在150元以上，好一点的更贵，要用去我们半年的工资收入，不是每个知青都能买得起的。我和尚坚在海南期间，始终没有自己的收音机，都是伸着耳朵听别人的。

青年队知青中第一个拥有收音机的是何斐，他探家回来带来了一台收音机，记忆中是红旗703，估计是在家庭的支持下才买得起这台收音机。后来,陈列也有了一台收音机,同样是家庭支持的。那时,在海南农场,有 3 个牌子的收音机最受欢迎,首先是红旗 703,那是上海生产的,体型不大,大约是 20 厘米宽,10 厘米高,3 厘米厚,这是 7 管 3 波段的收音机,灵敏度很好,特别适宜在海南边远的山区农场连队收听广播,每台价格在 170 多元;其次是熊猫 802,是南京无线电厂生产的,体型比红旗 703 稍大一点,价格在 180 元左右;另外还有一种红灯牌收音机。说收音机,有必要说说八一队里两台收音机的趣事。八一队一个知青有海外关系,亲友从海外给他家带了一架日本产的收音机,什么牌子不清楚,因为我们那时很少接触到舶来品。这台机子外形较大,约有 4 个红旗 703 大,机上还有一个提手,和 80 年代流行的收录机差不多,是不是就是收录机呢,那时我们没有见过收录机,弄不清楚了。这台机子质量很好,灵敏度极高,尽管八一队在深山里,这台机子仍然可以收到 10 多个台。奇怪的是,这台机子能对其他收音机形成干扰,卢世炎当时有一台红旗 703,但两台机子放在一间屋里,只要日本机子一开,红旗 703 就没有任何声音。这种现象让我们知青很奇怪,也不解为什么会这样呢? 那时候没有人能说出其中的原因。说不出其中的科学道理,知青就戏谑地自我解释,一个机子是公的,一个机子是母的,母的在公的面前不作声。

有了收音机,我们的生活有了新的乐趣,除了听新闻,平时主要用来听音乐,听歌曲,还有当时流行的样板戏。白天和人前,我们听的是自己的节目;晚上,夜深人静的时候,我们时常收听“敌台”广播。青年队在海南岛东线中部,紧挨着大海,离香港、台湾不远,电波从海面上传来很方便,因此,听港台广播很容易。就是美国之音也能轻易收听,除此之外,周边其他国家的广播也能收到,只是听不懂。那时,除了国内的广播节目外,所有国外广播节目都是“敌台”,严禁收听,一旦发现,就是“里通外国”,罪名很严重,但在当时的情况下,只要收音机能接收到信号,没有知青不收听“敌台”广播的。当然,我们听这些广播,并无政治倾向,硬要从中收听极其恶毒攻击社会主义制度、攻击毛主席和"文化大革命"的广播，大多数情况下，只是收听音乐、戏曲，特别是广东音乐和粤剧，有时也会听听新闻和评论，从这些渠道了解情况。据说当时香港的个别电台还在特定的时候播放教知青如何偷渡的节目，不知是否属实，因为我一次也没有听过。记得最清楚的是有一段时间我们会在晚间 11 点钟听香港电台讲"鬼古"。因为是收听"敌台"，我们很谨慎，尽量将音量调到最低，同一间屋子里的几个人挤在一起听那些鬼故事。初听，被节目的悬疑吊着胃口，也被恐怖的情节、播讲的怪声刺激，尽管听得毛骨悚然，鸡皮疙瘩满身都是，却始终忍不住要听，要知道结果。听完节目，满脑子都是鬼，闭上眼睛，仿佛满屋子都飘荡着鬼魂，夜里做噩梦，连小便都不敢走远。但这种故事很刺激，让我们欲罢不能，第二天还要接着听。不过，听多了，就失去了好奇，大约听了十天半个月，失去了新鲜感，以后就再也不熬夜听鬼故事了。

四、歌曲

歌为心声，歌声可以抒发情感，歌声也可以排遣寂寞，即使是下意识地哼唱，也是一种心绪的流淌。在农场，我们高兴时唱歌，忧愁时也唱歌，年轻人爱唱歌，是一种天性。虽然那时在江青的淫威下，许多优秀的艺术作品，许多脍炙人口的歌曲被禁锢、被封杀，但受到人民喜爱的好作品天然地有强大生命力和强烈感召力，它活在人们的心中，这是任何人也无法禁止的。在农场时，劳动繁重，生活艰苦，平常日子里单调乏味，唱歌就是我们最好的娱乐，不时唱上一段，聊以自娱自乐。我们那时都唱什么歌呢？

在农场，我们唱的最多的歌，唱的最熟悉的歌，是歌颂毛主席的歌，是毛主席诗词和毛主席语录歌。这是那个时代的主音符，每个人都会唱，都要唱，除了那时的大环境，这些歌易学易唱，好听好记也是一个原因。这些歌曲中，颂歌有《东方红》《敬祝毛主席万寿无疆》《大海航行靠舵手》《北京的金山上》《八角楼的灯光》等；诗词类的都是毛主席的诗词，被作曲家谱了曲，每首诗词都是一首歌，全都可以唱，平时我们唱得多的是《七律·长征》《蝶恋花·答李淑一》《七律·人民解放军占领南京》等；语录歌就更多了，唱的最多的是《下定决心……》《我们的同志在困难的时候……》。语录歌大多是作曲家劫夫谱曲的，一经传唱，即成风尚。今天的年轻人也许不知道、不理解语录歌，以为这类应时的政治性很强的歌曲，一定不好听，没有艺术性。其实劫夫是个音乐造诣很深的作曲家，他的成就当然不止于语录歌，虽然语录歌极富鼓动性、宣传性，却大多旋律优美，或抒情、或雄壮，让人听了或昂扬激动，或发人深省，让人愿意听、愿意唱。除了语录歌，林彪的《再版前言》也被作曲家生茂谱了曲，成为了"文革"期间最长的一首歌，也是一首非常好听的歌。《再版前言》最适合大合唱，非常有气势，起首一段低沉雄浑、饱含深情；中间部分变化很多，欢快优美，尤其是"老三篇"那一段，虽然极富鼓动性、号召性，却很好听；结尾部分高亢激昂。不过这首歌很长，全部唱下来不容易，一个人唱韵味也差，我多次听过这首歌，也哼唱过其中的段落，心中感叹能将一篇文章谱成歌曲，而且可以多声部合唱，作曲家真有功力。这首歌寿命不长，与林彪共休戚了。

在公开的、正式的场合，我们只能唱一些符合时代要求的歌曲；私下里，我们仍然喜爱民歌，对"文革"前的一些歌曲情有独钟。只是，把持宣传大权的江青不让唱这些歌，也让人无奈。据说江青对这些优秀民歌的结论是，都是些下流的黄色小调，是对毛主席的侮辱。唱唱歌竟然也是侮辱毛主席、反对毛主席，帽子太大了，让人根本无法接受。江青的这种信口雌黄，背地里无人理睬，我们照样唱我们的歌。《洪湖水，浪打浪》《珊瑚颂》《红梅赞》《洗衣歌》《看见你们格外亲》《九九艳阳天》《长征组歌》，革命舞蹈史诗《东方红》中的歌曲，都是我们那时喜欢唱的歌。各人喜好不同，爱唱、会唱的歌也不一样，这类歌很多，很难写全。

大概是 1970 年,"文革"已经几年了,期间只"破"不"立",只"革命"不"创新",文化艺术领域万马齐喑,这种状况大概也让把持宣传文化大权的江青之流无法交代。为了繁荣文化,宣传文化"革命"的成就,除了推出样板戏之外,也推出了几首新歌。这些歌里率先推出的就是陕北民歌《翻身道情》《山丹丹花开红艳艳》,好几年了,收音机里根本播不出什么新歌,猛然间听到这样的歌,令人眼睛一亮,精神也为之一振。这两首歌高亢嘹亮,音域不够宽广的人不容易学唱,但我们还是很快就唱了起来,大不了高音部分唱不上去就降下来 8 度,低音唱哑了再升上去。那段时间广播里经常播放这两首歌曲,尽管听了多次,但每次听到还是有一种兴奋,有一种感动。

　　1972 年,为了批驳《571 工程纪要》对社会现实的攻击,江青一伙推出了一批艺术成果,其中就有一本歌曲集《战地新歌》,虽然感觉书名有点怪怪的,但我们还是对歌集的出版非常欢迎。为了买到此书,还专门写信让家里在广州市书店里购买后寄给我们。这本歌集里有不少很好听的歌。现在已经找不到这本歌集了,但印象里收集了《老房东查铺》《海上南泥湾》《阿佤人民唱新歌》等等。以后,《战地新歌》又出了续集,好像还有续二。这几本歌集当然不全是"文革"期间创造的歌曲,其中有很多是老歌,经过一些修改,算是"解放"了。

　　出了新歌集,却不是每个人都能买到的,也不可能每个人都有一本,那时,我们更多时候拥有的是手抄歌本。买一本软皮抄或硬皮抄,将自己喜欢的歌曲抄录在上面,为了歌本富有特色,有人还请别人帮自己抄歌,为了友谊,在自己要离开或朋友要离开时,常常会在歌本抄录一首歌作为纪念。我在前线小学代课时,也给戴老师抄过一首《我爱北京天安门》,歌名的几个字写成了空心字。

　　20 世纪六七十年代,电影的影响力很大,优秀的电影插曲,在电影放过之后很快就会传唱开来。"文革"中电影很少,后期才推出了几部,还有样板戏的舞台纪录影片也不断放映,这样,我们又有新歌可以欣赏,可以哼唱。样板戏《红色娘子军》《白毛女》放映后,传唱的歌曲有《万泉河水》《娘子军连连歌》《北风吹》《大红枣儿甜又香》,其中《万泉河水》最受大家喜爱,因为我们就生活在万泉河畔,而且这首歌旋律优美,深情款款,好学易唱。现在,这首歌已经成为经典,成了那个时代的旋律符号。

随着朝鲜电影《摘苹果的时候》《鲜花盛开的村庄》《卖花姑娘》在中国放映,电影中的插曲风靡大江南北,凡有井水处皆歌此曲应不为过。在充满诗情画意、亲情友情深厚、生活气息扑面而来的影片感染下,知青的思乡之情油然而生,以至有大胆的沈阳知青套用《摘苹果的时候》的旋律创作了一首《知青之歌》:"沈阳啊沈阳啊我的故乡,马路上灯火辉煌……"据传此位填词者被扣上了破坏知青"上山下乡"的罪名,身陷囹圄。只是冰冷的镣铐,高压的钳制,怎能阻断人们的思乡情绪,怎能压制人们的不满和怨气,又怎能阻止这些歌曲的流传呢? 以后,各大城市,其中就有广州,都有自己的《知青之歌》,只是我不清楚是怎么唱的,最熟悉的还是这首沈阳的《知青之歌》。

1973 年,电影《青松岭》放映,1974 年以后《闪闪的红星》《创业》《春苗》等影片相继放映,影片中的插曲也很快传唱。《红星照我去战斗》《映山红》《满怀深情望北京》更是脍炙人口,让人们喜爱。《闪闪的红星》我是在红光农场看的,正是会战期间,我们东海队的同志集中住在一个连队的小学里,放映当晚,就有人一句一句哼唱影片插曲,你一句我一句的记忆、修正。第二天一早上工地,尽管道路泥泞湿滑,不时有人摔倒,但队伍中歌声不断,情绪亢奋。晚上,就有人搞到了词曲,借着昏暗的灯光,大家互相传抄,那种喜爱和追捧,绝不输于今天的各种粉丝。

青年队宣传队韦小美、杨紫、韦宝宝三个编导,编写了很多歌词,套上曲谱,使我们有了自己的歌,青年队的歌。一首"建设社会主义国家,走社会主义道路",高亢激昂,让人振奋,我很喜欢这个旋律,每当上山开荒、伐木,只要站在山头,登高临远,林海苍茫,就自然有一股豪气,忍不住要吼上一嗓子。《金训华之歌》,起首低沉哀婉,渐渐激昂雄壮,也是我们经常唱的歌。青年队里还有两首歌也是男知青常唱的,一首是《何建华之歌》,是韦小美她们创作的,表扬何建华劳动不避艰苦,受伤后仍不下火线,这是一首正气之歌。还有一首《××之歌》则充满戏谑,"词作者"是六中的数学老师姚金钟,是姚老师在课堂上训教××同学的话,"谱曲"的则是初一丁的调皮的男生,原是起哄开玩笑的小调,到了青年队,精神生活贫乏之际,又被同学捡拾起来,给单调的生活平添了几分乐趣,这是一首玩笑逗乐之歌。

歌声给我们的知青生活带来了欢乐,歌声也使我们年轻的风华展现出来,有歌声的地方就有希望,我们唱着歌,我们期冀着未来。一些歌曲,一些旋律,已经成了我们那个年代的标志,成了我们生活的符号。现在,只要听到《翻身道情》我就会想起在青年队瓦房前初听此歌的情景,青年队的生活片断就会浮上脑海;只要听到"映山红哟映山红……"的旋律,我就会想起在红光会战的情形,几十个人挤在临时住所里,一句一句学唱的认真,在泥泞的路上一步一趔趄的队伍里,不时传出的歌声。歌声使艰苦的生活变得美好,充满活力;歌声也使一个年代定格,使一段生活定格,成为那首歌的背景;歌声更是打开记忆的钥匙,每一首歌都会使我们回想起一段往事,让我们沉浸其中。

歌以咏志,歌声也能表达我们的不满和愤懑,我在《劳动》中写过牛寮会战工地上响起的《国际歌》旋律,就表露出了一种不满,一种抗争,一首激励全世界无产者、全世界劳动者同资产阶级做斗争的歌曲,却被劳动者借以表达对当下不满的心声,不知团首长对此有何触动。我们更用《蝶恋花·答李淑一》的歌声表达对江青的不满、鄙夷和抗争,对"文革"新贵的抗议和挑战。

五、样板戏

　　经历过"文革"的人，没有人不知道样板戏。戏为什么有"样板"？这个"样板"是为梨园行的戏剧做样板，引领戏剧的发展改革，还是以戏中塑造的英雄人物为全国人民做样板，让全国人民学英雄做英雄？抑或是一种新八股，让各种文艺作品以此为圭臬，跟在这种样板后面亦步亦趋？我到现在仍然很糊涂。在农场时，广播里播放的最多的就是样板戏，样板戏舞台影片也看了不少，可以说已经到了耳熟能详的地步。不过，说心里话，样板戏里，我感兴趣的是芭蕾舞剧《红色娘子军》和《白毛女》，对众多的京剧样板戏其实兴味索然。这当然与我的文化品位和艺术修养有关，一个初中生，一个没有接触过高雅文化艺术的毛头小子，当然只对还能从中看出热闹的舞剧感兴趣。不过，在没有其他文化娱乐节目可以观看的时候，也在那时广播、电影不断播映的狂轰滥炸下，我对京剧样板戏从不感兴趣到渐渐熟悉，一些情节、唱腔烂熟于胸，慢慢地，我也可以捺下性子看《沙家浜》《红灯记》《智取威虎山》了。样板戏在普及、推广京剧这个国粹方面还是有作用、有贡献的，虽然对一些纯粹的京剧迷来说，在样板戏京剧里，演员的唱腔和表演已经没有了他们熟悉的行当和喜爱的流派，也没有了优美的韵味，少了行头和戏装、少了勾抹涂画的脸谱也让他们感到乏味，程式化的姿态和规范化的手势取代了他们熟悉和沉醉其中的曼妙的舞蹈、多变的身姿台步及飘逸的水袖，也让他们无奈和兴味索然。前些日子央视戏曲频道播出整本《沙家浜》，我兴致勃勃地端坐在电视机前，完完整整地从头看到尾。说真心话，我对京剧这一国粹的了解，仅限于样板戏。我年轻时对样板戏京剧并不感兴趣，老了以后却很喜欢，不是我的艺术品鉴能力有了提高，不是我对"文革"的批判有了不同，实在是这些激昂的锣鼓和旋律，这些优美的唱腔和道白，这些熟悉的人物和场景，有着我们曾经的青春记忆，有着我们难忘的年代痕迹。

　　芭蕾舞剧《红色娘子军》的舞台演出,怎么也轮不到我这样一个知青现场观看,我也从未奢望过。不过《红色娘子军》舞台影片放映后,我和我的知青战友们都有一睹为快的强烈愿望,尤其是影片的海报中,《人民画报》彩页中,吴清华倒踢紫金冠的剧照,使人分外着迷。为了看影片,我们可没少费心思,只要去团部,就要打听有没有这部影片,跑南桥、跑师部,甚至还想去万宁、陵水观看。记得有一次在团部,听传某地晚上可能会放映影片,机运队有一辆车要送人去,听到消息的人不管三七二十一,蜂拥爬上车去,我也赶忙往车上爬,和我一起爬车的人是陈列还是刘宝琦已记不清了,反正是两人同行。望着满满的一车人,司机连说不是去放映点,他另有任务,车上的人哪里肯信,没一人下车。僵持了很长时间,司机火了,蹿上驾驶室,很快就驶上了国防公路,向南桥方向开去,我们心里很得意,今晚终于能看到《红色娘子军》了。谁知司机疯狂地开了几公里,差不多到了红勇队的地界了,突然下了公路,拐入了胶林,跑了一截后停了下来,将满满一车人丢在胶林,自己走了。那晚天特别黑,胶林里伸手不见五指,一车人不相信司机能干出这样缺德的事,以为一会儿气消了自然会回来,谁知过了很久很久,司机也不见影子。在车上站了这么久,大家终于忍不住下车活动腿脚,有人打着打火机照了一下,一点亮光很快被黑暗吞噬了。一车人那个气呀,将司机的祖宗十八代都骂遍了。又过了一会,就在大家无奈地准备弃车自行返回时,司机却回来了,将一车人又拉回机运队,这下子,一车人全都自动下来了。这一折腾,足足两个多小时过去了,什么电影也看不成了。尽管想看《红色娘子军》的愿望强烈,但在海南一直没有看上,直到探亲回广州,才看到了这部影片。第一次看这部影片时,却没有看到倒踢紫金冠的镜头,这让我很奇怪,难道删掉了? 不可能呀! 第二次看这部影片时,看到这段,我整个身体都在座椅上坐直前倾,目不转睛,这下看到了,镜头一闪,动作就过去了,电影不像剧照可以定格,我事后也为自己的无知笑了起来。看《白毛女》时,我最喜欢的是"大红枣儿甜又香"那段表演,乐曲欢快,舞姿优美,与前面黑夜无尽中的白毛女的凄苦形成强烈反差,让人从压抑沉重中松脱出来,真正让我感受到芭蕾之美,这让我怎么也难忘记。

样板戏以京剧为多,8个里面有5个是京剧,且在排名中占了前5名,应该说,这几个京剧中有几个我还是很熟悉剧情的,如《红灯记》,我以前看过电影《自有后来人》,《智取威虎山》之前有电影《林海雪原》,《奇袭白虎团》之前则有《奇袭》。我不懂京剧,也不喜欢戏剧表演,年轻人喜欢快节奏的剧情,觉得戏剧咿咿呀呀地唱上半天,总也变化不多,却不懂得欣赏京剧唱腔的美妙,正如鲁迅在《社戏》里的感觉一样。在农场时,文艺活动很少,这些京剧的舞台影片也成了好电影,看了几次,广播里也成天播放样板戏选段,听多了,虽然不懂京剧艺术,但听多了看多了,也就熟悉了,一熟悉,也就觉得亲切,也能跟着节奏唱。几部样板戏中,我最熟悉的还是《红灯记》《沙家浜》《智取威虎山》,其他的看得很少,《海港》是1973年探家回来为消磨时间,在海口的电影院观看的,出来后,还和何斐就韩小强这个高中生不安心当一个码头装卸工是否过分讨论了几句。我虽然不懂京剧,也不会像京剧迷一样去追角捧角,但我喜欢样板戏的一个原因也是和演员有关系的,最喜欢浩亮演的李玉和,喜欢刘长瑜的李玉梅,高玉倩的李奶奶,童芷龄的杨子荣,可惜个子矮了一点,否则更好,洪雪飞的阿庆嫂,李炳淑的江水英。当然,也因为演员的原因,我不喜欢京戏《红色娘子军》,与芭蕾舞剧相比,吴清华的角色反差太大了,虽然我听说杜近芳是名角,但我还是没看完全剧就退场了。

"九大"以后,我们忽然进入了学唱样板戏选段的时期,为什么学唱,上面为什么要求学唱,我不知道,但那时我们经常在各种场合、各种会议前后学唱样板戏选段。《都有一颗红亮亮的心》《迎来春色换人间》《泰山顶上一青松》等。反复教唱,我们也都学会了,当然,我们唱的不会是纯正的京剧,最多算是京歌,以唱歌的形式唱京剧。我们那时会唱很多选段,对剧情也了然于胸,其中《沙家浜》的《智斗》一场,是我们最感兴趣的,也最喜欢 3 人斗法演唱的唱段,这段不在教唱范围内,但知青没有一个人不会唱。样板戏就这样伴随着我们的青春,在我们脑海中留下了深深的印记。

那时,各地文艺团体,尤其是戏剧演出单位,"封资修"的老剧不敢演,编写新剧风险太大,稍有闪失就是"现行反革命",于是一窝蜂地学唱样板戏。样板戏之所以是样板戏,那是不能有一丝走样的,只能照搬上舞台,大小单位都演,小差错很难免,偏偏观众对剧情很熟,有了差错,很难逃过观众耳朵,于是各种小笑话就有了。杨子荣上山,座山雕盘问黑话:"脸红什么",杨子荣一紧张:"防冷涂的蜡",这说错了,台下观众笑了,座山雕不敢改词,按照剧本又问:"怎么又黄啦",杨子荣这才回过神来,刚才说错了,没办法,只好随机应变:"又涂了一层蜡",台下一片笑声,这个段子就传开了。郭建光带人急行军去打沙家浜,中途,郭建光有一句道白:"同志们,前面就是沙家浜。"演员大意了:"同志们,前面就是芦苇荡。"台上演员说错,台下观众是不敢喝倒彩的,这是在看样板戏呐,但观众的笑声是止不住的,郭建光一听台下发笑,知道自己说错词了,急中生智:"转个弯就是沙家浜。"台下除了笑声更响起一阵掌声,这个段子也传开了。那时候诸如此类的小段子很多,给我们乏味的生活增添了几分乐趣。

六、电影

在青年队很难看到电影,因为太偏远,又是一个小连队,更重要的原因是不通电,团部放映队不会来放电影。"文革"时将许多电影打入另册,作为毒草批判,不能放映,片源很少,形成电影荒。那时的故事片,似乎只剩下《地道战》《地雷战》《南征北战》这"老三战",再加上《英雄儿女》,其余的基本封杀。老影片不能放,按说应该制作新的电影故事片来满足人民群众日益增长的物质和精神需求吧,却迟迟出不来。中国的电影好像只能拍拍《新闻简报》,还有一种出于政治需要和对外宣传的西哈努克在祖国各地访问的纪录片,每部大约是40来分钟,知青对此讥讽为"哈叔"是中国最红的男一号演员。

电影少,能看电影的机会更少,可在那个年代,看电影几乎是中国人文化娱乐活动的最好形式,我们想看电影,想看好电影的心情是可想而知的。为了看电影,我们想尽了办法,也不惜迈开双腿,哪怕跑上几十里路。最近的是到茄新大队,有四五里路,再就是到牛岭哨所,来回20多里路,到团部看电影,来回就要跑80多里路。即使我们愿意跑路,没有电影放映也是枉然。在茄新大队看过一次电影,记不清什么片子了,好像是《列宁在1918》或是《列宁在十月》。那晚电影看得很不顺,因为不通电,放映队自己带的脚踏式发电机,放映过程中,要找壮小伙像骑自行车一样踏动发电机,产生电流供放映机放映。人不可能像机器一样匀速运转,尤其是疲劳了以后,这样电流就不稳定,造成放映过程中图像和声音失真,就这样我们也不舍得走,因为看一场电影太难得了。在牛岭哨所看过《奇袭》,因为是第一次看这部片子,记得很清楚。那晚为了赶时间,我们没有从海边走,而是蹚水过河,沿着河边小路疾行,回来也是原路返回。因为有四五十人一道,一路上说说笑笑,并不觉得路远。特别是回来的路上,大家津津有味地回味电影情节,高声大嗓,兴奋无比,这种情景真让人难忘。在团部大约看了三四场电影,印象深的一次是全团学大寨会议之后,放映了《英雄儿女》,直到凌晨1点多才放完,等我们回到青年队,已经是凌晨4点多钟了。现在,只要在影视频道看到这部影片,我都会回忆起那晚的情形,都会锁定频道看完。

朝鲜电影是最受我们欢迎,也是最追捧的电影。第一次看朝鲜电影是《鲜花盛开的村庄》,知道团部放映这部电影的消息,我和刘宝琦、陈列、廖新生等几个人,收工后从前线工厂出发,两个多小时走了30多里路,去享受这顿精神大餐。团部大操场人头攒动,挤在人堆里的我们努力为自己开辟一个立足之地,慢慢地随着大家席地而坐。幕布上出现画面,响起音乐时,全场安静了下来。很久没有看这么吸引人的电影了,很久没有看到生活气息如此浓厚的电影了,人们完全沉浸在故事情节中,不时发出笑声,这真是一部让人感动、让人难忘的电影,也是从这部电影,我们认可了朝鲜影片。在我们心里,那时朝鲜比中国好多了,鲜花盛开,衣着鲜亮,生活富足,人的精神面貌都不一样。影片像和煦的春风轻轻地抚慰着我的心灵,让我们从斗争的语境中松缓下来,有一种宁静,一种和平,一种摆脱了现实烦恼的惬意。我只是奇怪,朝鲜那么一个小国家,怎么会拍出这么好的电影,我们怎么就拍不出来呢? 随着这部电影,“600 工分”这个新词迅速流传开来,不但体态丰满的姑娘一律成了“600 工分”,也成了男同胞之间互相打趣的新词。按照在中国放映的时间,《摘苹果的时候》要早一些,但我看《摘苹果的时候》是在《鲜花盛开的村庄》之后,那是在广州的影院里看的。看了以后不能自已,如醉如痴,很长时间都沉浸在剧情中。《鲜花盛开的村庄》是黑白片,《摘苹果的时候》是彩色片,比较起来,我更喜欢《摘苹果的时候》。在广州探家期间,只要没事,我就会钻进电影院去看,有两次还拿着弟弟尚诚的学生证混进学生专场去看。那时,广州电影院一场电影票价是 1 角 5 分钱,学生票只要 5 分钱。我清楚地记得,《摘苹果的时候》我看了 7 遍,《鲜花盛开的村庄》我看了 6 遍,只要影片的音乐响起来,我的心就莫名的愉悦起来,忘掉了一切烦恼,我想要的,也就是这一刻的放松。比较起这两部反映朝鲜现代幸福生活的电影,《卖花姑娘》则是表现旧社会朝鲜人民的苦难生活,这是苦情戏,是重磅催泪弹,从那个年代走过来的人对这部电影应该都有印象。看这部电影前,就听看过此片的同学说这部电影如何催人泪下,就是铁石心肠的人也会为之泪奔,从影院出来的人全都双眼红肿,等等。“哭”是看过这部电影的人总结出来的一个关键词。苏熙泽则说了另一个细节,惹人发笑,他说怎么朝鲜的生活场景和中国的那么像呢,连卖肉的都和广州市场一样,切肉前先将刀在磨刀棒上荡几下。不用任何宣传,无须任何造势,《卖花姑娘》通过口口相传,早已吊足了我的胃口,看《卖花姑娘》,成了每个人的心愿。在团部附近的知青,有专门到万宁或陵水去看《卖花姑娘》的,我们出行不便的边远连队的知青,只好苦苦等待时机。我看《卖花姑娘》是探家路过海口时,在海口影院看的,随着剧情发展,影院内一片唏嘘,从开始的抹眼泪到小声抽泣,个别人竟哭得上气不接下气,那种情形真令人震撼。看着看着,令人难过的同时也有愤恨,这种社会,这种黑暗,不打碎它,还等什么,这是朝鲜的《白毛女》,不,《卖花姑娘》的教育效果和艺术感染力应该比《白毛女》更强烈。回到广州后,我又去影院看了一次《卖花姑娘》,以后就没有再看了,一是因为剧情太苦,让人看了心情久久不能平复;二是影片分上下集,3个多小时,也长了一些。朝鲜电影还有《劳动家庭》《看不见的战线》等,但我还是最喜欢《摘苹果的时候》和《鲜花盛开的村庄》,印象深的是《卖花姑娘》。

"欧洲的一盏社会主义明灯",中国在欧洲的坚定盟友,一个只有200来万人的弹丸小国阿尔巴尼亚的影片也被引进了,影片叫《第八个是铜像》,初看有点看不明白,但有一种英雄气概。罗马尼亚的电影则有《多瑙河之波》,这部影片是1975年10月份在场部食堂兼礼堂里看的,为南林农场党代会代表放映的,因为影片中有搂抱接吻的镜头,限定在一定范围内放映。越南电影有一部《琛姑娘的松林》,越南电影以表现战争的为主,毕竟越南成立后一直抗法抗美,战火不熄。对那时的电影,国内曾流传过一个顺口溜:"中国电影,新闻简报;朝鲜电影,哭哭笑笑;阿尔巴尼亚电影,心惊肉跳;越南电影,飞机大炮;罗马尼亚电影,搂搂抱抱。"

七、照相

海南风光秀美,青年队背山临海,处处都有一种本真、原始的美,年轻的我们风华正茂,活力四射,我们多想将这一切定格,留作记忆,可惜那时条件有限,我们只留下不多的相片,而且多数构图呆板,人物表情严肃,今天有时翻开,也会哑然失笑。虽然如此,我却格外宝贝这些旧照片,那里面有着那个时代的印迹,有着我们青春的风采,更有着我们知青伙伴的友爱与深情。

青年队知青第一次照相是在1968年底。那天,不知是谁,也不知是从哪里弄来了一架120相机,这让我们兴奋不已,去海边照相,把相片寄回家,让家人看看我们、看看大海。下午,男知青一窝蜂地拥向海边,只有兰铁尔没去,铁尔是乖孩子,循规蹈矩,他觉得不请假旷工去照相不好,下午照常出工了;徐锡勋也没去,他在男生中年龄最大,和我们若即若离;江滔涛是铁路中学高二的学生,不愿和我们瞎哄闹。女知青全都没有去照相,这是最遗憾的。青年队知青很怪,男女生不来往,其实,正是"君子好逑"的年龄,岂有不动情的道理,只是在初一同学的舆论压力下,大家只好保持着一点可怜的矜持。虽说是去照相,但谁也没有特意修饰一下自己,除了陈敏如穿了一件长袖衬衣,将袖子挽了起来,其余的人全都穿着背心,邹建平等几个初一的同学还穿着运动短裤。一筒120胶卷只能照12张,我们15个人,为多照几张,只能照集体照,唯一有分别的是初三同学合照了一张,初一同学合照了一张,尚坚是广州一中初二的学生,两边都混着照了一张。那天下午阳光强烈,晃得人眼花,为了多取几个景,又为了寻找有礁石的地方拍照,我们沿海边跑了很远。那次照相的人技术一般,取景、角度、曝光都差劲,也许是相机的原因,要在一张小小的胶片上挤进十几个人,还要照顾礁石,海浪,也难为了照相人。相片洗好后分到各人手里,效果当然不令人满意,但每个人都笑了,黑白相片上,各人姿态不一,挤在礁石上,只能分清各人的脑袋。初一的同学嚷了起来:"这哪里是知青照,简直是'九股'。"原来,1961年蒋介石为反攻大陆,先后派遣了九股特务登陆搞破坏,全部被抓,"九股"就是指代这些登陆的特务。那次相片照得不好,被初一的同学戏为"九股照"。今天翻捡起这些照片,须仔细端详才能认出各人,看着看着,一丝笑意浮上嘴角,却又觉得眼眶湿漉漉的。

第二次照相是1969年3月间,这次胶卷比较多,可以个人单独照。我在椰树下单独照了一张,穿着黑色上衣,米色裤子,神情有些严肃;和敏如、尚坚一起,以宿舍为背景照了一张相,3个人自然站立,脸上笑意盈盈,自然、亲热,有着满足和纯真,这张相片拍得相当棒,是我在知青生活中拍得最好的相片。为了表现我们劳动的情景,我和敏如共同排演了一个镜头,我和他伐木归来,陈敏如赤膊穿着一条裤腿高高卷起的工装裤,我穿着背心和工装裤,也是裤腿高卷,敏如右手提着斧头,我将斧头扛在肩上,俩人从草径里走出来,路边有一个人字形小窝棚,敏如边走边用手指着远山,两人一起向远方望去。这张相片虽是设计的,却拍得极其自然,可惜的是因为在行进中拍摄的,曝光时间长了,相片有点虚,但我还是极喜欢。

兵团以后,团部有了照相馆,高二学姐饶珺珺一人承担了照相馆全部业务。学姐业务精通,服务热情,我们照相方便了,不要借相机,买胶卷,不要托人带回广州或去万宁冲洗了。在团部照相方便,但大多数是纪念照,一般是同学返城了,大家在一起合影留念,有依依送别之意,或是几个同学长久不曾见面,偶尔在团部相遇,也照上一张,是久别重逢的意思。一次,也是因为这个缘故,我和铁尔、敏如以团部办公室为背景照了一张相,这张相片照得很好,毕竟学姐是专业人士。潘国良从南林当兵以后,不忘旧情,回南林来了一次,我们几个青年队知青在团部照相留念,余世和有事路过,也被我们拉着在一起照了两张,这是我手头仅有的余世和的留影。余世和已仙逝多年,今天看着相片,往昔的一幕幕又在眼前,令人扼腕叹息。

1974年,陈列父母从广州来到南林看望陈列。陈列父亲和善风趣,豁达爽朗,和知青很谈得来。那时,陈列在前线工厂,同在工厂的有刘宝琦、廖新生、李福润、冯建源,我在三营营部,听说陈列父母来了,江不平也从青年队赶来,大家一起陪着两位老人走走看看。陈列父亲带了一架相机,在海边、前线工厂,我们留下了很多记忆。1974年10月,一批知青要返城了,陈列、刘宝琦、江不平、尚坚等都在其中,这次照相,可以说是告别留影了。

在南林,虽然照相不多,但也有一些留存至今。唯一遗憾的是从来不曾和青年队的女同学合过影,而且手头也没有任何一个女同学的一张年轻时的相片。今天,有时回广州也可以见到青年队的女同学,大家早已言笑自如。8个女同学有人保养得很好,仍然留有年轻时的风采,有人则颇显老态了,她们年轻的容貌和举止仍深深地印在我的记忆中,只是,如能有一张相片将这些美好定格,不是更好吗?

说起相片,不能不说一张南林农场大门牌的风景照,拍得极好,将门楼、国防公路、胶林都收在镜头中,门楼位于中心位置,极显了南林农场的气势。这张相片不知出于哪位大师之手,真是杰作。这是南林农场的标志,相信很多知青都会有一张。现在,只要看到这张相片,南林农场的风云就在心中激荡,往日的峥嵘就在眼前浮现,一缕牵挂,一缕情思就会油然而生。

南林的知青生活形式多样,还有很多的事情可以写。有人喜欢下棋,象棋、围棋,闲暇之时同学之间手谈一番,也是常有的事,遇上也有此癖的老职工,更是增进交流的好形式。我在青年队也下过象棋,只是棋艺平平,兴趣不大。那时我们没有象棋,一时心血来潮,想下棋了,找上一根树棍,横截面锯断,用两种颜色写上车、马、炮,再画一张棋盘,于是,楚河汉界,就可以烽烟四起了。阮中斐在青年队医务室值班的时候,闲暇之时也和我们下过棋。扛枪打鸟,也是一乐。海边防风林和山林里,飞着各种鸟儿,休息时打鸟,是知青的一种休闲方式,猎物也可以改善生活。今天这种休闲已经是破坏环境、破坏生态了,不过我们那时全无这种认识。刘宝琦探家时带回了一支气枪,价格是39元一支,这个价钱我记得特别清楚,因为我很羡慕,也想买一支。从此,刘宝琦休息时就扛着枪在林中转悠,打鸟和钓鱼一样,要有耐心,性情急躁的人大概不适应此项活动。宝琦扛枪外出，一转就是好几个小时，优哉游哉，乐在其中。傍晚，他带着十几只鸟回来，于是，大家一齐动手，晚上可以小小地改善一下了。我去卫生队多次，那里也有一支气枪，不知是谁的，也不知附近胶林里是否有鸟可打。

　　我更佩服的是那些将所学知识用于生产实践中的知青。新三连知青(不熟悉，叫不上名字)在连队的鼓励和支持下，自己设计，绘图，勘察地形，大家齐心协力，建成了一个小水电站，每天发电供连队照明，团里还在那儿开了现场会，进行表彰。这是真正的"大有作为"，我想，今后即使离开了，回城了，他们创造的成果仍然可以为留下的同志们照明，会继续点亮他们心中的梦想。

　　知识青年到农村去，是我们人生的一大转折，我们努力改变自己，也努力用自己的付出去改变农村，但是，这种努力，在落后的生产力、在落后的生产方式面前，注定失败。在上山下乡高潮10年后，知青返城了，回到了我们原来生活的地方。但是知青的上山下乡对农村产生了冲击，知青的生活方式、生活态度，知青的精神追求，知青向往明天的强烈意识，影响着农村，影响着农民，尤其是对下一代农民的影响更为深远，这是知青运动最有积极意义的方面。与我们从城市走向乡村不同，今天大批的农民走向了城市，他们告别了落后的生产力和生产方式，走向了现代化，也走向了更加文明，更加丰富多彩的现代生活。尽管在这一过程中有着许多问题，但这一趋势不可逆转，这是生产力的发展，这是社会经济发展所决定的，更是人类文明发展的必然方向。

读 书 杂 记

　　我爱书,爱读书,是工作和生活的需要,更是出于一种习惯,一种生活的态度。

　　记得小时候,最喜欢看连环画书,俗称"小人书"。那时理发摊子上常常有几本小人书,只要去理发,就可以边等边看小人书,于是理发时,就尽情地看,即使排到了也一让再让,只为能白看小人书。小学三年级时,我捧起妈妈看的《三国演义》啃了起来,那本《三国演义》是繁体字,又是竖排本,对一个三年级的小学生,是艰深了一些,但靠着字典慢慢读来,竟也在暑期看完了。那时看的书,印象比较深的,还是《十万个为什么》《卓娅和舒拉的故事》《战斗英雄杜日阔布》《鸡毛信》等。

　　上初中了,广州六中是寄宿制学校,我们住在学校里。六中有很大的图书馆,初中生一次可以借两本书,我在课余时间看了很多书,大多是文学书籍。那是一个崇尚革命英雄的年代,我们看的大多是《红旗谱》《红岩》《迎春花》《苦菜花》《三家巷》等小说,还有一种革命回忆录丛书,叫《红旗飘飘》,等等。那是一个催人奋进的年代,一个学习雷锋的年代,我们学习毛主席著作,我们学习《雷锋日记》。那时毛选不好找,班主任黎老师每天在一块小黑板上写一段毛主席语录,我们照着抄录。那一段时间,对我的人生影响很大,对我世界观的形成有着重要影响,做一个雷锋那样的人,做一个忠诚于党、忠诚于革命事业的人,成了我一生的信念。进入初三后,班上流行看法国作家儒勒·凡尔纳的科幻小说,《海底二万里》《神秘岛》《地心游记》等,记得前后看了有10多部,引发了我对科幻世界的向往,既想周游世界,也想上天入地。也还记得,那时我看了《艳阳天》,好像是登在《收获》杂志上的,还看了姚雪垠的《李自成》第一卷,那时不会想到,第二卷竟在20年后才能见到。

"文革"来了,大量的图书被打成封资修的作品,被没收、被焚烧。记得那时有一部《欧阳海之歌》是革命书籍,不禁止的,于是前后看了不下5遍。

1968年以后,我们下放到了海南农场,物质生活十分匮乏,但更匮乏的是精神生活。那时毛选倒是人手一套,语录、甲种本、乙种本和各种单行本也不少,床头的宝书台里装得满满的。我们一遍遍地读毛著,连注释也反复地看。但光读毛著,是满足不了青年对知识的渴求,对精神世界的追求的。正是长知识的年龄,却无书可读,"知识青年"只有青年在奉献青春,却无知识充实大脑。"9·13"事件不啻一颗政治氢弹,让多少人瞠目结舌,让多少人惊诧不已,人们久已习惯被"革命理论"支配的大脑开始了自我思考。"批林批孔"运动,有两件事给我留下了印象:一是公开了《571工程纪要》,一是发行了《〈论语〉批注》。今天看来,《571工程纪要》的公开是当权者不明智的决策,失误在对于"大好形势"的严重误判,对全国人民辨识能力的严重低估。《〈论语〉批注》的发行,却使我有了读《论语》的机会,《〈论语〉批注》不但有《论语》的全部内容,还有详细的注释,我不但读了《论语》,还增加了我的文言文知识,可谓兼得。那时,范文澜先生的《中国通史简编》好像是得到毛主席的肯定,可以在书店里公开发行,几乎在农场的每个连队,都有《中国通史简编》,往往是出一本,买一本,印象中看了四五本,一直也没有看全。当然,毛主席那时还提倡"读点鲁迅",提倡看《红楼梦》。鲁迅的书当时比较容易买到,一时间读了不少,对鲁迅的战斗精神和犀利的文笔实在佩服,也曾经模仿学习鲁迅的写作风格,只是太难了。那时《红楼梦》是很难买的,多是级别较高的干部才可以购买,好在知青中不乏这样家庭中的子女,于是一本《红楼梦》就在知青手中悄悄传看。那时,也有人将家中偷偷收藏的书籍带来互通有无,这使我们的阅读范围大大扩展,看了不少书,如唐诗、宋词等,还有苏联的长篇小说。记得有一次《叶尔绍夫兄弟》传到我手中,只给了 1 天时间,那可是 600 多页的大部头,我从下午读到晚上,在煤油灯下读到 3 点多,实在困了,只眯了 1 个多小时,又爬起来继续看,现在内容都记不清了,但秉烛夜读的情形却如在眼前。知青中还流传《斯大林时代》《论艺术》《第三帝国的兴亡》等书籍,我们读来津津有味。那时,许多书是不能公开看的,只能偷偷地看,"雪夜闭门拥炉读禁书"为人生一大快事,我们是真体会到了,虽然海南无雪也无须拥炉,但雨夜、闭门、油灯下,耳听窗外雨打芭蕉,斜倚床头,手捧一本禁书,读来也十分快意。想想那时,为了读书、借书、还书,我们不知跑了多少路,熬了多少夜。靠着互通有无,靠着多方寻觅,大家在艰苦劳动之余挑灯夜读,知识悄悄地在年轻人之间传播。当然,那时马列的书,如《共产党宣言》《反杜林论》《哥达纲领批判》等,是提倡学习的,至今仍很清晰地记得《哥达纲领批判》的开篇之语:"劳动不是一切财富的源泉",就此引着我读完了在当时对我还是十分艰涩的这部著作。下放在农场的 7 年多时间里,给我印象最深的是读了艾思奇的《辩证唯物主义讲课提纲》,那不是一般地读,而是十分认真地写了不下 5 万字的读书摘要和心得,就此引发了我对哲学的兴趣,以后读了许多哲学书籍。有一次在海口书店里买到一本苏联哲学家尤金(好像还任过驻华大使)编写的《哲学小词典》,这本书,毛主席给予了恰当的评价,所以"文革"期间书店里作为学习资料出售,当时真是如获珍宝。

1976 年,我到了合肥,那时"文革"已接近结束,打倒"四人帮"后,许多书籍也解禁了。我读书的兴趣逐渐转移,虽然对文学书籍仍很喜爱,但对哲学、政治经济学、经济管理的书籍开始重视。为了学习政治经济学,我从读徐禾的《政治经济学》入手,反复读了三个月,弄懂了基本原理。哲学、政治经济学的学习,扩展了我的思路和眼界,读书的兴趣和志向更为广泛。1977年,我对中国青年出版社的《历代文选》(上、下)产生了兴趣,逐句逐章逐篇地学习,补上了文言文不足的一课,增加了阅读理解能力,对阅读古文的兴趣增添了许多。

1984年,组织上推荐我去党校脱产学习两年,当时规定学员要具有高中学历,而我仅有初中学历。为以同等学力上学,我在一个多月的时间里,埋头苦读,得益于我平时的读书和知识积累,最终在当年数千名参加省、市委党校、干校入学考试的干部学员中,以全省第3名、合肥市第1名的成绩,被录取在合肥市委党校大专班学习。在两年的学习时间里,较为系统地学习了马列理论、文史哲、党史、科学社会主义等,受益匪浅。当然,作为企业选送的学员,我在经济管理的自学方面投入了大量时间,大专班毕业后,1989年,又参加了中央党校经济管理本科函授学习,1992年毕业。

这些年,根据工作需要,我在相关专业的学习上下了一些功夫,看了不少相关书籍。在统计岗位上,学习数理统计业务知识;在教师岗位上,学习教育心理和政治理论(我教政治课);在企业管理岗位上,学习企业管理和经济管理知识;在啤酒厂工作期间,我把一本《啤酒工业手册》几乎翻烂了,与啤酒行业相关的书籍也看了不少,所以,尽管入门时间短,凭着钻劲,经过考试,我被录为第四届国家啤酒评酒委员;到广电局以后,在人事工作岗位上,努力学习人事工作法规,在社管工作岗位上,学习社管工作知识和相关法规,适应工作需要,入行入门。这些年,编印过社管工作法律法规选编、广告播放管理法律法规和相关文件选编、行政审批项目服务指南,也为省扫黄办讲过《广播影视部门在"扫黄打非"工作中的职责和职能》,收入《安徽省"扫黄打非"工作培训教材》。作为《广播影视社会管理》的主编,共编发了几百万字的文稿,也执笔在其中写了不少文章。

这些年,作为党员干部,我较为系统地学习了邓小平理论、中国特色社会主义理论。今年,改革开放走过了三十年的历程,回过头来审视这三十年的变化,尤其是理论发展的轨迹,我们不能不赞叹。从真理标准的讨论开始,到今天,我们开辟了中国特色社会主义道路,我们形成了中国特色社会主义理论体系,我们的思想认识,确确实实地从对马克思主义的错误和教条式的理解中解放出来了,从主观主义和形而上学的桎梏中解放出来了。更为可贵的是,这个理论体系经受了实践的检验,已经深入人心,受到人民的拥护和认同。三十年来,我在理论学习中最大的感受就是,一定要解放思想、实事求是、与时俱进,这种感受绝非单纯从纸上得来,而是实实在在地从实践中得到。有了这种感受,就不难理解为什么我们要始终抓住解放思想不放,要继续解放思想了。

这些年读书,自然少不了买书。"文革"时和刚结束时,买书是困难的,买到一本心仪已久的书,是非常高兴的事。我曾经为买一套《数理化自学丛书》,在书店门前排了一夜的队。为了买书,结识了新华书店的工作人员,通过他们,买到了《基度山伯爵》《静静的顿河》等一些在当时较难买到的书籍。那时图书发行有计划,在城市很难买到的书,往往在县城、在公社的书店里却能偶然遇到,因此出差逛书店,就是经常的事。记得 1977 年的一个星期天,我独自骑车去肥东县城,在新华书店买到了《马克思传》《列宁传》,兴奋之情难以言表。刚到广电厅,在军分区招待所办公,1991 年的一天,我下班后转到军分区旁边的一家小书店,偶然发现了一套台湾三军大学编写的《中国历代战争史》,精装,共 18 本,我眼睛一亮,心跳立即加快。一问,要价 190 元,那时我月工资 97 元,但我没有丝毫犹豫,决定买下。当时钱不够,我再三再四央求老板,千万给我留下,老板答应后,我走出书店没几步,想想不放心,又扭头走进店里,掏出身上的几十元钱,告诉老板算是定金。老板一看我这样心诚,立即找了一大张牛皮纸,将书包扎捆好,放在一个角落,说你放心吧,谁也不卖,就等你了。第二天一早,我终于买回了这套书,当时那种快乐、兴奋只有自己知道。前几年,我在一家书店碰到了一套《中国典籍精华丛书》，共22本，当时缺了4本，打折出售，每本只要10元。虽然不全，我还是买下了，以后为了配齐这套书，我跑了许多书店，陆续又买到了3本，但第5册却怎么也配不到，为此，我还给中国青年出版社去信求援，但也没能配上，只能留下小小的遗憾。2003年，我到贵州开会，住在贵阳，一天晚上，在街头散步，发现有专门卖旧书的夜市，地摊上摆的都是书，约有100多米长。我流连其中，从8点来钟直到10点半，选了满满一手提袋的书，其中一套《西方哲学画廊》共7本，1000多页，只要10元，简直是白捡，那真是过瘾。也是2003年，大概是11月，我偶尔踏入一家旧书店，在一个角落发现了一套黑龙江人民出版社为纪念鲁迅逝世60周年编辑出版的一套《鲁迅文集》，精装，共8本，只印了5000套，定价是218元，当时店主只要45元，真是喜不自胜，赶紧付钱买了回来。2008年4月，和爱人逛书城，看到了一本《国学五千年》，厚厚的一大本，想买下，一看作者不是专业的研究人员，也非教授学者，是自学成才的，心中又犹豫，当时放下了。回来后，我心中始终放不下，隔了两个星期，实在忍不住，独自跑到书城，还是买了回来。除了买书，还有赠书，如作协书记处书记张锲先生的签名赠书，巢湖市委宣传部长、学者钱征先生的签名赠书，中国科大博导徐飞先生的签名赠书，等等，都让我非常高兴。

书多了，就要给它们一个安身之所。1995年，厅里给我分了一套房子，我在东面最大的房间打了一面墙的书柜，用来放书。此房子也就作为书房，放了一张大书桌，将儿子的卧室挤到了北面。

这些年读书，自觉还是小有所得，不但使自己增加了知识，增长了才干，能适应多个岗位的工作，也陶冶了自己的性情，修炼了自己的品格，诚如培根所说："读史使人明智，读诗使人聪慧，演算使人精密，哲理使人深刻，道德使人高尚，逻辑修辞使人善辩。总之，'知识能塑造人的性格'。"我是坚信开卷有益的，我更信奉"腹有诗书气自华"。

读书，我遵循的是8字方针：博览、精读、背诵、动笔。博览，就是要广泛涉猎各种书籍,博览可以增加知识面,开阔眼界,引发思考;精读,就是在自己专业方面和对人的一生有重大影响、重要作用的书籍要钻进去,下功夫苦读,读出自己的结论,读出自己的心得,这类书不一定很多,但一定要读进去,悟出来,关键的书籍,重要的书籍,对人生的作用是巨大的,此类书一定要精读吃透;背诵,就是对名篇、名段、名句,不但要精读,更要背诵,使之成为自己终生不忘的良师益友,用时可以信手拈来,年轻时,记忆力强时多背诵一些篇目,是非常必要的;动笔,就是读书要记笔记,写心得,整理归纳。读书,尤其是读专业书籍,读理论书籍,不动笔,就如水过鸭背,很难有大的收获,只有动笔,才能真正读懂读透。我以为,读书可以有消遣怡情、求知解惑、经世致用、励志修养之分,除了消遣怡情的读书外,读书,尤其是真正读经世致用的书,那是非认真坐下来,非动脑动笔不可的。

读书要静下心来,要挤出时间,三心二意,浅尝辄止,是难有收获的。翦伯赞先生说得非常中肯:"板凳要坐十年冷,文章不写一字空。"我们生活在一个竞争的时代,一个信息爆炸的时代,不但竞争压力大、生活节奏快,而且各种各类的信息使我们应接不暇,各种各样的文摘、报摘、书摘,琳琅满目的声频、荧屏、视屏,充塞在我们的感官中。尽管这样,我们还是要静下心来,认真地读一些书,要耐得住寂寞,从字里行间寻找乐趣。读书的时间总是会有的,欧阳修说,读书要利用"马上、枕上、厕上"的时间,也就是要抓住一切时间;鲁迅先生也要我们去挤时间,把别人喝咖啡的时间用来读书。当然,我还是认为,利用一切时间读书,属于博览和背诵的读书类型,真正精读和动笔,还是要挤出相对完整的时间,每天1小时,哪怕半小时也行,坐在书桌前,认认真真地读书,坚持数年,必有好处。如果坚持数十年呢?马克思为了写《资本论》,在大英图书馆地面上留下了踏痕,斯大林每天坚持读500页书,毛泽东更是毕生手不释卷。我们是凡人,不能像伟人那样,但我们是不是可以少点交往,少点应酬,挤时间读点书呢?只为充实自己,只为调整自己的心态,只为自己的一种生活态度呢?"最有味卷中岁月",这是苏州留园里面一楹联中的话,我非常喜欢。

行笔至此,已近结束,这时,"书山有路勤为径,学海无涯苦作舟",又在我脑中涌现。读书要勤,做学问要苦,要有"衣带渐宽终不悔,为伊消得人憔悴"的韧劲和修为。我是有点惰性的,压力稍减,读书就只为消遣。当然,人也是有潜能的,真正压力来了,读书可以小成,事业也可以拼搏。光阴荏苒,我已年近花甲,总觉得还有很多事未做,还有许多书未读。老实说,虽然我有不少的书,但其中真正读过的不足 1/3,倒是借来的、找来的书还真读了一些。退休之后,我是要有计划地读两年书,然后,如有心得、有冲动,也可能会试着拿起笔来写一些什么东西,完成我这一生读书、买书、写书的愿望。

后　记

　　这是一本写给知青看的书,或者说是写给海南知青、写给南林农场的知青看的书,内容平淡无奇,文字粗疏乏味,不是一本有趣的书。读者如能有耐心翻看完全书,我会由衷地感谢你。

　　我努力在书中以一颗平常心如实地反映出知青生活的点点滴滴,只是细心的读者仍会从字里行间感受到我的情感,那是时间无法淡去的情感。我无意美化那段生活,更何况又和那个不正常的年代交织在一起,我留恋的是我们的青春岁月,同学间的深厚感情,留恋的是纯朴的农垦人和南林秀美的山山水水,留恋的是我们曾经的理想和奋斗。知青生活中,每个人都弹奏着自己的音符,书写着自己的历史,走着自己的道路,不是每个知青都会对那段生活留下美好的回忆的。我欢迎知青朋友和读者对本书评头品足,议论是非曲直,对错误和不足予以批评。对所有的批评意见我都衷心地感谢。

　　感谢本书成稿过程中给了许多帮助和鼓励的知青战友和朋友,尤其是我的青年队的知青战友;感谢妻子赵莉的鼓励和支持,作为文章的第一读者,她的直言批评和中肯意见,使我获益良多;感谢陶有峰先生耗费了大量的时间和精力编排整理文稿;最后,也是最重要的,我必须感谢安徽文艺出版社,感谢刘姗姗、周丽两位编辑,没有她们的帮助和努力,这本书是无法出版的。

容尚谦

2015 年 8 月